TONY KENT

DER RÄCHER

THRILLE

Aus dem Englisc
Wolfgang Thon

WILHELM HEYNE VERLAG
MÜNCHEN

Die Originalausgabe MARKED FOR DEATH
erschien erstmals 2019 bei Elliot & Thompson, London

MIX
Papier aus verantwortungsvollen Quellen
FSC® C083411
FSC www.fsc.org

Penguin Random House Verlagsgruppe FSC® N001967

Deutsche Erstausgabe 08/2021

Redaktion: Lars Zwickies
Printed in Germany
Umschlaggestaltung: Cornelia Niere, München,
unter Verwendung eines Motivs von
© Arcangel Images (Collaboration JS),
Shutterstock (Evannovostro, kenopictures, S. Borisov)
und Gettyimages (David Cabrera)
Satz: Leingärtner, Nabburg
Druck und Bindung: CPI books GmbH, Leck
ISBN: 978-3-453-43974-0

www.heyne.de

Für Victoria und Joseph

Ihr habt alles vollkommen gemacht

1

Phillip Longman wurde von dem Geräusch des splitternden Glases nicht geweckt, denn dafür hätte er schlafen müssen. Schlaf jedoch schien sein alter Körper nicht mehr zu benötigen.

Von einem verstärkten Abschnitt der Decke über seinem Bett hing eine Metallstange herab. Longman packte sie und klammerte sich mit seinen schwachen Händen daran fest, so gut er konnte. Mit aller Kraft gelang es ihm, sich hochzuziehen. Die Matratze folgte ihm, da das Bett so konstruiert war, dass sie ihn stützte, sobald seine Kraft ihn verließ. Longman war ein stolzer Mann. Viel zu stolz, um sich von einem mechanischen Bett hochheben zu lassen. Und auch zu stolz, um den Panikknopf zu drücken. Aber Stolz allein würde ihn nicht in die Senkrechte bringen. Das Bett war Longmans Konzession an den Verfall seines Körpers.

Sein angestrengtes Keuchen erfüllte den Raum. Grunzen. Stöhnen. Früher war Longman ein aktiver Mann gewesen. Selbst bis in seine Sechziger hinein hatte er sich aufgrund seiner Fitness von allen Altersgenossen unterschieden. Doch seine Sechziger hatte er schon lange hinter sich. Jetzt konnte er kaum noch aus dem Bett steigen.

Schließlich holte die Matratze ihn ein und drückte sich in Longmans Rücken, stützte den größten Teil seines Gewichts. Er ließ die Metallstange los, und Stille breitete sich wieder in dem Raum aus.

Longman lauschte angestrengt.

Das Geräusch war unverkennbar gewesen. Zerberstendes Glas erzeugte einen besonderen Klang, den er selbst mit seinem schlechten Gehör noch wahrnehmen konnte. Es war jedoch erheblich schwieriger, die Quelle genau zu identifizieren. War es das Geräusch eines heruntergefallenen Aschenbechers? Eines Weinglases? Oder eines zerbrochenen Fensters, das von einem ungebetenen Gast eingeschlagen worden war? Nicht, dass die eine Möglichkeit besser oder schlechter gewesen wäre als die andere. In einem Haus, das bis auf einen fünfundachtzigjährigen Witwer völlig leer war, stellte jedes dieser Geräusche einen Grund zur Sorge dar.

Longman lauschte weiter. Zunächst war da nichts. Jedenfalls nichts, was er hören konnte.

Das Haus war groß. Viel zu groß, jetzt, nachdem seine Frau gestorben und seine Kinder ausgezogen waren. Aber Longman hatte es nicht über sich gebracht, das Heim der Familie nach fünfzig Jahren zu verlassen. Er kannte es in- und auswendig.

Durch diese Vertrautheit wirkte das nächste Geräusch wie ein Alarmsignal. Das Knarren der ersten Stufe auf der Haupttreppe.

Dieses besondere Merkmal hatte das Haus schon seit Jahrzehnten. Tagsüber, wenn die Haushälterin da war, handelte es sich um das natürlichste Geräusch der Welt. Aber um drei Uhr nachts? Um diese Zeit war es Furcht einflößend.

Dem ersten Knarren folgte der Klang von Schritten, doch dieser wurde von den Lauten überdeckt, die entstanden, als Longman die Decke von seinen dürren Beinen zurückwarf. Die schlimme Arthritis zwang ihn dazu, seine Beine mit einer einzigen ruckartigen Bewegung aus dem Bett zu schwingen. Der Schmerz war entsetzlich. Er hatte sich seit fünf Jahren nicht mehr so schnell bewegt, und damals hatten seine Hüften noch ihren Dienst erfüllt. Er ignorierte jedoch die Qualen, stand auf und hielt sich mit einer Hand an dem Bettpfosten fest.

Er atmete schnell, und sein Herz pumpte wie verrückt. Doch Longman kämpfte sich weiter, stolperte zu dem eingebauten Wandschrank in der gegenüberliegenden Ecke des Zimmers. Zum ersten Mal seit Jahren bewältigte er diese Entfernung ohne Stock oder Gehhilfe. Als er die Tür erreichte, taumelte er vor Erschöpfung. Nur das Adrenalin hielt ihn aufrecht.

Er gewann sein Gleichgewicht zurück, packte den Griff der Schranktür, hielt inne und versuchte erneut zu lauschen. Nichts konnte den lauten Pulsschlag in seinem Ohr zum Schweigen bringen, ebenso wenig wie die Furcht, dass sein überlastetes Herz dieses Tempo nicht länger aushalten würde. Trotzdem war es ruhig genug, dass er die Schritte hörte.

Der Schrank öffnete sich problemlos. Longman verlagerte sein Gewicht vom Griff an den Rahmen, um die Tür an sich vorbeischwingen zu lassen. Sobald sie offen war, ging er in den Schrank. Er tastete im Dunkeln herum und fand den Lichtschalter. Er drückte ihn in dem Moment, als die Schritte vor dem Schlafzimmer verstummten.

Das Licht blendete ihn zuerst, aber Longmans Augen stellten sich rasch darauf ein. Doch was er sah, war all die Mühe nicht wert, und seine Hoffnung, die ihn bis hierher gebracht hatte, verpuffte mit einem einzigen Atemzug.

Was wollte ich hier auch finden?, fragte sich Longman. *Was für eine verdammte Waffe wäre überhaupt nützlich?*

Longman hörte nicht, wie die Tür geöffnet wurde, aber dieser ganz besondere sechste Sinn – das Gefühl, wenn sich jemand ungesehen nähert – war mit dem Alter nicht schwächer geworden. Er war nicht mehr allein im Schlafzimmer. Das wusste Longman, noch bevor er sich umdrehte.

»Sie?« Longmans Ausruf war mehr eine Anklage als ein Ausdruck des Schocks.

Es waren die Augen. Die kältesten Augen, die Longman jemals gesehen hatte. Er würde sie überall und jederzeit erkennen.

»Sie erinnern sich an mich.«

Die Antwort war eine schlichte Feststellung und wirkte ebenso bedrohlich wie der Sprecher. Ein geborenes, gefährliches Raubtier.

»Einige Dinge vergisst man nie.« Alles an dem Mann war immer noch genau so, wie Longman sich erinnerte. »Ebenso wenig wie manche Menschen.«

Das Raubtier verzog die Lippen zu einem Lächeln, aber seine hellen, blassen Augen blieben kalt. Es war ein triumphierendes Lächeln, kein freundliches.

»Das stimmt wohl.«

Der Mann kam näher. Langsam. Zielstrebig. Eine Viper, die die Entfernung zu ihrem Opfer verkürzte, um anzugreifen.

»Gut, dass Sie noch bei klarem Verstand sind«, sagte er. »Trotz Ihres Alters.«

»Was spielt das für eine Rolle?«

Der alte Mann klang trotzig. Diese hellen, mitleidslosen Augen hatten ihm verraten, welches Schicksal ihn erwartete. Aber er würde nicht auf die Knie gehen.

»Oh, das spielt durchaus eine Rolle.«

Zum ersten Mal kam Leben in die Stimme. Es war eine

Reaktion auf Longmans trotzige Haltung. Aber sie klang dadurch kein bisschen wärmer.

»Denn es bedeutet, dass Sie jede Sekunde von dem, was Sie erwartet, fühlen werden.«

2

Michael Devlin stand mit freiem Oberkörper im Bad und wischte mit der Hand über den beschlagenen Spiegel. Eine Ansammlung von Narben überzog seine Haut. Erinnerungen an Verletzungen, die für Männer seines sogenannten »zivilisierten« Berufs selten waren. Es waren bleibende Erinnerungen an ein weit ereignisreicheres Leben, als er es hätte führen wollen.

Michael hielt seine Hände unter das heiße Wasser und spritzte es sich ins Gesicht. Die Narbe unter seiner linken Augenbraue brannte. Es war ein vertrautes Gefühl. Noch eine alte Wunde.

Einige Minuten später hatte er sich fertig rasiert. Er tauchte seinen Kopf in eiskaltes Wasser und beendete damit die Prozedur. Dieses wichtige Morgenritual machte ihn hellwach für den Tag, der vor ihm lag.

Nachdem er seine morgendliche Schläfrigkeit erfolgreich vertrieben hatte, trocknete er sich ab und zog sich an. Er entschied sich für einen maßgeschneiderten Nadelstreifenanzug mit Weste, der seinen durchtrainierten Körper betonte.

Michael war nicht eitel, aber er wusste um die Bedeutung der äußeren Erscheinung. Der erste Eindruck zählte.

Als er fertig war, ging er nach unten.

Das Schlafzimmer und das Bad seines Stadthauses in Chelsea lagen im zweiten Stock. Von dort führte eine Treppe nach oben zu den drei Gästezimmern und zu Michaels Büro im dritten Stock. Über eine weitere Treppe gelangte man nach unten zur großen Schlafzimmer-Suite im ersten Stock. Im Erdgeschoss lagen der Eingangsbereich sowie ein großes Wohnzimmer, das allerdings kaum bewohnt wurde, und eine luxuriös eingerichtete Küche.

In der Küche herrschte gerade rege Betriebsamkeit. Kaum war Michael durch die Tür getreten, hüllte ihn eine Dampfwolke ein, die sich von dem gusseisernen Herd am anderen Ende in der ganzen Küche verbreitete.

Michael ging rückwärts wieder hinaus und schüttelte lächelnd den Kopf, während er sein Jackett aufknöpfte und es dann abstreifte. Er hängte es auf einen Bügel im Flur, wo es vor den Küchengerüchen sicher war.

»Ich weiß, dass du da draußen bist, Michael Devlin!«

Sarah Trumans amerikanischer Akzent übertönte die britischen Stimmen aus dem Küchenradio.

»Schieb deinen Hintern hier rüber, und hol dir dein Frühstück ab.«

Michael betrat die Küche erneut, und sein Grinsen wurde breiter, als er das Chaos sah. Rauch quoll aus einer schweren Bratpfanne, in der schwarze Reste von etwas lagen, das wohl einmal Frühstücksschinken gewesen war. Etwas weniger dramatisch sah das Rührei aus, das bereits auf einem Teller lag. Und was brutzelte da so verdächtig in dem Topf mit den Baked Beans?

Ich frage wohl besser nicht nach, dachte Michael.

»Ein Kinderspiel wie immer, Schatz?«, scherzte er, trat hinter Sarah und schlang ihr einen Arm um die Taille.

»Ich habe heute Morgen keinen Sinn für Albernheiten, Michael.«

Sarah antwortete, ohne sich umzudrehen, und ignorierte Michael, der ihren Nacken küsste. Stattdessen griff sie nach dem Teller mit den Rühreiern, um den Rest des Frühstücks darauf zu schaufeln.

»Und jetzt setz dich an den Tisch.«

»Wie könnte ich das tun?« Michael nahm Sarah mit einer Hand den Teller ab, während er sprach. Dann hielt er ihn hoch, außerhalb ihrer Reichweite. Den anderen Arm hatte er immer noch um ihre Taille gelegt und zog sie an sich.

»Wo ich doch die schönste Frau von London direkt vor meiner Nase habe?«

»Ich lasse die Pfanne fallen!« Sarah lachte, als Michael ihren Rücken an seinen Körper presste. Dann drückte er seine frisch rasierte Haut in ihr Haar und küsste sanft ihren Nacken. Diesmal bekam er die Reaktion, die er gewollt hatte; Sarah drehte den Kopf und küsste ihn.

»Zufrieden?«, fragte sie, während sie den Kopf so weit zurückbog, wie sie konnte.

»So glücklich, wie ein Mann nur sein kann, während sein Haus brennt«, antwortete Michael lachend und ließ Sarah los.

»Du kannst mich mal, Devlin!« Sarahs Zorn war gut gespielt, aber Michael kaufte ihr die Verärgerung keine Sekunde lang ab. »So schlimm ist es überhaupt nicht!«

»Ist es nicht?« Michael lachte erneut, während er über ihre Schulter griff und die Abzugshaube über dem Herd auf Maximum stellte. »Ich war kurz davor, unsere Feuerdecke rauszukramen.«

»Willst du jetzt Frühstück oder nicht?«

Ehrliche Antwort? dachte Michael. Ein Blick in Sarahs strahlend grüne Augen hielt ihn davon ab, die Frage laut zu stellen.

»Ja, ja bitte«, sagte er stattdessen. »Entschuldigung.«

»Es gibt keinen Grund, sich zu entschuldigen.« Sarah klang, als wäre sie von ihrer eigenen Ungeduld enttäuscht. »Kochen ist eben nicht meine Stärke, und das ist frustrierend.«

»Das verstehe ich«, erwiderte Michael und stellte zwei Gläser mit frischem Orangensaft auf den Küchentisch, bevor er sich setzte. »Aber niemand ist in allem gut. Manchmal muss man seine Grenzen einfach akzeptieren.«

»Und das sagt der ehrgeizigste Mann auf diesem Planeten.« Sarah lachte, während sie die Teller füllte, auf den Tisch stellte und sich ebenfalls hinsetzte.

Michael beobachtete sie dabei und wunderte sich erneut darüber, in welche Richtung sich sein Leben entwickelt hatte. Er konnte kaum fassen, dass er seine perfekte Frau gefunden hatte – und dass sie ihn gefunden hatte.

Sie hatten sich vor knapp zwei Jahren unter extremen Umständen kennengelernt. Damals hatten sie eine Verbindung zueinander geknüpft, die seither immer stärker geworden war. Und aus einer anfänglichen Verliebtheit war etwas viel Größeres geworden. Hier war er nun, siebenunddreißig Jahre alt, mit einer achtundzwanzigjährigen Verlobten, die er anbetete.

Das war mehr, als Michael sich jemals erhofft hatte.

»Also, was liegt heute an?« Sarah spritzte Tabascosoße über ihr Frühstück.

»Das Wandsworth-Gefängnis«, antwortete Michael. Er nahm die Flasche und schüttelte etwas von der scharfen

Soße auf seinen verkohlten Schinken. »Mein erstes Treffen mit Simon Kash.«

»Ist das dieser Junge von dem Mordprozess?«

»Ja.« Michael trank die Hälfte seines Orangensafts. »Eine üble Geschichte. Wann musst du los?«

»Nicht vor zehn, und ich bin erst am frühen Abend wieder zurück. Kümmerst du dich um das Abendessen?«

»Aber klar. Ich denke, ich komme gegen Mittag aus dem Gefängnis heraus, dann muss ich noch in die Kammer, aber ich werde wohl nicht allzu spät nach Hause kommen. Ich will allerdings noch mit Anne reden. Wenn ich mich recht erinnere, hat sie erwähnt, dass sie heute Abend kochen wollte.«

Keiner von beiden sprach, während sie ihr Frühstück beendeten. Michael schob verstohlen die am schlimmsten verkohlten Schinkenstücke zur Seite, und Sarah tat so, als bemerke sie es nicht.

»Sorgst du dafür, dass Anne aufsteht, bevor du gehst?«, fragte Michael, als ihre Teller leer waren. Er warf einen vielsagenden Blick zur Decke.

»Ich gehe zu ihr hoch, sobald du verschwunden bist«, antwortete Sarah.

»Danke. Und es tut mir leid, dass ich dir das zumute, ich …«

»Sie gehört zur Familie«, unterbrach Sarah ihn. »Das ist kein Problem.«

Michael ergriff sanft Sarahs Hand. Sie meinte, was sie sagte. Das wusste er. Und es machte ihre Antwort umso willkommener.

»Trotzdem danke.«

Sie sahen einander einige Augenblicke lang an, bis Michael

schließlich auf seine Armbanduhr schaute. Als er sah, wie spät es war, stand er auf und drückte Sarah einen Kuss auf die Stirn.

»Es wird Zeit«, sagte er und schob seinen Stuhl wieder unter den Küchentisch. »Ich kann doch den jungen Mr. Kash nicht warten lassen, stimmt's?«

3

Kathy Gray konnte sich aus vielerlei Gründen glücklich schätzen. Ihr Ehemann, mit dem sie seit dreißig Jahren verheiratet war, war einer davon. Sie hatten eine lange, glückliche und sehr komfortable Ehe geführt. Sie waren niemals reich gewesen, aber immer gut zurechtgekommen. Gemeinsam hatten sie weit mehr erreicht, als sich nur irgendwie über Wasser zu halten.

Ein weiterer Grund waren ihre Kinder. Vier davon, und alle waren höchst unterschiedlich. Der älteste Sohn, John, war Zimmermann wie sein Vater. Ein starker, moralischer Mensch mit einer eigenen, langsam wachsenden Familie. Dann kam Eric, ebenfalls ein Handwerker. Er hatte keine Frau und keine Kinder, aber er war glücklich und führte ein erfolgreiches Unternehmen. Katie war die dritte. Sie hatte jung geheiratet und ihr Leben ihren fünf Kindern gewidmet. Blieb noch Chris. Er war ihr Baby – ein Baby, aus dem ein exzellenter Chirurg geworden war. Der ganze Stolz seiner Mutter.

Und natürlich war da auch noch Kathys Arbeit, ihr anderes Leben. Sie stand jetzt seit fast vier Jahrzehnten im Dienst der Familie Longman. Mit Stolz hatte sie verfolgt, wie Phillip Longman in seinem Beruf unaufhaltsam aufstieg und sich im Ruhm sonnte, wenn sein Name in den Medien genannt wurde. Er war ein wichtiger Mann, ein großer Mann, und doch hatte er immer wieder die Zeit gefunden, seiner Haushälterin das Gefühl zu geben, gebraucht zu werden.

Für den Rest der Longman-Familie empfand Kathy dieselbe Zuneigung. Zum Beispiel für Phillips Frau Carol. Sie war ein wunderbarer Mensch gewesen, liebevoll und großzügig. Im stolzen Alter von achtzig Jahren war sie verstorben, und trotzdem schien sie viel zu früh gegangen zu sein. Und ebenso mochte sie die Longman-Kinder, Matthew, Russell und Peter. Sie alle waren schon fast erwachsen gewesen, als Kathy ihre Stellung in ihrem Haushalt angetreten hatte, aber jeder von ihnen hatte ihr so viel Respekt und Freundlichkeit entgegengebracht, dass sie ihr fast genauso ans Herz gewachsen waren wie ihre eigenen Kinder.

Es hatte sie sehr traurig gemacht zu sehen, wie sich die drei Jungen nach dem Tod ihrer Mutter von ihrem Vater entfremdet hatten. Manchmal hatte sie überlegt, ob sie nicht mit ihnen darüber sprechen, ihnen ihre Meinung dazu sagen sollte. Doch dazu war es nie gekommen. Ganz gleich, wie nah sie sich allen fühlte, sie gehörte eben nicht wirklich zur Familie.

Noch stärker als das hatte sie jedoch der körperliche und geistige Verfall von Longman in den letzten fünf Jahren mitgenommen. Kathy hatte miterlebt, wie seine frühere Willenskraft immer weiter nachließ, während er um seine verstorbene Frau trauerte. Es hatte sie geschmerzt, das mit anzusehen, und doch hatte Kathy nicht ein einziges Mal mit dem Gedanken gespielt zu kündigen, obwohl sie selbst ebenfalls in die Jahre kam. Das Gefühl der Verpflichtung, das sie der Familie Longman gegenüber empfand, war ihr fast ebenso wichtig wie die Verpflichtung, die sie vor Gott am Tag ihrer Hochzeit eingegangen war. Sie würde ihre Arbeit zu Ende führen.

Ihre morgendliche Routine hatte sich im Laufe der Jahre kaum verändert. Das Haus war jetzt zwar ruhiger, da es nur noch einen Bewohner gab, aber das machte keinen großen Unterschied. Wie an den meisten Tagen seit über drei Jahrzehnten schloss Kathy die schwere Eingangstür hinter sich und ging zunächst in die Küche. Sie füllte einen Kessel mit Wasser und stellte ihn auf den Ofen. Phillips Weigerung, einen elektrischen Herd zu installieren, mochte wie eine Schrulle wirken, aber tief in ihrem Inneren hing Kathy ebenfalls an den alten Gewohnheiten.

Sie drehte den Schalter des Gasofens auf und drückte ihn, um einen Funken zu erzeugen.

Nichts.

Kathy versuchte es erneut. Und noch einmal. Immer noch nichts.

Sie streckte die Hand aus, um zu überprüfen, ob Gas strömte und erkannte sofort das Problem; ein Luftstrom streifte ihre ausgestreckte Hand. Sie hatte ihn bis jetzt nicht bemerkt. Draußen war es kalt gewesen, als sie zur Arbeit gekommen war, und sie hatte sich noch nicht genug aufgewärmt, um den kalten Luftzug zu spüren, der an ihr vorbeiwehte.

Kathy drehte sich um und folgte der kühlen Strömung zu ihrer Quelle, der offenen Tür der Speisekammer. Eigentlich hätte sie geschlossen sein sollen. Ihr Herz schlug ein wenig schneller, als sie einen Blick in den kleinen Raum warf. Auf dem Boden lagen Glasscherben, und im Fenster befand sich ein kleines Loch. Es war in etwa so groß, als wäre ein Kricketball hindurchgeflogen; es hätte also durchaus das Ergebnis eines kleinen sportlichen Missgeschicks sein können. Wenn das Fenster nicht offen gestanden hätte.

Kathy fuhr auf dem Absatz herum, und ihr Herz raste. Sie wusste, dass Phillip auf keinen Fall dafür verantwortlich sein konnte. Die Speisekammer konnte er schon seit Jahren nicht mehr ohne Hilfe erreichen.

Jemand war eingebrochen.

Aber wer? Und warum?

◆

Nur ein Mensch auf der ganzen Welt kannte die Antwort auf diese Frage.

Seine blassen Augen beobachteten sie unbemerkt, suchten in ihrem Gesicht nach einem Hinweis darauf, was sie als Nächstes tun würde. Weglaufen? Oder nach dem Mann suchen, der ihr seit Ewigkeiten Arbeit gab?

Kathy würde niemals erfahren, wie wichtig diese Entscheidung für ihre weitere Existenz war. Und wie glücklich sie sich schätzen konnte, dass ihre Loyalität siegte.

Er lächelte, als er sah, wie die Haushälterin ihren Mut zusammennahm, um das Richtige zu tun. Das war seine einzige Regung. Seine hellen Augen blieben starr auf sie fixiert, während er beobachtete, wie sie noch einmal tief einatmete, um ihre Nerven zu beruhigen, bevor sie zur Treppe ging.

Die erste Stufe knarrte, als sie stockend einen Schritt ins Unbekannte tat. Das Geräusch erklang zum zweiten Mal in den letzten sechs Stunden. Als ihr Beobachter nach ihr die Treppe hinaufging, ließ er diese Stufe aus.

Was auch immer er in den nächsten Minuten tun würde, er wollte ihr auf keinen Fall seine Anwesenheit verraten und sie dadurch vorwarnen.

Er blieb hinter ihr und sah schweigend zu. Er hatte sich entschlossen. Es kam allein auf ihre Reaktion an. Der richtige Entsetzensschrei, die angemessene Hysterie. Das wollte er. Das würde ihn befriedigen. Wenn sie ihm all das gab, würde sie leben. Wenn nicht … Nun, ihr Schicksal lag in ihren eigenen Händen.

Kathy Gray konnte sich aus vielerlei Gründen glücklich schätzen. Sie würde jedoch niemals erfahren, dass es der glücklichste Moment in ihrem Leben war, als sie in Phillip Longmans Schlafzimmer ging und aus voller Kehle schrie.

4

Die beiden ersten Polizeibeamten waren in weniger als zehn Minuten eingetroffen und direkt in Phillip Longmans Schlafzimmer gegangen. Einer von ihnen hatte sich augenblicklich übergeben, und der andere hatte das Massaker gemeldet.

Das gleiche Entsetzen überkam auch alle anderen Polizisten, die innerhalb der nächsten halben Stunde dort eintrafen. Allesamt abgebrühte Profis, aber trotzdem machte eine überraschend große Zahl von ihnen bei dem Anblick erneut Bekanntschaft mit ihrem Frühstück.

Dies war kein normaler Tatort.

»Wer hat hier sauber gemacht?« Detective Chief Inspector Joelle Levy konnte das Bleichmittel bereits riechen, als sie die Treppe zu Longmans Schlafzimmer hinaufstieg. »Jemand hat hier etwas desinfiziert.«

»Nein, Ma'am.« Police Constable David Wright war einer der beiden ersten Beamten am Tatort gewesen. Derjenige mit dem stärkeren Magen. »Es stank schon danach, als wir hier eingetroffen sind.«

Levy sah Wright fragend an.

»Sind Sie sicher?«

»Ja, Ma'am. Das ist mir als Erstes aufgefallen, ich meine, bevor wir überhaupt ins Schlafzimmer gegangen sind.«

Könnte die ganze Sache interessant machen, sagte sich Levy.

Sie gingen weiter die Treppe hinauf und durch den Flur, vorbei an zwei offenen Türen. Hinter jeder befand sich ein makellos sauberes und anscheinend unberührtes Schlafzimmer. Diese Räume sprachen für eine pflichtbewusste Haushaltsführung und wenige Übernachtungsgäste.

Im dritten Zimmer sah es vollkommen anders aus. Hier herrschte Betriebsamkeit wie in einem Bienenkorb, und die Luft schien elektrisch aufgeladen zu sein. Der scharfe Geruch von Bleichmittel, der sich jetzt mit dem unverkennbar säuerlichen Gestank von Erbrochenem vermischte, wurde stärker.

Deshalb sind wir hier, wusste Levy.

Sie betrat das Zimmer. Ihr Blick glitt langsam von der einen Wand zur anderen und registrierte alles, was sich dazwischen befand. Levy war ein erfahrener Detective und auf das Schlimmste vorbereitet gewesen. Und das Schlimmste war auch genau das, was sie hier vorfand.

In seinen besten Zeiten hatte Phillip Longman allein mit seiner Präsenz einen ganzen Raum beherrscht. Noch nie jedoch hatte er einen Raum so dominiert wie jetzt im Tod. Der Anblick seines hageren Körpers bannte Levys Blick. Seine Nacktheit war schockierend, aber die Verstümmelungen, die einem sofort ins Auge fielen, waren noch schlimmer. Am entsetzlichsten jedoch wirkte die Art und Weise, wie er gestorben war. Longman war an der Wand seines Schlafzimmers gekreuzigt worden. Die Nägel in seinen Gelenken hielten ihn etliche Fuß über dem Boden fest.

»Jesus Christus.«

Levy sagte das ohne jede Ironie. Sie hatte in ihrem Berufsleben schon schreckliche Dinge gesehen, viele grauenvolle Anblicke ertragen. Doch die rituelle Natur dieses Mordes war auffallend. Das hier war genau geplant und ausgeführt worden. Levy hatte oft genug gesehen, welchen Schaden eine Pistolenkugel anrichten konnte. Oder die Verletzungen durch eine Bombe. Sogar die schrecklichen Folgen einer Landmine. Aber das hier? Noch nie hatte sie erlebt, dass jemandem so sorgfältig so furchtbare Wunden zugefügt worden waren.

Levy wandte sich von der Leiche an der Wand ab und betrachtete den Rest des Zimmers. Vor ihren Füßen lag eine Pfütze aus Erbrochenem. Dadurch hatten sie hier keine idealen forensischen Bedingungen, aber das Erbrochene war immerhin weit genug von der Leiche entfernt, um das Risiko einer Kontamination auszuschließen. Die anderen empfindlichen Mägen hatten offenbar lange genug durchgehalten, bis ihre Besitzer den Flur wieder erreicht hatten. Ansonsten wirkte das Zimmer unberührt.

Aber nicht mehr lange, dachte Levy. Leute von der Spurensicherung in weißen Overalls untersuchten bereits jeden Zentimeter des Schauplatzes von Phillip Longmans letzten Momenten.

»Was halten Sie davon, Steve?« Levy erkannte Detective Inspector Steven Hale trotz seines Overalls und der Kapuze.

»Eine eklige Sache, Ma'am.« Hale schüttelte den Kopf und stand auf. »Wer auch immer das war, er war ein perverser Mistkerl. Man hat dem alten Knacker die Zunge herausgeschnitten und ihm seine eigenen Eier in den Mund gesteckt. Die wenigen Zähne, die er noch hatte, hat man ihm einen nach dem anderen gezogen. Dann wurde er ausgeblutet, und zwar langsam. Man hat ihm eine Ader nach der anderen geöffnet, an Armen und Beinen.«

»Irgendeine Idee, an welcher Verletzung er gestorben ist?«

»Ich glaube, da haben wir freie Auswahl, Ma'am. Vielleicht war es das Ausbluten, obwohl das nur langsam vor sich ging. Wenn nicht das, dann auf jeden Fall die Kreuzigung. Die hätte er in seinem Zustand auf keinen Fall überlebt.«

»Ich bin nicht sicher, ob Sie oder ich viel länger durchgehalten hätten«, erwiderte Levy, die den Blick nicht von Longmans Leichnam abgewandt hatte. »Informieren Sie mich, wenn die Todesursache eindeutig feststeht.«

»Ma'am.«

Hale ging wieder an die Arbeit, während Levy näher an Longman herantrat und seine Verletzungen genauer betrachtete. Schließlich beugte sie sich zu einer der Schnittwunden auf Longmans rechtem Bein vor und schnupperte daran.

»Ja, genau dort scheint das Bleichmittel benutzt worden zu sein«, merkte Hale an. »Aber es gibt keine Anzeichen an der Rückseite des Beins oder seinem Rücken, dass er sich vor Schmerz gewunden hätte. Lässt vermuten, dass er schon tot war, als man es ihm in die Wunden geschüttet hat. Dafür kann er wohl dankbar sein. Es wäre die reinste Qual gewesen, wenn er noch geatmet hätte.«

Levy antwortete nicht. Stattdessen ging sie zur anderen Seite des Raumes und holte sich einen Stuhl aus der Ecke. Sie stellte ihn neben die herabhängenden Beine des Leichnams und stieg auf die Sitzfläche. Levy war nicht besonders groß, etwas mehr als einen Meter sechzig, aber Longman war auch kein besonders großer Mann gewesen. Die Sitzfläche des Stuhls befand sich etwa in Höhe seiner gekreuzigten Füße.

»Geben Sie mir einen Handschuh.«

Levy blickte nicht hinab, während sie von Hale den Latexhandschuh entgegennahm. Sie zog ihn über und öffnete vorsichtig Longmans Lippen. Seine Hoden waren bereits aus der Mundhöhle entfernt worden. Zähne und Zunge fehlten ebenfalls, und das ganze Innere war eine einzige schwarzbraune Schweinerei.

Levy beugte sich vor und schob ihre Nase so dicht heran, wie sie konnte, ohne eine Kontaminierung der Beweise zu riskieren. Dann holte sie erneut tief Luft.

»Was ist das?« Hale war fasziniert. »Was riechen Sie?«

»Bleichmittel.« Levy schloss Longmans Mund sorgfältig wieder und stieg von dem Stuhl herunter. »Man hat es auch in seinen Mund gefüllt.«

»Nachdem er schon tot war? Warum denn? Zu welchem Zweck?«

Levy antwortete nicht sofort. Stattdessen sah sie sich um und entdeckte Police Constable David Wright, der sich etwas aufrichtete, als er ihren Blick bemerkte.

»Wurde eine Flasche mit Bleichmittel aus diesem Raum entfernt?«, fragte sie.

»Nein, Ma'am. Alles ist genau so, wie wir es vorgefunden haben. Abgesehen natürlich von den Folgen der Untersuchung an der Leiche.«

»Und im Erdgeschoss? Oder in den Badezimmern? Fehlen dort Flaschen mit Bleichmittel?«

»Ich habe keine Ahnung, Ma'am.«

»Die Leiche wurde von der Haushälterin entdeckt, stimmt's?«

»Richtig.«

»Dann fragen Sie sie. Wir müssen das in Erfahrung bringen.«

PC Wright verließ das Schlafzimmer ohne einen weiteren Kommentar.

Hale war verwirrt.

»Wieso ist eine verschwundene Flasche Bleichmittel wichtig?«

»Bleichmittel zerstört DNA, Steve, deshalb.« Levy kannte die Theorie, hatte sie aber noch nie in der Praxis erlebt. »Man hat das Bleichmittel nicht verwendet, um ihn zu quälen. Sondern um alle DNA-Beweise zu vernichten. Deshalb wurde die Leiche quasi mit dem Zeug getränkt. Wer auch immer das gemacht hat, war verdammt skrupellos. Vielleicht war das auch das Ziel, eine Art Kick. Aber trotzdem wollte diese Person vor allem nicht erwischt werden. Da wusste jemand sehr genau, was er tut, Steve. Wir werden an der Leiche keine Spuren finden. Und dem Geruch nach zu urteilen, finden wir die einzige DNA in diesem ganzen verfluchten Schlafzimmer in dem Erbrochenen neben der Tür.«

Hale warf einen Blick auf die Pfütze und sah dann wieder zu Levy zurück.

»Trotzdem verstehe ich nicht, welche Rolle es spielt, ob das Bleichmittel mitgenommen wurde. Natürlich hätten sie keine leere Flasche mit ihren Fingerabdrücken zurückgelassen. Nicht, wenn sie so sorgfältig waren.«

»Das spielt deshalb eine Rolle«, erklärte Levy, »weil es ein reiner Impuls gewesen wäre, wenn das Bleichmittel von hier stammte. Ungeplant und spontan. Wenn der Killer das Zeug aber mitgebracht hat, haben wir es mit einem Profi zu tun. Jemand, der genau wusste, was er hier tun würde. Und wie er seine Spuren verwischen konnte. Das zu wissen ist wichtig, finden Sie nicht?«

Hale nickte.

»Aber welchen Sinn hat es dann, das Schlafzimmer zu untersuchen?«, fragte er. »Wo Sie doch sicher sind, dass wir weder DNA oder Fingerabdrücke noch irgendetwas anderes finden werden?«

»Weil dieser Tatort im Moment unsere einzige Spur ist. Möglicherweise hat der Mistkerl ja eine Stelle übersehen.« Levy sah sich noch einmal in dem Raum um. »Wir müssen diesen Fall unbedingt aufklären.«

»Was ist denn so wichtig daran?«, erkundigte sich Hale. »Die Tatsache, dass er gekreuzigt wurde? Ermitteln wir in religiöser Richtung?«

»Vielleicht«, antwortete Levy.

Dann wandte sie sich an alle im Raum und hob ihre Stimme.

»Ich will das hier übrigens vor der Presse geheim halten. Niemand erwähnt auch nur mit einem Sterbenswörtchen, wie dieser Mann gestorben ist. Niemand!«

Levy drehte sich wieder zu Hale um, packte seinen Arm und führte ihn aus dem Zimmer in den Flur. Sie war dankbar, dass er mit ihr zusammen an diesem Fall arbeitete. Hale war jetzt seit drei Jahren in ihrem Team, und es gab niemanden bei der Polizei, dem sie mehr vertraute.

»Nein, Steve, es geht nicht um die Kreuzigung.« Levy flüsterte fast. »Sondern darum, wer dieser Kerl ist. Ich meine, wer er war.«

»Sie kennen ihn? Wer ist er?«

»Das ist Phillip Longman. Der ehemalige Lord Oberrichter.«

Levy sah, wie Hale blass wurde. Er kannte den Namen ebenso wie sie, das hatte sie gewusst.

Das Amt des Lord Oberrichters verlieh dem Inhaber nahezu unbeschränkte Macht, und Phillip Longman hatte sich nicht gerade zurückgehalten. In den acht Jahren seiner Amtszeit war er für viele kontroverse juristische Entscheidungen der jüngsten Vergangenheit verantwortlich gewesen. Entscheidungen, die sowohl kriminelle als auch terroristische Organisationen zu Fall gebracht hatten. Der verstümmelte Leichnam, der an die Schlafzimmerwand genagelt worden war, hatte einmal einem der einflussreichsten Männer der britischen Gesellschaft gehört.

»Der politische Druck bei diesem Fall wird ein Albtraum sein«, fuhr Levy fort. »Genau wie die Liste der Verdächtigen. Longman hat sich zu seiner Zeit verdammt viele Feinde gemacht, und ein ganzer Haufen dieser Mistkerle hat ein verflucht gutes Gedächtnis.«

Hale nickte, sagte aber nichts, als Levy einen Blick durch die offene Tür zurück auf Longmans Leichnam warf.

Nichts an dem blassen, bedauernswerten Körper ließ auf

den Status schließen, den der Mann einmal gehabt hatte. Ein Mann, dessen schockierender Tod Schlagzeilen machen und sämtliche Titelseiten füllen würde. Ein Tod, dessen Umstände Levy aufklären musste.

Sie hatte keine Zeit zu verlieren.

5

Das Gefängnis von Wandsworth hatte sich in den siebzehn Jahren seit Michael Devlins erstem Besuch dort kaum verändert. Das Gebäude selbst stammte aus der Mitte des 19. Jahrhunderts, und jeder einzelne Tag der folgenden hundertsiebzig Jahre schien in seine imposante Fassade eingeätzt zu sein.

Das Innere wirkte etwas weniger grimmig und dafür ein bisschen moderner. Der Empfangsbereich, der sowohl von Anwälten als auch von Besuchern genutzt wurde, war gleichsam nüchtern und heruntergekommen, eine höchst unvorteilhafte Mischung. Metallbänke mit harten Stahlsitzen boten den unglücklichen Seelen, die darauf Platz nehmen mussten, keinerlei Komfort, und den bestimmt schon zehn Jahre alten gelben Anstrich der Wände schien man immer noch für »gut genug« zu halten.

Dieselbe Genügsamkeit galt auch für die Stahlschränke, in denen die Anwälte ihre Wertsachen einschließen konnten. Sie waren zu klein, zu unsicher und zum größten Teil defekt, wurden aber weder ersetzt noch repariert.

Eine Steintreppe führte von der ruhigen Straße draußen zum Gebäude hinauf. Jeder, der einen der tausendneunhundert Gefangenen besuchen wollte, musste diese Stufen hinaufsteigen und die Sicherheitsschleusen durchlaufen, welche die Insassen von der Freiheit außerhalb der Mauern trennten.

Michaels kürzliche Beförderung in den Rang eines QC, eines Kronanwalts – ein Titel, der die besten Barrister der Obergerichte von den anderen trennte – verschaffte ihm da keine Sonderstellung. Sein erster Besuch in Wandsworth schien schon eine Ewigkeit her zu sein. Damals war er zweiundzwanzig und frisch qualifiziert gewesen. Es hatte Michael damals sehr überrascht, dass man ihn ebenso genau durchsuchte wie die anderen Besucher. Es gab keinerlei Sonderbehandlung, wie er erwartet hatte, kein Zeichen guten Willens, der es Anwälten erlaubte, mit einem Nicken und einem Winken die Schleusen zu passieren.

Daran hatte sich nichts geändert.

»Zu wem wollen Sie?«

Der Gefängnisbeamte hinter dem erhöhten Empfangstisch, ein Mann mittleren Alters, gab sich vollkommen sachlich. Keine Begrüßung. Kein Small Talk.

»Simon Kash.«

Andrew Ross war Simon Kashs Anwalt und antwortete für sie beide. Er gab dem Wachmann ein formelles Schreiben, das an den Direktor von HMP Wandsworth adressiert war. Darin wurden Ross und Michael als Solicitor und Barrister von Simon Kash aufgeführt, und es bestätigte den Termin mit ihrem Klienten um 9.30 Uhr.

»Ausweise?«

Sowohl Michael als auch Ross nahmen ihre Personalausweise aus den Brieftaschen und reichten sie wortlos zur Inspektion hoch. Sie bekamen sie nach wenigen Sekunden wieder zurück, dann wurden beide Männer mit einem Nicken durchgelassen.

»Telefone, Münzen, Schlüssel. Das Übliche.« Diese Aufforderung kam von einer Beamtin. Die Frau war jünger als der Schreibtischhengst und stand. Sie war die nächste Station auf dem Parcours der Sicherheitsmaßnahmen.

Während sie das sagte, schob sie ein kleines schwarzes Tablett über den Tresen, das sich rasch füllte. Mit ihren Brieftaschen, Schlüsseln und Münzen, dazu noch Michaels Zigarillos und Feuerzeug. Jeder behielt nur eine Aktenmappe mit den spärlichen Unterlagen über die Beweise der Anklage gegen Simon Kash, zusammen mit einem Notizblock und einem Stift.

Das schwarze Tablett verschwand in einem dünnen Blechschrank neben dem Empfangstresen. Der Schlüssel dafür wurde Ross übergeben. Das war der einzige andere Gegenstand, den die beiden Männer mit hineinnehmen durften.

Die dritte Sicherheitsschleuse lag auf der anderen Seite des Empfangsbereichs. Die große Schleuse, bedient von zwei weiteren Gefängnisbeamten, war verbeult, ziemlich mitgenommen und längst veraltet. Zweifellos war sie einmal Hightech-Equipment gewesen und hatte den Neid aller Flughäfen weit und breit erregt. Aber die staatlichen Fördergelder wurden schon seit Jahrzehnten immer weiter zusammengestrichen. Die Sicherheitsmaßnahmen am Flughafen hatten sie inzwischen überholt und lagen in ihrer Qualität weit über dem, was sich die Gefängnisverwaltung leisten konnte. Veraltete Personenschleusen und gelegentlich ein Metalldetektor waren alles, was die Strafvollzugsbehörden jetzt noch bekamen.

Eine lange Metallbank versperrte ihnen den Weg zu der Schleuse. Sie bot zusätzliche Sitzplätze, falls es in dem

Empfangsbereich zu betriebsam wurde, wirkte jedoch unangenehm deplatziert, wenn es so ruhig war wie heute. Michael war mit einem Meter fünfundachtzig groß genug, um nicht um das Hindernis herumgehen zu müssen. Stattdessen stieg er einfach darüber. Ross war kleiner und musste den längeren Weg nehmen.

»Legen Sie alles auf das Tablett, dann kommen Sie bitte hierher.« Ein dritter Gefängnisbeamter betete sein Mantra herunter.

Dieser Job macht einen kaputt, dachte Michael. *Sie haben diese armen Teufel in Automaten verwandelt.*

Das schwarze Tablett war diesmal größer. Und es gab eins pro Person. Michael legte die wenigen erlaubten Gegenstände in eine Ecke, dann folgten sein Anzugjackett, seine Armbanduhr und sein Gürtel. Dann schob er das Tablett in die Maschine und wartete darauf, dass das ziemlich ausgefranste Laufband sich in Bewegung setzte.

Michael stand mit dem Rücken zu Ross, und das langsame Tempo der Maschine gab ihm Zeit nachzudenken. Zu überlegen, und das nicht zum ersten Mal, warum er überhaupt hier war.

Die offizielle Antwort auf diese Frage war einfach. Es gab gewisse Fälle, für die nur ein Kronanwalt qualifiziert genug war. Manchmal arbeiteten sie allein, manchmal mit einem Junior-Barrister als Assistenten. Simon Kashs Fall war einer davon: eine komplizierte Mordanklage, in der Rache ein Motiv war, eine untere Stufe des organisierten Verbrechens eine Rolle spielte und in dem mehr als nur ein Angeklagter vor Gericht stand. Das barg das Risiko einer sogenannten Cut-Throat-Defense, bei der sich die Angeklagten in der Hoffnung auf Strafminderung gegenseitig beschuldigten.

Nein, es war klar, warum der Kash-Prozess einen QC, einen Kronanwalt erforderte. Michael beschäftigte vor allem die Tatsache, dass er diese Position überhaupt innehatte.

Er hinterfragte seine Beförderung nicht wegen seines Alters. Mit siebenunddreißig war er zwar sicherlich einer der jüngsten Barrister, die zum Kronanwalt befördert worden waren, aber das war auch schon vorher vorgekommen. Einzigartig war jedoch, dass er ohne Bewerbung oder Anhörung befördert worden war.

Die Beförderung war zwar unerwartet gekommen, aber Michael hatte keine Erklärung gebraucht, als er die Neuigkeiten vor sechs Monaten erfahren hatte. Ganz sicher beruhte seine Ernennung nicht auf seinen Verdiensten, das war klar. Er hatte sich nicht beworben, also konnte seine Leistung auch nicht eingeschätzt worden sein. Sie repräsentierte vielmehr das Dankeschön einer zufriedenen Regierung. Eine Belohnung für sein Schweigen nach den Ereignissen in London und Belfast vor zwanzig Monaten. Sarah hatte eine ganz ähnliche Reaktion auf ihre Story erlebt, die sie statt der Wahrheit an die Nachrichtensender geschickt hatte. Ihre Karriere war förmlich explodiert, von einer unerfahrenen CNN-Reporterin war sie zu einer leitenden Korrespondentin von ITN geworden, einem großen Nachrichtensender in Großbritannien.

Keiner von ihnen hatte um einen Karriereschub gebeten, aber zumindest in Sarahs Fall war er verdient. Michael jedoch hätte seinen neuen Status lieber auf die richtige Art und Weise erreicht: durch Anerkennung der harten Arbeit, der Hingabe und der Fähigkeiten, die er in seinem Berufsleben vor Gericht bislang gezeigt hatte. Und nicht als Belohnung für sein Schweigen. Ohne diese Anerkennung hegte er Zweifel, ob er sich überhaupt rechtmäßig Kronanwalt nennen durfte, dabei war es schon immer sein Traum gewesen, diese Position zu erreichen.

So aber werde ich mich mein ganzes Leben lang fragen, ob ich wirklich gut genug bin, hatte er gedacht.

Michael hatte sich deswegen sechs Monate lang das Gehirn zermartert. Aber jetzt? Jetzt kam zu seinem angegriffenen Selbstbewusstsein auch noch ein schlechtes Gewissen hinzu. Denn der Hintergrund des Simon-Kash-Falls, die Art und Weise, wie Michael da hineinmanövriert worden war, hatte alles noch schlimmer gemacht.

»Kommen Sie bitte hierher, Sir.«

Die Stimme der vierten Gefängnisbeamtin unterbrach Michaels Gedanken.

Er blickte hoch, als die Sprecherin auf ein kleines Treppchen deutete. Michael kannte den Ablauf. Er betrat das kleine Podest, stellte seine Füße etwa schulterbreit auseinander und hob die Arme an. Die Frau tastete ihn dann zwanzig Sekunden lang ab. Sie untersuchte seinen Kragen, seine Manschetten, den Hosenbund und den Saum seiner Hosenbeine. Sie warf sogar einen Blick in Michaels Mund. Nachdem sie sich überzeugt hatte, dass er nichts in das Gefängnis schmuggelte, erlaubte sie ihm, seine Habseligkeiten wieder vom Fließband zu holen.

Michael zog sein Jackett wieder an und stellte sich ans Ende der Besuchergruppe. Ross leistete ihm eine Minute später Gesellschaft, nachdem er dieselbe unwürdige Behandlung über sich hatte ergehen lassen müssen. Sie warteten schweigend, während Michael sich an seinen ersten Besuch zurückerinnerte.

Vor siebzehn Jahren.

Damals war er von den strikten Sicherheitsmaßnahmen

überraschtgewesen. Und jetzt, fast zwanzig Jahre später, überraschte ihn nur noch, wie wenig sich die Dinge doch änderten.

6

Simon Kash schaffte es, einen unbequemen Stuhl wie ein Folterinstrument aussehen zu lassen. Er wirkte jünger als einundzwanzig, sehr viel jünger. Sein Gefängnis-Overall änderte daran auch nicht viel. Er schien Kashs zierlichen Körper förmlich zu verschlingen, während dieser unruhig auf seinem Stuhl hin und her rutschte.

Michael musterte die Gestalt vor sich von Kopf bis Fuß. Zumindest das, was davon zu sehen war. Kash war eines extrem brutalen Verbrechens angeklagt – eines Doppelmordes. Aber schon jetzt kam Michael das unwahrscheinlich vor, und zwar nicht nur wegen Kashs Größe.

Sicher, der dürre Bursche sah nicht mal kräftig genug aus, um auch nur einen weiblichen Teenager überwältigen zu können, geschweige denn zwei Brüder, die für ihre Gewalttätigkeit berüchtigt waren. Aber so ein äußerer Eindruck bedeutete für sich genommen gar nichts. Michael hatte Männer getroffen, die halb so groß waren wie er selbst, dafür aber doppelt so stark. Nein. Auch alles andere an Kash gab Michael zu denken. Seine Nervosität. Seine gehetzte Miene. Michael konnte dieses furchtsame Kind einfach nicht mit der Bestie zusammenbringen, welche die Galloway-Zwillinge massakriert hatte.

»Erzählen Sie mir etwas über Darren O'Driscoll, Simon.«

Kash schien bei der Erwähnung dieses Namens zusammenzuschrumpfen. Michael hatte nichts anderes erwartet. Darren O'Driscoll war Kashs Mit-Angeklagter. Aber in den dreißig Minuten, die sie jetzt schon in dem kleinen schmutzigen Raum in HMP Wandsworths Besucherbereich für Anwälte zusammensaßen, hatte Kash weder O'Driscolls Namen erwähnt noch auch nur ein Wort über die Beteiligung dieses Mannes an dem Fall gesagt.

Michael glaubte den Grund zu kennen.

Kash und O'Driscoll wurden beschuldigt, zwei Brüder in South East London ermordet zu haben. Die Galloway-Zwillinge waren Anfang dreißig, sehr kräftig, weil sie ihr Leben lang körperlich gearbeitet hatten, und fielen deshalb nicht unbedingt unter die Kategorie »leichte Opfer«. Trotzdem waren sie jetzt tot. Ermordet, weil sie, laut Anklage, das schwerwiegende Verbrechen begangen hatten, Darren O'Driscolls Onkel auf einer Baustelle in der City respektlos behandelt zu haben.

Das Motiv für den Mord an ihnen war nicht sonderlich überraschend. Michael hatte gesehen, dass Menschen schon für weniger ermordet worden waren. Doch die Art und Weise, wie diese beiden ihr Ende gefunden hatten? Nun, das war eine ganz andere Geschichte.

London kann eine sehr brutale Stadt sein, und Michael hatte mehr als genug Gerichtsverfahren erlebt, die Folge dieser Gewalt gewesen waren. Es gab nicht viel, was er noch nicht gesehen hatte. Und doch hatte der Mord an den Galloway-Zwillingen sogar ihn schockiert.

Die Geschworenen würden die Fotos von der Autopsie niemals zu sehen bekommen.

Und dafür sollten sie Gott danken, dachte Michael.

Denn die grausigen Einzelheiten würden sie zweifellos in ihren Träumen verfolgen. Schon der Anblick von Martin Galloway war grauenvoll. Er war so übel zusammengeschlagen worden, dass jeder Knochen in seinem Oberkörper entweder gebrochen oder vollkommen zerschmettert worden war. Man hatte ihm die Hände abgehackt, die Knie zertrümmert und den Schädel seitlich eingeschlagen. Und die Verstümmelungen, die sein Bruder Marc Galloway davongetragen hatte, waren noch schlimmer.

Laut Anklage war es Marc Galloway gewesen, der Darren O'Driscolls Onkel respektlos behandelt hatte. Wenn das stimmte, hatte der Mann für dieses »Verbrechen« mehr als nur gebüßt. Der zweite Galloway hatte zwar dieselbe Behandlung erfahren wie sein Bruder, aber vor allem nach seinem Tod erheblich mehr Aufmerksamkeit genossen. Die Macheten, mit denen die Mörder die beiden Männer getötet hatten, waren bei Marc Galloway besonders fleißig gewesen, nachdem die Zwillinge ihren letzten Atemzug getan hatten. Ihm wurden Kopf, Arme und Beine abgehackt, bevor man seinen ohnehin schon verstümmelten Körper aus bloßer Rohheit schlichtweg zerfetzt hatte.

Bei den Bildern musste man unwillkürlich an eine mittelalterliche Exekution denken. Eine Exekution, die Michaels Verstand nicht mit dem nervösen, ungewöhnlichen jungen Mann vor ihm in Verbindung bringen konnte.

»Erzählen Sie mir von ihm, Simon. Erzählen Sie mir etwas über Darren.«

»Was wollen Sie denn wissen?« Kash blickte nicht auf, als er sprach. Er nuschelte die Worte mit dem Kinn an seiner Brust.

»Alles«, erwiderte Michael. »Fangen wir damit an, ob Sie

glauben, dass er zu dem fähig war, was den Galloways widerfahren ist.«

»Damit hat Darren nichts zu tun.«

Kashs Antwort war ruhig, fast unhörbar und so kurz, wie sie nur sein konnte. Damit passte sie zu seinem Verhalten während der letzten dreißig Minuten.

»Ich habe nicht gefragt, ob er es gewesen ist. Ich fragte, ob er dazu *fähig* wäre. Ob er so brutal sein kann.«

Kash gab keine Antwort und stellte auch keinen Blickkontakt her. Er sah nicht vom Boden hoch.

Michael schob den Stuhl zurück und atmete zischend aus. Dann fuhr er sich mit den Fingern durch sein dichtes blondes Haar.

Das kratzende Geräusch, mit dem Michaels Stuhl über den Boden schrammte, ließ Kash zusammenzucken. Aber es brachte ihn nicht zum Sprechen.

»Sehen Sie sich um, Simon.« Michael versuchte es erneut und deutete in den Raum.

Der kleine, wacklige Tisch und die drei Plastikstühle füllten ihn vollkommen aus. Es war heiß und schmutzig hier drin. Die Wände waren von laminierten Plakaten bedeckt, auf denen Regeln standen, die das Leben der Gefangenen bestimmten.

»Das ist Ihre Zukunft, mein Junge. Wenn Sie nicht aufpassen, werden Sie die nächsten fünfundzwanzig Jahre in solchen Räumen verbringen, mindestens. Das hier ist kein Spiel, Simon. Entweder helfen Sie uns – und das bedeutet, Sie erlauben uns, Ihnen zu helfen –, oder Sie schmoren hier drin, bis Sie fünfzig sind.«

Kash sah auf und folgte mit seinem Blick Michaels Geste. Es dauerte ein paar Sekunden, bis er die Worte zu begreifen schien.

»Ich war es nicht.« Als Kash endlich sprach, redete er sehr leise. Wie ein Schuljunge, der einer ungerechten Bestrafung widersprach. »Ich sollte gar nicht hier sein.«

»Das wissen wir, Simon«, warf Andrew Ross ein. Seine Stimme klang mitfühlender als die von Michael. »Deshalb sind wir hier. Deshalb ist Mr. Devlin hier …«

»Aber ohne Sie schaffen wir das nicht«, unterbrach Michael ihn. Es war wichtig, dass Kash ihn verstand. »Wir können uns nicht einfach irgendetwas ausdenken. Sie müssen ehrlich zu uns sein. Wenn Sie uns die Waffen geben, dann ziehen wir für Sie in den Krieg. Aber wenn Sie uns Dinge verheimlichen, wenn Sie weiter schweigen, um Darren O'Driscoll zu schützen, dann kämpfen wir auf verlorenem Posten.«

»Wenn wir verlieren, zahlen Sie den Preis dafür.« Ross nahm den Faden auf und klang nicht mehr ganz so mitfühlend, als er Michaels Vorgabe folgte. »Und wir beide? Wir gehen nach Hause. Wir werden enttäuscht sein, aber wir machen einfach weiter. Doch Sie bekommen lebenslänglich. Das heißt fünfundzwanzig Jahre im Bau. Vielleicht länger. Ganz sicher länger, als Sie bisher gelebt haben.«

Kash antwortete nicht. Er sank nur noch mehr auf seinem Stuhl zusammen und schien kleiner zu werden, während Ross' Worte in sein Bewusstsein sickerten.

Wenn Kash zu viel Angst vor Darren O'Driscoll hatte, um sich selbst zu helfen – und davon war Michael überzeugt –, dann würde diese Furcht schon bald nicht mehr seine größte Sorge sein.

7

Es war Mittag, als Michael in Begleitung von Ross die Stufen des Gefängnisses hinabstieg. Mittlerweile brannte die Sonne bereits vom Himmel. Es war schon sehr heiß für die Mittagszeit. In ein paar Stunden würde der Asphalt unter ihren Füßen weich werden.

Michael zog sein Jackett aus und lockerte seine Krawatte, als sie auf die Straße traten.

»Wo haben Sie geparkt?«

Michael sah zu, wie Ross mit dem Autoschlüssel herumspielte.

»Vor dem Gartencenter«, erwiderte Ross und deutete nach links.

Michael musste nach rechts, zum Bahnhof Earlsfield. Das bedeutete, dass sie hier besprechen mussten, was es noch zu klären gab.

»Wie sehen Sie die Sache?«, wollte Ross wissen.

»Der Junge ist vollkommen fertig.«

Michael lehnte sich an eine Ziegelwand, während er antwortete. Die beiden letzten Stunden hatten ihn sehr erschöpft. Manchmal war es härter, wenn ein Klient nichts sagte, als wenn er unaufhörlich quatschte.

»Er weiß, was passiert ist. Und er weiß auch, wer es getan hat. Er hat nur zu viel Angst, es uns zu sagen.«

»Glauben Sie, dass er vor Darren O'Driscoll Angst hat?«, fragte Ross.

»Zweifellos.«

Michael hatte eine Theorie zu dem Fall formuliert, nachdem er die Beweise gesichtet hatte. Dieser Morgen mit Kash hatte daran nichts geändert. Aber er hatte seine

Entschlossenheit verstärkt, den Jungen vor sich selbst zu schützen.

»Darren O'Driscoll hat die Galloways getötet«, meinte Michael. »Er und noch jemand anders; ich glaube nicht, dass er das allein geschafft hätte. Aber ich glaube absolut nicht, dass Simon dabei gewesen ist. Jedenfalls nicht aktiv. Nicht in der Rolle, die Colliver ihm anhängen will.«

Terry Colliver war der Zeuge der Anklage und Simon Kashs größtes Problem.

»Sie glauben ihm also?« Ross klang erfreut. »Ich meine Simon. Sie glauben wirklich, dass er unschuldig sein könnte?«

Michael antwortete nicht sofort. Stattdessen dachte er ein paar Sekunden lang nach. Hier durfte er keinen Fehler machen, das war wichtig.

»Jedenfalls hat Derek das geglaubt«, antwortete Michael schließlich. »Er hat viel Zeit mit dem Jungen verbracht, und er kann den Charakter eines Menschen besser einschätzen, als ich es jemals könnte. Ich vertraue seinem Gefühl.«

Derek Reid war bis vor zwei Tagen Kashs Barrister gewesen. Das hatte sich geändert, als der zuständige Richter verfügt hatte, dass dieser Fall einen Kronanwalt gebrauchen könnte. Reid hatte diesen Status niemals erreicht, also hatte man ihm den Fall weggenommen und ihn Michael übergeben. Das alles wäre nicht weiter ungewöhnlich gewesen, wären die beiden nicht enge Freunde. Reid war Michaels ehemaliger Pupil-Master, sein Tutor, und zudem der Mann, den Michael nach wie vor für den besten Anwalt hielt, den er je gesehen hatte.

Das war ein weiterer Grund, warum Michael seine frühe Beförderung nicht nur Unbehagen, sondern auch ein gewisses Schuldgefühl bereitete. Denn damit erklärte man ihn –

und zwar zu Unrecht, wie Michael fand – für eine bessere Wahl als Derek Reid.

Er fragte sich, ob Ross das vielleicht genauso sah.

»Was Derek angeht …«, begann Ross. »Sie wissen, dass ich ihn nicht verlieren wollte, stimmt's? Das war nicht meine Entscheidung.«

»Das weiß ich.« Michael brauchte keine Erklärung. »Denn in dem Fall wäre Simon besser dran. Ich meine, wenn Sie die Entscheidung hätten treffen können.«

»Aber jetzt hat er Sie, Michael.«

»Aber ihm wäre mit Derek trotzdem besser gedient gewesen. Es gibt keinen besseren Anwalt als ihn.«

»Nicht einmal Sie?«

»Nicht einmal mich. Vor allem, weil ich nicht mal eine Woche Zeit hatte, um mich auf dieses Verfahren vorzubereiten.«

Ein mechanisches Klappern hinderte Ross daran zu antworten. Michael und er drehten sich zu der Geräuschquelle um.

Das automatische Metalltor des Gefängnisses öffnete sich langsam. Es war der einzige ebenerdige Weg in und aus dem Gebäudekomplex. Als das Tor zu Seite glitt, ertönte aggressive Rapmusik.

Einen Moment lang dachte Michael, sie käme aus dem Inneren des Gefängnisses. Er bemerkte seinen Irrtum jedoch schnell, als er die Quelle der Musik bemerkte.

Ein schwarzer BMW M760Li stand kaum zehn Meter von ihm entfernt in einer langen Reihe von parkenden Fahrzeugen am Bordstein. Bis jetzt hatten die getönten Fenster die Insassen vor neugierigen Blicken geschützt und den Sound der Stereoanlage unterdrückt. Aber jetzt waren die Türen geöffnet worden.

Drei junge schwarze Männer von höchstens Anfang zwanzig stiegen aus.

»Im Ernst? Die hocken in einem Hunderttausend-Pfund-Auto? Vor einem verfluchten Gefängnis?« Ross konnte die Ungläubigkeit in seiner Stimme nicht unterdrücken. »Sie tauchen ausgerechnet hier auf, in diesem Schlitten, dröhnen die Umgebung mit Musik voll, in der es um Knarren und Gangs geht. Und dann wundern sie sich, dass die Polizei sie aufgreift?«

»Sie kennen die?«

»Diese drei nicht, aber genug Typen wie sie.« Ross deutete mit einem Nicken auf den Wagen. »Ich kann mich noch an Zeiten erinnern, in denen Schurken schlau sein mussten, um so viel Kohle zu scheffeln.«

»Vielleicht ist ja jemand anders schlau.« Michael deutete so subtil auf das Gefängnistor, dass nur Ross es bemerkte.

Das Tor war jetzt ganz offen. Es war breit und hoch genug, um einen Gefängnisbus durchzulassen. Doch stattdessen kam eine einzelne Gestalt heraus, als das Tor sich gerade wieder zu schließen begann. Der Mann war deutlich älter als die Insassen des BMW. Groß, breitschultrig und mit einem transparenten Plastikbeutel in der Hand, in dem er ein paar Habseligkeiten mit sich trug, die er offenbar im Gefängnis angesammelt hatte.

Einer der jungen Männer aus dem BMW näherte sich ihm. Der Ältere drückte ihm ohne zu grüßen den Beutel in die Hand. Ein klares Anzeichen für seine gehobene Stellung in der Hierarchie. Er ignorierte die anderen, als er auf der Beifahrerseite einstieg und die Tür schloss. Die Musik, die über die ruhige Straße gedröhnt war, verstummte einen Moment später schlagartig.

Der frisch entlassene Ex-Gefangene hatte seine Autorität bekräftigt.

»Himmel«, murmelte Ross.

Sie beobachteten, wie die anderen drei Männer wieder in den Wagen stiegen. Die bedrohliche Aura, die sie noch vor wenigen Minuten ausgestrahlt hatten, war verflogen und durch Unterwürfigkeit ersetzt worden.

»Haben Sie so etwas schon mal gesehen?«, fragte Ross.

»Ein paarmal.«

Michael redete fast mit sich selbst. Ross hatte keine Ahnung, dass Michael diese kriminellen Hierarchien ganz genau verstand. Was sie gerade gesehen hatten, war die Realität seiner Kindheit gewesen und rief ihm unwillkommene Erinnerungen an seinen Vater ins Gedächtnis. Und an seinen Bruder.

»Ich fahre am besten zurück in die Kammer«, verkündete Michael abrupt, während er versuchte, diese Erinnerungen zu unterdrücken. »Ich habe noch einen Haufen Arbeit vor mir, wenn ich für den Prozess vorbereitet sein will.«

»Verstehe. Wenn Sie etwas von uns brauchen, ich bin telefonisch immer erreichbar.«

Das Geräusch des BMW-Motors unterbrach Ross' Antwort. Die Maschine brüllte auf, als der Wagen aus der Parklücke schoss. Das Tempolimit von zwanzig Meilen pro Stunde war in knapp einer Sekunde überschritten.

»Ich werde wahrscheinlich morgen anrufen, denke ich.« Michael hatte gewartet, bis das Motorengeräusch verklungen war. »Aber zuerst muss ich den Rest der Aussagen und die Beweise durcharbeiten, um herauszufinden, wo genau wir stehen.«

»Dann warte ich.«

»Gut zu wissen.« Michael streckte seine große Hand aus und schüttelte die von Ross. »Wir hören bald voneinander.«

◆

Ihr Beobachter hatte nie an Schicksal oder an irgendeine andere lenkende Macht geglaubt, als an die seines Willens. Diese Gewissheit war nie erschüttert worden, und das wurde sie auch jetzt nicht, als der Blick seiner hellen, blassen Augen so unerwartet auf Michael Devlin fiel.

Es konnte niemand anders sein. Devlin war immer noch eine so markante Gestalt wie damals. Jetzt vielleicht sogar noch mehr. Er war älter, gewiss, und hatte ein paar Pfund mehr auf den Rippen. Und ein paar Falten mehr im Gesicht. Der Unterschied zwischen einem Mann und einem Jungen. Aber er hatte immer noch sein dichtes blondes Haar und seine schlanke, kräftige Statur.

Er hatte sich immer gefragt, ob er Michael Devlin jemals wiedersehen würde. Nun, die Frage war beantwortet. Doch würde Michael Devlin *ihn* jemals sehen?

Er hatte sich noch nicht entschieden. Aber wie die Antwort auch lauten würde, Devlin war heute nicht sein Problem, und auch sein unerwartetes Auftauchen vor dem Wandsworth-Gefängnis würde das nicht ändern. Er hatte andere Prioritäten. Es gab andere Leute, die seine Aufmerksamkeit mehr verdienten.

Es gab kein Schicksal, sondern nur Zufälle. Er würde seinem eigenen Weg folgen. Und heute führte dieser Weg an einen anderen Ort.

8

Sarah Truman spürte die ersten Schweißtropfen, die ihr über den Nacken liefen.

Juni in London. Es sollte eigentlich nicht so heiß sein. Die City hielt sich für gewöhnlich ans Mittelmaß. Ein Hauch von Schnee im Winter. Regen, wenn er am wenigsten erwünscht war. Und ein so schwacher Sonnenschein, dass die Engländer warmes Bier erfunden hatten, statt kaltes Lager zu trinken.

Dieser Mangel an Extremen war ein echter Pluspunkt für Sarah gewesen. Zu viele strenge Winter in Boston hatten die Vorhersagbarkeit des britischen Wetters attraktiv für sie gemacht.

Aber in den letzten drei Wochen hatte das Klima verrücktgespielt. Kalte Morgenstunden führten regelmäßig zu extrem heißen Tagen. Und auch heute gab es keine Erleichterung. Es war noch nicht einmal Mittag, und die Hitze nahm mit jeder weiteren Stunde zu.

Sarah warf einen sehnsüchtigen Blick auf den Übertragungswagen, mit dem sie hergekommen war, und erinnerte sich liebevoll an die Wirkung der Klimaanlage.

Das war weniger als fünf Minuten her.

»Wie lange dauert das noch, was glauben Sie?«

Sarah drehte sich zu dem Fragenden um. Nathan Benson. Er gehörte zu der neuen Generation von Kameraleuten des Netzwerks. Technologische Wunderkinder, ohne jeden Hauch von Erfahrung oder einen Funken gesunden Menschenverstand. Sarah vermisste die alte Garde, vor allem einen von ihnen. Wie immer, wenn sie an ihn dachte, empfand sie einen Anflug von Traurigkeit. Dan Maguire. Er war bei einer

Explosion vor weniger als zwei Jahren getötet worden, unmittelbar bevor Sarah angefangen hatte, um ihr Leben zu laufen. Zur selben Zeit, als sie Michael getroffen hatte.

»Wie lange dauert was?«, erkundigte sie sich und schüttelte den unwillkommenen Gedanken ab.

»Wie lange müssen wir noch hier herumhocken? Es passiert nichts.«

»Es dauert so lange, wie es dauert.« Diesen Rat hatte sie vor vielen Jahren bekommen, von einem Kameramann, dem Benson niemals das Wasser würde reichen können. »Wir warten, bis sie bereit sind, uns irgendetwas zu erzählen.«

Benson nickte. Sarahs Tonfall war unmissverständlich: Sie wünschte keine weiteren Fragen. Also konzentrierte er sich auf seine supermoderne Ausrüstung. Er nahm ein paar digitale Anpassungen vor, die niemandem außer seinen Berufsgenossen auffallen würden.

Sarah sah ihm ein paar Sekunden leicht irritiert zu, doch seine Frickelei langweilte sie schon bald, und sie ging zu dem Van zurück. Er parkte am Bordstein. Fünf andere, bis auf die Sender-Logos identische Fahrzeuge parkten in der Nähe.

Sarah ging an allen vorbei und überquerte dann die Straße. Als sie weit genug entfernt war, drehte sie sich um und warf einen Blick zurück auf den Schauplatz, den sie gerade verlassen hatte.

Das Haus war ziemlich beeindruckend. Und sehr groß, selbst für dieses Viertel. Sarah vermutete, dass es vielleicht sechs bis sieben Schlafzimmer hatte, und alle nicht gerade klein. Die große Auffahrt war von der Straße aus zu sehen und lag hinter einem automatischen schmiedeeisernen Tor. Sie war in einem komplizierten Muster gepflastert worden, dessen Vollendung zweifellos sehr viel Geduld und Rückenschmerzen gekostet hatte. Alles an diesem Anwesen verkündete: Familienbesitz.

Sarah wusste, dass es das nicht war. Nicht mehr, jedenfalls.

Sie wischte sich den Schweiß von der Stirn und sah sich um. Die Nachbarhäuser wirkten ruhig. Kein einziges Gesicht zeigte sich an einem der Fenster. Sarah hatte nichts anderes erwartet. Wenn Scotland Yards Mordkommission, das Major Investigation Team, in einer solchen Nachbarschaft auftauchte, zeigte sich kein Kopf über den Zinnen. Freunde wurden zu Bekannten, Bekannte wurden zu Fremden. Wenn das MIT sich irgendwo zeigte, wollten selbst die besten Nachbarn lieber in Ruhe gelassen werden.

Es wurde heißer. Sarah fühlte es. Erneut überquerte sie die Straße und ging diesmal direkt zu einer kleinen Gruppe von drei Reportern, einem Mann und zwei Frauen. Ihrer Kleidung war anzusehen, dass sie bereits eine Weile in der Hitze herumgestanden hatten.

»Miss Truman.« Der Reporter begrüßte sie. Er war etwa so alt wie Sarah, ganz sicher jedenfalls unter dreißig. Wie die anderen war er auf einer erheblich niedrigeren Sprosse der Karriereleiter als Sarah. »Normalerweise sieht man Sie bei so einer Sache nicht.«

»Was soll ich sagen? Ich dachte mir, ich könnte ein bisschen Sonne tanken.« Sarah lächelte, während sie sprach, in der Hoffnung, dass ihre Freundlichkeit die Tatsache kaschieren konnte, dass sie die Namen der drei nicht kannte. »Hat jemand schon irgendetwas von drinnen gehört?«

»Nur was Joanne aufgeschnappt hat«, sagte die CNN-Reporterin, eine große, hübsche Amerikanerin, vielleicht zwanzig Jahre alt. Sie erinnerte Sarah an sich selbst, als sie noch eine junge Reporterin bei CNN gewesen war, nur musste diese Frau hier noch früher angefangen haben. »Hat man Sie deshalb geschickt?«

»Was meinen Sie mit deshalb?«

»Ich meine, wenn Joanne recht hat und das Opfer wirklich ein Richter ist ... Ihr Ehemann ist doch ein superwichtiger Strafverteidiger, stimmt's?«

»Mein *Verlobter* ist ein Barrister, allerdings. Ob ich ihn superwichtig nennen würde, weiß ich allerdings nicht«, antwortete Sarah. »Und außerdem wüsste ich auch nicht, was das eine mit dem anderen zu tun hätte. Es gibt jede Menge Richter und noch mehr Strafverteidiger. Sie kennen sich nicht alle gegenseitig. Und außerdem können wir nicht wissen, ob das, was Joanne gehört hat, auch stimmt.«

Sarah war nicht ehrlich zu ihnen, denn die Jung-Reporterin hatte es tatsächlich auf den Punkt gebracht. Michaels Stellung war tatsächlich der Grund, warum man sie geschickt hatte. Und Sarah hatte keinerlei Zweifel an der Identität des Opfers. Sie wusste seit knapp zehn Uhr früh, dass dieser Tatort die Adresse des ehemaligen Lord Oberrichters Phillip Longman war. Es gab einige positive Aspekte an dem Marathon der geschäftlichen Dinner, die sie um Michaels willen zu erdulden hatte. Kontakte zum Justizministerium waren einer davon.

»Joanne hat gehört, was sie gehört hat«, erklärte der Mann hartnäckig. »Ihr entgeht nicht viel. Dann meldet sie das bei ITV, und plötzlich ist sie weg. Ausgetauscht von den großen Tieren. Das sieht für mich eindeutig nach einem abgekarteten Spiel aus.«

»Vielleicht haben Sie recht.« Sarah gab nach, hatte aber

nach wie vor nicht die Absicht, ihre Informationen preiszugeben. »Aber selbst wenn man beim Sender etwas weiß, mich hat man jedenfalls nicht eingeweiht. Ich wünschte, sie würden es tun. Dann wüsste ich wenigstens, dass ich hier nicht nur deshalb langsam zerfließe, weil ich irgendjemandem auf die Füße getreten bin.«

Sarah konnte das folgende Gemurmel der drei nur schwer interpretieren. Es konnte Zustimmung sein oder auch Ungläubigkeit. Letztlich spielte das keine Rolle. Denn bevor irgendjemand etwas sagen konnte, öffneten sich die schmiedeeisernen Torflügel.

»Nathan.« Sarah war bereit. Ihr Kameramann war es nicht. »Nathan!« Der zweite Ruf war lauter als der erste, und ihre Gereiztheit war unüberhörbar. Es funktionierte. Bensons Kameralinse war oben und zeigte in die richtige Richtung.

Die Tore waren seit mindestens neun Uhr früh geschlossen gewesen, als die Presse allmählich eingetrudelt war. Seitdem arbeitete eine Gruppe von Uniformierten und weiß gekleideten Polizisten rund um das Haus und in dem Gebäude selbst. Jetzt kamen sie alle gemeinsam heraus, insgesamt zwölf Personen.

»Die da.« Sarah zeigte flüsternd auf die einzige Person in der Auffahrt, die weder eine Polizeiuniform noch einen Overall der Spurensicherung trug. »Mit der müssen wir reden.«

Benson zoomte mit einem Knopfdruck auf die Frau, die Sarah ihm gezeigt hatte. Ein Blick auf das kleine Display seiner Kamera bestätigte Saras Annahme: Die Frau in Zivilkleidung hatte hier das Sagen.

9

Detective Chief Inspector Joelle Levy hatte kein Problem mit der Presse. Journalisten waren notwendig und konnten sogar hilfreich sein. Es gab sehr viele Morduntersuchungen, die ohne sie gescheitert wären, das wusste sie. Trotzdem waren viele ihrer Kollegen den Medien gegenüber alles andere als positiv eingestellt. Einige sahen in Reportern sogar Feinde.

Levy hatte festgestellt, dass eben diese Kollegen oft etwas zu verbergen hatten.

»Habe ich irgendetwas an mir, was nicht da sein sollte, Steve?«

Detective Inspector Steven Hale reagierte sofort. Diese Prozedur hatten er und sein DCI schon vor langer Zeit perfektioniert. Levy würde mit der Presse sprechen, nachdem sie zwei Stunden an einem blutigen Tatort verbracht hatte. Wenn auch nur ein Fleck von Phillip Longmans Blut im Fernsehen zu sehen war, konnte das ein PR-Desaster werden. Also musterte Hale sie sehr sorgfältig.

»Sie sind sauber«, erklärte er schließlich.

»Danke.«

Levy griff nach oben und zog das Band ab, das ihr Haar zusammengehalten hatte. Ihre dichte schwarze Mähne fiel ihr auf den Nacken. Sie reichte bis kurz über ihre Schultern.

»... und aus der bösen Hexe wird Scarlett O'Hara«, meinte Hale lächelnd.

»Sehr komisch«, konterte sie. Levy legte keinen besonderen Wert auf ihr Äußeres, aber sie war Realistin. Ob es ihr gefiel oder nicht, man würde sie als Frau beurteilen. Wenn sie ihr Haar zurückgebunden trug, bedeutete das streng.

Offenes Haar hieß umgänglich. Und jede Einzelheit, welche die Öffentlichkeit auf ihre Seite zog, war die Mühe wert.

Sie drehte sich zu dem mittlerweile komplett geöffneten Tor herum. »Lasst die Meute rein.«

Hale gab dem Beamten am Tor ein Zeichen, der sofort die Reporter und Kameraleute auf die Zufahrt führte, dorthin, wo Levy und Hale an der Haustür des Anwesens standen. Die Fragen prasselten auf sie ein, noch bevor das kleine Presserudel zum Stehen gekommen war.

»Officer, können Sie die Berichte kommentieren, dass das Opfer ein hoher Richter gewesen ist?«

»Ist es richtig, dass in diesem Haus ein Richter ermordet worden ist?«

»Officer, gibt es eine Verbindung zwischen dem Opfer und irgendwelchen laufenden Prozessen?«

»Ladys und Gentlemen, wir können und werden keine Fragen beantworten, die das Opfer eines Verbrechens zu diesem heiklen Zeitpunkt identifizieren könnten.« Levys Antwort ließ keinerlei Raum für Diskussionen, und die Fragen verstummten.

»Aber ich kann Ihnen die groben Einzelheiten dessen, was wir bis jetzt haben, mitteilen. Und wenn Sie mitspielen, kommen Sie – wie immer – später in den Genuss unserer Dankbarkeit. Sind alle an Bord?«

»Eine Hand wäscht die andere?« Die Frage kam von der einzigen Reporterin, die bisher nichts gesagt hatte. Levy kannte sie. Sarah Truman. »Was Sie später herausfinden, erfahren wir als Erste?«

»Das versteht sich von selbst, Miss Truman.«

»Nicht immer.«

Levy lächelte. Sie respektierte Professionalität, sowohl in

ihrem eigenen Bereich als auch bei jeder anderen Berufsgruppe, und sie kannte Sarahs Ruf.

»Dann versichere ich es Ihnen persönlich. Sie vier haben Priorität bei allen Informationen, die wir freigeben können, wie und wann auch immer wir das tun. Solange Sie jetzt alle auf unserer Seite sind.«

»Das genügt mir.« Sarah trat zur Seite, während sie sprach, und gab ihrem Kameramann einen freien Blick auf Levy, als diese sich anschickte, ihr Statement abzugeben. »Ich wäre dann so weit.«

10

Die Themse schimmerte, als Michael von der Waterloo Bridge hinabblickte. Der wolkenlose blaue Himmel spiegelte sich auf dem schlammigen Wasser. Eine Illusion, die zu der Schönheit von Londons bestem Ausblick beitrug.

Michael hatte diesen Spaziergang von Waterloo Station nach Middle Temple schon immer genossen. Eine knappe Meile Fußweg, der ihn auch über die Waterloo Bridge und vorbei an vielen Wahrzeichen Londons führte. Jedes einzelne davon erinnerte Michael daran, wie weit er sich von den schmutzigen Straßen seiner Kindheit entfernt hatte. Deshalb hatte er diese Stelle ausgesucht, genau in der Mitte zwischen The Strand und South Bank, um Sarah den Antrag zu machen – zwölf Monate nachdem sie sich getroffen hatten.

Diese spezielle Erinnerung hatte seine Zuneigung zu der Brücke nur noch verstärkt.

Auf seine eigene Art war Michaels Ziel genauso beeindruckend. Der Temple-Bezirk war nur einen kurzen Spaziergang vom Ende der Waterloo Bridge entfernt und atmete lebendige Geschichte. Er war um eine neunhundert Jahre alte Kirche erbaut worden und die englische Heimat der Tempelritter gewesen. Nach der brutalen Ausrottung des Templerordens im Jahre 1312 war der Bereich aufgrund der Launen etlicher mittelalterlicher Könige von einem Besitzer in die Hände des nächsten übergegangen. Hundert Jahre Unsicherheit fanden schließlich zum Ausgang des 14. Jahrhunderts ein Ende, als Anwälte hier auftauchten und Besitzansprüche erhoben. Seit dieser Zeit war ein ganzes Jahrtausend voller Barrister gekommen und gegangen, und immer noch nannte die Mehrheit von ihnen den Temple-Bezirk ihr Zuhause.

Michael blickte nach links, als er die ersten hundert Meter über die Fleet Street ging, in Richtung Middle Temple Lane. Nach all den Jahren beeindruckte ihn der Anblick immer noch. Londons Royal Courts of Justice, die königlichen Gerichtshöfe, waren auf dem Höhepunkt des British Empire erbaut worden. Die Macht des damaligen Großbritanniens war schon an den Ausmaßen des Gebäudes zu erkennen. Es war das größte Gerichtsgebäude in ganz Europa, und das massive steinerne Bauwerk hatte Michael auf den ersten Blick in seinen Bann geschlagen.

Die Middle Temple Lane selbst war zwar weniger beeindruckend, aber nicht weniger einzigartig. Ihren Eingang bildete ein unauffälliges weißes Tor direkt gegenüber dem Gerichtsgebäude. Michael war fast an jedem Arbeitstag seiner Karriere durch dieses Tor gegangen, und trotzdem berührte ihn die Dichotomie dieser Schwelle nach wie vor. Auf der

Fleet-Street-Seite pulsierte die moderne Welt: eine typische geschäftige Londoner Straße. Auf der anderen Seite wartete eine Szenerie aus der Vergangenheit. Gepflasterte Straßen. Gaslaternen. Jahrhunderte alte Gebäude, die sich vor Geschichte krümmten. Es war wie ein lebendig gewordener Dickens-Roman, und das faszinierte Michael immer noch genauso wie an seinem ersten Tag.

Er warf einen Blick auf seine Armbanduhr. 13.15 Uhr. Wegen seiner Entscheidung, zu Fuß zu gehen, kam er zu spät. Außerdem schwitzte er. Er hatte die Hitze nicht einkalkuliert. Er zog sein Handy aus der Hosentasche und sah, dass er bereits eine SMS bekommen hatte: *Säumiger Mistkerl.*

Diese Nachricht war vorhersehbar gewesen. Michael wusste, wer sie verfasst hatte, ohne auch nur einen Blick auf den Namen werfen zu müssen.

In zwei Minuten. Sorry, schrieb er zurück.

Michael ging schneller, während er die kurze Distanz zur Middle Temple Hall zurücklegte. Dann rannte er die kleine Steintreppe hinauf und stürmte durch die schwarzen Eisentore ins Innere.

Wie die Straßen, die sie umgaben, gewährte auch Middle Temple Hall einen Blick in die Vergangenheit. Die Tudor-Halle war im 16. Jahrhundert auf Befehl von Queen Elisabeth I. erbaut und seitdem kaum verändert worden. Dasselbe galt auch für ihre Bestimmung. Die Hall, wie man sie nannte, war immer ein Ort der Arbeit gewesen. Dort trafen sich die Anwälte, aßen zusammen und diskutierten über ihre Fälle. Auch wenn es schwierig sein mochte, die fünfhundert Jahre alten Dachbalken, die uralten Eichentische und die Marmorstatuen mit der Vorstellung von einer Bürokantine unter einen Hut zu bringen, war die Hall für Hunderte Barrister in London genau das.

Michael sah Derek Reid sofort. Er war auch unmöglich zu übersehen. Mit einem Meter neunzig war Reid gut fünf Zentimeter größer als Michael. Aber er fiel nicht nur durch seine Größe auf. Schon als die beiden sich vor siebzehn Jahren kennengelernt hatten, damals, als Michael seine praktische Ausbildung als Reids Pupil begonnen hatte, war Reid erheblich schwerer gewesen, als es gesund für ihn war. Jetzt, im Alter von siebenundfünfzig, war er fast kugelrund.

»Entschuldige die Verspätung.« Michael bemerkte einen leeren benutzten Teller auf dem langen Eichentisch vor Reid. Offenbar hatte er die Wartezeit nicht vergeudet. »Wandsworth hat sich hingezogen.«

»Ist das nicht immer so?« Reid schob seinen leeren Teller weg, während er langsam aufstand. »Ich bin immer noch fast am Verhungern. Holen wir uns erst etwas zu essen, dann kannst du dich über Gefängnisse und Züge beschweren.«

Die beiden Männer füllten rasch ihre Teller. Da sie regelmäßig gemeinsam zu Mittag aßen, hatten sie die Selbstbedienung am Büfett zu einer Kunstform verfeinert. Nach wenigen Minuten saßen sie wieder an dem Tisch, den Reid ihnen gesichert hatte. Ihre Teller waren mit Fleisch, Kartoffeln und Gemüse beladen.

Dass Reid bereits gegessen hatte, schien seinen Appetit kein bisschen geschmälert zu haben. Sein Teller war fünf Kartoffeln und eine Extraportion Fleisch leichter, als er wieder sprach.

»Also, wie war er?«, fragte Reid mit vollem Mund.

»Genau so, wie du vorhergesagt hast. Er ist verängstigt.«

Reid nickte nachdenklich, bevor er die nächste Kartoffel in Angriff nahm.

»Glaubst du, dass du zu ihm durchdringen kannst?«, fragte er schließlich. Zwei kleine Kartoffelbrocken klebten in seinen Mundwinkeln. »Jedenfalls so weit, dass er sich zumindest ein kleines bisschen helfen lässt?«

»Das bezweifle ich«, erwiderte Michael. »Nicht nach dem Termin heute. Dieser Junge ist nicht so gestrickt, dass er einfach irgendwelche Namen ausspuckt.«

»Ja.« Reid wischte sich den Mund ab, während er sprach. »Ja. Genau das dachte ich mir.«

Er schob den leeren Teller zurück. Wie immer staunte Michael über die Geschwindigkeit, mit der sein Freund essen konnte. Sein eigener Teller war immer noch fast voll.

»Wenn Simon den Mut aufbringen würde, sich für sich selbst einzusetzen«, fuhr Reid fort, »könntest du O'Driscoll festnageln und Colliver als den verlogenen und wahrscheinlich auch mörderischen Dreckskerl entlarven, der er ist. Simon muss nichts weiter tun, als dir freie Hand und grünes Licht zu geben. Wenn du zwanzig Minuten mit diesen Mistkerlen im Zeugenstand bekommst, bringst du sie dazu, alles auszuspucken, wenn man es dir erlaubt. Das weiß ich.«

»Danke für diesen Vertrauensbeweis.«

Michael merkte, dass seine Antwort etwas zickig klang, und bereute sie sofort. Ob Reid es wusste oder nicht, sein Vertrauen in Michaels Fähigkeit, einen Zeugen auseinanderzunehmen, bedeutete dem jüngeren Mann sehr viel. Die Tatsache, dass Michael ein Kronanwalt war und damit der Ranghöhere der beiden, war lediglich eine Laune des Schicksals. Michael fand es sogar skandalös, dass Reid nicht in diesen Rang erhoben worden war, und zwar schon vor Jahren.

Doch mit oder ohne Urkunde war Derek Reid der fähigste Barrister, den er je kennengelernt hatte.

»Keine Sorge«, gab Reid zurück. »Ich weiß, dass man deinem Ego nicht schmeicheln muss.«

Michael wusste, dass sein Freund wegen seiner Antwort nicht beleidigt war, aber er fühlte sich trotzdem unbehaglich. Nun betrachtete Reid ihn prüfend und spürte genau dieses Unbehagen.

»Hör mir zu, Michael.« Reids Tonfall hatte sich geändert, war ernster geworden. Michael richtete sich unwillkürlich auf, als wären nicht bereits sechzehn Jahre seit der Zeit verstrichen, zu der sie noch Pupil und Pupil-Master gewesen waren. »Ich weiß, was mit dir los ist. Du musst damit aufhören. Du musst aufhören, ein schlechtes Gewissen zu haben, weil du diesen Fall übernommen hast. Er wurde mir weggenommen, als der Richter die Seidenrobe verfügt hat. Wenigstens hast du ihn bekommen. Mit dir hat Simon zumindest eine Chance.«

Bei diesem Kompliment schlug Michaels Herz etwas schneller, und er lächelte. Die Reaktion war ihm peinlich und erinnerte ihn gleichzeitig an die sonderbare Beziehung, die stets zwischen einem Barrister und seinem ehemaligen Tutor bestand. Sechs Monate lang, im Alter von erst einundzwanzig, war Michael Reids Schatten gewesen. Sie hatten zusammen gearbeitet, waren zusammen gereist, hatten zusammen gegessen und – vor allem – getrunken. Es war eine einzigartige Erfahrung, ein Pupil-Barrister zu sein. In keinem anderen Beruf gab es bei der Ausbildung eine solche Nähe. Manchmal funktionierte es auch nicht. Meistens aber lief es sehr gut, und gelegentlich, in seltenen Fällen, bildete dieses Verhältnis die Basis für eine lebenslange Freundschaft und gegenseitigen Respekt. Michael und Reid waren Vertreter jener dritten Kategorie, und doch war nicht viel nötig, und Michael fühlte sich wieder wie dieser einundzwanzigjährige Jüngling, der sich im Lob seines Pupil-Masters sonnte.

Er fragte sich, ob sich das je ändern würde.

»Trotzdem hätten sie dir den Fall lassen sollen.«

»Der Zug ist abgefahren.« Reids Tonfall machte deutlich, dass das Thema damit beendet war. »Und jetzt zu etwas anderem: Hast du schon deinen Junior kennengelernt?«

»Noch nicht.«

Es war bei den meisten besonders ernsten Fällen normal, dass ein Angeklagter zwei Barrister statt einem hatte. Einen Anführer, oft ein Kronanwalt, und einen Junior. Da beide für gewöhnlich von dem Solicitor, dem Anwalt, ausgesucht wurden, kam es nicht selten vor, dass die beiden sich nicht kannten, bevor sie den Fall übernahmen. Deshalb war es auch nicht ungewöhnlich, dass Michael Jenny Draper noch nicht getroffen hatte.

»Wie ist sie denn so?«, erkundigte er sich jetzt.

»Sehr schlau und sehr fleißig.« Reid grinste fast, als er das sagte.

»Eine perfekte Kombination.« Michael lächelte. Er konnte in seinem Freund lesen wie in einem Buch.

»Aber das sagt mir noch lange nicht, *wie* sie so ist, stimmt's?«

»Blond und attraktiv.« Reid lachte laut. »Also sei bloß auf der Hut!«

Die beiden Männer lachten schallend über diese plötzliche Wendung des Gesprächs.

»Als wenn du mir das sagen müsstest«, brachte Michael schließlich heraus. »Ich bin schließlich nicht mehr zwanzig!«

»Quatsch nicht!« Reid versuchte erst gar nicht, seine Stimme zu senken. »Du warst Anfang dreißig genauso schlimm, und das wärst du immer noch, wenn du Sarah nicht kennengelernt hättest.«

»Aber das habe ich, Derek, stimmt's?«

»Umso schlimmer für das arme Mädchen.« Reid senkte jetzt doch seine Stimme. »Aber im Ernst, Michael. Jenny Draper hat einen Ruf. Das Mädchen steht auf Silks.«

Michael hatte das auch schon gehört. Dass sein neuer Junior einige sehr unschöne Affären mit etlichen Kronanwälten gehabt hätte, oder »Silks«, wie sie oft von anderen Mitgliedern des Anwaltsstandes genannt wurden. Es war eine Anspielung auf ihre Roben, die aus Seide bestanden statt aus den gröberen Baumwollstoffen, die ein Junior-Barrister trug.

»Du meinst, das ist der einzige Grund, warum sie interessiert ist?«, fragte Michael mit gespielter Empörung. »Jetzt verletzt du aber wirklich meine Gefühle.«

»Hör auf herumzualbern.« Reid war nicht zu Scherzen aufgelegt. Diesmal wollte er wirklich ernst genommen werden. »Sei einfach nur vorsichtig, was sie betrifft. Mehr sage ich ja gar nicht.«

»Derek, ich habe nicht vor, meine Beziehung mit Sarah zu riskieren. Schon gar nicht für jemanden, der nur an meinem Titel interessiert ist.«

Michael schob den Teller zurück und legte die Serviette darauf.

»Und jetzt vergessen wir das alles. Wir müssen uns um wichtigere Dinge kümmern. Auf diesem Dessertwagen da drüben steht dein Name.«

»Das musst du mir nicht zweimal sagen.« Reid stand auf

und fixierte die Nachspeisen, die etwa zehn Meter von ihnen entfernt warteten. »Und das gilt auch für alles, was wir gerade besprochen haben.«

11

Russell Longman saß da und starrte die Wand an. Sein Blick erfasste weder die laminierten Tafeln noch die Poster mit medizinischen Informationen, die überall in dem Raum hingen. Kaum ein Zentimeter der weißen Wände war unbedeckt.

Für Russell Longman hätten die Wände auch leer sein können. Er war in Gedanken ganz woanders. Verloren in einer fast unerträglichen Mischung aus Trauer, Scham und Furcht. Die Trauer war ganz natürlich, die Scham jedoch weniger. Letztere entsprang der Tatsache, dass er seinen Vater vor Monaten das letzte Mal besucht hatte. Und dass sie sich vor etlichen Wochen zum letzten Mal unterhalten hatten. Und er fürchtete sich bei der Vorstellung, was als Nächstes kam: den verstümmelten Leichnam seines Vaters identifizieren zu müssen.

Ich schaffe das nicht. Die leise Stimme in Longmans Kopf schien aus weiter Ferne zu kommen. Zuerst konnte er sie kaum hören, aber ihre Lautstärke schwoll mit jeder Wiederholung an.

Ich schaffe das nicht. Ich schaffe das nicht.

Nur langsam begriff er, was er da hörte, dann hörte er zu. Und stimmte zu. Er konnte das wirklich nicht tun. Das war einfach zu viel verlangt.

Ich schaffe das nicht!

Russell Longman war kein besonders beeindruckender Mensch. Er besaß genug Selbstkenntnis, um das zu wissen, und genauso wusste er, dass er zu dem, was man von ihm verlangte, nicht in der Lage war. Es war schon verheerend genug, dass er seinen Vater verloren hatte. Aber jetzt auch noch ansehen zu müssen, was man ihm angetan hatte? Mit eigenen Augen erkennen, was sein Vater hatte ertragen müssen?

Es ist zu viel. Das ist einfach zu viel.

Longman stand auf, und seine Gedanken sprudelten förmlich aus seinem Mund.

»Es ist zu viel«, wiederholte er. »Es ist zu viel.«

Sein Herz schlug wie rasend, als er sich in dem Raum umsah, seine Habseligkeiten betrachtete, die er zerstreut weggelegt hatte, nachdem man ihn zu seinem Platz geführt hatte. Seine Gedanken drehten sich wie in einem Karussell, deshalb brauchte Longman länger, als nötig war, um sein abgelegtes Jackett zu erkennen. Und das verstärkte noch seine wachsende Unruhe.

Er hatte das Gefühl, als wäre nichts in dem Raum so stabil, wie es sein sollte, nicht einmal die Wände, und lehnte sich Hilfe suchend an den Türrahmen, während er mehrmals tief einatmete.

Vielleicht hätte das mit dem Atmen funktioniert, aber bevor es Wirkung zeigte, musste Longman einen Schritt zurücktreten, als sich die Tür öffnete. Joelle Levy trat ein.

Levys Auftauchen holte Longman aus seiner Verwirrung. Er war erleichtert, als er sie sah, weil sie ihn von seinen kreisenden Gedanken ablenkte.

»Sind Sie bereit, Russell?« Levy blieb an der Tür stehen, während sie diese Frage stellte.

Longman rührte sich nicht. Der Blick seiner müden blutunterlaufenen Augen bohrte sich in ihre. Ihr Erscheinen hatte ihm eine Atempause gewährt. Aber jetzt begriff er, warum sie hier war.

Um mich zu Dad zu bringen.

Bei dem Gedanken wurden seine Knie weich, und er musste sich wieder setzen. All das geschah wortlos.

Irgendwie schien Levy ihn zu verstehen. Sie ging durch den Raum, zog einen Stuhl heran und hockte sich dicht vor Longman. Sie sagte kein Wort. Stattdessen fuhr sie mit der Hand immer wieder über seine Schultern, in einem langsamen beruhigenden Rhythmus. Er war dankbar für ihre Mühe und dafür, dass sie schwieg, während er versuchte, sich zusammenzureißen. Aber er konnte sich immer noch nicht dem stellen, was da vor ihm lag.

»Ich bin dazu nicht in der Lage«, flüsterte er schließlich kaum vernehmlich.

»Doch, das sind Sie, Russell«, erwiderte Levy freundlich. »Sie können das! Tun Sie es für Ihren Vater.«

»Ich … Das kann ich nicht. Sie verstehen das nicht. Ich kann ihn nicht so sehen. Das ertrage ich nicht. Nicht bei alldem … Nicht bei alldem, was man ihm angetan hat.« Longmans Stimme brach.

»Ich verstehe Sie, Russell.« Levys Stimme war immer noch sanft, aber sie hatte eine Nachdrücklichkeit, die Russells Versuch, sie zu unterbrechen, irgendwie unterband. »Glauben Sie mir, ich habe schreckliche Dinge in meinem Leben gesehen. Mit achtzehn bin ich in die Israeli Defence Forces eingetreten. Ich habe dort acht Jahre verbracht, als Teil der IDF und dann in einer anderen Organisation, Shin Bet. In diesen acht Jahren habe ich Dinge gesehen, deren

Anblick ich nicht einmal meinem schlimmsten Feind wünsche. Unschuldige Menschen, die von Maschinengewehren niedergemäht wurden. Kinder, die von Selbstmordattentätern in Fetzen gerissen wurden. Oder die Nachwirkungen eines Angriffs mit Chemiewaffen. Dann kam ich nach England, bin zur Metropolitan Police gegangen und beim MIT gelandet, wo ich seit dreizehn Jahren jeden Tag nur Tod und Gewalt sehe.«

»Ich weiß nicht … Ich verstehe Sie nicht. Soll ich mich jetzt besser fühlen?«

»Nein. Ich will Sie nicht mit dem Versuch beleidigen, Sie aufzumuntern. Nicht nach dem, was Sie verloren haben. Aber ich möchte, dass Sie eins verstehen: Trotz allem, was ich gesehen habe, trotz der Brutalität, der Morde und des ganzen Blutes war das Schwerste, was ich jemals tun musste, neben meiner Großmutter zu stehen, als sie friedlich in ihrem Bett gestorben ist. Die Großmutter, die mich aufgezogen hat.«

Longman konnte den Schmerz in Levys Augen sehen, als sie sich erinnerte. Allmählich begriff er auch, warum sie ihm das alles erzählte.

»Ganz gleich, was man durchgemacht hat, es gibt einfach nichts Schwereres, als seine Familie zu verlieren. Manchmal jedoch geht mit dem Verlust auch eine Verantwortung einher. Manchmal muss man sie sterben sehen. Und manchmal muss man genau das tun, worum wir Sie jetzt bitten. Es spielt keine Rolle, wer man ist, ob Soldat, Spion oder ein Cop, der jeden Tag mit dem Tod zu tun hat, oder ob man einfach nur ein ganz normaler Mensch ist … Man muss diese Verantwortung schultern. Und genau das müssen Sie jetzt auch tun, Russell. Es ist beschissen, aber Sie müssen es tun.

Denn das ist das Mindeste, was Ihr Dad verdient hat. Oder nicht?«

Longman saß stumm da, während ihre Worte in sein Bewusstsein einsickerten. Ihr Ton war freundlich und mitfühlend gewesen, aber die unterschwellige Botschaft war unmissverständlich.

Sei ein Mann, verflucht!

»Aber Sie müssen sich dem nicht allein stellen«, fuhr Levy fort. »Wir können noch ein wenig warten, falls es jemanden gibt, der Sie dabei unterstützen kann.«

Diese Worte machten ihm klar, dass er keine Wahl hatte. Es war allein seine Aufgabe.

Er holte noch einmal Luft, unterdrückte die Angst, die in seinen Eingeweiden rumorte, und sah Levy in die Augen.

»Wie sieht er aus? Ist er blutüberströmt?«

»Nein, Russell.« Levys Tonfall hatte sich nicht verändert. »Ihr Dad wurde gewaschen und sieht jetzt aus, als schliefe er. Das ist alles.«

»Aber was ist mit seinen Verletzungen? Mit seinem Mund? Was die Beamten mir erzählt haben …«

»Darum hat man sich gekümmert. Wir hätten ihn niemals einfach so gelassen.«

Longman glaubte zu sehen, wie ein ärgerlicher Ausdruck über Levys Gesicht flog, bevor sie antwortete. Offenbar hatte man ihm mehr über die Todesumstände seines Vaters erzählt, als ihr recht war. Aber das störte ihn nicht. Er hatte andere Sorgen.

»Und die Schnittwunden? Überall an seinem Körper?«

»Sie wurden ebenfalls gesäubert und außerdem bedeckt. Es ist nicht nötig, dass Sie sie sehen.«

»Sie wurden nicht genäht? Warum nicht?« Longmans

Stimme wurde schriller. Er hatte endlich einen Anlass gefunden, seiner Wut Ausdruck zu geben, etwas, woran er sich klammern konnte.

»Das geht nicht, Russell. Es ist eine Mordermittlung. Und das bedeutet, wir müssen eine Autopsie durchführen. Bis die gelaufen ist, können wir den Leichnam Ihres Vaters nicht mehr zurechtmachen, als wir es bereits getan haben. Sonst riskieren wir, Beweise zu vernichten. Ich weiß, wie sich das anfühlt, wirklich. Aber glauben Sie mir, es wäre schlimmer, wenn wir etwas täten, was diesen Mistkerl am Ende davonkommen lässt, sobald wir ihn erwischt haben.«

Longman nickte erneut. Diesmal wirkte er gefasster. Die Vernunft in Levys Worten drang erneut durch seine verwirrten Gedanken.

Was sie sagte, brachte Klarheit, warf aber auch weitere Fragen auf.

»Haben Sie schon irgendwelche Spuren? Haben Sie überhaupt irgendetwas?«

Seine Stimme klang kräftiger, weniger emotional.

»Dafür ist es noch zu früh, Russell, aber wir arbeiten daran.« Levy klang äußerst zuversichtlich. »Ihr Dad hat sich im Laufe der Jahre wahrscheinlich einen Haufen Feinde gemacht, angesichts seiner Position und seines Charakters. Aber das, was man ihm angetan hat? Das war etwas ganz besonders und außergewöhnlich Böses, was das Feld der Verdächtigen einengt. Wir werden den Mistkerl finden. Er wird damit nicht durchkommen.«

»Versprechen Sie mir das?« Die Emotion in Longmans Stimme war zurückgekehrt, und die ersten Tränen liefen. »Versprechen Sie mir, dass Sie den Kerl erwischen, der meinem Dad das angetan hat?«

»Das verspreche ich, Russell.« Levy strich dem Mann wieder über die Schultern. »Wir erwischen ihn. Ich verspreche es.«

Longman konnte nicht antworten, weil seine Tränen jetzt unaufhaltsam flossen. Stattdessen ließ er den Kopf sinken und verbarg sein Gesicht in den Händen.

Levy stand auf und ging zur Tür zurück, wo sie schweigend wartete, bis Longman aufstand und sich die Tränen aus dem Gesicht wischte.

»Ich bin bereit«, erklärte er. Seine brüchige Stimme passte nicht so recht zu seiner neuen Entschlossenheit.

»Sind Sie sicher, Russell?«, erkundigte sich Levy erneut. »Wir können wirklich warten, bis jemand hier ist, der Ihnen zur Seite steht. Ihre Frau zum Beispiel oder Ihre Brüder?«

»Es kommt niemand«, antwortete Longman. Seine Stimme klang jetzt kräftiger. »Matthew und Peter wissen es noch nicht, weil ich es ihnen nicht am Telefon mitteilen wollte. Und Alice? Sie betrachtet sich nicht mehr als meine Frau, also dürfte sie auch nicht so bald hier auftauchen.«

»Vielleicht ein Freund? Irgendjemand?«

»Ich will das niemand anderem zumuten, Inspector Levy.« Longmans Entschlossenheit wuchs, je länger er sprach. »Irgendjemand muss es tun, und wie es aussieht, bin ich das. Wie Sie schon sagten, es ist das Mindeste, was ich für meinen Dad tun kann.«

12

Derek Reid griff nach der großen Tüte mit Kartoffelchips, die an der Ecke seines Schreibtisches lag. Er öffnete sie und stopfte sich mehrere Handvoll des Inhalts in den Mund. Dabei arbeitete er konzentriert weiter an den Unterlagen des Falles, mit dem er gerade beschäftigt war. Deshalb dauerte es ein paar Augenblicke, bis er merkte, dass die Tüte leer war. Er schuf umgehend Abhilfe. Eine zweite Tüte war im Handumdrehen geöffnet.

Der Fall, den Reid vorbereitete, war ungewöhnlich. Es hatte bereits einen Prozess gegeben, und es war nicht gut für Reid gelaufen. Sein Klient war von einem Geschworenengericht wegen eines hoch komplizierten Bankbetrugs verurteilt worden. Es war eine Mehrheitsentscheidung gewesen, was normalerweise bedeutete, dass zwei Geschworene anderer Meinung gewesen waren als die zehn anderen, nicht mehr. In diesem Fall jedoch verhielt es sich anders. Eine Geschworene war während des Prozesses ausgestiegen; ihre angeschlagene Gesundheit hatte ihr Ausscheiden erzwungen. Wenn es nur elf Geschworene gab, gab es nur eine mögliche Mehrheitsentscheidung, nämlich zehn gegen einen. Alles andere war inakzeptabel.

Das hatte man der Jury erklärt, bis ins kleinste Detail und mit so einfachen Worten wie möglich. Ein Fehler war ausgeschlossen, hatte Reid gedacht. Allerdings stellte sich jetzt heraus, dass dem nicht so war. Nach dem Urteilsspruch hatten zwei Geschworene dem Richter geschrieben und gemeldet, dass die Jury acht zu drei abgestimmt hatte. Das war zwar eine Mehrheit, aber dennoch nicht ausreichend für eine rechtmäßige Mehrheitsentscheidung.

Es war eine extrem ungewöhnliche, um nicht zu sagen heikle Situation. Es gibt sehr strikte Regeln, die die absolute Geheimhaltung der Entscheidungen einer Geschworenen-Jury festlegen. Ihre Arbeit gilt als unantastbar. Diese Regeln dürfen nicht gebrochen werden. Und doch schien es jetzt so, als wenn genau diese Mechanismen versagt hätten. Wenn die Entscheidung unrechtmäßig erfolgt war, konnte die Verurteilung von Reids Klient nicht aufrechterhalten werden. Was eine Berufung notwendig machte. Aber wie sollte man eine Berufung vorbereiten, ohne die Unantastbarkeit des Geschworenenzimmers zu verletzen? Die Probleme, die das aufwarf, waren außerordentlich, und es fiel Reid sehr schwer, eine Lösung zu finden.

Er hob den Blick von den Papieren und sah sich in seinem Zimmer um. Er suchte nichts Besonderes, sondern wollte nur kurz etwas betrachten, was kein getipptes DIN-A4-Blatt oder ein Computerbildschirm war. Wann immer Reid diesen Wunsch verspürte, boten ihm die wenigen persönlichen Gegenstände in der ansonsten professionellen Einrichtung seines Zimmers eine willkommene Ablenkung.

Reid war seit vierunddreißig Jahren Mitglied derselben Anwaltskammer. Eine ganze Laufbahn. Seine Pupillage, der Prozess, den Michael Devlin unter Reids Anleitung durchgemacht hatte, hatte er woanders abgeleistet. Aber er hatte sich sofort danach dem Eight Essex Court angeschlossen und war seitdem hier.

In dieser Zeit hatte Reid miterlebt, wie die Kammer von nur achtundzwanzig aktiven Barristern auf die aktuelle Zahl von dreiundachtzig angewachsen war. Das war eine gewaltige Zunahme, zahlenmäßig betrachtet, war aber nicht unbedingt in diesem Verhältnis auch auf die Fähigkeiten übertragbar. Die ständigen Kürzungen bei der Prozesskostenhilfe hatten dafür gesorgt, dass der Verdienst von öffentlich entlohnten Strafverteidigern in den Keller gefallen war, was die besten Bewerber abschreckte. Sie wandten sich Berufen zu, in denen man eher bereit war, die marktüblichen Gehälter für ihre Fähigkeiten zu zahlen.

Doch auch wenn die Fähigkeiten vieler Bewerber zu wünschen übrig ließen, nahm ihre Zahl nicht ab. Also hatte Eight Essex Court mittlerweile dreimal so viel Mitglieder wie früher. Und alle wurden in ein Jahrhunderte altes Gebäude gepfercht, das nicht einmal für die ursprüngliche Anzahl von Anwälten groß genug gewesen war. Die meisten Zimmer platzten aus allen Nähten, sowohl was Akten als auch was Menschen anging. Selbst einige der sieben Kronanwälte des Court, zu denen jetzt auch Michael Devlin gehörte, teilten sich ihren Büroraum mit anderen.

Es war Reid gelungen, ein Zimmer für sich allein zu ergattern. Es war vielleicht alt, heruntergewohnt und mit alten Buchregalen vollgestopft, die unter dem Gewicht endloser Akten ächzten. Aber es war Reids Zimmer. Sein brillanter Ruf hatte ihm vielleicht nicht den Rang eines Silk eingebracht, aber wenigstens galt er hier in der Anwaltskammer noch etwas.

Reids Büro machte nur wenige Konzessionen an die moderne Welt. Und darauf war er stolz. Bis auf zwei oder drei Gegenstände hätte der Raum aus jeder Epoche der vergangenen einhundertfünfzig Jahre stammen können. Reid betrachtete sich als Atavist einer einfacheren Zeit. Einer Zeit, in der allein die Fähigkeiten eines Barrister vor Gericht seinen Erfolg ausmachten. Es war eine sehr bewusste Entscheidung, dass sein Zimmer denselben Eindruck vermitteln sollte, einen Eindruck, der nur von seinem Notebook, einem kleinen Flachbildfernseher und einer teuren Kaffeemaschine getrübt wurde. Alles essenzielle Dinge, soweit es Reid betraf.

Und eben dieses Fernsehgerät erregte nun seine Aufmerksamkeit, als er von seinem Schreibtisch aufsah. Das Gesicht von Sarah Truman erschien auf dem Bildschirm. Allein das hätte schon genügt, um Reid innehalten zu lassen; er genoss es immer, die Arbeit seiner guten Freundin zu verfolgen. Doch der Anblick des Gebäudes hinter Sarah war es, der seine Arbeit jetzt vollends aus seinen Gedanken verbannte. Es war Phillip Longmans altes Familienanwesen.

Reid griff nach der Fernbedienung des Fernsehgerätes. Sein Herz schlug plötzlich schneller. Er spürte, wie ihn Panik ergriff, als er sich mit den Knöpfen abmühte, um den Ton des Fernsehgerätes einzuschalten. Endlich gehorchte das verdammte Ding.

Sarahs Stimme erfüllte sofort den Raum.

»... um etwa acht Uhr früh heute Morgen von der Haushälterin des Anwesens entdeckt. Laut Auskunft der Polizei steht die Haushälterin zurzeit noch unter Schock und befindet sich im Moment bei ihrer Familie. Man wird sich ausführlich mit ihr unterhalten, sobald sie sich von dem Anblick, der sich ihr bot, erholt hat. Soweit wir wissen, erwartet die Polizei jedoch nicht, dass sie bei den Untersuchungen behilflich sein kann.«

Reid spürte, wie eine Ader in seiner Schläfe pochte. Sein Blutdruck stieg. Jedes Wort, das Sarah sagte, war eine Bestätigung seiner größten Angst. Jetzt sprach sie den Moderator der Nachrichten direkt an, was bedeutete, dass es eine Livesendung war.

»So wie ich es verstanden habe, David, ist die genaue Todesursache noch unklar. Gewissheit wird erst eine Autopsie bringen, aber es gibt keinen Zweifel daran, dass der frühere Lord Oberrichter gewaltsam zu Tode gekommen ist. Das hier ist eine Morduntersuchung, und sie ist bereits in vollem Gange.«

Sarahs Tonfall machte klar, dass ihr Bericht vorbei war, aber Reid hörte ohnehin nicht mehr zu. Er starrte ins Nichts, gelähmt vor Ungläubigkeit, als der Schock einsetzte.

Reid hatte schon öfter Panikattacken erlebt. Öfter als er sich erinnern konnte, und ganz sicher oft genug, um die Symptome zu erkennen. Er spürte, wie sich seine Brust zusammenzog, fast wie bei einer Herzattacke. Er wusste, dass er es unter Kontrolle bringen musste, denn im schlimmsten Fall setzten Panikattacken so viel Cortisol frei, dass sie sich zu einem echten Herzinfarkt entwickeln konnten. Er konzentrierte sich auf eine Stelle an der Wand über seiner Bürotür und atmete so tief ein, wie er konnte. Lange, gierige Atemzüge durch die Nase. Und ebenso regelmäßig atmete er durch den Mund wieder aus. Langsam und rhythmisch. Es kostete ihn viel Mühe, seinen Herzschlag und damit den Strom von Cortisol und Adrenalin wieder auf das gewohnte Niveau herunter zu regulieren. Doch jedes Mal, wenn sich der Gedanke rührte, dass Longman »gewaltsam zu Tode gekommen« war, verstärkte sich die Panik wieder.

Reid hatte Longman vor über fünfunddreißig Jahren zum ersten Mal getroffen. Damals war Longman Ende vierzig und auf dem Höhepunkt seiner Karriere gewesen. Er sollte neun Monate später zum Kronanwalt befördert werden und war noch Jahre von seiner ersten Ernennung zum Richter entfernt. Reid dagegen war noch in der Ausbildung. Nachdem er sein Anwaltsexamen bestanden hatte, war Longman zum Pupil-Master des jüngeren Mannes ernannt worden. Wie bei Michael und Reid hatte diese Pupillage eine Freundschaft begründet, die seitdem angehalten hatte. Eine Freundschaft, die jetzt durch eine Tragödie beendet worden war.

So eng das Verhältnis der beiden Männer auch geblieben war, ihre Beziehung unterschied sich von der, die Reid und Michael zueinander hatten. Longman hatte immer eine erheblich konservativere Einstellung gehabt als Reid und war ernster. Das hatte eher eine Vater-Sohn-Beziehung zwischen ihnen geschaffen, im Gegensatz zu der brüderlichen Atmosphäre, die zwischen Reid und Michael herrschte. Aber alle Beziehungen unterscheiden sich schließlich voneinander, und diese Unterschiede machten eine Freundschaft nicht weniger wertvoll als die andere. Reid liebte Longman genauso sehr, wie er Michael liebte. Einen von beiden zu verlieren war für ihn undenkbar.

Jetzt lehnte er sich auf dem Stuhl zurück und spürte, dass die Gefahr des Panikanfalles vorbei war. Sofort griff er nach seinem Handy und suchte in seinen Kontakten nach Menschen, die diese Neuigkeit noch viel schwerer nehmen würden. Für einen Moment fiel sein Blick auf den Namen Phillip Longman. Diese Telefonnummer würde er nie wieder wählen.

Reid spürte, wie ihm die Tränen in die Augen traten. Er wischte sie weg und sah sich die anderen Namen auf dem kleinen Display an. Matthew. Peter. Russell. Philips Söhne. Sein Instinkt und seine Erfahrung sagten ihm, dass die Polizei sich wahrscheinlich mit Russell in Verbindung gesetzt hatte. Er wohnte am nächsten bei seinem Vater, und zwar deutlich, sodass er die logische Wahl war, um Phillips

Leichnam zu identifizieren. Was bedeutete, dass höchstwahrscheinlich er es war, der etwas wusste.

Reid wartete, während es sechsmal, siebenmal, achtmal klingelte. Er hatte bereits angefangen, die unvermeidliche Nachricht auf dem Anrufbeantworter zu formulieren, die er hinterlassen wollte, als das Gespräch plötzlich angenommen wurde.

»Derek, ich hätte Sie später angerufen.« Die Stimme am anderen Ende der Leitung klang erschöpft und tonlos. »Es tut mir leid, dass Sie es aus den Nachrichten erfahren mussten.«

»Sie müssen sich für gar nichts entschuldigen, Russell.« Reid sprach so freundlich, wie er konnte. Er empfand großes Mitgefühl für Longmans jüngsten Sohn. Russell war in etwa so alt wie Reid, und er war von den drei Brüdern immer derjenige gewesen, der den früheren Pupil ihres Vaters immer am freundlichsten behandelt hatte. »Ich rufe nicht an, um mich zu beschweren. Ich will Ihnen nur sagen, dass ich für Sie da bin. Ganz egal, was Sie brauchen. Was auch immer ich tun kann. Sie sind nicht allein, Russell.«

Russell antwortete nicht sofort, aber die hörbare Veränderung in seinen Atemzügen war beredt genug. Er war erleichtert. Russell Longman hatte einen Freund gebraucht. Und jetzt hatte er einen.

»Danke, Derek.« Er fand endlich seine Stimme wieder. »Ich weiß das wirklich zu schätzen. Sie können sich nicht vorstellen, wie sehr.«

»Kein Wort mehr.« Reid klappte seinen Laptop zu, schloss die Aktenordner und stand auf. »Sagen Sie mir genau, wo Sie sind, Russell. Ich komme zu Ihnen.«

13

Leon Ferris lümmelte sich gelassen in seinen ledernen Chefsessel zurück. Vor ihm stand ein Kristallglas mit eichenbraunem Whisky. Unter dem Glas befand sich ein Filzuntersetzer, um die Platte von Ferris' teurem Mahagonischreibtisch zu schonen. Abgesehen davon war der Tisch leer. Ferris' arbeitete hier nicht. Wie der Rest von Ferris' dunklem, aber teuer eingerichtetem Büro diente der Schreibtisch nur dazu, Eindruck zu schinden.

Ferris nahm das Glas und kostete den rauchigen Geschmack seines Inhalts. Es war schon lange her, acht Jahre, dass Ferris zuletzt solch einen edlen Whisky getrunken hatte. Er schmeckte noch genauso, wie er es in Erinnerung hatte.

Auch sein Büro hatte sich nicht verändert, wie er zufrieden feststellte, als er sich umsah. Es war mehr ein Statussymbol als ein praktischer Arbeitsplatz und nahm ein ganzes Stockwerk des schmalen Hauses ein. Und offenbar war nichts angerührt worden, seit Ferris das letzte Mal in diesem Zimmer gewesen war.

Er wusste jedoch, dass das nicht stimmen konnte. Ferris hatte sich in dem Raum aufgehalten, als die Beamten der Behörde für Organisiertes Verbrechen und Kapitalverbrechen durch seine Tür gestürmt waren. Sie hatten ihn in Handschellen abgeführt, weil er beschuldigt wurde, sowohl Wirtschafts- als auch Gewaltverbrechen begangen zu haben. Die mächtigste Polizeibehörde des Landes hatte jeden Zentimeter des Büros nach belastenden Beweisen gegen ihn durchsucht. Dass das zerlegte Büro danach vollständig wieder zusammengesetzt worden war, war ein Beweis für den Respekt von Ferris' Untergebenen.

Ferris hatte sich etlichen Anklagen gegenübergesehen: Anstiftung zum Mord, Anstiftung zur Körperverletzung, Drogenhandel, Menschenhandel, Erpressung, Schutzgeldforderungen, Geldwäsche. So ziemlich jedes erdenkliche Verbrechen, dessen man einen Bandenboss nur beschuldigen konnte. Seine Verhaftung war ein großer Coup für die Polizei, und Ferris war von Anfang an klar gewesen, dass er einer Strafe nicht völlig entgehen konnte. Er war clever genug, um zu erkennen, wann ein Fall verloren war. Und er war gerissen genug, um zu wissen, wann er gewinnen konnte. Er beschäftigte teure Anwälte, damit sie für ihn die Schlachten schlugen, die er sich zuvor sehr genau ausgesucht hatte.

In den sechs Monaten nach seiner Verhaftung hatte Ferris die Beweise genau studiert, die gegen ihn vorlagen. Schließlich kannte er die Aktenlage besser als alle anderen. Sogar besser als sein Anwalt und seine Barrister. Natürlich war er in allen Anklagepunkten schuldig, aber er wusste genau, welche Anschuldigungen die Staatsanwaltschaft beweisen konnte und welche nicht. Ferris dirigierte mit diesem Wissen seine Anwälte, und als der Fall vor Gericht kam, waren die schwerwiegendsten Anklagen bereits vom Tisch. Von einer Anklage wegen Mordes oder Menschenhandel war nicht mehr die Rede. Es blieb noch die Anklage wegen Drogenhandels. Ein ernstes Verbrechen, das eine hohe Strafe nach sich zog. Aber es war Lichtjahre von einer im wörtlichen Sinn lebenslangen Gefängnisstrafe entfernt, die er für die ursprünglichen Beschuldigungen kassiert hätte.

Ferris bekannte sich in den verbliebenen Anklagepunkten schuldig und wurde zu sechzehn Jahren Gefängnis verurteilt. Er rechnete sich aus, dass er davon insgesamt acht

Jahre verbüßen musste. Damit wäre er bei seiner Freilassung vierundvierzig. Nicht mehr unbedingt in der Blüte seiner Jahre, aber noch fit genug. Mit dieser Aussicht konnte Ferris leben, also machte er sich daran, diese acht Jahre so gut wie möglich zu nutzen.

Er saß die gesamte Strafe in einem einzigen Gefängnis ab. HMP Wandsworth. Es lag in London, weniger als fünf Meilen von seinem alten Viertel entfernt. Es hatte ihn ein kleines Vermögen an Bestechungsgeldern gekostet, um so dicht an seinem Hautquartier bleiben zu können, aber jeder Penny hatte sich gelohnt. Denn so konnte Ferris sein Imperium aus dem Gefängnis weiterhin führen. Ein Gefängnis, in dem er regierte.

Leon Ferris hatte über acht Jahre lang keinen Fuß in sein Büro gesetzt. Und doch hatte er es nie wirklich verlassen.

Das Einzige, was Ferris in dieser Zeit nicht tun konnte, war, seine Befehle persönlich weiterzugeben. Jetzt jedoch konnte er das, also hatte er während der letzten fünf Stunden Besucher empfangen. Alle waren gekommen, um ihrem zurückgekehrten Boss ihren Respekt zu bezeugen.

Ferris hatte sich um jeden Einzelnen gekümmert und ihnen demonstriert, wie gut er seine Geschäfte im Blick behalten hatte. Er hatte jene belohnt, die es verdient hatten, und die anderen zusammengefaltet. Es war ein anstrengender Tag gewesen, aber das war notwendig. Ferris wollte, dass seine Rückkehr für alle sichtbar war.

Erst jetzt, am Ende des Tages, hörte der Besucherstrom auf. Aber noch konnte er sich keine Atempause gönnen. Es wurde Zeit für Ferris, sich von seinen Lieutenants Bericht erstatten zu lassen.

Er sah sich schweigend im Raum um. Drei Männer erwiderten seinen Blick.

Kevin Tennant, Ferris' rechte Hand. Seit ihrer gemeinsamen Jugend sein engster Freund und absolut loyal.

Harvey Ellis. Zehn Jahre jünger als Ferris und Tennant. Klug, kompetent und rücksichtslos.

Und Ty Leach. Auch er zehn Jahre jünger als Ellis. Er war der Fahrer, der Ferris heute Morgen vom HMP Wandsworth abgeholt hatte. Ein Kind, das ein Gangster sein wollte. Für dieses Ziel hatte Leach genau die richtige Gesellschaft gefunden.

Ferris hatte es nicht eilig. Er musterte seine Männer nachdenklich. Dabei trank er noch einen Schluck Whisky und genoss das angenehme Brennen. Diesmal länger. Wie bei allen guten Whiskys übertraf der zweite Schluck den ersten.

Leach stand neben der einzigen Tür des Raumes und trat unruhig von einem Fuß auf den anderen. Er war noch zu jung, um mitbekommen zu haben, wie Ferris die Dinge handhabte. Die anderen beiden Männer wirkten entspannter. Sie waren schon häufiger hier gewesen.

»Das war es also?«, sagte Ferris schließlich. Er deutete mit schief gelegtem Kopf zur Tür, um seiner Frage die richtige Bedeutung zu geben.

»Wir erwarten niemanden mehr«, antwortete Ellis. Die Organisation des heutigen Tages hatte in seiner Verantwortung gelegen.

»Und was ist mit denen, die wir hätten erwarten sollen? Wissen wir, wer hier hätte auftauchen sollen, aber sich nicht die Mühe gemacht hat, mich zu treffen?«

»Noch nicht.« Ellis zögerte kurz, was Ferris sagte, dass er die Frage erwartet hatte. Es hatte ein paar Lücken im

Terminplan gegeben. Hinterlassen von Leuten, die eigentlich hätten kommen sollen, um Ferris ihren Respekt zu erweisen. Dass sie es nicht taten, war ein Statement. Es bedeutete, dass sie sich von Ferris losgesagt hatten. Und diese Ankündigung durfte nicht ungestraft bleiben. »Bis morgen Mittag habe ich eine Liste zusammengestellt.«

»Das muss schneller gehen. Wir müssen eine Botschaft senden.« Ferris wandte sich Tennant zu. »Kommt dir bei einem von denen, die nicht aufgetaucht sind, irgendwas sonderbar vor?«

»Nein.« Tennant war schon immer ein sehr direkter Mann gewesen. »Bei allen war es vorhersehbar. Sie gehören alle zu Burrell.«

Ferris nickte kurz. Er verstand, was Tennant meinte. Ed Burrell, dessen Hauptquartier nicht einmal eine Viertelmeile von seinem Büro entfernt war, war der jüngste Bewerber um Ferris' Thron.

Nur ein weiterer in einer langen Reihe, dachte Ferris.

Es bildeten sich immer wieder neue Gangs. Und die größeren wurden ehrgeizig. Sie versuchten, ihm seine Geschäfte streitig zu machen. Manchmal verlor Ferris Leute an sie; das Gras auf der anderen Seite wirkte oft grüner, vor allem wenn der Boss im Gefängnis saß. Aber bis jetzt hatte Ferris noch jeden Emporkömmling wieder vertrieben. Und auch Burrell machte da keine Ausnahme.

Ferris sprach wieder Ellis an.

»Stimmt das?«

»Ich glaube schon, ja. Aber ich wollte nicht einfach losschlagen. Nur für alle Fälle.«

»Scheiß auf ›für alle Fälle‹.« Ferris sprach vollkommen leidenschaftslos. Hier ging es ums Geschäft. »Wir schlagen los. Macht die Liste fertig, und sorgt dafür, dass jeder dieser Mistkerle darauf erledigt wird. Keine Entschuldigung.«

»Was ist mit Burrell?«, fragte Tennant.

»Der kann warten. Soll er ruhig in seinem eigenen Saft schmoren, wenn er sieht, wie seine neuen Leute verschwinden. Er wird sich schon früh genug bei uns melden.«

»Und wenn er das tut?«

»Willst du darauf wirklich eine Antwort?«

So loyal Tennant auch war, manchmal verlor Ferris die Geduld, weil sein Freund ständig klare Instruktionen brauchte. Aber er ließ sich nichts anmerken. Zumindest diesen Respekt hatte Tennant verdient. Stattdessen wechselte er das Thema.

»Machen wir weiter. Erzähl mir etwas über diesen Jungen, diesen Taylor, den ich heute gesehen habe. Er scheint ein kluges Bürschchen zu sein.«

»Das ist er, Leon.« Diesmal antwortete Leach. »Er ist ein Freund von mir und …«

»Wer hat ihn gefragt?« Ferris wendete sich nicht an Leach und würdigte ihn nicht einmal eines Blickes. Er wusste sehr genau, warum Leach das Wort ergriffen hatte. Leach hatte Taylor in Ferris' Organisation geholt. Das hier war seine Chance, Anerkennung dafür zu kassieren. Nur verteilte Ferris so etwas nicht. »Warum redet er mit mir?«

Leach verstummte und sagte kein weiteres Wort. Stattdessen konzentrierte er sich auf eine Stelle auf dem Boden. Ferris dehnte das Schweigen aus, gerade lange genug, um Leachs Unbehagen zu steigern.

»Will mir vielleicht *jemand anders* etwas über Taylor erzählen?«

»Er ist ein guter Junge«, antwortete Ellis.

Er sah Leach nicht einmal an. Der hätte den Blick ohnehin nicht bemerkt, weil er immer noch auf den Boden starrte.

Ellis redete weiter. »Er führt schon etwa zwanzig Jungs. Und er bringt gutes Geld rein.«

»Verdient er eine Beförderung, oder ist das noch zu früh?«

»Hängt davon ab, was du dir davon versprichst.«

»Ich will unseren Leuten Möglichkeiten bieten. Und zwar andere Möglichkeiten, als einfach nur woanders hinzugehen.« Ferris erkannte an Tennants Miene, dass sein Freund dieser Logik nicht folgen konnte. Sein Verständnis von Unterweltpolitik hatte schon immer viel zu wünschen übrig gelassen. Also führte Ferris seinen Gedanken weiter aus. »Wir kümmern uns um die, die zu Burrell übergelaufen sind. Damit schicken wir allen eine Nachricht. Aber gleichzeitig befördern wir Taylor, zeigen eine *Alternative* zu Burrell. Ein junger Typ, an den sich die Jungs halten können. Jemand, der sich auf dem Weg nach oben befindet, aber der trotzdem loyal zu uns steht. Und der von uns kontrolliert wird.«

»Damit die ehrgeizigen Jungs sich an Taylor hängen statt abzuspringen?«, erwiderte Ellis. »Klingt sinnvoll.«

»Also, ist er reif dafür?« Ferris wollte eine Antwort.

Tennant und Ellis sprachen nicht sofort. Die Frage bedurfte sorgfältiger Überlegung. Leach hatte immer noch an seinem Rüffel zu knabbern und hielt den Blick gesenkt.

»Das macht mir Kopfschmerzen«, meinte Tennant schließlich. »Er erinnert mich an dich in diesem Alter, Leon. Was hättest du getan, wenn jemand dich so unterstützt hätte?«

»Ich hätte ihn wahrscheinlich abserviert und die ganze Organisation übernommen. Jedenfalls am Ende.« Ferris lächelte. Er wusste, was seinen alten Freund bekümmerte.

Ehrgeiz und Loyalität waren keine guten Bettgenossen. »Aber wir können ihn im Auge behalten, richtig? Und es wäre mir lieber, wenn wir ihn im Zelt hätten statt draußen.«

Ein Grinsen machte sich auf Ferris' Gesicht breit. Er hatte seine Entscheidung getroffen und war damit zufrieden. Genau genommen war er mit allem zufrieden. Die Dinge waren gut gelaufen, während er im Gefängnis saß. Nicht perfekt, aber besser, als er gehofft hatte. Und der Schachzug, den jungen Taylor zu befördern, war ein erster Schritt, sich den Rest von Kontrolle und Respekt wieder zurückzuholen, der ihm vielleicht entglitten war.

Schon bald, dachte Ferris, *werden wir stärker sein als je zuvor.*

Plötzlich richtete er sich alarmiert auf. Eine Bewegung am anderen Ende des Büros – hinter Leach – hatte seine Aufmerksamkeit erregt. Und seine nächste Reaktion veranlasste die Männer, ihre Köpfe zu drehen.

Alle, bis auf einen.

»Habe ich dir nicht gesagt, du sollst diese Scheißtür verschließen?«, brüllte Ferris Leach an.

Die Tür hatte sich lautlos geöffnet, und eine kleine Gestalt hatte den Raum betreten. Dann war die Tür wieder geschlossen worden, alles, ohne dass Leach es bemerkt hatte.

Bis jetzt.

Ellis und Tennant waren unmittelbar nach Ferris' Schrei aufgesprungen. Leach reagierte genauso schnell. Er stand dichter an der Tür als die beiden anderen und näherte sich dem Eindringling, ohne zu zögern. Zweifellos, um sich zu beweisen.

Alle drei blieben stehen, als Ferris erneut das Wort ergriff. Seine Wut hatte sich in Verblüffung verwandelt.

»Bist du das etwa?«

Es war keine Frage, jedenfalls nicht wirklich. Denn dieses Gesicht hätte Ferris überall erkannt. Vor allem die Augen. Diese kalten, hellen Augen.

»Du bist es, stimmt's?«, fragte er erneut.

Keine Antwort.

»Ich habe dir eine Frage gestellt.«

Immer noch keine Antwort. Ferris war gleichzeitig verärgert und amüsiert. Zwei höchst gegensätzliche Emotionen. Er wusste nur nicht genau, welcher von beiden er nachgeben sollte.

Tennant, Ellis und Leach standen einfach nur da. Keiner von ihnen schien zu wissen, wie er reagieren sollte, und Ferris wusste auch warum. Ein vollkommen unauffälliger Mann war in das Büro ihres Bosses marschiert, unangekündigt und uneingeladen. Ein Mann, dem es zudem scheinbar völlig egal war, dass er Ferris mit seinem Schweigen beleidigte.

Das kann ich nicht zulassen, dachte Ferris.

Er ging um den Schreibtisch herum. Sein Ärger hatte die Oberhand gewonnen.

»Seht ihr dieses kleine Miststück?« Ferris bewegte sich langsam, während er zu Tennant und Ellis sprach. Aber sein Blick blieb die ganze Zeit auf den Neuankömmling fixiert. »Er war mit mir in Wandsworth. Bis vor drei Jahren. Stimmt doch?«

Keine Antwort. Die hellen, blassen Augen zuckten nicht einmal.

Ferris trat noch dichter an ihn heran.

»Und wisst ihr, was wir da drin mit ihm gemacht haben?«

Es herrschte Schweigen, bis Ferris weitersprach. Er betonte jedes Wort und jede Pause.

»Alles, was wir verflucht noch mal mit ihm machen wollten.« Er redete noch langsamer und noch nachdrücklicher weiter. »Wann immer wir es wollten. Oder stimmt das etwa nicht?«

Keine Antwort. Ferris hatte den Mann fast erreicht. Die blassen Augen erwiderten immer noch unbeeindruckt seinen Blick.

»Und wisst ihr auch, warum? Weil dieses kleine Miststück sich nicht gewehrt hat.« Jetzt war Ferris' Tonfall spöttisch und klang so bedrohlich, wie es nötig war, um ein Gefängnis zu terrorisieren. »Und jetzt ist er hier. Und stellt sich auf die Hinterbeine. Denn genau das machst du doch, richtig?«

Keine Antwort. Ferris ging noch dichter an den Mann heran, so dicht, dass sein Speichel ihm beim Sprechen ins Gesicht flog.

»Oder geht es um was anderes? Das ist es, stimmt's, du kleine Fotze? Du willst noch eine Runde.«

Ferris grinste breit, während er redete, um seine Absicht zu kaschieren. Dann griff er den Eindringling ohne Vorwarnung an.

Ferris war ein großer Mann und hatte riesige Hände. So groß wie Schaufeln. Und ihr Ziel war viel kleiner, etliche Zentimeter kleiner als der Durchschnitt. Auch die schmale Figur war keine echte Herausforderung für Ferris' vom Bodybuilding gestählte Muskeln. Ferris glaubte nicht, dass er mehr als einen Schlag benötigen würde.

Doch da lag er total falsch. Ihre letzten Begegnungen hatten ihn überheblich gemacht, leichtsinnig. Ferris hatte keinen Grund anzunehmen, dass dieses Aufeinandertreffen anders verlaufen würde als die anderen. Ein großer Mann, der einen kleineren Mann körperlich dominiert. Sein Schlag war kraftvoll, aber langsam.

Die Geschwindigkeit, mit der der Eindringling reagierte, hätte Ferris überrascht, wenn er Zeit gehabt hätte, darüber nachzudenken. Der Körperbau des kleineren Mannes war ideal für schnelle, geschmeidige Bewegungen, aber nichts in ihrer gemeinsamen Vergangenheit hatte darauf hingedeutet, dass er dieses Potenzial auch umsetzen könnte. Doch diesmal zögerte er nicht.

Ferris' Arm hatte sich kaum bewegt, als sein Widersacher in den Schlag hineintrat und seinen eigenen Arm hochriss. Ferris hatte keine Zeit zu denken oder zu reagieren. Ein langes Messer tauchte plötzlich in der Hand des Eindringlings auf, und die Klinge bohrte sich unter Ferris' Kinn.

Jeder Widerstand von Knochen und Gewebe wurde durch die Wucht und Geschwindigkeit überwältigt. Die Klinge grub sich in Ferris' Gehirn, bevor er auch nur blinzeln konnte.

◆

Schockiert und ungläubig sah Kevin Tennant, wie Ferris fiel. Sein ältester Freund und der gefährlichste Mann, den er je kennengelernt hatte, in einem kurzen Augenblick getötet. Ohne Vorwarnung, ohne Fanfare.

Tennants Verstand konnte noch nicht fassen, was er da gesehen hatte; er versuchte, es als unmöglich abzuwehren. Den anderen schien es genauso zu gehen. Alle drei standen wie erstarrt da, einen Moment nur, aber diesen einen Moment konnten sie sich nicht leisten.

Denn der Eindringling stand *nicht* unter Schock. Und er bewegte sich sehr schnell. Ein zweites Messer tauchte in derselben Hand auf. Der kleine Mann hatte es während der schnellen Bewegung hervorgezaubert, die ihn dichter an Ellis und Tennant heranbrachte, vorbei an dem stocksteifen Leach.

Leach war auch der Nächste, der fiel. Sein Mörder gönnte ihm kaum einen Blick, als das Messer seine Kehle durchtrennte. Das Blut spritzte bis an die drei Meter entfernte Wand, was einen zweiten Schnitt überflüssig machte. Nur aus einer durchtrennten Hauptschlagader konnte Blut so weit spritzen.

Es war weniger als eine Sekunde verstrichen.

Ellis war der Nächste in der Reihe, und hinter ihm stand Tennant. Sie waren kaum einen Schritt voneinander entfernt, aber Ferris' Mörder stand noch näher bei ihnen. Dieser geringe Abstand ließ Ellis keine Zeit zum Denken und nahm ihm seinen einzigen natürlichen Vorteil.

Wäre Ellis ein geborener Kämpfer gewesen, hätte er *nicht* nach seiner Waffe gegriffen. Es war nicht genug Zeit, um sie zu ziehen und zu zielen; dafür war der Eindringling schon viel zu nah. Das Beste wäre gewesen, ihn mit Fäusten und Füßen zu traktieren, gemeinsam mit Tennant. Zwei gegen einen. Doch Ellis besaß diesen Instinkt nicht. Sein Verstand suchte stattdessen Zuflucht in einer einfachen Gleichung: Pistole gegen Messer.

Tennant konnte nichts tun, als Ellis nach seiner Waffe griff, während sein Angreifer ihn erreichte. Da Ellis keinen Arm frei hatte, um zuzuschlagen oder den Schlag abzuwehren, war er wehrlos, als die zweite Klinge sich tief in seine ungeschützte Brust grub.

Es waren vielleicht zwei Sekunden verstrichen, jedenfalls weniger als drei.

Als das Messer Ellis' Herz durchbohrte, wurde sein Körper schlaff, und er sackte nach vorn. Sein Mörder wirbelte zur Seite, als Ellis stürzte. Dadurch vermied er einen Zusammenprall mit dem Leichnam und konnte gleichzeitig seinen Schwung abbremsen, sodass er zum Stehen kam.

Auge in Auge mit Kevin Tennant.

Tennant war über eins neunzig groß und wog mehr als zweihundertdreißig Pfund. Er wirkte im Vergleich zu seinem Gegner wie ein Bär. Aber Tennant hatte seinen Weg in dieser Welt nicht nur dank seiner Größe gemacht. Man brauchte mehr als Masse, um einen Kampf zu gewinnen. Man brauchte Geschicklichkeit. Schnelligkeit. Und vor allem die Fähigkeit zu rücksichtsloser Brutalität. Tennant besaß all diese Eigenschaften und noch mehr.

Die letzten Sekunden hatten gezeigt, dass der Eindringling sie ebenfalls besaß.

Keiner der beiden Männer rührte sich. Sie waren vielleicht noch zwei Meter voneinander entfernt. Wer auch immer diesen Abstand verringerte, präsentierte sich auf dem Silbertablett und setzte sich einem Gegenangriff aus. Das Überraschungsmoment war längst verpufft.

Tennant hatte gesehen, wozu sein Widersacher fähig war. Aber ihn würde Überheblichkeit nicht das Leben kosten, so wie es bei Ferris passiert war.

Tennant suchte den Raum aus dem Augenwinkel nach einem Vorteil ab, ohne den Blick vom Angreifer zu nehmen. Eine der Bronzestatuen, die Ferris so gemocht hatte, stand in Reichweite. Tennant erinnerte sich daran, dass sie sehr schwer waren. Jedenfalls für die meisten Männer. Vielleicht lieferten Tennants überlegene Größe und Kraft doch den entscheidenden Vorteil.

Der Eindringling betrachtete ihn mit seinen blassen Augen. Sie schienen direkt in seine Seele zu starren. Und sie bereiteten dem Hünen Unbehagen. Sie ängstigten ihn sogar. Dieses Gefühl empfand er nur selten.

Tennant merkte, dass sein Blick zu der Statue zuckte. Sein Widersacher hatte das ganz sicher bemerkt. Tennant musste jetzt handeln.

Für einen so großen Mann war er schnell. Seine rechte Hand schoss vor und packte den Fuß der Statue, bevor der Eindringling auch nur einen Schritt machen konnte. Dann schleuderte er sie mit aller Kraft in Richtung seines Widersachers. Die schwere Bronzestatue zischte durch die Luft. Tennant folgte ihr unmittelbar, die riesigen Fäuste geballt.

Der Plan war einfach. Die Statue traf entweder ihr Ziel oder zwang Blassauge zumindest dazu, seine Arme abwehrend hochzureißen. Jedenfalls würde er auf dem falschen Fuß erwischt und eine Sekunde lang angreifbar sein, vielleicht weniger. Lange genug für Tennant, um seine Größe und seine Kraft einzusetzen.

Es war ein einfacher Plan. Aber kein effektiver.

Der Eindringling war Tennants Blick mit seinem gefolgt. Er wusste sofort, was Tennant vorhatte. Deshalb war er vorbereitet. So schnell Tennant auch war, sein Gegner war schneller. Der Mann wich geschmeidig der Bronzestatue aus, als sie an seinem Kopf vorbeizischte. Mit derselben Bewegung tanzte er auf die ungeschützte rechte Seite des heranstürmenden Tennant.

Dieser schlug mit dem rechten Arm nach seinem Widersacher, als er die Bewegung registrierte, aber sein Vorwärtsschwung arbeitete gegen ihn. Blassauge ließ sich in die Hocke fallen und glitt unter Tennants Faust hinweg. Dann durchtrennte dasselbe Messer, das Leach und Ellis getötet hatte, die Sehnen von Tennants rechter Kniekehle.

Der schwere Mann stürzte zu Boden. Mit den Armen fing er den Sturz ab und schützte seinen Kopf vor dem Aufprall. Augenblicklich rappelte er sich wieder hoch, weil ihm klar war, dass er auf keinen Fall liegen bleiben durfte. Er stemmte sich mit beiden Händen vom Boden ab und registrierte in diesem Moment zwei Dinge. Erstens, dass er sich bei dem Sturz das rechte Handgelenk gebrochen hatte. Das verriet ihm der Schmerz in seinem Arm. Aber dieser Schmerz war rasch vergessen. Verdrängt von der Panik, die Tennants zweite Erkenntnis auslöste.

Sein rechtes Bein mit der aufgeschlitzten Kniekehle war nicht mehr zu gebrauchen.

Blut sickerte durch den Stoff von Tennants Jeans. Er konnte nicht aufstehen. Der Kampf war vorbei.

Die Frage war jetzt nur noch, wie er sterben würde.

14

Michael Devlin atmete tief aus, als er die Treppe zu seiner Haustür hinaufging. Es war ein unwillkürlicher Seufzer. Der Tag war länger gewesen, als er erwartet hatte. Viel länger. Erschöpft ging er hinein und stellte seinen kleinen Rollkoffer an die Wand des Flures. Er zog sein Anzugjackett aus und warf es über das Geländer der Treppe. Ein krasser Gegensatz zu der Sorgfalt, mit der er es heute Morgen behandelt hatte.

Er öffnete die Manschettenknöpfe, während er zur Küche

ging, rollte die Hemdsärmel hoch und knöpfte seine Weste auf. Damit befreite er sich von seiner einengenden Berufskleidung. Michael liebte seinen Job, aber er hatte sich nie damit anfreunden können, dass das Tragen von Anzügen dazugehörte.

Die Küche war der am besten ausgestattete Raum im ganzen Haus. Und auch der größte. Michael liebte es zu kochen, und Sarah und er aßen beide sehr gern. Doch selbst wenn sie nichts von beidem taten, hielten sie sich häufiger hier auf als im Wohnzimmer.

Das aufwendige Clive-Christian-Design der Innenausstattung war von Sarahs Vater in Auftrag gegeben worden, kurz bevor er ihnen das Anwesen zur Verlobung geschenkt hatte; eine sehr extravagante Geste von einem extrem wohlhabenden Mann. Die Ausstattung der Küche hatte mehr gekostet, als Michael in seinen ersten zwei Jahren als Barrister verdient hatte, aber weder er noch Sarah hatten diesen Aufwand jemals infrage gestellt. Er gehörte zu den Dingen, die Michael daran erinnerten, wie sehr sein Leben sich verändert hatte.

Deshalb überraschte es ihn, dass die Küche leer war. Ein Blick auf die offene Tür in der gegenüberliegenden Ecke lieferte die Erklärung. Diese Tür führte nach draußen, zu einer kleinen Steintreppe, die sich zu einem Patio hinunterschlängelte, der sorgfältig wie ein Innenhof entworfen worden war. Dahinter lag ein langer, gepflegter, von Blumenbeeten gesäumter Rasen.

Michael ging zur Tür und machte einen kleinen Abstecher zum Kühlschrank, aus dem er sich eine Flasche Bier nahm. Er öffnete sie im Gehen und nahm einen tiefen Schluck, während er hinaustrat.

Den Anblick, der sich Michael bot, hatte er erwartet. Sarah und Anne Flaherty saßen an dem langen Garten-Esstisch aus Metall. Sie hatten beide ein Glas Wein vor sich stehen. Sarahs Glas war halb voll. Annes war fast leer, und vor ihr stand neben einem Weinkühler auch eine leere Weißweinflasche.

Die beiden Frauen bemerkten Michael gleichzeitig.

»Muss ich fragen?«, erwiderte er auf das einladende Lächeln der beiden Frauen und deutete mit dem Kopf auf die leere Weinflasche.

»Nur wenn du darauf bestehst, Mikey«, gab Anne zurück. Ihre Stimme klang sehr liebevoll, wie immer, wenn sie mit Michael sprach.

Michael erwiderte ihr Lächeln, bevor er in die Küche zurückkehrte und eine neue Flasche holte. Er tauchte eine Minute später wieder auf, ging die Stufen hinab und schenkte Anne ein frisches Glas ein. Dann füllte er Sarah ein paar Tropfen nach, bevor er die neue Flasche in den Kühler stellte und sich zwischen die Frauen setzte.

»Du willst morgen sicher wieder damit aufhören, stimmt's?«

Michael hatte die Zigarette in Sarahs Hand bemerkt. Er lächelte, um klarzumachen, dass die Frage nicht ganz ernst gemeint war.

»Lass das Mädchen in Ruhe, Mikey.« Anne schien Michaels spielerischen Ton nicht mitbekommen zu haben. Er wusste warum. Sie hatte eindeutig mehr von der ersten Flasche getrunken als Sarah. »Sie schuftet schwer und darf sich auch mal entspannen.«

»Aber sie entspannt sich nur so, wenn sie mit dir zusammen ist«, konterte Michael. »Du hast einen schlechten Einfluss auf sie, Anne Flaherty.«

Diesmal war Michaels Ton unmissverständlich. Er nahm sowohl seine Frau als auch seine älteste Freundin auf den Arm. Es tat gut, endlich mal albern sein zu können.

»Wie war denn dein Tag so, Mikey?«

»Lang und emotional«, antwortete Michael. Sein nordirischer Akzent wurde deutlicher, wie so oft, wenn er mit Anne sprach. »Die Ereignisse haben sich durch den Mord an Phillip Longman etwas überschlagen.«

»Ist das dieser Richter, von dem Sarah mir erzählt hat?«

»Ja. Er war eine Berühmtheit unter uns Juristen. Hatte einen großen Namen. Der Temple hat quasi dichtgemacht, als es in den Nachrichten kam.«

»Wie geht es Derek?«, wollte Sarah wissen. »Hast du mit ihm gesprochen?«

»Ja, vorhin. Er hält sich gut. Er ist jetzt bei Longmans Sohn und steht ihm bei. Allerdings glaube ich eher, dass er sich nur ablenken will, damit er nicht zusammenbricht.«

»Derek kannte ihn also?«, wollte Anne wissen.

»Das kann man wohl sagen«, gab Michael zurück. »Longman war Dereks Pupil-Master. So wie Derek meiner war. Wie ich Derek kenne, hat er mit ihm die Person verloren, die ihm am nächsten stand.«

»Jesus. Der arme Mann.«

Anne zündete sich noch eine Zigarette an und trank einen Schluck Wein. Michael konnte das Mitgefühl in ihren Augen sehen. Wenn jemand Dereks Verlust nachempfinden konnte, dann Anne Flaherty.

»Wirst du ihn besuchen?«, fragte Sarah.

»Ja. Ich muss mich morgen früh erst mit meinem Junior in dem Mordprozess treffen. Danach fahre ich zu Derek und überzeuge mich, dass es ihm gut geht.«

»Sprichst du ihm unser Beileid aus?« Sarahs Stimme klang besorgt. »Und machst du ihm klar, dass wir für ihn da sind?«

»Das habe ich schon, Sweetheart.« Michael drückte Sarahs Hand, dankbar für ihre aufrichtige Sorge um seinen Freund. »Aber im Moment können wir nicht wirklich etwas für ihn tun. Longmans Söhne brauchen ihn als moralische Unterstützung. Aber sein Zusammenbruch kommt noch. Früher oder später wird er eine Schulter nötig haben.«

Einen Moment lang sagte niemand etwas. Alle dachten an Derek Reid. Michael trank einen Schluck Bier, Anne nippte an ihrem Wein. Sarah drückte ihre Zigarette aus und nahm ebenfalls einen Schluck Wein.

Schließlich brach Sarah das Schweigen.

»Ich würde es Derek nicht unbedingt sagen, aber soweit ich weiß, ist Longman ziemlich grauenvoll gestorben. Wirklich ekelhaft.«

»Was hat die Polizei dir denn gesagt?«

»Eigentlich nichts. Aber du weißt ja, wie das läuft. Wäre es ein ganz einfacher, normaler Mord, ungeachtet des Opfers, hätten sie uns das inoffiziell gesteckt. Aber über diesen Mord wollten sie uns keine Einzelheiten mitteilen, gar nichts. In neunundneunzig von hundert Fällen bedeutet das, es war ein brutaler Tod. Wenn du dann noch berücksichtigst, welches Team die Ermittlungen leitet, dann schreibt sich die Geschichte fast von allein.«

»Welches Team?«, fragte Michael nach. »Wer leitet es?«

»Joelle Levy. Hauptuntersuchungsteam der Mordkommission von Scotland Yard, das MIT One.«

»Dann nehmen sie die Sache ziemlich ernst.«

»Du kennst die Abteilung?«

»Ich kenne Levy. Ich habe sie einmal ins Kreuzverhör genommen.« In Michaels Karriere hatte es viele große Fälle gegeben. Und während dieser Zeit war er den meisten Spitzencops von London begegnet. »Sie ist gut. Hervorragend sogar.«

»Sie wirkte auf mich ziemlich vernünftig«, merkte Sarah an. »So ganz anders als diese unkooperativen Scheißkerle, mit denen wir es manchmal zu tun haben.«

»Stell dich gut mit ihr«, riet Michael. »Du willst nicht, dass sie sauer auf dich wird.«

Sarah nickte. »Ich achte darauf, dass ich immer schön freundlich bleibe.« Sie drückte kurz Michaels Hand. Mehr musste zu dem Thema nicht gesagt werden.

Sie schwiegen. Michael trank einen weiteren Schluck von seinem Bier und lehnte sich auf seinem Stuhl zurück. Er genoss den warmen Wind, der plötzlich aus dem Nichts aufgetaucht war. Sarah machte dasselbe und sah dann, dass Anne ihr Glas aufgefüllt hatte und den Rest in ihr eigenes goss. Dann stand sie auf und ging Richtung Küche.

»Zeit für die nächste Flasche«, sagte Anne über ihre Schulter hinweg, während sie auf die erste Stufe trat.

»Wie viel hatte sie schon?« Michael sprach leise.

»Das ist dann die dritte Flasche«, gab Sarah zurück. »Und sie hat das meiste davon getrunken.«

Michael schüttelte den Kopf.

Das ist schon eine zu viel.

Annes Trinkgewohnheiten machten ihm bereits seit Monaten Sorgen. Aber Michael hatte es noch nicht fertiggebracht, sie darauf anzusprechen. Er hatte versucht, sich einzureden, dass alles noch im Rahmen wäre. Und außerdem war es ja ihr Leben. Aber er kannte auch den Grund.

Michael sprach Annes Alkoholkonsum nicht an, weil er sich letztlich dafür verantwortlich fühlte.

Anne war Michaels Schwägerin gewesen, wenn auch nicht auf dem Papier. Sie war seit Teenagerzeiten die Partnerin seines Bruders Liam gewesen, und sie war auch bei ihm geblieben, als Michael verschwunden war. Und sie war immer noch bei ihm gewesen, als Michael zwei Jahrzehnte später zurückgekehrt war, auf der Flucht vor einem professionellen Killer, der ihn und Sarah gejagt hatte.

Michael hatte diesen Killer in Annes und Liams Welt gebracht. Eine Bedrohung, die letztlich mit Liams Tod geendet hatte. Seitdem war Anne nur noch ein Schatten ihres früheren Selbst.

Michael hätte alles darum gegeben, wenn er die Uhr hätte zurückdrehen können. Wenn sein Bruder noch am Leben wäre. Doch das war unmöglich. Aber er konnte Verantwortung für die gebrochene »Witwe« seines Bruders übernehmen, und genau das tat er.

»Wie ging es ihr, bevor ich gekommen bin?«, wollte Michael wissen.

»Sie hat sich tapfer gegeben, wie immer«, erwiderte Sarah. »Aber ich habe gemerkt, dass sie geweint hat, bevor ich nach Hause gekommen bin.«

»Und hat sie getrunken?«

»Es sah nicht so aus«, meinte Sarah. »Aber sie verträgt erheblich mehr Alkohol als ich, also könnte es schon sein.«

»Das tut mir wirklich leid.« Es war nicht das erste Mal, dass Michael sich dafür entschuldigte, Anne einfach in sein gemeinsames Leben mit Sarah geholt zu haben. Schlechtes Gewissen und Schuldgefühle. »Es wird nicht ewig dauern. Das verspreche ich dir. Anne wird es irgendwann wieder besser gehen, und dann suchen wir ihr eine eigene Wohnung. Immerhin kann sie es sich leisten.«

»Michael, wie oft muss ich dir das noch sagen? Du drängst mir Anne nicht auf. Schließlich bist du nicht allein zu Liam gegangen, und Liam hat nicht nur dich beschützt. Himmel, genau genommen wäre keiner von euch überhaupt in diesem Blockhaus gewesen, wenn ich nicht gewesen wäre. Ich schulde Anne genauso viel wie du. Und außerdem gehört sie zur Familie. Sie kann bei uns wohnen, so lange sie will. Unter einer Bedingung.«

»Dass wir ihr dabei helfen, wieder auf die Füße zu kommen.« Michael kannte die Bedingung bereits.

»Dass wir ihr helfen, wieder auf die Füße zu kommen, ja. Und wir helfen ihr nicht, wenn wir ihr alles abnehmen. Aber so lange wir ihr helfen, und so lange sie sich langsam erholt, hat sie hier ein Zuhause.«

Michael streckte die Hand aus und ergriff die von Sarah. Diesmal fester.

»Du bist wirklich perfekt, Sarah Truman.«

»Niemand ist perfekt, Michael Devlin«, antwortete Sarah grinsend. »Aber es stimmt schon, ich bin verdammt nah dran.«

»Das Einzige, was noch fehlt, ist Demut, stimmt's?« Michael lachte.

»Genau, richtig!«

»Was ist denn so lustig?«

Michael und Sarah lachten immer noch und blickten jetzt hoch, als Anne mit einer frischen Flasche Wein in der Hand die Treppe hinunterkam.

Michael stand auf und ging auf sie zu.

»Planänderung.« Er achtete darauf, unbeschwert zu klingen,

als er ihr die Weinflasche aus der Hand nahm. »Genug Sprit für heute. Ich führe meine Mädchen zum Essen aus.«

»Ich bin nicht hungrig, Mikey«, protestierte Anne. »Lass uns hierbleiben und den Garten genießen.«

»Keine Lust«, antwortete Michael. »Ich bin förmlich ausgehungert, und ich esse nicht gern allein. Und jetzt mach dich fertig. Wir fahren in zehn Minuten los.«

15

Adam Blunt versuchte nicht einmal, sein Grinsen zu unterdrücken, als die Nachrichtensendung zu Ende war.

Er hatte den Bericht jetzt zum vierten Mal gesehen.

Beim ersten Mal war es ein Schock gewesen. Aber bei den Wiederholungen unterhielt er sich prächtig und war ihrer noch lange nicht müde.

Ich könnte das den ganzen Tag lang ansehen, amüsierte er sich.

Blunt hasste Phillip Longman seit fast fünfundzwanzig Jahren, obwohl sie sich zum ersten Mal schon viele Jahre davor begegnet waren. Sehr früh in Longmans juristischer Karriere. Damals war Longman der kommende Star des Rechtswesens. Blunt hatte schon lange von ihm gehört, bevor er ihn traf. Was er nicht gehört hatte, war, dass Longman auch ein verklemmter, moralisierende Heuchler war. Jedenfalls war das die Erinnerung, die Blunt an ihn hatte. Ob das nun stimmte oder nicht, es gab jedenfalls keinen Zweifel daran, dass die beiden Männer einander zutiefst verabscheuten.

Jedes Mal, wenn Blunt in Longmans Gerichtssaal auftauchte, schien dieser ihn scharf zu kritisieren. Seine Kritik schmerzte. Nicht persönlich – Blunt gab keinen Pfifferling darauf, was Phillip Longman von ihm dachte –, aber beruflich. Diese ständigen Anfeindungen durch einen angesehenen Richter konnten ihm nur schaden. Trotzdem hatte Blunt sie überlebt. Blutig und angeschlagen, aber immer noch auf den Beinen. Bis zu ihrem letzten Fall, als Longman weiter ging als je zuvor und Blunts erste Karriere beendete.

Das hatte Blunt nie vergessen. Und er hatte es ihm auch nie verziehen.

In den folgenden Jahren hatten sich ihre Wege nur noch gelegentlich gekreuzt. Blunt war nie mehr als ein Krankenwagengeier gewesen, kein Barrister, also hatte er selten etwas mit großen Fällen zu tun gehabt, die vor einem so wichtigen Richter wie Longman verhandelt wurden. Diese Diskrepanz hatte sich verstärkt, als Longman immer weiter aufgestiegen war. Trotzdem war Blunt ab und zu in Longmans Gerichtssaal gelandet.

Und jedes Mal hatte das üble Erinnerungen geweckt. Jedes Mal hatte er den Mann anschließend noch mehr gehasst. Und deshalb grinste er jetzt vor sich hin, als er den Bericht über den Mord an Longman mit grimmiger Genugtuung verfolgte.

Ich hoffe, dass dieser Mistkerl gelitten hat, dachte er schon zum bestimmt hundertsten Mal an diesem Tag.

Doch das Vergnügen war kurzlebig. Es wurde im nächsten Moment von dem vertrauten Stechen in Blunts Eingeweiden ausgelöscht. Dieses Gefühl lenkte ihn von seinem Vergnügen ab, so wie es ihn auch von allem anderen ablenkte. Es war kein ständiger Schmerz, und manchmal spürte er ihn auch gar nicht. Manchmal halfen die Medikamente. Aber meistens war er da, verkrüppelte und verhöhnte ihn gleichzeitig.

Er knirschte mit den Zähnen und verdrängte den Schmerz, so gut er konnte. Er wollte nicht zulassen, dass er diesen Moment zerstörte. Ihm war nur noch so wenig geblieben. Zumindest den heutigen Tag würde er genießen.

Die Diagnose hatte er vor einem Jahr bekommen. Darmkrebs. Sie hatten ihm höchstens noch sechs Monate gegeben. Doch mittlerweile waren zwölf Monate vergangen, und er lebte immer noch. Irgendetwas hatte Blunt angetrieben. Nicht seine Familie, denn er hatte keine. Freunde auch nicht, denn davon hatte er genauso wenig. Und ganz sicher nicht die Hoffnung auf eine Zukunft; Blunt hatte seine Kanzlei vor seiner Krankheit verkauft und sich ganz allein an die Küste von Suffolk zurückgezogen. Welche Zukunft gab es da schon?

Nein. Nichts davon hatte Blunt am Leben erhalten. Ihm war klar geworden, dass es Gott gewesen war. Gott, oder wie auch immer man diese höhere Macht nennen mochte, hatte Blunt lange genug am Leben erhalten, um Longmans gewaltsamen Tod miterleben zu dürfen.

Blunt blickte auf die Uhr an der Wand. Es war 3:10 Uhr morgens. Er hatte schon längst keinen geregelten Tagesablauf mehr. Er schlief, wenn die Medikamente ihn müde machten. Und wenn er schlief, spielte es keine Rolle, wo er schlief. Blunt hatte in den letzten Monaten erheblich öfter in seinem Fernsehsessel geschlafen als in seinem Bett. Denn selbst die Anstrengung, aus einer sitzenden Position aufzustehen, wurde allmählich zu groß für ihn.

Aber die Medikamente kontrollierten seine Blase nicht.

Blunts Darm rebellierte gegen ihn. Und er brachte ihn langsam um. Aber jetzt war sein Bedürfnis zu urinieren das größere Problem.

Er stand auf. Langsam und voller Schmerzen. Die geschlossene Tür des Wohnzimmers war vielleicht drei Meter von ihm entfernt. Diese Entfernung schaffte Blunt, aber wenn er dann noch weiter gehen musste, war das ein Problem.

Er machte eine Pause, um Atem zu schöpfen. Es wurde zunehmend schwieriger, sich auch nur aus dem Stuhl zu erheben. Das war der Anfang vom Ende.

Trotzdem, ich habe Longman überlebt.

Die ersten Schritte mussten ruhig und stetig sein. Wenn er stolperte, konnte das seinen Tod bedeuten. Blunt wusste das, also wartete er noch ein paar Sekunden, bis er sich bewegte. Der erste Fuß zuerst. Ein langsamer Schritt. Der zweite Schritt. Der dritte Schritt. Mit jedem Schritt kam die Tür näher. Vier. Fünf. Sechs. Noch näher. Sieben. Acht. Neun. Die Tür war in Reichweite. Blunt streckte seine offene Hand aus, als er die beiden letzten Schritte machte. Er packte den Türgriff und lehnte seine Schulter gegen den Rahmen. Um das Gewicht zu stützen, das jetzt umzukippen drohte.

Er atmete schwer und schnell. Elf Schritte hatten ihn seine ganze Energie gekostet.

Elf beschissene Schritte!

Der Gedanke ärgerte ihn. Wie hatte es so weit kommen können? Wie konnte er so verrecken, gebrochen und allein? Nur der Gedanke an Longmans Schicksal verhinderte, dass Blunt in Verzweiflung versank.

Es dauerte über eine Minute, bis er genug Energie gesammelt hatte, um weiterzugehen. Und hoffentlich auch noch genug für die nächsten vier Schritte in das Badezimmer, das hinter der geschlossenen Tür lag.

Es musste reichen. Seine Blase würde nicht warten.

Er drückte die Klinke herunter und zog an der Tür, um sie zu öffnen.

Der Anblick, der ihn erwartete, vertrieb alle anderen Gedanken aus seinem Verstand.

»Natürlich.« Blunt sprach fast zu sich selbst, als er in die blassesten Augen blickte, die er je gesehen hatte. Augen aus einer fernen Vergangenheit. Ihr Auftauchen war fast eine Erleichterung.

Er lächelte, als er seine letzten Worte sprach.

»Nun, jetzt ist alles klar.«

16

Levy warf einen Blick auf ihre Uhr, als sie den Tisch für das Frühstück fertig gedeckt hatte.

Gerade noch rechtzeitig.

»Richard, Frühstück steht auf dem Tisch!«, rief sie und hob ihre Stimme dabei nur leicht. Das Haus war nicht besonders groß. Zwei Schlafzimmer und ein Badezimmer im ersten Stock. Da musste man nicht brüllen, um gehört zu werden.

Augenblicklich trampelten schnelle Schritte die Treppe herunter, und Momente später stürmte ihr zehnjähriger Sohn Richard in die Küche. Er warf sich auf den Stuhl an dem kleinen Tisch und machte sich begeistert über sein Frühstück her.

Sie aßen schweigend. Levy hatte Richard dazu erzogen,

sich gut zu benehmen, was auch beinhaltete, nicht mit vollem Mund zu sprechen. Sie hatte ihm außerdem beigebracht, wie wichtig es war zu essen, wenn sich die Gelegenheit bot. Denn man konnte nie genau wissen, wann die nächste Mahlzeit kam. Diese Lektion hatte Levy beim israelischen Militär gelernt. Frühstück war wie jede andere Mahlzeit in erster Linie etwas Funktionelles.

»Du bist gestern Nacht spät nach Hause gekommen, Mum«, sagte Richard, nachdem er sein Frühstück beendet hatte. »Ich bin aufgewacht, als du reingekommen bist.«

»Ich weiß, Richard. Es tut mir leid.«

Es war nicht ungewöhnlich, dass Levy nicht pünktlich Feierabend machen konnte und verpasste, wenn ihr Sohn ins Bett ging. Sie fühlte sich deswegen oft schuldig.

»Gestern war ein sehr langer Tag.«

»Was ist passiert?«

»Das willst du wirklich nicht wissen, Richard.«

Levy war an die Fragen ihres Sohnes gewöhnt. Er war ein intelligenter Junge, gut erzogen und reif für sein Alter. Manchmal erzählte sie ihm etwas von ihren Fällen, allerdings nur in groben Zügen und stark zensiert. Aber über diesen Fall wollte sie nicht reden.

»Es war eine eklige Angelegenheit.«

Richard nickte. Er war zwar noch jung, wusste aber bereits genau, wann seine Mutter nicht antworten wollte. Und er verstand genug von ihrer Arbeit, um sie nicht zu bedrängen.

»Kommst du heute wieder spät, Mum?«

»Ich hoffe nicht.« Levy wollte nichts versprechen, was sie nicht halten konnte. Den Fehler hatte sie schon einmal gemacht. »Ich glaube nicht, meine ich. Aber nach gestern kann ich es nicht genau sagen. Keine Sorge, ich sorge dafür, dass Claire nach dir sieht, wenn ich wieder länger arbeiten muss.«

Claire Gordon war ein Mädchen aus der Nachbarschaft, das sich daran gewöhnt hatte, dass Levy seine Hilfe kurzfristig benötigte. Im Lauf der Jahre hatte Claire einen beträchtlichen Teil von Levys Gehalt als Honorar für ihre Babysitterdienste eingestrichen.

Noch mehr Ausgaben, dachte Levy. *Zusätzlich zu allem anderen.*

Levy war mit achtundzwanzig schwanger geworden, als sie gerade mal zwei Jahre im Polizeidienst stand. Es war nicht geplant gewesen, und sie hatte den Vater kaum gekannt. Levy war alles andere als wahllos; sie konnte ihre Sexpartner an einer Hand abzählen. Nur einmal in ihrem Leben hatte sie mit einem Mann geschlafen, mit dem sie nicht zusammen war. Richard war das Ergebnis.

Levy hatte die nächsten elf Jahre damit verbracht, diesen Unfall in einen Segen zu verwandeln. Und Richard war in jeder Hinsicht ein Segen. Bis auf eine: ihre Finanzen.

Um ihrem Sohn ein gutes Leben bieten zu können, hatte Levy sich stets angestrengt, um befördert zu werden. Sie hatte diese Beförderungen erreicht und das höhere Gehalt dazu verwendet, ein Heim in einer guten Gegend zu finden, in der Nähe der besten Schulen. Aber mit dem Gehalt eines Detective Chief Inspectors kam man in einem Viertel wie Highgate nicht besonders weit, also hatte sich Levy mit einem kleinen Haus begnügt. Es war gerade groß genug für sie beide, aber es hatte die beste Lage, um ihrem Sohn einen guten Start ins Leben zu ermöglichen.

»Fährst du mich heute zur Schule, Mum?«

Richards Frage brach das Schweigen am Frühstückstisch.

Levy warf einen Blick auf ihr Handgelenk. Acht Uhr.

»Ja, klar.« Levy fuhr ihrem Sohn durchs Haar. Sie hatte über Phillip Longman nachgedacht. Ein Blick in Richards Gesicht vertrieb diese Gedanken. »Aber wir müssen ein bisschen früher los, okay?«

»Okay.«

Richard lächelte strahlend. Levy wusste, wie sehr er sich freute, wenn sie Zeit zusammen verbrachten, und sie war froh, dass sie diese Nähe noch hatten. Sie wünschte nur, dass sie ihn nicht so oft enttäuschen müsste.

»Ich packe meine Tasche.«

Er war bereits aufgestanden, während er sprach, und seine Aufregung war unübersehbar. Levy blickte ihm nach. Sie trank ihren Kaffee aus und packte seine Dose mit den Pausenbroten, weil sie wusste, dass er nicht lange brauchen würde.

Sie war fast fertig, als sie von dem gedämpften Klingelton ihres Handys unterbrochen wurde, das in ihrer Jackentasche steckte.

Sie zog es heraus und warf einen Blick auf das kleine Display. Der Anrufer war Steven Hale. Um acht Uhr früh war das ganz sicher kein Privatanruf.

»Steve. Was gibt's?«

»Ein Bandenmord, Jo. Üble Sache.« Wenn sie nicht im Büro waren, verzichtete Hale auf formelle Titel. Bei der Arbeit vergaß er keinen Moment, dass sie seine Vorgesetzte war, aber nachdem sie so viele Jahre zusammengearbeitet hatten, waren sie eng befreundet. Ihre Arbeit machte ein Privatleben nicht gerade einfach, sodass sie nur noch sehr wenig Freunde hatte. Hale war einer davon.

»Wo?«

»Brixton.«

»Warum schickt man uns dorthin? Das ist doch ein Fall für Trident.«

»Trident wurde ebenfalls verständigt«, antwortete Hale. »Aber Scotland Yard will, dass wir in diesem Fall mit ihnen zusammenarbeiten.«

Levy seufzte.

Trident. Noch ein verfluchtes Problem.

»Okay«, antwortete sie schließlich. »Ich bin in etwa einer Stunde da. Ich muss nur Richard vorher zur Schule fahren. Schick mir die Adresse.«

Gestern eine Kreuzigung, heute ein Massaker im organisierten Verbrechen, dachte sie, als sie das Gespräch beendete. *Das ist schon jetzt eine höllische Woche.*

Levy sah auf Richards Brotdose. Ihr Blick wurde von einer Gruppe Superhelden aus dem Kino erwidert. Die Avengers. Eine Fantasiewelt, wo das Gute immer über das Böse triumphierte.

Sie zog ihre Jacke an, nahm die Dose und ging zum Fuß der Treppe.

»Beeil dich, Richard!«, rief sie hoch. »Wir müssen los.«

17

Michael war um neun Uhr mit Jenny Draper verabredet. Er hatte den Starbucks-Coffeeshop in High Holborn am Anfang der Chancery Lane als Treffpunkt ausgesucht. Drapers Anwaltskammer war in der Nähe, in Grays Inn, nur einen Steinwurf entfernt. Das war einer der Gründe, warum Michael das Café ausgesucht hatte. Wenn ein Barrister in einem Fall der Vorgesetzte eines anderen ist, gibt es immer eine klare Hierarchie. Das kann bei einem ersten Treffen für Verstimmungen sorgen, weil es eine recht einseitige Paarung ist. Michael hoffte, dass es die Waage etwas mehr in ihre Richtung neigte, wenn sie sich auf ihrem Terrain trafen.

Er war fünfzehn Minuten zu früh da. Michael bereitete sich gern auf ein Treffen vor und sah zu, wie die Leute eintrafen. Er trank einen Schluck von dem großen schwarzen Kaffee, Venti Roast, wie er ihn bei der Bestellung hatte nennen müssen, und warf einen Blick auf seine Armbanduhr. 08.58 Uhr.

Der Coffeeshop war ein schmaler, lang gezogener Raum, der bis zum anderen Ende des Gebäudes reichte. Über die ganze Länge waren Tische unterschiedlicher Größen sowie Sessel und kleine Sofas verteilt. Ganz am Ende stand ein großer viereckiger Tisch, der groß genug für vier Personen war. Diesen Tisch hatte Michael sich ausgesucht.

Nachdem er sich hingesetzt hatte, behielt er das Panoramafenster des Shops im Auge. Es lag an einem Teil des Bürgersteigs, der zu Grays Inn führte.

08.59 Uhr.

Eine Person auf dem belebten Bürgersteig erregte Michaels Aufmerksamkeit. Eine große Frau mit langen, streng frisierten blonden Haaren, vielleicht Ende zwanzig, höchstens Anfang dreißig. Sie ging zielstrebig in Richtung des Eingangs.

Jenny Draper.

Genau 9:00 Uhr.

Pünktlich auf die Minute. Jedenfalls laut Michaels Armbanduhr.

Draper trat durch die Tür und nahm sofort zielstrebig Kurs auf Michael. Reid hatte recht gehabt. Sie war eine attraktive Frau. Schlank, helle Haut und ein schmales Gesicht mir einer markanten Nase. Ihr maßgeschneidertes graues Kostüm saß perfekt. Damit unterschied es sich sehr von Michaels Garderobe. Wenn er nicht vor Gericht musste, bedeutete das, kein Anzug. In den Jeans und dem lässigen T-Shirt sah er eher aus wie ein Klient als ein Kollege.

»Michael.«

Ihr Akzent war Privatschule pur. Er gehörte zu einer Frau, die schon durch ihre Geburt privilegiert war und keinen Zweifel an ihrem Platz in der Welt hatte. Ihr Tonfall war genauso selbstbewusst. Draper fragte nicht; sie benutzte Michaels Namen als Gruß.

Sie hielt ihm ihre rechte Hand hin.

»Jenny.« Michael nahm ihre Hand und schüttelte sie sanft. »Schön, Sie endlich kennenzulernen.«

»Danke, gleichfalls. Es ist sehr aufregend, mit Ihnen zu arbeiten.«

Michael wusste nicht, was er darauf erwidern sollte, also lächelte er nur und bedeutete ihr mit einer Handbewegung, sich zu setzen.

»Was kann ich Ihnen holen?« Er war stehen geblieben.

»Espresso Macchiato, bitte.«

»Irgendetwas zu essen?«

»Darf ich unverschämt sein und einen Schokoladenmuffin ordern? Ich brauche den Zuckerschub.«

»Was immer Sie am Laufen hält«, scherzte Michael.

Er ging zum Tresen und bestellte. Dann trug er das volle Tablett zum Tisch zurück.

Draper hatte ihre Sachen ausgebreitet, während Michael

am Tresen gewartet hatte. Ein Aktenordner lag jetzt auf dem Tisch vor ihr. Daneben stand ein dünnes Notebook. Daneben lag ein iPad. Und daneben ein iPhone. Michael fragte sich, warum jemand alle drei Geräte auf einmal benutzen musste. Aber das war ein Thema für einen anderen Tag.

»Sie haben sich vorbereitet.«

»Ich möchte nicht gleich bei unserem ersten Treffen einen schlechten Eindruck hinterlassen.« Draper lächelte schüchtern. »Außerdem dachte ich, Sie wollten gleich loslegen.«

»Das müssen wir auch«, gab Michael zurück. »Wir haben nicht allzu viel Zeit.«

»Wir werden schnell auf dem neuesten Stand sein.«

»Das ist zu hoffen.« Michael beugte sich vor und verschränkte die Hände zwischen seinen Knien. »Und jetzt sagen Sie mir, was halten *Sie* von Simon Kash?«

◆

Während der nächsten Stunde diskutierten Michael und Draper unterschiedliche Aspekte des Falles. Die Anschuldigungen. Kashs Charakter. Was bis jetzt passiert war, und warum man Derek Reid ersetzt hatte.

Draper war ebenfalls der Meinung, dass Reid der Aufgabe mehr als gewachsen gewesen wäre. Aber im nächsten Atemzug betonte sie, wie glücklich sie war, dass Michael ihn ersetzt hatte. Und wie privilegiert sie sich fühlte, dass sie mit einem so brillanten jungen Kronanwalt zusammenarbeiten durfte.

Michael ignorierte die Schmeichelei. Es konnte durchaus sein, dass sie jedes Wort ernst meinte, aber Barrister sind sehr geschickt darin, im direkten Kontakt gegenseitig ihr

Ego zu massieren, während sie etwas völlig anderes erzählen, sobald sie nicht mehr in Hörweite sind. Außerdem erinnerte er sich an Reids Warnung.

»Sie halten Kash also nicht für unschuldig?«, fragte Michael.

Das Gespräch hatte sich einmal komplett im Kreis gedreht, als Michael jetzt zu Drapers Antwort auf seine ursprüngliche Frage zurückkam.

»Ich habe nicht gesagt, dass er nicht unschuldig wäre«, gab Draper zurück. »Ich bin nur nicht davon überzeugt. Nicht so wie Derek. Oder wie Ross.«

»Wie alt sind Sie, Jenny?«

»Einunddreißig. Warum?«

»Und wie lange sind Sie schon in Ihrer Anwaltskammer?«

»Acht Jahre. Neun, wenn Sie die Pupillage mitzählen. Noch mal, warum fragen Sie?«

Draper war wirklich selbstbewusst. Vielleicht ein bisschen zu sehr. Aber das kümmerte Michael nicht. Selbstvertrauen war ein großer Teil dessen, womit sie beide ihr Brot verdienten.

»Es ist einfach etwas ungewöhnlich, dass jemand, der so jung ist wie Sie oder so unerfahren – zumindest relativ gesehen –, ganz offen Leuten wie Derek Reid und Andrew Ross widerspricht.«

Michael war nicht sicher, ob er sich verständlich ausdrückte. Also fuhr er fort.

»Es ist erfrischend, meine ich. Viele Leute in Ihrer Position würden einfach der Einschätzung ihres Chefs zustimmen. Vor allem, wenn dieser Chef Derek Reid heißt.«

»Vielen Dank.«

Michael merkte, dass sie sich über das Kompliment freute.

»Also sehen Sie das genauso?«, fragte Draper. »Sie

glauben, dass die beiden eine falsche Meinung über Kash entwickelt haben?«

»Nein, gar nicht.« Bei Drapers Reaktion auf seine Antwort musste Michael lachen. Sie schien in sich zusammenzufallen. »Ich habe genau dasselbe Gefühl wie Derek, was Kash angeht. Ich glaube nicht, dass dieser Junge irgendetwas von dem getan hat, was man ihm zur Last legt. Ich glaube es einfach nicht. Aber es ist gut, dass Sie ihm gegenüber argwöhnisch sind. Einer von uns sollte das auch sein. Sie halten Ihre Augen offen und bleiben hellwach, während ich auf einen Kreuzzug gehe.«

Draper antwortete nicht, was Michael nicht wunderte. Es war unwahrscheinlich, dass sie in ihren acht Jahren als Barrister einem Kronanwalt begegnet war, der angenehm überrascht zu sein schien, dass sein Junior seine Einschätzung infrage stellte. Viele Barrister in Michaels Position hätten einen solchen Widerspruch als Beleidigung aufgefasst. Als eine Herausforderung ihrer Überlegenheit.

Michael wusste, dass Ego für gewöhnlich über alles ging.

Er beobachtete, wie Draper nachdachte. Wenn ihr Ruf zutraf und sie wirklich einen so scharfen Verstand hatte, dann würde sie erkennen, wie vernünftig es war, wenn ein Team halb aus Leidenschaft und halb aus skeptischer Logik bestand. Dadurch deckten sie alle Möglichkeiten ab, auch wenn das ein höchst unüblicher Ansatz war.

»Sie wollen also, dass ich die andere Seite einnehme?«, fragte Draper schließlich. »Sie wollen ganz explizit, dass ich alles in Zweifel ziehe, was unser Klient sagt?«

»Ich glaube sogar, es ist nötig, dass Sie zweifeln«, antwortete Michael. »Ich glaube an diesen Jungen, Jenny. Und zwar immer mehr, je länger ich die Zeugenaussagen studiere.

Aber ein solcher Glaube erzeugt oft blinde Flecken. Bleiben Sie bei der Meinung, die Sie haben. Das hilft uns, diese blinden Flecken zu reduzieren.«

Draper lehnte sich auf ihrem Stuhl zurück und lächelte. Die Logik von Michaels Herangehensweise war ihr nicht entgangen, das sah er.

Vielleicht hat sie sich ihren Ruf tatsächlich verdient, dachte Michael. *Gehen wir weiter.*

»Was halten Sie von Terry Collivers Zeugenaussage?« Die Frage kam aus dem Nichts. Er hatte Colliver bereits als ihre beste Möglichkeit identifiziert, um den Hebel anzusetzen. Und er wollte wissen, ob Draper das genauso sah.

»Ich glaube, dass er die Schwachstelle der Anklage ist«, antwortete sie. »Jedenfalls aus dem Blickwinkel der Geschworenen gesehen.«

»Warum?«

»Weil er ein Motiv hat zu lügen. Er wurde wegen des Mordes verhaftet. Die Auswertung seines Telefons beweist, dass er in der Nähe des Tatortes war, wenn nicht sogar direkt am Tatort. Er sah sich einem Prozess als Mörder gegenüber, und plötzlich rückt er mit O'Driscolls und Kashs Namen heraus. Im Austausch gegen eine Anklage wegen eines weit weniger ernsten Vergehens.«

»Korrekt.« Michael nickte erfreut über die Antwort. Sie hatte die Hauptschwäche des Zeugen identifiziert, aber eine andere hatte sie übersehen.

»Und warum sollte die Polizei sein Wort für bare Münze nehmen?«, fragte er. »Warum haben sie ihn quasi gegen O'Driscoll und Kash eingetauscht?«

»Weil ihre Intelligenz ihnen sagte, dass O'Driscoll in den Fall verwickelt war«, meinte Draper. »Sie hatten nur nicht genügend handfeste Beweise, um das zu stützen, was sie bereits wussten. Collivers Aussage gab ihnen diese zulässigen Beweise.«

»Aber warum hat er auch Kash genannt?« Michael drängte Draper vorsichtig weiter. »Warum hat er nicht einfach nur O'Driscoll verraten?«

»Weil Colliver die Wahrheit sagt?«

Zu offensichtlich, dachte Michael. *Ein Treffer und eine Niete.*

»Erklären Sie mir, warum«, forderte er sie auf.

»Weil es erklären würde, warum die Indizienbeweise so zwingend gegen Kash sprechen. Sein Name war nicht mal auf dem Radar der Polizei, bevor Colliver seine Aussage gemacht hat. Es gibt keinen anderen Grund, ihn zu erwähnen, außer dass es die Wahrheit ist.«

»Sind Sie sich da wirklich sicher?«

»Ihr Tonfall verrät mir, dass ich das vielleicht nicht sein sollte.« Draper lächelte. »Wie würden Sie an die Sache herangehen?«

»Ich sehe es so, dass O'Driscoll die Galloways nicht allein umgebracht hat. Kein Mann hätte die beiden gleichzeitig töten können. Nicht so, wie sie gestorben sind. Das war ein Job für zwei. Mindestens für zwei.«

»Dann deutet das doch noch klarer auf Kash hin, oder? Genau das sagt Colliver ja.«

»Es deutet klarer auf *jemanden* hin, Jenny. *Irgendjemanden*. Die Aussage legt nun nahe, dass es mehrere waren. Dass es jemand zusammen mit O'Driscoll getan hat. Das weiß Colliver. Vor allem dann, wenn er selbst der zweite Mann gewesen ist.«

Draper beugte sich vor. Sie überprüfte Michaels Theorie rasch in ihrem Kopf.

»Also denken Sie, dass Colliver noch einen anderen Namen nennen *musste*? Dass er die Wahrheit gesagt hat, als er O'Driscoll nannte, aber dass Kash mit ins Spiel gekommen ist, um die Lücke in der Geschichte zu füllen, die Colliver eingenommen hätte?«

»Genau.«

Michael war beeindruckt, wie prägnant Draper den entscheidenden Punkt herausgearbeitet hatte. Sie war eine geborene Anwältin. So, wie sie es ausdrückte, klang es fast, als wäre sie seiner Meinung.

»Darüber muss ich nachdenken.« Draper lehnte sich auf ihrem Stuhl zurück. Sie akzeptierte Michaels neue Theorie nicht sofort, was ebenfalls ein gutes Zeichen war. Dann sprach sie weiter. »Aber natürlich bedeutet das, dass unsere beste Verteidigung darin besteht, unseren Mitangeklagten als Schuldigen und Lügner darzustellen. Und dass der Hauptbelastungszeuge der Anklage ebenfalls schuldig ist und lügt.«

»Ich habe nicht gesagt, es wäre einfach.« Michael konnte Drapers Belustigung nicht übersehen. Zum Teufel, er teilte sie sogar. »Es könnte aber sehr amüsant werden.«

»Es wird auf jeden Fall amüsant sein, dabei zuzusehen, so viel ist klar«, gab Draper zurück. »Und jetzt bin ich plötzlich sehr froh, dass Sie und nicht ich in diesem Prozess plädieren müssen.«

»Danke für Ihren Vertrauensbeweis. Es gibt nur ein kleines Problem bei alldem.«

»Was für ein Problem?«

»Kash.«

»Was meinen Sie damit?«

»Ich meine, dass er im Moment O'Driscoll nicht mit einem

einzigen Wörtchen belasten will. Und wir können nichts sagen oder tun, womit er uns nicht explizit beauftragt.«

»Also können wir O'Driscoll gar nicht angreifen? Was bedeutet, dass wir auch nicht sagen können, dass Colliver zwar die Wahrheit über ihn sagt, aber lügt, was Kash angeht. Um seine eigene Beteiligung zu verbergen oder aus irgendeinem anderen Grund. Unterminiert das nicht genau den Ansatz, den Sie sich vorstellen?«

»Man könnte tatsächlich sagen, dass es ihn unterminiert. Wahrscheinlich wäre es noch zutreffender zu sagen, mein Ansatz wird dadurch zerstört.« Michael lächelte immer noch. »Aber natürlich gilt das nur, wenn Kash bei seiner Entscheidung bleibt.«

»Sie glauben, das könnte sich vielleicht ändern?«

»Ich glaube, diese Chance besteht, ja. Und genau da kommen Sie ins Spiel, Jenny. Ich möchte, dass Sie ihn bearbeiten, und zwar an jedem einzelnen Tag des Prozesses. Bis er uns das liefert, was wir brauchen, um Colliver *und* O'Driscoll aus dem Verkehr zu ziehen.«

»Sie wollen, dass ich unseren Klienten manipuliere?« Draper klang schockiert. Michael war sicher, dass das ebenfalls ein erstes Mal für sie war. »Sie wollen, dass er seine Instruktionen an uns verändert?«

»Ich will, dass er uns die Wahrheit erzählt, Jenny. In seinem besten Interesse. Dieser Junge ist sein eigener schlimmster Feind. Er ist zu jung und zu naiv, um sich vor einer lebenslangen Freiheitsstrafe zu schützen, deshalb ist es unsere Aufgabe, ihn vor sich selbst zu schützen. Und wenn Sie ihm einen Anstoß in die richtige Richtung geben müssen, damit er das tut, soll mir das nur recht sein.«

18

Joelle Levy tippte ungeduldig mit ihren Fingern auf dem Lenkrad herum. Die Fahrzeuge schlichen im Schritttempo über die Brixton Road; vielleicht sogar noch langsamer. So ging das jetzt schon seit fünfzehn Minuten.

Wahrscheinlich fragen sich die Leute, was diesen Stau verursacht, dachte Levy, als sie auf die Autos blickte, die vor ihr über die Straße krochen.

Vielleicht stimmte das, Levy dagegen kannte die Ursache.

Die Polizeiabsperrung vor ihr – noch nicht in Sichtweite – bewirkte das, was sie immer tat: Die Leute fuhren langsamer. Um hinzusehen. Das war eine natürliche menschliche Reaktion. Der Stau war nur ein Nebenprodukt.

Ihr Ziel, die Ecke Brixton Road und Electric Avenue, war nicht mehr weit entfernt. Vielleicht noch eine Viertelmeile. Trotzdem dauerte es noch weitere zehn Minuten. Das war erheblich länger als normal, selbst für den ohnehin zähen Verkehr in Brixton.

Schließlich bog Levy links in die Electric Avenue ein und fuhr durch die Absperrung. Sie musste nicht einmal ihren Ausweis von der Metropolitan Police zeigen, damit das Flatterband für sie angehoben wurde, welches die Straße absperrte. Der Beamte daneben hatte sie erkannt. Sie parkte am Bordstein, stieg aus und sah sich um.

Die Electric Avenue war eine Geschäfts- und Marktstraße und trug ihren Namen, weil sie die erste Straße in London war, die elektrische Laternen bekommen hatte. Die schmalen Geschäfte lagen in den Erdgeschossen identischer, dreistöckiger Gebäude. Sie säumten beide Seiten der langen kurvigen Straße. Dass sich zwischen den Häusern keine

Lücken befanden, war ungewöhnlich und machte sie zu einem einzigen durchgehenden Block.

An jedem anderen Tag hätten Verkaufsstände vor diesen Geschäften die gesamte Straße überzogen. Heute jedoch waren keine zu sehen. Man hatte die Electric Avenue abgesperrt, und die Stände waren ein weiteres Opfer des Verbrechens, das Levy hierhergeführt hatte.

»Sie sind in dem Gebäude da drüben, Ma'am.«

Levy erkannte die Stimme des Polizisten nicht, der ihre Gedanken störte.

»Seit wann steht die Absperrung?« Während sie das fragte, fiel ihr Blick auf die Hausnummer des Gebäudes, das der uniformierte Beamte ihr gezeigt hatte. Aber es war nicht nötig, sie sich zu merken. Das Haus war das einzige geöffnete in der ganzen Straße.

»Seit etwa zwei Stunden, Ma'am. Kurz nachdem die Leichen gefunden wurden.«

»Um welche Zeit war das? Um sieben? Halb acht?«

»Etwa um die Zeit, Ma'am, ja.«

»Die Verkaufsstände waren da sicher schon aufgestellt worden, oder?« Levy deutete auf die leere Straße.

»Ja, Ma'am. Wir haben den Besitzern befohlen, sie wieder abzubauen, damit wir den Tatort sichern konnten.«

»Und wie sieht es oben aus? Gibt es Vermutungen über den Todeszeitpunkt? Heute Morgen oder gestern Nacht?«

»Eindeutig gestern Nacht, Ma'am. Das steht außer Frage.«

Levy dachte einen Moment über die Antwort nach und ließ ihren Blick dabei über die verlassene Straße schweifen.

»Verkürzen Sie die Absperrung«, sagte sie dann schließlich. »Und zwar auf etwa zwanzig Meter vom Eingang des Gebäudes in beiden Richtungen.«

»Ma'am?« Levy erkannte die Verwirrung in der Stimme des Beamten. »Die Spurensicherung hat die Straße noch nicht untersucht.«

»Das werden sie auch nicht.« Levy musste ihre Entscheidung nicht erklären, aber es konnte nicht schaden, einen möglichen zukünftigen Detective schon einmal weiterzubilden. »Das ist eine der beliebtesten Straßen in der ganzen Gegend, und sie wurde erst heute Morgen abgesperrt – nachdem der Markt bereits geöffnet hatte –, um einen Tatort zu sichern, der möglicherweise schon mehr als zehn Stunden alt war. Alle Spuren auf der Straße selbst sind längst unbrauchbar. Wenn wir die Straße weiter absperren, schaden wir nur den ansässigen Händlern. Das sind Leute, deren Wohlwollen wir vielleicht noch brauchen, wenn wir sie fragen, was sie gesehen oder gehört haben.«

Der Beamte nickte.

»Zwanzig Meter in beiden Richtungen, Ma'am. Ich veranlasse das sofort.«

»Danke.«

Der Polizist wollte losgehen, um die Instruktionen umzusetzen. Doch Levy hielt ihn noch kurz zurück.

»Und sagen Sie den Inhabern, dass sie die Geschäfte öffnen und die Verkaufsstände wieder aufbauen können, außerhalb der neuen Absperrung.«

Damit drehte sich Levy zu der offenen Tür um. Das Schaufenster daneben gehörte zu einem modernen Pfandleihhaus, das elektrische und andere wertvolle Güter annahm und niemals wirklich erwartete, den Verpfänder wiederzusehen. Genauso wenig glaubte jemand, dass es sich dabei nicht um Diebesgut handelte.

Bargeldgeschäfte, dachte Levy. *Sehr gut von einer Gang zu kontrollieren.*

Die Tür selber hatte nichts Bemerkenswertes, außer dass jede Menge Polizeibeamten sich in ihrer Nähe bewegten. Der unregelmäßige Strom versiegte sofort, als Levy sich näherte. Einige Beamte traten zur Seite, um ihr Platz zu machen.

Levy ging durch die Tür und die Treppe hinauf in den ersten Stock. Am oberen Treppenabsatz befanden sich zwei Türen sowie die ersten Stufen einer weiteren Treppe.

Eine der Türen führte zu einer Toilette. Die andere stand weit offen, und der Raum dahinter passte ebenso wenig zu dem Äußeren des Gebäudes wie zu dem Rest des Hauses, soweit Levy es bisher gesehen hatte. Sie trat ein.

Die dunkle Einrichtung des Zimmers bildete einen harten Kontrast zu der rissigen weißen Farbe der Treppe. Das galt sogar für die Innenseite der Tür: Sie war von außen geweißt und vollkommen unauffällig, doch auf der Seite des Büros war sie sorgfältig lackiert, und der Messingtürgriff glänzte. Jemand hatte sich sehr viel Mühe gemacht, diesen Raum nach außen hin zu tarnen, und sehr viel Geld ausgegeben, damit das Innere des Raums einen vollkommen anderen Eindruck machte.

Vier Opfer.

Levy betrachtete die vier weißen Tücher, die sorgfältig ausgebreitet auf dem Fußboden des Büros lagen. Unter jedem befand sich eine Leiche. In einer Fernsehserie wären die Leichen und die Tücher längst verschwunden, ersetzt von Umrissen aus Kreide oder Tape. Ein Merkmal schlecht recherchierter Kriminalfilme. In der echten Welt bewegte man ein Opfer und riskierte damit, Spuren zu vernichten, nur dann, wenn man dadurch sein Leben retten konnte. War das Opfer bereits tot, bestand für diese Dringlichkeit kein Grund. Unter solchen Umständen blieb die Leiche unberührt liegen, weil die Unversehrtheit des Tatorts Priorität hatte.

Und nur Gott hätte diesen Leuten helfen können, dachte Levy.

Der Raum war ziemlich groß, fast so groß wie der Grundriss des Gebäudes. Am anderen Ende standen ein großer Mahagonischreibtisch und ein Chefsessel aus schwarzem Leder. Beide Möbelstücke waren weit wuchtiger als die anderen Möbel in dem Zimmer. Eine klare Botschaft in Bezug auf die Bedeutung des Besitzers.

Die Kunst an den Wänden sah teuer aus. Levy war keine Expertin, aber sie hatte schon wertvolle Kunstwerke gesehen. Sie hatten immer irgendetwas Besonderes an sich. Und diese besondere Qualität erkannte Levy auch hier, an den Bildern, den Möbeln und den Bronzestatuen, die überall im Raum herumstanden.

Levy sah und verarbeitete all das in wenigen Augenblicken, bevor ihr Blick schließlich auf Steven Hale fiel, der am anderen Ende des Raumes stand.

»Wollen Sie heute jemanden beeindrucken, Steve?«, fragte Levy.

Er trug einen Anzug und eine Krawatte statt des Forensiker-Outfits, das er in Phillip Longmans Schlafzimmer angehabt hatte. Dadurch unterschied er sich von allen anderen im Raum, die ihre weißen Anzüge der Spurensicherung trugen. Alle bis auf Levy.

Als Hale seinen Namen hörte, drehte er sich um und sah die DCI.

»Dichter Verkehr, Ma'am?« Er kam auf sie zu.

Wieder bei der Arbeit und zurück zu den Formalitäten, dachte Levy. Ihr fiel auf, und zwar nicht zum ersten Mal, dass Steven Hale im Anzug wie das Vorzeigebild eines Polizisten aussah. Groß, kräftig und mit einem kaum sichtbaren Bauchansatz. Ein beeindruckender Mann, in dessen Gesicht sich die Spuren eines Lebens abzeichneten, in dem Gewalt eine große Rolle spielte.

»Höllisch«, gab Levy zurück. »Was wissen wir?«

»Ein bisschen mehr als bei meinem Anruf vor einer Stunde«, antwortete Hale. »Wir haben mit dem Pfandleiher geplaudert, als er auftauchte, um seinen Laden aufzumachen. Es ist wirklich verblüffend, wie zuvorkommend solche Leute sind, wenn sie damit eine gründliche Durchsuchung vermeiden können.«

»Wieso hat das, was er Ihnen erzählt hat, eine Durchsuchung überflüssig gemacht?«

»Hat es nicht.« Hale lächelte. »Aber das weiß er ja nicht, stimmt's?«

Levy nickte. Sie war es gewohnt, dass Hale die heikleren Aspekte des Jobs genoss. Zufällig war das die Seite an ihrem Beruf, die ihr am wenigsten gefiel – Levy hatte während ihrer sechs Jahre beim Shin Bet so viel Täuschung und Hinterlist erlebt, dass es für ein ganzes Leben reichte. Andererseits war beides manchmal notwendig. Und in diesen Fällen war sie für Hales Enthusiasmus dankbar.

»Was hat er Ihnen gesagt?«, wollte sie wissen.

Hale deutete auf den großen Leichnam unter dem Leichentuch, das am nächsten an der Tür lag.

»Fangen wir mit dem an. Dieser Bursche ist niemand anderer als Leon Ferris. Sie kennen den Namen, stimmt's?«

»Scheiße.« Diese Antwort hätte bereits genügt. »Ja, ich kenne den Namen«, fügte sie trotzdem hinzu.

»Die Todesursache steht fest«, fuhr Hale fort. »Eine Messerwunde auf der Unterseite des Schädels. Das Messer steckt immer noch in seinem Gehirn.«

»Auf der Unterseite?«

»Ja, Ma'am. Durch den Unterkiefer. Die Stelle und die Augen sind die einzige Möglichkeit, die harten Knochen zu umgehen.«

»Das hat jemand Leon Ferris angetan?« Es passte nicht zu dem, was Levy von dem Unterweltboss wusste. Ferris war ein Monster. So rücksichtslos und hart wie kaum ein anderer.

Wie ist jemand überhaupt so dicht an ihn herangekommen, um ihn auf diese Art und Weise umzubringen?

»Sie müssen sich doch direkt gegenübergestanden haben, richtig?« Levy unterdrückte ihre Bestürzung.

»Laut David ist das so. Eine andere Möglichkeit gibt es nicht.«

Hale bezog sich auf David Christie, einen Pathologen, der eng mit Levys Team zusammenarbeitete. Vermutlich war er hier gewesen und bereits wieder verschwunden.

Hale sprach weiter.

»Es gibt keine andere Möglichkeit, wie das Messer in diesem Winkel eingedrungen sein könnte.«

»Scheiße«, wiederholte Levy. Sie drehte sich von dem ersten Tuch weg. Es schuf bereits viel zu viele Probleme. Vielleicht war es bei den anderen ja einfacher. »Wen haben wir noch?«

»Von dem da wissen wir nichts.« Hale deutete auf das Leichentuch direkt neben Ferris. »Laut dem Pfandleiher ist das einer von Ferris' Jungs. Den Namen kennt er nicht. Aber dafür die der beiden anderen. Und wir kennen sie erst recht.«

»Um wen handelt es sich?«

Hale zeigte auf das letzte Tuch, und Levy fiel jetzt erst auf, dass die drei letzten Leichen eine gerade Reihe bildeten.

»Das ist Harvey Ellis«, sagte er und drehte sich dann zu dem vierten Leichentuch herum, das etwas abseits von den anderen lag. Mehr in Richtung der anderen Seite des Raumes. »Und das da ist Kevin Tennant.«

Levy antwortete nicht sofort. Der Mord an Leon Ferris, und vor allem die Art, wie er sein Ende gefunden hatte, bereitete ihr Kopfzerbrechen. Aber die beiden anderen Opfer kannte sie ebenfalls. Brutale, gefährliche Männer. Die Vorstellung, dass alle drei gleichzeitig umgelegt worden waren, und dazu noch auf ihrem eigenen Territorium, war absurd.

Und doch lagen sie da.

»Das ist verdammt noch mal vollkommen abwegig.«

»Was meinen Sie damit, Ma'am?«

»Ich meine, dass es eine Sache ist, Leon Ferris von Angesicht zu Angesicht und aus nächster Nähe zu töten. Ich kenne nicht viele, die dazu in der Lage wären. Aber Tennant und Ellis gleich noch dazu? Die drei sind verflucht harte Mistkerle mit einem verdammt üblen Ruf. Wer zum Teufel könnte das getan haben?«

»Im Ernst? Es ist noch zu früh, um …«

»Ich habe nicht wirklich eine Antwort erwartet, Steve. Nicht einmal die Presse erwartet so schnell Resultate.« Levy ging weiter durch den Raum und nahm jedes Detail in sich auf. »Ellis hat praktisch Ferris' Geschäfte geführt, während der im Bau saß, stimmt's?«

»Richtig.«

»Und ich dachte, das wäre immer noch der Status quo. Wann ist Ferris rausgekommen?«

»Er wurde gestern entlassen.«

»Machen Sie Scherze?« Levy war ernsthaft geschockt. »Das hier ist innerhalb von vierundzwanzig Stunden nach Ferris' Entlassung passiert?«

»Eher innerhalb von zwölf Stunden, laut David. Er hat die Todeszeit auf vor 22 Uhr taxiert.«

Levy atmete zischend aus. Das konnte sie jetzt wirklich nicht gebrauchen. Die Longman-Untersuchung war nicht einmal einen Tag alt, deshalb konnte das Timing nicht schlimmer sein.

»Irgendwelche Ideen, wie viele es waren, die die vier hier umgelegt haben?«

»Wir glauben, es war einer oder höchstens zwei.«

Ihr scharfer Blick richtete sich auf ihn. Selbst vier gegen vier klang unwahrscheinlich angesichts der Identität der Opfer.

»Weiter.« Levy versuchte nicht, ihre Skepsis zu verbergen.

»Hören Sie, ich weiß genau, wie das klingt«, begann Hale. »Aber alles deutet darauf hin. Sehen Sie sich im Zimmer um. Es ist kaum etwas durcheinandergebracht worden. Wenn wir drei, vier oder sogar fünf Angreifer in einem solchen Raum gehabt hätten, dann wäre die Sache sehr schnell ziemlich chaotisch geworden. Vor allem, weil die Leichen alle so dicht zusammenliegen. Die Mörder wären sich gegenseitig in die Quere gekommen. Außerdem hebt eine größere Zahl von Leuten auch das Überraschungsmoment auf. Sie müssen alle durch die Tür, und das gibt den Opfern Zeit zu reagieren. Und doch haben drei Leichen keine Abwehrverletzungen. Sie müssen also vollkommen überrumpelt worden sein.«

»Ich begreife, worauf Sie hinauswollen«, räumte Levy ein. »Wissen wir, wie die anderen gestorben sind?«

»John Doe hier hat man die Kehle aufgeschlitzt. Ellis hat einen einzigen Stoß ins Herz bekommen. Etwas anderes hat David nicht gefunden. Und nach der Lage der Leichen zu urteilen ist es sehr wahrscheinlich, dass Ellis von demselben Mann getötet wurde wie Ferris und unser John Doe. Er stand kaum einen Schritt von Doe entfernt, also wäre ein zweiter Mann dem Mörder höchstens in die Quere gekommen.«

»Die Theorie lautet also, dass ein Mann das getan hat, und zwar im Grunde in einer einzigen schnellen, flüssigen Choreographie?«

»Jedenfalls bis jetzt.«

»Und wie passt Tennant ins Bild?« Levy fuhr mit der Hand durch die Luft. »Bei ihm verhält sich die Sache anders, also gehen wir davon aus, dass es doch einen zweiten Killer gab, der ihn getötet hat?«

»Das kann man im Moment unmöglich sicher sagen, Ma'am. Es könnte so gewesen sein, oder es war derselbe Kerl.«

»Und die Todesursache?«

»Er wurde mit der Statue da drüben getötet.« Hale deutete auf eine große Bronzefigur, die neben der Leiche auf dem Boden lag. Der Tote hatte den Blick darauf bisher versperrt. Das einzige Detail, das Levy nicht bemerkt hatte. »Man hat ihm damit den Schädel eingeschlagen. Mit mindestens drei Schlägen.«

Levy betrachtete Tennant nachdenklich. Die Theorie war einleuchtend, wenn man außer Acht ließ, um wen es sich bei den Opfern handelte.

»Wenn Sie recht haben, dann spricht alles für einen Profikiller«, bemerkte Levy schließlich. »Jedenfalls ist das nicht nur eine Auseinandersetzung unter verfeindeten Gangs. Nicht, wenn es tatsächlich so abgelaufen ist.«

»Deshalb hat man uns geholt, Ma'am. Weil die Jungs von der Trident dasselbe glauben. Sie sind der Meinung, dass eine rivalisierende Bande einen Vertragskiller angeheuert hat. Und dieser Dampfer ist eine Nummer zu groß für sie. Deshalb wollte man weiter oben, dass wir mit an Bord gehen.«

»Sie meinen, wir arbeiten mit Trident zusammen? Oder übernehmen wir den Fall von ihnen?«

Levy fürchtete sich vor der Antwort. Operation Trident war eine vollkommen andere Sektion der Metropolitan Police und konzentrierte sich ausschließlich auf Bandenkriminalität in London. Nach allem, was Levy von ihnen wusste, war ihr Arbeitsstil Lichtjahre von dem des MIT entfernt.

»Wir sollen mit ihnen zusammenarbeiten.« Hales Ton klang fast entschuldigend.

Levy seufzte und schüttelte bei dieser Antwort den Kopf. Der Mord an Phillip Longman hatte ihr schon genug Kopfschmerzen bereitet. Und jetzt auch noch das.

Zwei vollkommen außergewöhnliche Verbrechen innerhalb von weniger als vierundzwanzig Stunden. Mit der zusätzlichen Komplikation namens Trident.

Zum ersten Mal in ihrer Karriere machte sich Levy Sorgen. Das hier war vielleicht mehr, als sie allein bewältigen konnte.

19

Sarah lehnte sich auf ihrem Stuhl zurück. Es war ein bequemer Bürostuhl mit einer flexiblen Oberfläche, die sich perfekt an den Körper des Sitzenden anschmiegte. Neunzehn von diesen Stühlen standen an dem gläsernen Konferenztisch. Jeder von ihnen kostete vierhundert Pfund, also hatte jemand 8.000 Pfund investiert, nur damit ein Haufen Reporter ihren Hintern bequem irgendwohin pflanzen konnten.

Und sie fragen sich allen Ernstes, warum das Fernsehen nicht profitabel arbeitet, dachte Sarah.

Nur die Hälfte der Stühle war besetzt. Auf acht von ihnen saßen Reporter der Inlandsabteilung des Senders – Sarahs Abteilung –, und auf einem weiteren hatte James Elton, der UK-Chefredakteur von Independent Television News, Platz genommen.

Aufgrund seines Rangs saß Elton am Kopfende des Tisches. Sarahs Stellung als ITNs Chef-Inlandskorrespondentin machte sie zur Ersten unter den anderen im Zimmer, also saß sie rechts neben Elton.

Außerdem war Elton ihr direkter Vorgesetzter.

»Wo stehen wir beim Longman-Mord?«, fragte Elton jetzt. Die Frage war direkt an Sarah gerichtet. »Gibt es irgendetwas Neues, das wir in der nächsten Sendung bringen können?«

»Es gibt nichts«, antwortete Sarah. »MIT lässt sich nicht in die Karten sehen, und sie geben keine Einzelheiten heraus. Im Moment berichten wir nur über dieselben Fakten wie gestern.«

»Können wir irgendwas von den Cops am Tatort bekommen? Vielleicht können wir ja einen der Beamten anzapfen?«

»Bei diesem Team nicht, James«, antwortete Sarah. Sie wünschte sich sehr, sie hätte bessere Nachrichten.

»Diesmal sind es nicht die lokalen Bobbys. Es ist das Hauptuntersuchungsteam von Scotland Yard. Wenn man denen verbietet zu reden, reden sie nicht.«

Elton nickte. Es fiel Sarah nicht schwer zu erraten, was er dachte. Leute in seiner Position akzeptierten selten ein Nein als Antwort. Aber manchmal, nur sehr selten, war ein Nein tatsächlich die Antwort. Die Frage war nur: Vertraute er Sarahs Instinkten, dass es sich hier um ein solches Manchmal handelte?

»Was ist mit der Familie?« Eltons Frage sagte Sarah, dass ihr Boss sich entschieden hatte, dem Bauchgefühl seiner Reporterin zu vertrauen. »Können wir irgendwas von seinen Kindern in Erfahrung bringen? Hat jemand Kontakt mit ihnen aufgenommen?«

»Von uns niemand, nein.«

»Wer dann?«

»So ziemlich alle anderen. BBC. CNN. SKY. Sie belagern die Häuser von Longmans Söhnen und versuchen, Informationen zu bekommen.«

Eltons Haltung veränderte sich augenblicklich. Diese Antwort war ihm offensichtlich nicht besonders willkommen.

»Und warum genau haben wir das nicht auch gemacht?« Eltons Verärgerung war unüberhörbar.

»Weil ich heute Morgen mit jemandem gesprochen habe, der der Familie sehr nahesteht«, erklärte Sarah und achtete sorgfältig darauf, Derek Reid nicht namentlich zu erwähnen. »Deshalb weiß ich genau, wie Longmans Söhne reagiert hätten, wenn wir ebenfalls dort aufgetaucht wären.«

Elton lächelte. Sarahs Antwort hatte seine Verärgerung

gelindert, jedenfalls für den Moment. Aber er wollte trotzdem mehr.

»Und ich nehme an, dass die anderen genau diese Reaktion über sich haben ergehen lassen müssen?«

»Genau so ist es«, antwortete Sarah. »Viel Ärger und ein paar kaputte Kameras. Nichts für die Nachrichten, und schon gar nichts Brauchbares für den Wettbewerb. Sie sahen nicht besonders gut aus, als sie dort eingedrungen sind und den Söhnen von Longman ihre Mikros ins Gesicht gehalten haben. Vor allem, wenn man in Betracht zieht, was diese Männer gerade durchmachen müssen.«

»Wie genau sieht dann Ihr Plan aus? Ich meine, wie wollen wir uns diese Geschichte sichern, nachdem die anderen Sender ihren Versuch vermasselt haben?«

»Soweit es die Familie angeht, warten wir. Wenn es in ein paar Tagen nicht mehr ganz so schmerzhaft für sie ist, sorgt mein Kontakt dafür, dass wir uns mit ihnen zusammensetzen. Und zwar nur wir.«

»Warum sollten sie das tun?«

»Weil die Familie meiner Kontaktperson vollkommen vertraut. Und meine Kontaktperson vertraut mir. Er weiß, dass sie irgendwann mit uns sprechen müssen. Es ist unausweichlich, bei einer so öffentlichen Person wie Phillip Longman. Er weiß auch, dass ich anständig bleibe, wenn sie mit mir reden.«

Elton lächelte erneut. Und wieder wusste Sarah warum.

Jemandem auf die Pelle zu rücken war ein Aspekt von Sarahs Job, der ihr überhaupt nicht gefiel. Die Vorstellung, sich denen aufzudrängen, die gerade ihre Liebsten verloren hatten, war ihr schon immer geschmacklos vorgekommen. Aber seit ihren eigenen Verlusten vor fast zwei Jahren, als sie Michael gerade kennengelernt hatte, war es völlig undenkbar für sie geworden. Sie verstand jetzt das Leid der Hinterbliebenen einer Tragödie, was dazu führte, dass sie dieses Verhalten noch mehr vermied.

Und dieser Abscheu hatte sie gezwungen, Alternativen zu finden. Andere Wege zu einer Geschichte. Mit anderen Worten, er hatte sie zu einer besseren Reporterin gemacht.

Genau deshalb lächelte er.

»Gute Arbeit. Wirklich gute Arbeit«, sagte Elton schließlich. »Obwohl es uns kein bisschen dabei hilft, die Nachmittagssendung heute zu füllen. Wann glauben Sie, dass die Polizei mit Informationen rüberkommt?«

»Das weiß ich wirklich nicht. Es ist sehr ungewöhnlich, dass sie nach so langer Zeit wirklich keine einzige Information herausgeben. Andererseits ist dieser ganze Fall sehr ungewöhnlich, wenn man bedenkt, wer das Opfer ist. Jedenfalls dürften wir die Ersten sein, die erfahren, wann die Familie bereit ist zu reden.«

»Okay.« Elton sah zwar nicht glücklich aus, doch er schien erneut Sarahs Antwort zu akzeptieren. »Aber halten Sie bei dieser Sache die Ohren auf, klar? Halten Sie Kontakt zu der Familie von Longman, und weichen Sie diesen MIT-Leuten nicht von der Seite.«

»Keine Frage«, antwortete Sarah. »Ich sorge dafür, dass wir ganz vorn in der Schlange stehen, wenn es so weit ist.«

Elton wandte sich an die anderen im Raum.

»Also gut, stellen wir diese Longman-Geschichte einstweilen zurück. Wie füllen wir die Lücke in der heutigen Hauptnachrichtensendung?«

Sieben der acht Inlandskorrespondenten schlugen gleichzeitig ihre Akten auf, um die Geschichten herauszunehmen, die sie zu dieser Besprechung mitgebracht hatten. Nur Alex Redwood ließ seinen Ordner geschlossen. Für seine Story musste er nicht in Papieren wühlen.

»Die fülle ich.« Redwoods Stimme war tief, aber klar. Er artikulierte jede Silbe mit einem kristallklaren englischen Akzent. Alle im Raum sahen ihn an.

»Was haben Sie?«, fragte Elton.

»Noch einen Mord.«

»Wo?«

»Southwold in Suffolk.«

»Diese Küstenstadt?«

»Genau die.« Redwood war außergewöhnlich selbstsicher, das hatte Sarah schon immer über ihn gedacht. Und seine Antworten bestätigten ihre Sichtweise wieder einmal. »In diesem Fall haben wir auch Einzelheiten.«

Sarah wusste, dass der letzte Kommentar ihr galt.

Redwood teilte ihren Widerwillen gegen die dunklere Seite ihres Jobs nicht, das wusste sie. Er hatte kein Problem, Menschen zu belagern und Informationen aus ihnen herauszuholen, die eine Geschichte besonders schillernd machten. Häufig waren das Informationen, an die er niemals mit legalen Mitteln gekommen wäre, und genau das machte Sarah am meisten Sorgen.

»Es ist noch so ein alter Knacker«, fuhr Redwood fort. Er sah Sarah an, während er sprach, und grinste selbstgefällig.

Was für ein Arschloch, dachte Sarah. *Er sieht das echt als Wettkampf, wer den besten toten Greis hat.*

Redwood sah wieder zu Elton zurück und sprach übertrieben dramatisch weiter. »Und er ist auf ungewöhnlich grauenhafte Weise gestorben.«

»Kommen Sie zur Sache, Alex.« Ganz offensichtlich war

Elton von der dramatischen Schilderung nicht besonders beeindruckt. »Was wissen wir? Einfach und schnell.«

»Der Tatort war ein Schlachthaus.« Redwood hörte auf zu schauspielern und hielt sich an die Fakten. »Das Opfer wurde gekreuzigt, James. Und zwar im wörtlichen Sinn des Wortes gekreuzigt.«

Ein kollektives Murmeln erfüllte den Raum.

Das hatte Sarah nicht erwartet. Und soweit sie sagen konnte, auch keiner der anderen. Einschließlich Elton.

»Gekreuzigt?« Seine Stimme klang ungläubig. »Sind Sie sicher?«

»Oh, ich bin sicher. Und das war noch nicht alles. Man hat ihm die Eier abgeschnitten und sie ihm in den Mund gestopft. Er war außerdem vollkommen mit Schnitten übersät. Tiefe Schnitte. Er ist ausgeblutet wie ein geschlachtetes Tier.«

Sarah konnte kaum glauben, was sie da hörte. Sie hatte in ihrer Karriere genug gesehen, um gegen die meisten Schrecken abgehärtet zu sein. Vergewaltigungen, Morde.

Aber nicht das. Das ist selbst für mich neu.

Die Einzelheiten warfen für sie Fragen auf.

»Glaubt die Polizei, dass es etwas Religiöses ist? Ich meine wegen der Kreuzigung?«

»Das ist jedenfalls die vorherrschende Theorie, ja. Wahrscheinlich islamistische Extremisten, wenn Sie mich fragen.«

»Wo wurde der Leichnam gefunden?«, fragte Sarah.

»In seinem Haus in Southwold. Wie es aussieht, wurde er in seinem eigenen Wohnzimmer ermordet.«

»War noch jemand im Haus?«

»Sie meinen, abgesehen von demjenigen, der ihn gekreuzigt hat?«

»Spielen Sie nicht den Klugscheißer, Alex.« Elton unterbrach den Wortwechsel seiner Reporter. »Beantworten Sie einfach die Frage.«

Redwood gehorchte.

»Nein, Sarah, es war niemand anders da«, antwortete er. Jeder Anflug von Sarkasmus war verschwunden. »Das Opfer lebte allein. Der Mann war pensioniert.«

»War da noch etwas am Tatort, was auf religiösen Extremismus hindeutet? Nachrichten? Oder ein Video?«

Sarahs Instinkte setzten ein. Irgendetwas fühlte sich nicht richtig an.

»Meiner Quelle nach nicht«, antwortete Redwood. Sein Tonfall verriet seine wachsende Ungeduld. »Aber die Kreuzigung spricht ja wohl für sich selbst, oder etwa nicht?«

»Vielleicht.« Sarah erkannte jetzt das Problem, das sich bei Redwoods Antworten in ihren Verstand geschlichen hatte. »Aber das wäre für Terroristen ein ungewöhnlicher Ansatz. Extremismus ist für gewöhnlich ein großes Spektakel. Entweder eine schockierende Zahl von Toten oder ein schockierender Tod in aller Öffentlichkeit. Hier handelt es sich um einen Mann, der sozusagen privat umgebracht wurde.«

»Und was wollen Sie damit sagen?«

»Nur dass wir keine voreiligen Schlüsse ziehen sollten«, antwortete Sarah. »Und dass wir über diese Sache sehr sorgfältig berichten sollten. Wir müssen in dieser Story jede Andeutung von religiösem Extremismus vermeiden, jedenfalls bis die Polizei sich sicherer ist.«

Redwood wollte etwas sagen, wurde jedoch von Elton unterbrochen, der die Hand hob und den Kopf schüttelte.

»Einverstanden«, sagte Elton. Er sah Redwood an. »Über

diese Angelegenheit muss mit Fingerspitzengefühl berichtet werden. Wir wollen schließlich nicht beschuldigt werden, irgendeine Art von Anti-Islam-Feldzug loszutreten. Vor allem, wenn sich herausstellt, dass es sich um etwas vollkommen anderes handelt.«

Elton wandte sich an Sarah.

»Wollen Sie das übernehmen?«

Sarah sah Redwood an. Eltons Angebot war verlockend. Nicht etwa, weil sie unbedingt scharf auf die Story war. Sondern eher wegen des Vergnügens, mit anzusehen, wie man sie Redwood wegnahm.

Das wäre genau das, was dieser skrupellose Mistkerl verdient, dachte Sarah. *Schließlich ist er niemals auf moralisch korrektem Weg an die Einzelheiten gekommen.*

»Nein«, antwortete Sarah schließlich. Ihre eigene Moral hatte schließlich die Oberhand behalten. »Es ist Alex' Story. Außerdem habe ich nicht so gute Kontakte zur Polizei in Suffolk wie er. Sie wären dort wahrscheinlich nicht besonders scharf darauf, mit mir zu kooperieren.«

Redwood war keineswegs dankbar für Sarahs Großzügigkeit. Er war nur verärgert, dass man ihr die Geschichte überhaupt angeboten hatte. Er musste nichts sagen, Sarah sah es ihm an.

»Dann bleibt die Story bei Ihnen, Alex«, meinte Elton. »Hatte der Gekreuzigte auch einen Namen?«

»Adam Blunt.«

Der Name traf Sarah wie ein Hammer. Sie hatte ihn schon einmal gehört. Und irgendetwas daran ließ ihre Alarmglocken schrillen. Ihr Verstand überschlug sich förmlich, siebte lange vergessene Erinnerungen durch und suchte nach dem Grund, warum dieser Name relevant sein könnte.

»Wissen Sie noch etwas anderes über ihn?«, fragte Sarah.

»Nein. Nichts.« Zum ersten Mal wirkte Redwood zögerlich. »Warum?«

»Ich bin nicht sicher ... Ich glaube ...«

Ich hab's!

Fast hätte Sarah diesen Gedanken laut ausgesprochen.

»Warum?«, wiederholte Redwood die Frage.

»Weil ich schon mal von einem Adam Blunt gehört habe.« Jetzt endlich konnte Sarah es erklären. »Er war ein Anwalt, über den Michael ab und zu gesprochen hat. Ein Solicitor. Sie haben bei ein paar Fällen zusammengearbeitet, als Michael noch sehr viel jünger war. Aber nicht mehr, seitdem ich ihn kenne. Ich erinnere mich auch nur deshalb an den Namen, weil Michael vor einer Weile zu Blunts Abschiedsparty eingeladen war. Er ist nicht hingegangen, und er hat mir auch erzählt warum: Er konnte den Kerl einfach nicht ausstehen. Und er sagte, dass viele andere Juristen genauso empfanden. Deshalb erinnere ich mich an den Namen. Michael verabscheut normalerweise nicht sehr viele Leute. Deshalb ist es ziemlich ungewöhnlich, wenn er jemanden hasst ...«

»Hören Sie, diese Einsicht in Ihr Privatleben ist ja ganz nett«, unterbrach Redwood sie. Seine Ungeduld war jetzt nicht zu überhören. »Aber es gibt ziemlich viele Adam Blunts auf der Welt, Sarah. Die Wahrscheinlichkeit, dass es derselbe Kerl ist, geht praktisch gegen null.«

»Ich kenne die Chancen, Alex«, antwortete Sarah. »Aber ich weiß auch, wie man sie erhöht. Und wenn Sie mir gestattet hätten, meinen Satz zu beenden, dann wüssten Sie auch, worauf ich hinauswill. Diese Abschiedsparty, zu der Michael nicht gegangen ist – raten Sie mal, wohin der Kerl nach seiner Pensionierung gezogen ist?«

Redwood antwortete nicht. Das war auch nicht nötig. Sein Gesichtsausdruck sagte alles.

Deshalb sprach Elton für ihn.

»Southwold in Suffolk?«

»Southwold in Suffolk«, bestätigte Sarah. »Und wenn es derselbe Adam Blunt war, der gestern Nacht ermordet wurde, haben wir zwei umstrittene Anwälte, die beide innerhalb von vierundzwanzig Stunden ungewöhnlich brutal ermordet worden sind.«

Sie blickte Redwood an.

»Wie wahrscheinlich war es Ihrer Meinung nach noch mal, dass diese beiden Morde nichts miteinander zu tun haben?«

20

Michael wartete in Derek Reids Wohnzimmer und lauschte dem Geräusch von Tellern und Besteck in der Küche. Dort bereitete Reid das Mittagessen vor. Er hatte darauf bestanden.

Michael fühlte sich immer noch jedes Mal etwas unbehaglich, wenn er Reid hier besuchte. Das Haus hatte einmal Michael gehört. Es war ein Reihenhaus in Islington aus seinen Junggesellentagen. Diese Tage waren lange vorbei, und durch die Erinnerung an die Ereignisse, die sie beendet hatten, war es für Michael unmöglich geworden, das Haus jemals wieder als Heim zu sehen.

Das Erdgeschoss hatte sich vollkommen verändert, seit Michael hier gewohnt hatte. Der Bombenschaden, den das Gebäude vor fast zwei Jahren erlitten hatte, hatte sehr viel Reparaturen erforderlich gemacht.

Michael hatte zwar die Renovierung bezahlt, war aber niemals hierher zurückgekehrt.

Deshalb war Reid eingezogen, der frisch geschieden war und unbedingt eine Bleibe brauchte. Damals war Michael zwischen London und Belfast hin und her gependelt. Er hatte in der Hauptstadt an seiner Karriere gebastelt, während er gleichzeitig sein Bestes tat, um die komplizierten Geschäfte seines ermordeten Bruders Liam Casey zu sichten und abzuwickeln. Es waren einige harte Monate gewesen, stressig und emotional, sodass Michael sehr dankbar für den Haussitter gewesen war.

Und dieses Arrangement setzten sie fort, nachdem Michael wieder ganz nach London zurückgekehrt war. Er hatte um Sarahs Hand angehalten und mit ihr ein Haus in Chelsea bezogen, das Verlobungsgeschenk ihres Vaters. Dieses Geschenk erlaubte es Reid, in Michaels Haus in Islington zu bleiben, wo er seitdem wohnte und die Vorteile einer niedrigen Miete genoss, die er seinem Freund zahlte, der das Geld nicht brauchte.

Reid kam herein und hielt ein großes Tablett in den Händen, auf dem sich eine geöffnete Flasche Rotwein, zwei große Gläser, zwei leere Teller und ein ausgewachsenes Hackbrett befanden, das keineswegs leer war. Reid hatte einen ganzen Berg von Speisen auf dem Holzbrett arrangiert. Sehr teuren iberischen Schinken. Eine Auswahl von Schimmel- und Hartkäse. Verschiedene rohe Gemüse, Peperoni, Gurke, Sellerie und Tomaten. Aufgeschnitten, damit man sie besser verzehren konnte. Dazu eine Mischung aus geröstetem und getrocknetem Gemüse. Und frisch gebackenes Brot, um die Mahlzeit abzurunden.

Michael war von der Auswahl beeindruckt. Aber er hatte

von Reid auch nichts anderes erwartet, ob er nun trauerte oder nicht.

»Greif zu.«

Reid deutete auf das Brett. Er selbst wartete nicht auf eine Einladung, sondern häufte bereits mit seiner Gabel geräucherten spanischen Schinken auf den Teller.

»Also, wie geht es dir?«

Es war Michaels erste Chance, die unausweichliche Frage zu stellen. Reid hatte ihn nach seiner Ankunft sofort in das Wohnzimmer geführt, bevor er in der Küche verschwunden war.

»Du wirst nicht glauben, was sie ihm angetan haben, Mike.«

Reid sprach, ohne von dem Brett aufzublicken, während er weiterhin Delikatessen auf seinen Teller häufte.

Als er sich schließlich hinsetzte und Michael ansah, hatte er Tränen in den Augen.

»Das ist keine Art abzutreten. Ganz und gar nicht.«

»Wie ist er gestorben?« Michael hätte nicht gefragt, wenn Reid ihm nicht das Stichwort geliefert hätte.

»Er wurde gekreuzigt, Mike. Er wurde zusammengeschlagen, in Stücke geschnitten und verdammt noch mal gekreuzigt!«

Michael wusste nicht, was er sagen sollte. Derek Reid konnte seine Emotionen kaum beherrschen.

»Das ist … das ist einfach … einfach unglaublich.« Michael fiel nichts Besseres ein.

»Das kann man wohl sagen. Ich habe noch nie etwas Derartiges gehört.«

»Und bist du wirklich sicher? Ich meine, in der Presse wurde nichts davon berichtet. Sarah hat keine Einzelheiten über den Fall, und immerhin hat sie mit der leitenden Ermittlerin gesprochen. Woher stammt die Information?«

»Sie kam von der leitenden Ermittlerin«, antwortete Reid. »Ein Detective namens Levy. Sie hat es Russell gesagt. Oder vielmehr bestätigt. Nachdem jemand aus ihrem Team es ihm verraten hatte. Wahrscheinlich hätte er es mir nicht sagen dürfen, weil es nicht öffentlich bekannt gemacht wurde, aber genau das ist passiert. Phillip wurde gekreuzigt, Mike. Er ist an seinen Schnittwunden verblutet, man hat ihm die Eier abgeschnitten und ihm in den Mund gestopft.«

»Jesus Christus.« Kaum hatte Michael das gesagt, wurde ihm die Unangemessenheit dieses Ausrufes bewusst. Er sprach weiter. »Hast du Sarah etwas darüber erzählt, als du mit ihr gesprochen hast?«

»Ich wusste es noch nicht, als ich mit ihr telefoniert habe«, antwortete Reid.

Das ergibt Sinn, dachte Michael. *Es erklärt, warum sie nichts gesagt hat.*

Michael hakte nach. »Hat die Polizei schon einen Verdächtigen? Irgendeine Spur?«

»Es sieht nicht so aus. Russell meinte, diese Levy wirkte sehr kompetent. Aber ich habe trotzdem den Eindruck, dass sie noch nichts in der Hand hat.«

»Ich kenne Levy.« Michael ergriff sofort die Chance, etwas Positives sagen zu können. Irgendetwas, das Reid Hoffnung geben konnte. »Joelle Levy. Sie hatte mit einigen meiner Fälle in den letzten Jahren zu tun.«

»Ich habe von ihr gehört«, antwortete Reid. »Aber ich bin ihr nie begegnet. Wie ich höre, ist sie gut. Ist sie das wirklich?«

»Sie ist exzellent, Derek. Genau so jemanden will man bei einem solchen Fall haben.«

»Vielleicht etwas jung?«

»Wahrscheinlich ist sie ungefähr so alt wie ich«, antwortete Michael. »Aber sie ist sehr erfahren, und sie hat Feuer im Arsch.«

»Die Beschreibung klingt nach einem weiblichen Michael Devlin.« Reid lächelte zum ersten Mal, seit Michael hier eingetroffen war. Es war ein sehr willkommener Anblick.

Die beiden Männer schmunzelten, dann machte sich behagliches Schweigen zwischen ihnen breit. Eine Art von Schweigen, die es nur in einer wahren und sicheren Freundschaft gibt.

Sie widmeten sich den Speisen auf dem Brett, und Reid aß mindestens zweimal so viel wie Michael. Erst als sie alles verzehrt hatten, sprachen sie wieder.

»Du hast meine Frage nicht beantwortet.« Michael nahm sein Weinglas, lehnte sich in dem Sessel zurück und sah Reid in die Augen. »Wie geht es dir?«

»Es ging mir schon besser.« Reids Antwort war genauso sachlich, wie Michael es erwartet hatte. Enge Freunde mussten die Wahrheit nicht beschönigen. »Zu hören, dass Phillip ermordet wurde, war schon schlimm genug. Aber zu erfahren, was man ihm angetan hat? Das wäre fast zu viel gewesen, Mike.«

Michael nickte, sagte aber nichts.

»Wenn ich nicht bei Russell gewesen wäre … Wenn ich nicht dafür hätte sorgen müssen, dass er nicht zusammenbricht … Das war das Einzige, was mich auf den Beinen gehalten hat.«

Wieder traten Reid Tränen in die Augen. Michael legte seinem Freund instinktiv die Hand auf das Knie und drückte es aufmunternd.

»Ich weiß genau, wie es dir geht, alter Freund«, sagte Michael. Reid war einer der wenigen Menschen, die Michaels Vergangenheit kannten. »Ich weiß, wie leer du dich fühlst. Dass du den Eindruck hast, mit diesem Loch in deiner Mitte nicht weiterleben zu können. Aber du kannst es. Es wird verdammt schwer, aber du schaffst das.«

Reid liefen jetzt die Tränen über die Wangen, während Michael weitersprach.

»Ich habe das auch durchgemacht, Derek. Du weißt das besser als die meisten anderen. Ich habe einen Freund verloren, der mir genauso nahestand wie Phillip dir. Und ich habe meinen Bruder verloren, musste zusehen, wie Liam starb. Glaub mir, ich wäre am liebsten mit ihm gestorben. Mit beiden. Ich wusste nicht, wie ich weitermachen sollte, nachdem sie beide tot waren. Wie ich mit dem leben sollte, was ihnen passiert war. Es vergeht kein Tag, Derek, an dem ich nicht an sie denke. Sie sind in meinem Kopf, wenn ich aufwache, und immer noch da, wenn ich einschlafe. Aber wir machen weiter. Was auch immer dafür verantwortlich ist, die menschliche Natur, die Evolution – wir sind dazu geschaffen weiterzumachen. Irgendetwas erlaubt uns weiterzuleben. Sogar zu lachen. Du glaubst es jetzt vielleicht nicht, aber du wirst darüber hinwegkommen. Du wirst ihn niemals vergessen, Derek. Aber du wirst darüber hinwegkommen.«

Reid antwortete nicht. Dafür weinte er jetzt ungehemmt. Michael hatte bei der Erinnerung an seine eigenen Verluste ebenfalls ein paar Tränen vergossen.

Sie brauchten keine Worte mehr. Stattdessen nahm Reid seine Hand und drückte sie.

So saßen die beiden Männer schweigend ein paar Minuten

lang da. Sie leerten ihre Gläser, Reid zuerst, Michael kurz danach.

Michael füllte sie erneut und trank einen Schluck, bevor er weitersprach. Es wurde Zeit, über etwas anderes zu reden.

»Ich habe heute Jenny Draper getroffen«, sagte er.

»Und, was hältst du von ihr?«

Reid wischte sich die letzten Tränen aus dem Gesicht. Er war dankbar für den Themenwechsel.

»Sie ist ziemlich beeindruckend«, erwiderte Michael. »Sehr selbstbewusst.«

»Und?«

»Und gar nichts.« Michael sah das schelmische Funkeln in Reids Augen. »Sarah hat absolut keinen Grund, sich Sorgen zu machen.«

»Das sieht Jenny vielleicht anders«, lachte Reid. Sein Humor schien etwas von der Traurigkeit aus dem Raum zu vertreiben. »Pass gut auf dich auf, alter Junge.«

»Ich halte die Augen offen.« Michael war froh über Reids Frotzelei. Reid hatte seine Fähigkeit zu lachen nicht verloren. »Übrigens, da du es erwähnst, gibt es irgendetwas, was du mir über dich und Jenny erzählen möchtest?«

Reid spuckte den Wein, den er gerade getrunken hatte, fast wieder aus.

»Ich?« Reid brüllte die Frage förmlich, als er wieder Luft bekam. »Himmel, Mike. Sieht sie wirklich so aus, als würde sie sich gern von einem Elefanten zerquetschen lassen?«

Beide Männer lachten schallend, und Michael kicherte immer noch, als er spürte, wie das Handy in seiner Jeanstasche vibrierte. Er nahm es heraus, und der Sound von »Boom

Boom Pow« von den Black Eyed Peas, der personalisierte Klingelton, den er für Sarah eingestellt hatte, erfüllte den Raum.

Mit einer entschuldigenden Handbewegung stand er auf und ging zur Tür des Flurs, bevor er das Handy ans Ohr hielt.

»Hallo, Schönheit. Was ist los?«

»Hi, entschuldige, ich muss mich beeilen. Ich habe gerade über diesen Solicitor nachgedacht, den du vor einer Weile erwähnt hast. Der sich zur Ruhe gesetzt hat. Das war doch Adam Blunt, stimmt's?«

Michaels Lächeln verschwand. Den Namen Adam Blunt hörte er nie sonderlich gern.

»Ja, das stimmt«, antwortete er und achtete darauf, leise zu sprechen. Der Name würde Reid noch weniger gefallen, und Michael wollte die relativ gute Stimmung nicht ruinieren, an der er so hart gearbeitet hatte. »Warum?«

»Und stimmt es auch, dass er sich an einem Ort namens Southwold zur Ruhe gesetzt hat?«

»Ja, das hat man mir gesagt. Hör mal, worum geht es hier eigentlich?«

»Hast du zufällig seine Adresse da?«

»Nicht griffbereit. Ich bin aber sicher, dass die Anwaltskammer sie hat. Für den Fall, dass irgendeiner seiner Fälle noch einmal aufgerollt werden muss. Ruf im Sekretariat an. Wenn sie sie haben, werden sie sie dir geben.«

»Was ist mit Derek? Hat er sie vielleicht?«

»Keine Chance.« Jetzt klang Michael entschlossen. »Ich werde Derek nicht fragen. Blunt ist so etwas wie ein wunder Punkt zwischen uns, an dem ich nicht kratze, solange er in diesem Zustand ist. Warum brauchst du sie überhaupt?«

Michael spürte, wie ihm das Blut aus dem Gesicht wich,

als er hörte, was Sarah zu sagen hatte. Und bei einem Wort gefror ihm das Blut in den Adern.

Gekreuzigt.

Er brauchte einen Moment, um zu begreifen, was Sarah ihm gerade erzählt hatte. Dann konnte er die offensichtliche Verbindung nicht mehr ignorieren.

»Sarah«, sagte Michael schließlich. »Ich glaube, du solltest erfahren, wie Phillip Longman gestorben ist.«

21

Die vier Major Investigation Teams von New Scotland Yard belegten ungefähr ein Drittel der fünften Etage des Gebäudes.

Die größte Fläche nahm ein Großraumbüro ein. Hier arbeiteten die meisten Mitarbeiter der Teams. Daran schloss sich eine abgetrennte Asservatenkammer an, die nur unwesentlich kleiner war. Sie diente als Lager für Beweise, die bei laufenden Ermittlungen gesammelt worden waren und für bevorstehende Gerichtsverfahren benötigt wurden.

Dann kamen die Büros der Führungskräfte.

Chief Superintendent David Rogers leitete das Special Crimes and Operations Directorate's Homicide Command (Central) und war praktisch der Boss der vier Mordermittlungsteams. Es war eine politische und öffentlichkeitswirksame Position, deren Wichtigkeit durch das größte Büro untermauert wurde. In das Alltagsgeschäft der ihm unterstellten Teams war der Chief Superintendent jedoch nur minimal involviert.

Als Nächste kam Superintendent Carol Walker. Sie hatte einen Verwaltungsdienstgrad, und ihre Aufgabe bestand darin, das zu erledigen, was die meisten für Rogers' Job hielten.

Joelle Levy und die drei anderen Detective Chief Inspectors kamen als Nächste. Jeder war für sein eigenes Major Investigation Team und für die etwa fünfzig Beamten verantwortlich, die offiziell diesen vier Einheiten zugeteilt waren. Der Rang eines Detective Chief Inspector war hoch genug für ein geräumiges Büro, aber immer noch niedrig genug, dass er sich regelmäßig die Hände schmutzig machte.

Steven Hale war einer von vier Detective Inspectors, die im MIT One unter Levy arbeiteten. Ihm vertraute sie am meisten, was jedoch keinen Unterschied in Bezug auf seine Position im Büro machte. Wie seine drei gleichrangigen Kollegen von Team One musste sich Hale mit den zweihundert anderen Mitgliedern der vier Teams des Commands abwechselnd Schreibtische teilen, in einem frisch renovierten Großraumbüro, das eher einem Kaffeehaus in Seattle als einer Polizeiwache glich.

Selbst der unglaubliche Panoramablick über die Themse, die South Bank und das London Eye, das höchste Riesenrad Europas, entschädigte nicht für das unpraktische Design dieses »neuen« New Scotland Yard. Ein schlechter Ersatz für das deutlich praktischere und viel größere New Scotland Yard, das verkauft und abgerissen worden war, um Platz für noch mehr Luxuseigentumswohnungen zu machen.

Levy und Hale saßen jetzt in diesem Großraumbüro hinter einem freien Schreibtisch im Arbeitsbereich des Teams. Vor ihnen waren drei Tische zusammengestellt worden. Auf allen stapelten sich Fallakten, vier Stapel pro Tisch.

Insgesamt zwölf. Wie viele Fälle pro Stapel es waren, hing von dem jeweiligen Umfang der Akten ab.

Zwischen Levy, Hale und den Akten saßen sechs Detectives. Vier Männer und zwei Frauen. Sie sahen alle gleich müde aus. Es war noch nicht einmal Mittagszeit, aber für sie alle war es bereits ein sehr langer Tag gewesen.

»Was war der Filter?« Levy deutete auf die Akten. »Nach welchen Kriterien haben Sie diese Fälle ausgewählt?«

»Wir haben uns nur auf extrem gewalttätige Verbrechen konzentriert.« Detective Inspector Natasha Pickett antwortete. Sie war zehn Jahre älter als Levy. Pickett war eine sehr begabte, aber überlastete Ermittlerin und keine Anführerin. Trotzdem hatte sie sich Levys Vertrauen erarbeitet. »Wir haben einfach nicht genug Leute und Mittel, um alle Fälle von Longman durchzugehen. Also haben wir uns auf jene beschränkt, bei denen die Angeklagten sich als fähig zu der Art von Gewalt erwiesen haben, die man ihm angetan hat.«

Levy nickte. Das Thema der begrenzten Ressourcen war ihr wohlbekannt. Von den fünfzig Beamten, die eigentlich ihre Einheit bilden sollten, hatte sie nie mehr als dreißig gleichzeitig zur Verfügung. Und das war nur ein Beispiel für die Unterfinanzierung, die jede Ermittlung beeinträchtigte.

Aus diesem Grund hatte Levy dem Plan zugestimmt, den Fokus der Ermittlungen zuerst auf Longmans Fälle zu beschränken, in denen es um extrem brutale Gewalt ging. Dieser Fokus erlaubte es, ihre begrenzte Mitarbeiterzahl am effektivsten einzusetzen.

Nur hatte es nicht so gut geklappt, wie sie gehofft hatte. Die große Zahl von Akten, die noch übrig blieben, war eine Enttäuschung.

»Das sind immer noch ziemlich viele«, stellte Levy fest. »Wie können wir das noch weiter eingrenzen?«

»Das haben wir schon.«

Diesmal antwortete einer der Männer. Detective Sergeant Pat Tucker. Er war ebenfalls ein älterer Beamter und entsprach noch mehr dem Stereotyp eines Polizisten als Hale. Mit seinen breiten Schultern und deutlichem Übergewicht gab er auf der Straße eine beeindruckende Figur ab.

»Wir haben sämtliche Fälle herausgenommen, bei denen die Angeklagten entweder tot oder noch in Haft sind«, fuhr er fort. »Das traf auf mehr als die Hälfte zu. Die Stapel auf den drei Tischen hier sind alles, was noch übrig ist.«

Levy nickte erneut. Sie hatte gehofft, dass dieses Vorgehen das Feld weiter eingrenzen würde. Allein die restlichen Akten durchzusehen würde Tausende von Arbeitsstunden kosten. Tausende von Stunden, die sie einfach nicht hatte.

»Dann haben wir den Rest in drei Kategorien unterteilt.« Tucker sprach weiter. »Eine pro Tisch. Der erste Tisch ist für die einmaligen Täter reserviert. In deren Kriminalakte Gewalt eine Anomalie ist. Auf dem zweiten Tisch stapeln sich die Kriminellen, die vor mehr als drei Jahren entlassen worden sind. Hier ist das Kriterium, dass es höchst unwahrscheinlich ist, so lange zu warten, wenn man Vergeltung will. Vor allem bei einem so alten Opfer, das in der Zwischenzeit sehr gut an Altersschwäche hätte sterben können. Und der dritte Tisch ist für die extrem gewalttätigen Wiederholungstäter reserviert, die zudem relativ kurzfristig aus der Haft entlassen wurden.«

»Also haben die Fälle auf Tisch drei Priorität«, erwiderte Levy frustriert.

Sie betrachtete die Aktenstapel vor sich. Die Fälle in

dieser Art und Weise zu priorisieren war alles andere als ein perfektes System. Idealerweise wäre sie gern alle durchgegangen, aber mit einem unterfinanzierten Team aus dreißig Beamten und wegen der Ermittlungen in einem weiteren komplizierten Mordfall hatte sie einfach nicht genug Ressourcen. Trotzdem wusste sie, wem man die Schuld geben würde, falls der Mörder sich am Ende auf den Tischen eins oder zwei befinden sollte. Also wollte sie zumindest das Filtersystem überprüfen, um zu checken, dass die Fälle zu Recht hier vor ihr lagen.

»Okay, mit dem Ansatz bin ich einverstanden«, verkündete sie. »Angesichts dessen, was wir haben, ist es das beste System. Aber bevor wir anfangen, möchte ich einen Testlauf mit dem Filter machen. Ich will sichergehen, dass die Akten in den richtigen Kategorien gelandet sind. Jeder von euch schnappt sich willkürlich eine Akte, drei von Tisch eins und drei von Tisch zwei.«

Sie wartete, während die sechs Beamten die Akten nahmen.

»Tucker, was haben Sie?«

Pat Tucker schlug die Akte auf, die er sich von Tisch eins genommen hatte. Auf der ersten Seite befanden sich ein paar Zettel mit Notizen. Es war nicht seine Handschrift. Einer der anderen hatte die Akte durchgesehen. Tucker las die Notizen laut vor.

»Arthur Hart. Ein Mord. Häusliche Gewalt. Er hat seine Frau ermordet, als sie drohte, ihn zu verlassen. Dann hat er ihren Leichnam zerstückelt. Das Verbrechen geschah am Ende einer langen Stressperiode, sowohl beruflicher als auch persönlicher Natur. Er wurde vor zwei Jahren nach einer achtzehnjährigen Haftstrafe entlassen. Als er verurteilt wurde, war er einundfünfzig Jahre alt. Keine Unterlagen über frühere Gewalttaten. Hat sich im Gefängnis positiv entwickelt. Eingeschätzt als vermutlich zu alt, um das Opfer so zu töten, wie Longman gestorben ist. Und wichtiger noch, er hat bis auf dieses eine Verbrechen keine Neigung zu irgendeiner Art von Gewalt gezeigt.«

»Was hatte Longman mit diesem Fall zu tun?«, wollte Hale wissen.

»Longman hatte den Vorsitz bei der Anhörung von Harts Berufung gegen seine Strafe.«

»Er war nicht Richter bei dem Prozess selbst?«

»Nein.«

Levy dachte nach. Alles, was sie gehört hatte, bestätigte die ursprüngliche Einschätzung. Hart war nicht ihr Mann.

»Einverstanden«, sagte sie schließlich und wandte sich an Pickett. »Natasha? Was haben Sie?«

»Der hier ist auch von Tisch eins.« Picketts Akte hatte sie selbst bewertet. »Aber sie hätte auch auf Tisch zwei gepasst.«

»Schießen Sie los.«

»Karl Hirst. Ein Fall von Totschlag. Ein Fall von schwerer Körperverletzung. Zwei Fälle von Entführung. Und ein Fall von Erpressung.«

»Tisch eins?« Hale stellte den Prozess bereits infrage. »Das klingt nicht so, als wäre Gewalt für den Kerl etwas Ungewöhnliches.«

»Nur fanden alle diese Gewalttaten gleichzeitig statt«, erklärte Pickett. »Vor achtzehn Jahren. Hirst war achtundzwanzig und hatte bis zu seiner Verhaftung keinerlei Vorstrafen. Er hat die zwei Kinder des Filialleiters einer hiesigen Bank gekidnappt und ihr Leben bedroht, um Zugang zum Tresor zu bekommen. Der Filialleiter ging zur Polizei. Hirst hat Wind davon bekommen und hat die Drohung wahr gemacht. Den Sohn hat er getötet, die Tochter schwer verletzt. Aber die Anklage konnte nicht beweisen, dass der Tod des Sohnes kein versehentliches Ersticken gewesen war, also wurde er wegen Totschlags und nicht wegen Mordes verurteilt. Longman war der Richter bei diesem Prozess. Er hat ihm lebenslänglich aufgebrummt, mit einer minimalen Haftstrafe von vierzehn Jahren. Hirst wurde fast auf den Tag genau nach vierzehn Jahren entlassen. Das war vor etwas mehr als drei Jahren.«

Levy dachte über die Fakten nach. Es fühlte sich immer noch nicht richtig an.

»Sind Sie sicher, dass er auf Tisch eins gehört?«, fragte sie. »Das Verbrechen war vielleicht ein Einzelfall, aber es war kein Verbrechen aus Leidenschaft. Das lässt doch auf die Fähigkeit zu eiskalter Gewalt schließen, oder?«

»Vielleicht, Ma'am«, räumte Pickett ein. »Aber trotzdem bleibt es Totschlag, kein Mord. Es spricht nichts dafür, dass er den Jungen wirklich töten wollte. Was bedeutet, dass wir auch die einmalige Fähigkeit zu einem Mord nicht wirklich garantieren können. Außerdem hat mich sein Haftstrafenregister davon überzeugt, dass er auf Tisch eins gehört. Kurz gesagt, war er ein vorbildlicher Gefangener. Keine Gewalttaten, kein Ungehorsam, gar nichts. Er hat bei der ersten Möglichkeit Bewährung beantragt und dabei die Unterstützung der Gefängnisangestellten und Psychologen gehabt. Alles deutet auf eine einmalige Gewalttat hin.«

Levy nickte wieder, war aber in Gedanken versunken. Diese Verbrechen bereiteten ihr Sorgen. Sie erforderten Planung und die Fähigkeit zu kalkulierter Gewalt. Die anderen Faktoren jedoch sprachen tatsächlich für die Filterkriterien. Ein einmaliger Vorfall von Gewalt gegen sechsundvierzig Jahre friedlichen Verhaltens.

Und drei Jahre in Freiheit, dachte Levy. *Darauf hat sich Pickett zwar nicht konzentriert, aber ob jemand wirklich drei Jahre auf seine Rache wartet? Rache an einem alten Mann, der nicht einmal besonders schwer zu erreichen war? Wenn überhaupt, wäre das noch das bessere Argument gegen Hirst.*

Der letzte Punkt gab schließlich den Ausschlag. Levy hatte zwar Bedenken, aber kein System war perfekt.

»Okay«, meinte sie schließlich. »Legen Sie ihn dahin zurück, wo Sie ihn herhaben.« Dann wandte sie sich an die zweite Beamtin. Detective Constable Sally Ryan, neunundzwanzig Jahre alt und Levys Shootingstar.

»Was haben Sie, Sally?«

»Nicola Allan, Ma'am. Zwei Fälle von Mord. Ihr Ehemann und seine Geliebte. Ein ziemlich hässliches Verbrechen. Sie ist den beiden zum Haus des zweiten Opfers gefolgt und hat gewartet, bis das Licht gelöscht wurde. Dann ist sie eingebrochen und hat beide im Bett erstochen. Dem Polizeibericht zufolge war es das reinste Blutbad.«

Hale unterbrach sie. »Von welchem Tisch ist der Fall?«

»Tisch zwei, Sir. Es gibt eine Reihe von Gewalttaten in ihrer Biografie, allerdings nicht so extreme. Aber sie hat vor sechs Jahren eine andere Frau auf der Straße angegriffen und einen ihrer High Heels als Waffe benutzt. Sie hat das Gesicht des Opfers aufgeschlitzt und eine zwanzig Zentimeter lange Narbe hinterlassen. Dafür hat sie achtzehn Monate Gefängnis bekommen. Außerdem gab es körperliche Attacken im Gefängnis. Also treffen für sie nicht die Kriterien von Tisch eins zu.«

»Aber die für Tisch zwei?«

»Mindestens, Sir. Longman war der Richter in dem Prozess. Er hat Allan zu lebenslänglich verurteilt, Minimum achtzehn Jahre. Wegen ihres Verhaltens im Gefängnis, ihrer Gewalttätigkeit gegen Wächter und Mitgefangene, musste sie dreiundzwanzig Jahre absitzen. Sie war zweiundfünfzig, als sie entlassen wurde, und das war vor elf Jahren.«

»Also hätte sie mit zweiundfünfzig Rache nehmen können, was ihr ihrer Meinung nach zustand, hat aber gewartet, bis sie dreiundsechzig war«, bemerkte Levy. »Ich denke, das passt sehr gut zu Tisch zwei. Und ich bezweifle außerdem, dass eine Frau mit über sechzig in der Lage wäre, einen Körper hochzuheben und ihn dann an der Wand zu kreuzigen, ganz gleich wie alt oder zerbrechlich das Opfer gewesen sein mag.«

»Vielleicht hatte sie einen Komplizen?«, warf Hale ein.

»Aber warum sollte sie elf Jahre warten? Wenn sie Unterstützung gehabt hätte, dann hätte sie nicht warten müssen, bis Longman schwach genug ist. Dann hätte sie ihn erheblich früher getötet.«

Hale zögerte nur kurz.

»Okay, das leuchtet mir ein. Aber es gefällt mir nicht. Wir suchen nach Gründen, um nicht gegen Verdächtige zu ermitteln. Ich fürchte, wir sollten uns auch diese Leute ansehen.«

»Einverstanden, und eventuell werden wir das auch tun. Aber im Moment müssen wir eine Möglichkeit finden, die wahrscheinlicheren Verdächtigen zu priorisieren. Leute wie Hirst und Allan sind noch nicht vom Haken. Wenn die Akten von Tisch drei uns keine Verdächtigen liefern, dann greifen wir wieder auf die anderen zurück. Aber wir haben einfach nicht genug Ressourcen, um sie alle durchzusehen. Also haben wir einstweilen keine Wahl.«

Hale holte tief Luft. Levy wusste, dass er jetzt kein Argument mehr hatte. Er wusste, dass sie recht hatte.

»Okay.« Er gab Sally Ryan die Akte wieder. »Dann legen wir sie auf Tisch zwei zurück.«

Levy wandte sich an ihr viertes Teammitglied, um nach seiner Akte zu fragen, wurde jedoch von einem jungen Beamten unterbrochen, der zu ihrem Tisch gekommen war.

»Entschuldigen Sie, Ma'am, aber da ist ein Anruf für Sie.«

Levy blickte hoch. Die Unterbrechung ärgerte sie.

»Notieren Sie die Nachricht, und sagen Sie, dass ich zurückrufe.« Ihre Aufmerksamkeit richtete sich wieder auf ihr Team.

Der Beamte wirkte unsicher. Levys Stimme strahlte natürliche Autorität aus, wenn sie das wollte.

»Die Anruferin sagte, es wäre sehr wichtig, Ma'am.« Der junge Mann klang zwar nicht besonders selbstbewusst, sprach aber trotzdem weiter. »Ich glaube wirklich, dass Sie den Anruf annehmen sollten.«

Levy hob erneut den Blick, diesmal aufmerksamer. Sie brauchte eine Weile, bis sie wusste, wer der junge Beamte war. Dann fiel ihr sein Name ein. Ollie Cleary, ein Frischling beim MIT One.

Levy drehte sich zu ihrem sechsköpfigen Team herum und sah Hale an.

»Entschuldigen Sie mich kurz.« Sie stand auf und folgte Cleary auf die andere Seite des Raums, wo das Telefon stand.

»Levy.«

»Hi, Joelle. Hier spricht Sarah Truman von ITN. Wir haben uns gestern vor Phillip Longmans Haus getroffen.«

»Ja, ich erinnere mich. Was kann ich für Sie tun, Miss Truman?«

»Ich habe Informationen für Sie. Es geht um den Longman-Fall. Ich glaube, dass sein Mörder erneut zugeschlagen hat.«

22

Sarah warf einen Blick auf ihre Uhr. Es war drei Uhr nachmittags. Von der Grays Inn Road in London zur Mill Lane in Southwold waren es etwa einhundertzwanzig Meilen. Mit dem Auto etwas über drei Stunden, von Tür zu Tür. Sarah war vor fünfzehn Minuten eingetroffen.

Levy und ihr Team können nicht sehr weit hinter mir sein, sagte sie sich.

Alex Redwood hatte Kontakte zur Polizei von Suffolk, so viel war klar. Aber die Story gehörte ihm nicht mehr. Zwanzig Minuten Recherche hatten ergeben, dass es sich bei dem verschiedenen Adam Blunt um genau jenen Mann handelte, den Sarah vermutet hatte. Ein bekannter Anwalt, der sich vor über einem Jahr in Southwold zur Ruhe gesetzt hatte. Schon seine Identität lieferte eine sehr wahrscheinliche Verbindung zu Longman; zwei pensionierte Anwälte, die innerhalb von achtundvierzig Stunden in ihren Häusern ermordet worden waren.

Die letzten Zweifel an dieser Verbindung waren durch Sarahs Anruf bei Michael zerstreut worden.

Sobald sich erwiesen hatte, dass die Story über Blunt mit der über Longman in Verbindung stand, war Redwoods Beteiligung beendet. Sarah war die Chefkorrespondentin und hatte allein deshalb schon Vorrang. Außerdem war sie talentierter und bekannter. Und vor allem genoss sie James Eltons Wohlwollen.

Also konnte es nur einen Gewinner geben.

Nathan Benson war im Übertragungswagen geblieben. Sarah nicht.

Sie hatte keine Kontakte vor Ort wie Redwood, keine Informanten innerhalb der örtlichen Polizei. Leider wusste sie nicht, wie er diese Beziehungen aufgebaut hatte. Vielleicht durch Bestechung. Oder durch seinen Charme; Sarah musste zugeben, dass er sehr gut aussah. Und er hatte Charisma. Jedenfalls so lange, bis sein wahres Selbst durch diese Tünche drang. So oder so spielte es keine Rolle.

Wenn Sarah mehr Informationen bekommen wollte, musste sie neue Freunde gewinnen.

Die örtliche Presse war bereits anwesend. Nachrichtensender und Zeitungsleute. Etwas mehr als zehn Reporter. Sie drängten sich vor dem Absperrungsband der Polizei. Ganz offensichtlich kannten alle einander gut. Und ebenso offensichtlich fragten sie sich, wieso die landesweite Presse – und dann auch noch in Gestalt von Sarah Truman – sich für diesen lokalen Todesfall interessierte.

Sarah näherte sich der Gruppe und lächelte strahlend. Erneut spürte sie die »Wir gegen die«-Kluft. Und erneut ignorierte sie sie.

»Ein perfekter Tag für den Strand, oder?«

Das Wetter, dachte Sarah. *Das macht jeden Briten garantiert gesprächig.*

»Jedenfalls viel zu heiß, um hier den ganzen Tag herumzustehen.«

Die Antwort kam von dem Reporter, der ihr am nächsten stand. Mittelalt, schlank und für die Kamera gekleidet.

Sarahs Instinkte sagten ihr, dass er der Platzhirsch war.

»Wie lange seid ihr Jungs denn schon hier?«, fragte sie.

»Einige von uns seit zehn Uhr früh.«

Die Antwort kam von einem erheblich jüngeren Mann. Er war knapp über zwanzig, und sein ungebügeltes Hemd und die fleckigen Jeans deuteten auf einen Zeitungsreporter hin. So etwas würde er schwerlich vor der Kamera tragen.

»Und ich nehme an, Sie sind einer der Frühaufsteher, stimmt's?« Sarah richtete ihre ganze Aufmerksamkeit auf den Jüngling und lächelte arglos. »Gibt es schon irgendwelche Neuigkeiten von drinnen?«

»Nicht viele«, antwortete der junge Mann. »Natürlich wissen wir, dass es um einen Mord geht. Und ein paar Beamte haben angedeutet, dass es ziemlich übel war. Aber viel mehr haben sie nicht gesagt.«

Sarah hörte zu und lächelte weiter. Als der junge Mann wieder schwieg, musterte sie die anderen Journalisten. Deren Gesichter wirkten jetzt etwas offener, freundlicher. Niemand schien der Einschätzung des jungen Reporters widersprechen zu wollen, was Sarahs Verdacht bestätigte.

Redwoods Quelle bei der Polizei wurde von niemand anderem angezapft.

»Es wurden also noch keine Einzelheiten darüber herausgegeben, wie das Opfer gestorben ist?«

Sarah kannte die Einzelheiten bereits, aber die Frage war logisch. Die anderen hätten sich gewundert, wenn sie sie nicht gestellt hätte.

»Wie Tony sagte – nur, dass es ziemlich widerlich war.« Die Antwort kam vom Anführer der Gruppe, dem Reporter des örtlichen Fernsehsenders. Sarah wandte sich wieder an ihn. »Jedenfalls nicht wirklich für die Vorabend-Nachrichten geeignet.«

Damit war die Sache klar. Mit Ausnahme von Redwood hatte man der Presse so gut wie nichts erzählt.

»Dann nehme ich mal an, dass wir warten dürfen.« Sarah lächelte wieder, während sie sprach.

Ihre Charmeoffensive hatte den gewünschten Effekt. Sarah war eine Berühmtheit, jedenfalls in Reporterkreisen, und dadurch weckte sie bestimmte Erwartungen. Man ging davon aus, dass solche Leute hochmütig und arrogant waren. Wenn die Menschen dann stattdessen jemanden vorfanden, der weit positiver und liebenswürdiger war, konnte man sie leicht auf seine Seite ziehen.

Sarah streckte dem Platzhirsch ihre Hand hin.

»Übrigens, ich heiße Sarah.«

◆

Die nächsten zehn Minuten überbrückten sie mit Small Talk und wilden Geschichten. Das war typisch, wenn Reporter zusammenstanden und warten mussten. Es war eine angenehme Art, sich die Zeit zu vertreiben, und half ihnen über eine der negativen Seiten ihres Jobs hinweg.

Sarah lachte schallend über einen Witz, der alles andere als komisch war, als ihr etwas ins Auge fiel. Es bewegte sich etwas in der Nähe der vier Übertragungswagen, die auf der Mill Lane parkten.

Ihr Blick glitt gemächlich zu ihrem eigenen ITN-Übertragungswagen, der als Letzter in der Reihe stand. Sie beobachtete, wie er langsam rückwärts fuhr und eine Lücke öffnete, die sich noch vergrößerte, als sich ein zweiter Van – laut

Aufschrift von den Anglian Regional News – in die entgegengesetzte Richtung bewegte.

Die Lücke war nun groß genug, damit ein Fahrzeug durch das Absperrband der Polizei fahren konnte. Ein Konvoi von drei Fahrzeugen bewegte sich in Richtung des Flatterbandes, zwei Limousinen und ein Van. Ein Wort des Fahrers im ersten Wagen genügte, und die Absperrung wurde angehoben. Die drei Fahrzeuge fuhren darunter hinweg und parkten dann.

Sarah beobachtete, wie Joelle Levy aus dem ersten Wagen stieg. Sie hatte allein darin gesessen. Die Polizistin sah sich um und entdeckte dann den Detective Inspector der Mordkommission von Suffolk. Der Mann war Anfang fünfzig, hatte schütteres Haar und versuchte vergeblich, diese Tatsache zu kaschieren. Levy winkte ihm zu und wandte sich ab, bevor er die Geste erwidern konnte. Sie schien nach etwas zu suchen. Nach jemandem.

Schließlich bemerkte sie die kleine Pressemeute.

Sarahs Blick begegnete dem von Levy. Die DCI machte eine Kopfbewegung, die Sarah als Aufforderung interpretierte, von den anderen Reportern wegzutreten und sich ihr am Absperrband zu nähern. Sarah folgte der Aufforderung, und Levy kam zu ihr.

»Noch mal danke für den Tipp«, sagte Levy, als sie dicht genug beisammenstanden, um miteinander zu reden.

Levy sprach leise. Die beiden Frauen waren zwar mehrere Meter von den anderen entfernt, aber Levy war trotzdem vorsichtig. Sie deutete auf die Lokalreporter.

»Kennen Sie einen von denen?«

»Seit zehn Minuten, ja.«

»Lange genug, um mir verraten zu können, wie kompromittiert mein Fall ist?«

»Sie kennen keine Einzelheiten. Sie haben nur herausgefunden, dass es eine üble Sache ist.«

»Was ist mit Ihnen? Werden Sie berichten, was Sie mir am Telefon mitgeteilt haben?«

»Wie Sie schon gestern sagten – wenn ich mitspiele, werden Sie es mir später danken, stimmt's?«

Levy lächelte und nickte. Mehr brauchte Sarah nicht.

Etwas an Levy veranlasste Sarah, ihr zu vertrauen. Es war nur ein Instinkt. Einer, dem sie für gewöhnlich nicht unbedingt folgte. Aber heute war sie bereit, ihm zu vertrauen. Levy hatte Sarah ihr Wort gegeben, und das reichte ihr.

»Ich muss jetzt da rein«, erklärte Levy schließlich. »Das wird ein Kampf um Zuständigkeiten.«

»Könnten Sie den etwa verlieren?«

»Was glauben Sie wohl?« Levy lächelte bei ihrer Antwort. Sarah erwiderte das Lächeln. »Können Sie noch ein paar Stunden bleiben?«, fragte die DCI. »Bis ich hier fertig bin? Wir sollten uns unterhalten.«

»Genau mein Gedanke.« Sarah lächelte wieder. »Ich bin hier.«

»Gut.«

Dann drehte sich Levy ohne ein weiteres Wort um und ging zu dem Haus. Der Detective Inspector aus Suffolk wartete am Eingang auf sie.

Selbst aus der Entfernung konnte Sarah die Anspannung sehen, als die beiden Beamten einander begrüßten. Die Feindseligkeit. Die Schlacht um die Zuständigkeit hatte begonnen.

Ein Glück, dass ich nicht an seiner Stelle bin, dachte Sarah.

23

»Wodka Tonic, mit viel Eis.«

Sarah stellte zwei Gläser auf den Holztisch, stieg über die Bank und setzte sich Levy gegenüber.

»Eine Weintrinkerin«, bemerkte Levy.

»Wahrscheinlich habe ich einfach keine Fantasie.« Sarah hob ihr Weinglas an und hielt es über die Mitte des Tisches. »Cheers.«

»Cheers«, erwiderte Levy. »Und danke. Nach den letzten Tagen brauche ich das jetzt dringend.«

Das leise Klirren der Gläser war wie ein Startsignal. Die beiden Frauen tranken einen Schluck, und Levy entspannte sich sofort. Nicht wegen des Alkohols, der würde etwas länger brauchen, bis er in ihrem Blut ankam. Vielmehr wegen des Dopamins, das ihr Gehirn ausschüttete. Als Belohnung für diesen ersten Schluck.

Sarah hatte etwas weniger als eine Stunde an der Mill Lane gewartet. Sie wäre auch noch länger dort geblieben. Wie sich herausstellte, hatte Levy das jedoch keineswegs vorgehabt.

Die DCI hatte genau gewusst, was sie in Adam Blunts Haus suchte. Und sie hatte alles gefunden. Die genaue forensische Analyse überließ sie der Spurensicherung und den Gerichtsmedizinern.

Sobald sie das Haus wieder verlassen hatte, war sie zu Sarah gegangen und hatte sie gebeten, ihr zu folgen. Eine kurze Fahrt hinaus aus der Stadt, und jetzt saßen sie hier, im leeren Biergarten eines ruhigen Country Pubs.

Levy hatte einen Tisch im Schatten ausgesucht, während Sarah ihre Getränke geholt hatte.

»Ich nehme also an, dass ich recht hatte«, brach Sarah schließlich das Schweigen. »Es ist derselbe Kerl.«

»Sieht so aus, ja.« Levy konnte ihre Resignation nicht verbergen. Zu bestätigen, dass Sarahs Instinkte richtig gewesen waren, passte ihr nicht.

»Das sind also zwei innerhalb von vierundzwanzig Stunden«, fuhr Sarah fort. »Eine ziemlich solide Trefferquote.«

»Ich habe schon bessere gesehen«, gab Levy zurück. »Aber nicht so, wie dieser Typ das macht.«

»Was meinen Sie damit?«

»Ich meine, dass ich eine solche Zahl bei einem Amoklauf erwarte. Wenn es ein durchgeknallter Wahnsinniger ist, der willkürlich Leute erschießt oder wenn jemand einen Partner oder ein Familienmitglied umbringt, dann hundert Meilen weiterfährt und den Nächsten umlegt. Aber diese Kerle sind primitiv. Fantasielos. Sie töten und werden erwischt. Oder begehen Selbstmord.«

»Also ist es bei diesem Kerl anders?« Sarah schien fasziniert zu sein. »Was ist es bei ihm? Die Kreuzigung? Die Kastration? Was sagt Ihnen das?«

»Das sagt mir, dass er ein perverser Hurensohn ist. Dasselbe, was es Ihnen sagt. Aber das ist nicht das, was mir Kopfzerbrechen bereitet.«

»Was dann?«

»Es bleibt unter uns?«

»Das versteht sich von selbst.«

»Nein, tut es nicht, Sarah.« Levy glaubte an klare Verhältnisse. Jedenfalls soweit es möglich war. Und im Moment war das von größter Bedeutung. »Ich gehe ein sehr großes Risiko ein, weil ich mit Ihnen rede. Und das mache ich nur, weil Sie sich als vertrauenswürdig erwiesen haben. Wenn ich mich in dem Punkt jedoch geirrt haben sollte, wenn Sie mich verarschen, werden Ihnen die Konsequenzen ganz sicher nicht gefallen.«

»Das habe ich schon gehört.« Sarah lächelte und trank noch einen Schluck Wein. »Mein Verlobter hat mir das bereits gesagt.«

»Ihr Verlobter? Kenne ich ihn?«

»Ich glaube nicht, jedenfalls nicht persönlich. Er ist ein Barrister. Michael Devlin. Ich glaube, er hat bei einigen Ihrer Fälle die Verteidigung übernommen.«

Levy antwortete nicht sofort, sondern grub in ihrer Erinnerung. Sie brauchte nicht lange. Ihre Zeit im Shin Bet hatte auch Gedächtnistraining beinhaltet. Das Bild eines großen Mannes mit blondem Haar kristallisierte sich in Levys Kopf heraus.

»Michael Devlin«, sagte sie halb zu sich selbst. »Ich kenne ihn. Er ist gut, Sarah.«

»Danke.«

»Und er sieht gut aus. Sie sind ein Glückspilz.«

»Noch mal danke.« Diesmal lachte Sarah. »Aber im Ernst, alles was Sie mir sagen, bleibt unter uns. Ich könnte ohne Probleme die Nachrichten mit dem füllen, was ich schon weiß. Und nichts davon kommt von Ihnen. Aber selbst das werde ich nicht tun. Und nichts, was Sie mir erzählen können, wäre eine dickere Schlagzeile als eine Kreuzigung.«

»Okay«, antwortete Levy. »Also, was mir besonders große Sorgen macht – diese Morde waren identisch und hatten rituellen Charakter. Nur handelt es sich um kein Ritual, von dem ich je gehört hätte. Eher eine persönliche Perversion.«

»Sie meinen sexuell?«

»Das glaube ich nicht, nein. Mehr eine Pervertierung der Menschlichkeit des Mörders, wenn das irgendeinen Sinn ergibt.«

»Ich bin nicht ganz sicher, ob ich weiß, was Sie meinen«, antwortete Sarah.

»Vielleicht war das keine gute Beschreibung«, fuhr Levy fort. »Aber was auch immer er ist, dieser Kerl ist kein dumpfer Schlächter. Er tötet nicht nur, um zu töten, um einfach den Tod herbeizuführen. Sondern er genießt jede Sekunde davon. Die Folter. Die Zerstückelung. Das Entsetzen zweifellos auch. Und dann das Nachspiel. Einige dieser perversen Dinge hat er erst gemacht, als die Opfer schon tot waren. Und zwar für uns. Für die Personen, die die Leichen finden.«

»Und das passt nicht zu einem Amokläufer?«

»Meiner Erfahrung nach nicht. Sie töten einfach nur. Doch es ist nicht nur die Perversion, die ihn von diesen Leuten unterscheidet. Sondern auch seine Absicht.«

»Seine Absicht?«

»Er hat vor weiterzumachen. Amokläufer töten, bis sie erwischt oder in die Enge getrieben werden. Und sie treffen nicht sonderlich viele Vorkehrungen, um das zu verhindern. Aber dieser Kerl hier? Dieser Kerl verwischt seine Spuren, und das macht er sehr, sehr gut.«

»Und wie macht er das?«

»Er benutzt Bleichmittel, um alle Spuren zu vernichten. Er ertränkt die Leichen förmlich darin, gießt es ihnen in den Hals. Und wenn er fertig ist, säubert er damit alle Teile des Hauses, in denen er gewesen ist.«

»Um alle DNA-Nachweise zu vernichten, die er vielleicht hinterlassen hat«, bemerkte Sarah.

»Ganz genau«, erwiderte Levy. Es beeindruckte sie, dass Sarah wusste, wie effektiv einfaches Bleichmittel an einem Tatort sein konnte. Die meisten wussten das nicht. »Ein simpler Amokläufer oder Serienmörder macht so etwas nicht. Aber jemand, der vorhat, weiter zu töten? Solche Leute tun das. Und das ist eine schreckliche Vorstellung, wenn er in diesem Tempo weiter mordet.«

»Scheiße.« Sarah lehnte sich auf der Bank zurück und atmete langsam aus.

»Ganz recht.« Levys stocksteife Haltung veränderte sich kein bisschen.

Die beiden Frauen schwiegen. Levy ließ Sarah einen Moment Zeit, die Einzelheiten zu verdauen. Ihr war klar, dass sie ein Risiko einging, diese Dinge mit einer Reporterin zu teilen. Aber sie hatte eine gute Menschenkenntnis und spürte, dass Sarah ihr Vertrauen wert war. Außerdem hätten sie und ihr Team ohne Sarahs Tipp vielleicht Tage gebraucht, bis sie von diesem letzten Mord erfahren hätten.

Schließlich brach Sarah das Schweigen.

»Wer auch immer dieser Mistkerl ist, er gehört jedenfalls zu einer anderen Sorte.«

Sarah griff in ihre Handtasche, riss die Folie von einer ungeöffneten Zigarettenpackung, die sie in dem Pub gekauft hatte, nahm eine Zigarette heraus und hielt Levy die offene Packung hin.

»Rauchen Sie?«

»Habe ich mal«, gab Levy zurück. »Ich hab es schon vor Jahren aufgegeben.«

»Ich auch.« Sarah zündete die Zigarette an. »Aber manchmal, na ja, Sie wissen schon.«

»Ja, ich weiß.«

Sarah inhalierte tief und wartete, bis das Nikotin wirkte. Levy sah zu. Sie erinnerte sich noch sehr gut an das Gefühl und verstand es, wenn ein Nichtraucher in stressigen Augenblicken einen Rückfall hatte. Allerdings konnte sie selbst sich das nicht erlauben. Weil der Stress eine Konstante in ihrem Leben war.

»Was ist mit Verdächtigen?«, fragte Sarah. »Haben Sie überhaupt irgendwelche Spuren?«

»Es gibt einige Richtungen, in die wir ermitteln. Aber es wäre übertrieben, dabei von Spuren zu sprechen.«

»Sie meinen Longmans frühere Fälle, richtig? Ich meine, Longman muss doch während seiner Zeit bei Gericht jede Menge Wut und Ärger auf sich gezogen haben. Ich nehme an, Sie haben angefangen, seine Fallakten durchzusehen und suchen jetzt nach jemandem, der zu so einer Brutalität fähig sein könnte.«

»Sie sollten für mich arbeiten.« Levy lächelte und trank einen Schluck. »Ja, genau das machen wir. Zumindest haben wir das gemacht. Das Problem ist, dass dieser Mann einen ganzen Berg von Fällen angehäuft hat. Und es ist immer noch ein Berg, obwohl wir Filter benutzt haben, um ihn abzutragen.«

»Das hat sich doch jetzt sicher geändert, oder nicht? Nach Blunts Tod?«

»Kommt drauf an«, erwiderte Levy. »Wenn die beiden wegen einer Verbindung zueinander ausgesucht wurden, dann reduziert es natürlich die Fälle, die wir durchgehen müssen.«

»Weil Sie dann nach Fällen suchen, in denen Blunt der Anwalt war«, meinte Sarah. »Was die infrage kommenden Gerichtsakten doch deutlich reduziert, stimmt's?«

»Das ist richtig«, bestätigte Levy. »Das Problem ist nur, dass Blunts Tod auch die Möglichkeit aufwirft, dass es lediglich ein Wahnsinniger ist, der es auf Anwälte abgesehen hat. Oder pensionierte Anwälte. So unwahrscheinlich das auch sein mag, wenn es sich irgendwie als wahr herausstellen sollte, dann wird die ganze Sache noch erheblich schwieriger. Denn wenn all das reine Willkür ist, nützt es uns gar nichts, wenn wir Longmans Fälle durchsehen.«

»Müssen Sie sich dann nicht auf die Kandidaten konzentrieren, die am wahrscheinlichsten sind?«, schlug Sarah vor. »Wenn es wirklich ein Wahnsinniger ist, der willkürlich Anwälte umlegt und seine Spuren so gut verwischt, dann wird es doch pures Glück sein, wenn Sie ihn erwischen, oder? Und wie Sie selbst sagten, dieses Szenario ist nicht so übermäßig wahrscheinlich. Aber wenn Sie annehmen, dass es eine Verbindung gibt – dass Longman und Blunt beide wegen eines alten Falles ausgewählt wurden, an dem sie beide beteiligt waren –, dann haben Sie zumindest eine Spur, der Sie folgen können. Und wenn das zutrifft, dann muss Blunts Tod Ihre Liste von Verdächtigen gerade sehr deutlich verkürzt haben.«

Levy antwortete nicht.

Die Akten auf den drei Tischen waren ihr den ganzen Nachmittag nicht aus dem Kopf gegangen. Genau wie das nicht wirklich perfekte Filtersystem ihres Teams. Aber Sarah hatte recht. Dieses Filtersystem war irrelevant. Ein Solicitor wie Adam Blunt konnte höchstens in einem Prozent aller Fälle von Longman involviert gewesen sein. Es würde die Zahl der Akten auf ein gutes Level reduzieren. Ganz sicher auf einstelliges Niveau.

Aber nicht auf null, dachte Levy. *Denn null bedeutet*

keine Verbindung, und keine Verbindung bedeutet, dass diese Morde vollkommen willkürlich begangen werden. Ein Wahnsinniger, der einfach nur Anwälte jagt.

Levy stand auf. Sie hatte ihr Glas nicht einmal halb geleert.

»Es tut mir leid, Sarah, aber ich muss gehen. Wir müssen jetzt auf diese neue Entwicklung reagieren.«

»Das verstehe ich.«

»Und noch etwas ...«

»Ja?«

»Danke für die Aufmunterung und den Drink. Ich habe beides gebraucht.«

◆

Blassauge ließ den Lautsprecher eingeschaltet, während er beobachtete, wie Joelle Levy vom Tisch aufstand und Sarah Truman mit ihrem Drink und ihrer Zigarette allein ließ.

Die Informationen aus dem Lautsprecher waren wertvoll gewesen, aber er hätte viel lieber gehört, was die Polizistin und die Reporterin jetzt gerade besprochen hatten. Er hatte jedoch nicht nahe genug an sie herankommen können, nicht in dem leeren Biergarten des Pubs.

Aber er würde es noch früh genug herausfinden. Und ganz bestimmt früher, als sie ihn finden würden. Natürlich würde das irgendwann passieren. Aber erst dann, wenn er bereit war. Wenn er fertig war.

Er sah zu, wie Truman ihre Zigarette ausdrückte, aufstand und zum Parkplatz zurückging. Sie kam nicht an ihm vorbei. Er hatte sein Fahrzeug so geparkt, dass keine der beiden Frauen Grund hatte, darauf zu achten. Deshalb konnte er sie weiter beobachten und zusehen, wie Truman in ihren Wagen stieg und davonfuhr.

Sarah Truman. Die große Nummer.

Das bereitete ihm ein unerwartetes Gefühl von Genugtuung. Bis jetzt erst zwei Morde, und schon hatte sich eine berühmte Reporterin auf seine Fährte gesetzt. Und wenn er fertig war, dann würde sie eine höllisch gute Story haben.

24

Michael Devlin kannte jeden Sicherheitsbeamten im Foyer von Londons Central Criminal Court. Er grüßte alle herzlich, als er sich in der Schlange anstellte. Und die Beamten erwiderten seinen Gruß, meistens mit seinem Vornamen.

Im Central Criminal Court, bekannter als Old Bailey, fanden viele der großen Strafgerichtsverfahren des Landes statt. Das wiederum zog die führenden Barrister des Landes an. Michael gehörte dazu.

Und heute war er hier, weil der Mordprozess gegen Simon Kash begann.

Der Eingang zum Gerichtsgebäude war ungewöhnlich stark gesichert. Schwere Türen mit Metallrahmen führten von der Straße in ein Foyer. Anwälte, Polizeibeamte, Verteidiger und Zeugen konnten hier passieren. Für alle anderen war im Foyer Endstation.

Nach all den Jahren war ihm das Prozedere vertraut. Michael wusste, was ihn erwartete und passierte die Isolationsröhren am Ende des Foyers und anschließend das Magnettor in nur wenigen Sekunden. Er wurde nur von dem langsamen Förderband am Röntgengerät aufgehalten, durch das er seine Taschen und Habseligkeiten schicken musste.

Auch dieser Morgen bildete keine Ausnahme. Michael durchlief den ganzen Prozess in weniger als einer Minute und ging die drei Stufen zu den Aufzügen im Untergeschoss des Gebäudes hinab.

Diese Fahrstuhlbatterie sah fast genauso aus wie die in den anderen Stockwerken. Sechs Aufzüge, drei auf jeder Seite. Schön verziert, aber in die Jahre gekommen. Der einzige Unterschied war die große Holztür, die am äußersten rechten Ende der Batterie lag.

Sie führte zu den Arrestzellen des Gerichtsgebäudes.

In einer dieser Zellen würde Michael Simon Kash heute zum zweiten Mal treffen.

Michael stieg in den Aufzug, der dieser Tür am nächsten lag und drückte auf die Taste mit der Nummer vier. Der altmodische Aufzugmechanismus sprang an, und sein Magen reagierte kurz auf die plötzliche Bewegung nach oben.

Als sich die Türen im vierten Stock wieder öffneten, trat Michael aus dem Lift und wandte sich nach links. Am Ende der Aufzugbatterie, ebenfalls auf der linken Seite, befanden sich die antiken Eichen- und Glastüren, die in die Garderobe von Old Bailey führten, wo die Barrister ihre Garderobe aus dem 21. Jahrhundert ablegten und die Kleidung aus dem 18. Jahrhundert anzogen, welche die britischen Gerichtshöfe so einzigartig machte.

Die Türen führten zu drei Räumen. Der mit Abstand größte davon war der Umkleideraum für die Männer, der direkt hinter den Türen lag. Die beiden anderen Räume waren erheblich kleiner. Einer war der Umkleideraum für die Frauen. Er lag rechts, unmittelbar hinter dem Haupteingang. Und er war erst kürzlich eingerichtet worden. Genauer gesagt, war ihnen das erst nachträglich eingefallen.

Allein die Größe des Zimmers war im Grunde eine Beleidigung.

Das letzte Zimmer war der Umkleideraum für die Kronanwälte. Er lag hinter einer antiken Eichentür am Ende des Männer-Umkleideraums. Er war so klein wie das Zimmer der Frauen, aber in diesem Fall war die Größe angemessen. Es gab weit weniger Kronanwälte als Junior Barrister.

Michael fand es immer noch sonderbar, in diesen letzten Raum gehen zu müssen. Er kam jetzt seit siebzehn Jahren ins Old Bailey. In all dieser Zeit hatte er den Hauptumkleideraum benutzt. Es kam ihm unnatürlich vor, es jetzt anders zu machen, aber Regeln waren Regeln. Vor allem hier.

Er brauchte weniger als fünf Minuten, um sich umzuziehen, und verwandelte sich in dieser Zeit von einem modernen Anwalt in den traditionell gekleideten Kronanwalt. Die Perücke war dieselbe wie immer. Dasselbe Pferdehaar, das er bei Ede & Ravenscroft im Alter von einundzwanzig gekauft hatte. Sein Kläppchenkragen und die Court Bands, der Halsschmuck, waren ebenfalls unverändert. Aber seine übrige Kleidung war neu. Statt seines Anzugjacketts trug er den Court Coat eines Kronanwalts, eine Kreuzung zwischen einer Weste und einem Jackett. Die drei Knöpfe am Ende jeder hochgeklappten Manschette gehörten zu den sichersten Merkmalen, um einen Kronanwalt auf den ersten Blick zu identifizieren. Die Amtstracht wurde durch eine dicke seidene Robe komplettiert, und nicht von der fließenden Baumwollrobe, die Michael mehr als zwei Jahrzehnte lang getragen hatte.

Am Eingang zum Männer-Umkleideraum lag eine hundert Jahre alte Holztreppe. Sie führte nach oben, in die Bar

Mess von Old Bailey. Das war ein riesiger Speisesaal mit hoher Decke, zu dem nur Advokaten Zugang hatten.

Michael nahm zwei Stufen auf einmal. Es war 09.15 Uhr. Im Saal herrschte bereits reges Treiben. Dutzende von Barristern saßen an den endlosen Tischreihen. Sie alle bereiteten sich mit allen möglichen Arten von Frühstück auf den Tag vor.

Prozesse. Politik. Klatsch. All das wurde diskutiert, während Michael durch den Raum ging. Er blieb an der Kaffeemaschine stehen und füllte sich einen Becher.

»Michael.« Als er seinen Namen hörte, drehte er sich um. Jenny Draper hatte ihn gesehen. »Kommen Sie. Ich habe Ihnen einen Platz reserviert.«

Er ging zu ihr. Genau wie er trug auch sie bereits ihr Gerichtsoutfit.

Es steht ihr, dachte Michael. *Als wäre sie damit geboren worden.*

Er setzte sich auf den freien Platz, stellte den Kaffeebecher auf den Tisch und legte seine zerzauste Perücke daneben.

»Waren Sie schon unten bei den Arrestzellen?«

»War ich«, antwortete Draper. »Ich bin um neun Uhr hinuntergegangen. Aber es waren noch keine Busse angekommen, und sie konnten mir auch keine ungefähre Ankunftszeit sagen. Der wachhabende Beamte teilte mir mit, er würde es über Lautsprecher durchgeben, wenn die Busse da sind.«

»Alles klar.«

Michael war weder von Drapers Effektivität noch von der Verspätung der Gefängnisbusse überrascht.

»Haben Sie das von Adam Blunt gehört?« Draper stellte

die Frage fast im Flüsterton. Als wäre Blunts Tod Thema für Klatsch. »Kannten Sie ihn?«

»Kannten ihn nicht alle?« Michael war überrascht, dass er den Namen so schnell wieder hörte. Wie immer überkam ihn dabei Unbehagen, aber er ließ es sich nicht anmerken.

Draper schien sich an Michaels Tonfall zu orientieren. Als sie weitersprach, klang ihre Stimme wieder lauter und professioneller.

»Er hat Barrister unserer Kanzlei beauftragt, bevor er sich zur Ruhe gesetzt hat. Ich habe vor einigen Jahren zwei Prozesse für ihn geführt.«

»Aber Sie haben ihn nie kennengelernt, Jenny?«

»Nein. Nicht persönlich jedenfalls.«

»Dann haben Sie sehr feinfühlige Assistenten. Adam Blunt wäre wie ein Ausschlag über Sie hergefallen!«

»Nein, wäre er nicht!« Draper reagierte mit gespielter Empörung auf diese Unterstellung, aber sie verriet sich durch ihr Gelächter. Sie tippte Michael gegen das Handgelenk. Ein spielerischer Rüffel. »Sie kannten ihn also?«

»Ich habe ihn kennengelernt, als ich noch jünger war als Sie«, antwortete Michael. »Ich kannte ihn noch aus der Zeit, bevor er Anwalt wurde.«

»Mein Gott, Michael.« Draper machte ein langes Gesicht. Ihre Reaktion war aufrichtig. »Das tut mir sehr leid. Mir war nicht klar, dass er ein Freund von Ihnen war. Was müssen Sie jetzt von mir halten, wo ich so über ihn tratsche?«

»Dass ich ihn kannte, machte uns noch lange nicht zu Freunden«, antwortete Michael. »Um ehrlich zu sein, konnte ich ihn nicht ausstehen. Er war ein widerlicher alter Mistkerl. Und verbittert obendrein.«

»Na gut, okay, Mr. Devlin. Dann sagen Sie mir doch, was Sie *wirklich* denken!«

Michael rang sich bei ihrem Sarkasmus ein Lächeln ab, aber er antwortete nicht. Stattdessen trank er seinen Kaffee aus.

Je weniger über diesen Mann geredet wird, desto besser, dachte er.

»Haben Sie etwas darüber gehört, was genau ihm zugestoßen ist?« Draper flüsterte wieder. »In den Nachrichten wurde angedeutet, dass er eines schrecklichen Todes gestorben ist.«

»Warum sollte *ich* etwas gehört haben?«, erkundigte sich Michael.

»Sie kannten ihn. Ich dachte, vielleicht …«

»Ach wirklich, Jenny? Sie wollen nicht zufällig wissen, ob mir meine Reporter-Verlobte irgendetwas unter der Hand erzählt, oder doch?«

»Nein, Michael.« Wieder war das Flüstern verschwunden. Draper schien über diese Unterstellung entsetzt zu sein. Sie war es jedoch nicht, wie Michael bemerkte. »Ehrlich gesagt, habe ich überhaupt nicht an diese Verbindung gedacht.«

»Das ist auch das Beste, denke ich. Denn wir wollen doch nicht, dass so etwas unsere Zusammenarbeit belastet, oder?«

In Michaels Tonfall lag eine klare Botschaft. Und er wollte sicherstellen, dass Draper diese Botschaft nicht überhören konnte.

In den fast zwei Jahren ihrer Beziehung hatte Michael Sarahs Vertrauen nie missbraucht. In seiner Welt war das nicht immer leicht. Barrister nahmen es zwar mit dem Anwaltsgeheimnis sehr genau. Sie hielten vollkommen dicht, wenn es um Informationen über ihre eigenen Fälle ging. Aber Klatsch? Der war wie Luft für sie. Sie sogen ihn mit einem Atemzug auf und stießen ihn mit dem nächsten wieder aus.

Michael hatte nicht vor, Sarahs Ruf mit so etwas aufs Spiel zu setzen.

Draper antwortete nicht, aber die Überraschung und Verlegenheit waren ihr deutlich anzumerken.

Michael hatte seine Haltung klargemacht, aber er wollte nicht, dass es deshalb zu Spannungen zwischen ihnen kam. Also beugte er sich über den Tisch und sprach weiter.

»Aber was auch immer diesem alten Mistkerl angetan wurde, es würde mich sehr überraschen, wenn er es nicht mehr als verdient hätte.«

Draper hob den Blick und erwiderte den von Michael. Sein offenes Lächeln zerstreute die Anspannung schnell. Als Michael merkte, dass kein dauerhafter Schaden entstanden war, erhob er sich.

»Ich hole uns noch zwei Kaffee, bevor der Gefangenentransport ankommt.« Er deutete auf Drapers leeren Teller. »Sind Sie satt, oder vertragen Sie noch einen Muffin?«

25

Michael und Jenny stiegen im Untergeschoss aus dem Aufzug. Vor der Tür zum Zellenblock hatte sich bereits eine Schlange gebildet. Alle wollten durch die antike Holztür, die von den Aufzügen zur Sicherheitsschleuse der Arrestzellen führte.

Mindestens dreißig Barrister warteten bereits auf einen

der acht gesicherten Besprechungsräume. Jeder von ihnen wollte mit seinem Klienten reden, bevor die Anhörung begann. Weniger als die Hälfte von ihnen würde das auch schaffen. Es war ein weiteres perfektes Beispiel für ein höchst unperfektes System.

Michael warf einen Blick auf seine Uhr. 09:35 Uhr. Weniger als fünf Minuten seit der Lautsprecherdurchsage, dass die Busse eingetroffen waren. Und schon jetzt war die Reihe der Wartenden viel zu lang.

Draper stellte sich an das Ende der Schlange. Michael tat das nicht. Stattdessen hob er sein Handy ans Ohr.

»Vergessen Sie das«, sagte er zu Draper, bevor er sich auf den Anruf konzentrierte. »Andrew, ich bin es, Michael. Wir haben gerade erst die Schlange gesehen. Bitte sagen Sie mir, dass Sie schon drin stehen.«

Er bekam die gewünschte Antwort.

»Perfekt. Wir sehen uns gleich.« Er beendete das Gespräch und wandte sich an Draper. »Andrew ist weiter vorne. Kommen Sie mit.«

Draper folgte ihm, als Michael an den wartenden Barristern vorüberging.

Als sie die geschlossene Holztür erreichten, wandte sich Michael an den ersten Barrister in der Schlange.

»Mein Solicitor ist schon drin, Matt«, sagte er.

Michael kannte den Mann. Draper erkannte ihn nur. Matthew Cole, QC. Der Kronanwalt war vielleicht zehn Jahre älter als Michael und ebenso ehrgeizig. Cole war Darren O'Driscolls führender Barrister, was ihn einstweilen zu ihrem Verbündeten machte. Das würde andauern, bis – oder genauer, *falls* – Simon Kash Michael die Erlaubnis erteilte, Coles Klienten anzugreifen.

»Sie waren schon immer ein verdammter Glückspilz, Devlin.« Coles Akzent war reinstes Liverpool. Höchst ungewöhnlich für einen Londoner Barrister und umso wirkungsvoller, weil es so selten war. Er stieß die Tür auf, damit Michael und Draper hindurchgehen konnten. »Gehen Sie nur.«

»Danke.« Michael trat durch die Holztür in einen kleinen, überfüllten Wartebereich. Er drehte sich um, um sich zu überzeugen, dass Draper ihm folgte, dann fielen ihm seine Manieren wieder ein. »Übrigens, Matt. Kennen Sie meinen Junior schon?«

»Ich hatte bisher noch nicht das Vergnügen.« Cole trat zurück, um Draper passieren zu lassen und hielt ihr dabei die Hand zum Gruß hin. »Aber ich habe schon viel über sie gehört. Nett, Sie kennenzulernen, Miss Draper.«

»Jenny, bitte«, antwortete Draper, während sie Coles Hand nahm und sie schüttelte. Sie knipste dasselbe schüchterne Lächeln an, das sie auch beim ersten Treffen mit Michael aufgesetzt hatte. »Es ist ein Privileg, mit Ihnen zu arbeiten, Mr. Cole.«

Sie hat diese Nummer wirklich perfektioniert, dachte Michael.

»Matt.« Cole lächelte und sah wieder zu Michael, ohne dabei Drapers Hand loszulassen. »Und Sie arbeiten mit mir zusammen? Ist das so, Mike?«

»In dem Punkt müssen wir abwarten.«

Michaels Lächeln war echt, genau wie das von Cole. Die beiden Barrister wussten, dass ihre Fälle sie möglicherweise in einen Konflikt bringen würden, aber trotzdem mochten und respektierten sie einander. Auch professionelle Widersacher konnten höflich bleiben. Manchmal waren sie sogar gute Freunde. Das war etwas, was viele Angeklagte niemals verstehen würden.

»Das werde ich dann wohl tun«, antwortete Cole. Sein Lächeln veränderte sich nicht, und es blieb echt, was darauf hindeutete, dass er sich darüber freute, dass Michael den Fall übernommen hatte. Michael fragte sich, warum das so war.

Ist er glücklich, weil er jetzt weiß, dass er einen ordentlichen Kampf bekommt?, dachte Michael. *Oder weil er nicht gegen einen* richtigen *Kronanwalt antreten muss?*

Die Antwort würde Michael nicht jetzt erfahren. Wie er schon zu Cole gesagt hatte, er musste abwarten.

Dann verdrängte Michael den Gedanken und sah sich im Wartebereich um. Die Schlange der Anwälte wand sich von der Holztür durch den Bereich bis zum gesicherten Zelleneingang, der weit offen stand, und neben dem Andrew Ross wartete.

»Beeilt euch, ihr beiden!«, rief Ross.

Michael begriff, dass die Tür für Draper und ihn offen gehalten wurde. Sie beeilten sich, manövrierten sich an der Schlange vorbei und traten gerade noch rechtzeitig durch die schwere Eichentür. Einen Moment später wurde sie hinter ihnen geschlossen und versperrt.

Hinter dem Haupteingang lag ein schmaler weißer Korridor. Fünf Juristenteams, von denen manche aus drei Anwälten bestanden, drängten sich darin. Sie warteten darauf, dass das zweite Sicherheitstor geöffnet wurde. Es war eine einfache und vielleicht auch naheliegende Vorsichtsmaßnahme: Kein einziges Schlüsselset konnte alle Türen zwischen den Arrestzellen und der Außenwelt öffnen.

Sie warteten drei Minuten, jedenfalls nach Michaels

Armbanduhr. Körperlich empfand er die Wartezeit als erheblich länger, weil er auf der einen Seite gegen eine Wand und auf der anderen gegen eine Person gedrückt wurde. Schließlich verkündete das Geräusch von Metall auf Metall das willkommene Eintreffen des zweiten Schlüsselhalters. Augenblicke später schwang das Metallgitter des zweiten Tors zur Seite.

Im Zellenbereich durchsuchte man Michael, sein Laptop und sein Telefon wurden in einem Schließfach verstaut, dann durfte er das Gittertor passieren und einen Gang betreten, der zu den Sprechzimmern führte.

Er wartete nicht auf Draper oder Ross, die dieselben Sicherheitsmaßnahmen über sich ergehen lassen mussten. Stattdessen ging er zu dem ihnen zugeteilten Raum.

Draper tauchte wenige Momente später auf und setzte sich neben ihn, mit dem Gesicht zur Tür. Ross kam nur Sekunden danach ebenfalls dazu und setzte sich ihnen gegenüber. Dadurch blieb nur noch der Platz neben ihm an dem viel zu kleinen Tisch frei.

»Wie fühlen wir uns alle?«, erkundigte sich Ross. Das war keine Frage nach ihrem gesundheitlichen Befinden. Ross' einziges Interesse galt Simon Kash.

»Wir haben viel, womit wir arbeiten können«, antwortete Draper. »Michael hat einige exzellente Theorien entwickelt.«

»Exzellent sind sie nur, wenn Simon uns erlaubt, sie auch umzusetzen.« Michael blieb realistisch wie immer. »Wenn er uns nicht erlaubt, die Handschuhe auszuziehen, sind all diese Theorien wertlos.«

»Verstehe.« Ross nickte, während er sprach. »Dann müssen wir ihn wohl überzeugen.«

Michael wollte etwas erwidern, unterließ es aber, als er Schritte in dem Gang vor dem Raum hörte.

Bei dem Anblick von Kash hatte Michael wieder dasselbe Gefühl im Bauch wie in den Tagen zuvor.

Es ist einfach unmöglich, dass dieses Kind alles getan haben soll, was man ihm zur Last legt.

Kash trug einen Anzug, von dem Michael stark annahm, dass es sein erster war. Er war billig und viel zu groß für ihn.

Neben Kash ging ein Wächter, an den er gekettet war. Der Mann hob seinen Arm und dann den von Kash, während er die Handschellen abnahm. Die Größe des Mannes bildete einen starken Kontrast zu Kashs kleinem Kopf und Oberkörper und betonte so die körperliche Unauffälligkeit von Michaels Klient.

»Setzen Sie sich bitte, Simon.« Michael ergriff das Wort, nachdem der Wächter den Raum verlassen hatte. »Aber schließen Sie bitte erst die Tür.«

Kash kam der Bitte nach und kletterte dann über den am Boden festgeschraubten Stuhl, um sich Michael gegenüber hinzusetzen.

Die drei Anwälte beobachteten ihn dabei. Sie betrachteten seine ungeschickten Bewegungen. Er hatte ein schlechtes Körperbewusstsein von der Art, die Michael eher bei einem Heranwachsenden erwartet hätte.

»Wie geht es Ihnen, Simon?«, fragte Michael.

»Ganz okay.«

Kash blickte nicht hoch, als er antwortete. Er sprach leise und war fast nicht zu verstehen.

»Heute ist ein großer Tag«, fuhr Michael fort. »Sie wissen, was heute passieren wird, richtig?«

»Mein Prozess.«

»Nicht Ihr ganzer Prozess, Simon.« Draper schaltete sich ein. »Es ist der Beginn Ihres Prozesses. Heute wählen wir die Geschworenen aus, und dann wird die Staatsanwaltschaft ein Eröffnungsplädoyer halten. Das bedeutet, dass sie der Jury erklären wird, was ihrer Meinung nach passiert ist. Aber es werden keinerlei Zeugenaussagen gemacht. Nicht heute.«

Kash hatte diese Erklärung schon von Ross erhalten, das wusste Michael. Aber er ließ zu, dass Draper weitersprach, weil ihm das die Gelegenheit bot, Kashs Reaktion auf sie zu beobachten.

Wie er auf Draper reagiert, wird der Schlüssel sein, dachte er. *Der Weg, um Kash dazu zu bringen zu tun, was wir von ihm brauchen.*

Kashs Reaktion sagte Michael alles. Der junge Mann war praktisch in sich selbst hineingekrochen, während Draper sprach. Er war schrecklich schüchtern und zweifellos sexuell unerfahren. Deshalb konnte Drapers tägliche Anwesenheit möglicherweise genau die Wirkung haben, auf die Michael gehofft hatte.

»Haben Sie über Darren O'Driscoll nachgedacht?«, erkundigte sich Michael.

Kash schüttelte den Kopf, mehrfach und heftig. Dabei berührte er mit der linken Hand eine dunkle Hautstelle an seiner Schläfe. Eine unbewusste, verräterische Geste.

»War das O'Driscoll, Simon?« Michael hatte bemerkt, was Draper oder Ross entgangen war. »Die Prellung, die Sie da unter Ihrem Haar verstecken. War er das?«

Draper und Ross sahen jetzt genauer hin. Kashs glattes braunes Haar war etwas mehr als mittellang. Es hatte die Prellung bis jetzt einigermaßen versteckt.

»Warum hat O'Driscoll Sie geschlagen, Simon?«

Michaels vorherige Frage war unbeantwortet geblieben, und er nahm das Schweigen von Kash als ein Ja.

Erneut bekam er keine Antwort.

»Haben Sie ihm gesagt, worüber wir bei unserem ersten Treffen geredet haben, Simon? Dass Sie sich selbst schützen müssen, und nicht ihn? Hat er Sie deshalb geschlagen?«

Keine der Fragen wurde beantwortet, und Kash schien bei jeder einzelnen davon noch schwächer zu werden. Verängstigter.

Michael wusste, dass er ihn nur bis zu einem bestimmten Punkt unter Druck setzen durfte. Er musste aufpassen, dass er den Jungen nicht zermürbte.

»Simon, Sie müssen mir jetzt zuhören.« Er nahm sich zurück und sprach so sanft, wie er konnte. »Sie dürfen nicht zulassen, dass Ihre Angst vor Darren O'Driscoll dazu führt, dass man Sie für etwas verurteilt, was Sie nicht getan haben. Sie dürfen nicht so viel Angst vor ihm haben, dass Sie sich nicht von mir verteidigen lassen. Wir können dafür sorgen, dass Sie vor ihm geschützt werden. Sie brauchen mir nur zu sagen, dass Sie Schutz brauchen.«

Kash blickte hoch und sah Michael an. Zum ersten Mal.

»Niemand kann mich vor denen schützen.«

»Vor denen?« Michael reagierte sofort. »Wer sind ›die‹, Simon? Ist es nicht nur O'Driscoll?«

»Ich sage nichts mehr, Sir.« Kashs Stimme war wieder ruhig. Doch seine Furcht war deutlich herauszuhören. »Ich möchte das einfach nur hinter mich bringen.«

»Sie müssen aber etwas mehr wollen, Simon. Sie sollten freigesprochen werden wollen. Sie sollten wollen, dass man Sie für *nicht schuldig* befindet. Sie können nicht lebenslänglich ins Gefängnis gehen, nur weil Sie Angst haben.«

»Das kann ich, Sir.« Tränen traten in Kashs Augen, als er antwortete. »Denn lebenslänglich bedeutet zumindest, dass ich am Leben bleibe.«

Michael wollte antworten, sagte jedoch nichts.

Was zur Hölle soll ich darauf erwidern?

Zum ersten Mal, seit er zurückdenken konnte, hatte Michael keine passende Erwiderung parat. Jedenfalls keine richtige, keine ehrliche. Michael war in einer Welt aufgewachsen, die Ross und Draper nicht kannten. Eine Welt, die Kash jedoch möglicherweise verstand. Deshalb wusste Michael, dass Wahrheit in Kashs Worten lag. Es gab Konsequenzen für das, was Michael von Kash wollte. Man musste einen Preis zahlen, wenn man die Schuld denen gab, die sie wirklich hatten.

Es konnte sehr gut sein, dass Kash diese Konsequenzen zu befürchten hatte. Michael würde lügen, wenn er ihm etwas anderes erzählte.

»Wir können dafür sorgen, dass ›die‹ Ihnen nichts antun können, Simon. Das schwöre ich.«

Draper sprach die Lüge aus, die Michael nicht über die Lippen brachte.

Vielleicht hält sie das ja wirklich für wahr, dachte Michael. *Oder Kashs Sicherheit interessiert sie nicht im Geringsten.*

Draper sprach weiter.

»Wenn Sie uns erlauben, uns O'Driscoll vorzunehmen, können wir dafür sorgen, dass er von Ihnen getrennt wird. Aber Sie müssen uns das tun lassen, was am besten für Sie ist. Sie müssen Michael beweisen lassen, dass O'Driscoll die

Schuld an diesem Mord trägt, und dass er das nicht mit Ihnen zusammen gemacht hat.«

Kash schüttelte wieder den Kopf. Einige Tränen liefen über sein Gesicht. Dann senkte er wieder den Blick.

»Darren hat nichts damit zu tun.« Seine Stimme klang schwach und alles andere als überzeugend.

Michael erkannte, was diese Antwort war. Ein Mantra. Das Kash von größeren und stärkeren Männern eingebläut worden war.

»Ich möchte jetzt in meine Zelle zurück, bitte.«

»Simon, Sie müssen wirklich auf uns hören …«

Diesmal sprach Ross. Es war der Versuch, an Kashs gesunden Menschenverstand zu appellieren. Michael legte seine Hand auf Ross' Unterarm und hinderte ihn mit einem Kopfschütteln daran weiterzusprechen.

»Vielleicht ist es das Beste, Simon«, sagte Michael. Sein Instinkt verriet ihm, dass es ihnen möglicherweise schaden konnte, wenn sie ihn zu diesem Zeitpunkt weiter unter Druck setzten. »Vielleicht sollten Sie in Ihre Zelle zurückkehren, und wir gehen wieder nach oben. Wir können später noch miteinander reden.«

»Danke, Sir.«

Erneut sprach Kash, ohne den Blick zu heben. Kaum hatte er die Worte geäußert, stand er ungeschickt von seinem Stuhl auf und ging zur Tür. Dort blieb er stehen.

Kash war fast einen Kopf kleiner als die etwa einen Meter achtzig hohe Tür, und fast genauso viel Platz war zwischen seinen herabhängenden schmalen Schultern und den Türrahmen. Durch diesen Kontrast wirkte er noch kleiner, als er sowieso schon war. Und was Kash dann tat, hatte Michael nicht erwartet.

Simon Kash drehte sich um und sah ihm direkt in die Augen. Bevor er verschwand, sagte er noch vier Worte:

»Es tut mir leid.«

26

Joelle Levy saß wieder hinter dem Schreibtisch im Großraumbüro des MIT One von New Scotland Yard. Levys eigenes Büro lag im selben Stockwerk, und dort war es ruhiger und bequemer. Aber es war auch weit entfernt von ihrem Team und folglich von dem Fall.

Auch wenn sie die Vorstellung, dass Polizeibeamte keinen festen Schreibtisch haben sollten, lächerlich fand, zog Levy die Arbeit im Großraumbüro vor. Denn hier schlug das Herz der Ermittlung.

Zwei der drei Tische, die sie gestern zusammengestellt hatten, waren verschwunden. Die Akten, die darauf gelegen hatten, befanden sich wieder in den Archiven; die Hinterlassenschaft von Phillip Longmans Leben konnte wieder Staub ansetzen.

Nur ein Tisch war stehen geblieben. Ein Tisch, auf dem jetzt fünf Aktenordner lagen.

»Diesmal war die Suche erheblich produktiver«, bemerkte Levy, als Detective Constable Sally Ryan eine sechste Akte auf den kleinen Stapel legte. »Wie viele kommen noch, Sally?«

»Das ist alles, Ma'am«, gab Ryan zurück.

Levy lächelte erleichtert. Adam Blunts Tod hatte den Ausschlag gegeben. Die Querverweise auf die Fälle, in denen

Longman der Richter und Adam Blunt der Solicitor gewesen waren, hatten das Feld beträchtlich eingeengt.

»Gibt es Überschneidungen mit den Fällen, die wir gestern rausgefischt haben?«, fragte sie. »Auf irgendeinem der drei Tische?«

»Nur zwei. Und zwar einer von Tisch eins und einer, der alle Kriterien erfüllt hat und es bis auf Tisch drei geschafft hat.«

»Okay, dann beginnen wir mit einem schnellen Blick auf die vier Fälle, die sich nicht überschneiden«, entschied Levy. »Wir überzeugen uns, dass sie nicht erneut geprüft werden müssen, bevor wir zu den Hauptverdächtigen weitergehen. Legen Sie los.«

»In keinem Prozess geht es um Kriminalfälle, Ma'am. Und es gibt auch in keinem von ihnen irgendwelche Verurteilungen wegen Schwerverbrechen oder auch nur eine Andeutung von Gewalt.«

»Worum geht es denn dann?«

»Es sind drei Verfahren vor dem Hohen Gerichtshof, in denen es jeweils um Eigentums-und Grundstücksfragen ging. Blunts Kanzlei hatte eine ziemlich gut beschäftigte Abteilung für Grundbesitzfragen. Der vierte Fall war ein Antrag auf eine einstweilige Verfügung gegen die Presse in einem minderschweren Sexualdelikt.«

»Okay, also keine Gewaltverbrechen. Was ist mit Groll? Haben Blunt oder Longman irgendetwas Kontroverses in einem dieser Fälle gemacht?«

»Nein, Ma'am. Alle vier Fälle endeten sogar zugunsten von Blunts Klienten, also hatte keiner von ihnen Grund zur Beschwerde. Es hat sich herausgestellt, dass er ein ziemlich guter Zivilrechtsanwalt gewesen ist.«

Levy lächelte. Ryan war wirklich sehr effizient.

»Dann denke ich, dass wir diese Fälle wirklich ausschließen können«, folgerte Levy. »Jedenfalls vorläufig. Trotzdem sollten wir ganz sichergehen und mit allen Beteiligten sprechen.«

»Ist bereits in Arbeit, Ma'am.«

Levy lächelte wieder.

Hätte ich ein ganzes Team von Sally Ryans, läge unsere Aufklärungsrate bei hundert Prozent.

»Okay. Gehen wir zu den möglichen Fällen. Helfen Sie mir bei dem ersten noch mal auf die Sprünge.«

»Das war der Arthur-Hart-Fall, Ma'am«, antwortete Ryan. »Ein Mord, bei dem der Ehemann einfach nur ausgerastet zu sein schien.«

»Ich erinnere mich.« Levy ging noch einmal die Besprechung im Kopf durch und erinnerte sich dann an alle Einzelheiten. »Die Fakten in diesem Fall klingen für mich immer noch nicht stimmig, aber wir können jemanden losschicken, der ihm heute einen Besuch abstattet.«

Levys Blick glitt zu dem zweiten der beiden Aktenordner. Sie konnte bereits erkennen, dass das Ryans Wahl gewesen war.

»Und unser Freund von Tisch drei?«

»Das ist der wirklich interessante, Ma'am.« So etwas wie Aufregung schwang in Ryans Stimme mit. »Er ist ein wirklich übler Kerl.«

»Wie heißt er?«

»Er heißt Wisdom Penfold, Ma'am.«

Ryan wartete auf eine Reaktion auf diesen Namen. Sie musste nicht lange warten.

»Ist das Ihr Ernst?«

»Ja, Ma'am.«

»Hat er seinen Namen geändert? Gibt es eine entsprechende Urkunde?«

»Nein, Ma'am. Es ist sein Geburtsname.«

»Tatsächlich? Kein Wunder, dass er kriminell geworden ist.«

»Das ist er wirklich, Ma'am.«

»Okay. Erzählen Sie mir von ihm. Was war das für ein Fall?«

»Wie wir es bei Tisch drei erwarten können, war es ein Mord. Ein Geschäft, das fehlgeschlagen ist. Es sieht so aus, als hätte Mr. Penfold sich als eine Art Unternehmer betrachtet. Er kaufte und verkaufte Autos, Land und Lastwagen. Eigentlich alles. Vorausgesetzt, es war teuer.«

Sie warf einen Blick in die Akte. »Er muss ganz gut gewesen sein, weil er sehr viel Geld verdient hat. Aber wie es aussieht, wurde er bei einem Geschäft reingelegt. Er hat Grundbesitz verkauft, ein Stück Land, und wusste nicht, dass der Käufer bereits eine Baugenehmigung für dieses Grundstück besaß. Mit dieser Genehmigung war das Grundstück tatsächlich siebenmal mehr wert als das, was man Penfold zahlte. Als er das herausfand, hat er in einem Pub unter einem Vorwand ein Treffen mit dem Käufer arrangiert. Als der Kerl auftauchte, hat Penfold ihn zur Rede gestellt. Es gab eine kurze Diskussion, die damit endete, dass Penfold eine Bierflasche zerschlug und dem Kerl das spitze Ende in den Hals rammte. Vor allen anderen Gästen im Pub.«

»Hat er die Anklage abgestritten?«

»Die Anklage wegen Mordes, ja. Er hat sich damit verteidigt, er wäre provoziert worden, weil das Opfer ihn während ihrer Diskussion ausgelacht hätte, und dass diese

Provokation genügte, um ihn höchstens wegen Totschlags schuldig zu sprechen.«

»Wie bitte? Penfold hat sich damit verteidigt, dass er ausgelacht wurde?« Levy konnte ihre Ungläubigkeit nicht verbergen. »Wenn das die Art von Rechtsbeistand ist, die Blunt seinen Klienten gegeben hat, dann wundert mich nur, dass er nicht früher umgebracht wurde.«

»Sie sind nicht die Erste, die das sagt.« Ryan warf einen Blick durch den Raum in Richtung von Steven Hale. »Jedenfalls hat Longman diese Strategie der Verteidigung in Stücke gerissen, als er sich vor dem Urteilsspruch an die Jury wandte. Dadurch hat er praktisch Penfolds Verurteilung wegen Mordes garantiert.«

Levy sagte nichts, während sie sorgfältig die Fakten abwägte. Sie klangen vielversprechend.

»Das klingt fast so, als besäße Penfold die Fähigkeit zu geplanter extremer Gewalt. Und eine Bereitschaft zu töten, wenn er sich ungerecht behandelt fühlt. Aber was ist mit der Art und Weise des Tötens? In seinem Pub um die Ecke? Das schloss jede Möglichkeit aus, die Sache geheim zu halten, während unser neuer Held hier seine Spuren bis jetzt außerordentlich gut verwischt. Das passt nicht, stimmt's?«

»Das ist die einzige Diskrepanz, Ma'am, richtig«, gab Ryan zu. »Obwohl sie nicht zwingend ist. Erstens war Penfold vielleicht beim ersten Mal zu überheblich. Nach dem, was in der Fallakte steht, haben alle in seiner Gegend ihn gefürchtet. Er war im Grunde der Gangster um die Ecke. Es besteht durchaus die Möglichkeit, dass er dachte, niemand würde es wagen, ihn zu identifizieren. Und falls das nicht stimmt, vergessen Sie nicht, dass er fünfzehn Jahre im Gefängnis gesessen hat. Das ist eine lange Zeit, um Vergeltung zu planen und vorzubereiten, wenn er darauf aus war, und um einen besseren Weg zu finden, um eine Überführung zu vermeiden.«

Levy hörte aufmerksam zu und stimmte Ryan zu. Erfolgreiche Verbrecher lernen aus ihren Fehlern und machen selten denselben zweimal. Penfold war beim ersten Mal sofort erwischt worden. Wenn er klug war, dann hatte er in den folgenden Jahren gelernt, besser zu werden.

»Und Longman war der Richter in dem Prozess, Blunt war Penfolds Anwalt, stimmt's?«

»Ja, Ma'am«, bestätigte Ryan. »Penfold wurde wegen Mordes verurteilt, und Longman gab ihm lebenslänglich mit einem Minimum von vierzehn Jahren. Penfold hat letztlich vierzehneinhalb Jahre gesessen und wurde vor sechs Monaten entlassen.«

»Wie alt ist er jetzt?«

»Er war bei seiner Verurteilung zweiunddreißig, also ist er jetzt siebenundvierzig.«

»Damit wäre er jung genug. Was ist mit seiner Biografie? Abgesehen von dem Verbrechen selbst? Gibt es in seiner Akte irgendeinen Hinweis darauf, dass er zu irgendetwas fähig wäre, was unseren Fällen entspricht?«

»Ja, Ma'am. Seine Verurteilungen wegen körperlicher Gewalt reichen zurück bis zu einem Alter von vierzehn oder fünfzehn Jahren. Er hatte einen Ruf als Kämpfer. Mit blanken Fäusten, für Geld. Und er war Verdächtiger in zwei Mordfällen, die man ihm aber nicht anhängen konnte. Zeugen haben sich geweigert auszusagen. Solche Dinge. Auf der Basis all dessen, was er getan und wessen man ihn verdächtigt hat, kann man Penfold nur als brutalen Mistkerl bezeichnen.«

»Was ist mit Blunt?«, fragte Levy. »Hat er den Kerl schlecht vertreten?«

»Abgesehen von diesem Quatsch mit der Provokation? Nein, absolut nicht. Aber sie haben sich wohl trotzdem zerstritten. Penfold wollte eine Berufung gegen das Strafmaß, weil er argumentierte, die Mindestzeit hätte niedriger sein sollen. Blunt weigerte sich, und zwar aus vollkommen richtigen Gründen. Penfolds Minimalstrafe war absolut vernünftig. Trotzdem war Penfold deshalb sauer, und er hat viele Drohungen gegen Blunt ausgestoßen, obwohl sie irgendwann aufhörten. Aber Penfold hat ihm das wirklich übel genommen, und wir können wohl davon ausgehen, dass er Longman ebenfalls einen Teil der Schuld zugeschoben hat, da er derjenige war, der das Strafmaß verhängt hat. Ich denke, seine Überzeugung, dass man ihm eine gute Verteidigungsstrategie versagt hat und dass er zu lange im Gefängnis saß, könnte ein ausreichendes Motiv für einen Mann wie Penfold sein. Ganz gleich, wie lächerlich diese Überzeugungen auch sein mögen.«

Levy lehnte sich auf ihrem Stuhl zurück und dachte über das Gesagte nach. Wisdom Penfold erfüllte alle Kriterien. Er war brutal, zu einem Mord fähig und rücksichtslos. Und er hatte ganz offensichtlich Rachegelüste.

»Und was ist mit dem Gefängnis?«, fragte sie schließlich. Das war der letzte Faktor, der nicht ins Bild passte. »Wenn er nach vierzehneinhalb Jahren bei einer Mindeststrafe von vierzehn Jahren entlassen wurde, muss er sich gut geführt haben. Das deutet vielleicht darauf hin, dass seine Neigung zu Gewalt verschwunden sein könnte.«

»Daran habe ich auch schon gedacht, Ma'am«, antwortete Ryan, was Levy keineswegs überraschte. »Deshalb habe ich ein paar Erkundigungen eingezogen. Es spricht viel dafür, dass er sich eigentlich keineswegs gut geführt hat. Als ich mir die Unterlagen angesehen habe, habe ich viele ›schuldlose‹ Verletzungen anderer Gefangener in jedem Gefängnis festgestellt, in das Penfold verlegt wurde. Für mich sieht es so aus, als wäre er durchaus gewalttätig geblieben. Er war nur raffiniert und gefährlich genug, dafür zu sorgen, dass niemand darüber sprach. Wie ich sagte, vierzehn Jahre sind eine lange Zeit, um zu lernen, wie man seine Spuren besser verwischt.«

»Aber hätte der Berufungsausschuss das nicht berücksichtigen müssen?«

»Nur, wenn es ihnen aufgefallen wäre, Ma'am. Aber wenn niemand die Brutalitäten meldet, was soll man ihnen dann erzählen?«

Levy nickte. Ryan hatte an alles gedacht. Sie hatte ihre Arbeit mit der Sorgfalt erledigt, die Levy von ihr erwartete. Und sie hatte ihnen endlich einen Verdächtigen geliefert.

Wisdom Penfold.

27

Steven Hale blickte quer durch den Raum zu Joelle Levy und Sarah Ryan. Sie arbeiteten einige Akten durch, und zwar weit weniger, als gestern auf ihren Tischen gelegen hatten.

Sie machen Fortschritte, dachte Hale. *Schade, dass wir das nicht auch sagen können.*

Der Mord an Phillip Longman und das Massaker an Leon

Ferris und seinen Leuten stellten ein Problem dar. Wie jedes Hauptuntersuchungsteam übernahm auch MIT One häufig zwei oder mehr Fälle gleichzeitig. Das lag in der Natur der Sache. Aber für gewöhnlich waren es keine Fälle wie diese.

Longmans Ermordung erzeugte politischen Druck. Der Mord an einem Lordoberrichter, ganz gleich, ob er pensioniert war oder nicht, musste schnell aufgeklärt werden. Wenn man dann noch die Art und Weise seines Todes in Betracht zog, wurde das eine Ermittlung, wie man sie in seiner Karriere nur einmal erlebte.

Der Ferris-Fall hatte vielleicht nicht dieselbe Dringlichkeit, aber er wies ähnliche Schwierigkeiten auf. Gesellschaftlichen Druck, und das in einem Teil von London, wo die Polizei alles andere als beliebt war. Außerdem erforderte er die Zusammenarbeit mit einer anderen Spezialeinheit, dem Anti-Gang-Team, bekannt als Operation Trident. Genau wie die Sache mit Longman war auch der Ferris-Fall so ungewöhnlich, dass er unter anderen Umständen für das Team der »Fall des Jahres« geworden wäre.

Und so waren beide Fälle gleichermaßen in Levys Fokus gewesen. Bis der Tod von Adam Blunt alles verändert hatte.

Blunt und Longman waren von demselben Mörder getötet worden, das war unbestritten. Ein Mörder, der bei seiner derzeitigen Geschwindigkeit zweifellos berüchtigt werden würde. Nach drei Tötungen wird ein Mörder als Serienkiller eingestuft. Longmans Mörder hatte seine beiden ersten beiden Opfer innerhalb von sechsunddreißig Stunden umgebracht. Das deutete darauf hin, dass er sich noch vor Ende der Woche den Titel holen könnte.

Also musste sich Levys ganze Aufmerksamkeit jetzt auf den Longman-Blunt-Fall richten. Allerdings bedeutete das nicht, dass der Ferris-Fall ignoriert werden konnte, ganz im Gegenteil. Levy hatte Hale die Leitung der Ermittlungen übertragen. Er konnte sich ein eigenes kleines Team aus erfahrenen Mitarbeitern zusammenstellen, um herauszufinden, was in der Electric Avenue passiert war.

Hale richtete seine Aufmerksamkeit wieder auf seine eigene Einsatzbesprechung, die gleich beginnen würde. Das einzig Positive an dem neuen Gemeinschaftsbüro des MIT war, dass es genügend Raum bot, um mehrere Besprechungen gleichzeitig abhalten zu können. Dabei waren die einzelnen Teams weit genug voneinander entfernt, sodass keines das andere störte. Und Hales Einsatzbesprechung benötigte diesen Raum, weil sich zu seinen sechs Beamten ein zehnköpfiges Team von Trident gesellt hatte. Sie hatten ihren eigenen Detective Inspector dabei, John Wild, Hales Co-Leiter bei der Ferris-Ermittlung.

Hale lehnte sich gegen den freien Tisch, der dem zusammengewürfelten Team gegenüberstand. Wild hatte sich dahinter gesetzt, um anzuzeigen, dass Hale hier allein das Wort führte.

»Wie Sie alle wissen, sind die Autopsien der Leichen beendet. Ebenso wie die Spurensicherung am Tatort durch mein forensisches Team. Die Ergebnisse beider Untersuchungen stützen die vorläufige Theorie eines einzelnen Killers. Er hat mit Ferris an der Tür angefangen, dann Leach, Ellis und am Schluss Tennant erledigt.«

Hale hatte diese Theorie bereits an sein eigenes Team und die Beamten von Trident weitergeleitet. Zuerst hatte es ungläubige Proteste gehagelt. Vor allem die Trident-Leute, die mit dem beeindruckenden Ruf, den Ferris sich erworben hatte, vertraut waren, hatten Levys ursprüngliche Skepsis geteilt. Aber nach allen Beweisen vom Tatort hatten sie sie schließlich ebenfalls als die wahrscheinlichste Theorie akzeptiert.

»Das war kein gewöhnlicher Bandenkrieg«, fuhr Hale fort. »Dafür war alles zu präzise und effizient. Es handelt sich hier eindeutig um einen Profi. Also, wer hat ihn angeheuert?«

Ein Murmeln lief durch die Gruppe, und einige aus dem Team rutschten auf ihren Stühlen herum.

»Ferris hatte einen Haufen Konkurrenten.« Die Antwort kam von einem Trident-Mann, einem jungen schwarzen Beamten, der ganz offensichtlich von den Straßen stammte, die sein Team jetzt kontrollierte. »In diesem Teil von South London gibt es sehr viele Gangs.«

»Und Sie sind …?«

»Anton Campbell, Sir. Detective Constable.«

»Okay, Anton«, erwiderte Hale. »Aber kann eine dieser Gangs wirklich Konkurrenz genannt werden? Ferris' Unternehmen hat vielleicht als Bande begonnen, und es gibt möglicherweise immer noch Gangmitglieder, die für sie arbeiten oder mit ihnen verbündet sind. Aber daraus wurde schließlich eine ausgewachsene kriminelle Organisation, habe ich recht?«

Die Leute von Trident sahen sich gegenseitig an. Schließlich antwortete Campbell.

»Das ist eine ziemlich zutreffende Einschätzung, vermute ich.«

»Und wenn wir das als Filter benutzen? Wer bleibt dann übrig, den man wirklich einen ernsthaften Konkurrenten nennen könnte? Ich meine damit eine Organisation und weniger eine Gang. Wer profitiert wirklich von dem Vakuum, das Ferris hinterlassen hat?«

»Da gibt es einige, Sir«, antwortete Campbell. »Aber ich glaube, wir alle sind uns einig, dass der wahrscheinlichste Kandidat Ed Burrell ist.«

»Erzählen Sie mir von Burrell.«

»Burrell ist ein Senkrechtstarter.« Diese Antwort kam von einem älteren Trident-Beamten, den Hale kannte. Sein Name war George Dixon. »Angefangen hat er wie alle anderen, genau wie Ferris. Kleine gewalttätige Gangs. Kleinkriminalität. Vor ein paar Jahren dann ist er aufgestiegen. Wir bringen ihn mit bewaffnetem Raub, Drogenhandel, Waffenhandel und Erpressung in Verbindung.«

»Im Vergleich zu Ferris' Organisation?«

»Im Umfang nicht vergleichbar, Sir. Höchstens ein Fünftel davon.«

»Also würde ein ausgewachsener Bandenkrieg für Burrell nicht gut ausgehen?«

»Nein. Wenn er sich auf einen offenen Krieg einlassen würde, wäre das sein Untergang.«

»Aber wenn er Ferris und seine Top-Leute umbringen ließe? Wenn er der Schlange den Kopf abschneidet? Was dann?«

»Dann würde er der größte Name in der Gegend werden, und zwar mit Abstand. Burrell kommt zwar nicht an Ferris heran, aber alle anderen sind genauso weit hinter ihm, wie er hinter Ferris.«

Hale nickte. Die Einschätzung von Ed Burrell machte den Mann zu einem Kandidaten, und zwar zu einem guten. Aber Hale war gut ausgebildet. Er hatte viel von Levy gelernt.

Burrell konnte nicht die einzige Option sein.

»Was ist mit den Übrigen? Gibt es noch andere, die den Sprung von einem Bandenmitglied zu einem richtigen Gangster geschafft haben? Wir können nicht einfach annehmen, dass keiner der kleineren Fische sich von seinem Ehrgeiz hat mitreißen lassen.«

»Dazu fallen mir drei ein.« Das war wieder Campbell. Er schloss an seine früheren Antworten an. »Keiner von ihnen spielt in Burrells Liga, aber sie sind alle mindestens eine Stufe über den anderen. Und vielleicht auch ehrgeizig genug, um zu versuchen, daraus Gewinn zu schlagen.«

»Okay.« Hale stieß sich von dem Tisch ab und richtete sich zu seiner vollen Größe auf. »Dann brauche ich Sie, um die kleineren Fische zu fangen, Campbell. Die drei, die Sie identifiziert haben, und alle anderen, die sich möglicherweise anbieten. Suchen Sie sich zwei Kollegen von Ihrem Team und zwei von MIT One.«

Hale sah sich um und suchte sich einen anderen Beamten von Trident aus, Dean King. King war wahrscheinlich vertrauter mit Ferris und seiner Organisation als alle anderen hier. Und deshalb hatte er auch am längsten gezögert, die »Ein-Killer-Theorie« zu akzeptieren. Gleichzeitig war er dadurch der perfekte Mann, um Ferris' Hauptrivalen auf den Zahn zu fühlen.

»Und Sie übernehmen die Leitung für die Untersuchung gegen Burrell. Hören Sie sich um, fragen Sie Ihre Kontakte. Spitzel. Ferris' Männer, die übergelaufen sind. Alles und jeden, das oder der darauf hindeuten könnte, dass Burrell dahintersteckt. Nehmen Sie sich vier ihrer Trident-Leute als Hilfe.«

Dann wandte sich Hale an Detective Sergeant Pat Tucker, einen seiner Leute.

»Pat, Sie leiten zusammen mit King die Ermittlungen gegen Burrell. Suchen Sie sich zwei Leute von MIT One aus. Vorläufig ist Burrell unser Hauptverdächtiger. Gehen Sie los, und geben Sie mir einen Grund, mit der Tür in sein Haus zu fallen.«

Dann wandte sich Hale an den letzten Beamten von MIT One. Natasha Pickett, die allgemein als die beste Datenanalystin der Einheit galt.

»Natasha, ich will, dass Sie unsere Datenbanken durchforsten. Suchen Sie nach jedem vermutlich professionellen Mord in den letzten zehn Jahren. Sowohl die gelösten als auch die nicht gelösten Fälle. Es muss irgendwelche Ähnlichkeiten mit dem geben, was wir hier haben. Dieser Kerl kann das nicht zum ersten Mal gemacht haben. Detective Inspector Wild stellt Ihnen zwei Leute aus seinem Team zur Seite.«

Schließlich wandte sich Hale an die ganze Gruppe.

»Wir werden die Sache nicht einfach im Sande verlaufen lassen. Wir haben eine ganze Menge, womit wir arbeiten können, und wir wissen, wer aus dieser Geschichte Nutzen zieht. Wir kennen Ferris' Konkurrenten. Und wir wissen auch, dass die Person, die das hier gemacht hat, ein echter Profi war. Diese Tatsache allein hinterlässt bereits Spuren. Wir werden den Täter finden. Und es wird mich nicht um meine Nachtruhe bringen, wenn wir dafür noch eine weitere Grube mit mörderischen Mistkerlen ausheben müssen. Also an die Arbeit!«

28

»Und das, verehrte Geschworene, ist fast alles, was ich Ihnen bei der Eröffnung des Falles zu sagen habe. Es gilt nur noch, zwei sehr wichtige Punkte zu erwähnen. Der erste lässt sich auf alles anwenden, was Sie heute von mir gehört haben. Der zweite ist ohne jede Frage das wichtigste Prinzip in diesem Prozess, ein Prinzip, auf dem das gesamte System der Strafjustiz aufbaut. Deshalb ist es absolut entscheidend, dass Sie diese beiden letzten Punkte anhören und verstehen und daran denken, so lange Sie als Geschworene diesem Prozess beisitzen.«

Kronanwalt Peter Epstein hatte zwei Stunden lang gesprochen. Es war das Eröffnungsplädoyer, eine Rede des Barrister der Anklage, mit dem jeder Prozess begann. Epsteins Rede war fair gewesen, und auch sehr fesselnd.

Michael hatte nicht weniger vom Senior Treasury Counsel erwartet, dem Chefankläger von Old Bailey, einer Art Generalstaatsanwalt.

Epstein sprach weiter zu der Jury und schilderte die allgemeinen Prinzipien, mit denen sie die Beweise, die ihnen zu Ohren kommen würden, anhören sollten. Außerdem erklärte er das grundlegend wichtige Prinzip, dass die Last der Beweisführung bei der Anklage lag, wohingegen die Verteidigung gar nichts beweisen musste. Mittlerweile jedoch hörte Michael gar nicht mehr richtig zu. Er hatte bereits so ziemlich jede mögliche Version dieses Vortrags gehört, und zwar unzählige Male. Er konzentrierte sich darum ganz auf das, was noch kommen würde.

Als Epstein schließlich fertig war und zu seinem Platz zurückging, blickte Michael an der langen Holzbank entlang, auf der sechs der sieben Barrister saßen. Am anderen Ende, dem Richter am nächsten, saß Epstein und neben ihm sein Junior Claire Wells. Hinter ihnen saß der zweite Junior der Anklage, Martin Maguire. Maguire hatte einen niedrigeren Rang, den es nur bei Anklagevertretern gab und der üblicherweise für vielversprechende, aber erst frisch qualifizierte Barrister reserviert war.

»Habe ich etwas ausgelassen?«, flüsterte Epstein Claire Wells zu.

»Gar nichts«, erwiderte Wells. »Eine brillante Eröffnung.«

»Danke.«

Sie sprachen leise, aber Michael hatte ein ausgesprochen gutes Gehör und bekam den kurzen Wortwechsel mit. Er entlockte ihm ein Lächeln. Es war beruhigend, dass selbst so erfolgreiche Barrister wie Epstein gelegentlich unsicher waren.

»Nun, meine Damen und Herren Geschworenen, damit ist dic Einführung beendet. Mr. Epstein hat den Fall für die Krone sehr klar und sehr gut dargelegt, wenn ich also jetzt …«

Die Stimme des Lord Richters John Levitt QC füllte den ganzen Gerichtssaal, als er sich an die Jury wandte. Er erinnerte sie an ihre Pflichten und an ihre Verantwortung als Prozess-Geschworene.

Michael blendete auch ihn aus. Es war eine Rede, die er ebenfalls schon tausendmal gehört hatte. Sie veränderte sich niemals. Und wenn doch das Undenkbare geschah und es tatsächlich eine Veränderung gab, war ja noch Draper da, die sich jedes Wort notierte.

Michael dachte an andere Dinge. Oder vielmehr an eine ganz bestimmte Sache: die Sicherheit von Simon Kash.

Die Verletzung an Kashs Stirn machte Michael Sorgen. Am meisten Kopfzerbrechen jedoch bereitete ihm Kashs Verhalten. Der Junge war absolut eingeschüchtert. Er hatte Angst vor O'Driscoll. Und vor anderen. Davor, heute Nacht in das Wandsworth Gefängnis zurückzumüssen. Er hatte so große Angst, dass er nicht einmal riskieren wollte, zusammen mit seinen Anwälten in einem Raum zu sitzen.

Kash war hilflos, und es war ein natürlicher Instinkt von Michael, Menschen in einer solchen Lage zu beschützen. Aber wie sollte er das tun? Was konnte er machen, wenn jedes Eingreifen seinerseits den Instruktionen seines Klienten widersprach? Wie sollte er Kash helfen, sich selbst zu helfen, ohne die strikten Regeln seines Berufs zu verletzen?

Auch wenn Michael abgelenkt war, hörte er dennoch, dass der Vorsitzende Richter Levitt QC seine kurze Ansprache beendete.

»Und mit dieser Vorbemerkung, verehrte Geschworene, entlasse ich Sie jetzt. Bitte seien Sie morgen rechtzeitig im Gebäude, und halten Sie sich bereit, um 10:30 Uhr zu beginnen. Dann wird die Krone ihren ersten Zeugen aufrufen.«

Levitt lehnte sich in seinem hohen Stuhl zurück. Es war eine Antiquität aus den frühesten Tagen des Gerichtes. Vielleicht schon ein Jahrhundert alt. Von seiner Position aus konnte Levitt auf die Anklagebank sehen, die dieselbe Höhe hatte wie sein Stuhl. Sie war erheblich höher als die Geschworenenbank, die an der nördlichen Wand stand, und die Bänke der Barrister an der südlichen.

Die Geschworenen wurden ohne ein weiteres Wort von dem Gerichtsdiener hinausbegleitet. Das Geräusch, mit dem die Tür des Geschworenenbereiches sich hinter ihnen schloss, war das Signal, dass die Jury die Vorgänge im Gerichtssaal nicht mehr hören konnte. Das Zeichen für die Anwälte, ihre Arbeit fortzusetzen.

»Gibt es noch etwas, das wir heute Nachmittag verhandeln müssen?« Levitts Frage galt allen drei Kronanwälten.

Michaels Verstand raste. Die Gedanken, die ihn bekümmerten, brodelten immer noch in ihm. Er wusste genau, welchen Schritt er unternehmen musste, um Kash zu schützen. Ihm war auch klar, dass er es nicht tun sollte. Kash hätte diesbezüglich nicht eindeutiger sein können.

Er dachte über seine Entscheidung nach, während sowohl Epstein als auch Cole Levitts Frage beantworteten.

»Nicht von mir, My Lord.«

»Von mir ebenfalls nicht.«

Jetzt war Michael an der Reihe, und in diesem Moment traf er seine Entscheidung. Er würde tun, was er eigentlich nicht tun sollte. Was ihm aber sein Gewissen als richtig erscheinen ließ.

Michael stand auf.

»Ich hätte da tatsächlich noch etwas, My Lord.«

Alle Blicke im Gerichtssaal richteten sich auf ihn. Selbst Draper und Ross, sein eigenes Team, wussten nicht, was er sagen wollte.

»Ich habe Grund zu der Annahme, dass mein Klient unter dem unziemlichen Einfluss seines Mitangeklagten in diesem Fall leidet. Und zwar zum bedeutenden Nachteil von Mr. Kash. Deshalb beantrage ich bei allem Respekt, dass My Lord anordnet, die Angeklagten in den Arrestzellen zu trennen und dass weitere Gerichtsdiener während des Verfahrens auf der Anklagebank anwesend sind, um Mr. Kash weiterhin zu schützen. Außerdem beantrage ich, dass My Lord anordnet, Mr. Kash heute Abend in ein anderes Gefängnis als das seines Mitangeklagten zu verlegen, und zwar mit einem separaten Gefängnistransporter, und dass dieses Arrangement während des Verfahrens aufrechterhalten wird.«

Michael setzte sich ohne ein weiteres Wort hin, während der Gerichtssaal förmlich zu explodieren schien.

29

»Ich nehme an, was du da gemacht hast, stand nicht im Drehbuch?«

Michael hatte Sarah auf der Besuchergalerie nicht gesehen. Sie hatte von dort die Arbeit ihres Verlobten verfolgt. Die Galerie lag etwa zehn Meter höher als der Gerichtssaal, war von den Barristern nicht einzusehen und konnte nur von einer anderen Straße aus betreten werden.

Sarah hatte die Galerie verlassen, als die Diskussion über Michaels Antrag begann. Sie hatte an Michaels Körpersprache erkannt, dass er sich daran nicht beteiligen würde; er hatte gesagt, was er sagen wollte, und damit war die Sache für ihn erledigt. Sie kannte diese verbissene Sturheit, die sie sowohl liebte als auch fürchtete.

Sie war aus dem Gebäude hinaus und das kurze Stück zur Old Bailey gegangen – der Straße, die dem Obersten Gerichtshof seinen berühmten Spitznamen gab – und von dort zum Haupteingang des Gerichtsgebäudes. Das war vor dreißig Minuten gewesen; sie hatte erheblich länger warten müssen, als sie gedacht hatte. Allerdings war das kein Problem. Der glühend heiße Tag war in einen angenehm lauen Abend übergegangen, und es war ein Vergnügen, sich draußen aufzuhalten.

»Nein, das stand nicht im Skript!« Michael lachte, zog sie an sich und begrüßte sie mit einem Kuss. »Ebenso wenig wie das hier. Danke für diese entzückende Überraschung.«

»In letzter Zeit gab es zu viele späte Nächte«, erklärte Sarah. »Ich dachte, ich hätte heute eine frühe Nacht verdient, und ein Tête-à-Tête mit meinem Mann.«

»Was für ein Glückspilz.«

Michael küsste Sarah erneut, diesmal länger. Und selbst als sich ihre Lippen voneinander lösten, standen sie noch für eine Weile Stirn an Stirn da. Es war ein sehr intimer Moment, den sie beide nicht beenden wollten. Aber das war ihnen nicht vergönnt. Das Geräusch, mit dem sich die schwere Metalltür des Gerichtsgebäudes öffnete, zerstörte diesen Moment, und eine Frau, die Sarah nicht kannte, kam auf sie zu.

»Jenny, ich habe nicht bemerkt, dass Sie hinter mir waren.« Michael trat zurück. »Lasst mich euch vorstellen. Jenny, das ist meine Verlobte, Sarah. Sarah, das ist mein Junior, Jenny Draper.«

»Sehr erfreut, Sie kennenzulernen, Jenny.«

Sarah hielt ihr die Hand hin, die Draper mit einem freundlichen Lächeln schüttelte.

»Ganz meinerseits, Sarah. Ich bin ein großer Fan Ihrer Arbeit.«

Doch noch während Draper sprach, wandte sie ihren Blick von Sarah ab und sah Michael an. Sarah verdrehte mit einer Mischung aus Belustigung und Gereiztheit die Augen. Sie war ziemlich sicher, dass Draper sich absichtlich ein Stück vor sie geschoben hatte, um sie damit körperlich von dem Gespräch auszuschließen.

»Simon weigert sich, auch nur ein Wort zu sagen, Michael. Er ist vollkommen verängstigt.«

»Das habe ich Ihnen ja schon angekündigt«, antwortete Michael. »Er lebt vollkommen im Augenblick. Aber vertrauen

Sie mir. Wenn er ein paar Tage vor O'Driscolls Einfluss geschützt ist, dann wird er schon aus sich herauskommen. Wir mussten die beiden trennen.«

»Aber er hat uns nicht angewiesen, das zu tun, Michael«, erwiderte Draper.

»Er hat uns auch nicht verboten, es zu tun«, antwortete Michael.

»Kashs Wünsche waren aber trotzdem eindeutig. Ob er sie nun klar ausgedrückt hat oder nicht.«

»Wünsche, mit denen wir nicht übereinstimmten«, antwortete Michael, dessen Stimme nach wie vor liebenswürdig klang. »Wenn ich ihn missverstanden habe, dann ist das natürlich mein Fehler, stimmt's?«

Sarah kannte diesen Tonfall und verfolgte den Wortwechsel mit einer gewissen Genugtuung. Draper verschwendete ihren Atem. Michael hatte eine Entscheidung getroffen, und davon würde er sich nicht abbringen lassen.

»Okay, aber was ist mit Cole?«, wollte Draper wissen. »Wie wird er Ihr Verhalten aufnehmen? Und die Botschaft, die das aussendet, seinen Mandanten betreffend?«

»Das wird ihm scheißegal sein«, gab Michael drastisch zurück. »Die Geschworenen werden von diesen zusätzlichen Sicherheitsmaßnahmen nichts erfahren. Sie wissen ja nicht einmal, in welchem Gefängnis die beiden sitzen. Es macht für O'Driscoll keinen Unterschied, also kümmert es auch Cole nicht.«

»Das hat aber nicht so ausgesehen«, widersprach Draper. »Sein Einspruch war ziemlich wütend.«

»Das war nur im Interesse seines Klienten, Jenny. Lassen Sie sich nicht täuschen. Matt ist sogar erfreut über meinen Antrag.«

»Erfreut?«

»Weil ihm das verrät, was wir vorhaben. Ich habe die Jungs getrennt. Matt weiß, dass ich das getan habe, damit wir Kash beeinflussen und ihn dazu bringen können, uns zu erlauben, O'Driscoll anzugreifen. Deshalb weiß Matt jetzt auch, was auf ihn zukommt. Er wird froh darüber sein, dass wir endlich die Fronten geklärt haben.«

Sarah lächelte, als sie sah, dass es Draper die Sprache verschlagen hatte. Dass Michael diese Wirkung auf Menschen hatte, erlebte sie nicht zum ersten Mal, aber sie genoss es mehr bei jemandem, der so arrogant gewesen war.

Sarah wusste, dass Michaels Vorgehen unorthodox war. Er wurde weit mehr davon motiviert, das Richtige zu tun, als sich an die Regeln zu halten, wenn sie das verhinderten. Es war eine sehr riskante Art und Weise, seinen Job zu erledigen, die ihn häufig an den Rand der Legalität gebracht hatte. Aber letzten Endes konnte Michael nicht damit leben, wenn jemand anders den Preis bezahlen musste, wenn er seine berufliche Reputation gerettet hatte. Aus diesem Grund war er auch bereit, aufzustehen und Leute wie Simon Kash vor ihren eigenen falschen Entscheidungen zu schützen. Und Sarah wusste auch, dass das der Grund war, warum die meisten Anwälte sich darum rissen, mit ihm zusammenzuarbeiten.

Draper macht da keine Ausnahme, dachte Sarah. *Sie ist ein klassischer Barrister. Was bedeutet, dass der Michael-Devlin-Weg nicht so einfach für sie sein dürfte.*

»Okay, das ist jetzt genug Gesetz für einen Tag.« Sarah trat vor.

Sie nahm Michael an die Hand und drehte ihn zu sich herum. Er lächelte. Falls das ein Wink mit dem Zaunpfahl gewesen war, hatte er ihn verstanden.

Sie wandten sich beide Draper zu.

»Sarah hat recht, Jenny«, sagte Michael. »Zeit, Feierabend zu machen. Wir fahren nicht oft gemeinsam nach Hause zurück. Und diese Chance will ich nicht versäumen.«

»Oh. Ja. Sorry. Okay.« Draper schien von dem abrupten Ende ihrer Diskussion etwas überrumpelt zu sein, wie Sarah erfreut bemerkte. »Dann sehen wir uns wohl morgen, Michael.«

»Das nehme ich an. Um neun Uhr in der Bar Mess?«

»Ja, perfekt. Bis dann. Und eine angenehme Nacht.«

»Für Sie auch.«

»Gute Nacht, Jenny«, rief Sarah, als Draper sich abwandte. Sie konnte kaum glauben, dass sich die Frau nicht von ihr verabschiedet hatte. »Es war schön, Sie kennenzulernen.«

»Oh, ja, das fand ich auch.« Draper drehte sich wieder um, offenbar überrascht von Sarahs Verabschiedung. »Und auch für Sie eine gute Nacht.«

Dann ging sie los, in Richtung Holborn und Grays Inn.

Michael und Sarah sahen ihr ein paar Sekunden lang nach.

»Also, sie ist wirklich … interessant.«

»Findest du?« Michael lachte, als er seinen Arm liebevoll um Sarahs Schultern legte. Sarah schlang ihren Arm um Michaels Taille, während sie in der Abendsonne Richtung Ludgate Hill gingen.

»Ich bin ziemlich sicher, dass ich sie nicht mag«, gab Sarah zu. »Sie hat komplett durch mich hindurchgesehen.«

»Ich habe den Eindruck, dass sie nicht allzu gut mit anderen Frauen kann.«

»Gelinde gesagt. Wie lange wird es dauern, bis sie dich angräbt?«

»Spielt das eine Rolle, Sweetheart? Schließlich ist es nicht so, als hätte sie Aussicht auf Erfolg, oder?« Sarah sah ihn an und hob eine Braue. Michael musste sich schon etwas mehr anstrengen.

»Okay, okay. Hör zu, ich finde sicher einen Weg, sie auf Matt anzusetzen, bevor sie es überhaupt bei mir versucht. Er wird sicher nur allzu gern einspringen.«

»Du hast die Sache also bereits durchdacht.« Sarah lachte über Michaels Beiläufigkeit und zog ihn fester an sich. »Aber sei nicht so sicher, dass sie zu Matt überläuft. Du siehst erheblich besser aus.«

»Danke, meine Schöne. Aber er ist erheblich erfolgreicher. Es gibt kaum erfolgreichere Männer als Matt Cole. Das ist für Mädchen wie Jenny Draper wichtiger als ein hübsches Gesicht.«

»Pass einfach auf sie auf, Mikey.« Sarah lächelte nicht mehr und nannte Michael bei dem Namen, den sonst nur Anne Flaherty benutzte. Was Sarah nur sehr selten tat. Und wenn, dann hörte Michael zu, das wusste sie. »Sie verfolgt ein Ziel.«

»Jetzt klingst du wie Derek.« Michael blieb stehen und drehte sie herum, damit sie ihm ins Gesicht sehen konnte. »Aber glaub mir, Sweetheart, du hast keinen Grund zur Sorge. Es gibt nur ein Mädchen für mich.«

Zufrieden ließ Sarah es zu, dass Michael sie wieder dicht an sich zog, während sie ihren Spaziergang in behaglichem Schweigen fortsetzten.

»Devlin!«

Sarah spürte, dass Michael den Griff sofort lockerte, als er seinen Namen hörte. Die Stimme, die ihn gerufen hatte, klang alles andere als freundlich.

Sie drehten sich beide herum und sahen, wie ein junger Mann auf sie zukam.

»Kann ich Ihnen helfen?« Michael nahm seinen Arm von Sarahs Schultern und trat vor sie, während er die Frage stellte. Seine instinktive Reaktion, sie zu beschützen, amüsierte sie; gleichzeitig war sie dankbar dafür.

»Ich glaube schon, dass Sie das können, ja.« Der Mann hatte seine Stimme zwar gesenkt, aber sein Tonfall war nach wie vor drohend. »Ich will wissen, was da drin heute los war!«

»Und Sie sind wer?«

»Ich bin Patrick O'Driscoll, Darrens Bruder. Und ich will wissen, was Ihnen einfällt, einfach meinem Bruder so ans Bein zu pinkeln.«

»Dann sprechen Sie am besten mit dem Anwalt Ihres Bruders«, gab Michael zurück. »Ich habe Ihnen nichts zu sagen.«

O'Driscoll rührte sich nicht. Und seine Haltung machte sehr deutlich, dass er das auch nicht vorhatte.

»Sie haben gesagt, mein Bruder würde Simon Kash einschüchtern. Wo haben Sie das denn her? Hat Simon das gesagt?«

»Ich habe Ihnen bereits gesagt, Mr. O'Driscoll, dass Sie mit dem Anwalt Ihres Bruders reden müssen. Weil wir uns nichts zu sagen haben. Und jetzt gehen Sie aus dem Weg.«

»Sie sollten mich lieber nicht ignorieren, Devlin.« O'Driscoll trat näher an Michael heran, während er redete, bis er nur noch wenige Zentimeter von ihm entfernt war. »Es passieren manchmal schlimme Dinge. Selbst Leuten wie Ihnen.«

Sarah senkte den Blick, während O'Driscoll redete und sah, dass Michael seine rechte Faust geballt hatte. Und zwar fest. Sie wusste, dass er gerade seine Möglichkeiten überprüfte und sich auf die schlimmste davon vorbereitete.

»Machen Sie keinen dummen Fehler, mein Junge.« Michaels Stimme klang jetzt leiser, aber unerbittlich. »Glauben Sie nicht, dass mein Beruf mich zu einem Opfer macht. Ich habe mit Abschaum wie Ihnen schon seit meiner Kindheit zu tun gehabt. Es kümmert mich einen Dreck, wenn ich noch einen Halunken das Klo runterspüle.«

O'Driscoll trat verwirrt einen Schritt zurück. Ganz offensichtlich hatte er mit dieser Reaktion nicht gerechnet. Sarah hatte das schon erlebt. Niemand erwartete jemals, dass Michael auf die Art und Weise reagierte, wie er es gerade getan hatte. Andererseits kannte auch niemand den echten Michael Devlin. Den Jungen von den Straßen in Belfast, der alles tun würde, um zu gewinnen.

O'Driscoll schien nicht zu wissen, wie er reagieren sollte. Und er war unsicher, was er als Nächstes tun sollte.

Michael dagegen war keineswegs unsicher. O'Driscolls Schritt zurück war ein Zeichen von Schwäche, und Michaels Vergangenheit hatte ihn gelehrt, wie man einen solchen Moment nutzte. Er trat vor und schloss die Lücke wieder, die O'Driscoll geschaffen hatte.

»Also, Patrick, was wird das jetzt? Tun Sie sich selbst einen Gefallen und verpissen sich? Oder wollen Sie da drüben in der Gosse landen?«

Sarah sah an O'Driscolls Gesicht, wie ihm ein Licht aufging. Der Mann vor ihm war kein schwächlicher Anwalt. Sondern ein größerer und stärkerer Mann. Ein Mann, dessen Augen ihm sagten, dass er seine Drohung wahr machen konnte.

»Nehmen Sie das als Warnung, Devlin«, knurrte O'Driscoll

bei dem Versuch, sein Gesicht zu wahren. Während er sprach, wich er jedoch hastig zurück und legte einige Meter Abstand zwischen sich und Michael, was seine Drohungen lächerlich machte. »Noch mehr von diesem Scheiß gegen meinen Bruder, dann statte ich Ihnen einen Besuch ab. Ihnen und Ihrer Missus. Und ich werde nicht allein kommen.«

»Das sollten Sie auch nicht!«, schrie Michael, während sich der jüngere Mann zurückzog. Seine beiden Fäuste wirkten jetzt wie Hämmer. Sarah hatte befürchtet, dass O'Driscoll einen Nerv bei Michael treffen würde, als er auch sie bedrohte. Und sie hatte recht gehabt. Michael war kurz davor, die Kontrolle zu verlieren.

»Denn wenn Sie allein kommen, werden Sie das nicht überleben!« Er schrie weiter und riss seinen Arm aus Sarahs Griff. »Haben Sie das kapiert? Sie werden nicht lebendig da rauskommen!«

Sarah spürte, dass er im Begriff war, hinter dem Mann herzurennen, O'Driscoll zu jagen. Deshalb traf sie für ihn eine Entscheidung, packte seine Hand fester und zog ihn zu sich zurück.

»Beruhige dich, Mikey«, sagte Sarah beschwörend. »Beruhige dich.«

Michael drehte sich zu Sarah herum. Er sah sie an, aber er schien sie gar nicht wahrzunehmen. Sie spürte, dass er mit sich rang, dass seine Selbstbeherrschung auf Messers Schneide stand.

Verzweifelt nahm sie sein Gesicht zwischen die Hände und blickte ihm scharf in die Augen.

»Beruhige dich, Mikey«, wiederholte Sarah. »Das ist nur ein dummer Junge, der dumme Drohungen ausstößt. Er ist den Ärger nicht wert. Wir müssen nur die Polizei rufen. Wir wissen, wer er ist und wir wissen auch, worum es hier ging. Wir brauchen nur die Polizei zu rufen. Also beruhige dich, beruhige dich einfach.«

Langsam klärte sich Michaels Blick auf, als Sarahs Worte durch den Nebel in seinem Kopf drangen.

»Entschuldige.« Sie sah ihm an, dass er sich schämte und die Entschuldigung ernst meinte. Dabei hätte Sarah diesen Beweis nicht gebraucht. Sie kannte ihn besser, als er sich selbst kannte. »Es tut mir leid.«

»Du musst dich nicht entschuldigen.« Während Sarah das sagte, griff sie in ihre Handtasche und nahm ihr Handy heraus. »Ich hätte auch die Beherrschung verloren, wenn dieser kleine Drecksack so etwas zu mir gesagt hätte.«

Sie wählte eine Nummer. Es waren elf Ziffern. Michael hatte eigentlich nur drei erwartet.

»Wen rufst du an?«

»Eine neue Freundin«, antwortete Sarah. »Und sie wird dafür sorgen, dass Patrick O'Driscoll jedes Wort bedauert, das er eben ausgespuckt hat.«

30

»Um welche Zeit wurde er einkassiert?«

Joelle Levy saß mit dem Telefon am Ohr an ihrem Schreibtisch. Sie warf einen Blick auf die Uhr. Es war neun Uhr abends, Richards Schlafenszeit. Levy hatte sie schon wieder verpasst. Die vertrauten Schuldgefühle nagten an ihr.

»Okay. Hat schon jemand mit Sarah Truman und Michael Devlin gesprochen?«

»Ja, Ma'am«, antwortete die Stimme am anderen Ende. »Sie haben sich bedankt, dass wir O'Driscoll aufgegriffen haben, aber keiner von beiden wollte eine Zeugenaussage machen.«

»Das habe ich auch nicht erwartet. In dem Fall verhören Sie ihn und halten ihn die erlaubten vierundzwanzig Stunden fest. Dann schmeißen Sie ihn ohne Anklage wieder raus.«

»Ma'am?« Der Anrufer schien verwirrt. »Das ist aber nicht angemessen, wenn wir schon vorher wissen, dass wir keine Beweise bekommen werden. Warum ...«

»Weil ich es gesagt habe, Sergeant. Wenn da etwas nachkommt, werde ich allen klarmachen, dass Sie auf meine Anweisung hin gehandelt haben. Halten Sie ihn einfach fest.«

Levy stellte das Telefon wieder in die Ladestation und schüttelte den Kopf. Dass ein Police Sergeant ihre Anweisungen infrage stellte, war schon ärgerlich genug, aber besonders dann, wenn der Sergeant auch noch recht hatte. Levy hatte gewusst, dass weder Sarah noch ihr Verlobter eine Zeugenaussage gegen Patrick O'Driscoll machen würden. In dem Punkt war Sarah bei ihrem Anruf eindeutig gewesen. Denn das hätte Michaels Arbeit als Simon Kashs Anwalt nur erschwert.

Und ohne diese Aussagen gab es keine echten Beweise, die eine Verhaftung rechtfertigten. Schon gar nicht, um O'Driscoll vierundzwanzig Stunden in Gewahrsam zu halten. Daran hatte der Sergeant Levy sie erinnert, aber Levy hatte immer noch das Gefühl, dass sie Sarah etwas schuldete.

Doch sie hatte keine Zeit, lange über ihren Ärger nachzudenken. Ein Klopfen an der Bürotür unterbrach ihre trüben Gedanken.

»Herein.«

Steven Hale sah müde aus. Die dunklen Ringe unter seinen Augen vielen Levy als Erstes auf. Der Druck durch das öffentliche Interesse an diesem Mord hatte bereits seinen Tribut gefordert. Das konnte sehr schnell gehen, wie Levy aus eigener Erfahrung wusste.

Sie deutete auf die beiden Stühle vor ihrem Schreibtisch. Hale nahm den rechten, wie üblich. Während er sich setzte, öffnete Levy die Schreibtischschublade und nahm zwei Whiskygläser heraus. In jedes davon goss sie eine großzügige Portion Jack Daniels.

Hale nahm sein Glas und tippte damit gegen das von Levy.

»L´Chaim.« Die hebräische Version von Cheers. Er benutzte sie immer, wenn er mit Levy trank.

»Cheers.« Levy antwortete mit dem englischen Ausdruck. Es war ein unbewusstes Ritual zwischen den beiden.

Levy und Hale genossen den Bourbon, und Hale trank einen zweiten Schluck, bevor er sprach.

»Wie sieht's aus? Schon Glück gehabt, was den Aufenthaltsort von diesem Penfold angeht?«

»Noch nicht«, antwortete Levy. »Wir haben mit seinem Bewährungshelfer gesprochen. Offenbar hat er seine beiden letzten Termine geschwänzt. Aus irgendeinem Grund wurde das nicht gemeldet. Dafür muss sich sein Bewährungshelfer irgendwann verantworten. Aber jetzt müssen wir uns erst einmal darauf konzentrieren, diesen Mistkerl aufzuspüren.«

»Dann hoffe ich nur für den Bewährungshelfer, dass Penfold nicht Ihr Mann ist. Ich will mir gar nicht den Shitstorm vorstellen, der auf einen niederprasselt, wenn man einen Kerl nicht meldet, der auf Bewährung frei herumläuft und dann einen Amoklauf startet.«

»Nun, um meinetwillen hoffe ich, dass er unser Mann ist, Steve.« Levy hatte kein Mitgefühl mit einem Bewährungshelfer, der seinen Job nicht machte. »Denn wenn er es nicht ist, dann haben wir keine weiteren Spuren mehr.«

»Was ist denn mit den anderen Akten? Es gab doch sechs mögliche Verdächtige, oder nicht?«

»Ursprünglich ja. Aber nur Wisdom Penfold ist übrig geblieben. Der Rest war entweder zu alt oder zu krank. Und die meisten hatten nicht einmal ein Motiv.«

»Sie haben schon alle aufgespürt?«

»Alle noch nicht. Der einzige andere, in dessen Akten sich Hinweise auf Gewalttätigkeit finden, war einfach auszuschließen, weil er ebenfalls nach einer lebenslänglichen Strafe auf Bewährung freigelassen wurde. Er muss jederzeit die Behörden darüber informieren, wo er sich aufhält. Wir haben ihn bereits aufgesucht, und er kommt für diese Sache nicht infrage. Zwei der anderen vier haben wir ebenfalls befragt. Sie haben keinerlei gewalttätige Vergangenheit und auch keine Motive bezüglich eines der beiden Opfer. Die beiden Letzten suchen wir noch, aber schon aufgrund ihrer Akten können wir sie im Prinzip ausschließen. Auch sie haben keine klaren Motive, und sie sind beide noch älter, als Longman war. Vorausgesetzt, dass die beiden überhaupt noch am Leben sind.«

»Ein Glücksfall.« Aus Hales Tonfall konnte sie schließen, dass er etwas von diesem Glück auch selbst hätte brauchen können. »Sie glauben also wirklich, dass Penfold Ihr Mann ist?«

»Er erfüllt alle Bedingungen.« Eine noch verbindlichere

Antwort würde Hale von Levy nicht bekommen. »Und er ist zu dieser Art von Gewalt fähig. Außerdem hatte er ein Motiv: Rache. Sowohl in Bezug auf Longman als auch auf Blunt. Und jetzt sieht es aus, als wäre er gerade rechtzeitig abgetaucht. Lange genug jedenfalls, um seine Hausaufgaben zu machen und die Morde zu planen, aber nicht so lange, dass irgendjemand *vor* den Morden nach ihm gesucht hätte. Er passt perfekt in Bezug auf diese Kriterien.«

»Dagegen ist schwer etwas einzuwenden«, bemerkte Hale. »Wie sieht der nächste Schritt aus? Ein Durchsuchungsbefehl für sein Haus?«

»Schon erledigt. Wir haben es vor vier Stunden durchsucht.«

»Irgendwelche Ergebnisse?«

»Gar keine. Die Adresse, die er bei der Bewährungsstelle angegeben hat, war offensichtlich falsch. Es war nur eine leere Einzimmerwohnung. Unmöbliert und staubig. Völlig unmöglich, dass er dort jemals gewohnt hat.«

»Scheiße.« Hales Tonfall hatte sich geändert. Vielleicht hatte er seine Meinung über Levys Glück revidiert. »Was bleibt dann noch? Wenden Sie sich an die Öffentlichkeit?«

»Himmel, nein!«, erwiderte Levy nachdrücklich. »Wir können nicht sicher sagen, ob Penfold wirklich der Schuldige ist. Sicher, es sieht so aus, als wäre er es. Aber was, wenn nicht? Was passiert wohl, wenn ich eine landesweite Fahndung ausschreibe und wir herausfinden, dass er einfach nur Urlaub macht, ohne es seinem Bewährungshelfer zu melden?«

»Das verstehe ich, Joelle.« Hale benutzte Levys Vornamen, was bedeutete, dass sie nicht mehr im Dienst waren. »Aber das Timing? Und die unbewohnte Wohnung? Wenn man das in Betracht zieht, ist es höchst unwahrscheinlich, dass er etwas Unschuldiges mit seinem Leben anfängt, stimmt's?«

»Vielleicht. Aber das bedeutet noch lange nicht, dass er einfach Anwälte massakriert, weil sie ihn vor Jahrzehnten verärgert haben.« Levy seufzte schwer. Sie war erschöpft. »Die Sache ist völlig verfahren, Steve. Mir ist schon klar, dass alles auf Penfold hindeutet. Scheiße, ich bete darum, dass es Penfold ist. Aber im Moment reicht das einfach nicht. Nicht für den großen Schritt, sich an die Öffentlichkeit zu wenden. Wenn das schiefgeht, dann zerreißt die Presse uns in der Luft. Vor allem bei diesem Fall.«

Hale nickte. Er trank einen Schluck und sah seiner DCI dann in die Augen.

»Wie schaffen Sie das, Joelle?« Die Frage kam wie aus dem Nichts. »Wie kommen Sie mit diesem ganzen Mist zurecht? Die Presse. Die Politiker. Dieser Druck. Ich habe mit alldem jetzt erst einen Tag lang zu tun und bin schon völlig erledigt. Sie machen das vierundzwanzig Stunden an sieben Tagen in der Woche.«

Levy erwiderte seinen Blick, und dann merkte sie, dass sie sich nur auf ihre Probleme konzentriert hatten. Das erinnerte sie daran, dass sie sich nicht nur mit einem Freund, sondern auch mit einem Untergebenen unterhielt. Einem Untergebenen, der ihre Anleitung brauchte.

»Sie gewöhnen sich daran, Steve.« Levy schüttelte ihre Resignation ab. »Morgen früh sieht alles schon wieder ganz anders aus. Ist immer so. Also, wo stehen wir mit Ferris?«

Jetzt war es an Hale zu seufzen. Und es war ein großer Seufzer.

»Wir kommen voran.« Er machte eine Pause. »Nein, das

ist gelogen. Wir verfolgen alle Spuren, aber im Moment kommen wir nicht einen einzigen Zentimeter voran.«

»Wie machen sich die Teams?«

»Ich habe sie durchgemischt, wie Sie es vorgeschlagen haben. Damit sie ihre Stärken ausspielen können. Ein Team jagt Ferris' größten Rivalen. Ein anderes kümmert sich um die weniger wahrscheinlichen Konkurrenten. Und ein letztes Team untersucht sämtliche Auftragsmorde in den letzten Jahren. Um herauszufinden, ob wir irgendwelche Gemeinsamkeiten finden können.«

»Pickett leitet die letzte Gruppe, stimmt's?«

»Sicher.« Hale grinste. »Wer sonst?«

»Eben. Ich habe das Gefühl, als hätte ich meinen rechten Arm verloren, weil weder Sie noch Pickett bei dem Longman-Fall mitarbeiten. Also sorgen Sie lieber dafür, dass es sich lohnt, dass Sie sie mir weggeschnappt haben.«

»Das mache ich.« Hale lächelte.

»Gut. Obwohl die Nachforschungen selbst mit Pickett eine Weile dauern werden. Nichts bei dieser Vorgehensweise lässt bei mir eine Glocke läuten.«

»Bei mir auch nicht. Von so einem Auftragsmord habe ich noch nie zuvor gehört.«

»Sind wir denn immer noch sicher, dass es einer war?«

»Sogar noch sicherer als vorher. Die Jungs von Trident waren vollkommen unmissverständlich. Keine einfache Straßengang hätte das Leon Ferris und seinen Leuten antun können. Himmel, nach der Reaktion einiger aus diesem Team sollten wir nach Batman suchen. Die Sache ist eindeutig vollkommen übertrieben, aber ich kann mir nicht vorstellen, dass es etwas anderes als ein Auftragsmord gewesen ist.«

Levy hörte genau zu. Während Hale sprach, nahm sie das leere Glas und füllte es mit einer noch größeren Menge Whisky als vorher. Dann machte sie dasselbe mit ihrem.

»Was sagt Ihnen Ihr Bauchgefühl?«

Das war die einzige Frage, die Levy stellen konnte. Beweise gab es nicht. Noch nicht. Aber das bedeutete nicht, dass Hale nichts in der Hand hatte. Etwas, das nur ein anderer Ermittler verstehen konnte.

»Es sagt, dass wir nach Ed Burrell suchen müssen«, antwortete Hale prompt. »Niemand anders gewinnt etwas dadurch, jedenfalls nicht so viel wie Burrell.«

»Burrell ist der große Rivale, nehme ich an?«

»Das stimmt. Er spielt nicht in derselben Liga wie Ferris, aber er ist klarer Zweiter. Burrell ist der einzige andere ernsthafte Player in diesem Teil von London.«

»Dann ergibt es Sinn, dass er es ist.« Levy schloss sich Hales Argumentation an. »Aber Sie sagten, es gäbe noch andere Konkurrenten …«

»Ja, aber nicht wirklich. Eigentlich geht es nur darum, gründlich zu sein. Es gibt in dieser Gegend andere ehrgeizige Gangs, aber ich halte sie nicht für fähig, so etwas zu tun. Sie würden etwas gewinnen, wenn sie Burrell ausschalten, aber nicht Ferris. Ferris hinterlässt eine Lücke, die sie niemals füllen könnten.«

»Vielleicht billigen Sie ihnen ja zu viel Intelligenz zu, Steve. Vielleicht *wissen* sie einfach nicht, dass sie die Lücke nicht füllen können.«

»Daran habe ich auch schon gedacht, und vielleicht stimmt es auch. Aber dann habe ich mir den Fall noch einmal angesehen. Ich bin fest davon überzeugt, dass wir die Person, die das getan hat, die in dieses Zimmer gekommen und alle vier erledigt hat, nicht mal auf dem Schirm haben. Und Trident auch nicht. Ich bin davon so überzeugt, dass ich Pickett heute Nachmittag beauftragt habe, sich mit der National Crime Agency in Verbindung zu setzen. Vielleicht erkennen *die* ja den Modus Operandi. Was auch immer dabei herauskommt, ich glaube trotzdem nicht, dass eine der Straßengangs einen Profi von diesem Kaliber engagieren könnte, um Ferris auszuschalten. Oder dass sie überhaupt wüssten, wo man so jemanden findet. Nein. Der einzige Mitspieler, der von Ferris' Tod profitiert und die Möglichkeit hat, so einen Killer zu finden, ist Burrell. Das weiß ich einfach.«

»Dann wissen Sie ja auch, wohin die Reise geht, Steve. Das ist schon die halbe Miete.« Levy berührte mit ihrem Glas das von Hale. Eine unausgesprochene Gratulation. Dann nahm sie einen Schluck, bevor sie weiterredete. »Also, wann klopft jemand an Burrells Tür?«

»Sobald ich einen verdammten Vorwand finde.« Hale lachte. Levy war froh, das zu sehen. Es machte ihren Job erträglicher. »Und was ist mit Ihnen? Glauben Sie, dass Sie Wisdom Penfold schneller erwischen, wenn Sie die ganze Nacht in diesem Büro herumsitzen? Gehen Sie nach Hause, Joelle. Gehen Sie nach Hause, und verbringen Sie Zeit mit Ihrem Sohn.«

Levy lächelte und stand auf.

»Sie haben recht.« Sie nahm Hale das leere Glas aus der Hand. »Wir sollten beide nach Hause gehen. Der Tag heute war schon viel zu lang.«

31

Michael saß an seinem Schreibtisch und hatte eine Hand auf den ungeöffneten Aktenordner mit den Unterlagen über Simon Kash gelegt. Aber sein Blick war auf etwas ganz anderes gerichtet.

Michaels Büro lag ganz oben im Haus, dort, wo vor vielen Jahren sicherlich das Dienstmädchenzimmer gewesen war. Der Raum war eine naheliegende Wahl für ein Arbeitszimmer. Er war groß genug für zwei große Bücherregale, drei niedrige Aktenschränke und einen L-förmigen Schreibtisch. Genau das, was Michael brauchte.

Aber heute Nacht hatte er nur wenig geschafft. Die Begegnung mit Patrick O'Driscoll ging ihm immer noch im Kopf herum. Doch sie verblasste neben Michaels eigentlicher Sorge: der Gefahr, in der sich Simon Kash befand.

Von dem Moment an, als er sich hinsetzte, hatte Michael das Foto immer wieder angestarrt. Zuerst hatte er nicht begriffen, warum. Es stand da, seit das Büro eingerichtet worden war. Und er hatte es auch vorher schon zahllose Male gesehen. Doch allmählich verstand er seine Bedeutung, und damit begriff er auch, warum es für ihn so wichtig geworden war, Kash vor sich selbst zu retten.

Zwei Gesichter blickten Michael von diesem Foto an. Zwei junge Männer, der eine blond, der andere braunhaarig, aber unbestreitbar Brüder. Als das Foto aufgenommen wurde, waren beide jünger als Simon Kash, aber viel abgebrühter. Das änderte jedoch nichts daran, dass der Ältere der beiden sich nur ein paar Wochen später ähnlich schwerwiegenden Anschuldigungen stellen musste, wie jetzt Kash.

Michaels Blick bohrte sich förmlich in das Gesicht seines toten Bruders Liam. Es war der Liam, an den Michael sich gern erinnern wollte; die junge, sorgenfreie Naturgewalt, die sein Bruder gewesen war, und nicht der brutale, wütende Mann, der er im Gefängnis geworden war. Eine Gefängnisstrafe, die eigentlich Michael hätte absitzen müssen.

Du hast schon damals für mich den Kopf hingehalten. Eine Träne lief ihm über die Wange.

Er stand auf und stellte das Foto wieder auf das Fensterbrett vor seinem Schreibtisch. Auch wenn die Erinnerungen nur schwer zu ertragen waren, war er doch dankbar für die Klarheit, die sie ihm geschenkt hatten. Liam so jung zu sehen und sich daran zu erinnern, was er durchgemacht hatte wegen eines Verbrechens, das er nicht begangen hatte – *Michaels* Verbrechen –, half ihm zu verstehen, warum er Simon Kash retten wollte.

Wenn ich Simon beschütze, beschütze ich auch irgendwie meinen Bruder. Besser kann ich mich bei ihm nicht revanchieren.

Das Geräusch von klirrenden Gläsern drang durch das offene Fenster in den Raum und störte Michaels Gedankengänge.

Es war von der Terrasse im Innenhof gekommen, drei Stockwerke unter dem Büro. Michael wusste, was das bedeutete. Sarah und Anne waren im Garten. Und jetzt floss der Wein wieder. Es überraschte ihn, dass es so lange gedauert hatte. Sarah war vielleicht entschlossen, Annes Trinkerei zu unterbinden, aber Anne akzeptierte selten ein Nein als Antwort.

Michael tippte unbewusst mit den Fingern auf das Foto, dann schloss er die Bürotür und ging nach unten.

Nach wenigen Minuten setzte er sich ebenfalls in den Garten und hielt eine geöffnete Bierflasche in der Hand.

»Sarah hat mir erzählt, was nach dem Gerichtstermin passiert ist.« Anne redete nicht lange um den heißen Brei herum. »Gut gemacht. Dafür, dass du so ein hitziges Temperament hast.«

»Ich hatte dabei ein wenig Hilfe.« Michael nahm Sarahs Hand und drückte sie sanft. »Außerdem gibt es bessere Möglichkeiten, mit so etwas umzugehen.«

»Glaubst du, dass er es noch einmal versucht? Wenn du *wirklich* gegen seinen Bruder vorgehst?«

»Wer weiß?« Michael schien nicht besorgt zu sein. »Vielleicht, vielleicht auch nicht. Was auch immer, ich lasse mich nicht davon abhalten, Simon Kash korrekt zu verteidigen.«

Sarah erwiderte den Händedruck und signalisierte Michael damit, dass sie seine Haltung teilte.

»Glaubst du denn wirklich, dass der Junge unschuldig ist, Mikey?« Wie immer war Annes Frage ziemlich unverblümt.

»Das glaube ich, ja. Und jeder Moment, den ich mit ihm verbringe, überzeugt mich noch mehr davon. Er ist ein Kind, und er hat Angst. Er ist kein Mörder.«

»Wie kannst du dir da so sicher sein?«

»Weil er nur eins machen müsste, damit er aus dieser Sache herauskommt. Er braucht nur mit dem Finger auf seinen Mitangeklagten zu zeigen und mich von der Leine zu lassen. Aber das tut er nicht. Schuldige Klienten erzählen mir eine Lüge nach der anderen, Anne. Simon macht das überhaupt nicht. Er erzählt mir gar nichts. Sie haben ihm so große Angst gemacht, dass er stumm bleibt. Dass er Darren O'Driscoll deckt, auf Kosten seiner eigenen Zukunft. Und das werde ich nicht zulassen.«

Anne lächelte. Michael wusste warum. Die Leidenschaft in seiner Stimme war unüberhörbar. Es klang fast so, als nähme er den Kash-Fall persönlich. Und das war natürlich auch der Fall. Aus Annes Lächeln schloss er, dass sie es ebenfalls gehört hatte.

Zuerst sagte sie nichts, sondern nahm nur zwei Zigaretten aus ihrer Schachtel, reichte eine davon Sarah und zündete beide an, bevor sie ihr Weinglas wieder füllte.

»Deine Leidenschaft für diesen Fall, Mikey ... Die hat nicht zufällig etwas damit zu tun, an wen dich dieser Junge erinnert, oder?«

Michael lächelte sarkastisch. Wie immer war er überrascht, wie gut seine Freundin ihn durchschaute.

»Ich nehme an, das könnte zutreffen, ja.« Michael stellte seine leere Bierflasche auf den Tisch. »Das ist nicht der einzige Grund. Aber ja – wenn ich ihn ansehe, wenn ich sehe, wie er Entscheidungen trifft, die ihm schaden, genau wie Liam das meinetwegen getan hat, dann will ich ihn vor sich selbst schützen. Aber das ist nicht alles, wie gesagt. Es sind auch die Beweise. Sie passen einfach nicht zusammen. Ich glaube wirklich, dass Simon in diese Sache hineingezogen wurde, und dass er sich jetzt ziemlich verloren fühlt. Dass er zu verängstigt ist, um für sich selbst zu kämpfen. Wie ich schon sagte, ich werde auf keinen Fall zusehen, wie er deswegen verurteilt wird. Wenn er nicht selbst für sich kämpfen kann, dann mache ich das.«

Mit einem traurigen Lächeln sah Anne Michael in die Augen, bevor sie ihr Glas zu einem Toast hob.

»Auf Simon Kash. Den glücklichsten Jungen auf der ganzen Welt, denn er hat dich gefunden.«

32

Wisdom Penfold klickte auf das WLAN-Icon in der oberen rechten Ecke des Notebook-Bildschirms, wählte das einzig verfügbare Netzwerk aus und gab das Passwort ein, das man ihm an der Hotelrezeption gegeben hatte. Dann wartete er auf die Verbindung.

Er war immer noch dabei, sich daran zu gewöhnen, wie sich die Welt während seiner Zeit im Gefängnis verändert hatte. Und WLAN gehörte zu diesen Veränderungen.

Wenige Augenblicke später war die Verbindung hergestellt. Penfold rief die Buchungsseite der Stena Line auf und wählte die Fähre von Harwich nach Hook, am 20. Juni um sieben Uhr früh. Es war das erste Schiff des Tages, auf dem es noch freie Plätze gab.

Es war jetzt 3:00 Uhr morgens. Noch vier Stunden, dann war er weg, weg aus England. Das erste Mal seit zweiundzwanzig Jahren.

Und ich komme auch nicht mehr zurück, dachte er. *Hier bin ich fertig.*

Die Buchungsseite verlangte Einzelheiten. Den Namen des Passagiers und eine Bankkarte als Zahlungsmittel.

Letzteres war kein Problem. Penfold war seit seiner Entlassung sehr vorsichtig gewesen. Er hatte ein ruhendes Bankkonto gekauft, das auf den Namen einer anderen Person eingerichtet war. Ohne Kredit- und Bankkarte ging heute nichts mehr. Vor seiner Inhaftierung war Bargeld König gewesen, aber während seiner Zeit im Knast war dieser König gestürzt worden. Das hatte Penfold dazu gezwungen, die beiden Karten in den letzten Monaten häufig zu benutzen.

Wären sie auf seinen Namen ausgestellt gewesen, dann hätte er eine Spur hinterlassen, und möglicherweise würde die Polizei jetzt bereits nach ihm suchen. Und angesichts seiner Taten konnte Penfold es nicht riskieren, dass sein richtiger Name auf irgendeinem Polizei-Display aufleuchtete.

Reisedokumente und Ausweis hatte er ähnlich organisiert. Penfold hatte in den letzten sechs Monaten seine Hausaufgaben gemacht. Es wurde zwar immer schwieriger, Reisepässe zu fälschen, aber ohne einen solchen Reisepass konnte er nicht an Bord der Fähre gehen. Er hätte nicht einmal das Ticket buchen können.

So schwierig es auch geworden sein mochte, Dokumente zu fälschen – niemand kannte die »richtigen Leute« besser als jemand, der in den letzten knapp zwei Jahrzehnten mit allen möglichen Kriminellen zusammengelebt hatte. Es war nicht gerade billig gewesen, aber als Wisdom Penfold jetzt auf den makellosen Ausweis in seiner Hand blickte, wusste er, dass die Investitionen sich gelohnt hatten. Er war auf den Namen derselben Person ausgestellt wie sein Bankkonto und seine Kreditkarte.

Penfold gab die Informationen ein und wartete darauf, dass die Zahlung bestätigt wurde. Es dauerte weniger als eine Minute. Dann rief er sein E-Mail-Konto auf und öffnete die Nachricht mit seinem E-Ticket. Der Platz auf der Fähre war bestätigt.

Das war seine einzige Verbindung zu der Transaktion unter seinem eigenen Namen. Er hatte die Notwendigkeit einer E-Mail-Adresse nicht vorhergesehen und es versäumt, ein neues Konto unter seinem falschen Namen einzurichten.

Er klappte das Notebook zu und packte es weg. Dann

zog er sich aus und legte die Kleidung, die er getragen hatte, sorgfältig zusammen. Er würde sie morgen erneut anziehen.

Alles war bereit. Morgen würde Wisdom Penfold England hinter sich lassen.

Entweder das, oder ich verbringe den Rest meines Lebens im Gefängnis.

33

Steven Hale warf einen Blick auf seine Armbanduhr, als er ins Großraumbüro des MIT ging. 07:30 Uhr.

Es herrschte bereits rege Betriebsamkeit. Scotland Yard schlief nie. Hale sah sich um. Er suchte nach Mitgliedern seiner Teams, sowohl von MIT One als auch von Trident.

Die Beamten von Trident waren am leichtesten zu finden. Sie waren mit dem Büro nicht vertraut und hatten sich in die entlegenste Ecke des Raums verkrochen. Einige Agenten des MIT One waren bei ihnen.

Sie schienen gerade über etwas zu diskutieren. Er ging zu ihnen.

»Was gibt es Neues?«, fragte er, während er sich näherte. Nah genug, um sehen zu können, dass Detective Sergeant King gerade das Wort führte. »Dean? Was haben wir?«

»Etwas über Burrell, Sir«, antwortete King. »Und zwar etwas, das wir vielleicht nutzen können.«

»Was genau?«

»Er macht Druck.«

»Auf wen?«

»Letztlich auf alle. Er hat keine Zeit verschwendet, als hätte er gewusst, dass die Gelegenheit kommen würde.«

Er lächelte. Er hatte gehofft, dass Burrell seine Karten auf den Tisch legen würde. Aber dass er das so schnell tat? Das hatte er nicht erwartet.

»Was ist die Quelle, Dean? Irgendwas, das wir vor Gericht benutzen können? Oder ist es nur Gerede von der Straße?«

»Es ist vor allem Gerede. Aber ich glaube, es gibt ein paar Geschäftsinhaber, die den Mund aufmachen werden. Das sind Leute, denen Burrells Männer einen Besuch abgestattet haben, um Ferris' Schutzgeldgeschäfte zu übernehmen. Gegen Ferris hätten sie zweifellos niemals ausgesagt, aber Burrell ist nicht so Furcht einflößend, wie er denkt.«

Er dachte kurz über diese Information nach.

Es ist immerhin etwas. Aber ist es auch genug?

»Das ist zu dürftig.« Hale war Realist. »Die Nachricht von Ferris' Tod hat sich herumgesprochen. Und zwar bei allen, nicht nur bei seinen Killern. Burrell muss gewusst haben, von welchen Geschäftsleuten Ferris Schutzgelder erpresst hat. Er versucht jetzt vielleicht, diese Geschäfte möglichst schnell zu übernehmen, aber das reicht nicht, um ihn zu kassieren.«

»Und was ist mit einer Anklage wegen Schutzgelderpressung, Chef?« Die Frage kam von DS Dixon. »Dafür sind die Beweise ziemlich deutlich.«

»Das schon, aber wir wollen ihn ja nicht *deshalb* einkassieren. Trident kann ihn wegen dieser Beschuldigungen verhaften, wenn wir mit ihm fertig sind. Aber wenn wir das jetzt machen und ihn dann wegen dieses Mordes vor Gericht bringen, obwohl wir nichts haben, womit wir diese Anschuldigung stützen können? Dann wird er im Zweifelsfall wegen Formfehlern freigesprochen.«

Hales Logik schien Dixon einzuleuchten, denn er sprach das Thema nicht mehr an.

King dagegen hatte noch andere Ideen.

»Was ist mit einem von Ferris' Leuten?«, fragte er.

»Was meinen Sie damit?«

»Ich meine, wenn einer von Ferris' Männern mir gesagt hätte, dass Burrell an ihn herangetreten wäre … Und zwar *vor* den Morden? Zum Beispiel zwei Tage vorher.«

»Was hat er gesagt?« Hale spürte ein Kribbeln im Bauch.

Sag jetzt das Richtige. Das könnte genau das sein, was wir brauchen.

»Ihm wurde gesagt, dass eine Veränderung ins Haus stünde«, fuhr King fort. »Eine große Veränderung. Und dass es am sichersten für ihn wäre, sich vorher auf die richtige Seite zu schlagen.«

»Noch etwas?«

»Ist das nicht genug?«

»Vielleicht. Aber mehr ist immer besser.«

»Das ist alles, was wir haben, Boss.«

Hales Gedanken überschlugen sich. Der Versuch, Ferris' Mann abzuwerben, war nicht genug. Das Gerede von einer großen Veränderung war schon besser, und die verschleierte Andeutung über die Sicherheit von Ferris' Männern war noch stärker.

Ich denke, das könnte gut genug sein, dachte er.

»Okay. Ich glaube, damit können wir arbeiten. Aber es darf keinen Irrtum geben, Dean. Wissen Sie ganz sicher, was man Ihrem Mann gesagt hat? Denn wenn es auch nur ein Buchstabe weniger ist als das, was Sie gerade sagten –

verdammt, selbst wenn es ein Komma weniger ist –, dann sind wir am Arsch.«

»Es ist ganz genau so, wie ich gerade gesagt habe.«

King klang überzeugend genug für Hale.

»Und Sie sind sicher, dass er dazu stehen wird?«

»Mit dem ganzen Scheiß, den ich gegen ihn in der Hand habe, Chef?« King lächelte. »Ja, er wird zu seiner Aussage stehen, und zwar auch vor Gericht. Das garantiere ich.«

»Dann kassieren Sie ihn ein. Sofort. Und ich brauche seine unterschriebene und gerichtstaugliche Zeugenaussage noch vor heute Mittag.«

»Betrachten Sie es als erledigt.«

Hale drehte sich zu den anderen Mitgliedern seines Teams um und sah DC Campbell an.

»Anton.«

»Chef?«

»Beantragen Sie einen Durchsuchungsbefehl. Sprechen Sie sich mit Dean ab. Holen Sie sich die Zeugenaussage seiner Quelle, und sorgen Sie dafür, dass wir um vierzehn Uhr vor den Haftrichter treten können.«

»Einen Durchsuchungsbefehl wofür, Chef?«

»Für Burrells Hütte. Ich will, dass das alles korrekt über die Bühne geht.«

Hale wandte sich an sein ganzes Team.

»Ich will alle Schlupflöcher verstopft haben«, verkündete er. »Die Sache muss absolut wasserdicht sein, Leute. Denn wir werden diesen Mistkerl noch heute Abend einkassieren.«

34

Michael verließ um Viertel vor neun den Eight Essex Court. Es war ungewöhnlich für ihn, die Anwaltskammer morgens aufzusuchen; jedenfalls, nachdem ein Prozess begonnen hatte. Seine Fallakten waren bereits im Old Bailey, ebenso seine Gerichtskleidung, sodass es in der Kammer nichts gab, was er noch brauchte.

Doch die Temple Church war ganz in der Nähe.

Nachdem sich das Hauptportal der Kammer hinter ihm geschlossen hatte, ging Michael geradeaus weiter, zu dem Durchgang und der Allee, die zum Pump Court führte, und dann zu den Cloisters am Ende. Einige Säulen aus der Tudorepoche standen neben den Cloisters. Sie markierten die Grenze zwischen dem Middle Temple und dem Inner Temple.

Es hatte ihn nur eine Minute gekostet, um von der Tür von Eight Essex Court zur Temple Church zu kommen. Normalerweise wäre er dorthin geschlendert. Er ließ sich gern Zeit und bewunderte die geschichtsträchtigen Bauwerke, die ihn schon bei seinem ersten Besuch fasziniert hatten. Heute jedoch war das anders. Heute war Michael aus einem ganz bestimmten Grund hier.

Wegen eines Freundes.

Er sah Derek Reid in dem Moment, als er den Hof von Temple Church betrat. Reid stand allein da, etwa dreißig Meter vor der Tür zur Kirche.

Eine Tür, die er eindringlich anstarrte.

»Derek.«

Reid hatte ihn nicht bemerkt, und er reagierte auch nicht, als Michael seinen Namen rief.

»Derek!«

Diesmal rief Michael lauter. Es funktionierte.

Reid drehte sich um und sah seinen Freund.

»Michael. Was machst du denn hier?«

»Ich wollte mich davon überzeugen, dass du okay bist«, erklärte Michael. »Wie geht es dir?«

»Ich habe nicht gerade meinen besten Tag, alter Freund.«

Das hätte er Michael nicht sagen müssen. Er konnte es in Reids Gesicht sehen. An seiner Haltung. Reid bewahrte nur mit Mühe und Not seine Fassung. Michael wusste warum.

Diese Kraftanstrengung galt Longmans Söhnen, das war ihm klar. Das Letzte, was Reid für seinen Freund tun konnte. Und das schaffte er nur durch eine bloße Willenskraft. Michael sah, wie viel ihn das kostete.

»Kann ich irgendetwas für dich tun?«, fragte er.

»Nichts, Mike. Wirklich gar nichts.« Michael erwiderte nichts darauf. Was gab es da auch schon zu sagen? Er legte Reid die Hand auf die Schulter und drehte sich ebenfalls zur Kirchentür um.

Die beiden Männer blieben ein paar Minuten schweigend stehen und sahen zu, wie die Trauergäste eintrafen. Es waren hauptsächlich Juristen. Sie alle waren gekommen, um einem Giganten ihres Berufsstandes ihren Respekt zu erweisen. In kleinen Gruppen zu zweit oder zu dritt betraten sie die Kirche.

»Du musst jetzt reingehen, Derek.« Michael brach leise das Schweigen. »Es wird nicht mehr lange dauern.«

Reid drehte sich um und sah Michael in die Augen.

»Du kommst nicht mit rein?«

»Das geht nicht. Wir beginnen heute um zehn. Und ich muss von Anfang an da sein.«

»Ich weiß. Entschuldige, ich hätte mir die Frage sparen sollen.«

»Du kannst mich immer fragen, Derek. Immer.«

Reid nickte, und eine Träne lief ihm die Wange hinunter. Michael schlang seinen Arm um Dereks Hals und zog ihn dicht an sich, drückte den Kopf seines Freundes an seine Schulter.

»Steh das einfach durch«, flüsterte er in Reids Ohr. »Du wirst es bedauern, wenn du's nicht tust. Bring es hinter dich.«

Er spürte, wie Reid an seiner Schulter nickte. Er ließ seinen Freund los, der daraufhin zurücktrat, während er sich die Tränen aus den Augen wischte. Dann lächelte er zögernd.

»Danke, Mike.« Reids Stimme klang brüchig, und er deutete mit dem Kopf auf die Kirchentür. »Dann gehe ich jetzt wohl besser, was?«

»Ich denke schon.«

Michael hatte seine Hand auf Reids Schulter liegen lassen.

»Hör zu, wenn ich vor Gericht fertig bin, kann ich zu dir kommen. Vielleicht können wir ja irgendwo was essen gehen?«

»Nein, danke, nein. Wenn das alles vorbei ist, will ich einfach nur zu Hause sein. Ich mach mir eine Flasche auf, lass mich volllaufen und geh dann schlafen. Nach der Sache hier bin ich für niemanden zu gebrauchen.«

»Bist du sicher?«

»Ich bin sicher. Gib mir ein paar Tage, Mike. Konzentrier dich nur auf Simon. Ich melde mich bei dir, wenn es mir wieder besser geht. Ich muss jetzt ein bisschen allein sein, das ist alles.«

Das konnte Michael verstehen. Trauer war ihm nicht fremd, und ihm war auch klar, dass jeder anders damit umging. Michael hatte es ähnlich gehalten wie Reid. Man tat, was notwendig war, und zog sich dann in die Einsamkeit zurück. Um allein zu trauern.

»Okay. Dann pass auf dich auf, Derek. Und ruf mich an, wenn du Gesellschaft möchtest.«

»Das mache ich.« Reid umarmte Michael noch einmal. »Danke, Mike«, flüsterte er ihm ins Ohr, bevor er ihn losließ.

Michael sah zu, wie sein Freund die Temple Church betrat. Er wartete, bis Reid drinnen verschwunden war, bevor er sich umdrehte und zu einem anderen schmalen Durchgang ging, hinter dem eine Allee lag. Diese führte hinaus auf den Hof und nach Fleet Street. Und es war bereits jemand dort.

Es war bereits zwei Jahre her, seit Michael Joelle Levy persönlich gesehen hatte. Normalerweise veränderte sich eine Person in einer so kurzen Zeit nicht sonderlich. Und was Levy anging – sie hatte sich überhaupt nicht verändert.

Michael zweifelte keine Sekunde, dass Levy ihn ebenfalls erkannte. Eine ihrer Eigenschaften, an die er sich sehr gut erinnern konnte, war ihr absolutes Gedächtnis. Eine ungewöhnliche Eigenschaft, die sie im Kreuzverhör zu einer schwierigen Zeugin machte.

»Schön Sie zu sehen, Chief Inspector.« Michael ging auf den Durchgang zu. Levy bewegte sich nicht. »Ich muss Sie wohl nicht fragen, warum Sie hier sind.«

»Es ist immer klug, eine Beerdigung im Blick zu haben, Mr. Devlin. Manche Freaks sehen gern zu, wenn eines ihrer Opfer bestattet wird.«

»Aber Sie glauben nicht, dass das bei dieser hier ebenso ist?«

»Wieso meinen Sie das?«

»Sie stehen viel zu weit entfernt, um einen guten Blick auf die Trauergäste zu haben. Außerdem bewacht niemand die Middle-Temple-Seite des Innenhofs; ich bin gerade hindurchgegangen. Also hätten Sie keine Chance, ihn zu erwischen, selbst wenn es Ihnen zufällig gelingen sollte, ihn zu identifizieren.«

»Vielleicht unterschätzen Sie mich da, Mr. Devlin. Ich bin ziemlich schnell, wenn es sein muss.«

»Das bezweifle ich nicht.« Michael lächelte offen. Es war ganz offensichtlich, dass Levy sich fit hielt. Der wenig schmeichelhafte Hosenanzug, den sie trug, konnte ihren athletischen Körper nicht verbergen. Michael wechselte das Thema. »Ich denke, ich sollte mich bei Ihnen für letzte Nacht bedanken, habe ich recht?«

»Bedanken Sie sich bei Ihrer Frau dafür«, erwiderte Levy. »Ich stand in ihrer Schuld.«

»Trotzdem, danke. Vielleicht erspart es mir ja Ärger, sobald ich mit dem Fall weitermache.«

»Darauf würde ich nicht zählen. Wir können ihn nur heute Nacht festhalten. Und er scheint ein ziemlich dickköpfiger Typ zu sein.«

»Gut zu wissen. Dann muss ich wohl wachsam bleiben.«

»Das sollte für einen Mann wie Sie kein Problem sein, Mr. Devlin. Sie haben bestimmt schon mit übleren Typen zu tun gehabt.«

Etwas in Levys Stimme verriet ihm, dass sie sich dessen gewiss war. Und dass sie mehr über Michael Devlin wusste, als ihm lieb sein konnte.

Michael wechselte erneut das Thema.

»Also, was machen Sie wirklich hier, Miss Levy?«

»Joelle«, gab Levy zurück. »Sarah und ich sprechen uns mit dem Vornamen an, also gibt es keinen Grund dafür, dass Sie und ich bei diesen Formalitäten bleiben.«

»In dem Fall nennen Sie mich bitte Michael. Und da wir jetzt Freunde sind, Joelle, was machen Sie wirklich hier?«

Levy lächelte.

»Um ehrlich zu sein, Michael, wollte ich gern mit Derek Reid reden.«

»Warum?«

»Weil er vor etwa sechzehn Jahren einen Mann namens Wisdom Penfold verteidigt hat. Unter uns gesagt und ich möchte wirklich, dass das unter uns bleibt –, glauben wir, dass Penfold für diese Morde in Betracht kommt. Wir haben gehofft, dass Mr. Reid möglicherweise ein paar offene Fragen für uns klären könnte.«

Michael erkannte den Namen und schloss die Augen, als er sich zu erinnern versuchte.

Nach wenigen Augenblicken hatte er gefunden, wonach er suchte.

»Ja, ich erinnere mich an den Fall.«

»Hatten Sie ebenfalls etwas damit zu tun?«

»Nein. Aber das war kurz nachdem ich Dereks Pupil war. Deshalb hatte ich immer noch ein sehr starkes Interesse an seiner Karriere. Alle ehemaligen Pupils benutzen ihren Ex-Master als eine Art Führer, um herauszufinden, wohin sie sich selbst entwickeln wollen. Außerdem ist Wisdom Penfold ein sehr ungewöhnlicher Name und schwer zu vergessen.«

»Können Sie mir vielleicht irgendetwas über diesen Fall erzählen?«

»Nicht besonders viel. Derek ist nicht ins Detail gegangen. Aber ich erinnere mich, dass Penfold ein ziemlich widerlicher Klient war. Also ja, vielleicht ist er ein geeigneter Kandidat für diese Morde. Jedenfalls schien er zu dieser Art von Gewalt durchaus fähig zu sein.«

»Glauben Sie, dass Mr. Reid mir mehr erzählen könnte?«

»Auf jeden Fall.«

Levy lächelte, und Michael erwiderte ihr Lächeln unwillkürlich.

»Das sollten Sie öfter tun«, sagte er dann. »Dadurch sehen Sie viel weniger einschüchternd aus.«

»Vielleicht will ich ja einschüchternd aussehen.« Levy lachte.

»Es war einfach nur ein freundlich gemeinter Ratschlag, nehmen Sie ihn einfach an!« Michael lachte immer noch, als er in die Jacketttasche griff und seine Visitenkarte herausholte. Er hielt sie Levy hin. »Hier ist meine Nummer, Joelle. Wenn ich Ihnen bei irgendetwas helfen kann, dann rufen Sie ruhig an. Aber jetzt muss ich weiter. Um zehn fängt mein Prozess an, und ich bin schon spät dran.«

»Verstehe.« Levy nahm die Karte und gab Michael dann ihre eigene. »Sarah hat meine Nummer zwar schon. Aber für den Fall, dass Sie sie ebenfalls brauchen.«

»Danke.«

»Nein, Michael. Ich danke Ihnen. Das war sehr hilfreich.«

Michael lächelte ein letztes Mal, ebenso wie Levy. Dann trat sie zur Seite, damit Michael vorbeigehen konnte. Sie sah ihm nach und beobachtete ihn immer noch, als er am Ende der kleinen Gasse stehen blieb und sich zu ihr umdrehte.

»Mir ist gerade noch etwas eingefallen«, sagte Michael. »Wenn Wisdom Penfold tatsächlich Ihr Verdächtiger ist, und er sowohl den Richter als auch den Solicitor der Verteidigung umgebracht hat – ist dann nicht auch Derek ein mögliches Ziel? Als sein Barrister vor Gericht?«

»Möglicherweise«, gab Levy zu. »Aber machen Sie sich keine Sorgen, er steht unter Personenschutz. Ab heute Abend wird ein Team vor seinem Haus postiert.«

»Vielleicht sollten Sie das Team etwas früher hinschicken«, schlug Michael vor. »Denn sobald das hier vorbei ist und Phillip Longman unter der Erde ruht, geht Derek nach Hause und betrinkt sich.«

»Verstehe. Dann wird das Team schon heute Nachmittag da sein.«

Michael nickte zufrieden.

»Noch mal vielen Dank, Joelle.«

Michael drehte sich um und machte sich wieder auf den Weg.

◆

Levy griff in ihre Jackentasche und zog ihr Handy heraus. Falls Michael recht hatte und Reid heute schon früher nach Hause ging, dann musste sie seine Personenschützer darüber informieren.

Sie tippte auf »Arbeit«. Der Anruf wurde schon angenommen, bevor sie ihr Handy ans Ohr gelegt hatte.

»Dylan, ich bin's, Levy. Sie müssen das Arrangement für einen Personenschutz …«

»Ma'am, wir wollten Sie gerade anrufen. Wir haben ihn gefunden. Wir wissen, wo Penfold ist.«

»Wo?«

»Mitten auf der Nordsee, Ma'am. Er hat die Sieben-Uhr-Fähre von Harwich nach Hook gebucht.«

»Hook?«

»Ein Hafen in den Niederlanden, Ma'am.«

»Und wie haben wir ihn gefunden?« Levy verspürte eine Mischung aus Genugtuung und Besorgnis. »Reist er unter seinem eigenen Namen?«

»Nein, Ma'am. Er reist unter dem Namen Clive Fountain. Deshalb wurde sein Pass beim Boarding nicht gemeldet. Aber das E-Ticket wurde an seine persönliche E-Mail-Adresse geschickt.«

Levy zögerte. Für einen so pedantischen Killer schien das ein ziemlich nachlässiger Fehler zu sein. Andererseits hatte Penfold die explosionsartige Zunahme des E-Mail-Verkehrs seit seiner Gefängniszeit versäumt. Vielleicht war dieser Fehler deshalb erklärlich.

»Wie lange ist die Fähre unterwegs?«

»Etwa sechseinhalb Stunden.«

»Und wie lange dauert es mit dem Hubschrauber von London nach Harwich?«

Levy hörte, wie Dylan auf seiner Tastatur tippte, bevor er antwortete. Zweifellos googelte er die Informationen.

»Etwa fünfundvierzig Minuten, Ma'am«, sagte er dann.

»Perfekt. Ordern Sie einen Helikopter. Ich bin in zwanzig Minuten am Helipad.«

»Ma'am, um so kurzfristig einen Hubschrauber zu bekommen, brauche ich …«

»Es interessiert mich nicht, was Sie dafür brauchen, Dylan. Sorgen Sie dafür, dass dieser verdammte Hubschrauber da ist, wenn ich dort ankomme. Und dann setzen Sie sich mit der Fähre in Verbindung. Sie sollen noch dreißig Minuten weiterfahren, dann wenden und zum Hafen von Harwich zurückkehren.«

»Sie sollen nicht sofort umkehren? Warum nicht?«

»Ich habe keine Zeit, Ihnen das zu erklären, Dylan. Tun Sie einfach genau das, was ich sage. Und zwar sofort.«

Levy drückte auf das rote Icon, um das Gespräch zu beenden. Ihr Herz hämmerte, und ihr Adrenalinspiegel schoss in die Höhe.

Sie hatte keine Zeit, sich über die Fragen ihres Assistenten zu ärgern, weil im Augenblick nur ein einziger Gedanke ihren Verstand ausfüllte.

Wir haben ihn.

35

Wisdom Penfold war am meisten überrascht darüber, wie nass die Seeluft war. Und dass sie sich so angenehm anfühlte.

Penfold hatte während seiner Zeit im Gefängnis viele Dinge vermisst. Wie bei den meisten langjährigen Insassen war alles, was man ihm vorenthielt, zu einer Besessenheit geworden. Die Berührung einer Frau. Der Geschmack eines kalten Biers. Das Gefühl eines guten Anzugs. Danach hatte Penfold sich gesehnt. Aber jetzt, während er England hinter sich ließ, wusste er, dass er die Seeluft am meisten vermisst hatte.

Penfold sah sich auf dem Oberdeck um. Er betrachtete die anderen Passagiere und die Mitglieder der Crew. Alle versuchten, das warme Wetter zu genießen, das sich in den zweieinhalb Stunden auf See langsam entwickelt hatte. Am Morgen war es kalt gewesen, so wie an jedem anderen

Morgen des vergangenen Monats. Aber dann war die Sonne höher gestiegen und hatte die Kälte mit ihren Strahlen vertrieben.

Das Risiko erwischt zu werden war gering gewesen, solange er einen Reisepass unter dem Namen Clive Fountain nutzte. Aber es war trotzdem eine Erleichterung, endlich den Hafen hinter sich zu lassen. Die Angst angehalten zu werden war für jemanden, der solche Verbrechen begangen hatte, ganz natürlich. Aber er würde lernen müssen, nicht ständig über die Schulter zu sehen. Selbst jetzt spürte er die Paranoia im Nacken.

Angefangen hatte es, als sie noch im Hafen lagen. Ein Mann und eine Frau, anscheinend ein Pärchen. Etwas an den beiden hatte ihn gestört, obwohl er nicht hätte sagen können, was es war. Aber als die Frau ihn zweimal angesehen hatte, während sie in der Schlange zur Fähre standen, und der Mann sich sichtbar bemüht hatte, genau das zu vermeiden, hatten sich Penfold die Haare gesträubt. Er beruhigte sich wieder, nachdem er sie verstohlen ein paar Minuten lang beobachtet hatte. Das Paar hatte nichts Verdächtiges getan.

Penfold starrte aufs Meer hinaus.

Doch er bewunderte nicht den Ausblick, sondern dachte nach. Über die Vergangenheit. Über die Zukunft. Und darüber, wie er den Übergang von einem zum anderen gestalten wollte.

Die letzten Wochen hatten jahrelange Planung erfordert. Zahllose Stunden in seiner Zelle, in denen er jeden Aspekt des geplanten Verbrechens durchdacht und perfektioniert hatte. Und jetzt war es vorbei. Er hatte getan, was er hatte tun müssen. Alle Schulden waren bezahlt, und er konnte sich jetzt auf ein Leben freuen, dass nicht von seiner Vergangenheit überschattet wurde. Das frei von alldem war, was ihn bedrückt hatte. Und jetzt auch noch frei von England. Das Land, das ihn ins Gefängnis gesteckt hatte. Das Land, das er hasste.

Er drehte sich um, lehnte sich mit dem Rücken gegen die Reling und hielt sein Gesicht in die Sonne. Nach wenigen Minuten spürte er, wie seine Haut brannte. Aber Penfold kümmerte das nicht. Er war viel zu lange blass gewesen.

◆

Das Zeitgefühl ist eine trügerische Sache. Es kann von verschiedenen Faktoren beeinflusst werden. Einschließlich der Sonne, die manchmal eine fast hypnotische Wirkung entfaltet.

Und genau das passierte Wisdom Penfold auf dem Oberdeck der Fähre von Harwich nach Hook. Er verlor jedes Zeitgefühl, während er die Wärme der Sonne auf seiner Haut genoss.

Bis zu dem Moment, an dem das Schiff mit dem Wendemanöver begann.

Penfold hatte sich an die Bewegung der Fähre gewöhnt. An den Rhythmus, mit dem sie durch die Wellen glitt. Nichts daran machte ihm Sorgen. Jedenfalls bis zu diesem Zeitpunkt.

Das Gefühl, als das Schiff nach links abdrehte, war anders. Zuerst ignorierte er es. Aber eine Minute später bewegte es sich immer noch nach links. Und bei dieser Geschwindigkeit bedeutete das mittlerweile eine Drehung von gut neunzig Grad.

Es war eine Bestätigung seiner größten Furcht.

Wir kehren um.

Penfolds Herz hämmerte plötzlich. Er packte seinen Rucksack fester, während er über das Deck ging, so schnell er konnte.

Kurz vor ihm stand ein Matrose. Jemand der aussah, als wüsste er etwas. Penfold ging direkt auf ihn zu.

»Entschuldigung.« Penfold versuchte, unbesorgt zu wirken. »Es fühlt sich an, als würden wir umkehren. Stimmt das?«

»Bedauerlicherweise ja, Sir. Der Captain hat befohlen, zum Hafen zurückzufahren.«

Bleib ruhig. Bleib gefasst.

»Warum?«

»Ein Problem mit dem Schiff, Sir. Wir müssen da etwas kontrollieren.«

»Was für ein Problem?«

»Ein technisches Problem. Nichts, worüber wir uns Sorgen machen müssen, aber es muss behoben werden. Und das geht leider nicht auf See.«

Nicht in Panik geraten. Keine Aufmerksamkeit erregen.

»Kann das nicht warten, bis wir in Holland sind? Dort warten Freunde auf mich.«

»Es ist ein Befehl des Captains, Sir. Wenn wir das Problem nicht beseitigen, könnten wir das Schiff dauerhaft beschädigen. Harwich ist nur zwei Stunden entfernt. Bis Hook sind es noch vier Stunden.«

Könnte stimmen. Oder auch nicht. Spiel einfach mit.

»Okay, das klingt logisch.« Penfold zwang sich zu einem Lächeln. »Ich nehme an, dass es für die Verspätung eine Entschädigung gibt?«

»Die gibt es ganz sicher, Sir. Das ist immer noch billiger, als das Schiff zu beschädigen.«

»Danke.« Penfold lächelte weiter.

Bleib ganz natürlich.

»Na dann, viel Glück, worum auch immer es sich handelt.«

»Danke.«

Der Matrose ging weg.

Penfold blieb einen Moment lang stehen und starrte in die Ferne. Er konzentrierte sich und versuchte, einen Blick auf die holländische Küste zu erhaschen.

Nichts, dachte er.

Mittlerweile hatten auch andere Passagiere die Wende bemerkt. Schon bald würden alle wissen, dass sie zurückfuhren. Das würde vielen Unannehmlichkeiten bereiten, dachte er. Aber er war sicher, dass keiner von ihnen ein so großes Risiko einging, auf britischen Boden zurückzukehren, wie er.

36

Die Rückfahrt dauerte zwei Stunden.

Einschließlich einer Stunde in der Hölle, dachte Wisdom Penfold.

Die erste Stunde war in Ordnung gewesen. Es gab ein Problem, aber es war zu bewältigen. Penfold hatte die Erklärung in diesen ersten sechzig Minuten vielleicht zwanzigmal gehört. Von Mitgliedern der Mannschaft und von anderen Passagieren. Die Version hatte sich nie verändert. Ein technisches Problem mit der Fähre. Darum mussten sie zum nächsten Hafen zurückkehren.

Ungünstig, aber glaubwürdig.

Die zweite Stunde war viel schwieriger gewesen. Und zwar von dem Moment an, als die englische Küste wieder in Sicht kam. Penfold hatte eine unglaubliche Erleichterung verspürt, als sie früh am Morgen hinter ihm verschwunden war. Und jetzt, als sie wieder sichtbar wurde, kam auch seine Paranoia zurück.

In den letzten sechzig Minuten waren Penfolds Ängste stärker geworden. Er hatte auch das Paar vom Hafen wieder an Deck gesehen und bemerkt, dass der Mann in seine Richtung geblickt hatte. Und zwar nicht nur einmal, sondern zweimal. Wäre Penfold entspannt gewesen, hätte er das einfach ignorieren können. Natürlich waren sie auf dem Oberdeck, hätte er gedacht. Fast jeder war dort. Und die Blicke in seine Richtung? Reiner Zufall.

Aber nach einer ganzen Stunde Herzrasen und immer weiter steigender Panik? Penfolds Verhalten war jetzt extrem auffällig, und es erregte Aufmerksamkeit.

Welcher von den Passagieren sah ihn eigentlich *nicht* an?

Aber er konnte nichts dagegen tun. Die Aussicht auf das Schicksal, das ihn möglicherweise im Vereinigten Königreich erwartete, war unerträglich. Eine Rückkehr in die Mauern, die ihn so lange festgehalten hatten, eine Strafe, die er durch sein letztes Verbrechen mehr als verdient hatte.

Penfold konnte nicht ruhig bleiben. Nicht mit dem Damoklesschwert, das über ihm hing.

Er ging wieder zum Unterdeck hinab. Der Hafen näherte sich schnell, und ihm blieben vielleicht noch zehn Minuten bis zum Moment der Wahrheit. Bis er den wahren Grund für die Rückkehr der Fähre erfuhr.

Bitte, Gott, lass das keine Falle sein.

Penfold fand eine ruhige Ecke. Die meisten Passagiere blieben auf dem Oberdeck und genossen weiter die Sonne. Hier unten hatte Penfold Platz, und er nutzte ihn. Er setzte sich auf eine gepolsterte Bank an der Wand und atmete tief. Einen Moment lang gelang es ihm, einen klaren Kopf zu bekommen. Seine Nerven zu beruhigen. Seine Ängste zu beherrschen.

Hör auf, darüber nachzudenken. Es hat vielleicht gar nichts zu bedeuten. Sehr wahrscheinlich sogar. Und wenn doch, dann wirst du damit fertigwerden.

Du hast es schon einmal geschafft.

Penfold hörte auf seinen eigenen Ratschlag. Er spürte, wie sein rasender Herzschlag langsamer wurde, wie der Schmerz in seiner Schläfe abnahm.

Es gibt keinen Grund, sich Sorgen zu machen. Wir werden schon bald wieder hinausfahren.

Etwas im Nachhinein zu betrachten kann eine wunderbare Sache sein. Aber auch eine frustrierende. Wären sie auf dem Oberdeck geblieben, hätte Penfold vielleicht gewartet. Er wäre vielleicht ruhig geblieben.

Wenn sie einfach nur bei den anderen Passagieren in der Sonne geblieben wären.

Penfold traf seine Entscheidung in dem Moment, als er sie sah. Das Paar aus dem Hafen. Vom Oberdeck. Die beiden hatten etwas zu interessiert gewirkt, und das hatte seinen Überlebensinstinkt geweckt. Penfold hatte versucht, es zu ignorieren, hatte es seiner Paranoia zugeschrieben.

Aber was machen sie jetzt hier unten?, fragte er sich. *Wo doch alle anderen oben sind? Das ist kein Zufall.*

Penfold stand auf, und zum ersten Mal nahm er seinen

Rucksack nicht mit. Stattdessen ließ er ihn stehen, sodass er zwei freie Hände hatte.

Penfold hielt seinen Blick auf den Boden gerichtet, als er sich langsam dem Paar näherte. Er sorgte dafür, dass eine Bank zwischen ihm und den beiden war, damit es nicht so aussah, als würde er direkt auf sie zugehen. Aus dem Augenwinkel sah er, dass das Paar stehen geblieben war. Sie blickten aus dem Fenster zu dem näher kommenden Hafen und vermieden es ganz explizit, ihn anzuschauen.

Genau das überzeugte ihn schließlich. Es gab fast keine anderen Passagiere oder Crewmitglieder hier unter Deck. Und von den wenigen, die hier waren, kam jetzt einer auf sie zu. Sie mussten ihn bemerkt haben. Und doch sahen sie nicht zu ihm hin. Das war nicht normal.

Diese Tatsache sagte Penfold alles, was er wissen musste.

Drei Meter. Noch weit genug weg, damit das Paar sich verteidigen konnte.

Zwei Meter. Noch näher. Das machte die Verteidigung schwieriger. Aber nicht unmöglich.

Ein Meter. Viel zu nah. Sie würden ein Wunder brauchen.

Penfold stieg mit einem schnellen, langen Schritt über das Ende der Bank und streckte dabei die Hände aus. Sie zielten auf den Kopf des Mannes. Ein Kopf, der sich jetzt umdrehte, aber viel zu langsam.

Der Mann hatte keine Chance. Bevor er reagieren konnte, hatte Penfold auch schon beide Hände auf seinen Schädel gelegt. Mit einer Kombination aus seinem eigenen Gewicht, seiner Kraft und der Geschwindigkeit seiner Bewegung rammte Penfold den Kopf des Mannes gegen das dicke Metallgeländer, welches das komplette Unterdeck umgab.

Das Geräusch war unmissverständlich. Ein tiefes, dumpfes Krachen.

Kein Knochen machte ein solches Geräusch, wenn er heil blieb. Aber Penfold wusste das bereits. Er hatte gespürt, wie der Schädel des Mannes nachgab, und er brauchte die Bestätigung des Geräusches gar nicht erst, bevor er sich zu der Frau umdrehte.

Penfold hatte eine Sekunde gebraucht, um den Mann zu erledigen. Lange genug für die Frau, um sich umzudrehen. Sie hätte weglaufen können. Vielleicht hätte sie es sogar geschafft. Sie entschied sich für das Gegenteil und griff an. Mutig und gleichzeitig dumm.

Wegen des Wetters trug sie weder einen Mantel noch eine Jacke, also konnte sie nirgendwo eine Waffe verstecken. Und ohne Waffe konnte sie ihn nur mit ihren bloßen Händen angreifen.

Penfold sah den Schlag nicht kommen. Er hatte die Frau unterschätzt und sich zu sehr auf den Mann konzentriert. Ihr Daumen grub sich tief in sein linkes Auge und blieb da. Die Frau war gut ausgebildet. Sie riskierte keinen Faustkampf mit einem Mann wie Penfold. Stattdessen versuchte sie, ihn außer Gefecht zu setzen, ihn zu blenden. Ihr anderer Arm schwang hoch und zielte auf sein zweites Auge.

Aber Penfold war ein harter Kämpfer. Er besaß eine ungewöhnlich hohe Schmerztoleranz und eine Begabung dafür, anderen große Schmerzen zuzufügen. Er erwischte ihren Arm, bevor ihr Daumen sein Auge erreichte. Er packte ihr Handgelenk, schob es nach hinten und gleichzeitig nach unten, gegen das Gelenk. Einen Moment später fühlte er, wie es unter der Haut brach.

Die Frau schrie. Der Druck auf Penfolds Auge verschwand.

Sie hatte ihre rechte Hand zurückgezogen, zu ihrer Linken. Die menschliche Natur hatte das Kommando übernommen.

Penfold trat zurück und sah, wie sie zu Boden stürzte und ihren Arm an die Brust drückte. Ein roter Fleck bildete sich auf ihrem T-Shirt. Der gebrochene Handgelenksknochen hatte ihre Haut durchbohrt.

Er sah sich um. Die wenigen Passagiere und Matrosen auf dem Unterdeck hatten den Schrei gehört. Die meisten waren starr vor Schock. Aber zwei von ihnen reagierten. Sie liefen in seine Richtung. Penfold war nicht dumm. Er kannte keinen der beiden Männer. Es bestand durchaus die Chance, dass er den Kampf gewinnen würde, aber ebenso groß war die Möglichkeit, dass er verlor.

Er hatte nicht vor, das herauszufinden.

Penfold drehte sich zu der gestürzten Frau herum. Sie lag hilflos am Boden, und ihre gesamte Aufmerksamkeit war auf ihr verletztes Handgelenk gerichtet. Penfold beschleunigte seine Schritte und koordinierte sie mit der Präzision eines Fußballspielers. Sein rechtes Bein holte Schwung, als die Frau in Reichweite kam. Einen Moment später trat er zu. Penfolds Fuß traf die Frau am Kinn, sauber und mit voller Wucht. Der Aufprall schleuderte ihren Kopf zurück, und sie war bereits bewusstlos, bevor ihr Schädel mit einem widerlichen Knall auf den Eisenboden prallte.

Penfold nahm sich nicht einmal die Zeit, die Wirkung seines Tritts zu überprüfen. Stattdessen sprang er über sie hinweg und lief den Weg zurück, den er gekommen war. Zu der Treppe zum Oberdeck. Er schnappte sich im Vorbeilaufen seinen Rucksack, ohne langsamer zu werden.

Zwei kurze Treppenfluchten später stand Penfold wieder in der Sonne. Das metallische Geräusch unter ihm verriet, dass seine Verfolger dicht hinter ihm waren. Bereits auf der Treppe. Penfold ging kein Risiko ein. Er lief zum Bug der Fähre und schätzte die Entfernung zum Hafen ab.

Fünfhundert Meter. Vielleicht ein kleines bisschen mehr.

»Haltet diesen Mann fest!«

Der Schrei ertönte hinter ihm, weiter hinter ihm, als Penfold erwartet hatte. Seine Verfolger waren am oberen Ende der Treppe stehen geblieben, und sie hatten ein paar Sekunden gebraucht, bis sie ihn entdeckt hatten.

Das gab ihm kostbare Zeit.

Penfold drehte sich von dem Schrei weg, während alle anderen Passagiere an Deck zu dessen Quelle blickten. Sie alle sahen dasselbe: einen Matrosen, der den Arm ausgestreckt hatte und mit dem Finger direkt auf Penfold zeigte.

Seine Chancen standen schlecht. Wenn nur zehn Prozent der Passagiere den Helden spielten, waren das immer noch hundert Prozent mehr, als Penfold bewältigen konnte.

Er musste sich bewegen, bevor sie selbst auf die Idee kamen.

Penfold rannte von der Menschengruppe dicht neben ihm weg, bevor man ihn aufhalten konnte. Einige reagierten schnell und verfolgten ihn. Andere blieben wie angewurzelt stehen.

Ein paar der Verfolger waren langsamer als Penfold, andere dagegen nicht. Und die schnelleren holten bereits deutlich auf. Penfold spürte, dass sie näher kamen.

Er sah nach vorn, wo sich eine Mauer aus menschlichen Körpern bildete. Eine Mauer, die er nicht durchbrechen konnte

Er traf sofort eine Entscheidung. Er hatte keine Zeit, zu überlegen oder zu zögern. Penfold hatte vielleicht noch zwei Sekunden. Er würde beide brauchen.

Er holte mit dem Rucksack aus, während er lief. Dann schleuderte er ihn nach vorn, über die Reling des Hauptdecks in den Tidefluss, der in den Hafen führte.

Er erreichte die Reling in dem Moment, als der Rucksack hinüberflog. Er packte die dicke Metallstange und stieß sich davon ab, um darüber zu springen. Der Mann, der ihm am nächsten war, streckte die Hand aus und hätte es fast geschafft, Penfolds Hosenbein zu erwischen. Aber nur fast. Der Arm des Verfolgers war immer noch ausgestreckt, als er Penfold fallen sah. Gut dreißig Meter tief vom Oberdeck ins Wasser.

◆

Joelle Levy stand an der Stelle des Hafens, wo die Passagiere der Fähre das Schiff verlassen würden.

Vier Männer vom MIT One standen hinter ihr, und dahinter noch zehn weitere Polizeibeamte. Mitglieder der Essex Police Firearms Unit.

Sie wollten kein Risiko eingehen.

Levy war bereits seit dreißig Minuten im Hafen. So lange, wie die Fähre in Sicht gewesen war. Sie hatte den Flug von London hierher perfekt zeitlich abgestimmt.

Seit ihrer Ankunft war das Schiff langsam immer näher gekommen. Dabei hatte sie erkannt, wie groß es war, und dass es lange dauern würde, alles zu durchsuchen. Falls sie es überhaupt durchsuchen mussten.

»Wie lange noch, bevor sie anlegen?«

Levy sprach mit Stephen John, dem geschäftsführenden Manager der Stena Line für den Harwich International Port.

»Ich würde sagen, etwa sieben Minuten«, antwortete er.

»Okay.« Levy drehte sich zu ihrem Team um. »Seid wachsam, Leute. Penfold ist auf dem Schiff, und er wird diesen Hafen auf gar keinen Fall verlassen. Verstanden?«

»Ma'am.«

Das Team sprach fast wie mit einer Stimme. Sie waren straff organisiert, und alle Beamten kannten ihre Pflicht. Alle wussten genau, warum sie hier waren.

Levy wandte sich wieder der Fähre zu. Sie war jetzt so nah, dass sie die Passagiere auf dem Oberdeck erkennen konnte.

Sie griff in ihre Jacke und zog ihre Pistole aus dem Schulterhalfter. Eine Glock 19. Sie war zwar kleiner als die übliche Glock 17, aber immer noch groß genug für diesen Job.

Levy überprüfte die Waffe. Sie war geladen. Fünfzehn 9 x 19 Millimeter Parabellum Geschosse. Sie war gesichert. Levy pflegte ihre Waffen gut. Sie hatte bei der Metropolitan Police ein sehr gründliches Schießtraining absolviert. Doch das war nichts im Vergleich zu den Fähigkeiten, die man ihr bei den Verteidigungsstreitkräften der Israelis oder bei Shin Bet vermittelt hatte.

Levy erwartete nur selten, dass sie die Pistole benutzen musste, die sie bei sich trug.

Heute war das jedoch anders.

Sie schob die Glock ins Halfter zurück, und ihr Blick richtete sich wieder auf die Fähre. Sie war noch näher gekommen, und die Bewegungen auf dem obersten Deck waren jetzt eindeutig zu sehen. Bewegungen, die irgendwie ungewöhnlich wirkten.

Levy kniff die Augen zusammen und versuchte die Sonne mit der Hand abzuschirmen, während sie sich auf den Bug des Schiffs konzentrierte.

Die Menge an Deck schien sich wie eine einzige Person zu bewegen, zuerst nach vorn und dann nach links.

»Was zum Teufel geht da vor?« Levy stellte die Frage ebenso sich selbst wie allen anderen.

»Ich habe keine Ahnung.« Stephen Johns Antwort war ebenso unnütz wie überflüssig.

Levy folgte der Bewegung mit den Augen und versuchte, ihr vorauszueilen, um zu entdecken, was ihre Ursache war.

Entscheidend ist, wohin sie sich bewegen, dachte sie. *Nicht die Menge selbst.*

Die Antwort kam fast augenblicklich. Ein Objekt wurde über die Reling des Oberdecks geworfen. Es sah aus wie ein Rucksack. Aus dieser Entfernung konnte Levy das jedoch nicht genau erkennen.

Einen Moment später kümmerte sie das nicht mehr. Dem Objekt folgte etwas deutlich Auffälligeres. Es war ein Mann, der von der Fähre in den Fluss sprang.

»Das ist Penfold!«, schrie Levy, als sie es begriff. Sie rannte los und rief: »Zum Boot!«

Die vier MIT-One-Beamten folgten ihr in Richtung des Festrumpfschlauchboots, das in der Nähe lag und genau für diese Situation da war: für einen Fluchtversuch auf See.

Die Firearms-Beamten bewegten sich nicht. Das war kein Zufall. Levy hatte ihr Team auf jedes Szenario eingestimmt. Und jeder Beamte wusste genau, was sie von ihm erwartete.

Das Schlauchboot fuhr augenblicklich los. Mit einem Spezialisten am Ruder. Levy zeigte ihm die Richtung, in der Penfold ins Wasser eingetaucht war.

Stephen John hatte geschätzt, dass die Fähre noch sieben Minuten brauchen würde. Das Schnellboot brauchte weniger als zwei Minuten.

Sie erreichten Penfold sehr schnell. Er schwamm immer noch dort im Wasser, wo er hineingefallen war. Levy zog ihre Pistole und zielte damit auf seinen Kopf.

Doch sie merkte schnell, dass die Waffe unnötig war.

Penfold war nicht in der Lage, sich einer Verhaftung zu widersetzen. Er konnte sich kaum über Wasser halten, und sein Kopf ging bei dem Versuch immer wieder unter.

Der Aufschlag auf der Wasseroberfläche hatte seinen Tribut gefordert. Penfold rechter Arm war nutzlos, gebrochen, wie es schien. Oder ausgerenkt. Levy wusste nicht genau, was von beidem zutraf, und es kümmerte sie auch nicht. Es war nur wichtig, dass sie ihn erwischt hatte.

Sie schob ihre Pistole wieder in das Halfter zurück und wandte sich an die beiden MIT-One-Beamten direkt neben ihr.

»Fischt ihn raus, und lest dem Mistkerl seine Rechte vor.«

37

Michael hatte die Geschworenen sehr sorgfältig beobachtet, während Keith White seine Aussage machte. White war der führende Experte im Vereinigten Königreich für Funkzellen- und Mobilfunkdaten, ein empirisches Datenfeld, dessen Bedeutung seit Ende der Neunzigerjahre erheblich angewachsen war.

Überall gab es Handys, und es war schwierig, irgendjemanden zu finden, der keins besaß. Sie waren die Manifestation des modernen Komforts.

Zufällig waren sie auch das effektivste Ortungssystem für Individuen, das jemals entwickelt wurde.

Und diesen Ortungsaspekt hatte White in Gerichtssaal zwei von Old Bailey ausführlich erläutert. Als Experte der Anklage sollte er der Jury demonstrieren, was diese Daten bewiesen.

Whites Präsentation hatte den ganzen Vormittag beansprucht. Kronanwalt Peter Epstein hatte ihn so befragt, dass seine Erläuterungen für die Jury verständlich waren. Die Auswertung von Funkzellendaten konnte sehr kompliziert sein. Deshalb war es wichtig, dass alles sehr genau und klar erklärt wurde. White konnte das im Schlaf herunterbeten.

Er hatte angefangen zu erklären, wie das Handynetzwerk funktionierte und wie man dessen Daten dafür benutzen konnte, die Position eines Handys zu bestimmen, das gerade verwendet wurde. Dafür hatte er die Karte eines willkürlich ausgewählten Bereichs von West London an die Geschworenen verteilt, in dessen Mitte ein Mobilfunkmast stand. Dann sahen die Geschworenen White dabei zu, wie er mit einem Stift eine Linie vom Funkmast zum Rand der Karte zog, eine weitere diagonal nach unten links und eine dritte diagonal nach rechts. Dadurch teilte er die Karte in drei Abschnitte, die den Funkmast umgaben.

Diese Abschnitte, erklärte White, wären die Funkzellen des Mastes: A, B und C.

Michael hörte sehr genau zu, um sicherzugehen, dass alle Informationen klar und deutlich präsentiert wurden. White erklärte, dass jedes Handy, das an irgendeinem Ort innerhalb von Abschnitt A benutzt wurde, normalerweise in eben dieser Zelle registriert wurde, weil die Telefone so eingerichtet waren, dass sie stets den nächsten verfügbaren Sendemast anwählten. Aber manchmal war eine Zelle, zum Beispiel A, bereits von zu vielen Nutzern ausgelastet. Dann suchte sich das entsprechende Telefon den nächstgelegenen Sender. Das konnten entweder die Funkzellen B oder C desselben Mastes sein – oder aber ein völlig anderer Sendemast.

»Aber in den allermeisten Fällen«, erklärte White, »ist die Funkzelle, in der ein Anruf registriert wird, auch die Zone, in der sich das Handy physisch befindet.«

Michael hatte während dieser Erklärung die Geschworenen beobachtet. Sie alle schienen den Ausführungen bis hierhin gefolgt zu sein. Aber Michael wusste, dass die Erläuterungen gleich etwas komplizierter werden würden.

White holte eine zweite Karte heraus. Sie war weniger detailliert und deckte einen weit größeren Bereich von fünf Meilen ab. Nachdem alle Geschworenen eine Kopie bekommen hatten, markierte er alle Mobilfunkmasten innerhalb dieses Umkreises. Die Jury war überrascht; kaum jemand hatte geahnt, wie viele davon sich auf relativ engem Raum befanden.

Nachdem White alle Masten markiert hatte, kreiste er einen davon ein. Es handelte sich um den von der vorigen Karte. Dann zog er von ihm ausgehend erneut drei Linien: eine nach oben, eine nach unten links und eine nach unten rechts. Da die Karte jedoch ein weit größeres Gebiet abbildete, war keine dieser Linien länger als knapp zweieinhalb Zentimeter. Dann markierte White eine Hauptstraße, die durch den Sendebereich des Mastes führte. Mit dem Stift folgte er der Straße über ihre gesamte Länge. Sie endete sehr weit von dem ursprünglich identifizierten Sendemast.

»Jetzt stellen Sie sich bitte vor, dass der Anruf von dieser Straße aus getätigt wurde«, fuhr er fort. »Und dass der Anrufer in seinem Wagen nach Süden fuhr. Wenn er während der ganzen Fahrt telefoniert hat, dann befand er sich irgendwann nicht mehr physisch innerhalb der Funkzelle A, der rechten unteren Zone unseres ersten Mastes, den wir der Einfachheit halber Mast eins nennen. Sobald Mast eins nicht mehr nah genug ist, sucht das Telefon nach einem neuen nächsten Mast. Und wenn es ihn findet, dann springt die Verbindung zu ihm über. Wenn also der Anrufer über die markierte Straße fährt, und *diesen* Punkt hier erreicht …« – White deutete auf eine Stelle, die etwa eine Meile von dem Mast entfernt lag – »… dann wird aller Wahrscheinlichkeit nach das Signal von *diesem* Mast hier aufgefangen werden.« Er deutete auf einen anderen Mast, der jetzt näher an dem hypothetischen Fahrzeug lag, und markierte die untere Funkzelle, durch die es jetzt fuhr, indem er drei weitere Linien um den neuen Mast zeichnete.

»Dieser Bereich ist die Zelle B von Mast zwei.«

Michael beobachtete, wie die Geschworenen verstehend nickten.

Noch können sie ihm folgen, dachte er. *Hoffen wir, dass das so bleibt.*

White fuhr fort und wies auf die wahrscheinlichen Funkmasten und -zellen für jede weitere halbe Meile hin, die der Wagen auf der markierten Straße zurücklegte. Als er fertig war, verfügte die Jury über eine Liste von benutzten Masten auf südlicher Route, die, wie White erklärte, ein starker Beweis für diese erdachte Fahrt wäre.

»Aber was würde passieren, wenn die Kapazität eines oder mehrerer dieser Masten bereits ausgelastet wäre, Mr. White? Wenn einer oder mehrere von ihnen bereits die mögliche Zahl an gleichzeitigen Nutzern erreicht hätten?«

Epstein kannte die potenziellen Angriffspunkte der Verteidigung. Und er stellte seine Fragen, um diese Punkte zu schwächen.

»Anders gefragt, wo würden unter diesen Umständen die Telefonate registriert werden?«

»Dann, Mr. Epstein, würde das betreffende Telefon nach dem *nächsten* Sender suchen, der infrage kommt. Es könnte sich dabei um denselben Mast handeln, nur in einer der beiden anderen Funkzellen. Oder aber es könnte ein vollkommen anderer Mast sein. Immer noch in der Nähe, aber nicht mehr ganz so dicht dran.«

»Und wie wahrscheinlich wäre es zum Beispiel, dass der nächste verfügbare Sendemast, sagen wir, mehr als eine Meile von der Stelle entfernt wäre, an der das Telefon benutzt würde?«

»Das wäre überhaupt nicht wahrscheinlich, Mr. Epstein.« White hielt die größere Karte zur Erklärung hoch und sprach weiter. »Wie Sie sehen können, gibt es in diesem Fünf-Meilen-Bereich sehr viele Sendemasten. Und jeder von ihnen hat drei Funkzellen, wie wir festgestellt haben. Jede Funkzelle hat eine festgelegte Kapazität, und die Telefonnutzung jedes Mastes ist priorisiert. Die oberste Priorität bekommen die Anrufe von dem eigenen Netzwerk des Mastes. Sie müssen wissen, dass jeder Sendemast einem bestimmten Netzwerkanbieter gehört. Unser Mast eins könnte zum Beispiel der Firma EE gehören, während unser Mast zwei im Besitz von Virgin ist. Jeder Mast priorisiert jetzt Anrufe oder Textnachrichten, die aus seinem eigenen Netzwerk stammen. Falls er darüber hinaus noch freie Kapazitäten hat, geht es nach der Devise: Wer zuerst kommt, mahlt zuerst. So nimmt er dann auch Anrufe von Telefonen anderer Netzwerkbetreiber an. In den allermeisten Fällen nimmt also *jeder* Mast Anrufe von *jedem* Netzwerk an. Daher ist es sehr, sehr unwahrscheinlich, dass alle Masten innerhalb eines kleinen Bereichs gleichzeitig ausgelastet sind. Es ist also auch höchst unwahrscheinlich, dass ein Telefon keinen Mast in der Nähe nutzen kann, sondern sich stattdessen mit einem verbinden muss, der eine Meile vom physischen Aufenthaltsort des Handys entfernt ist.«

Da die Jury jetzt im Bilde war, wandte sich White den konkreten Beweisen des Falles zu.

Er benutzte Funkdaten von O'Driscolls und Kashs Telefonen und erklärte, wie man anhand ihrer Bewegungen nachvollziehen konnte, dass beide Handys am Schauplatz des Mordes an den Galloways gewesen waren. Dann benutzte er dieselben Daten, um der Jury zu zeigen, welche Strecke seiner Meinung nach zumindest Darren O'Driscolls Telefon zurückgelegt hatte. Eine Strecke, die dem Fahrtweg der Galloways entsprach, was darauf hindeutete, dass die Brüder verfolgt worden waren. Dann wies er darauf hin, dass die Daten außerdem zeigten, dass beide Telefone das Gebiet verlassen hatten, kurz nachdem die Brüder gestorben waren.

Am Ende von Whites Aussage hatten die Geschworenen ein klares Bild von allen Beweisen auf Basis der Funkdaten. Ein Bild, das die Anklage zu hundert Prozent unterstützte. Und ein Bild, das Michaels sicherer Überzeugung nach falsch war.

Nachdem Epstein wieder Platz genommen hatte, hatte Cole White für seinen eigenen Klienten O'Driscoll ins Kreuzverhör genommen. Er hatte versucht, Whites Schlussfolgerung zu unterminieren, dass O'Driscolls Handy am Tatort des Mordes gewesen war. Obwohl Coles Fragen sehr geschickt vorgebracht worden waren, wusste Michael, dass er einen falschen Ansatz verfolgte. Die Aussagekraft von Whites Beweisen war nicht im Geringsten erschüttert worden.

Doch Michael war nicht besorgt. Als er aufstand, wusste er, dass er es besser konnte.

»Mr. White, ich werde Ihnen jetzt einige Fragen bezüglich des Angeklagten Simon Kash stellen.«

»Ich verstehe, Mr. Devlin.«

White war Michael bereits begegnet.

»Dann verstehen Sie auch, Mr. White, dass ich keine Fragen bezüglich Mr. O'Driscolls Telefon an Sie habe.«

»Ich glaube, man hat mich dazu auch alles gefragt, was es zu sagen gibt.«

White lächelte bei der Antwort, genauso wie die Geschworenen. Sie schienen seiner Meinung zu sein.

»Und es ist ja auch gar nicht erforderlich, dass ich Fragen zu Mr. O'Driscolls Telefon stelle, habe ich recht?«, fuhr Michael fort. »Weil Sie ja nicht behauptet haben, dass Mr. O'Driscolls Telefon und das von Mr. Kash sozusagen zusammen gereist wären, stimmt's? Oder dass sie auch nur dieselbe Strecke zurückgelegt hätten?«

»Ich habe nichts dergleichen behauptet, nein. Das könnte ich auch nicht. Aber ich denke, dass ich das sehr deutlich gemacht habe.«

»Das haben Sie allerdings, Mr. White. Sie haben es außerordentlich deutlich gemacht. Also werfen wir einen Blick auf Ihre Aussage, was das Telefon von Mr. Simon Kash angeht.«

»Bitte, gern.«

Michael nahm einen Ordner mit etwa 40 Seiten, auf denen

die unterschiedlichen Daten zu finden waren, die White in seinem Gutachten benutzt hatte. Die Geschworenen hatten Kopien dieser Dokumente vor sich.

Michael öffnete seinen Ordner auf Seite 6 und bat White, die Geschworenen und den Richter, dasselbe zu tun.

Auf dieser Seite befand sich eine Karte, ähnlich der, die White in seinem Beispiel benutzt hatte, und auf der ebenfalls ein Fünfmeilen-Gebiet zu sehen war. Diesmal jedoch handelte es sich um den Stadtteil Bromley in South East London. Dort waren die Galloway-Brüder abgeschlachtet worden. White hatte sich auf diese Karte konzentriert, als er den Geschworenen seine Schlussfolgerungen geschildert hatte.

»Können wir das rückwärts abspulen, Mr. White? Und am Tatort des Mordes beginnen?«

»Wir können anfangen, wo immer Sie wollen, Mr. Devlin.« White klang ein wenig herablassend und vollkommen unbesorgt.

»Das ist sehr nett von Ihnen.« Whites arroganter Ton kümmerte Michael nicht im Geringsten. Er würde das, was jetzt kam, genießen.

Michael nahm die Karte und deutete auf den roten Punkt, der den Tatort kennzeichnete.

»Wir sind uns einig«, fuhr er fort, »dass sich der Tatort des Mordes an dieser Stelle befindet, ist das richtig?«

»Ja.«

»Und wir stellen fest, dass die letzte aufgezeichnete Nutzung von Simon Kashs Telefon in der Nacht der Morde in Funkzelle C registriert wurde, dem linken Abschnitt von Mast 22, der, wie Sie uns gesagt haben, dem O2-Netzwerk gehört. Das ist derselbe Mast, der auch die Nutzung von

Mr. O'Driscolls Telefon etwa zur selben Zeit registriert hat, ist das korrekt?«

»Sagten Sie nicht, Sie hätten keine Fragen zu Mr. O'Driscolls Telefon, Mr. Devlin?«, unterbrach ihn Richter Levitt.

»Entschuldigen Sie, My Lord«, antwortete Michael. »Ich meinte *spezifische* Fragen. Ich bin leider nicht in der Lage, sämtliche Bezüge auf Mr. O'Driscoll zu vermeiden. So gern ich das auch täte.«

»Dann vermeiden Sie vielleicht in Zukunft Versprechen, die Sie unmittelbar danach brechen, Mr. Devlin?«

»Ich werde mich bemühen, My Lord.«

Michael wandte sich wieder an White.

»Also noch einmal, es ist derselbe Mast wie bei Mr. O'Driscolls Telefon. Korrekt?«

»Korrekt.«

»Und Sie legen darum nahe, dass beide Telefone sich zur Zeit ihrer Nutzung etwa am gleichen Ort befanden.«

»Korrekt.«

»Der Zeitpunkt war etwa 20.45 Uhr.«

»Das ist richtig.«

»Und Sie sagen auch, die restlichen Telefondaten zeigen, dass die Angeklagten unmittelbar nach 20.45 Uhr den Bereich von Bromley verlassen haben.«

»Korrekt.«

»Okay. Ich wollte nur sicherstellen, dass das vollkommen klar ist. Gehen wir jetzt etwas in der Zeit zurück, Mr. White. Nicht weit, nur etwa zehn Minuten. Können Sie mir sagen, welcher Mast Simon Kashs Telefon um 20.35 Uhr aufgefangen hat? Nur zehn Minuten früher?«

White warf einen Blick in sein Gutachten.

»Mast 20.«

»Und welchem Netzanbieter gehört Mast 20?«

»EE.«

»Es ist also ein anderer Mast?«

»Ja.«

»Und Mast 20, der EE gehört – das ist dieser Mast hier, korrekt?«

Michael deutete auf die Karte. Auf einen anderen Mast, etwa zweieinhalb Zentimeter vom Tatort entfernt. White warf erneut einen Blick in seine Unterlagen.

»Ja, Mr. Devlin. Das ist korrekt.«

»Wie weit ist dieser Mast vom Tatort entfernt?«

»Dem Maßstab nach zu schließen etwas mehr als eine halbe Meile.«

»Und liegt Mast 20 näher am Tatort als Mast 22?«

»Nein, das ist nicht der Fall.«

»Und wie groß ist die Differenz?«

»Etwa eine halbe Meile. Mast 22 ist weniger als hundertachtzig Meter vom Tatort entfernt.«

»Okay. In diesem Fall ist Mast 20 zumindest der zweitnächste Mast vom Tatort?«

White blickte ein paar Sekunden auf seine Karte. Michael sah, dass der Mann in Gedanken zählte.

»Nein, Mr. Devlin. Mast 20 ist nicht der zweitnächste Mast.«

»Das ist interessant. Ich frage mich, ob Sie wissen, wie viele Masten stattdessen näher am Tatort liegen?«

»Fünf, Mr. Devlin. Mast 20 ist der sechstnächste Funkmast zum Tatort.«

Michael nickte und warf einen kurzen Blick auf die Geschworenen. Die meisten schienen von diesem Wortwechsel verwirrt zu sein. Er musste dafür sorgen, dass sie begriffen, worauf er hinauswollte.

Das alles ist bis jetzt noch etwas technisch, dachte er. *Also machen wir es klarer.*

»Wie kann es dann zutreffen, Mr. White, dass Simon Kashs Telefon ihn am Tatort verortet, obwohl sein Handy von den fünf Masten, die diesem Tatort am nächsten waren, ignoriert wurde?«

»Wie ich Mr. Epstein sehr deutlich erklärt habe, ist es absolut möglich, dass Mast 22 an der Grenze seiner Kapazität war. Unter diesen Umständen würde sich Mr. Kashs Telefon den nächstgelegenen verfügbaren Funkmast suchen. Das wichtige Wort hierbei ist *verfügbar.* Es ist sehr gut möglich, dass Mast 20 der einzige der nächsten fünf Masten war, der *nicht* ausgelastet war.«

»Aber Sie sagten zuvor, Mr. White, dass jeder Mast drei Funkzellen hat, und dass es sehr, sehr unwahrscheinlich wäre, dass ein Telefonsignal über eine Meile reisen müsste, bevor es einen verfügbaren Funkmast findet. Oder stimmt das nicht?«

»Das stimmt, Mr. Devlin, ja. Aber dies hier ist keine Meile, stimmt's? Es war eine halbe Meile. Außerdem müssen Sie die Anzahl der Masten in Betracht ziehen. Werfen Sie einen Blick auf die Karte in Ihrer Hand. Aus irgendeinem Grund hat das Gebiet von Bromley weit weniger Masten zur Verfügung als der Durchschnitt, deshalb hat das Telefonsignal weit weniger Möglichkeiten. Außerdem muss jeder einzelne Mast weit mehr Signale verarbeiten. All das deutet darauf hin, dass die Masten in diesem Gebiet erheblich wahrscheinlicher an die Grenzen ihrer Kapazität stoßen. Ich akzeptiere selbstverständlich, dass Mast 20 keineswegs der ideale Mast ist. Aber dass er das Handysignal aufgefangen hat, deutet in keiner Weise darauf hin, dass Mr. Kashs Telefon woanders gewesen wäre als am Tatort.«

Michael ließ sich ein paar Augenblicke Zeit und sah White an, bevor er etwas erwiderte. Der Gutachter dachte eindeutig, dass er das beste Gegenargument entkräftet hätte. Und Michael wollte, dass er genau das dachte.

»Okay. Auf die Gefahr hin, dass ich erneut mein Versprechen breche – können Sie bestätigen, dass Mr. O'Driscoll etwa zur gleichen Zeit einen Anruf getätigt hat, zu der Mr. Kashs Telefonnutzung registriert wurde? Um 20.35 Uhr?«

»Das trifft zu.«

»Und können Sie ebenfalls bestätigen, dass die Funkzelle, die diesen Anruf aufgenommen hat, ich meine Mr. O'Driscolls Anruf, Mast 22 war?«

»Auch das stimmt.«

»Also derselbe Mast, der die Telefonate sowohl von Mr. O'Driscoll als auch Simon Kash zehn Minuten später aufgefangen hat?«

»Das ist korrekt.«

»Danke. Gehen wir noch etwas weiter zurück in der Zeit. Innerhalb der Stunde vor dem Anruf um 20.35 Uhr wurde Simon Kashs Telefon sieben weitere Male benutzt. Stimmt das?«

White warf einen Blick in sein Gutachten.

»Das stimmt.«

»Danke. Können Sie mir jetzt sagen, wie viele Masten einen oder mehrere dieser Telefonate aufgefangen haben?«

White warf einen Blick in seinen Bericht. Dann las er ihn noch einmal sorgfältiger. Michael beobachtete ihn amüsiert. Der Gutachter schien allmählich den Fehler in seiner Analyse zu begreifen.

»Zwei Masten, Mr. Devlin.«

»War einer davon Mast 22, Mr. White?«

»Nein, keiner von ihnen.« White klang plötzlich weit weniger selbstsicher.

»Was ist mit Mast 20?«

»Ja. Etliche dieser Telefonate liefen über Mast 20.«

»Wie viele, Mr. White?«

»Fünf.«

»Fünf von sieben. Das ist sehr hilfreich. Und die beiden anderen, Mr. White?«

»Sie wurden von einem anderen Mast aufgefangen, Mr. Devlin.«

White hob die Karte hoch und deutete auf einen anderen markierten Mast. Einen, der noch weiter vom Tatort entfernt zu sein schien.

»Mast 13.«

»Und welchem Netzbetreiber gehört Mast 13?«

»Dem EE-Netz.«

»Und ist dieser Mast näher oder weiter vom Tatort der Morde entfernt als Mast 20?«

»Er ist weiter entfernt, Mr. Devlin.«

Die Resignation in Whites Stimme war hörbar. Er wusste, was jetzt kam, das war Michael klar. White hatte seinen eigenen Fehler bemerkt und wusste, dass er ihn jetzt nicht mehr korrigieren konnte.

»Wie viel weiter, Mr. White?«

»Vielleicht eine halbe Meile.«

»Und wie viele andere Funkmasten befinden sich zwischen Mast 20 und Mast 13?«

White zählte nach. Schließlich antwortete White.

»Vier, Mr. Devlin.«

»Vier, Mr. White? Vier?«

»Ja.«

Michael sah zu den Geschworenen und täuschte Verwirrung vor. Einige von ihnen schienen ebenfalls vollkommen perplex zu sein. Andere jedoch waren bereits zu dem Schluss gekommen, zu dem Michael sie bringen wollte.

Michael machte für die restlichen Geschworenen weiter. Jetzt spielte er für das Publikum.

»Also, Mr. White. Sie haben dieser Jury heute erzählt, dass Simon Kashs Telefonsignal von Mast 22 aufgefangen wurde, und dass diese Tatsache beweist, dass sein Handy am Tatort der Galloway-Morde gewesen sein muss, und zwar unmittelbar nach ihrem Tod.«

»Ja.«

»Sie haben dieselben Daten für die Schlussfolgerung genutzt, dass Simon Kashs Telefon für eine längere Zeitdauer vor ihrem Tod an demselben Ort war.«

»Das trifft zu.«

»*Und* Sie haben der Jury gesagt, dass diese zweite Schlussfolgerung keineswegs davon unterminiert würde, dass das Telefonsignal nur zehn Minuten zuvor von Mast 20 aufgefangen worden war.«

»Das ist korrekt.«

»Sie sagten auch: Obwohl Mast 20 eine halbe Meile vom Schauplatz der Morde entfernt lag und es fünf nähere Masten gab, würde das keineswegs ausschließen, dass sein Handy am Tatort war.«

»Das trifft zu.«

»Aber jetzt wissen wir, dass dasselbe Telefon innerhalb einer Stunde vor der Benutzung um 20.45 Uhr *sieben* weitere Male benutzt wurde.«

»Ja.«

»Und wir wissen auch, dass keiner dieser Anrufe von Mast 20 aufgefangen wurde.«

»Das scheint so zu sein, ja.«

»Was zwangsläufig darauf hindeutet, dass Simon Kashs Telefon in der Stunde, bevor die Galloway-Brüder gefoltert und getötet wurden, nicht am Schauplatz gewesen sein kann, ist das nicht so?«

»Nicht …« Er räusperte sich. »Nicht unbedingt.« White hing in den Seilen. »Wie ich erklärt habe, geht es um die nächste *verfügbare* …«

»Ja, das haben wir alle gehört und verstanden«, unterbrach Michael ihn. »Aber wollen Sie wirklich behaupten, dass eine *geschlagene Stunde* lang jeder Mast, der näher am Tatort war als Mast 20 – und zwar alle fünf davon – so ausgelastet gewesen sind, dass sie das Telefonat nicht auffangen konnten?«

»Das ist … das ist möglich, ja.«

Whites Selbstsicherheit war vollkommen verflogen.

»Aber was ist dann mit den beiden Anrufen, die Mast 13 aufgefangen hat, Mr. White?«

»Das verstehe ich nicht.«

»Selbstverständlich verstehen Sie das. Die beiden Anrufe von Simon Kashs Telefon, die nicht von Mast 20 aufgefangen wurden. Denn dieser Mast war wahrscheinlich ebenfalls ausgelastet, Ihrer eigenen Logik zufolge. Diese beiden Anrufe konnten also nicht vom Schauplatz der Morde kommen, habe ich recht?«

»Ich denke, das zu behaupten, ist etwas gewagt, Mr. Devlin.« White gab nicht nach. Aber er machte seine Sache nicht gut. »Es ist absolut möglich, dass die Handynutzung und die

Auslastung so groß waren, dass dieser Mast zu dieser Zeit der nächste verfügbare Mast gewesen ist.«

»Aber widerspricht das nicht vollkommen dem, was Sie vorhin den Geschworenen erzählt haben, Mr. White?«

»Ich glaube nicht, dass es das tut.«

»Dann, glaube ich, sind wir bedauerlicherweise vollkommen unterschiedlicher Meinung.«

Michael hatte White geschlagen. Beide wussten es, und Michael hatte ihm nur noch eine Wahl gelassen: den Irrtum zuzugeben oder sich zu weigern und dickköpfig und unvernünftig zu wirken.

White hatte sich zu Letzterem entschlossen.

Michael machte weiter Druck.

»Denn vorhin wurden Sie nach der Möglichkeit gefragt, dass ein Mast, der eine Meile von einem bestimmten Ort entfernt ist, ein Signal von diesem Ort auffangen würde. Und Ihre Antwort, ich zitiere, lautete: ›Es ist höchst unwahrscheinlich, dass ein Telefon keinen Mast in der Nähe nutzen kann, sondern sich stattdessen mit einem verbinden muss, der eine Meile vom physischen Aufenthaltsort des Handys entfernt ist.‹ Und jetzt haben wir sogar zwei Anrufe identifiziert. Anrufe, die, wenn das Telefon am Tatort der Morde gewesen wäre, von einem Mast aufgefangen worden wären, der mehr als eine Meile entfernt lag. Und plötzlich sagen Sie jetzt, dass dies sehr gut möglich ist? Ich bitte Sie! Die Antwort, die Sie gegeben haben, widerspricht vollkommen Ihren früheren Ausführungen, oder nicht?«

White antwortete nicht sofort. Er schien nach einer überzeugenden Erwiderung zu suchen. Oder vielleicht auch nur nach einer passablen.

Michael wusste, dass es keine gab. Dem Zeugen blieb nichts anderes übrig, als sich stur zu stellen.

»Ich stimme Ihnen nicht zu, Mr. Devlin. Es gibt da durchaus Unterschiede.«

»Nun, dann überlassen wir die Beurteilung dieser Frage der Jury. Einverstanden, Mr. White?«

Michael blickte zu den Geschworenen, während er das sagte. In ihren Gesichtern konnte er erkennen, dass er seinen Punkt gemacht hatte.

»Nur um das klarzustellen«, fuhr Michael fort. »Sie behaupten also weiterhin Folgendes: Simon Kashs Telefon befand sich am Schauplatz der Morde, obwohl sein Signal in der Stunde vor 20.45 Uhr von EE-Mast 22 und EE-Mast 13 aufgefangen wurde – und innerhalb dieser Stunde kein einziges Mal von einem der fünf näheren Masten?«

»Ja.«

»Folglich behaupten Sie auch, dass dieses Telefon sich am selben Ort befand wie das Handy von Mr. O'Driscoll? Obwohl die beiden Telefone unterschiedliche Masten benutzt haben?«

»Ja.«

»Und zwar wegen der begrenzten Sendekapazität eines Mastes?«

»Ja.«

»Okay. In diesem Fall habe ich nur noch eine Frage, Mr. White. Sie haben zuvor erklärt, wie ein Sendemast seine Nutzung priorisiert.«

»Das habe ich.«

»Also würden die O2-Masten, die wir uns angesehen haben, O2-Nutzer priorisieren, und die EE-Masten würden EE-Nutzer priorisieren.«

»Ja.«

»Es gibt noch einen weiteren Aspekt dabei, stimmt's? Denn die Priorisierung geht selbst dann noch weiter, wenn die Auslastung erreicht wurde, oder nicht?«

»Ja, das ist korrekt.«

»Wenn also ein Mast ausgelastet ist und dann ein Nutzer seines *eigenen* Netzwerks anruft, wirft der Mast einen Nutzer von einem anderen Netzwerk hinaus, um Kapazität zu schaffen. Stimmt das?«

»Das ist richtig, ja.« White war sichtlich erleichtert, wieder festen Boden unter den Füßen zu haben. »Deshalb werden Telefonate manchmal auf mysteriöse Weise unterbrochen. Wenn zum Beispiel ein EE-Telefon den letzten Platz an einem O2-Mast benutzt und ein O2-Nutzer versucht, sich ›einzuloggen‹. In diesem Fall wirft der O2-Mast das EE-Signal raus, um das O2-Signal aufzunehmen.«

»Genau das dachte ich mir. Und ich bin sehr froh, dass Sie dieses Beispiel benutzt haben, Mr. White. Denn wie Sie uns erklärt haben, gehört Mast 20 zum O2-Netzwerk, stimmt's?«

»Das ist richtig.«

»Und zufällig ist das auch der Mast, der am dichtesten am Tatort liegt, und folglich der Mast, der höchstwahrscheinlich von einem Handy angewählt wird, das sich in der Nähe befindet.«

»Falls er verfügbare Kapazitäten …«, begann White.

»Ja, das wissen wir alles.« Michael verwehrte White die Chance abzuschweifen. »Und es stimmt auch, dass Mr. O'Driscolls Handysignal bei jedem Telefonat in der Stunde vor der letzten Nutzung um 20.45 Uhr von ebendiesem O2-Mast aufgefangen wurde?«

»Ja.«

»Weshalb Sie zu der Schlussfolgerung gelangt sind, dass Mr. O'Driscolls Telefon während dieser Zeit am Schauplatz der Morde gewesen ist.«

»Ja.«

»Genau.« Michael nahm erneut den Ordner zur Hand. »Mr. White, könnten wir uns bitte Seite vier in diesen Unterlagen ansehen?«

White folgte seiner Aufforderung, wie auch der Richter, die Jury und alle anderen Barrister.

»Hier sehen wir, dass zwei von Simon Kashs acht Telefonaten fast gleichzeitig mit zwei von Darren O'Driscolls Anrufen stattfanden. Sehen Sie das?«

White studierte die Unterlagen.

»Ja.«

»Mr. O'Driscoll machte um 20.11 Uhr einen Anruf. Er dauerte drei Minuten und wurde von Mast 22 aufgefangen.«

»Korrekt.«

»Und um 20.12 Uhr führte Simon Kash ein einminütiges Gespräch, das von Mast 20 registriert wurde.«

»Das sehe ich, ja.«

»Gehen wir jetzt etwas weiter nach unten. Um 20.31 Uhr tätigte Mr. O'Driscoll einen weiteren dreiminütigen Anruf. Erneut über Mast 22. Eine Minute später machte Simon Kash einen Anruf, der offenbar abgebrochen wurde. Er wurde von Mast 13 registriert. Ein Mast, der eine ganze Meile entfernt liegt, wie wir wissen.«

»Ja.«

»Und bei dem es sich um einen EE-Mast handelt.«

»Ja.«

»Kennen Sie die Netzbetreiber, die Mr. O'Driscoll und Simon Kash ihre Dienste zur Verfügung stellen, Mr. White?«

Der Gutachter blickte starr geradeaus. Jetzt endlich begriff er.

»Nein, Mr. Devlin. Aber ich glaube, ich könnte jetzt eine Vermutung anstellen.«

»Wir wollen hier nichts vermuten, Mr. White. Mr. O'Driscoll ist im TalkTalk-Netzwerk registriert. Simon Kashs Telefon ist im O2-Netzwerk registriert.«

»Ich verstehe.«

»Dann erklären Sie mir bitte Folgendes, Mr. White. Wenn Mr. O'Driscoll am selben Ort gewesen wäre wie Simon Kash und ein Gespräch mit seinem TalkTalk-Telefon geführt hätte, dann könnte dieser Anruf von dem nächsten O2-Mast aufgefangen werden, vorausgesetzt, dass dieser Funkmast Kapazitäten frei hätte. Ist das richtig?«

»Ja.«

»Aber wenn Simon Kash dann einen Anruf vom selben Ort gemacht hätte und der nächste O2-Mast jetzt ausgelastet gewesen wäre, dann wäre ein Nutzer eines Nicht-O2-Netzwerks – vielleicht Mr. O'Driscoll, vielleicht auch jemand anders – hinausgeworfen worden. Korrekt?«

»Das ist korrekt. Ja.«

»Und was bedeutet das, Mr. White? Wie lautet die einzige Schlussfolgerung, die wir aus der Tatsache ziehen können, dass Mr. O'Driscolls Anruf von O2-Mast 22 aufgenommen wurde, aber dass *derselbe Mast zur selben Zeit* einen Anruf von Simon Kashs O2-Telefon nicht akzeptiert hat?«

White antwortete nicht sofort. Denn die einzige Antwort, die er hätte geben können, hätte seine Argumentation vollkommen erschüttert.

»Nun, Mr. White?«

»Das bedeutet … Es bedeutet, dass Mast 22 zur Zeit der beiden Anrufe nicht am nächsten an Simon Kashs Telefon gewesen sein kann.«

Michael blickte zu den Geschworenen. Er sah, dass sie verstanden. Trotzdem konnte es nicht schaden, ein gutes Argument in Stein zu meißeln.

»Und das bedeutet, Mr. White, dass während des Zeitraums, im dem laut Krone die Galloway-Brüder gefoltert und ermordet wurden, Simon Kashs Handy an einem vollkommen anderen Ort benutzt wurde als Darrens O'Driscolls Telefon. Oder stimmt das etwa nicht?«

»Das ist das, worauf die Beweislage jetzt hinzudeuten scheint.« White konnte keine andere Antwort geben. »Es scheint, dass die Telefone letztlich nicht zusammen an einem Ort gewesen sind.«

»Danke, Mr. White.«

Michael setzte sich und blickte nach links. Simon Kash sah ihn an. Michael lächelte. Und zum ersten Mal erwiderte Kash sein Lächeln.

38

»Wie viele Passagiere waren an Bord?«

»Es war eine Autofähre, Sarah.« James Elton sprach leise. »Fast alle waren auf dem Oberdeck, also hat kaum jemand die Gewalttat beobachtet. Aber sie haben die Jagd gefilmt und dann den Sprung des Kerls. Und die Verhaftung.«

»Handys?«

»Was glauben Sie denn? Ich habe jetzt schon sechs verschiedene Videos gesehen. Eins auf YouTube. Den Rest auf Facebook. Da fragt man sich, warum wir überhaupt noch Kameraleute bezahlen.«

»Sie sind durchaus nützlich.« Nathan war vielleicht nicht der beste Kameramann der Welt, aber Sarah gewöhnte sich langsam an ihn. Und er war ganz eindeutig besser als irgendein Zuschauer mit einem Smartphone und einer zittrigen Hand. »Also, warum soll ausgerechnet ich das machen? Wir haben doch sicher ein örtliches Team da oben?«

»Persönliche Beziehungen«, antwortete Elton. »Sehen Sie sich das an.«

Elton drehte den Bildschirm des Notebooks auf seinem Schreibtisch herum, so weit, dass sowohl er als auch Sarah ihn sehen konnten. Sarah beugte sich vor, als Elton auf Play drückte.

Das Bildmaterial war typisch für ein Smartphone. Extrem wackelig. Professionelle Aufnahmegeräte dagegen sind aus ganz bestimmten Gründen so geformt, wie sie es eben sind. Sie sollen dem Kameramann Stabilität garantieren. Wenn man alles so weit reduziert, dass es in eine Handfläche passt, bekommt man genau das Resultat, das Sarah jetzt vor sich sah. Eine Aufnahme, die so stark zitterte, dass man bei ihrem Anblick seekrank wurde. Und dass sich das Telefon auf einem Boot befand, verschlimmerte den Effekt nur noch.

»Worauf soll ich achten?«

»Warten Sie einfach. Sie sehen es in einer Sekunde.«

Doch Sarah bemerkte ihn bereits. Einen großen, kräftigen Mann, der zum Bug des Schiffs rannte.

»Wissen wir schon, wer er ist?«

Sarah nahm den Blick nicht vom Bildschirm, während sie die Frage stellte.

»Noch nicht«, erwiderte Elton. »Ebenso wenig, warum er gesucht wurde. Und da kommen Sie ins Spiel.«

Sarah wollte gerade fragen, warum. Aber noch bevor sie etwas sagen konnte, bewegte sich der Mann wieder. Diesmal sprintete er an der Kamera vorbei. Einen Moment lang war er in der Bewegung des Handys verschwunden, während der Besitzer sich drehte und versuchte, seinem Weg zu folgen. Dann war er wieder zu sehen. Er rannte auf die Reling des Schiffes zu.

»Was macht er denn da?«

Sarah sprach fast zu sich selbst. Und noch während sie die Frage stellte, warf der Mann seinen Rucksack über das Geländer, bevor er selbst hinübersprang. Er fiel schnell und war ins Wasser eingetaucht, als die Kamera ihn wieder einfangen konnte.

»Ganz schön dramatisch.« Sarah wandte den Blick vom Bildschirm ab und sah zu Elton. »Aber ich verstehe immer noch nicht, was das mit mir zu tun hat.«

»Es ist noch nicht vorbei, Sarah.« Elton deutete auf den Bildschirm. »Sehen Sie weiter zu.«

Sarah folgte seiner Aufforderung. Die Aufnahmen waren jetzt zittriger, weil der Besitzer des Telefons Mühe hatte, den Mann im Fokus zu behalten; hauptsächlich durch die Bewegungen des Schiffes.

Sarah konnte einen Mann im Wasser sehen, vermutlich den, der gesprungen war. Er schwamm nicht. Genau genommen konnte er sich kaum über Wasser halten.

»Was passiert da? Ertrinkt er?«

»Warten Sie einfach ab.«

Sarah fragte nicht noch einmal und sah schweigend zu, während sie mit einem Auge den Timecode des Videos im Blick behielt.

Eine Minute verstrich. Der Mann befand sich immer noch über Wasser. Zwei. Immer noch, aber er wurde schnell schwächer. Und als die dritte Minute anbrach, wechselte die Kamera den Fokus. Sie wurde jetzt auf ein Boot gerichtet, das sehr schnell näher kam.

Die Kamera zoomte heran, und das Bild wurde unscharf. Doch als das Boot anhielt, war jemand an Bord klar zu erkennen: Joelle Levy. Sie hatte die Waffe gezogen und richtete sie auf eine Stelle im Wasser.

»Levy?« Sarah sah Elton überrascht an. »Levy hat die Verhaftung vorgenommen?«

»Sieht so aus«, antwortete Elton. »Was sagt uns das?«

»Dass dieser Kerl irgendetwas mit dem Mord an Longman zu tun haben muss. Warum sonst wäre Levy da?«

»Genau dasselbe habe ich auch gedacht. Was eine Frage aufwirft: Warum zum Teufel wussten Sie nichts davon?«

Sarah schreckte bei Eltons Tonfall zusammen. Ihr Boss klang nicht besonders glücklich.

»Was wollen Sie damit sagen?«

»Ich dachte, Sie beide hätten eine Vereinbarung. Dass wir unser Wissen vorläufig zurückhalten. Im Austausch dafür, dass Levy Sie über alle Entwicklungen auf dem Laufenden hält. Damit wir eine Exklusivgeschichte bekommen.«

»Das entspricht ziemlich genau dem, was wir vereinbart haben, ja.«

»Was zum Teufel macht sie dann in Essex? Sie nimmt eine Verhaftung vor, die im ganzen verdammten Internet verbreitet wird, ohne dass Sie auch nur den Hauch einer Vorwarnung bekommen?«

»Die Vereinbarung war nicht so strikt, James.« Sarah war nicht ganz ehrlich gewesen, als sie von ihren Gesprächen mit Levy berichtet hatte. Sie hatte nicht erwähnt, dass diese Geschichte sich allmählich zu einer Freundschaft entwickelte. »Sie kann mich nicht an allem teilhaben lassen.«

»Welchen Nutzen hat sie dann für uns, Sarah?« Elton verbarg seinen Ärger nicht. »Wir haben ihretwegen einen echten Knüller zurückgehalten. Die Kreuzigungen. Die Verbindung zwischen Longman und Blunt. Wir haben sogar Beweise dafür, dass ein verfluchter Serienkiller sein Unwesen treibt, und haben sie nicht gebracht! Und wofür? Ich sehe nämlich nicht, dass wir irgendeine Gegenleistung erhalten.«

»Es ist ein langes Spiel, James. Es ist ...«

»Das Spiel dauert schon zu lange, Sarah. Ich habe es satt, darauf zu warten, dass Levy uns einen Knochen zuwirft. Die nächste Information, die wir bekommen, werden wir auswerten, und wenn *wir* dazu bereit sind, werden wir sie bringen. Wir werden nicht mehr stillhalten, um der Polizei zu helfen. Schließlich ist es nicht so, als würden sie jemals diese Hilfe würdigen.«

»Aber was ist mit den Dingen, die Levy uns bereits erzählt hat, James?« Sarah spürte förmlich, wie ihr Ehrenkodex zerlegt wurde. »Das war absolut vertraulich. Wenn wir darauf zurückgreifen, werden wir das Vertrauen der Polizei verspielen. Das können wir nicht machen.«

Sarah wusste, dass sie da ein hartes Argument vorbrachte; Eltons Entscheidungen würden Konsequenzen haben. Kurzfristige genauso wie langfristige.

Sie brauchten einen Kompromiss.

»Okay«, lenkte Elton schließlich ein. »Wir machen es folgendermaßen: Alles, was man Ihnen bis jetzt erzählt hat, behandeln wir vertraulich. Es gibt keinen Grund, die Brücken hinter uns abzubrennen, wenn wir es nicht müssen. Aber alles, was jetzt noch dazukommt, Sarah, alles Neue gehört uns. Levy ist nicht Ihre Partnerin. Sie schulden ihr gar nichts. Die nächste Spur, jede weitere Spur, gehört uns. Und nichts davon wird geteilt. Ist das klar?«

»Es gibt Bedingungen in der Beziehung, die ich zu Levy aufgebaut habe, James. Ich glaube wirklich nicht, dass wir diese einfach ignorieren sollten.«

»Dann tun Sie es nicht. Bleiben Sie freundlich, Sarah. Und bleiben Sie von mir aus Levys Resonanzboden. Vielleicht kommt ja etwas Gutes dabei heraus, also diskutieren Sie mit ihr nach Herzenslust die Dinge, die Sie bereits wissen. Aber von jetzt an ist es eine Einbahnstraße, verstanden? Unsere Spuren bleiben *unsere* Spuren. So einfach ist das.«

Sarah wollte etwas erwidern. Aber der Ausdruck auf Eltons Gesicht sagte ihr, dass es Zeitverschwendung gewesen wäre.

Das Gespräch war vorbei. Ebenso wie ihre Vereinbarung mit Levy.

39

Wisdom Penfold saß an einem kleinen Holztisch in dem engen Verhörraum. Seine Arme waren vor ihm ausgestreckt und wurden am Handgelenk von Handschellen zusammengehalten.

Links neben Penfold saß ein Anwalt. Peter Hughes, ein ansässiger Solicitor, den man angerufen hatte, um den Gefangenen zu beraten und seine Interessen zu vertreten. Rechts neben ihm stand ein riesiges Tonbandgerät, ein antiquiertes Relikt aus den Achtzigern. Damals hatte die Regierung zum letzten Mal richtig in die Ausstattung ihrer Polizeikräfte investiert.

Penfold betrachtete die beiden leeren Stühle auf der anderen Seite des Tisches und fragte sich, wann sein Verhör beginnen würde. Man hatte seine Verletzungen behandelt. Sein ausgekugelter Arm war wieder eingerenkt, sein blutendes Auge war verbunden, aber trotzdem hatte er Schmerzen. Sein Kopf fühlte sich an, als wäre er von einem Lastwagen angefahren worden, und diese Beschwerden machten ihn ungeduldig.

Fangt endlich an, dann haben wir es hinter uns, dachte Penfold. *Ich weiß, was mich erwartet.*

Penfold glaubte nicht an Gott. Deshalb überraschte es ihn nicht sonderlich, dass sein »Gebet« nicht erhört wurde. Die Tür ging nicht auf. Die Vernehmungsbeamten erschienen nicht. Die Folter der angespannten Erwartung dauerte an.

Zwanzig weitere quälende Minuten verstrichen.

Das Zimmer bot keinerlei Ablenkungen. Nur blassblaue Wände, die vor vielen Jahren zum letzten Mal gestrichen worden waren. Und Peter Hughes, mit dem Penfold nichts zu besprechen hatte. Er hatte nicht nach einem Anwalt verlangt, aber auch keinen verweigert. Was allerdings nicht hieß, dass er vorhatte, sich diesem Mann anzuvertrauen.

Endlich öffnete sich die einzige Tür des Raumes, und zwei Leute kamen herein. Eine erkannte er sofort: Joelle Levy, die Frau, die hier das Sagen hatte. Hinter ihr folgte ein großer Mann von Anfang dreißig. Schlank und in einem teuren Anzug.

Die beiden setzten sich. Zuerst sagte keiner ein Wort. Der Mann saß neben dem Tonbandgerät, also drückte er den Aufnahmeknopf. Ein Sirren verkündete, dass die Aufnahme begonnen hatte.

Dann wandte er sich an Penfold.

»Mr. Penfold, nachdem man Sie im Anschluss an Ihre Verhaftung heute Morgen auf Ihre Rechte hingewiesen hat, beginnen wir jetzt mit dem Verhör. Unser Gespräch wird aufgenommen, und diese Aufnahme wird Ihnen oder Ihrem Rechtsbeistand zur Verfügung gestellt, falls man Sie eines Vergehens beschuldigen sollte. Haben Sie diese Erklärung verstanden?«

Penfold antwortete nicht. Wenn er jetzt kooperierte, würde ihm das nicht weiterhelfen. Es würde nicht zu einer kürzeren Strafe führen. Das wusste Penfold. Er hatte nichts zu gewinnen, wenn er Fragen beantwortete, also würde er es auch nicht tun.

Der Beamte wartete einen Moment, bevor er fortfuhr.

»Kann ich Ihrem Schweigen entnehmen, dass Sie nicht vorhaben zu antworten?«

Penfold blickte weiter starr vor sich hin. Er würde auf diese Leute einfach nicht reagieren. Das schien den Beamten jedoch nicht sonderlich zu irritieren, denn er wandte sich nun einfach an Peter Hughes.

»In diesem Fall bitte ich Mr. Hughes zu bestätigen, dass Mr. Penfold nicht auf die Frage geantwortet hat, die ihm gerade gestellt wurde.«

»Mr. Penfold hat sich geweigert zu antworten, das ist korrekt.«

Der Beamte sah wieder zu Penfold.

»Als Nächstes, Mr. Penfold, müssen wir festhalten, wer heute in diesem Zimmer anwesend ist. Ich bin Detective Inspector Thomas Chadwick vom MIT One. Bei mir ist Detective Chief Inspector Joelle Levy, ebenfalls vom MIT One. Auf Ihrer Seite sitzt Ihr Rechtsbeistand, Mr. Peter Hughes. Und schließlich sind Sie selbst anwesend, Mr. Wisdom Penfold. Können Sie bestätigen, dass das, was ich gerade gesagt habe, zutrifft?«

Penfold war fest entschlossen, nichts zu sagen, kein einziges Wort. Er behielt seinen versteinerten Blick bei, während der Inspector ihm von dem vorgeschriebenen Textblatt weiterhin seine Rechte vorlas. Als wenn sie ihm etwas nützen würden. Es gab kein einziges Recht auf dieser Welt, welches verhindern konnte, dass er im Knast verfaulte.

»Mr. Hughes?«

»Ja, Inspector. Das ist korrekt.«

Levy beugte sich vor. Damit zeigte sie dem Inspector, dass sie jetzt weitermachen wollte. Der Mann schien die Geste zu verstehen, denn er lehnte sich auf seinem Stuhl zurück.

Penfold sah Levy an.

Jetzt geht's los, dachte er.

»Schön, nachdem das geklärt ist, reden wir über Phillip Longman.«

Penfolds Blick verengte sich. Es war der erste Anflug einer Reaktion, und zwar auf die Erwähnung eines Namens, den er kannte, den er aber nicht erwartet hatte.

»Wo waren Sie am frühen Morgen des 16. Juni?«

Penfold schwieg immer noch, obwohl er plötzlich nicht mehr genau wusste, wohin das hier führen sollte.

»Formulieren wir es anders, Mr. Penfold. Waren Sie am

frühen Morgen des 16. Juni dieses Jahres im Haus von Mr. Phillip Longman in der Magdalen Road 14 in Wandsworth?«

Penfold sagte nichts, aber seine Verwirrung wuchs. *Was zum Teufel soll das hier?*

»Okay. Was ist mit dem 18. Juni desselben Jahres, Mr. Penfold? Wo waren Sie am frühen Morgen dieses Tages?«

Penfold schüttelte den Kopf. Er antwortete immer noch nicht, aber jetzt lag es daran, dass er einfach keine Antwort wusste.

»Waren Sie am frühen Morgen des 18. Juni im Haus von Mr. Adam Blunt, Mill Lane 11 in Southwold, Suffolk?«

Blunt? Dieses Stück Scheiße? Was verflucht soll das hier?

»Mr. Penfold, das sind sehr ernste Beschuldigungen. Im Moment sind Sie der Hauptverdächtige für beide Verbrechen. Haben Sie irgendetwas in eigener Sache dazu zu sagen?«

Penfold starrte Levy mit unverhüllter Bosheit an, aber er sprach immer noch nicht. Er wusste nicht, ob das immer noch das beste Vorgehen war. Aber solange er nicht mehr erfuhr, würde er nicht riskieren, eine Antwort zu geben, die ihm möglicherweise mehr Ärger einbrachte, als sogar er verdient hatte.

»Für die Aufnahme, Mr. Penfold: Sie sind nicht bereit, uns zu verraten, wo Sie gewesen sind, als der ehemalige Lord Oberrichter Phillip Longman und Mr. Adam Blunt in ihren Häusern ermordet wurden, und zwar am 16. beziehungsweise am 18. Juni dieses Jahres.«

Penfold klappte der Kiefer herunter. Scotland Yard hatte ihn gejagt und auf britischen Boden zurückgeholt, er wäre fast ertrunken – und dabei hatten sie ihn noch nicht einmal wegen des richtigen Verbrechens geschnappt.

Was für ein verfluchtes, beschissenes Pech!

Der Frau entging seine schockierte Reaktion nicht, das sah er. Als sie weitersprach, sprudelten die Worte nur so aus ihr heraus, und in ihrer Stimme war die Besorgnis deutlich zu erkennen.

»Mr. Penfold, noch einmal für die Aufnahme: Sie scheinen beträchtliche Überraschung bezüglich der Fragen zu zeigen, die ich Ihnen bis jetzt gestellt habe. Deute ich Ihre Körpersprache falsch, Mr. Penfold? Oder gibt es da etwas, das Sie uns erzählen möchten?«

Penfold sah von Levy zu Chadwick. Dann zu Hughes. Er suchte nach etwas. Beruhigung? Einer Erklärung? Er wusste es selbst nicht, und er bekam auch nichts davon.

Genug war genug.

»Wovon verflucht noch mal quatschen Sie da überhaupt?«

◆

Penfold hatte eine tiefe Stimme. Das war nicht überraschend, denn er war ein großer Mann, so groß wie Chadwick und breiter als Steven Hale. Levy waren seine Arme aufgefallen, die keine Handgelenke zu haben schienen. Nur dicke Unterarme, welche direkt in riesigen Fäusten endeten, die wie Hammerköpfe wirkten.

»Ich rede von den Morden an Phillip Longman und Adam Blunt. Die Morde, wegen denen Sie verhaftet worden sind.«

»Die was?« Penfolds Schock war wirklich überzeugend. »Ist das etwa Ihr verfluchter Scheißernst?«

»Sie sitzen hier, stimmt's?« Die Antwort kam von Chadwick.

»Klar, ich sitze hier. Aber doch wohl nicht deswegen?«

Levys Unbehagen wuchs. Seine Reaktion wirkte zu echt, als dass sie gespielt sein konnte. Trotzdem machte sie weiter und hoffte verzweifelt, dass sie sich irrte.

»Weswegen sonst, Mr. Penfold? Was glauben Sie, wofür wir Sie sonst verhaftet haben?«

»Ganz bestimmt nicht für den Scheißmord an einem Richter. Und erst recht nicht wegen dem beschissenen Adam Blunt. Damit hatte ich nichts zu tun. Konnte ich gar nicht. Ich wusste nicht mal, dass Blunt noch lebte, geschweige denn, dass jemand ihn umgelegt hat.«

Levy warf einen kurzen Blick auf Chadwick. Er schüttelte fast unmerklich den Kopf. Offenbar interpretierte er Penfolds Reaktion genauso wie sie. Sie schien echt zu sein.

Aber sie durften nicht einfach nur ihren Instinkten vertrauen.

Levy drehte sich wieder zu dem Verdächtigen herum.

»Mr. Penfold, der Richter, der Sie zu lebenslanger Haft verurteilt hat, wurde vor vier Tagen ermordet. Ihr Anwalt, der sich geweigert hat, gegen diese Strafe in die Berufung zu gehen, wurde vor zwei Tagen ermordet. Beide auf identische und höchst ungewöhnliche Art und Weise. In den Wochen vor diesen Verbrechen haben Sie Ihre Meldepflicht als auf Bewährung entlassener Lebenslänglicher verletzt, wodurch Sie untertauchen konnten. Und heute haben Sie versucht, aus dem Land zu fliehen. Während Ihrer Ergreifung haben Sie zwei Individuen attackiert. Beide liegen zurzeit lebensgefährlich verletzt im Krankenhaus, und einer von beiden wird diese Nacht wahrscheinlich nicht überleben. Erwarten Sie wirklich, dass wir glauben, all dies wäre nur ein Zufall?«

»Es ist mir scheißegal, was Sie glauben.« Penfold war außer sich. »Ich hab getan, was ich getan habe, aber ich lass mir nicht zwei Morde anhängen, von denen ich nicht das Geringste weiß! Bin ich traurig, weil diese alten Mistkerle tot sind? Nein. Nein, bin ich nicht, kein bisschen. Aber ich hab keinen von ihnen umgebracht.«

»Warum sind Sie dann heute weggelaufen?« Chadwick stellte die naheliegende Frage. »Denn Sie sind geflüchtet, oder etwa nicht?«

»Was glauben Sie wohl? Hat es ausgesehen, als hätte ich Bock, mal kurz schwimmen zu gehen?«

»Warum also, Mr. Penfold?« Levy konnte nicht fassen, in welche Richtung dieses Verhör lief, aber sie war entschlossen, es bis zum Ende durchzuziehen. »Sie wollten so dringend von diesem Schiff herunterkommen, dass sie dabei fast zwei Menschen getötet hätten. Von denen einer wahrscheinlich auch sterben wird. Und Sie sind vom Oberdeck heruntergesprungen. Fast dreißig Meter bis zur Wasseroberfläche. Wofür das alles? Wovor sind Sie weggelaufen?«

»Oh, das ist wirklich raffiniert.« Penfolds Stimme wurde leiser und dunkler. Sie klang fast verschwörerisch. »Darum geht es also? Sie beschuldigen mich eines so großen Verbrechens, damit ich anfange zu reden? Damit ich irgendetwas anderes als Alibi vorbringe? Für wie blöd halten Sie mich eigentlich?«

Levy warf erneut einen Blick zu Chadwick, der wieder den Kopf schüttelte. Penfolds letzte Frage hatte die Sache entschieden. Der Mann sagte die Wahrheit, und es fühlte sich an wie ein Schlag in den Magen.

»Ich interessiere mich nicht für irgendetwas anderes, das Sie getan oder nicht getan haben, Mr. Penfold. Wir sind hier, um herauszufinden, wer Longman und Blunt getötet hat. Wenn wir Sie als Verdächtigen ausschließen können, dann müssen wir das wissen. Weshalb sind Sie weggelaufen, wenn nicht wegen Phillip Longman und Adam Blunt?«

»Sie wissen ganz genau, weshalb!«

Penfold brüllte die Worte heraus und hämmerte dabei mit seinen gefesselten Händen auf den Tisch.

»Es waren schließlich *Ihre* Leute, die versucht haben, mich aufzuhalten! Sie wissen genau, warum diese Bullen an Bord waren! Also halten Sie mich nicht zum Narren!«

Levy sah Chadwick erneut an. Jetzt war sie verwirrt, aber Chadwick hatte keine Erklärung zu bieten. Er schien noch verblüffter zu sein als sie selbst.

Sie blickte wieder zu Penfold. Ihr Herz hämmerte, als sie die mögliche Bedeutung seiner letzten Worte bedachte.

»Welche ›Bullen‹, Wisdom? Die beiden Leute auf dem Schiff, die Sie verletzt haben? Oder jemand anders?«

Levy konnte weder ihre Besorgnis noch ihre Verwirrung verbergen. Das hässliche Grinsen auf Penfolds Lippen sagte ihr, dass er ihr beides vom Gesicht ablesen konnte.

Und sie wusste auch, dass er plötzlich jeden Moment dieses Verhörs genoss.

»Wollen Sie damit sagen, dass die Frau und der Mann, die Sie angegriffen haben, Polizeibeamte waren? Oder haben Sie noch jemand anderen verletzt?« Ihre Verzweiflung war unüberhörbar und unmöglich zu verbergen. Sie versuchte es nicht einmal. Die gesamte Situation hatte sich radikal verändert. Longman und Blunt waren im Moment nicht mehr Levys größte Sorge. Die Sicherheit anderer Polizeibeamter hatte jetzt Priorität.

»Haben Sie noch jemanden angegriffen?«

Penfolds Grinsen verstärkte sich aufgrund von Levys erhobener Stimme. Er schüttelte amüsiert den Kopf und richtete seinen Blick auf Levy. Aber er antwortete nicht.

Und das wird er auch nicht, dachte Levy. *Nicht, solange er glaubt, dass er die Oberhand hat.*

»Das Verhör wird unterbrochen.«

Levy griff an Chadwick vorbei und drückte den Stoppschalter des Tonbandgeräts. Dann stand sie auf und öffnete die Tür des Verhörzimmers, vor dem zwei Polizeibeamte der Einheit aus Essex Wache hielten. Es waren große Männer, wenn auch nicht so groß wie Penfold. Aber sie waren durchaus in der Lage, einen verletzten, gefesselten Mann in Schach zu halten.

»Bringen Sie ihn in seine Zelle zurück.«

Die beiden Polizisten folgten dem Befehl, ergriffen Penfolds Arme und zogen ihn zur Tür. Levy wandte sich ab, als sie an ihr vorbeigingen, weil sie seinen triumphierenden Gesichtsausdruck keinen Moment länger ertragen konnte.

Sie wartete, bis er verschwunden war, bevor sie sich an Chadwick wandte.

»Fahren Sie ins Krankenhaus, und finden Sie so viel über das Paar von der Fähre heraus, wie Sie können.«

»Was ist mit Longman und Blunt?«

»Die vergessen wir für den Moment. Das hier hat im Augenblick Priorität.«

»Glauben Sie wirklich, dass dieses Paar ihn beschattet hat?«

»Ich habe keine Ahnung. Ich weiß nur, dass Penfold nicht unser Mann ist, aber dass er aus irgendeinem Grund auf der Flucht war. Vielleicht hat eine andere Abteilung ihn wegen irgendetwas verfolgt, was bedeutet, dass im Moment möglicherweise zwei Polizisten im Krankenhaus um ihr Leben kämpfen. Und das ist im Augenblick alles, was zählt.«

40

»War es das, Mr. Devlin? Bedeutet das, dass ich jetzt nach Hause gehen kann?«

Simon Kash saß auf seinem üblichen Stuhl in Besprechungszimmer 6. Zum ersten Mal schien der Stuhl ihn nicht verschlingen zu wollen. Kash war zwar immer noch klein, aber er schien endlich seine Energie zurückgewonnen zu haben.

»Wir sind noch nicht einmal annähernd so weit, Simon.« Es tat Michael leid, ihn enttäuschen zu müssen. Mit ansehen zu müssen, wie die Hoffnung in Kashs Augen zu erlöschen begann. »Das war erst ein Zeuge. Und es werden noch viele weitere kommen.«

»Aber er hat zugegeben, dass mein Telefon während des Mordes nicht dort war. Dass es nicht mit Darrens Telefon zusammen war.«

»Das stimmt, Simon. Aber das beweist lediglich, dass Ihr *Telefon* nicht dort war. Es beweist leider nicht, dass *Sie* nicht dort waren. Schließlich ist es nicht so, dass Ihr Telefon und Sie unzertrennlich wären, oder?«

»Aber ich hatte mein Handy die ganze Zeit bei mir, Mr. Devlin. Hab ich immer.«

Michael freute sich, dass Kash endlich etwas Leidenschaft zeigte. Es war höchste Zeit.

Die Trennung von O'Driscoll trägt erste Früchte.

»Das weiß ich, Simon. Aber bisher haben wir außer Ihrer Aussage keinen Beweis dafür. Und die Anklage hat immer noch Beweise, die ihrer Meinung nach belegen, dass Sie am Tatort gewesen sind.«

»Sie meinen Terry Colliver? Aber er ist ein Lügner, Mr. Devlin. Ich bin niemals dort gewesen.«

»Das weiß ich auch. Und ich werde versuchen, das zu beweisen, Simon. Aber das kommt erst noch.«

Kash sackte in sich zusammen. Dadurch wirkte er jetzt noch kindlicher. Als hätte Michael ihm ein neues Spielzeug weggenommen. Er verspürte Mitgefühl für den Mann. Michael wollte nicht, dass er die Hoffnung verlor.

»Hören Sie zu, Simon. Ich sage damit nicht, dass wir heute keine großen Fortschritte gemacht hätten. Denn das haben wir. Nur sind sie nicht so groß, wie Sie vielleicht glauben. Es war sehr wichtig, dass wir den Beweis bezüglich des Telefons entkräftet haben, weil es ein sehr wichtiger Beweis war. Und jetzt ist er hinfällig.«

»Es ist sogar noch besser als das«, unterbrach ihn Jenny Draper. Es war das erste Mal, dass sie das Wort ergriff, seit Kash in das Zimmer geführt worden war. »Denn jetzt ist es ein Beweis *für* uns, Simon. Der die Aussage unterstützt, dass Sie woanders gewesen sind.«

»Aber nur bis zu einem gewissen Maß.« Michael gefiel Drapers Einwurf nicht. Er hielt nichts davon, falsche Hoffnung zu wecken. Ein scharfer Blick zu Draper genügte, um ihr genau das klarzumachen. »Wie ich schon sagte, das beweist zumindest, dass Ihr Telefon nicht am Tatort gewesen ist.«

»Aber das verstehe ich nicht.« Kash war engagierter bei

der Sache als je zuvor. »Warum ist das ein Beweis für die Staatsanwaltschaft, aber kein Beweis für uns?«

»Es ist durchaus ein Beweis für uns, Simon. Aber die Tatsache, dass Ihr Telefon nicht am Tatort war, ist kein absoluter Beweis dafür, dass Sie ebenfalls nicht dort waren.«

Kash antwortete nicht sofort, und Michael drängte ihn nicht. Er war von dem ungewöhnlichen Engagement seines Mandanten zwar verblüfft, aber auch sehr erfreut. Und er wünschte sich, dass er nicht gezwungen gewesen wäre, diese Energie mit seiner Antwort zu dämpfen. Aber trotzdem war es ein Fortschritt.

»Was ist mit dem letzten Anruf?« Draper brach das Schweigen. »Simons Telefon ist bei diesem letzten Anruf immer noch in der Nähe des Tatortes lokalisiert worden. Und nah an Darrens Telefon.«

Kash sah Michael erwartungsvoll an.

»Das kommt darauf an, was Simon uns erzählt.« Ihr Fall hing nach wie vor von Kashs Instruktionen ab. Weder Michael noch Draper noch irgendein anderer Barrister konnte einfach die Fakten einer Verteidigungsstrategie erfinden. Es war dringend notwendig, dass Kash das begriff. »Denn es gibt verschiedene Möglichkeiten, richtig? Es könnte sein, dass das Signal von dem nächsten verfügbaren Mast aufgefangen wurde, während Sie immer noch eine halbe Meile entfernt waren, und dass derselbe Mast zufällig auch der nächste für O'Driscolls Handy war, als er die Galloways erledigte. Das ist möglich. Aber es ist auch eine sehr schwache Verteidigung, vor allem nach dem, was wir heute Nachmittag mit dem Telefonexperten erreicht haben.«

Michael machte eine Pause und wartete darauf, dass Kash aufsah. Sein Mandant musste das verstehen, musste darauf eingehen, denn wenn er das nicht tat, hatten sie verloren, Handy hin oder her. Er sagte nichts, bis Kash seinen Blick erwiderte.

»Eine andere Möglichkeit wäre natürlich auch, dass Simon *nach* dem Mord dort gewesen ist«, fuhr er fort, als er Kashs volle Aufmerksamkeit hatte. »Es ist möglich, dass Darren O'Driscoll Simon befohlen hat, vielleicht durch eine dritte Person, dorthin zu kommen und ihn abzuholen, weil Darren vom Tatort wegkommen musste. Falls Simon tat, was Darren ihm befohlen hat, dann würde das erklären, warum sein Telefon vor Ort war, unmittelbar bevor O'Driscoll den Tatort verließ.« Nach einer weiteren Pause fuhr Michael fort.

»Das sind die beiden Möglichkeiten, die ich der Beweislage entnehmen kann, Simon. Entweder ein katastrophales Pech mit einem Telefonmast, oder aber Sie haben getan, was Sie immer tun. Und damit meine ich, dass Sie getan haben, was Darren Ihnen befohlen hat. Ich weiß nicht, was davon stimmt. Ich habe zwar einen starken Verdacht, aber ich weiß es nicht. Das wissen nur Sie. Und Sie müssen mir das sagen, damit ich diesen Kampf für Sie gewinnen kann. Denn wenn ich recht habe und Szenario zwei zutrifft, und Sie mir die Erlaubnis geben, es zu beweisen, dann haben Sie vielleicht die Chance, als freier Mann nach Hause zu gehen.«

Michael beendete seine Rede. Er hatte die Situation deutlich genug geschildert.

Kash hatte den Blick wieder gesenkt, als Michael andeutete, O'Driscoll habe ihn zum Tatort bestellt. Im selben Augenblick war sein sichtbares Unbehagen zurückgekehrt. Michael las die Körpersprache des Mannes als Bestätigung, dass Szenario zwei keineswegs eine Möglichkeit war, sondern die Wahrheit.

Michael tippte gegen Drapers Hand und deutete mit einer kleinen Kopfbewegung auf Kash. Das war ihr Zeichen einzuschreiten.

»Ist es so gewesen, Simon?« Drapers Stimme klang unbeschwert, während sie die heikle Balance zwischen Charme und Autorität wahrte. Sie beherrschte sie hervorragend. »Wurden Sie gezwungen, O'Driscoll abzuholen? Ihn vom Tatort wegzubringen? Ist das passiert?«

Kash hob den Blick und sah in Drapers Augen. Michael spürte, dass er Draper die Antwort geben wollte, die sie brauchte.

Gemeinsam dringen wir endlich zu ihm durch.

»Sie können es uns verraten, Simon«, fuhr Draper fort. »Sie sind jetzt in Sicherheit. O'Driscoll kann nicht an Sie heran. Sagen Sie es uns, dann sorgen wir dafür, dass es auch so bleibt.«

Ihre Wirkung auf Kash konnte nicht deutlicher sein. Oder verständlicher. Drapers Charme hatte auch schon bei weit selbstbewussteren Männern gewirkt, das wusste Michael. Und wenn sie ihn bei einem eingeschüchterten, unerfahrenen Jungen einsetzte, der allein dem Rest der Welt gegenüberstand? Kash hatte keine Chance.

Glücklicherweise ist sie auf seiner Seite, dachte Mike.

»Ich ... Das kann ich nicht.« Kash antwortete endlich. »Ich würde gern, das schwöre ich. Aber ich kann es nicht. Wenn ich Ihnen die Wahrheit über das erzähle, was passiert ist, dann werde ich sterben. Das weiß ich.«

»Warum, Simon?«, griff Michael ein. »Wenn Sie uns die Wahrheit erzählen, dann wird Darren O'Driscoll für den Rest seines Lebens im Gefängnis sitzen. Von dort aus kann er Ihnen nichts mehr antun.«

»Er ist nicht der einzige O'Driscoll, Mr. Devlin.«

Kashs Antwort war ziemlich simpel. Darrens Bruder Patrick. Ein Mann, der Michael auf offener Straße bedroht hatte.

Michael selbst hatte Patrick nicht besonders einschüchternd gefunden, aber Kash sah das sicher anders. Michael bedauerte jetzt, dass er seinem Instinkt nicht nachgegeben und Patrick O'Driscoll krankenhausreif geschlagen hatte, als sich ihm die Chance dazu bot. Nicht um seinetwillen und nicht einmal wegen Sarah, sondern wegen des verängstigten Jungen, der ihm jetzt gegenübersaß.

»Sie brauchen sich keine Sorgen wegen Patrick O'Driscoll zu machen.« Kash hob den Kopf, offensichtlich überrascht, dass Michael den Namen kannte. »Es lohnt sich nicht, auch nur über ihn nachzudenken, Simon. Und er ist ganz sicher keine lebenslängliche Gefängnisstrafe wert.«

Kash schüttelte den Kopf. Tränen traten ihm in die Augen.

»Ich kann darüber nicht reden«, erwiderte er. »Ich kann es wirklich nicht. Ich möchte wieder in meine Zelle zurück.«

»Simon, ich ...«

»Ich möchte in meine Zelle zurück, Mr. Devlin. Bitte.«

Michael musterte Kash und fragte sich, ob das jetzt der richtige Moment war, um Druck auszuüben. Er kam sofort zu dem Schluss, dass es nicht der geeignete Zeitpunkt war.

»Okay, Simon. Gehen Sie nur. Wir sehen uns morgen früh.«

»Danke, Mr. Devlin.«

Kash stand auf und hielt ihm die rechte Hand hin. Es war das erste Mal, dass er dies von sich aus tat. Michael ergriff seine kleine Hand und spürte, wie sie in seiner verschwand.

»Und, Mr. Devlin ...« Kashs Stimme war nur noch ein Flüstern. »Danke für heute.«

41

Derek Reid betrachtete das Rotweinglas, das auf dem kleinen Tischchen neben seinem Ledersessel stand. Es war leer. Nur noch ein paar Tropfen Burgunder und etwas Bodensatz, Überreste der drei Flaschen, die heute durch dieses Glas geflossen waren.

Reid war seit etwas mehr als drei Stunden wieder zu Hause.

Phillip Longmans Trauergottesdienst in der Temple Church hatte eine Stunde gedauert. Es war eine respektvolle Angelegenheit gewesen, ein sehr schöner Tribut an einen Mann, der ihn wirklich verdient hatte. Die meisten Trauergäste waren nach dem Gottesdienst nach Hause gegangen. Die Übrigen waren dem Leichenwagen von der Temple Church zum Mortlake Friedhof in South West London gefolgt, wo Longman seine letzte Ruhestätte fand.

Die Totenwache, die dann folgte, war der letzte Punkt gewesen. Reid hatte nicht dort sein wollen, hätte lieber allein getrauert, auf seine Art. Aber er brachte es nicht fertig, Russell Longman dabei allein zu lassen. Und dessen Brüder waren ganz sicher keine große Hilfe. Einer von ihnen, Matthew, war ein unauffälliger Mann, der in seine eigene Trauer versunken war. Der andere, Peter, war ein aggressiver, streitsüchtiger Mistkerl und damit eher ein Problem als eine Hilfe. Also hatte Reid sein eigenes Bedürfnis, in Ruhe zu trauern, zurückgestellt und Russell Longman nach Hause begleitet, wo die Totenwache abgehalten wurde.

Ein ganzer Nachmittag voller guter Manieren und Small Talk. Das Letzte, was Reid jetzt wollte.

Als er schließlich zu Hause ankam, war es schon 15 Uhr gewesen. Er war erschöpft und aufgewühlt. Es hatte einen ganzen Morgen und einen halben Nachmittag gedauert, bis Reid endlich angemessen trauern konnte. Und zwar auf die einzige Art und Weise, die er kannte.

Reid war immer ein Mann mit vielen Lastern gewesen. In seinen jungen Jahren waren es Frauen; der Grund für seine drei gescheiterten Ehen. Schließlich hatte er seine Lektion gelernt und sich seitdem auf seine anderen Leidenschaften konzentriert: Essen und Wein.

Die erste sorgte für sein Übergewicht. Die zweite für seine chronische Geldknappheit.

In nur vierzig Minuten hatte Reid sich ein Filet mit Waldpilzen in Sahnesauce, gebratenen Zwiebeln und geraspelten Trüffeln zubereitet. Zu diesem Gourmetmahl wählte er einen 2005er Joseph Drouhin Chambertin, einen sehr teuren roten Burgunder. Die Flasche kostete hundert Pfund, war also viel zu teuer, um ihn allein zu trinken. Jedenfalls an jedem anderen Tag.

Weder das Essen noch die erste Flasche hatten viel Zeit in Anspruch genommen. Reid nahm beides in seinem ledernen Fernsehsessel im Wohnzimmer zu sich. Sein an der Wand montierter 50-Zoll-Fernseher hatte ihm Gesellschaft geleistet. Er hatte sich Comedyshows von seinem Festplattenrekorder angesehen.

Gutes Essen, hervorragender Wein, Ablenkung durch Humor. Genau das, was er brauchte.

Zwei weitere Flaschen und vier Shows waren gefolgt. Die Comedy wurde zunehmend zum Hintergrundgeräusch, das einfach nur die Stille des Hauses ausfüllte. Bei jedem Glas dachte Reid mehr über Longman nach. Über den Verlust, den sein Tod bedeutete. Bis er schließlich richtig um seinen ältesten Freund trauern konnte.

Das Glas war leer, ebenso die Flasche. Ein guter Grund für Reid, sich aus dem Sessel zu stemmen. Er registrierte das Stöhnen nicht, das ihm bei dieser Anstrengung entfuhr. Ein unbewusster Tribut an Alter und Übergewicht.

Reid nahm die leere Weinflasche und das Glas und ging in die Küche. Obwohl er drei ganze Flaschen ausgetrunken hatte, schwankte er kein bisschen. Eine der wenigen positiven Seiten von Reids Körpermasse war seine Toleranz gegenüber Alkohol. Es würde noch mehr Wein nötig sein, bis Reid so betrunken war, wie er gern sein wollte.

Eine letzte Flasche Chambertin stand auf dem Küchentresen. Weitere hundert Pfund. Aber Reid kümmerte das schon längst nicht mehr. Er öffnete sie, füllte ein frisches Glas und ging wieder ins Wohnzimmer zurück.

Der Klingelton seines Handys hielt Reid davon ab, sich zu setzen. Er sah sich im Raum um und versuchte, das Geräusch zu lokalisieren. Zuerst gelang es ihm nicht. Immerhin etwas, das der Alkohol geschafft hatte.

Schließlich sah er das beleuchtete Display seines Smartphones. Es lag auf einem kleinen Tisch neben der Wohnzimmertür.

Reid nahm das vibrierende Telefon hoch und überprüfte den Namen des Anrufers, bevor er das Gespräch mit einem kurzen Wischen über den Bildschirm annahm.

»Sarah«, sagte Reid. »Ist alles in Ordnung?«

»Ja, alles gut. Ich wollte mich einfach bei dir melden und wissen, wie du dich nach diesem Tag so fühlst.«

»Es geht mir gut, Sarah. Wirklich.«

»Wie war die Beerdigung?«

»Es war ein schöner Gottesdienst. Jedenfalls so schön, wie ein Trauergottesdienst sein kann. Wenigstens hatte er einen würdigen Abschied.«

Reid spürte, wie ihm bei diesen Worten die Tränen kamen.

»Das ist gut«, antwortete Sarah. »Und jetzt hör mal zu. Du musst heute nicht allein sein, wenn du das nicht willst. Michael ist nicht weit von dir entfernt. Er kann zu dir kommen und über Nacht bei dir bleiben, wenn du möchtest.«

»Das ist wirklich nett von dir, Sarah. Aber bitte sag Michael, dass ich ganz gut allein klarkomme. Ich könnte heute wirklich keine Gesellschaft ertragen.«

»Was hast du denn vor?«

»Ich werde einfach noch ein paar Flaschen Wein trinken und etwas fernsehen. Dann gehe ich vermutlich früh ins Bett. Sobald der Wein seine Wirkung tut.«

»Das ist in einem solchen Moment nicht gut, Derek. Du solltest mit Freunden zusammen sein. Bitte erlaube mir, Michael zu dir zu schicken.«

Reid wusste nicht genau, wie lange er sich noch beherrschen konnte.

»Ehrlich, Sarah, ich meine, was ich gesagt habe. Michael muss sich nicht um mich kümmern. Jetzt komme ich zum ersten Mal dazu, allein zu sein, seit Phillip gestorben ist, und ich brauche diese Zeit. Bitte richte ihm aus, er soll mir einfach ein paar Tage Zeit lassen.«

»Also … Okay«, lenkte Sarah nach kurzem Zögern ein. »Aber vergiss nicht, dass wir sofort da sind, wenn du uns brauchst, Derek. Und vergiss nicht, dass wir dich lieben.«

»Okay. Ich liebe euch auch. Danke.«

Reid ließ den Hörer sinken, beendete das Gespräch und

schaltete das Telefon schließlich ganz aus. Dann warf er es auf die Couch.

Keine Anrufe mehr heute.

Die neue Flasche und das Glas standen immer noch auf dem Tisch neben Reids Stuhl. Er leerte das Glas, ohne sich hinzusetzen, und wischte sich dann eine Träne aus dem Auge. Sofort floss eine weitere.

Reid hatte seine Emotionen nicht mehr unter Kontrolle. Der Alkohol zeigte endlich Wirkung.

Das wurde auch verdammt noch mal Zeit.

◆

Derek Reid war kein aufdringlicher Nachbar. Er interessierte sich nur wenig für das Kommen und Gehen im ruhigen Islington-Square-Gebäude, wo er wohnte. Er achtete kaum auf seine Nachbarn oder deren Besucher. Reid respektierte die Privatsphäre der Menschen um ihn herum und hoffte, dass seine Nachbarn genauso höflich blieben.

An dieses Ethos hielten sich alle, die am Lonsdale Square lebten. Es war eine Gemeinschaft von wohlhabenden Berufstätigen, die alle entschlossen schienen, für sich zu bleiben. Diese Leute verließen sich auf die regelmäßigen Polizeipatrouillen, und das Vertrauen in diesen Schutz hatte sie selbstzufrieden gemacht.

Deshalb bemerkten sie den Fremden mit den auffallend hellen Augen nicht, der innerhalb von einer Stunde dreimal an ihren Türen vorbeigegangen war.

42

»Aber vergiss nicht, dass wir sofort da sind, wenn du uns brauchst, Derek. Und vergiss nicht, dass wir dich lieben.«

Sarah hörte Derek Reids Antwort und dann das Klicken, mit dem die Leitung unterbrochen wurde. Sie nahm das Telefon vom Ohr und schob es wieder in ihre Tasche.

Ich hoffe, es geht ihm wirklich gut.

Reid war derjenige von Michaels zwei besten Freunden, den Sarah am besten kannte. Das war auch völlig klar, denn der andere war Joe Dempsey. Er lebte jetzt in New York, aber er war ein Mann, den Sarah wahrscheinlich nicht einmal näher kennengelernt hätte, wenn er neben ihr gewohnt hätte. Sie würde nie vergessen, wie viel sie und Michael Dempsey zu verdanken hatten. Aber es war Reid, mit dem sie selbst ebenfalls eine Freundschaft entwickelt hatte.

Mittlerweile hatte sie ihn wirklich lieb gewonnen.

Sarah wusste, dass Michael sich Sorgen um seinen alten Pupil-Master machte. Er hatte Angst vor der Wirkung, die Longmans Tod auf ihn haben könnte. Sarah ging es genauso.

Genau wie Michael hatte auch Reid nur wenig Freunde. Aber genau wie bei Michael waren es sehr intensive Freundschaften. Sie waren wie Brüder füreinander, das wusste Sarah. Ebenso klar war ihr, dass Longman für Reid wie ein Vater gewesen war.

Deshalb machte sie sich Sorgen um Reid.

Er schafft das, sagte sie sich energisch. *Lass ihn selbst damit zurechtkommen. Du hast einen Job zu erledigen.*

Sarah schob die Gedanken an Reid zur Seite und trank einen Schluck aus der Wasserflasche, die sie immer noch in der Hand hielt. Das war in dieser Hitze auch nötig. Es war zwar schon 18 Uhr, aber immer noch sehr stickig.

Sie tupfte sich den Schweiß von der Stirn und achtete darauf, dass sie ihre Schminke für die Kamera nicht gleich mit abwischte. Dabei blickte sie auf die andere Seite der Straße, wo eine Vielzahl von Reportern und Fernsehkameras vor dem Haupteingang von New Scotland Yard Stellung bezogen hatten.

Zwei Übertragungswagen hatten während Sarahs Telefongespräch Heck an Heck geparkt. Sie blockierten ihren direkten Weg vom Flussufer zur Pressemeute, doch Sarah schob sich einfach zwischen ihnen hindurch und ging dann zu Nathan Benson. Ihr junger Kameramann hatte es geschafft, sich genau in der Mitte der Gruppe zu positionieren, sodass er den besten Blick haben würde.

Er lernt schnell, dachte Sarah.

»Gibt's schon ein Update?«, fragte sie Benson, als sie ihn erreichte.

»Nichts, was wir nicht schon wüssten«, antwortete er. »Glauben Sie wirklich, dass dieser Vorfall auf der Fähre etwas mit Longman zu tun hatte?«

»Ganz bestimmt. Warum sonst wären wohl Joelle Levy und MIT One dort gewesen? Der Kerl muss ein Verdächtiger sein.«

»Man sollte erwarten, dass sie uns wenigstens einen Hinweis geben. Schließlich waren wir alle lange genug hier.«

Der Kommentar kam von einem Kameramann, den Sarah noch nie getroffen hatte. An das Muttermal über seinem rechten Auge hätte sie sich erinnert.

»Vielleicht sind sie zu sehr damit beschäftigt, einen Killer zu fangen.« Sarah hatte das Gefühl, sie müsste Levy verteidigen. »Wahrscheinlich ist das für sie etwas wichtiger als ihre Beziehungen zur Presse, was?«

»Ich nehme an, das finden wir noch früh genug heraus.« Muttermals Tonfall war entweder von Natur aus säuerlich oder Sarah hatte einen Nerv getroffen. »Sie wissen schon, sobald sie mit den wichtigen Sachen fertig sind.«

»Wie Sie meinen.« Sarahs Tonfall war genauso herablassend wie ihre Worte. Sie drehte sich um, während sie sprach, und trat dichter zu Benson. »Wenn die Pressekonferenz anfängt«, sagte sie leise, »dann sorgen Sie dafür, dass die Kamera dieses Kerls nur Ihren Rücken sehen kann.«

»Mit Vergnügen.« Benson lächelte bei dieser Aufforderung. »Wo werden Sie sein?«

»Es bringt nichts, sinnlose Fragen zu schreien«, erklärte Sarah. »Ich gehe wieder auf die andere Seite der Straße, damit Sie freie Sicht haben.«

»Verstanden, Boss.«

Sarah drückte kurz Bensons Schulter. Es bedeutete gleichzeitig »danke« und »viel Glück«. Ohne ein weiteres Wort zu sagen, schlängelte sie sich wieder durch die Menge. Zurück zum Ufer am Victoria Embankment, wo sie auch das Gespräch mit Reid geführt hatte.

Sarah spürte das Vibrieren ihres Handys erst, als sie stehen blieb. Sie nahm das Gespräch an, nachdem sie die Nummer des Anrufers erkannt hatte.

»Hi. Alles okay?«

»Haben Sie Zeit für ein Treffen?«, erkundigte sich Levy.

»Wann?«

»In fünfundvierzig Minuten, spätestens in einer Stunde.«

»Storeys Wine Bar. Hinter Westminster Abbey.«

»Ich werde da sein.«

Die Verbindung wurde unterbrochen, aber Sarah legte ihr Telefon nicht weg. Stattdessen aktivierte sie die SMS-Funktion, suchte »Nathan Benson« und tippte eine Nachricht. *Sie sind auf sich allein gestellt, Nathan. Ich erkläre es später.*

◆

Um 18:30 Uhr marschierte Joelle Levy durch die Tür des Pubs. Sarah hatte eine halbe Stunde gewartet. Es war schneller gegangen, als Levy vermutet hatte.

Sarah wollte gerade aufstehen, um Levy auf sich aufmerksam zu machen, aber das war nicht nötig. Die Polizeibeamtin hatte sie bereits gesehen, also setzte sich Sarah wieder hin.

»Das war aber eine sehr kurze Pressekonferenz.«

»Es dauert eben nicht besonders lang, wenn man nicht viel sagt«, antwortete Levy. »Heute zahle ich, Sarah. Dasselbe wie letztes Mal?«

»Perfekt.«

Sarah sah Levy nach, als sie zur Bar ging und registrierte ihre ungewöhnliche Ausstrahlung. Die DCI war keine besonders große Frau und körperlich nicht im Geringsten beeindruckend. Trotzdem hatte sie etwas Besonderes an sich. Darum wurde sie auch sofort bedient.

Sarah hatte es schon bei ihrem ersten Treffen bemerkt. Trotzdem konnte sie immer noch nicht sagen, was es war. Eine Art angeborener Autorität? Oder vielleicht einfach nur natürliches Charisma? Was auch immer es sein mochte, Levy hatte eine ganze Menge davon.

Sarah sagte nichts, als Levy an den Tisch zurückkehrte,

sich hinsetzte und ihr ein großes Glas Weißwein zuschob. Erst als Levy ihr eigenes Glas anhob, sagte Sarah etwas.

»Cheers.«

»Cheers«, antwortete Levy, und sie stießen an. »Sie haben keine Ahnung, wie sehr ich das hier heute brauche.«

Die beiden Frauen nahmen einen Schluck von ihren Drinks. Erneut schwiegen sie, während sie die chemische Belohnung ihres Gehirns genossen. Levy atmete lange und zischend aus. Sarah wartete, bis sie damit fertig war.

»Langer Tag, stimmt's?«, fragte sie schließlich.

»Das kann man sagen.«

»Erfolgreich?«

»Nicht für uns, nein.« Levy trank noch einen Schluck, bevor sie weitersprach. »Wir haben eine wichtige Verhaftung vorgenommen, denke ich. Nur leider nicht im richtigen Fall!«

»Ist das für die Öffentlichkeit freigegeben?«

»Nur die wirklich allgemeinen Aspekte, Sarah. Der Rest ist vertraulich.«

Sarah zögerte. Angesichts ihrer Unterhaltung mit Elton war das ein Problem. Sie spielte mit dem Gedanken, Levy von dem Gespräch zu erzählen, entschied sich dann jedoch dagegen.

Vorläufig jedenfalls.

»Darf ich fragen, warum Sie es mir dann überhaupt erzählen, Joelle?«

»Aus demselben Grund wie letztes Mal, Sarah. Damit Sie Ihre Geschichte haben, *wenn* alles öffentlich wird.« Levy senkte einen Moment den Blick, dann hob sie den Kopf und sprach weiter. »Und um ehrlich zu sein, muss ich einfach die Ereignisse eines Scheißtags loswerden. Ist das okay für Sie?«

»Ich höre Ihnen gern zu, Joelle. Und wenn ich weiß, wo die Grenze ist, werde ich sie auch nicht übertreten.«

Sarah freute sich über Levys Frage. Dadurch wurde das Gespräch persönlich und war nicht mehr beruflich.

Also kann Elton zur Hölle fahren, dachte sie.

»Danke, Sarah. Ich weiß das wirklich zu schätzen.«

»Also. Was ist passiert?«

»Der verfluchte Wisdom Penfold ist passiert.« Levy verzog das Gesicht, während sie den Namen aussprach, als hätte sie einen schlechten Geschmack im Mund.

»Isr das der Kerl von der Fähre?«, fragte Sarah.

»Genau der.«

»Das klingt so, als hätte er nichts mit dem Mord an Longman zu tun? Oder an Blunt?«

»Korrekt. Nur dachte ich, er käme dafür infrage. Er hat sämtliche Bedingungen erfüllt, Sarah. Jede einzelne. Er wurde von Blunt vor Gericht vertreten, bis die Beziehung in die Brüche ging. Er wurde von Longman verurteilt und kürzlich erst entlassen. Rechnen Sie dann noch seine Neigung zu brutaler Gewalt hinzu, dann hätte er genauso gut ›Ich war's!‹ rufen können. Deshalb haben wir ihn verfolgt.«

»Jedenfalls lagen Sie richtig damit, dass er zu brutaler Gewalt fähig ist. Ich habe gehört, dass der Mann, den er auf der Fähre angegriffen hat, es nicht geschafft hat.«

»Sie meinen den *Polizisten*, den er auf der Fähre angegriffen hat.«

»Was?« Das war Sarah neu. »Im Ernst?«

»Ernster wird es nicht. Der Mann, den er getötet hat, war ein verdeckter Ermittler der Polizei. Ebenso die Frau, die er krankenhausreif geschlagen hat.«

»Unfassbar. Waren es Beamte aus Ihrem Team?«

»Nein. Wir wussten nichts von ihnen.« Levys Stimme hatte noch nie so zerbrechlich geklungen. »Wir wussten nicht, dass sie Polizisten waren. Bis Penfold es uns quasi verraten hat.«

»Sie meinen, obwohl sie ins Krankenhaus gekommen sind? Wie ist das möglich?«

»Verdeckte Ermittler haben keine Dienstausweise bei sich, das ist zu riskant. Deshalb konnten wir es nicht wissen. Außerdem sind Undercover-Beamte nicht immer bewaffnet. Deshalb hatten die armen Kollegen keine Chance, als er sich auf sie gestürzt hat.«

Sarah dachte kurz nach. Diese Nachricht schockierte sie. Sie führte außerdem zu einer unausweichlichen Frage.

»Aber wenn die Opfer nicht zu Ihrem Team gehörten, warum sind sie ihm dann gefolgt?«

»Weil sie glaubten, dass er sie zu einigen sehr gefährlichen Kriminellen auf dem Kontinent führen könnte. Offenbar hatte Penfold im Knast ein sehr vertrauliches Verhältnis zu einem Kerl namens Barry Ireland entwickelt.«

»Dem Gangster?« Sarah hatte den Namen bereits gehört, genau wie die meisten anderen Journalisten auch. »Das ist eine sehr gefährliche Verbindung.«

»Aber auch eine sehr profitable. Ireland muss weitere sechs Jahre absitzen. Aber einige Ermittlungen gegen ihn laufen auch noch. Wegen Dingen, die ihm lebenslängliche Haft einbringen könnten. Hauptsächlich geht es dabei um das Massaker beim Juwelenraub in der Bond Street.«

»Scheiße!«

Es gab keine angemessenere Reaktion. Das Massaker war legendär. Man hatte Diamanten im Wert von drei Millionen Pfund gestohlen, und sämtliche Angestellten des Juweliers waren ums Leben gekommen. Sechs Männer und Frauen waren brutal hingerichtet worden. Die Täter waren nie gefasst worden, und man hatte keinen einzigen der Diamanten gefunden.

»Und Sie glauben, Ireland steckt dahinter?«, wollte Sarah wissen.

»Nicht *ich* denke das«, antwortete Levy, »sondern die National Crime Agency. Sie *wissen* es sogar.«

»Wenn sie so genau wissen, dass Ireland dahintersteckt, warum verhaften sie ihn dann nicht einfach?«

»Weil das nicht so einfach ist. Sie brauchen noch verwertbare Beweise, und aus diesem Grund sind sie Penfold gefolgt.«

»Aber wie könnte Penfold etwas damit zu tun gehabt haben? Er saß im Gefängnis, als der Überfall in der Bond Street stattfand.«

»Er hatte nichts mit dem Überfall zu tun. Aber die NCA wusste, wie nahe er Ireland im Knast gekommen ist. Sie haben überall Wanzen und Informanten, sogar im Gefängnis. Also wussten sie auch, dass Ireland mit Penfold einen Deal gemacht hatte. Penfold sollte die Hälfte der Diamanten bei einem Mitglied von Irelands früherer Bande einkassieren und sie nach Holland bringen, wo Ireland immer noch eine funktionierende Organisation hat. Die NCA wusste, dass das passieren würde, also haben sie Penfold beschattet. Sie wollten ihn mit den Diamanten in der Hand in Irelands Haus in Amsterdam festnehmen. Das hätte Ireland mit diesem Raubüberfall in Verbindung gebracht.«

»Und was sollte für Penfold dabei herausspringen?«

»Es ging um fünfhunderttausend Pfund. Ebenfalls laut der Wanze im Gefängnis.«

»Eine Wanze im Gefängnis? Der ganze Deal wurde aufgenommen?«

»Ja. Auch wenn es am Ende nichts genützt hat.«

Levy schüttelte den Kopf, als sie das sagte, und Sarah wusste warum. Es ist eine Besonderheit des englischen Rechts, dass Aufnahmen von heimlich angebrachten Wanzen vor Gericht nicht als Beweis zugelassen werden. Stattdessen benutzt die Polizei sie, um Informationen zu sammeln, damit sie die Kriminellen auf frischer Tat ertappen kann. Das funktioniert häufig. Manchmal aber schlägt es auch fehl.

Levy trank noch einen Schluck. Ihr Glas war fast leer.

»Jedenfalls war das die Abmachung. Jetzt jedoch sieht es aus, als wäre Penfold ein wenig vom Drehbuch abgewichen. Die NCA hat heute Irelands Komplizen besucht. Den Kerl, der die Diamanten verwahrt hatte. Sie fanden ihn tot in seiner Wohnung vor. Erschlagen, genau wie sein Lebensgefährte. Und sämtliche Diamanten waren verschwunden. Die Theorie lautet jetzt, dass Penfold die Fünfhunderttausend nicht gereicht haben. Es war der NCA nicht klar, aber er hätte sie nicht zu Irelands Männern geführt. Stattdessen hatte er vor, die ganzen Diamanten selbst einzusacken.«

»Deshalb also hat er diese armen Teufel auf der Fähre angegriffen? Weil er Irelands Vertrauten ermordet hat?«

»Das glaubt die NCA jedenfalls, ja. Dadurch ist natürlich ihre Operation gegen Ireland aufgeflogen. Aber wenigstens haben sie Penfold wegen zweifachen Mordes einkassiert. Mittlerweile sogar drei. Und in der Zwischenzeit ist mein eigener Fall wieder ganz am Anfang angekommen.«

Jetzt atmete Sarah lange aus. Sie hatte viele Informationen zu verarbeiten. Diamanten. Exekutionen. Verrat. Nichts von dem hatte Sarah erwartet, als sie Levys Anruf vor einer halben Stunde angenommen hatte. Und auch nicht, als Levy dieses Gespräch als »persönlich« klassifiziert hatte.

Sarah trank einen Schluck Wein, während sie die Neuigkeiten verarbeitete. Schließlich stellte sie eine Frage.

»Wenn dieser Kerl wirklich zu einem Mord fähig ist – und das ist er eindeutig –, warum kommt er dann als Verdächtiger bei den Morden an Longman und Blunt nicht mehr infrage? Was hätte ihn daran hindern sollen, diese Morde zu begehen *und* Irelands Mann wegen der Diamanten umzubringen?«

»Die Überwachung durch die NCA.«

Levy leerte ihr Glas, in dem nur noch ein kleiner Schluck gewesen war, bevor sie weitersprach.

»Sie beobachteten ihn bereits seit zwei Wochen. Nicht rund um die Uhr – er konnte sie abschütteln, als er die Diamanten holte und Irelands Mann umbrachte. An dem Tag war er natürlich besonders vorsichtig. Aber in den fraglichen Zeiten hatten sie ihn unter Kontrolle. Also wissen wir, dass er in den Nächten, in denen Longman und Blunt starben, nicht einmal in ihrer Nähe war.«

»Mist!«

»Sie sprechen mir aus der Seele.« Levy spielte mit ihrem leeren Glas, während sie weitersprach. »Womit wir wieder am Anfang wären. Penfold war der einzige echte Verdächtige, den wir gefunden haben, als wir die Fälle von Blunt und Longman miteinander verglichen. Und das bedeutet, wir können wieder von vorn beginnen und nach der Nadel in dem riesigen Aktenhaufen von Longmans Fällen suchen.«

Sarah lehnte sich zurück und schüttelte langsam den Kopf.

Sie haben wirklich gar nichts.

»Sie fangen also noch einmal mit dem Drei-Stapel-System an?«, fragte sie schließlich.

»Das müssen wir«, antwortete Levy. »Was bleibt uns anderes übrig?«

Darauf hatte Sarah keine Antwort.

»Aber ich denke, dass die Sache auch etwas Positives hat, zumindest für Sie«, fuhr Levy fort.

Sarah war verwirrt. »Und zwar?«

»Wenn es nicht Penfold war, bedeutet das, dass Michaels Freund Derek Reid nicht länger in Gefahr ist.«

Sarah lächelte.

Endlich mal eine gute Nachricht.

43

»Hast du dich schon jemals so gelangweilt?«

Police Constable Richard Haye war zweiundzwanzig Jahre alt, eins neunzig groß, und schien keinerlei Vorstellungskraft zu besitzen, wie sein Kollege Police Constable Colin Moxon bereits bemerkt hatte.

Was ihn zur am wenigsten geeigneten Person macht, mit der man achtundvierzig Stunden lang bei einem Personenschutz-Einsatz in einem Auto eingesperrt sein kann, dachte Moxon.

Anders als Haye hatte Moxon solche Einsätze bereits absolviert. Für gewöhnlich ging es darum, irgendeinen Hauptbelastungszeugen im Vorfeld eines Prozesses zu beschützen. Nur einmal hatten sie bisher jemanden beschützen müssen, der sich in unmittelbarer Gefahr befand, Opfer eines

Verbrechens zu werden. In keinem dieser Fälle jedoch war der Schutz am Ende tatsächlich notwendig gewesen. Und Moxon glaubte auch keine Sekunde lang daran, dass es heute Abend anders sein würde.

»Warum steigst du nicht einfach aus und vertrittst dir etwas die Beine?«, erkundigte sich Moxon. Sowohl um seinetwillen als auch im Interesse von Haye.

»Das kann ich nicht machen.« Haye schien geschockt über diesen Vorschlag zu sein. »Wenn mich jemand sieht?«

»Ist das dein Ernst?« Moxon konnte nicht fassen, was er da hörte. »Wir hocken in voller Montur vor dem Haus dieses Kerls in einem Streifenwagen. Nur mit einem leuchtenden Neonschild würden wir noch verdächtiger wirken. Und genau darum geht es ja schließlich auch.«

Haye wirkte immer noch ein wenig verwirrt.

»Um Himmels willen, Richard. Geht der Sauerstoff bei dir nicht bis ins Oberstübchen? Wir sind nicht hier, um einen verrückten Mistkerl in das Haus dieses Burschen zu locken und uns auf ihn zu stürzen. In dem Fall wären nämlich viel mehr von uns hier. Wir sind hier, *damit* man uns sieht. Damit dieser verrückte Mistkerl wegbleibt. Das ist doch keine Astrophysik!«

Haye nickte. Wenigstens schien er das endlich kapiert zu haben. Moxon fragte sich nur, wie lange er sich daran erinnern würde und wann er es ihm erneut erklären musste.

Nur der Himmel weiß, wo sie heutzutage diese Kerle aufstöbern, dachte er.

Haye wollte gerade aussteigen, als das Funkgerät knackte.

»Sierra Granada an Sierra Four, over.«

Sierra Four war das Rufzeichen für ihren Wagen. Und Sierra Granada war die Wache in Islington.

»Sierra Four, die Operation wird abgebrochen. Die vermutete Gefahr ist nicht gegeben. Kommen Sie zur Wache zurück. Over.«

»Verstanden. Over«, antwortete Moxon.

Er wandte sich an Haye.

»Sieht aus, als könntest du dir die Beine in der Wache vertreten.«

»Warum brechen sie das ab?«

»Du hast sie gehört. Sie haben eine falsche Information bekommen. Mehr brauchen wir nicht zu wissen.«

Moxon hatte den Motor bereits angelassen, während er sprach. Wenige Augenblicke später waren sie unterwegs, und nach ein paar Sekunden hatten sie den Lonsdale Square hinter sich gelassen.

◆

Die Gestalt im Schatten sah zu, wie der Polizeiwagen davonfuhr.

Er hatte seit mindestens 17 Uhr vor Derek Reids Haus gestanden, auf keinen Fall jedoch vor 16 Uhr. Denn er war irgendwann zwischen dem zweiten und dritten Mal, als Blassauge an der Adresse vorbeigegangen war, aufgetaucht.

Und er hatte ein Problem dargestellt.

Problem ist vielleicht übertrieben, aber ideal war es trotzdem nicht.

Ihm durfte nichts in die Quere kommen. Nichts durfte seine Pläne behindern. Was hier passierte, würde heute Nacht passieren. Und wenn das bedeutete, dass die Männer in dem Streifenwagen sterben mussten, dann würden sie eben sterben.

Also waren sie kein Problem, sondern nur lästig.

Und diese Unannehmlichkeit verschwand, als der Wagen davonfuhr.

Er hatte keine Ahnung, warum er wegfuhr. Und ebenso wenig wusste er, ob er zurückkommen würde. Die erste Frage spielte keine Rolle. Die zweite dagegen schon. Also würde er weiter warten und beobachten. Wenn sie zurückkamen, würde er tun, was er tun musste.

Und wenn das erledigt war, würde er tun, was er tun wollte.

44

Steven Hale packte den Griff seiner Pistole fester. Eine Glock 17, Standardausstattung. Das Magazin fasste siebzehn 9 x 19 Millimeter Parabellum Geschosse. Das waren siebzehn mehr, als er benutzen wollte. Aber es zahlte sich immer aus, auf das Schlimmste vorbereitet zu sein.

Hale sah sich um. Vor ihm standen zwei Polizisten, riesige Kerle. Jeder mindestens eins neunzig groß und gut fünfzig Pfund mehr auf den Rippen als er selbst.

Einer der beiden hatte ein Gerät in der Hand, das sie »Großer Schlüssel« nannten. Es war eine Ramme, die mehr als drei Tonnen Aufprallkraft auf jedes Türschloss ausübte. Sein Partner war mit einer Heckler & Koch MP5 bewaffnet. Die bevorzugte halb automatische Maschinenpistole der Metropolitan Police Unit SO19.

Neben Hale stand DS Dean King. Obwohl er kleiner war als die beiden SO19-Beamten oben auf der Treppe, hatte er immer noch eine stattliche Figur. Ähnlich wie Hale, allerdings mit deutlich kleinerem Bauchansatz. Auch King war mit einer Glock 17 bewaffnet. Beiden Männern wäre die MP5 lieber gewesen, aber sie waren nicht an der Waffe ausgebildet worden.

Hale sah sich um. Auf der kurzen Treppe von der Straße in den ersten Stock drängten sich SO19-Leute. Zwölf weitere Cops der Sondereinheit mit spezieller Schießausbildung, je zwei auf einer Stufe.

Die Entscheidung, die SO19 zu Hilfe zu rufen, war unvermeidlich gewesen. Die Informationen der Trident-Einheit hatten ergeben, dass der Mann von Waffen förmlich besessen war. Samuraischwerter, Granaten, Schmuckdolche, Kampfgewehre. Niemand wusste, wie viele Schusswaffen Burrell besaß. Sicher war nur, dass er und seine Männer bewaffnet waren und das Selbstvertrauen genossen, das ihnen diese Waffen verliehen.

Ein Gefühl, das nur durch den Anblick einer überwältigenden Übermacht gedämpft werden konnte.

Das SO19-Einsatzteam war schnell zusammengetrommelt worden. Vierzehn bestens ausgebildete Spezialisten. Hale hatte ihnen ihre Befehle gegeben. Eine bewaffnete Auseinandersetzung sollte um jeden Preis vermieden werden. Sie waren hier, um den Mann zu verhaften. Burrell sollte einkassiert, verhört und seine Beteiligung an Ferris' Tod festgestellt werden.

Nach der Einsatzbesprechung war das Team nach Brixton gefahren: SO19, Hale und King. Sechzehn bewaffnete Polizisten. Eine durchaus imposante Streitmacht.

Hale war überrascht gewesen, wie ähnlich Burrells Hauptquartier dem von Ferris war. Eine eher dubiose Pfandleihe im Erdgeschoss und das Büro im ersten Stock. Dieselbe enge Treppe, die von der Straße nach oben führte.

Der einzige echte Unterschied schien die Lage zu sein. Popes Road statt Electric Avenue. Aber kaum eine halbe Meile voneinander entfernt.

Die Teammitglieder waren über die Popes Road vorgerückt, schnell, leise und dicht hintereinander im Gänsemarsch. Sie hielten sich so nah an den Ladengeschäften wie möglich. Von Burrells Büro aus konnte man ihren Vormarsch nicht mitbekommen. Innerhalb von Sekunden waren sie im Haus gewesen und hatten sich positioniert.

Bereit für den Zugriff.

Hale blickte wieder zur Bürotür und sah, wie der Hüne auf der linken Seite die Hand hob. Alle fünf Finger waren ausgestreckt.

Hales Magen verkrampfte sich. Das erste Anzeichen des Adrenalinschubs, der gleich folgen würde.

Es geht los.

Vier Finger.

Entsichern. Durchladen.

Drei Finger.

Himmel, jetzt könnten wir Levy wirklich gut gebrauchen.

Zwei Finger.

Tief durchatmen.

Ein Finger.

Ruhig, ganz ruhig.

Die Faust.

»Los! Los! Los! Los!«

Der Ruf ertönte, sobald der Beamte den letzten Finger eingezogen und die Faust geballt hatte. Im selben Moment hämmerte der andere Hüne den Großen Schlüssel gegen die Tür. Die Ramme prallte in Höhe des Türgriffs auf das Holz und durchbrach es wie Papier.

Das Zeichen zum Vorrücken.

Hale stürmte als Zweiter mit erhobener Waffe durch die Tür und schwang sie dann vor sich hin und her. Vor ihm bewegte sich einer der beiden Hünen, unmittelbar hinter ihm King.

Wenige Augenblicke später drängten sich acht schwer bewaffnete, hervorragend ausgebildete und zu allem bereite Polizisten in den Raum. Acht weitere waren die zweite Treppe hinaufgestiegen, um das Stockwerk über ihnen zu sichern.

Ed Burrell saß am gegenüberliegenden Ende des Raums hinter einem Schreibtisch, der dem ähnelte, den Hale in Ferris' Büro gesehen hatte. Ein ziemlich durchschaubarer Versuch, mit seinem Rivalen zu konkurrieren.

Dafür brauchst du mehr als einen Schreibtisch, dachte Hale. *Erst mal solltest du zwanzig Zentimeter wachsen.*

Der Angriff war unerwartet gekommen, so viel war klar. Burrell und die vier anderen Anwesenden in dem Zimmer waren beim Anblick der bewaffneten Beamten erstarrt. Keiner rührte sich, und daran änderte sich auch nichts, als fünf weitere Polizisten in den Raum stürmten.

Hale ging zu Burrell und ignorierte dabei die vier anderen Männer. Er hielt die Waffe mit beiden Händen und zielte auf Burrells Brust. Hale hatte in den letzten vierundzwanzig Stunden etliche Geschichten über den Gangster gehört, Geschichten, in denen irrationale Brutalität eine große Rolle spielte. Er würde kein Risiko eingehen.

»Edward Burrell.« Hale sprach mit großer Autorität. »Ich verhafte Sie wegen des Mordes an Leon Ferris, Kevin Tennant, Harvey Ellis und Tyrone Leach. Sie müssen nichts sagen. Aber es kann zu Ihrem Nachteil ausgelegt werden, wenn Sie bei einem Verhör etwas verschweigen, worauf Sie sich später vor Gericht berufen wollen. Alles, was Sie sagen, kann als Beweis gegen Sie verwendet werden. Haben Sie diese Belehrung verstanden?«

Burrell schwieg und nahm den Blick nicht von der Pistole, mit der Hale auf seine Brust zielte. Der Mann stand unter Schock. Hale sah es und hütete sich, ihm zu nahe zu kommen. So ein Schock kann unterschiedliche Wirkungen hervorrufen. Die am meisten verbreitete ist Regungslosigkeit, aber dabei kommt es sehr stark auf die individuelle Ausprägung an. Burrell hatte den Ruf, extrem jähzornig zu sein. Niemand konnte sagen, wie er reagieren würde, wenn er überrumpelt wurde.

Hales hielt seine Waffe ganz ruhig, während er um den Schreibtisch herumging. Burrells Männer lagen bereits mit angelegten Handschellen auf dem Boden. Die anderen Polizisten hatten sich um sie gekümmert. Burrell selbst saß noch auf seinem Stuhl.

»Aufstehen.«

Hales Stimme war ruhig und entschlossen. Ihre Wirkung wurde von der Waffe unterstützt, die immer noch auf Burrells Herz zielte.

Burrell gehorchte, langsam und vorsichtig. Der Schock schien sich zu legen. Jetzt sah er wütend aus. Hale packte die Waffe fester und trat einen Schritt zurück, sodass er außerhalb der Reichweite des Mannes war.

Der Größenunterschied war bedeutend – Hale war groß, Burrell überraschend klein –, zudem war nur Hale bewaffnet. Doch der Ausdruck auf dem Gesicht des Gangsters verriet, dass er handeln würde, sobald er es konnte.

Hale beabsichtigte nicht, ihm die Chance dazu zu geben.

»Runter auf den Boden, mit dem Gesicht nach unten, die Arme ausgestreckt.«

Burrell rührte sich nicht von der Stelle. Er hatte den Blick von der Pistole genommen und starrte jetzt Hale an. Sein Blick verriet kochende Wut, und Hale sah die Mordlust darin; er konnte sie fast auf seiner Haut spüren. Burrells unausgesprochene Drohung schien die Luft elektrisch aufzuladen und war überraschend effektiv. Hale ließ sich eigentlich nicht so leicht einschüchtern, aber irgendwie schaffte Ed Burrell, dieser kleine Mann, auf den acht Waffen gerichtet waren, genau das.

»Auf den Boden, Burrell!« Hale legte mehr Nachdruck in seine Stimme und brüllte: »Sofort!«

Burrell bewegte sich immer noch nicht, und Hale war klar, warum. Der Mann wog seine Möglichkeiten ab. Würde er gehorchen, oder mussten sie ihn körperlich zwingen? Es konnte kein Zweifel daran bestehen, wie die Sache enden würde. Mit Burrell auf dem Boden und in Handschellen. Aber wie es dazu kam, lag in Burrells Händen.

»Ich sage das nicht noch einmal!« Genug war genug. Die Botschaft war unmissverständlich. »Legen Sie sich auf diesen verfluchten Boden, sonst lege ich Sie dorthin!«

Burrells Wut ließ nicht nach, aber schließlich fügte er sich. Er schien die Aussichtslosigkeit seiner Situation begriffen zu haben. Langsam legte er die Hände hinter den Kopf und ging auf die Knie, erst auf das eine, dann auf das andere. Dabei ließ er Hale keine Sekunde lang aus den Augen. Sein Hass glühte immer noch in ihm, aber die Realität hatte gewonnen.

Burrell konnte diese Auseinandersetzung nicht gewinnen, nicht jetzt. Und es war sinnlos, sich wegen einer aussichtslosen Sache verletzen zu lassen.

Schließlich ging er zu Boden und streckte die Arme von sich, während er die unvermeidlichen Handschellen erwartete. Hale hielt seine Pistole ruhig, zielte jetzt aber auf Burrells Kopf. Er ließ die Waffe nicht sinken, bis zwei SO19-Beamte Burrell die Hände hinter dem Rücken gefesselt hatten und ihn vom Boden hochzogen.

Hale trat zurück, als Burrell aus dem Raum geführt wurde. Er erwiderte den starren Blick des Gangsters, als der kleinere Mann an ihm vorbeiging. Mit jeder seiner Poren versprühte er puren Hass, und Hale zweifelte nicht daran, dass Burrell ihn bei der kleinsten Chance auf der Stelle töten würde.

»Netter Kerl.« Hale stelle sich neben King, während Burrell durch die Tür geführt wurde. Sein Herz hämmerte. »Der hat wirklich den richtigen Beruf gefunden.«

»Zum Priester taugt er jedenfalls nicht«, antwortete King. »Widerlicher kleiner Drecksack.«

»Hoffen wir, dass wir ihn von der Straße fernhalten können«, sagte Hale, bevor er seinen Blick durch den Raum gleiten ließ. »Erinnert Sie das hier zufällig an einen anderen Ort?«

»Sie meinen Ferris' Büro?«

»Genau. Es scheint fast, als wollte Burrell ihn imitieren. Nur mit einer etwas billigeren Version.«

»Klingt einleuchtend«, antwortete King. »Den Berichten zufolge ist Burrell von Ferris förmlich besessen. Aber nach diesem Büro zu urteilen, steckt vielleicht sogar noch mehr dahinter. Das hier sieht so aus, als wollte er Ferris *sein.*«

»Gibt Ihnen das nicht zu denken?« Hale beschlichen Zweifel. *So etwas würde Levy bestimmt Kopfzerbrechen bereiten,* dachte er. »Ich meine diese Art von Besessenheit?«

»Sollte es das?«, fragte King zurück.

»Ich weiß nicht. Es ist zwar nicht ungewöhnlich, wenn ein Besessener das Objekt seiner Besessenheit umbringt. Es ist sogar so verbreitet, dass wir die übliche Vorgehensweise dabei kennen. Nämlich aus der Nähe und sehr persönlich. Aber wenn Burrell tatsächlich für Ferris' Tod verantwortlich ist, dann hat er jemanden angeheuert, um ihn zu töten. Das ist ... Es ist einfach nicht typisch.«

Hale schüttelte den Kopf. Vielleicht versuchte er einfach zu sehr, Levy nachzuahmen. Er zwang sich dazu, diesen Gedanken zu unterdrücken.

»Wahrscheinlich hat es auch nichts zu sagen«, fuhr er fort. »Ich meine, das war vor allen Dingen eine geschäftliche Angelegenheit. Also schaffen wir diesen kleinen Drecksack in einen Verhörraum und holen uns ein paar Antworten von ihm.«

Hale warf einen letzten Blick durch den Raum, doch so sehr er sich auch dagegen wehrte, dieselben Zweifel stiegen wieder in ihm hoch. Er unterdrückte sie erneut und wandte sich zur Tür, durch die im selben Moment ein SO19-Beamter hereinkam.

»Sir.« Der Beamte steuerte direkt auf Hale zu. »Das sollten Sie sich lieber ansehen.«

»Was gibt's?«

»Drogen, Sir. Mehr Drogen, als ich je gesehen habe.«

Hale folgte zusammen mit King dem Beamten aus dem Zimmer. Sie gingen in den Hausflur und stiegen die Treppe hoch.

Der Raum im Stockwerk darüber war etwa so groß wie das darunterliegende Büro.

»Jesus Christus.«

Etwas anderes fiel Hale nicht ein. Aber Worte waren auch überflüssig. Der Anblick sprach für sich selbst.

»Heilige Scheiße!« King war nur einen Schritt hinter ihm.

Das Zimmer lag unmittelbar über Burrells Büro, aber es hatte längst nicht dieselbe Aufmerksamkeit bekommen. Die Bodendielen waren roh, die Wände geweißt und die Fenster mit Folie abgedeckt. Als würde der Raum auf einen Dekorateur warten.

Genau das war vermutlich die Absicht dabei, sagte sich Hale, als er den Inhalt des Zimmers betrachtete. *Um die Leute in den gegenüberliegenden Häusern zum Narren zu halten.*

Von außen wirkte die Täuschung vermutlich auch. Aber nicht, wenn man in dem Raum stand, wo diese Wirkung durch vier Holzpaletten in seiner Mitte zerstört wurde.

Auf jeder Palette stapelten sich kleine Pakete, jedes vermutlich etwa ein Kilo schwer, in denen sich verdächtiges weißes Pulver befand.

»Ist es das, wofür ich es halte?«

King stellte die Frage, ohne Hale anzusehen. Sein Blick blieb starr auf die Paletten geheftet.

»Was wohl sonst?«

»Haben Sie schon mal so viel davon auf einem Haufen gesehen?«

»Ich habe so einen Berg noch *nie* gesehen. Nicht mal, wenn ich alle Verhaftungen in meiner ganzen Karriere zusammenzähle.«

»Scheiße.«

King versuchte, den Wert des Kokains vor ihnen zu schätzen. Er stieß einen anerkennenden Pfiff aus, als er auf mehr als fünfundzwanzig Millionen kam.

»Das ist ein riesengroßer Haufen …«

Bevor King seinen Satz beenden konnte, wurde er vom Klang einiger Schüsse unterbrochen.

Er rannte sofort aus dem Zimmer, dicht gefolgt von Hale. Beide zogen ihre Pistolen, als sie die Treppe hinunterstürmten. In Richtung der Geräusche, die von der Straße kamen.

45

King erreichte die Tür zuerst. Ohne zu zögern stürmte er auf die Straße. Hale folgte ihm. Und das war ein Fehler. Ein Fehler, den kein Mitglied des SO19-Spezialkommandos begangen hätte. Er widersprach allem, was sie gelernt hatten.

Und er kostete King das Leben.

Hale würde sich später glücklich schätzen, dass er langsamer gewesen war als King. Dadurch war er der Zweite und damit das weniger offensichtliche Ziel.

Die SO19-Beamten hatten sofort Deckung gesucht, als die ersten Kugeln durch die Luft zischten, sodass die Schützen kaum ein Ziel fanden. Also stellte Kings muskulöse Gestalt eine unwiderstehliche Versuchung dar.

King hatte gerade drei Schritte auf die Straße gemacht, als er zu Boden ging. Mindestens fünf Schüsse waren auf ihn abgefeuert worden, von denen zwei getroffen hatten. Der erste hatte seine Hüfte zerschmettert, der zweite seinen Kopf. Die Wucht der Schüsse hatte ihn gegen Hale zurückgeschleudert, der dicht hinter ihm gewesen war.

Kings fallender Körper riss den Detective Inspector zu Boden und rettete dadurch sein Leben.

Hale landete auf dem Bürgersteig, direkt neben King. Das Einschussloch im Kopf des Detective Sergeant war unübersehbar. Hale hob rasch seine Pistole auf, die zu Boden gefallen war, und schnappte sich dann auch die von King. Mit einer Waffe in jeder Hand kroch er zu den Fahrzeugen in der Nähe, um in Deckung zu gehen.

»Ducken Sie sich hinter ein Rad!«, brüllte ein SO19-Beamter in seiner Nähe.

Hale sah an den parkenden Fahrzeugen entlang und stellte fest, dass die Spezialisten bereits alle in genau dieser Position Deckung gesucht hatten.

Der Anblick weckte Erinnerungen an seine eigene Schießausbildung. Lektionen, die im Adrenalinrausch untergegangen waren.

Die Reifen bieten den besten Schutz, fiel Hale jetzt wieder ein.

Er schob sich sofort hinter das nächste Rad. Er versuchte, trotz seiner beträchtlichen Größe so viel Körperfläche wie möglich dahinter zu bekommen.

Hale winkte dem SO19-Mann zu, um seine Aufmerksamkeit auf sich zu lenken.

»Was zum Teufel ist hier los?«

Er musste schreien, um die Schüsse zu übertönen.

»Ein Hinterhalt!«, rief der Beamte zurück. »Offenbar hat Burrell Leute in dem Gebäude gegenüber postiert. Und sie haben das Feuer eröffnet, als er rausgebracht wurde!«

»Wo ist Burrell jetzt?«

»Keine Ahnung. Wir haben die beiden Männer verloren, die ihn rausgebracht haben. Dann ist Burrell geflüchtet. Zu seinen Leuten.«

Hale nickte. Sein Herz hämmerte, aber der erste Schock

klang langsam ab. Er wurde ruhiger und konnte die Situation besser einordnen. Bei der Menge an Kokain oben hätte er diese zusätzlichen Sicherheitsmaßnahmen erwarten sollen. Es ergab Sinn, den Eingang von einem Team zu decken.

»Wie viele von unseren Leuten hat es erwischt?«, schrie Hale.

»Nur die beiden. Der Rest ist in Deckung gegangen!«

»Und deren Leute?«

»Einen hat es erwischt. Ich nehme an, es sind jetzt noch drei Leute übrig, plus Burrell!«

»Was ist mit den Typen aus dem Büro?«

»Die sitzen im Van. Wir haben sie eingesperrt, bevor die Schießerei anfing!«

Hale schätzte einen Moment lang die Lage ein. Im Augenblick konnten sie hier zwar nicht weg, aber sie waren deutlich in der Überzahl. Und vermutlich hatten sie auch mehr Waffen. Außerdem hatten ihre Gegner fünf Schüsse auf ein Ziel abgegeben, das so groß war wie King und trotzdem nur zwei Treffer erzielt.

Das bedeutet, sie können nicht schießen, dachte Hale und wurde zunehmend ruhiger. *Im Gegensatz zu meinen Jungs.*

Er traf eine Entscheidung.

»Okay! Was wir … Scheiße!«

Ein Querschläger zischte kaum zwei Zentimeter an Hales Wange vorbei. Er spürte die Hitze des Geschosses auf der Haut.

»Alles okay?«

»Alles klar. Aber wir müssen die Sache beenden. Sofort!«

»Verstanden!«

Der Beamte gab seinen Leuten ein Zeichen. Hale sah zu,

wie der Befehl von einem Mann zum anderen weitergegeben wurde.

Der erste Beamte hielt eine Hand in Höhe seines Kopfes. Diesmal streckte er drei Finger aus. Er wandte sich erst Hale zu, und dann nach rechts. Er nahm einen Finger herunter.

Zwei.

Auf ein Neues.

Eins.

Oh Scheiße!

»Los! Los! Los! Los!«

Die Männer des Teams erhoben sich gleichzeitig. Zwölf Spezialisten und Hale.

Es kam Hale länger vor, aber es war vielleicht erst eine halbe Minute her, seit er das Gebäude verlassen hatte. In dieser Zeit hatten Burrells Männer unablässig gefeuert. Dadurch hatten sie das SO19-Team hinter den Fahrzeugen festgenagelt, was auch ihre Absicht gewesen war. Aber es verhinderte auch, dass Burrells Leute flüchten konnten. Denn wenn sie sich von der Stelle bewegten, konnten sie nicht schießen, und eine Feuerpause im Gefecht gegen ausgebildete Scharfschützen war tödlich. Also waren sie jetzt immer noch genau dort, von wo aus sie das Feuer eröffnet hatten. Auf dem Bürgersteig direkt vor dem Gebäude auf der gegenüberliegenden Straßenseite. Und der wurde nicht von einer Reihe parkender Autos gedeckt.

Sie standen immer noch dort, als Hale und die SO19-Leute aufstanden und alle gleichzeitig feuerten. Und dort starben sie auch.

Zwei gingen sofort zu Boden, niedergestreckt von je einer Kugel direkt in die Mitte der Stirn. Burrells dritter Handlanger wurde nur Sekunden später von zwei Kugeln in den Rücken niedergestreckt, als er weglaufen wollte. Sein Mut hatte sich in dem Moment in Luft aufgelöst, als seine beiden Freunde erschossen worden waren.

Jetzt blieb nur noch Burrell selbst übrig.

Hale fragte sich, ob Burrell geblieben war und ebenfalls kämpfte, oder ob er das getan hatte, was jeder vernünftige Boss tun würde, nämlich flüchten. Hales Instinkt sagte ihm, dass die erste Option zutraf. Burrell war aggressiv und überheblich. Und außerdem hatte Hale ihn beleidigt.

Das wird er niemals auf sich sitzen lassen.

Hale behielt recht.

Als die beiden ersten Männer zu Boden gingen, stürmte Burrell aus seiner Deckung. Vielleicht weil er wusste, was sich da oben in dem Raum befand: genug Kokain, um ihn für sehr lange Zeit in den Knast zu bringen. Vielleicht war er aber auch einfach nur verrückt. Jedenfalls versuchte Burrell nicht zu flüchten. Stattdessen rannte er so schnell er konnte über die Straße, direkt auf Hale zu.

Er konnte unmöglich gehofft haben, diese Strecke lebend zurückzulegen.

Es dauerte ein paar Sekunden, bis Hale ihn sah, also blieb ihm nur wenig Zeit zum Nachdenken. Burrell bewegte sich sehr schnell, und Hale handelte instinktiv. Er hatte seine Waffe bereits in der Hand und zielte damit auf Burrells Brust, in voller Absicht abzudrücken.

Wäre Burrell bereits etwas näher gewesen, dann hätte der DI das auch getan. Aber das war er nicht. Also hatte Hale noch einen Wimpernschlag Zeit, um zu erkennen, dass sein Angreifer nicht nur unbewaffnet war, sondern seine Arme immer noch hinter seinem Rücken gefesselt waren. Deshalb zögerte Hale, sodass Burrell, der sich wie ein Berserker auf ihn stürzte, ihn fast erreicht hätte.

Fast.

Burrell war weniger als einen Schritt entfernt, als eine Kugel in seine Brust einschlug. Hale sah den Schützen nicht, aber das Geschoss riss Burrell von den Füßen. Vier weitere Kugeln, die aus mindestens zwei anderen MP5-Waffen kommen mussten, trafen im nächsten Moment seinen Körper. Nur um sicherzugehen. Genau das war der Unterschied zwischen normalen Polizeibeamten mit Pistolen und den Mitgliedern einer speziell ausgebildeten Einheit. Diese zögerten nicht, wenn die ersten Kugeln flogen. Sie handelten nach der Devise, lieber erst hinterher Fragen zu stellen.

Als die Schüsse endlich verstummten, ging Hale zu Burrell.

Er sah auf den Mann herunter. Wieder fiel ihm auf, wie klein er wirkte; im Tod sah er sogar noch unbedeutender aus. Dann blickte er sich um. Die Schießerei hatte die Straße in ein Trümmerfeld verwandelt.

Er sah wieder Burrell an.

Das alles nur, um der große Boss zu werden, dachte er. *Du hast es nicht einmal bis zu Tag fünf geschafft.*

46

Derek Reid hatte seit Phillip Longmans Tod keine Nacht mehr richtig geschlafen. Wenn er ehrlich war, war das nichts Neues; er schlief schon seit Langem sehr unruhig und musste oft aufstehen, um zur Toilette zu gehen. Ein Symptom seines

Alters. Aber seit der Ermordung Longmans war es sehr viel schlimmer geworden.

Er schaffte vier Stunden pro Nacht. Manchmal weniger. Den Rest der Zeit wälzte er sich ruhelos im Bett herum.

Reid hatte gehofft, dass vier Flaschen Wein das ändern würden. Dass sie ihn zumindest durch die Nacht brachten. Doch dem war nicht so. Die Gedanken an den Mord an seinem Freund ließen ihm keine Ruhe.

Der Wecker auf dem Nachttisch zeigte 2 Uhr, als Reid zum ersten Mal wach wurde.

Er hatte versucht weiterzuschlafen. Ein hoffnungsloses Unterfangen. Fünfundvierzig Minuten später war er immer noch wach. Bilder und Gedanken schwirrten in seinem Kopf herum.

Es wurde Zeit, seine Niederlage zu akzeptieren.

Reid warf das Laken zurück und entblößte seinen nackten Körper. Der Anblick erfüllte ihn nicht gerade mit Stolz, aber wie immer ignorierte er ihn, als er seine Beine aus dem Bett schob.

Er spürte den kalten Holzboden unter seinen Füßen, während er sich aufrichtete. Er blieb ein paar Momente so sitzen, am Rand der Matratze, als ein neues Gefühl sich meldete. Reids Kopf hatte ihm keine Ruhe gelassen, solange er lag, aber jetzt tat er ihm sogar richtig weh.

Ausgezeichneter Zeitpunkt für einen Kater, dachte er.

Er brauchte jetzt Wasser und vielleicht eine Schmerztablette. Auf seinem Nachttisch war nichts von beidem. Ein betrunkener Derek Reid war kein vorbereiteter Derek Reid, ganz gleich, wie viel Übung er diesbezüglich auch hatte.

Reid stand auf und ging zu seinem Kleiderschrank. Er nahm einen weißen Bademantel heraus, den er sich vor etlichen Jahren aus einem Fünfsternehotel »ausgeborgt« hatte. Es war so ziemlich das Einzige, was seine dritte Frau bei ihrer Scheidung nicht mitgenommen hatte.

Alt und verschlissen, dachte er. *Wie sein Besitzer.*

Der Bademantel saß alles andere als perfekt. Zwar musste er vor niemandem seinen Anstand wahren, denn er lebte alleine. Trotzdem gab es Spiegel im Haus, und Reid gefiel nicht, was sie ihm über seinen nackten Körper mitteilten.

Er ging langsam aus dem Schlafzimmer und stieg dann die Treppe hinunter. Seine Beine waren nach dem Saufgelage der letzten Nacht noch unsicher. Mittlerweile war dieser Weg zu einer nächtlichen Routine geworden. Reid konnte die Strecke im Schlaf zurücklegen und hatte das wahrscheinlich sogar schon getan. Heute jedoch brauchte er das nicht. Er war zwar erledigt, aber er war wach.

Die Medikamente waren im Badezimmer im Erdgeschoss, hinter der Schiebetür des Spiegelschrankes. Dorthin ging Reid zuerst. Er fand eine Schachtel Paracetamol und bemerkte dann das Päckchen mit den stärkeren amerikanischen ASS daneben. Er hatte die beiden Brausetabletten von seiner letzten New-York-Reise mitgebracht, und sie waren genau das, was er jetzt brauchte.

Reid ließ das Paracetamol stehen und nahm das Päckchen.

Dann ging er in die Küche. Es roch nach verschüttetem Rotwein und ungewaschenen Tellern und Pfannen. Was seinem Kater nicht guttat. Reid ignorierte den Geruch so gut er konnte, während er ein Whiskyglas mit Wasser füllte und die beiden ASS-Brausetabletten hineinwarf.

Das Zischen würde aufhören, sobald die Kohlensäure freigesetzt war. Das dauerte noch mindestens eine Minute, also nutzte Reid die Zeit. Er nahm ein weiteres sauberes

Glas aus dem Schrank, füllte es mit gefiltertem Wasser und ging mit beiden Gläsern ins Wohnzimmer.

Es war stockdunkel. Die Fensterläden, die von Michael installiert worden waren, als er die Hausfront renoviert hatte, erfüllten ihre Aufgabe perfekt und hielten sämtliches Licht von der Straße draußen.

Reid ließ sich von seiner Erinnerung führen. Er war an die Dunkelheit gewöhnt und wusste, wo jedes Hindernis war. Er fand seinen Ledersessel im Dunkeln genauso leicht wie bei hellem Sonnenschein. Er setzte sich hin und hob das kleine Glas an sein Ohr.

Das Zischen hatte aufgehört, also setzte Reid das Glas an die Lippen und leerte es. Dann trank er einen Schluck von dem gefilterten Wasser, um den Geschmack aus dem Mund zu spülen.

Die Fernbedienung des TV-Geräts lag auf dem Tisch neben dem Sessel. Reid brauchte kein Licht, um sich dessen zu vergewissern. Der »Drücker«, wie Reid sie nannte, lag immer entweder auf dem Tisch oder befand sich in seiner Hand. Sie war nie irgendwo anders. Er griff danach und drückte einen Knopf, und der Flachbildschirm leuchtete auf.

Plötzliches Licht in einem komplett dunklen Raum kann eine sonderbare Wirkung auf die Augen und auch auf das Gehirn haben. Vor allem flackerndes Licht, wie ein Fernsehbild es erzeugt. Reid hatte sich daran gewöhnt. An die sonderbaren Bilder, die am Rand seines Blickfeldes auftauchten, um einen Moment später wieder zu erlöschen. Es passierte ständig und war kein Grund zur Besorgnis.

Außer, wenn es einen Grund zur Sorge gab. So wie jetzt.

Zuerst hatte Reid die Gestalt in der Ecke des Zimmers ignoriert, sie als optische Illusion abgetan, welche durch die plötzliche Helligkeit erzeugt worden war. Reid musste sich nicht einreden, dass das Bild verschwinden würde. Es würde verschwinden. Das wusste er einfach.

Nur verschwand es nicht.

Reids Herzschlag beschleunigte sich, und er sprang hoch, als ihm plötzlich klar wurde, dass er da keine Illusion vor sich hatte, kein Produkt seiner Einbildung. Sein Kopfschmerz verschwand, als die Realität ihn einholte, und der Schock vertrieb seinen Kater.

»Sie haben sich gehen lassen, Mr. Reid.« Die Stimme klang vollkommen seelenlos, leer. »Es gibt zu viel Luxus in Ihrem Leben.«

Reid spürte die Ader in seiner Schläfe pochen. Sein Blutdruck stieg. Alles drehte sich, und der Schock dieser letzten Sekunden nahm ihm den Atem.

Reid musste die Kontrolle zurückgewinnen, musste ruhig bleiben.

»Ist Ihnen übel?«

Diese Stimme. Reid kannte sie. Sein Gehirn versuchte, sie einzuordnen.

»Der Schock ist ein bisschen zu viel für Sie, stimmt's?«

In der Stimme schwang keine Schadenfreude mit. Die Worte waren spöttisch, aber der Klang blieb vollkommen tonlos.

»Das liegt am üppigen Leben, Mr. Reid. All diese teuren Abendessen.«

Mit jedem Wort klang die Stimme vertrauter. Die Erinnerung, die irgendwo in Reids Verstand vergraben war, kam dichter an die Oberfläche, und sein Versuch, sie zu greifen, machte ihn auf gewisse Weise ruhiger.

Die Gestalt in der Ecke kam auf Reid zu.

Das Fernsehgerät war die einzige Lichtquelle im Raum. Und das genügte nicht. Reid konnte das Gesicht des Mannes in der Dunkelheit nicht erkennen.

»Wer sind Sie?«

Reids Stimme klang kräftig und verriet keine Furcht. Was ihn selbst überraschte.

»Ich? Ich bin jemand, der nicht die kostspieligen Abendessen genießen konnte, die Sie so fett gemacht haben, Mr. Reid. Ich bin jemand, der nicht all den teuren Wein getrunken hat, mit dem Sie sich selbst umbringen.«

»Ich verstehe Sie nicht.« Reids Erinnerung war zum Greifen nah. So nah, dass er sie fast berühren konnte. Aber das wollte er dem Mann nicht verraten. »Und ich kenne Sie nicht.«

»Oh, und ob Sie mich kennen.« Endlich kam etwas Leben in die Stimme. Sie klang verbittert. »Sie haben ganz sicher oft an mich gedacht, Mr. Reid. Aber längst nicht so oft, wie ich an Sie gedacht habe.«

Die Gestalt trat näher, und zwar in dem Moment, als das flackernde Licht des Bildschirms heller wurde. Es erleuchtete den Raum nur für einen kurzen Moment. Aber das genügte.

»Hirst.« Reid fiel alles über den Mann gleichzeitig wieder ein. Nichts davon gefiel ihm. »Karl Hirst.«

»Sehen Sie, Mr. Reid. Ich sagte doch, Sie würden sich erinnern.« Die Worte klangen prahlerisch, aber die Stimme war wieder vollkommen tonlos. Sie verriet keinerlei Emotion. »Erinnern Sie sich jetzt auch an alles andere, Mr. Reid?«

Reid machte einen Schritt zurück, als Hirst näher kam. Das Gesicht des Mannes wurde mit jeder langsamen, gemessenen Bewegung deutlicher. Und die Bedrohung realer.

»Erinnern Sie sich daran, was Sie mir angetan haben? Was Sie dem Mann angetan haben, den Sie eigentlich verteidigen sollten?«

Reid antwortete nicht, weil er keine Antwort darauf hatte. Aber er wusste sehr genau, worauf Hirst anspielte. Und jetzt endlich wusste er auch, warum Longman gestorben war.

47

Sarah schlief noch halb, während sie nach Michael tastete. Sie erwartete, dass ihre Hand seine Brust berühren würde. Es war eine unbewusste Routine; Michael schlief für gewöhnlich auf dem Rücken, und Sarah wurde normalerweise zuerst wach. Heute war es anders. Sarahs Hand griff ins Leere. Michaels Seite des großen Doppelbetts war leer.

Sie konzentrierte sich auf die Stelle neben ihr, während der letzte Rest Schlaf von ihr wich. Michael hatte dort gelegen, das verrieten das zerwühlte Kissen und das Laken. Allerdings hätte Sarah diesen Beweis nicht gebraucht; sie hatte es letzte Nacht selbst gesehen. Michael hatte bereits schlafend im Bett gelegen, als Sarah nach Hause gekommen war.

Dann drangen allmählich Geräusche in Sarahs Bewusstsein. Zuerst konnte sie sie nicht zuordnen. Jetzt jedoch erzählten sie eine Geschichte. Das Klappern von Töpfen und Pfannen. Das Rauschen schnell fließenden Wassers. Das Murmeln einer Unterhaltung. Sarah war daran gewöhnt. Es war der Soundtrack eines Michael-Devlin-Frühstücks.

Sie warf einen Blick auf den Wecker. 7.30 Uhr. Später, als sie geplant hatte.

Mist.

Sie warf die Laken zurück, sprang aus dem Bett und ging rasch zu dem begehbaren Kleiderschrank des Schlafzimmers. Sie nahm den kleineren der beiden Morgenmäntel vom Haken hinter der Tür, warf ihn sich über und ging nach unten.

Das Geräusch und der Geruch von Michaels Kochkünsten verstärkten sich, je näher Sarah der Küche kam. Und auch die Stimme von Anne Flaherty wurde lauter. Es kam Sarah sonderbar vor, dass sie schon so früh am Morgen auf den Beinen war, statt den Rausch der letzten Nacht auszuschlafen.

Michael muss gestern Nacht dafür gesorgt haben, dass sie nüchtern geblieben ist, dachte Sarah. *Ein Schritt in die richtige Richtung.*

Sarah betrat die Küche und lächelte über den Anblick, der sich ihr bot. Es war eine Szene, die sie mittlerweile erwartete, wenn Michael kochte. Der Schauplatz war ein Musterbeispiel für strenge Organisation, mit zahlreichen Pfannen gleichzeitig auf dem Herd. In ihnen brutzelten Eier, Schinken, Würstchen, Bohnen, Pilze sowie Black und White Pudding. Perfekt geplant, damit alles gleichzeitig fertig war.

Der Rest der Küche jedoch war das reinste Schlachtfeld. Überall stapelten sich benutzte Töpfe und Pfannen, schmutzige Teller und Besteck. Zerbrochene Eierschalen und Verpackungen bedeckten den Tresen; ein weiteres Kennzeichen einer Devlin-Mahlzeit.

»Sarah!« Anne drehte sich um, als sie Sarahs Schritte hörte. »Dein Mann macht uns Frühstück.«

»Das sehe ich.« Sarah nickte bekräftigend. »Die Frage ist, wird er nach dem Frühstück auch aufräumen?«

»Was? Damit du dich den ganzen lieben langen Tag langweilst?« Michael schlang seinen Arm um ihre Taille und zog sie an sich. Er drückte ihr einen Kuss auf die Lippen, während er darauf achtete, dass sie dem Herd nicht zu nahe kam, bevor er weitersprach. »Was wäre ich dann wohl für ein Mann, hm?«

»Ich habe jede Menge zu tun.« Sarah wich etwas zurück. Sie wusste, dass er scherzte, war aber gerade nicht in der Stimmung, darauf einzugehen. »Und dann habe ich ja auch noch einen Job.«

»Ja, ja. Ein großer Fernsehstar«, meinte er lächelnd.

Sarah reagierte auch darauf nicht, und Michael schien den Wink jetzt zu begreifen. Er verstummte und verteilte das Essen auf die drei Teller. Als er erneut sprach, verdrängte ein sehr gewählter britischer Akzent seinen irischen.

»Wenn die Ladys Platz nehmen würden, ich serviere sofort.« Er deutete auf den Tisch, der bereits für drei Personen gedeckt war. Dann stellte er die Teller hin, bevor er etwas sagte, und diesmal in seinem breitesten Belfast-Slang.

»Wer ist bereit, es mit einem Ulster Fry aufzunehmen?«

»Was ist der Grund für dieses große Frühstück?«, fragte Sarah, als sie sich setzte. Sie versuchte erneut, den Vorfall mit Wisdom Penfold aus ihren Gedanken zu verdrängen.

»Ich dachte, du könntest es brauchen«, antwortete Michael. »Du bist gestern erst spät nach Hause gekommen.«

»Ich habe auch ganz gewiss nicht vor, mich zu beschweren. Es ist einfach nur eine schöne Überraschung. Also, wie war dein Tag gestern?«

»Du meinst vor Gericht?«

»Ja. Du hattest diesen Telefonspezialisten im Zeugenstand, richtig? Wie ist es gelaufen?«

»Besser, als wir gehofft hatten. Es hat zwar einige Mühe gekostet, weil es ihm nicht gefiel, einen Irrtum zuzugeben, aber am Ende hat er akzeptiert, dass Simons Telefon zur Zeit des Mordes nicht am selben Ort war wie das von O'Driscoll.«

»Das bedeutet aber nicht zwangsläufig, dass Simon nicht dort war.« Sarah war Reporterin. Zynismus war ihr Handwerkszeug, und heute fühlte sie sich besonders negativ. »Schließlich ist es nicht so, als wäre er mit seinem Handy verwachsen.«

»Versuch das mal Simon zu erklären«, antwortete Michael. »Oder Jenny. Sie ist genauso schlimm wie er. Aber immerhin ist er noch ein Kind. Sie nicht. Beide scheinen zu glauben, dass wir den Fall schon gewonnen haben.«

»Ich dachte, Jenny sollte die Zynikerin spielen?«

»Das dachte ich auch.« Michael klang etwas enttäuscht.

Sarah legte ihre Hand auf seinen Unterarm.

»Aber es ist gut gelaufen. Das ist doch alles, was zählt, stimmt's?«

»Ja, du hast recht. Natürlich hast du recht.«

»Und was erwartet dich heute? Der große Fisch?«

»Terry Colliver? Nein. Der kommt morgen dran. Heute befragen wir Collivers Kumpel.«

»Muss ich mir Sorgen machen?«

»Nein. Er ist nur ein Sparringspartner.« Michael lächelte bei dem Gedanken. »Damit mache ich mich für den Hauptkampf warm.«

Sarah drückte Michaels Unterarm erneut. Sie war froh zu sehen, dass seine Augen aus Vorfreude wieder funkelten. Das besserte auch ihre Laune. Sie schob sich mit der Gabel einen Bissen in den Mund.

»Und was ist mit dir?«, fragte Michael. »Die Geschichte mit der Fähre hat dich ganz schön lange aufgehalten. Dabei schien es gar nicht viel zu geben, worüber du berichten konntest.«

»Aber es gab sehr viel, worüber wir *nicht* berichten durften«, antwortete Sarah. Sie war enttäuscht, dass Michael das Thema wieder angesprochen hatte. »Das hat viel Zeit gekostet.«

»Was denn zum Beispiel?«

»Hauptsächlich, dass die ganze Sache mit dem Mord an Longman in Verbindung stand.«

»Was?« Michael hörte auf zu essen. »Was meinst du damit? Welche Verbindung?«

»Dieser Mann, der verhaftet wurde, war der Hauptverdächtige.«

»Wisdom Penfold?«

»Ja.« Jetzt war Sarah erstaunt. »Wieso kennst du seinen Namen? Hat jemand die Geschichte gebracht?«

»Nein. Ich habe gestern mit Levy gesprochen. Sie hat mich nach Penfold gefragt, weil sie meinte, dass man ihm den Mord an Longman und Blunt durchaus zutrauen könnte.«

»Warum hat sie dich denn nach ihm gefragt?«

»Eigentlich wollte sie Derek befragen, weil der Penfolds Barrister gewesen ist. Aber ich habe sie zuerst getroffen und erwähnte, dass ich etwas über den Mann weiß. Das, was Derek mir damals über ihn verraten hat. Also, welche Neuigkeiten gibt es? Haben sie ihn erwischt?«

»Sie haben Penfold, das schon. Aber er ist kein Verdächtiger mehr.«

»Und warum?«

»Es hat sich herausgestellt, dass er das perfekte Alibi hat. Er stand unter polizeilicher Überwachung, als Longman und Blunt ermordet wurden.«

Einen Moment lang schien Michael ernüchtert zu sein. Sarah glaubte zu wissen, warum. Die Verhaftung von Longmans Killer hätte mit Sicherheit Reids Stimmung verbessert. Deshalb war Penfolds Unschuld eine Enttäuschung.

»Was heißt das für Levy?«, fragte Michael schließlich.

»Sie muss wieder bei null anfangen.« Sarah war deprimiert, als wäre sie irgendwie selbst gescheitert. »Sie sind keinen Schritt weiter als am ersten Tag. Penfold war der einzige brauchbare Verdächtige, der eine Verbindung zu Longman und Blunt hatte. Nachdem er ausgeschieden ist, müssen sie jemand anderen aus Longmans Vergangenheit finden, der ein Motiv hat.«

»Es gibt einen ganzen Haufen von Verdächtigen«, meinte Michael. »Es könnte Wochen dauern, jeden einzelnen Fall zu recherchieren.«

»Vielleicht nicht gerade Wochen«, antwortete Sarah. »Levy sagte, sie hätten ein Filtersystem entwickelt. Dadurch können sie sich zuerst auf die wahrscheinlichsten Kandidaten konzentrieren. Aber es gibt keine weiteren Verbindungen zwischen den beiden. Longman hat bei keinem von Blunts anderen Klienten als Richter fungiert. Jedenfalls nicht in Fällen, die schlecht für den Angeklagten ausgegangen sind. Also ist es immer noch eine riesige Aufgabe, und ihr Team ist bereits jetzt bis an die Grenzen ausgelastet.«

Michael nickte verständnisvoll. Sarah sah, dass er bereits weiterdachte. Und er kam rasch zum Punkt.

»Moment.« Er sah sie fragend an. »Was du da gerade über Blunts Klienten gesagt hast – was ist denn mit den anderen Angeklagten, bei denen auch Longman der Richter gewesen ist? Ich meine diejenigen, die Blunt verhaftet hat?«

»Was?« Sarah war verwirrt. »Was meinst du mit verhaftet? Wen hat er verhaftet?«

»Jede Menge Leute, würde ich meinen. Blunt war nicht immer Anwalt. Und ganz sicher nicht, als ich ihn kennenlernte. Damals war Blunt ein Cop.«

Sarah setzte sich kerzengerade hin. Michaels Erklärung änderte alles.

»Das bedeutet, es könnte auch ein Fall gewesen sein, in dem Blunt ermittelt hat? Nicht unbedingt einer, wo er jemanden verteidigt hat?«

»Ganz genau«, antwortete Michael. »Ich hätte angenommen, dass die Polizei das wüsste. Aber wenn Levy nicht darüber im Bilde ist, dass er ein Cop war, könnten die Parameter ihrer Suche die falschen Leute ausschließen. Vielleicht hat ihr Team den Kerl bereits gefunden und ihn nur darum ausgeschlossen, weil Blunt nicht sein Anwalt war.«

»Meine Güte.«

Sarah dachte einen Moment lang nach. Was Michael ihr da erzählte, konnte der Schlüssel zu dem Fall sein. Ein Schlüssel, von dem Levy erwarten würde, dass man ihn ihr gab. Das war die Vereinbarung. Sarah würde ihr helfen, wo sie konnte, im Austausch für eine Exklusivstory, wenn es so weit war.

Es war ein Arrangement, das sie auf Eltons Anweisung hin beenden sollte. Aber zum Teufel damit! Es gab wichtigere Dinge als Exklusivstorys. Und es gab wichtigere Dinge als ihre Karriere.

Michael stand auf, während Sarah immer noch nachdachte, und zog sein Jackett an.

»Ich muss los.«

Er trat an den Tisch und küsste Sarah, als sie aufstand.

»Viel Glück heute«, sagte Sarah. »Mach ihnen die Hölle heiß.«

»Ich gebe mein Bestes«, versprach Michael und wechselte dann das Thema. »Kommst du heute Abend etwas früher zurück?«

»Das kann ich noch nicht sagen. Es hängt davon ab, wie die ganze Geschichte mit ›Blunt war ein Cop‹ sich entwickelt.«

»Vielleicht hätte ich die Klappe halten sollen«, räumte Michael ein. »Denn auf Blunts Verhaftungsliste stehen jede Menge üble Mistkerle.«

»Wer zum Beispiel? Jemand, den du kennst?«

»Ich persönlich? Ich kenne nur einen. Ein widerlicher Mistkerl aus der Zeit, als ich noch Dereks Pupil war. Aber er kann es nicht gewesen sein.«

»Warum nicht?«

»Weil er noch im Gefängnis sitzt.«

»Bist du sicher?«

»Das bin ich. Und wenn ich mir nicht sicher wäre, würde ich schon längst gegen Levys Tür hämmern. Ehrlich, von allen Menschen, mit denen ich in meiner bisherigen Karriere zu tun hatte, war dieser Kerl der mit Abstand schlimmste. Er war so schlimm, dass ich ihn über die Jahre im Auge behalten habe.«

»Wie?«

»Du bist nicht die Einzige, die Kontakte zum Bewährungsausschuss hat. Wenn dieser Bastard jemals wieder an die frische Luft kommt, will ich es sofort wissen. Deshalb habe ich gewisse Maßnahmen getroffen.«

Sarah hörte den grimmigen Unterton in Michaels Stimme. Ob der Mann nun ein möglicher Verdächtiger war oder nicht, sie wollte mehr über ihn erfahren.

»Ich glaube, du musst Levy anrufen«, setzte Michael das Gespräch fort, während er zur Tür ging. »Informiere sie über Blunts Vergangenheit als Cop, falls sie nicht bereits davon weiß.«

»Das werde ich.« Sarah dachte gar nicht daran, sich an Eltons Befehl zu halten, doch im Augenblick war vor allem ihre Neugier geweckt. »Und dieser Kerl, den du erwähnt hast – sie muss ihn als Verdächtigen ausschließen. Wie war sein Name?«

Michael drehte sich noch einmal zu ihr herum. Sein Gesicht war aschfahl. Daran erkannte Sarah, dass das Thema und die Erinnerungen daran ihm höchst unliebsam waren.

»Hirst.« Es schien Michael Mühe zu kosten, die Worte auszusprechen. »Sein Name war Karl Hirst.«

48

»Kommst du heute Abend wieder früher nach Hause, Mum?«

Levy ließ die Hände am Lenkrad, als sie zu ihrem Sohn blickte. Er saß für den morgendlichen Schulweg bereits angeschnallt auf dem Beifahrersitz ihres Volvos.

Seit wann nennen wir 20 Uhr ›früh‹?, dachte sie. Es sagte viel über ihre Work-Life-Balance aus.

»Ich hoffe schon.« Hoffnung war immer besser als Erwartung. Jedenfalls, wenn es Richard betraf. »Und wenn, dann gehen wir nach Highgate zum Abendessen. Was hältst du davon?«

»Das wäre toll.« Richards Gesicht strahlte vor Aufregung. »Wir könnten Pasta essen.«

»Wir können bestellen, was du willst.« Levy lächelte. Manchmal machten selbst die einfachsten Dinge sehr viel Freude. »Außer Bier. Du darfst kein Bier trinken.«

»Mum!« Richard lachte laut. »Ich trinke kein Bier!«

»Ja, aber nur so lange, bis du's doch tust.«

Levy lächelte immer noch, als sie vom Parkplatz fuhr, in den zweiten Gang schaltete und dann auf der Straße beschleunigte. Richard wurde von der plötzlichen Geschwindigkeit in den Sitz gedrückt und quietschte dabei vor Entzücken.

»Holst du mich nachher ab?« Richards Stimme klang hoffnungsvoll, als Levy den Wagen schließlich vor der Schule parkte.

»Jetzt übertreibst du aber, Richard.« Levy blieb gelassen. Bei diesem Thema hatte sie keinerlei Gewissensbisse. Sie war ganz sicher nicht die einzige berufstätige Mutter, die das nachmittägliche Eltern-Taxi-Programm verpasste. »Claire holt dich ab.«

»Okay. Aber heute Abend sehen wir uns noch?«

»Ich tue mein Bestes.« Levy griff an ihm vorbei, entriegelte die Beifahrertür und stieß sie auf. »Und sei lieb heute.«

»Ja, Mum.« Richard küsste Levy auf die Wange. Er presste seine Lippen fest auf sie, seine kindliche Art, Zuneigung zu zeigen. »Bis später.«

»Ja, bis später!«

Levy griff nach der Tür und zog sie zu. Dann legte sie den ersten Gang ein und fädelte sich in den Verkehr ein. Im

Rückspiegel auf der Beifahrerseite beobachtete sie, wie Richard durch die Schultore ging. Auf den sicheren Spielplatz. Als er verschwunden war, schaltete sie in den zweiten Gang und beschleunigte.

Levys Handy befand sich in der Mittelkonsole und war über Bluetooth mit der Freisprecheinrichtung des Wagens verbunden. Sie drückte das grüne Telefon-Icon auf dem zentralen Display des Wagens, und das System fuhr hoch.

»Ruf Steven Hale an.«

Sie sprach langsam und deutlich. Das System war beeindruckend, aber es machte immer noch Fehler, wenn Levy undeutlich sprach.

Hales Name und Nummer leuchteten unmittelbar vor dem ersten Klingelton auf dem Bildschirm auf. Er nahm das Gespräch schnell entgegen.

»Morgen, Boss. Sind Sie hierher unterwegs?« Er klang gestresst.

»Was ist los?«

»Neuigkeiten von oben. Rogers will uns beide sehen, sobald Sie im Haus sind.«

Levys Stimmung sank schlagartig. Ein spontaner Termin beim Chief Superintendent verhieß nie etwas Gutes.

»Wissen Sie, warum?«

»Wie ich gehört habe, ist er nicht besonders glücklich wegen gestern. Zu viel Aufmerksamkeit in der Presse für, wie er es sieht, fehlgeschlagene Operationen.«

»Fehlgeschlagene Operationen? Ist das sein Ernst? Penfold war vielleicht nicht unser Mann, aber er hat trotzdem drei Morde begangen. Und Burrell war ein guter Fang, trotz allem, was da passiert ist. Was ist denn sein Problem?«

»Ich glaube, es geht um Burrell.« Hale klang niedergeschlagen. »Vielleicht hat Rogers Wind davon bekommen, dass er nicht die Verantwortung für Ferris' Ermordung trägt?«

»Er steckt nicht hinter dem Tod von Ferris? Woher kommt das denn?«

»Von mir. Ich habe meine Zweifel, Boss. Und ich war dumm genug, sie auch zu äußern.«

»Scheiße.« Levy wusste sehr genau, wie so etwas in ihrer Einheit funktionierte. Und sie hatte gedacht, dass Hale es ebenfalls wusste. Offenbar hatte sie sich geirrt.

»Okay, ich bin zu Ihnen unterwegs. Und Steve?«

»Ja, Boss?«

»Halten Sie Ihren verdammten Mund, bis ich da bin.«

49

Michael stand auf der obersten Stufe zum Speisesaal von Old Bailey und sah sich um. Um neun Uhr früh war in der Bar Mess noch nicht viel los. In spätestens dreißig Minuten würde sich das ändern. Deshalb war Jenny Draper leicht zu finden. Außerdem saß sie immer am selben Tisch.

Draper sah Michael ebenfalls. Sie winkte und hielt einen Becher hoch, in dem wahrscheinlich heißer Kaffee war.

»Vorbereitet wie immer.« Michael lächelte, als er sich Draper gegenübersetzte. Der Kaffee dampfte. Keine Milch. Genau, wie Michael ihn mochte. »Perfekt.«

»Ich sorge nur dafür, dass mein Boss aus allen Rohren feuern kann.« Draper zeigte ihr erprobtes Lächeln. Dann berührte sie sachte Michaels linken Unterarm. »Ich wollte

Ihnen nur sagen, dass Sie gestern wirklich erstaunlich waren.«

»Das haben Sie schon gestern gesagt, Jenny.« Michael zog seinen Arm zurück. »Danke. Aber Sie brauchen das nicht zu wiederholen.«

»Oh doch, Michael. Ich bin das gestern Nacht immer wieder in Gedanken durchgegangen. Was Sie mit White erreicht haben, obwohl Ihnen ja durch Simons Instruktionen die Hände gebunden waren – das war einfach erstaunlich.«

»Die Fakten waren alle da.« Michael war nicht bescheiden, sondern nur ehrlich. »Wenn Sie lange genug darüber gebrütet hätten, dann hätten Sie dasselbe tun können.«

»Matthew Cole hat das aber nicht.« Michaels Gelassenheit konnte Drapers Begeisterung nicht dämpfen. »Und er ist ja eigentlich ... Nun, er ist Matthew Cole.«

»Matt hatte aber nichts in der Hand, womit er arbeiten konnte, Jenny.« Michael war besorgt. Er hatte gehofft, dass die Anwesenheit von Cole, einem erheblich prominenteren Kronanwalt, Drapers Aufmerksamkeit von ihm ablenken würde. Aber das schien nicht zu funktionieren. »Ich hätte auch nicht mehr erreichen können als er, wenn ich O'Driscoll vertreten hätte. Das Telefon von Matts Klient war die ganze Zeit am Tatort. Daran gab es nichts zu rütteln.«

»Sie sind zu bescheiden, Michael.« Draper ließ sich nicht entmutigen. »Was ich da gestern gesehen habe ... Das war, also es war sehr beeindruckend ...«

Draper senkte die Stimme, während sie sprach. Ihre Botschaft war klar.

Sie ist verdammt zuversichtlich, dachte Michael. *Das ist ein schlechtes Zeichen.*

»Hören Sie zu, Jenny.« Er beschloss, ihr unverhülltes

Flirten zu ignorieren. »Ich mag Komplimente wie jeder andere auch, aber vertrauen Sie mir, wir sind noch lange nicht über den Berg. Cole weiß genau, was er tut, und Epstein hat das Standardwerk über Fälle wie diesen hier geschrieben. Wir haben es mit zwei Giganten unseres Berufsstandes zu tun. Also warten wir mit den Gratulationen bis zum Ende, einverstanden?«

Draper sah Michael in die Augen, während er das sagte. Sie hielt seinen Blick noch ein paar Sekunden, nachdem er aufgehört hatte zu sprechen.

»Okay«, sagte sie schließlich. »Ich hab's kapiert. Es steht noch eine Menge auf dem Spiel.«

»Allerdings. Denken Sie daran, wir müssen Simon immer noch dazu bringen, uns zu gestatten, die Samthandschuhe bei der Befragung von O'Driscoll auszuziehen. Wenn er das nicht tut, kann ich nicht viel machen.«

»Und das ist *mein* Job, ich weiß.«

Draper wollte noch etwas sagen, aber bevor sie sprechen konnte, wurde sie durch eine Lautsprecherdurchsage unterbrochen.

»Die Gefangenen aus dem Gefängnis Ihrer Majestät Belmarsh sind eingetroffen. Alle Barrister, die ihre Mandanten aus Belmarsh sprechen wollen, werden jetzt aufgefordert, sich im Zellenbereich einzufinden.«

»Etwas früher als gewöhnlich«, bemerkte Draper.

»Dann nutzen wir unsere Chance. Wenn Sie jetzt zu den Zellen hinuntergehen, dann haben Sie vielleicht eine ganze Stunde mit ihm.«

»Sie wollen, dass ich allein zu ihm gehe?«

»Ich glaube, das könnte vielleicht produktiver sein, ja. Nur Sie und Simon. Tragen Sie dick auf, Jenny. Wickeln Sie den Jungen mit Ihrem Charme um den Finger. Und machen Sie deutlich, wie sehr *Sie* wollen, dass wir gewinnen, nicht ich. Wie sehr *Sie* wollen, dass wir O'Driscoll angreifen.«

»Glauben Sie wirklich, dass das funktioniert?«

»Ich habe ehrlich gesagt keine Ahnung. Aber es muss einfach funktionieren. Und es muss heute funktionieren. Die Zeit ist nicht auf Simons Seite.«

»Warum ist es denn so dringend?«

»Weil Terry Collivers Zeugenaussage für morgen angesetzt ist. Und wenn wir O'Driscoll nicht angreifen dürfen, sobald Colliver in den Zeugenstand tritt, dann haben wir auf lange Sicht keine große Chance.«

»Wie schön, dass Sie keinen Druck machen.« Draper stand auf und legte ihre Hand sanft auf Michaels Schulter. »Ich hole ihn an Bord, Michael. Was auch immer es kostet.«

Draper nahm die Hand mit einem Lächeln weg, drehte sich um und ging zur Tür der Bar Mess und zu den Aufzügen, die sie ins Untergeschoss von Old Bailey bringen würden.

Das kann ich nur hoffen, dachte Michael, während er Draper nachsah. *Denn wenn du das nicht schaffst, ist der Fall gegessen.*

50

Das Büro von Chief Superintendent David Rogers lag im selben Gang wie das von Levy, aber das war auch die einzige Gemeinsamkeit. Es war mindestens viermal so groß. Ähnlich wie der Raum, in dem Leon Ferris gestorben war, dachte Levy.

In einer Zeit, in der das Polizeibudget ständig zusammengestrichen wurde und eine so wichtige Einheit wie MIT One komplett unterbesetzt war, hatte man keine Kosten bei der Einrichtung von Rogers Büro gescheut.

Der Schreibtisch war viel größer, als es für irgendjemanden nötig war. Das Möbelstück erinnerte Levy an ihre Zeit in Israel und an die Tische dort, die groß genug waren, um während einer militärischen Einsatzbeschreibung detaillierten Karten Platz zu bieten. *Diese* Tische mussten so groß sein, denn sie dienten einem Zweck. Rogers' Schreibtisch diente nur dem Ego des Mannes.

»Setzen Sie sich, Joelle. Steven.«

Rogers blickte nicht auf, während er sprach. Levy und Hale hatten in strammer Haltung vor dem Schreibtisch gewartet. Rogers hatte sie gut dreißig Sekunden so stehen lassen. Ein deutliches Anzeichen für seine Laune.

Als wenn das nötig gewesen wäre.

Beide setzten sich und sahen Rogers an. Er erledigte derweil demonstrativ seinen Papierkram und blickte nicht ein einziges Mal hoch.

Levy und Hale störte das nicht im Geringsten. Das hatten sie schon lange hinter sich gelassen.

Rechts neben Rogers saß Superintendent Carol Walker. Sie war Rogers' unmittelbare Untergebene und Levys direkte Vorgesetzte. Walker saß kerzengerade auf ihrem Stuhl, etwa einen halben Meter vom Schreibtisch entfernt. Sie hielt ihren Blick auf Levy und Hale gerichtet. Wäre Rogers nicht dabei gewesen, hätte Walker diese Besprechung geleitet. Heute musste sie sich jedoch seinem höheren Rang unterordnen. Levy spürte, dass es der Frau schwerfiel. Walker brannte offenbar darauf, etwas zu sagen.

Rogers hatte das Dokument zu Ende gelesen und unterzeichnete es sorgfältig. Dann hob er das Blatt Papier an und blies leicht auf die feuchte Tinte, damit sie trocknete. Er ließ sich Zeit. Eine Botschaft für alle Anwesenden im Raum. Eine Machtdemonstration.

Schließlich legte er das Papier wieder auf den Schreibtisch, verschränkte die Hände und sah Levy direkt an.

»Also, Joelle. Wie sollen wir mit den Debakeln von gestern umgehen?« Er kam ohne Umschweife zur Sache. In der Öffentlichkeit und vor der Presse war Rogers Diplomat, aber hier in seinem Büro war er Polizeibeamter und sprach ein Problem direkt an.

»Ich betrachte keinen der beiden Vorfälle als Debakel, Sir.« Levy erwiderte Rogers' Direktheit ebenso offen. »Die Operationen gestern haben vielleicht nicht zu Verhaftungen geführt, die unsere eigenen Ermittlungen weitergebracht hätten, aber in anderer Hinsicht waren sie beide erfolgreich.«

»Das ist eine sehr faszinierende Sichtweise.« Rogers' Tonfall strafte seine Worte Lügen. »Vielleicht sind Sie so gut und erleuchten mich diesbezüglich? Was genau war der große Erfolg bei der sehr öffentlichen Verhaftung von Wisdom Penfold? Denn ich hatte Mühe, so etwas wie einen Erfolg zu erkennen, als es gestern auf allen Nachrichtenkanälen gebracht wurde.«

»Wisdom Penfold war ein Mörder, der auf der Flucht vor dem Gesetz war. Wie wir jetzt wissen, hat er einen Geschäftspartner von Barry Ireland getötet und Diamanten im Wert von drei Millionen Pfund gestohlen. Er sitzt jetzt wegen dieses Mordes in Haft. Außerdem wegen der Tötung eines weiteren Mannes sowie des Mordes an einem verdeckten Ermittler. Und wegen schwerer Körperverletzung an einem anderen. Ich kann das nicht als Enttäuschung betrachten.«

»Es ist eine Enttäuschung, Joelle, weil er *nicht* wegen des Mordes an Phillip Longman in Haft sitzt. Weil Sie Zeit und Ressourcen verschwendet haben, um einer verdammten falschen Fährte nachzujagen. Wir hatten im Abstand von sechsunddreißig Stunden zwei Kreuzigungen, und doch haben Sie anderthalb Tage lang eine Spur verfolgt, die absolut nichts mit diesem Fall zu tun hat. Und schließlich ist sogar ein Polizist gestorben. Glauben Sie, dass die Presse das ignorieren wird?«

»Bei allem gebotenen Respekt, Sir, wir können uns nicht danach richten, was die Presse sagt. Wenn sie herausfinden, dass Penfold ursprünglich wegen des Mordes an Longman verhaftet werden sollte, dann werden sie deswegen herumschreien. Aber nur, bis wir den wirklichen Killer gefunden haben. Die Empörung wird sich schnell wieder legen.«

»Tatsächlich? Und Sie glauben, das spielt eine Rolle? Wir werden heute an den Ergebnissen von gestern gemessen. Und diese Bewertung kommt sehr schnell. Sind Sie wirklich so sicher, dass Sie Zeit haben werden, die Sache zu korrigieren? Und dass man Sie nicht einfach von dem Fall abzieht?«

»Das obliegt Ihnen, Sir.« Levy war schockiert über diese Andeutung, aber sie weigerte sich, es zu zeigen. »Wenn Sie mich ersetzen wollen, dann tun Sie das. Trotzdem werde ich der Aussage nicht zustimmen, dass Penfolds Verhaftung ein schlechtes Ergebnis ist. Wir haben einen Mörder für den Rest seines Lebens hinter Gitter gebracht.«

»Und dabei das Leben eines verdeckten Ermittlers geopfert. Wie wird das wohl ankommen? Haben Sie schon die Nachrichten gesehen? Man deutet bereits an, dass dieser

Beamte wegen unserer Einmischung sein Leben verloren hat. Hätten wir die Fähre nicht zurückgeholt, dann hätte das Team ihm folgen und die Verhaftung in Holland mit Unterstützung der dortigen Behörden vornehmen können.«

»Sir, die Presse …«

»Das sagt nicht nur die Presse, Levy. Sondern auch die verdammte NCA! Sie haben zwei fähige Agenten verloren. Der eine ist tot, die andere wahrscheinlich für immer dienstunfähig. Weiterhin sagen sie, dass sie eine komplette Operation verloren haben. Dass nur unseretwegen ihre Ermittlungen zu Barry Ireland und dieser Sache in der Bond Street erledigt sind.«

»Das ist eine verdammte Lüge, Sir!«

Levy hob unwillkürlich die Stimme. Mit der Wahrheit konnte sie umgehen, selbst wenn sie verdreht und verzerrt wurde. Das war der Job. Aber offene Unehrlichkeit war etwas vollkommen anderes.

Levy sprach nach einer winzigen Pause weiter.

»Die NCA-Operation ist in dem Moment gestorben, als Penfold Irelands Handlanger getötet hat. Penfold hätte sie niemals zu jemandem geführt, der die Diamanten mit Ireland in Verbindung hätte bringen können. Das weiß die NCA genau. Denn Penfold hat die Diamanten *gestohlen*. Er wollte die Klunker verkaufen und flüchten. Das weiß die NCA ebenfalls. Wenn sie etwas anderes behaupten, lügen sie.«

Zum ersten Mal schoss Rogers nicht zurück, sondern wandte sich stattdessen an Walker.

»Möchten Sie etwas dazu sagen, Carol?«

»Das stimmt mit meinen eigenen Informationen überein, Sir«, bestätigte Walker Levys Schilderung. »Die NCA-

Operation war ein Fehlschlag. Und das hätten sie schon viel früher erkennen müssen. Hätten sie Irelands Geschäftspartner weiter beobachtet – oder Penfold nicht aus den Augen verloren –, dann hätten sie bereits deutlich eher erkannt, was da passierte. Dann hätten sie auch erheblich früher die Reißleine ziehen und Penfold verhaften können. Ohne dieses öffentliche Aufsehen und den Verlust eines Beamten. Meiner Meinung nach versuchen sie nur die Ereignisse von gestern zu benutzen, um ihr eigenes Versagen zu kaschieren.«

Rogers schwieg, während er über ihre Worte nachdachte. Levy erwiderte währenddessen Walkers Blick und bedankte sich bei ihr mit einem Nicken. Walker senkte kurz den Kopf. Es war eine langsame, formelle Bewegung, die ausdrücken sollte, dass sie nur ihren Job erledigte. Ihre Schlussfolgerung hatte nichts mit der Loyalität gegenüber ihrer Einheit zu tun.

»Angesichts dieser Informationen sehe ich das wohl genauso.« Rogers sprach wieder Levy an. »Trotzdem ist das ein verdammter Shitstorm, Joelle. Aber ich werde nicht zulassen, dass diese überbezahlten Mistkerle meine Einheit mit Dreck bewerfen. Wir stellen uns vor Sie, was die Fähre angeht. Aber das bedeutet, dass ich endlich Fortschritte im Longman-Fall will. Bevor noch mehr verdammte Anwälte gekreuzigt werden.«

»Sir.«

Levy war erleichtert und spürte gleichzeitig den wachsenden Druck. Der Angriff der Presse nach Penfolds Verhaftung würde zurückgewiesen werden. Aber der Preis dafür war hoch: ein noch größerer Erfolgsdruck bei den Ermittlungen im Longman-Mord.

Die jetzt wieder von vorn anfangen.

»Womit wir zu Edward Burrell kommen.« Rogers' Aufmerksamkeit richtete sich auf Hale. »Steven, Sie haben ein SO19-Team in eine bewohnte Straße in South West London geführt. Dort haben Sie ein wildes Feuergefecht angezettelt, das mit dem Tod von drei Beamten und vier Zivilisten, zugegeben bekannte Bandenmitglieder, sowie dem Verdächtigen selbst endete. Sehen Sie darin ein Problem?«

Hale war eine direkte Befragung nicht gewohnt. Normalerweise musste sich Levy den Fragen stellen, die dem Einsatzleiter galten. Aber Rogers wusste, wer tatsächlich das Sagen im Ferris-Fall gehabt hatte.

»Sir, wir ... Wir haben eine saubere Razzia durchgeführt. Wir haben Burrell und seine Männer festgenommen, innerhalb des Gebäudes. Wir konnten nicht wissen, was draußen auf uns wartete.«

»Eine saubere Razzia, Inspector? Muss ich Sie daran erinnern, was dieser Einsatz gekostet hat?«

»Das ist mir klar, Sir. Wirklich. Aber wir hatten keinerlei Informationen über die Verstärkung in dem Gebäude auf der anderen Straßenseite. Und wir wussten auch nicht, was wir in Burrells Unterschlupf finden würden. Wir hatten keine Ahnung, dass überhaupt eine Drogenlieferung dort lagerte. Schon gar nicht in einer Menge, mit der man ganz London hätte überschwemmen können. Deshalb gab es auch keinen Grund zu der Annahme, dass Burrell zusätzliche Vorsichtsmaßnahmen ergriffen haben könnte.«

»Warum gab es keine Informationen? Wie konnten Sie so blind in diese Falle tappen? Sie hatten Beamte von Trident bei sich, Inspector. *Die* mussten doch eine Ahnung haben?«

»Keiner hat das geahnt, Sir. Dass Burrell so viel Kokain besaß, war vollkommen unvorstellbar, weil er nicht in dieser Größenordnung operiert. Jedenfalls bisher noch nicht.«

»Und er wird es auch nicht mehr tun. Immerhin ein Silberstreif am Horizont.« Rogers klang flapsig, jedoch nur einen Moment lang. »Aber eine Schießerei mitten in Brixton macht sich nicht gut in den Morgenzeitungen, Inspector. Vor allem dann nicht, wenn dabei Polizeibeamte getötet wurden.«

»Das ist mir klar, Sir. Aber das war auch nicht so geplant. Wir haben nur auf einen Hinterhalt reagiert, und wir haben gewonnen. Das kann man doch sicher auch irgendwie positiv darstellen, oder? Sodass es uns nützt?«

Rogers schob den Stuhl vom Schreibtisch zurück. Er hob die Arme, legte die Hände auf seinen haarlosen Schädel und verschränkte die Finger.

»Daran habe ich auch schon gedacht, Steven. Ich habe darüber nachgedacht, dass wir das zu unserem Vorteil nutzen könnten. Beamte, die bei einer Razzia in einen Hinterhalt geraten und die Ganoven ausschalten. Vielleicht können wir Sie ja als Helden darstellen.«

»Das ist wirklich nicht nötig, Sir.«

»Ich entscheide, was nötig ist, Steven. Und dann informiere ich Sie darüber. Aber jetzt zu einem anderen Thema. Und zwar einem ziemlich wichtigen, angesichts dessen, was gestern passiert ist. Ich habe das Gerücht gehört, Steven, dass Sie mittlerweile bezweifeln, dass Burrell etwas mit Ferris' Tod zu tun hatte.«

»Das stimmt, Sir«, antwortete Hale. »Ich habe starke Bedenken.«

»Warum?«

Levy sah Hale neugierig an. Sie hatten bisher nicht die Gelegenheit gehabt, seine Theorie zu besprechen.

»Zuerst war es nur eine Ahnung, Sir. Während der Razzia habe ich mir Burrells Büro angesehen. Es war eine fast exakte Kopie von Ferris' Büro, wirklich beinahe identisch. Das hat mich auf den Gedanken gebracht, dass Burrell Ferris nicht nur als Konkurrent sah, sondern von ihm förmlich besessen war. Eine psychologische Obsession, oder wie man so etwas nennt. Ich habe das schon früher bei Mordfällen erlebt, Sir.« Hale deutete auf Levy. »Das haben wir beide. Und jedes Mal hat die besessene Person den Mord *persönlich* durchgeführt. Sie haben nie irgendjemanden dafür angeheuert. Das ist ein Teil dieser Krankheit. Es ist eine persönliche Angelegenheit.«

Levy nickte zustimmend. Das klang logisch.

Rogers und Walker konnten ihr Nicken unmöglich übersehen haben. Rogers fragte weiter.

»Ist das alles? Es ist nur Ihr Bauchgefühl?«

»Nein, Sir.« Hale kam langsam in Fahrt. »Es waren auch die Drogen, Sir. Unser Verdacht, dass Burrell für den Mord an Ferris verantwortlich sein könnte, beruhte darauf, dass Burrell an einen von Ferris' Leuten herangetreten war. Burrell legte dem Mann nahe, die Seiten zu wechseln, weil sich bald einiges ändern würde. Wir dachten, er spielte auf Ferris' baldigen Tod an. Aber eine Drogenlieferung von dieser Größe, Sir? Das hätte das Gleichgewicht genauso stark verändert wie Ferris' Tod. Damit wäre Burrell zehnmal so reich geworden wie Ferris. Und in dieser Welt bedeutet Geld Macht. Deshalb vermute ich jetzt, dass Burrell *darauf* angespielt hat.«

»Das ist durchaus einleuchtend«, warf Walker ein. »Und dann muss man natürlich auch die Aufmerksamkeit der

Polizei mit einbeziehen, die der Mord an Ferris automatisch auf seine Rivalen lenken würde. Warum sollte Burrell das riskieren, wenn er auf so viel Kokain sitzt? Damit hätte er nur Schwierigkeiten geschaffen.«

»Genau, Ma'am.« Hales Einschätzung fand offenbar ihre Zustimmung. »Und all das sagt mir jetzt, dass Burrell nicht unser Mann gewesen ist.«

»Und doch wurde sein Hauptquartier gestürmt, was zu einer Schießerei mitten in Brixton geführt hat. Ein weiterer brutaler Vorfall in der Öffentlichkeit – innerhalb von vierundzwanzig Stunden –, der durch eine irrtümliche Festnahme durch MIT-Beamten ausgelöst wurde. Sieht denn niemand sonst das Problem dabei?«

»Aber es hat zu der Beschlagnahme einer großen Drogenlieferung geführt, Sir«, mischte sich Levy ein. »Es ist der größte Drogenfund auf britischem Boden seit einem Jahrzehnt. Das rechtfertigt es doch bestimmt?«

»Pistolen, Joelle. Eine Schießerei auf den Straßen von London!« Rogers schrie fast. »Das darf nicht aus den falschen Gründen passieren, ganz gleich, wer zuerst schießt. Hier geht es nicht um richtig und falsch. Sondern um Wahrnehmung. Es geht darum, wie man darüber berichten wird. Unsere Beamten dürfen nicht in wilde Gefechte bei Verhaftungen verwickelt werden, die sich hinterher als grundlos erweisen. Der Drogenfund war reine Glücksache. Aber wenn die Presse Wind davon bekommt, dass der Grund für diese Razzia auf mangelhaften Ermittlungen beruhte? Auf falschen Schlussfolgerungen? Auf *schlechter Polizeiarbeit?* Was zum Teufel würde dann passieren? Ich werde es Ihnen sagen. Man wird uns genauso behandeln wie Longman. Man wird uns kreuzigen. Genau das wird passieren.«

Niemand antwortete. Alle blieben stumm. Sie saßen steif auf ihren Stühlen, als Rogers aufstand. Der Chief Superintendent dachte scharf nach, während er zur Tür und wieder zurückging, einmal, zweimal. Und noch ein drittes Mal. Bevor er sich wieder setzte.

»Burrell war für Ferris' Tod verantwortlich.« Als Rogers wieder sprach, klang seine Stimme entschlossen. »Das ist die offizielle Haltung, jedenfalls fürs Erste. Ich möchte, dass Sie das innerhalb der nächsten Stunde auf einer Pressekonferenz verkünden.«

»Aber Sir, das war er nicht. Sie können …«

Rogers brachte Hale mit erhobener Hand zum Schweigen.

»Die Wahrheit ist in diesem Fall irrelevant, Inspector. Schließlich wird es kein Gerichtsverfahren geben, da Sie diesen Mistkerl getötet haben.«

»Darf ich fragen, warum, Sir?« Wieder ergriff Levy Partei für Hale. »Ich meine, wenn Steve schon lügen muss, dann hat er doch vielleicht eine Begründung verdient?«

»Ich glaube nicht, dass er irgendetwas verdient hat, Joelle. Aber vielleicht hilft es ihm in Zukunft, wenn er es versteht.«

Rogers wandte sich an Hale.

»Die Öffentlichkeit muss uns vertrauen, Inspector. Die Menschen müssen wissen, dass wir aus den richtigen Gründen handeln, wenn wir eine Gangsterhöhle ausräuchern oder einen Schusswechsel riskieren, bei dem Zivilisten getötet werden könnten. Sie müssen wissen, dass wir das nur deshalb tun, weil wir wissen, was diese Mistkerle verbrochen haben. Sie haben einen Durchsuchungsbefehl auf der Basis des Mordes an Ferris bekommen. Das können wir nicht ändern. Aber wenn wir plötzlich zugeben, dass wir uns wegen dieses Mordverdachts geirrt haben? Dann geht das öffentliche Vertrauen vor die Hunde, stimmt's? Und Sie können Ihren letzten Penny darauf verwenden, dass die Presse das ausschlachten wird. Und genau darum hat Burrell Ferris getötet. Jetzt ist auch er aus dem Spiel, und alle sind glücklich. Kapiert?«

Levy sah, wie Hale ihr einen unsicheren Blick zuwarf. Sie konnte ihn verstehen. Er hatte keine Erfahrung bei dem, wozu man ihn jetzt aufforderte. Hale war ein Cop. Kein Politiker.

Sie nickte ihm fast unmerklich zu. Es war die einzige Möglichkeit, ihm zu zeigen, was sie gern laut gesagt hätte.

Mach einfach mit, Steve. Es gibt keinen anderen Weg.

»Sir, wenn wir auf der Basis weitermachen, dass Burrell den Mord an Ferris' angeordnet hat, dann läuft der eigentliche Killer immer noch frei herum«, sagte Hale.

»Das stimmt.«

»Darf ich dann meine Ermittlungen fortführen? Um herauszufinden, wer den Job tatsächlich erledigt hat?«

»Solange dabei nicht angedeutet wird, dass er möglicherweise für jemand anderen als für Burrell gearbeitet hat, meinen Sie?«

»Selbstverständlich, Sir.«

»In diesem Fall ja. Es sähe sogar ein wenig schlampig aus, wenn Sie das nicht täten.«

»Okay. Dann bin ich an Bord, Sir.« Hale hatte ohnehin keine große Wahl. »Wie viel Zeit habe ich noch bis zur Pressekonferenz?«

51

»Also, was wissen wir über ihn?«

James Elton saß am Kopfende des Konferenztischs. Rechts von ihm saß Sarah Truman und links Nathan Benson. Die siebzehn anderen Stühle waren leer.

Sowohl Sarah als auch Elton wollten dieses Gespräch in einem möglichst kleinen Rahmen halten.

Sarah und Benson hatten drei Stunden lang gemeinsam mit den wenigen Informationen gearbeitet, die Michael Sarah gegeben hatte. Sie waren sehr produktiv gewesen und hatten Informationen über Adam Blunts Laufbahn bei der Metropolitan Police ausgegraben. Gleichzeitig hatte Sarah so viel wie möglich über Karl Hirst in Erfahrung gebracht. Zuerst hatte sie das nur getan, um ihre eigene Neugier zu befriedigen, angestachelt von der Wirkung, die dieser Name auf Michael gehabt hatte. Doch dann war sie noch tiefer eingetaucht.

Sie hatten Elton bereits über Blunt auf den neusten Stand gebracht. Jetzt kam das Thema Hirst zur Sprache.

»Er wurde wegen Totschlag, Körperverletzung, Erpressung und Kidnapping verurteilt«, berichtete Sarah. »Vor siebzehn Jahren. Longman war sein Richter und verurteilte ihn zu lebenslänglich mit einem Minimum von vierzehn Jahren. Hirst saß diese vierzehn Jahre ab. Und zwar fast auf den Tag genau. Und trotz allem, was Michael mir heute Morgen gesagt hat, wurde er offenbar bei seiner ersten Anhörung auf Bewährung freigelassen.«

Die Erkenntnis, dass Michael sich geirrt hatte, war ein Schock gewesen. Ein Schock, der rasch in Erregung umgeschlagen war. Hirst war ein durchaus brauchbarer Verdächtiger.

Aber mehr auch nicht, dachte Sarah bei dem Versuch, ihren Enthusiasmus ein wenig zu dämpfen. *Bis ich mehr über ihn habe. Er wird auf keinen Fall ein zweiter Wisdom Penfold werden.*

»Okay, brutal und von Longman verurteilt. Das passt. Aber wo ist seine Verbindung zu Blunt? War Blunt sein Anwalt?«

»Wir haben etwas viel Besseres«, warf Benson ein. »Blunt war der Cop.«

»Kein Scheiß?« Elton lächelte Sarah an. Die Story schrieb sich förmlich von selbst. »Und ich gehe davon aus, dass er die Ermittlungen geleitet hat?«

»Hat er«, bestätigte Sarah. »Es war sogar sein letzter Fall. Blunt hat am Tag nach der Verurteilung den Polizeidienst quittiert. Ohne Vorwarnung und ein paar Jahre vor seiner Pensionierung.«

»Gibt es irgendetwas, das darauf hindeutet, warum er das getan haben könnte?«

»Wir haben nichts gefunden, jedenfalls bis jetzt. Aber die Sache ist sehr merkwürdig. Wir recherchieren weiter.«

»Okay. Und sehen Sie Probleme mit Hirst?« Elton prüfte Sarahs Urteilsfähigkeit. Er schien sich Sorgen zu machen, dass das Gespräch vom Tag zuvor sie leichtsinnig gemacht haben könnte. »Spricht irgendetwas dafür, dass er ein schwacher Verdächtiger sein könnte?«

»Nun, die beiden Aspekte, die Sie meinem Bericht sicher schon selbst entnommen haben, James.« Sarah kannte Elton gut und wusste, was er als ein Problem betrachten würde. »Die Tatsache, dass er gleich bei seiner ersten Anhörung auf Bewährung freigelassen wurde, lässt darauf schließen, dass er im Gefängnis nicht gewalttätig war. Also könnte man annehmen, dass seine Brutalität eine einmalige Sache gewesen ist. Außerdem ist es unwahrscheinlich, dass jemand nach seiner Entlassung drei Jahre lang wartet, um einen Mord zu begehen, wenn das Opfer so alt ist wie Longman. Er hätte vorher jederzeit eines natürlichen Todes sterben können.«

Elton nickte.

»Das sind zwei gewichtige Punkte, die dagegen sprechen könnten, dass er unser Mann ist«, sagte er.

»Das dachte ich mir auch«, antwortete Sarah. »Also habe ich Hirsts Führungsakte bei meiner Kontaktperson in Wandsworth überprüft. Hirsts letztes Gefängnis.«

»Und?«

»Sie war makellos. Sowohl in Wandsworth als auch in jedem anderen Gefängnis davor. Keine Gewalttaten. Kein Ungehorsam. Hirst war der perfekte Häftling. Er hat seine Kurse absolviert und in einem ganzen Haufen unterschiedlicher Fachbereiche Prüfungen abgelegt. Kriminologie. Biologie. Philosophie. Gerichtsmedizin. Dem Kerl kommen seine Diplome und Abschlüsse förmlich zu den Ohren heraus. Und nichts in seiner Akte lässt auf irgendwelche gewalttätigen Neigungen schließen.«

»Trotzdem ist es ungewöhnlich, dass jemand mit lebenslänglich schon bei einer ersten Anhörung auf Bewährung freigelassen wird. Ganz gleich wie sauber sein Führungszeugnis sein mag«, merkte Elton an. »Hat Ihr Kontaktmann in Wandsworth vielleicht eine Idee, was den Ausschlag gegeben haben könnte?«

»Hat er, ja. Hirst wurde während seines Aufenthalts in Wandsworth zum Opfer. Er ist einem der großen Tiere dort ins Auge gefallen und wurde als Spielzeug benutzt. Er wurde verprügelt. Missbraucht. Den Rest können Sie sich denken.«

»Hat er Ihnen einen Namen genannt?«

»Nein«, antwortete Sarah. »Er sagte nur, es wäre ein großes Tier gewesen.«

»Wurde nichts unternommen, um dem Einhalt zu gebieten?«

»Nicht das Geringste.«

»Warum nicht?«

»Eine Kombination mehrerer Faktoren. Erstens hat Hirst sich nie beschwert, kein einziges Mal. Und er hat sich auch nie gewehrt, also hatten die Wachen keinen Anlass einzuschreiten. Wie es aussieht, hat er es einfach über sich ergehen lassen.«

»Aber die Gefängnisleitung wusste davon? Immerhin hat Ihr Verbindungsmann es Ihnen ja erzählen können.«

»Sie wussten es, ja. Inoffiziell. Aber der andere Faktor spielt auch eine große Rolle. Der Kerl, dieser große Fisch, war ein Sonderfall. Er hatte die meisten Wachen bestochen. Wahrscheinlich sogar meine Kontaktperson. Also war es völlig ausgeschlossen, dass jemand sich einmischte. Vor allem, da Hirst niemanden um Hilfe gebeten hatte.«

Elton schüttelte den Kopf.

»Aber es ist trotzdem irgendwie in Hirsts Gefängnisakte gelandet?«

»Inoffiziell jedenfalls. Aber es reichte aus, um dem Bewährungsausschuss einen Hinweis zu geben. Meine Theorie ist, dass dies den Ausschlag gegeben hat. Offenbar ist der Ausschuss zu der Ansicht gelangt, dass Hirst mehr als genug bestraft wurde. Und dass er auf seine Misshandlungen nicht gewalttätig reagierte, hielten sie wohl für einen Beweis, dass er keine Gefahr mehr darstellte. Es würde auch erklären, warum Michaels Kontaktmann aus dem Ausschuss ihn nicht darüber informiert hat, dass Hirst freigelassen wurde. Sie wollten die ganze Sache einfach so unauffällig wie möglich über die Bühne bringen.«

»Das scheint mir eine ziemlich naheliegende Schlussfolgerung zu sein«, erwiderte Elton. »Und auch ziemlich überzeugend. Wieso also glauben Sie, dass die sich geirrt haben? Dass Hirst immer noch ein Psycho ist?«

»Ich glaube nicht unbedingt, dass sie sich geirrt haben«, erwiderte Sarah. »Aber ich glaube, dass es sich lohnt, ihn aufzuspüren. Es ist der einzige Name, den wir im Moment haben. Möglicherweise kommt nichts dabei heraus, sogar sehr wahrscheinlich nicht. Aber bis Levy bereit ist, ihre Informationen mit uns zu teilen, könnte sich ein näherer Blick auf Hirst lohnen.«

Elton schwieg.

Sarah hatte ihre Argumente vorgebracht. Hirst erfüllte viele Kriterien, doch sie wusste auch, dass es Punkte gab, die gegen ihn sprachen. Aber was zum Teufel hatten sie sonst in der Hand?

»Okay«, sagte Elton schließlich. »Kümmern Sie sich um diesen Hirst. Finden Sie alles über ihn und sein Verbrechen heraus, was Sie können, und spüren Sie alle anderen auf, die etwas mit diesem Fall zu tun hatten. Alle Anwälte, Ankläger, Zeugen, den ganzen Haufen. Es kann nicht schaden zu spekulieren. Und wenn sich herausstellen sollte, dass er tatsächlich unser Mann ist, dann ist das eine brandheiße Geschichte.«

Sarah nickte.

»Aber ich will, dass Sie mit Kendal und Cross zusammenarbeiten.« Zwei der jüngeren Reporter aus Eltons Stall. »Sie sollen Longmans andere Fälle durchforsten und sich auf alle noch lebenden Ex-Sträflinge konzentrieren, die er verurteilt hat und in deren Akten Beweise für brutale Gewalt zu finden sind.«

»Also übernehmen wir im Grunde die Suchkriterien der Polizei?«, fragte Sarah.

»Genau. Wenn die beiden das machen, während Sie weiter über Hirst recherchieren, stoßen sie vielleicht auf einen Verdächtigen, der noch besser passt.«

»Okay. Aber woher bekommen sie Longmans Fallakten?«

»Es ist nicht meine Aufgabe, das Pferd zum Wasser zu führen, Sarah. Sagen Sie ihnen, sie sollen sich etwas einfallen lassen.«

»Alles klar.«

»Noch etwas. Vergessen Sie nicht, was ich Ihnen gestern gesagt habe. Wir helfen der Polizei nicht länger. Jedenfalls nicht, bis ich es sage. Ich will nicht, dass Hirst oder die Tatsache, dass Blunt ein Cop gewesen ist, MIT gegenüber erwähnt werden. Kapiert?«

Sarah zögerte einen Moment. Sie hätte gern gesagt, dass Eltons Befehl sie anwiderte und außerdem im Fall von Blunt auch zu spät kam. Sie hatte die Nachricht, dass Blunt ein Polizist gewesen war, wenige Augenblicke vor dieser Besprechung an Levy weitergegeben.

Sarah hätte ihm auch gern gesagt, dass sie alles weitergeben würde, was sie wusste, wenn sie damit Leben retten könnte. Doch einstweilen war diese Auseinandersetzung unnötig. Denn noch war Hirst nur ein Verdacht, gegen den etliche Faktoren sprachen. Sie wollte nicht riskieren, MIT One erneut auf eine falsche Fährte zu schicken. So lange

Hirst nicht mehr als eine erste Vermutung war, würde sie seinen Namen für sich behalten.

Und das erlaubte ihr, Elton die gewünschte Antwort zu geben.

»Verstanden.«

52

Michael hörte genau zu, während Kronanwalt Matthew Cole sein Kreuzverhör fortsetzte.

Bis jetzt war Cole effektiv gewesen. Aber nicht mehr. Doch Michael wusste, was Cole brauchte, damit O'Driscoll auch nur den Hauch einer Chance bei den Geschworenen hatte. Und er wusste auch, was für ein hervorragender Barrister Cole sein konnte.

Also war ihm klar, dass das Beste noch kommen würde.

Der Zeuge war Jay Price, ein alter Freund der Angeklagten. Jedenfalls laut eigener Aussage. Darren O'Driscoll sagte etwas anderes, das wusste Michael. Genau wie Simon Kash. Immerhin das hatte er ihnen verraten.

Michael hatte nicht gewusst, was er von Price erwarten konnte. Seine schriftliche Aussage hatte nicht viel über ihn verraten. Price war ein unbeschriebenes Blatt.

Michael hatte seine Stärken und Schwächen im Kreuzverhör jedoch schnell erkannt, und er zweifelte nicht daran, dass Cole sie ebenfalls registriert hatte.

Peter Epstein hatte Price sorgfältig befragt und war ganz anders mit ihm umgegangen als mit Keith White am Tag zuvor. Die Befragung des Telefonexperten war mühelos gewesen. Heute war das anders. Heute musste Epstein einen Zeugen kontrollieren, der ebenfalls bereitwillig aussagen wollte, sich dabei aber deutlich ungeschickter anstellte.

Der größte Teil von Prices Aussage passte zu seinen schriftlichen Angaben. Er erklärte der Jury, dass er ein langjähriger Freund von O'Driscoll und Kash sei und die drei sich seit der Schule nahestünden. Er gab zu, Terry Colliver zu kennen, sagte aber auch, dass dieser kein enger Freund sei. Eher ein flüchtiger Bekannter. Der Freund eines Freundes.

Price hatte dann der Jury von seinem Ekel über das Verbrechen seiner Freunde erzählt. Und dass der Mord an den Galloway-Zwillingen zum Bruch seiner Beziehung mit ihnen geführt hatte. Dass sie die Brüder gefoltert und zerstückelt und dann mit ihrem Verbrechen geprahlt hätten.

Das Vergnügen an dem, was sie getan hatten, so erklärte er, sei letztlich der entscheidende Punkt gewesen.

Epstein hatte seine Fragen behutsam gestellt. Er hatte sich auf Details konzentriert, die Price von den Morden berichten konnte; Dinge, die nur die Mörder hatten erzählen können.

Epstein wandte sich jedes Mal den Geschworenen zu, wenn eins dieser Details zur Sprache kam. Er sah ihnen in die Augen, wenn Price etwas erwähnte, was sie bereits gehört hatten, ein Detail, das sie als zutreffend erkannten. Die Botschaft hinter Epsteins kleinem Theaterspiel war klar: Wie sonst hätte der Zeuge das wissen können, wenn nicht von O'Driscoll und Kash?

Es war eine gute Aufführung, aber sie war nicht perfekt. Epstein konnte Price nicht vollkommen kontrollieren. Und das war nicht seine Schuld. Die Regeln zur Befragung eines

Zeugen verhinderten, dass er Price die passenden Antworten in den Mund legen konnte. Das gab dem Zeugen mehr Freiheiten, als Epstein lieb war. Denn es bot ihm die Gelegenheit, vom vorgeschriebenen Skript abzuweichen. Und Price nutzte sie immer wieder, um Aussagen zu machen, die in seinem schriftlichen Statement nicht aufgetaucht waren.

Es war der klassische Fehler eines Zeugen, der eine heimliche Agenda hatte: Er versuchte, alles für die Angeklagten noch schlimmer zu machen.

Michael und Cole hatten sich jedes Mal angesehen, wenn Price versucht hatte, das Messer in der Wunde zu drehen. Beide hatten das schon oft erlebt, also wussten sie, was Price da machte. Und sie wussten auch, wie kontraproduktiv das in Wirklichkeit war; wie sehr die Beweise von jeder dieser hinzugefügten Lügen geschwächt wurden.

Sobald Epstein fertig war, konnte Cole den Zeugen befragen.

Er fing ruhig an und machte keine Anstalten, Price anzugreifen, sondern schien ihn stattdessen sanft zu führen. Er brachte Price dazu, all die Aussagen zu wiederholen, die Cole für Lügen hielt. Und er sorgte dafür, dass Price all diese Dinge noch einmal für wahr erklärte. Das war wichtig, denn es band Price an seine eigene Unaufrichtigkeit, sodass er keinen Raum mehr zum Manövrieren haben würde, wenn Coles echtes Kreuzverhör begann.

»Mr. Price, Sie haben dieser Jury erzählt, dass Sie von dem angewidert waren, was Ihre Freunde Darren O'Driscoll und Simon Kash den Galloway-Brüdern angetan haben. Ist das korrekt?«

»Ja, Sir.«

»Ihnen ist ›speiübel‹ geworden. So drückten Sie es aus.«

»Jawohl, Sir.«

»Von Anfang an, Mr. Price?«

»Wie bitte? Was meinen Sie damit?«

»Ich meine, war Ihnen schon beim ersten Mal ›speiübel‹, als Sie erfuhren, was sie getan hatten?«

»Ja. Das war widerlich. Nicht mal Tiere machen so was.«

»Und Sie haben uns erzählt, dass das kurz nach dem Mord war, richtig?«

»Ja.«

»Nicht länger als drei Tage später, sagten Sie.«

»Ja. Wahrscheinlich sogar weniger.«

»Also nicht später als am 18. Dezember? Drei Tage nach der Ermordung der Galloway-Brüder?«

»Wie ich schon sagte, wahrscheinlich früher.«

»Das war also das erste Mal, dass Sie von diesen Morden gehört haben? Als Mr. O'Driscoll und Mr. Kash Ihnen erzählten, was sie getan hatten?«

»Natürlich nicht. Es war ja ständig in den verdammten Nachrichten! Alle hatten davon gehört, jedenfalls in meinem Viertel.«

»Also hatten Sie bereits eine Meinung über die Morde? Noch bevor Sie mit Ihren Freunden darüber geredet haben?«

»Und ob ich das hatte. Ich fand es ekelhaft. So etwas tut man keinem an, ganz gleich, was er gemacht hat.«

»Okay. Sie hatten damals also bereits klare Ansichten. Und dann verkünden Ihre alten Schulfreunde plötzlich, dass *sie* die Galloway-Zwillinge ermordet hätten.«

»Ja.«

»Haben Sie ihnen auf der Stelle gesagt, wie angewidert Sie von dem waren, was sie getan hatten?«

»Ich …« Er räusperte sich. »Ich … Nein, habe ich nicht.«

»Warum nicht?«

»Na ja, sie hatten gerade zwei verdammt harte Burschen umgelegt, stimmt's? Was hätten sie wohl mit mir gemacht, wenn ich sie deswegen angemacht hätte?«

»Aber Sie waren ihr Freund, Mr. Price. Also hätten sie Sie doch sicher nicht angegriffen, richtig?«

»Und ob! Wenn sie geglaubt hätten, dass ich sie verpfeifen würde! Sie mochten mich nicht genug, um meinetwegen lebenslänglich in den Knast zu gehen, klar?«

»Warum um alles in der Welt hätten die beiden es Ihnen dann überhaupt erzählen sollen?«

Price antwortete nicht sofort. Coles Frage war ihm offenbar nie in den Sinn gekommen.

Er warf einen hilflosen Blick zu Epstein. Dieser erwiderte seinen Blick nicht. Price war auf sich allein gestellt.

»Ich … Ich … Hören Sie, ich verstehe Sie nicht. Was meinen Sie damit?«

»Ich meine, dass Mr. O'Driscoll und Mr. Kash offenbar nicht gezögert hätten, Sie umzubringen, wenn Sie auch nur leichte Bedenken gegen ihre Taten vorgebracht hätten. Was bedeutet, dass beide schwerlich das Gefühl hatten, Ihnen vollkommen vertrauen zu können. Warum also, Mr. Price, sollten sie dann das Risiko eingehen, Ihnen von einem Verbrechen zu erzählen, das sie für den Rest ihres Lebens ins Gefängnis bringen könnte?«

Price blieb stumm. Vielleicht begriff er seinen Fehler. Coles Frage und auch die Art und Weise, wie er sie vortrug, war vollkommen logisch. Und sie verlangte eine Antwort.

Schließlich gab Price eine.

»Ich nehme an, sie wollten einfach ein bisschen angeben.«

Price klang nicht besonders zuversichtlich, sondern eher, als würde er selbst nicht glauben, was er da sagte.

»Das ist alles, Mr. Price?«

Cole hatte nicht vor, die Antwort einfach stehen zu lassen.

»Diese beiden Männer haben ein Verbrechen begangen, für das man sie lebenslänglich ins Gefängnis stecken könnte. Und sie haben diese Strafe riskiert, weil sie den Drang verspürten, vor Ihnen zu prahlen. Meinen Sie das wirklich ernst?«

»Ich bin nicht sicher, ob diese Art der Befragung fair ist, My Lord.« Epstein war aufgestanden. »Man kann von Mr. Price nicht erwarten zu wissen, aus welchem Grund die Angeklagten mit ihm gesprochen haben. Er hat keinerlei Einblick in ihre Denkweise oder in ihre Motivation.«

»Vielleicht nicht, My Lord«, konterte Cole. »Vielleicht ist es aber auch so, dass das Gespräch, das Mr. Price hier schildert, niemals stattgefunden hat. Und das Fehlen auch nur des kleinsten vernünftigen Grundes für die Angeklagten, mit Mr. Price darüber zu sprechen, beweist das. Aber ich glaube, die Frage hat sich geklärt, also lasse ich es auf sich beruhen und fahre fort.«

Epstein setzte sich wieder hin. Michael sah seine Verärgerung. Sein Einwurf hatte Cole die Chance gegeben, sein Argument auf möglichst direkte Art und Weise vorzubringen.

»Okay, Mr. Price, fahren wir fort.«

Coles Liverpool-Akzent trat immer deutlicher hervor.

Die Sache fängt an, ihm Spaß zu machen, dachte Michael.

»Sie sind geschockt. Sie sind angewidert. Und es ist auf keinen Fall später als der 18. Dezember.«

»Das sagte ich schon, oder?«

Prices Fehler hatte ihn erschüttert, und er reagierte mit Feindseligkeit.

»Das haben Sie allerdings.« Cole lächelte. Noch ein Geschenk. »Und wir wissen auch, warum Sie Mr. O'Driscoll oder Mr. Kash nicht erzählt haben, wie angewidert Sie während dieses Gesprächs gewesen sind. Denn Sie hatten Angst, dass die beiden Ihnen etwas antun würden.«

»Das habe ich Ihnen auch schon gesagt.«

»Ich weiß, dass Sie das getan haben, Mr. Price. Haben Sie etwas Geduld mit mir.« Das Lächeln verstärkte sich. »Ihnen ist also ›speiübel‹, um Ihr eigenes Wort zu benutzen. Sie müssen doch ziemlich scharf darauf gewesen sein, dieses Gespräch zu beenden, richtig?«

»Richtig.«

»Denn Sie haben es sicher kaum erwarten können, zur Polizeiwache in Ihrem Viertel zu gehen, stimmt's?«

»Was?« Price sah ihn verwirrt an. »Wovon reden Sie denn jetzt?«

»Gehen wir schrittweise vor. Was die beiden getan haben, hat Sie so angewidert, dass Sie bei der Polizei eine Aussage gemacht haben. Ich meine, Sie haben doch eine Aussage gemacht, oder nicht?«

»Das wissen Sie doch.«

»Ja, ich weiß es. Und Sie wollten diese Aussage auch unbedingt machen, weil Sie so angewidert gewesen sind. Sie wollten sie so schnell wie möglich nach dem 18. Dezember machen. Ist das richtig?«

»Ja. Ja, das ist richtig. Sie durften nicht damit durchkommen. Nicht mit dem, was sie gemacht hatten.«

»Ganz genau, Mr. Price. Und ich möchte Sie für Ihre Zivilcourage wirklich loben. Für Ihren Sinn für Gerechtigkeit.«

»Ja …« Er räusperte sich. »Also ich … Danke.«

»Gern geschehen, Sir. Und würden Sie jetzt bitte einen Blick auf die Kopie Ihrer ursprünglichen handschriftlichen Zeugenaussage werfen?« Cole blickte zu einer Gerichtsdienerin. Sie trug eine Robe wie die Barrister, hatte jedoch weder eine Perücke auf dem Kopf noch trug sie den traditionellen Kragen. »Madam Gerichtsdienerin, wären Sie bitte so freundlich?«

Die Gerichtsdienerin trat zu Cole und nahm ihm ein paar Blätter Papier aus der ausgestreckten Hand. Prices erste Zeugenaussage. Dann trug sie die Kopie zu Price und legte sie auf den Rand des Zeugenstandes.

»Bitte nehmen Sie sich einen Moment Zeit und bestätigen dann, dass es sich dabei um Ihre Zeugenaussage handelt, Mr. Price. Es ist die Aussage, die Sie bei der Polizei gemacht und deren Richtigkeit Sie mit Ihrer Unterschrift bestätigt haben.«

Price betrachtete jede Seite sehr genau, bis er zufrieden war.

»Ja, das ist meine Aussage.«

»Gut. Und jetzt lesen Sie bitte das Datum vor, das am Ende jeder Seite Ihrer Aussage steht. Sie finden es direkt neben Ihrer Unterschrift.«

Price starrte das Papier an, ohne zu antworten. Cole gab ihm ein paar Sekunden Zeit, bevor er nachhakte.

»Das Datum, Mr. Price. Wie lautet es?«

»Da steht 1. März.« Die Antwort blieb ihm fast in der Kehle stecken. Ihre Bedeutung war unverkennbar.

»Entschuldigen Sie, sagten Sie 1. März?« Cole tat überrascht. »Zweieinhalb Monate nach dem Gespräch mit Mr. O'Driscoll und Mr. Kash? Das kann doch wohl nicht zutreffen, Mr. Price, oder?«

»Sie kennen das Datum.« Die Antwort war leise.

»Was haben Sie gesagt, Mr. Price?«

»Ich sagte, Sie kennen das Datum!« Diesmal schrie Price. Er hatte die Fassung verloren. »Und tun Sie nicht so, als würden Sie es nicht kennen!«

Cole wartete diesmal etwas länger, damit Prices wütender Ausbruch bei der Jury richtig ankam. Dann sah Cole die Geschworenen an und schüttelte den Kopf, als wäre er über die Reaktion schockiert.

»Sie haben also zweieinhalb Monate gewartet, um eine Aussage zu machen?«, fuhr er schließlich fort. »Aber Sie haben uns doch gesagt, wie stark Sie das mitgenommen hätte, Mr. Price. Wie angewidert sie waren. Sie fühlten sich ›speiübel‹, sagten Sie uns.«

»Ich weiß, was ich Ihnen gesagt habe!« Die Wut in seiner Stimme war immer noch deutlich zu hören.

»Mr. Price, Sie sollen hier höflich antworten und sich auch entsprechend verhalten.« Richter John Levitt hatte genug gehört. »Mr. Cole darf Ihnen diese Fragen stellen. Und Sie werden auf zivilisierte Art und Weise antworten.«

»Ich bin nicht hergekommen, um mich wie ein Stück Scheiße behandeln zu lassen!« Die Warnung des Richters hatte nichts bewirkt. Price schrie immer noch. »Ich lasse mir das von keinem von euch gefallen!«

»Sie werden es sich ganz bestimmt von mir gefallen lassen müssen!« Levitt hatte seine Stimme gehoben und sprach jetzt so laut wie Price, allerdings kein bisschen aggressiv. Dann redete er leiser, aber nicht weniger autoritär weiter. »Denn wenn Sie das nicht tun, verlassen Sie diesen Gerichtssaal nicht durch die Vordertür. Habe ich mich klar ausgedrückt?«

Price war kein besonders cleverer Mensch, so viel war sicher. Aber er war immerhin schlau genug, um die Drohung des Richters zu verstehen. Und um zu erkennen, dass Levitt es ernst meinte.

Derartig gemaßregelt, wandte er sich wieder Cole zu.

»Erklären Sie uns das bitte, Mr. Price. Bitte erklären Sie uns, warum es länger als zwei Monate gedauert hat, bis Sie zur Polizei gegangen sind und Ihre Aussage gemacht haben.«

»Weil ich Angst hatte.« Jetzt war Prices Stimme leise und klang fast nervös. Ohne seinen Ausbruch kurz davor wäre das vielleicht sogar überzeugend gewesen. »Ich hatte Angst vor dem, was sie mir antun würden, wenn sie herausfänden, dass ich mit der Polizei gesprochen hatte.«

»Und doch haben Sie am Ende eine Aussage gemacht. Was hat sich verändert, Mr. Price? Was hat Sie dazu gebracht, zur Polizei zu gehen, nachdem Sie sich so lange vor den Konsequenzen gefürchtet haben?«

»Weil die Polizei Terry Colliver verhaftet hat, oder etwa nicht? Sie hat den falschen Burschen einkassiert.«

»Sie meinen, Sie haben nicht ertragen, einfach dabei zuzusehen? Sie konnten nicht tatenlos zuschauen, wenn ein unschuldiger Mann wegen Mordes angeklagt wurde?«

»Ja. Das stimmt.«

»Deshalb haben Sie sich gemeldet. Obwohl Mr. O'Driscoll und Mr. Kash Ihre Freunde waren und Mr. Colliver ein Mann, den Sie kaum kannten?«

»Ja, das habe ich gemacht. Das spielte keine Rolle, Freunde oder nicht. Ich wollte nicht zulassen, dass Colliver für etwas ins Gefängnis ging, was diese Mistkerle verbrochen hatten.«

»Sind Sie sicher, dass Colliver kein Freund von Ihnen war, Mr. Price?« Cole lächelte wieder. »War er nicht sogar in Wahrheit Ihr engster Freund, während Mr. O'Driscoll und Mr. Kash einfach nur Leute waren, die Sie kannten?«

»Nein.«

Michael erkannte an der Körpersprache des Mannes, dass Price diese Fragen erwartet hatte. Er hatte sich darauf vorbereitet. Seine Empörung war einstudiert.

»Ich hab verdammt noch mal gewusst, dass Sie das sagen würden!«, fuhr Price fort. »Das ist ausgemachter Blödsinn. Colliver ist nicht mein Kumpel. Ist er nie gewesen und wird er auch nie sein. Die beiden waren meine Freunde.« Price zeigte auf die Anklagebank. »Bis ich schließlich kapiert hab, was für Psychos das sind.«

»Okay.« Cole wirkte absolut unbeirrt. »Wir kommen gleich darauf zurück. Zuerst jedoch wollen wir noch einmal auf Ihren Sinneswandel zu sprechen kommen.«

»Meinen was?«

»Auf den Grund dafür, dass Sie Ihre Furcht überwunden haben. Auf Terry Collivers Verhaftung wegen eines Mordes, den er, wie Sie wussten, nicht begangen hatte.«

»Was ist damit?«

»Sie sagten, dass Sie deswegen Ihre Meinung geändert haben. Dass Sie deswegen zur Polizei gegangen sind.«

»Ja.«

»Er wurde am 29. Dezember verhaftet, richtig?«

»Ja.«

»Und Sie haben sehr bald danach davon erfahren, stimmt das?«

»Wer sagt das denn?«

»Sie selbst, Mr. Price. Sozusagen. Erinnern Sie sich noch

an vorhin? Als ich Sie gefragt habe, wann Sie von dem Mord gehört haben? Was sagten Sie da? Laut meinen Aufzeichnungen sagten Sie: ›Es war ja ständig in den verdammten Nachrichten. Alle hatten davon gehört, jedenfalls in meinem Viertel.‹ Das haben Sie gesagt, stimmt's?«

Keine Antwort.

»Wir können die Aufnahme mit Ihrer Aussage gern noch einmal abspielen, wenn Sie das möchten, Mr. Price.«

»Okay, das habe ich gesagt«, zischte Price. Seine Wut brodelte unter der Oberfläche, und nur Levitts Androhung, ihn in eine Zelle zu stecken, hielt ihn in Schach.

»Was dann wohl bedeuten muss, dass gut zehn Tage später diese Morde immer noch ein großes Thema waren. Vor allem da jemand, den Sie kannten – auch wenn Sie behaupten, dass Sie ihn nicht gut kennen – deswegen verhaftet worden war. Korrekt?«

»Ja.«

»Was bedeutet, dass Sie etwa zwei Monate, bevor Sie Ihre Aussage machten, von Terry Collivers Verhaftung wussten.«

»Na und?«

»Und ich wüsste gern, warum das so lange gedauert hat. Collivers Verhaftung hat dazu geführt, dass Sie Ihre Ängste überwinden konnten, Mr. Price. Deshalb haben Sie sich gemeldet und mit der Polizei zusammengearbeitet. Das haben Sie uns erzählt. Wenn wir uns jedoch den zeitlichen Ablauf ansehen, stellen wir fest, dass es zwei ganze Monate gedauert hat, bis dieser unglaubliche Effekt eingetreten ist. Warum, Mr. Price? Warum hat das so lange gedauert?«

Price starrte Cole an, ohne zu antworten. Cole starrte

zurück. Es war ein Blickwechsel, der auf die Geschworenen Eindruck machen sollte, das wusste Michael.

»Die Jury kann ihre eigenen Schlussfolgerungen daraus ziehen, dass Sie sich weigern zu antworten«, fuhr Cole dann fort. »Ich will Sie nur noch zu einem letzten Thema befragen. Etwas, das wir vorhin gestreift haben.«

»Ach ja? Dann los.«

»Geduld, Mr. Price. Wir kommen schon dazu.«

Cole lächelte erneut, und mittlerweile musste Price die Bedeutung dieses Lächelns kennen: Es verriet ihm, dass er noch mehr in die Klemme geraten würde.

»Sie haben gesagt, dass Sie kein besonders enger Freund von Terry Colliver waren.«

»Das stimmt.«

»Aber Sie wussten, dass Terry Colliver zwischen Dezember des letzten Jahres und Anfang März dieses Jahres im Wormwood Scrubs Gefängnis in West London einsaß? Und zwar wegen Mordes an den Galloway-Brüdern?«

»Ja, das wusste ich. Alle wussten das.« Price schien sich jetzt wohler zu fühlen, als sie wieder über Colliver sprachen. Darauf hatte er sich offenbar vorbereitet. »Aber das macht uns noch nicht zu Kumpels. Wie Sie selbst gesagt haben, der Mord war eine große Sache in den Nachrichten.«

»Ja, das war er tatsächlich, Mr. Price. Sagen Sie, haben Sie Mr. Colliver jemals im Gefängnis besucht?«

»Nein.« Price antwortete schnell und zuversichtlich. »Niemals. Warum sollte ich das tun?«

Der arme Kerl glaubt, er wäre wieder auf festem Boden, dachte Michael. *Er könnte nicht weiter danebenliegen.*

»Es steht Ihnen wirklich nicht zu, Fragen zu stellen, Mr. Price. Aber da Sie es nun mal getan haben, erweise ich

Ihnen die Höflichkeit, eine Antwort zu geben. Worauf ich hinauswill, ist Folgendes: Wenn Sie ihn besucht *hätten*, dann nur um mit ihm abzusprechen, was Sie in Ihrer Zeugenaussage schreiben sollten. Welche Lügen Sie erzählen könnten, um Ihrem Freund aus der Klemme zu helfen.«

Epstein war aufgesprungen, noch bevor Cole den letzten Satz zu Ende gesprochen hatte.

»My Lord, Mr. Cole weiß, dass eine solche Bemerkung vollkommen unakzeptabel ist. Er darf kein Motiv für einen Besuch vorschlagen, von dem noch nicht einmal bewiesen ist, dass er stattgefunden hat. Ich protestiere …«

»Ich entschuldige mich.« Cole unterbrach den Einspruch. »Ich werde mich der Angelegenheit auf eine gänzlich andere Art und Weise nähern. Eine, die Mr. Epstein hoffentlich weniger beleidigend findet.«

Michael bemerkte Coles Seitenblick zur Jury. Und er hinterließ genau den Eindruck, den er damit beabsichtigte. Ein böser Junge, den man auf frischer Tat ertappt hatte. Dem verschwörerischen Lächeln der Geschworenen nach zu urteilen, hatte er die Jury auf seiner Seite.

Cole wandte sich wieder dem Zeugenstand zu.

»Also gut, Mr. Price. Sie haben Terry Colliver also nicht im Gefängnis besucht. Ist das richtig?«

»Das ist richtig.« Price wurde wieder selbstbewusster. »Werfen Sie doch einen Blick in das verdammte Besucherbuch.«

»Genau das haben wir gemacht.« Cole drehte sich zu seinem Junior Billy Taylor herum. Dieser gab ihm einen dicken Stapel Dokumente. »Und ich habe die Protokolle mitgebracht. Madam Gerichtsdienerin, wären Sie bitte so freundlich?«

Die Gerichtsdienerin trat ein zweites Mal zu Cole, der ihr einige kleinere Stapel reichte. Sie gab sie an Price, den Richter und an die Jury weiter. In der Zwischenzeit verteilte Cole weitere Papiere an Epstein und Michael.

Nachdem alle die Unterlagen hatten, ergriff Cole wieder das Wort.

»Das hier, Mr. Price, ist ein kompletter Ausdruck der Besucherliste für Terry Colliver während seiner Haft in Wormwood Scrubs. Werden wir Ihren Namen auf dieser Liste finden, wenn wir sehr sorgfältig suchen?«

»Nicht ein einziges Mal. Ich habe ihn nie besucht. Er ist nicht mein Kumpel.«

»Nun, der erste Teil Ihrer Antwort stimmt wenigstens.« Cole schien unbeirrt zu sein. »Sie stehen nicht auf dieser Liste. Also widmen wir uns einem der Namen, den wir dort finden. Jane Gorr. Kennen Sie diesen Namen, Mr. Price?«

»Warum?«

»Kennen Sie diesen Namen, Mr. Price?«

Keine Antwort. Price starrte Cole nur finster an.

»Also gut, drücken wir es anders aus. Ist Jane Gorr der Name Ihrer Partnerin, Mr. Price?«

Keine Antwort.

»Ist Jane Gorr der Name der Frau, mit der Sie zusammenleben, Mr. Price?«

Keine Antwort.

»Ist Jane Gorr der Name der Mutter Ihrer beiden Kinder, Mr. Price?«

Immer noch keine Antwort.

Cole hielt ein Bündel Papiere hoch.

»In meiner Hand, Mr. Price, befinden sich mehrere Anträge

auf Wohngeld, in denen Jane Gorr als Ihre Mitbewohnerin aufgeführt ist, als Ihre Lebenspartnerin und die Mutter Ihrer Kinder. Ich habe weiterhin eine Kopie der Geburtsurkunden Ihrer Kinder, in denen Sie als Vater und Jane Gorr als Mutter eingetragen sind. Müssen Sie die Urkunden sehen, um meine Frage beantworten zu können, Mr. Price?«

»Ja.« Prices Stimme war so leise, dass man sie kaum hören konnte. »Jane ist meine Frau.«

»Ist *sie* mit Terry Colliver befreundet?«

»Das … Das weiß ich nicht.«

»Es sieht jedenfalls so aus, stimmt's, Mr. Price? Denn wenn wir uns die Liste der Besucher von Terry Colliver ansehen, dann finden wir Jane Gorr im Januar einmal, und noch fünf weitere Male zwischen dem 18. und dem 28. Februar. Der letzte Besuch fand an dem Tag vor Ihrer Zeugenaussage statt. Da wir das nun wissen, können wir davon ausgehen, dass Jane Gorr – Ihre Partnerin – mit Terry Colliver befreundet ist?«

»Ich … Ich … Ja, ich … Ich nehme an, das können wir.«

»Sie *nehmen an*, dass wir das können? Ihre Freundin besucht einen anderen Mann sechsmal in zwei Monaten im Gefängnis, und mehr können Sie nicht dazu sagen? Sie scheinen nicht besonders überrascht zu sein.«

»Das ist eine Meinungsäußerung, Mr. Cole.« Levitt schritt ein, bevor Epstein aufstehen konnte.

»Dann drücke ich es anders aus, My Lord.« Cole drehte sich wieder zu Price herum. »Sind Sie nicht überrascht zu erfahren, dass Ihre Freundin einen anderen Mann im Gefängnis besucht hat?«

»Ja … Also … Ich …« Er räusperte sich wieder.

»Kommen Sie schon, Mr. Price. Geben Sie sich etwas

mehr Mühe. Wenn Sie uns schon einen Haufen Lügen auftischen, dann strengen Sie sich wenigstens an.«

»Mr. Cole!«

»Entschuldigung, My Lord.« Cole akzeptierte Levitts Tadel, bevor er sich wieder Price zuwandte. »Sie sind überhaupt nicht überrascht, habe ich recht, Mr. Price?«

»Ich …«

»Sie sind deshalb nicht überrascht, weil Jane Gorr auf Ihr Geheiß hin in Wormwood Scrubs gewesen ist, habe ich recht?«

»Das war sie nicht!«

»Und dort hat sie Ihren Freund besucht.«

»Nein.«

»Und der Grund, warum sie dort vom 18. Februar an fünfmal gewesen ist, ist der, dass Terry Colliver am 16. Februar eine Kopie der Beweise gegen ihn in diesem Fall ausgehändigt wurde. Das trifft doch zu?«

»My Lord!«, protestierte Epstein. »Ich verstehe nicht, wie dieser Zeuge die Frage beantworten soll, wann Terry Colliver die Unterlagen über seinen Fall ausgehändigt wurden.«

Cole wandte sich an Epstein.

»Das kann er deswegen, weil er und Terry Colliver die Unterlagen benutzt haben, um die Zeugenaussage von Mr. Price zusammenzustellen.«

»Mr. Cole, Sie wissen selbst, dass Sie damit erheblich zu weit gehen.« Levitt hob erneut die Stimme. »Das ist ein Kreuzverhör, kein Plädoyer.«

»Ich entschuldige mich erneut, My Lord.« Wieder warf er einen unauffälligen Blick auf die Jury. Erneut wurde er mit einer positiven Reaktion belohnt. »Aber genau das ist passiert, stimmt's, Mr. Price? Sie haben Ihre Partnerin zu Ihrem

Freund geschickt, um die Einzelheiten zu bekommen, die Sie für Ihre Aussage brauchten.«

»Blödsinn!«

»Einzelheiten, die Ihnen erst zur Verfügung standen, nachdem Terry Colliver die Beweise gegen ihn erhalten hatte.«

»Sie haben gehört, was ich gesagt habe.«

»Und Sie haben Ihre Partnerin dorthin geschickt, damit Ihr eigener Name nicht im Besucherbuch auftaucht. Damit Sie so tun konnten, als würden Sie Ihren engen Freund Terry Colliver kaum kennen.«

Price starrte Cole stumm an.

»Und deshalb fand der letzte Besuch auch am Tag vor Ihrer Aussage statt. Denn Sie hatten nun alle Informationen, die Sie brauchten. Das trifft zu, richtig?«

»Nein.«

»Sie haben die Polizei in Ihrer Zeugenaussage belogen. Und heute haben Sie diese Jury belogen. Alles, um Ihren Freund Terry Colliver vor einer Mordanklage zu schützen.«

»Das stimmt nicht.« Price klammerte sich verzweifelt an seine Darstellung der Geschichte.

»Und es gab kein Gespräch zwischen Ihnen und einem der beiden Angeklagten hier, habe ich recht?«

»Das gab es!«

»Es gab kein Geständnis.«

»Gab es wohl!«

»Das hier ist und bleibt ein Haufen Lügen. Habe ich recht?«

Price wirkte erschöpft. Von den Fragen, die auf ihn eingeprasselt waren und mit denen er nicht gerechnet hatte.

Cole warf einen Blick zu Levitt, während er sich setzte.

»Ich habe keine weiteren Fragen, My Lord.«

Michael stand auf.

»Und ich bezweifle sehr, dass ich die Arbeit meines Kollegen überbieten kann. Keine weiteren Fragen, My Lord.«

Michael setzte sich wieder hin und beugte sich zu Cole hinüber.

»Brillant, Matt. Einfach hervorragend.«

Dann lehnte er sich zurück und hielt seinen Mund dicht an Jenny Drapers Ohr.

»Habe ich Ihnen nicht gesagt, dass er verdammt gut ist?«

53

»Ihr Anruf wurde auf die EE-Mailbox weitergeleitet. Die Telefonnummer …«

Frustriert drückte Michael auf den roten Knopf und beendete das Gespräch, ohne eine Nachricht zu hinterlassen. Dann suchte er nach Sarahs Namen, tippte darauf und hielt das Telefon wieder an sein Ohr.

Auch hier antwortete nur die Mailbox. Aber diesmal blieb er dran.

»Sarah, ich bin's.« Michaels Stimme verriet seine Anspannung. Seine Sorge. »Ich habe versucht, Derek zu erreichen, aber sein Telefon ist schon den ganzen Tag auf die Mailbox umgestellt. Ich muss gleich runter in den Zellentrakt von Old Bailey, aber ich will mich vergewissern, dass es ihm gut geht. Kannst du weiter versuchen, ihn zu erreichen? Danke, Sweetheart. Wir unterhalten uns später.«

Michael hatte schon den ganzen Tag immer wieder an

Reid denken müssen, seitdem am Morgen das Gespräch auf Karl Hirst gekommen war. Ein Name, bei dem es Michael selbst jetzt noch kalt den Rücken hinunterlief.

Es war vollkommen unmöglich, dass Hirst für den Tod von Longman und Blunt verantwortlich war, solange er noch im Gefängnis saß. Das wusste Michael. Aber aus irgendeinem Grund war er trotzdem besorgt.

Während der wenigen Wochen, die er und Derek mit Karl Hirst verbracht hatten, hatte er eine sehr große Rolle in ihrem Leben gespielt. Er war fast zu einem Prüfstein für ihre beginnende Freundschaft geworden, deshalb sprachen sie seitdem nicht mehr über ihn. Und doch würde Michael diesen Namen für immer mit seinem Pupil-Master verbinden, mit seinen eigenen früheren Fehlern, und mit der Loyalität, die Reid bewiesen hatte.

Eine Loyalität, über die seitdem nie wieder gesprochen worden war.

Bei dieser Erinnerung dachte Michael wieder an Derek Reid, der jetzt allein zu Hause saß und um Phillip Longman trauerte. Michael wäre gern für seinen Freund da gewesen, so wie Reid damals für ihn.

Aber das musste jetzt erst einmal warten.

◆

Simon Kash schlurfte in das Besprechungszimmer. Er war an denselben muskulösen Wächter gefesselt, der ihn seit dem ersten Tag begleitete. Im Vergleich zu ihm wirkte Kash so schmächtig wie immer. Aber heute wirkte er auch etwas engagierter. Manchmal sieht man es einem Menschen an, wenn er Hoffnung geschöpft hat. Michael hatte das schon öfter erlebt, bei anderen Klienten, aber noch nie so deutlich wie heute. Die Hoffnung strahlte förmlich aus Kashs Augen.

Es war kaum fünf Minuten her, seit Michael auf Sarahs Mailbox gesprochen hatte. Am frühen Nachmittag war es in den Arrestzellen von Old Bailey immer ein wenig ruhiger. Es gab keine Schlangen vor den Besprechungszimmern wie am Morgen. Jetzt bekamen die Anwälte schneller Zugang und hatten entsprechend mehr Zeit für ihre Klienten.

Michael wollte nichts davon verschwenden.

»Konnten Sie den Ereignissen im Gerichtssaal heute folgen, Simon?«

»Ich denke schon, ja.« Kash antwortete zögernd. Ein Mann, der hoffte, dass er alles richtig verstanden hatte. »Mr. Cole hat gezeigt, dass Jay sich alles ausgedacht hat. Dass er für Colliver gelogen hat, um uns die Schuld zuzuschieben.«

»Das ist richtig, Simon.« Draper nahm den Faden auf. »Und Mr. Colc hat es sehr, sehr gut gemacht. Die Geschworenen waren am Ende nicht gerade sehr erfreut über Mr. Price.«

»Aber Jay hat nicht klein beigegeben.« Kashs Blick hatte sich auf Draper gerichtet. »Er hat nicht *zugegeben*, dass er gelogen hat, stimmt's?«

»So funktioniert das vor Gericht nicht, Simon.« Michael antwortete auf seine Frage. »Wir sind hier nicht bei *Perry Mason*.«

Kashs Blick verriet ihm, dass er die Serie nicht kannte. Michael suchte nach einer Alternative. *Rumpole von Old Bailey*? *L.A. Law*? *Boston Legal*? Diesem Jungen würde nichts davon etwas sagen.

Also wählte Michael eine andere Strategie.

»Ich will damit sagen, dass wir hier nicht im Fernsehen sind. Es ist kein Film. Das hier ist das wahre Leben. Und im wahren Leben brechen Zeugen fast nie ein und geben zu, dass sie lügen.«

»Aber wie können Sie sie dann überführen?«

»Man macht genau das, was Matt Cole vorhin mit Jay Price getan hat. Man verwickelt sie in Widersprüche. Man bringt sie so weit, dass sie nur noch die Wahl haben, entweder einzuknicken und die Wahrheit zu gestehen oder lächerlich zu wirken, weil sie an ihrer Lüge festhalten. Die meisten wirken lieber lächerlich. So wie Price.«

»Aber das verstehe ich nicht. Wenn Sie gar nicht zugeben, dass sie gelogen haben – wie kann das dann bewiesen werden?«

»Der Zeuge entscheidet nicht, was bewiesen wurde, Simon. Das entscheiden die Geschworenen. Es spielt also keine Rolle, wenn ein Zeuge glaubt, dass er seine Sache gut gemacht hat. Es zählt einzig und allein, was die Geschworenen daraus machen.«

»Und unsere Geschworenen haben Price gehasst«, setzte Draper hinzu.

»Okay. Das verstehe ich.« Kash lächelte wieder. Ganz offensichtlich hatte er auf diese Antworten gehofft. »Und heißt das jetzt, dass wir Darren nicht beschuldigen müssen? Sind wir jetzt auf derselben Seite?«

»Wir sind überhaupt nicht auf derselben Seite, Simon.« Michael beugte sich vor, als er antwortete. Als könnte diese Nähe die Bedeutung seiner Worte unterstreichen.

»Was diesen einen Zeugen betrifft, Price, da hatten wir gemeinsame Interessen. Aber nur bei Price. Morgen sitzt Terry Colliver im Zeugenstand, Simon. Und wenn ich Sie ordentlich verteidigen soll, dann muss ich nicht nur behaupten, dass er die Galloways ermordet hat, sondern dass er es zusammen mit Darren gemacht hat. Das ist die einzige Möglichkeit, wie wir diesen Prozess gewinnen können. Der einzige Weg.«

Kash lehnte sich auf seinem Stuhl zurück. Diesmal schrumpfte er jedoch nicht zusammen, sondern erwiderte Michaels Blick.

Endlich erreiche ich ihn, dachte Michael. *Endlich kapiert er es.*

»Verstehen Sie das, Simon?« Draper brach das Schweigen. »Verstehen Sie, was wir tun müssen?«

Kash nickte.

»Heißt das, Sie stimmen zu, oder wollen Sie nur sagen, dass Sie verstehen?«

»Ich verstehe«, stellte Kash klar. Er sah Draper an. »Ich bin nicht dumm, Jenny. Ich weiß, dass ich nicht so clever bin wie Sie, aber ich verstehe es. Darren ist es gewesen. Zusammen mit Terry. Nicht ich. Ich will nicht mein ganzes Leben wegen den beiden im Gefängnis verbringen.«

Michael setzte sich auf.

»Das ist das erste Mal, dass Sie das gesagt haben, Simon. Dass O'Driscoll diese Tat wirklich begangen hat.«

»Ich weiß, Mr. Devlin.« Kash wirkte stärker als je zuvor. »Und ich weiß auch, dass ich früher etwas hätte sagen sollen. Aber ich hatte Angst. Ich habe immer noch Angst. Vor dem, was passiert, wenn ich die Wahrheit sage. Wenn ich *Ihnen* erlaube, die Wahrheit zu sagen.«

»Ich verstehe das, Simon. Ich weiß, weshalb Sie sich Sorgen machen, und ich werde Sie nicht belügen. Ich kann Ihnen keinen hundertprozentigen Schutz versprechen. Das kann niemand. Deshalb müssen Sie diese Entscheidung ganz bewusst treffen. Es könnte Konsequenzen geben, wenn Sie mich tun lassen, was ich tun muss. Aber Sie müssen den Mut haben, diese Möglichkeit zu akzeptieren, und es mich trotzdem tun lassen. Denn mehr ist es nicht, eine Möglichkeit! Aber wenn wir es nicht tun? Wenn wir O'Driscoll nicht beschuldigen? Dann werden Sie für den Rest Ihres Lebens ins Gefängnis gehen. Oder für einen verdammt langen Teil davon. Und das, Simon, ist nicht nur eine Möglichkeit. Das ist absolute Gewissheit.«

Michael beobachtete, wie Kash die Tränen in die Augen traten. Es waren jedoch deutlich weniger als früher. Der Junge riss sich erheblich besser zusammen als zuvor. Trotzdem war es eine schwere Entscheidung. Eine schwere Last für Kashs schwache Schultern.

»Wann muss ich mich entscheiden?« Kash sprach leise, stockend.

»Am besten jetzt sofort.« Michael wusste, wie weit er ihn treiben konnte. Und wann er auf die Bremse treten musste. »Aber morgen früh genügt ebenfalls. Denn dann macht Colliver seine Zeugenaussage. Also kann ich Ihnen noch diese Nacht Zeit geben, damit Sie sich entscheiden können.«

»Danke, Mr. Devlin.« Kashs Stimme war immer noch sanft, aber es schwang eine Entschlossenheit darin mit, eine gewisse Stärke.

»Gern geschehen, Simon. Es tut mir sehr leid, dass ich Sie so unter Druck setzen muss. Aber es ist Ihr Leben, Junge. Ich kann Ihnen helfen, aber nur, wenn Sie das auch zulassen. Also erlauben Sie es mir, Simon. Bitte.«

Kash stand auf. Michael registrierte erneut, wie klein

sein Klient war. Wie zierlich. Ein Kind, das Michaels Schutz brauchte.

»Ich werde jetzt gehen, Mr. Devlin. Ich muss über alles nachdenken. Aber ich verspreche, dass ich Ihnen morgen eine Antwort gebe.«

»Das müssen Sie auch, Simon.« Draper machte die Notwendigkeit noch einmal deutlich. »Das müssen Sie wirklich.«

Kash antwortete nicht. Stattdessen nickte er nur einmal, kehrte ihnen den Rücken zu und verließ den Raum.

54

Michael nahm das Telefon vom Ohr und knallte es mit mehr Wucht als beabsichtigt auf das Regal vor sich. Es erzitterte bei dem Aufprall, und der Spiegel darüber wackelte. Doch die Möbel im Umkleideraum der Kronanwälte waren für die Ewigkeit gezimmert und hielten problemlos die Frustration eines Michael Devlin aus.

Zwanzig Minuten waren vergangen, seit Michael den Zellenbereich verlassen hatte. Zwanzig Minuten, in denen er Sarah zweimal und Derek Reid sogar dreimal angerufen hatte. Die Anrufe bei Sarah wurden direkt an ihre Mailbox umgeleitet, was bedeutete, dass sie entweder in einer Konferenz oder gerade auf Sendung war. Jedenfalls war sie nicht erreichbar.

Die Anrufe bei Reid waren durchgekommen. Jedes Mal hatte es geklingelt, und die Mailbox hatte erst übernommen, nachdem niemand abgehoben hatte.

Das gefällt mir nicht, dachte Michael. *Warum hat er*

sein Telefon nicht einfach ausgestellt, wenn er seine Ruhe haben will?

Zuerst hatte er sich keine Sorgen gemacht, sondern nur ein ungutes Gefühl gehabt. Aber jetzt war aus diesem Unbehagen mehr geworden. Und auch das Wissen, dass Hirst nicht dahinterstecken konnte, half ihm nicht. Zwei Anwälte waren in ihren Häusern ermordet worden. Und dass weder Hirst noch Wisdom Penfold dahintersteckten, bedeutete noch lange nicht, dass Reid nicht auf der Liste eines anderen Killers stand.

Denk einfach nicht darüber nach, befahl sich Michael, während er auf den Touchscreen seines Telefons blickte. *Wie groß kann die Wahrscheinlichkeit schon sein? Und wie soll ihm jemand etwas antun, wenn vor seiner Tür ein Streifenwagen parkt? Er hat wahrscheinlich einfach nur einen Riesenkater oder ist vielleicht sogar noch zu betrunken, um ans Telefon zu gehen.*

Aber trotz der Logik seiner Argumente wurde Michael immer unruhiger, weil er Derek nicht erreichte.

Er schüttelte den Kopf, während er seine Seidenrobe aufhängte. Seine Gerichtskleidung war immer noch so makellos wie am ersten Tag. Michael ging sehr sorgfältig damit um. Er hängte seine QC-Jacke stets zugeknöpft und mit der Robe darüber auf denselben Bügel. Aber heute war das anders. Heute hängte er seine Robe ziemlich nachlässig auf und vergaß völlig, die Jacke zuzuknöpfen.

Er nahm sein Telefon wieder zur Hand und tippte auf die Anrufliste. Reids Name stand ganz oben, daneben die Zahl 7, die anzeigte, wie oft Michael seine Nummer bereits gewählt hatte.

Michael tippte erneut auf Reids Namen.

Es klingelte, wie schon bei den vorigen sieben Anrufen. Und wie zuvor nahm niemand das Gespräch an. Schließlich meldete sich eine weibliche Computerstimme.

»Ihr Anruf wurde auf die EE-Mailbox …«

»Fuck!«

Michael beendete den Anruf. Trotz allem, was seine Vernunft ihm sagte, machte es ihm große Sorgen, dass Reid nicht erreichbar war.

Warum zum Teufel antwortet er nicht? Und warum zum Teufel hört er seine Nachrichten nicht ab?

Reid hatte Sarah erzählt, dass er ein paar Tage lang nicht erreichbar sein würde. *Aber warum ist sein Telefon dann nicht ausgestellt?*

Es war nur eine Kleinigkeit und vermutlich bedeutungslos. Aber wenn auf Reids Telefon jetzt so viele verpasste Anrufe angezeigt wurden, warum rief sein Freund ihn dann nicht zurück? Michael starrte die Wand an und überlegte, was er als Nächstes tun sollte.

Levy.

Er wollte ihre Zeit nicht verschwenden. Gott wusste, dass sie eigene Sorgen hatte. Aber ihm fiel nichts anderes ein, also schlug er seine Brieftasche auf. Weil er instinktiv spürte, dass irgendetwas nicht stimmte, nahm er Levys Visitenkarte heraus und tippte ihre Nummer in sein Telefon.

»Joelle Levy.« Die leicht heisere Stimme war unverkennbar. Levy hatte einen eindeutig englischen Akzent, aber es lag auch ein Hauch Hebräisch darin. Das war Michael bis jetzt noch gar nicht aufgefallen.

»Hallo Joelle, ich bin's. Michael Devlin. Hören Sie, es tut mir wirklich leid, dass ich Sie anrufe, aber ich habe gehofft, Sie könnten mich wegen Derek Reid etwas beruhigen.«

»Michael, hi.« Levy klang überrascht, sowohl über den Anruf als auch über die Bitte. »Das … Also das verwirrt mich ein bisschen. Was meinen Sie mit beruhigen?«

»Ich will nur wissen, dass es ihm gut geht. Ihre Männer haben doch nichts Ungewöhnliches gemeldet, oder doch?«

»Entschuldigen Sie, Michael. Welche Männer?«

»Die Beamten, die Sie vor seinem Haus postiert haben, um auf ihn aufzupassen, Joelle. Sein Personenschutz.«

»Ja, ich weiß. Aber das haben wir während der Jagd auf Wisdom Penfold gemacht. Als wir Derek für ein mögliches Opfer hielten. Sobald Penfold nicht mehr als Täter infrage kam, haben wir die Beamten wieder abgezogen.«

Michael spürte, wie ihm plötzlich kalt wurde.

»Sie meinen, niemand hält Wache vor Dereks Haus?«

»Nein. Nicht mehr, seit wir Penfold als Täter ausschließen konnten. Warum sollte er bewacht werden?«

Michael war einen Moment lang unkonzentriert. Sein Verstand versuchte, ihn in der Spur zu halten, ihm zu versichern, dass Reid auf keinen Fall ein Ziel dieses Wahnsinnigen sein konnte. Aber er verlor gegen die üblen Fantasien, die Michaels schlimmste Ängste heraufbeschworen.

Er versuchte, sich zusammenzunehmen.

»Aber was ist mit den neuen Verdächtigen? Ich meine die Männer, die Blunt verhaftet hat? Ist bei keinem von ihnen Dereks Name aufgetaucht?«

»Wir haben mit dieser Liste gerade erst angefangen. Ich habe Sarahs Nachricht erst vor einer Stunde abgehört. Bis jetzt gibt es noch keinen neuen Verdächtigen.«

Michael schüttelte bei dieser Antwort den Kopf. Das hatte er nicht hören wollen.

Levy sprach weiter.

»Michael, haben Sie Grund zu der Annahme, dass Derek Reid sich in Gefahr befindet?«

»Ich … Eigentlich nicht, nein.« Michael spürte, wie sein Blutdruck langsam wieder sank. »Ich habe nur ein schlechtes Gefühl, das ist alles. Ich weiß auch nicht warum.«

»Soll ich jemanden zu seiner Adresse schicken? Um nach ihm zu sehen?«

»Nein. Nein, das ist nicht nötig. Ich bin in der Nähe. Ich sehe selbst nach.«

»Sicher?«

»Ja, sicher. Wie gesagt, es ist nur ein Gefühl.«

»Okay«, antwortete Levy. »Dann fahren Sie dorthin und sorgen dafür, dass Sie sich besser fühlen.«

55

Lonsdale Square lag kaum zwei Meilen vom Central Criminal Court entfernt. Eine Strecke, die man in fünfzehn Minuten zurücklegen konnte. Mit dem Bus würde es doppelt so lange dauern. Ein guter Taxifahrer konnte die Fahrzeit um fünf Minuten verkürzen, indem er kleine Nebenstraßen und Abkürzungen benutzte.

Michael winkte das erste Taxi heran, das er sah, als er aus dem Gerichtsgebäude auf die Straße stürmte. Es war die richtige Entscheidung. Der Fahrer verstand sein Handwerk und umfuhr gekonnt alle Hindernisse des Londoner Stadtverkehrs.

Michael betrachtete die Welt, die am Fenster vorbeizog. Nichts was er sah, konnte seine Sorge vertreiben. Den

Gedanken, dass Derek Reid dasselbe Schicksal erlitten hatte, wie Longman und Blunt. Natürlich war das lächerlich, das war ihm klar. Aber trotzdem wollte diese Vorstellung einfach nicht weichen.

Das Klingeln seines Handys drang in Michaels düstere Fantasien. Er nahm es aus der Tasche und hielt es sich ans Ohr.

»Ist alles in Ordnung?« Sarah klang besorgt. »Ich habe gerade erst meine Nachrichten abgehört.«

»Das weiß ich noch nicht.« Michael bemerkte selbst, wie angespannt er klang. »Ich bin unterwegs zu Derek. Um mich zu überzeugen, dass es ihm gut geht.«

»Er ist bestimmt okay«, antwortete Sarah. »Denk daran, was er mir gesagt hat. Er wollte ein paar Tage lang untertauchen.«

»Ja, das weiß ich. Aber ich will mich selbst davon überzeugen.«

Sarah schwieg einen Moment lang.

»Michael, du solltest noch etwas wissen.«

Bei dem Unterton in ihrer Stimme fröstelte er.

»Es geht um Karl Hirst«, fuhr sie fort. »Wer auch immer dir gesagt hat, dass er noch im Gefängnis sitzt, hat sich geirrt. Hirst ist draußen. Und zwar schon seit drei Jahren.«

Michael antwortete nicht, und sein Puls begann zu rasen. Der Adrenalinschub ließ alles andere irreal wirken.

»Das ist unmöglich«, brachte Michael schließlich heraus. Seine Stimme klang nüchtern. »Ich habe Vorkehrungen getroffen. Ich habe …«

»Er wurde aus politischen Gründen entlassen«, unterbrach ihn Sarah. »Um etwas zu vertuschen. Vermutlich konnte dein Kontaktmann es nicht riskieren, dir das zu erzählen. Weil alles andere ebenfalls unter den Teppich gekehrt wurde.«

Michael versuchte zu verstehen, was Sarah ihm da erzählte, aber sein Verstand konnte plötzlich Konzepte wie Politik und Vertuschung nicht mehr fassen. Das Einzige, was er noch sah, waren Karl Hirst und Derek Reid und die Gräueltaten, die der eine dem anderen zufügen konnte.

Diese Bilder hatten den »anderen« Michael geweckt. Den weniger zivilisierten, primitiveren Kämpfer, den er schon so lange hinter sich gelassen hatte. Dieser andere Michael hatte bereits die Kontrolle übernommen, als das Taxi rechts auf den Lonsdale Square einbog.

»Ich bin fast da.« Michaels Stimme klang immer noch tonlos. »Ich muss Schluss machen.«

»Michael, bitte. Versprich mir, dass du das Haus nicht betrittst, wenn Derek dir nicht aufmacht.«

»Das kann ich dir nicht versprechen. Wenn Hirst draußen ist, dann steckt er hinter allem. Und das bedeutet, dass Derek in Gefahr ist.«

»Und wenn du recht hast?« In Sarahs Stimme mischte sich Panik. »Was, wenn es wirklich Hirst ist? Wenn er immer noch im Haus ist?«

»Dann wird er dieses Haus nicht lebend verlassen.« Michael beendete das Gespräch und wandte sich an den Taxifahrer. »Halten Sie hier.«

Das Taxi stoppte abrupt. Michael stieg aus, warf eine Zwanzig-Pfund-Note durch das offene Fenster und rannte los.

Reids Haus stand auf der linken Seite des Platzes etwa in der Mitte. Von der Stelle aus, wo das Taxi gehalten hatte, war es nicht zu sehen. Dafür sorgte die Bepflanzung des großen Gartens, um den die hohen Stadthäuser gebaut worden waren.

Michael blickte starr geradeaus, während er rannte, und blinzelte kein einziges Mal, trotz des hellen Sonnenlichts. Kurz darauf sah er die Vorderseite des Hauses, das sorgfältig wieder aufgebaut worden war, damit es zu den umliegenden Häusern passte. Michael dachte, dass er das Schlimmste an diesem Ort bereits erlebt hatte. Doch das Schlimmste sollte erst noch kommen.

Er sah sofort, dass die Haustür offen stand. Bei diesem Anblick beschleunigte Michael seine Schritte. Er hatte nur einen Gedanken.

Hirst.

Michaels Furcht war verschwunden und von fokussierter Entschlossenheit verdrängt worden, den Mann zu finden, der es auf Derek Reid abgesehen hatte. Das war alles, was Michael jetzt antrieb.

Wenn Hirst noch drin ist, wird Hirst zahlen.

Michael lief immer schneller, je näher er dem Haus kam. Er war so schnell, dass er schließlich ungeschickt durch die Tür stürmte und mit der Schulter gegen die Wand des Flurs prallte. Der Aufprall verlangsamte ihn zwar, konnte ihn aber nicht aufhalten.

Die Tür, die Reids Flur vom Wohnzimmer trennte, stand offen und gewährte ihm einen Blick auf die vordere Hälfte des Zimmers. Dadurch enthüllte sie, was Michael am meisten gefürchtet hatte.

Der Anblick zwang Michael auf die Knie.

56

»Trink das.«

Sarah stellte mit zitternder Hand ein Kristallglas auf den Tresen von Derek Reids Küche, wenige Zentimeter von Michaels rechter Hand entfernt. Das Glas war halb voll mit irischem Whisky. Das waren mindestens zwei Doppelte. Reid war kein Whiskyliebhaber gewesen. Er zog Wein vor. Aber als exzellenter Gastgeber hatte er immer einen Vorrat für seinen Freund im Schrank.

Sarah hatte zahllose Male gesehen, wie Reid den Whisky servierte. Sie wusste, wo er den starken Stoff aufbewahrte.

»Danke.« Michael sprach leise. Die Stimme eines Mannes, der am Boden zerstört war. Es war nicht sein erstes Glas heute, und es würde nicht sein letztes sein.

Sarah wischte sich eine Träne aus dem Auge und entfernte sich ein Stück, ohne Michael anzuschauen. Sie wollte ihn nicht in diesem erschütterten Zustand sehen. Reids Tod allein war schon schwer zu ertragen. Sarah hatte den Mann wirklich geliebt. Aber zusammen mit Michaels rohem Schmerz war es mehr, als sie ertragen konnte.

Und noch schlimmer war der Gedanke, der sie einfach nicht losließ.

Das ist meine Schuld. Hätte ich doch einfach Levy angerufen. Hätte ich Hirst einfach erwähnt, als ich erfuhr, dass er wieder draußen war.

Sie befürchtete, dass auch Michael dieser Gedanke im Kopf herumging. Eine niederschmetternde Mischung aus schrecklicher Scham und Schuldgefühlen überfiel sie zusätzlich zu ihrer Trauer.

Sarah wurde aus ihrer Qual gerissen, als sie hörte, wie

Michael sein Glas wieder auf den Tresen stellte. Sein Blick war darauf fixiert, als faszinierte ihn die darin enthaltende Flüssigkeit. Sarah wusste es besser. Michael hatte sich an einen dunklen Ort in seinem Inneren zurückgezogen, den sie niemals erreichen würde.

Sie spürte, wie die Tränen sie zu überwältigen drohten. Blinzelnd sah sie sich in dem Zimmer nach etwas um, worauf sie sich stattdessen konzentrieren konnte. Sie dachte daran, dass sie Michael in diesem Raum zum ersten Mal begegnet war, vor fast zwei Jahren. In jener Nacht hatte Sarah jemanden verloren, der ihr nahestand. Ihren Freund und Mentor.

Ein verflucht beschissener Zufall, dachte sie trübselig.

»Wurden Kevin Gilligan und Seth Neil schon verständigt?«

Michael nahm seinen Blick nicht von dem Glas, während er sprach.

Die Namen sagten Sarah nichts. Sie war nicht einmal sicher, ob die Frage ihr gegolten hatte.

»Ich weiß es nicht«, sagte sie schließlich. »Und ich weiß auch nicht, wer diese Leute sind.«

»Das waren die beiden Barrister der Anklage in Hirsts Prozess. Sie könnten auch auf seiner Liste stehen.«

»Richtig, okay. Ja, Joelle hat das von Scotland Yard aus geregelt. Sie sagte, man hätte die Barrister kontaktiert und der Personenschutz wäre vor Ort.«

Michael reagierte nicht, als Sarah den Personenschutz erwähnte. Stattdessen wischte er sich die Tränen aus den Augen, bevor er weitersprach.

»Sie dürfen nicht nach Hause gehen. Keiner von uns darf das. Nicht, so lange Hirst frei herumläuft.«

»Ich verstehe das alles nicht, Michael.« Sarahs Stimme

zitterte. Der Verlust von Reid war schwer zu ertragen. Aber dazu auch noch die Tatsache, dass ihr Leben nun ebenfalls in Gefahr war? Das war zu viel. »Warum macht Hirst das? Warum tut er Derek das an? Und uns? Ihr wart schließlich auf seiner Seite, um Himmels willen! Ihr habt ihn verteidigt!«

»Das musst du nicht wissen, Sarah. Und du willst es auch gar nicht wissen.«

»*Sie* vielleicht nicht.« Die unverwechselbare Stimme kam von der Küchentür. Sie hatte einen leichten Akzent. Einen, den Michael bis heute kaum wahrgenommen hatte. »Aber ich.«

◆

Levy betrat Reids Küche. Es war zwar nicht der ideale Ort für ein Gespräch, da eine Leiche im Nebenzimmer lag. Und sie wusste genau, dass dies hier der letzte Ort war, an dem Sarah oder Michael sein wollten. Aber da Michael sich jetzt ebenfalls in Gefahr befand, war ein Haus, in dem es von Cops wimmelte, im Moment der sicherste Ort. Jedenfalls bis sie den Personenschutz für ihn auf die Beine stellen konnte. Jetzt wollte sie jedoch zunächst ein paar Antworten bekommen.

Sie setzte sich auf einen Hocker am Tresen, in die Mitte zwischen Michael und Sarah. Die Arbeitsfläche war leer bis auf Michaels Glas. Levy hielt es sich an die Nase und schnupperte daran.

»Bushmills?«

»Keine Ahnung.« Sarah blickte zu der Flasche und entzifferte das Etikett. »Tatsächlich. Gute Nase.«

»Eher gut geraten. Haben Sie etwas dagegen, wenn ich mir auch einen genehmige?«

Levy deutete auf Michaels Glas.

»Im Dienst?«, fragte Sarah.

»Bin ich das nicht immer?« Levy klang mutlos.

Der Tod von Derek Reid war ein unerwarteter Schlag. Es war schon schlimm genug, dass ein weiterer Unschuldiger sein Leben verloren hatte, weil es ihr nicht gelungen war, seinen Mörder zu finden. Aber noch schlimmer wurde die ganze Sache, weil eben dieser Mann bis letzte Nacht unter Polizeischutz gestanden hatte.

Wenn ich jemals wirklich einen Drink gebraucht habe …

Sarah stand ohne ein Wort auf und füllte zwei weitere Gläser.

»Dann kann ich euch auch gleich Gesellschaft leisten.« Sie schob eins davon Levy zu.

Levy trank dankbar und begrüßte das tröstende Brennen des Alkohols. Ihr war bewusst, dass Michael sie aufmerksam beobachtete.

»Wohin bringen Sie Anne Flaherty?«, fragte er abrupt, kaum dass sie das Glas abgesetzt hatte.

Michael hatte keine Zeit für Höflichkeiten, nicht heute. Das verstand Levy. Nach dem schrecklichen Mord an Derek Reid galt die Priorität jetzt der Sicherheit seiner Familie.

»Nirgendwohin«, gab Levy zurück. »Wir werden Personenschutz in Ihrem Haus einrichten. Für Sie alle drei. Ich nehme an, das ist Ihnen recht?«

»Nein.« Michaels Ton schloss jeden Zweifel aus. »Sie dürfen Hirst nicht unterschätzen. Ich will nicht, dass sich meine Familie an einem Ort aufhält, der vor dem heutigen Tag mit uns in Verbindung gebracht werden konnte.«

»Michael, glaubst du nicht …«

»Vertrau mir einfach, Sarah.« Michael beendete ihren

Einwurf mitten im Satz, ohne ihr auch nur einen Blick zu gönnen. Er sah Levy an. »Es muss ein vollkommen anderer Ort sein.«

Levy willigte mit einem Nicken ein. Es kam selten vor, dass sie sich dem Wunsch eines Zivilisten beugte, wenn sie sich für eine Maßnahme entschieden hatte. Aber Michael war heute durch die Hölle gegangen. Und in den letzten Stunden hatte Levy sehr viel über Michael Devlin in Erfahrung gebracht, was sie vorher nicht gewusst hatte. Wenn ein Mann mit seiner Erfahrung sagte, dass besondere Vorsichtsmaßnahmen nötig waren, dann würde Levy auf ihn hören.

»Thomas!« Levy hob die Stimme, als sie den Namen rief. Sie hatte sich zur Küchentür herumgedreht und wartete, bis Detective Inspector Thomas Chadwick den Raum betrat.

»Rufen Sie den Leiter des Personenschutzes in Mr. Devlins und Miss Trumans Haus an. Sagen Sie ihnen, sie sollen Miss Flaherty nach Scotland Yard eskortieren und dafür sorgen, dass sie es dort bequem hat. Und dann veranlassen Sie, dass ein passender Unterschlupf gefunden wird, wo wir die Familie unterbringen können, bis das hier vorbei ist.«

Levy wandte sich an Michael.

»Gut genug?«

»Gut genug«, antwortete er.

»Okay.« Levy blickte wieder zu Chadwick. »Das hat oberste Priorität, Thomas. Erledigen Sie es sofort.«

»Ma'am.«

Chadwick verließ die Küche ohne ein weiteres Wort. So funktionierte die Befehlskette beim MIT.

»Also.« Levy sah Michael wieder an. »Anne ist in Sicherheit. Sie beide sind in Sicherheit. Das bedeutet, wir haben eine kleine Atempause. Nutzen wir sie. Was zum Teufel hat Karl Hirst mit Ihnen zu tun, und warum hat er Derek Reid ermordet?«

57

»Karl Hirst ist der schlimmste Psychopath, der mir jemals unter die Augen gekommen ist.«

Michael setzte sich wieder, als er sprach. Er hatte sein Glas erneut mit der bernsteinfarbenen Flüssigkeit gefüllt.

»Hirst war auch mein erster richtiger Fall als Dereks Zögling. Eine höllische Einführung in den Beruf.«

»Ich weiß einiges über den Fall, Michael.« Levy war nicht unvorbereitet hergekommen. »Ich habe die Akten überprüfen lassen. Hirst war einer der Namen, die im Zusammenhang mit dem Longman-Mord aufgetaucht sind. Aber er ist durch das Raster gefallen, als wir die Verdächtigen gefiltert haben.«

»Warum?«

»Weil wir unterbesetzt sind, zu wenig Mittel haben und deshalb die wahrscheinlicheren Verdächtigen von den nicht so wahrscheinlichen trennen mussten«, gab Levy zurück. »Und entscheidende Details dabei passten nicht zum Modus Operandi unseres Falls, also kam er nicht in die engere Auswahl. Dann wurde Blunt ermordet, und soweit wir das sehen konnten, gab es keine Verbindung zu Hirst, weil Blunt nicht Hirsts Anwalt war.«

»Aber Sie haben Blunts Zeit als Polizist nicht berücksichtigt?«

»Zu diesem Zeitpunkt sprach nichts für einen solchen Ermittlungsansatz.« Michael bemerkte, wie Levy Sarah einen kurzen Seitenblick zuwarf. »Und als wir darauf gestoßen wurden? Da war es zu spät.«

»Wieso zum Teufel konnte Ihnen überhaupt entgehen, dass Blunt früher ein Cop war?«, wollte Michael wissen.

»Aus den genannten Gründen«, gab Levy zurück. »Nur dass noch Inkompetenz dazukam. Ich musste mein Team auf den Longman-Fall und den Bandenmord in Brixton aufteilen. Ein Team, das ohnehin schon völlig unterbesetzt war. Bei einer so dünnen Personaldecke müssen wir darauf vertrauen, dass unsere Beamten auf Zack sind. Wie sich herausstellte, traf das auf den Kollegen, der Blunts Vergangenheit untersuchen sollte, absolut nicht zu. Der idiotische Detective Constable hat nur ›Anwalt‹ gelesen, und das reichte ihm.«

»Das war ein verdammt großer Fehler«, sagte Michael.

»Sie dürfen mir glauben, dass das Folgen haben wird«, erwiderte Levy.

Michael trank einen Schluck Whisky.

»Aber das alles spielt im Moment letztlich keine Rolle«, meinte er schließlich. »Nicht, solange Hirst noch da draußen frei herumläuft. Wir müssen dafür sorgen, dass alle anderen möglichen Zielpersonen in Sicherheit sind.«

»Das haben wir bereits gemacht, Michael. Wir haben Sie und Ihre Familie unter Personenschutz gestellt, so wie die anderen Barrister in diesem Fall. Wir haben sogar Adam Blunts alten Detective Sergeant unter Personenschutz gestellt. Sonst ist doch keiner mehr übrig, oder?«

Michael antwortete nicht sofort, weil sich seine Gedanken gerade mit etwas vollkommen anderem beschäftigten. Musste er Levy wirklich alles erzählen? Konnte Hirst wirklich das einzige andere mögliche Ziel aufspüren? Michael wusste es nicht, und diese Tatsache beantwortete für ihn die Frage.

»Es gibt noch eine weitere Person«, erwiderte er schließlich. »Die Hauptbelastungszeugin in Hirsts Prozess. Tina Barker.«

»Es gibt noch ein weiteres Ziel?« Levy war gleichzeitig erschrocken und wütend. »Warum zum Teufel erwähnen Sie sie erst jetzt, Michael? Sie haben sofort Schutz für Derek Reid verlangt und mir bei Anne Flaherty erzählt, wie ich meinen Job zu machen habe. Und diese Tina Barker ist Ihnen kurzfristig entfallen?«

»Sie ist mir absolut nicht entfallen!«, sagte Michael laut. Levys Ton passte ihm nicht, und außerdem waren seine Nerven durch die traumatischen Erlebnisse dieses Tages bis zum Zerreißen gespannt. »Und fahren Sie mich nicht so an! Ich versuche unter diesen Umständen mein Bestes.«

»Dann geben Sie mir einen Grund, gelassen zu bleiben!« Levy erwiderte Michaels finsteren Blick. »Denn im Moment sieht es so aus, als hätten Sie ein mögliches Ziel einfach ungeschützt gelassen.«

»Ich habe Tina nicht erwähnt, weil ich nicht geglaubt habe, dass sie in Gefahr wäre.« Michael war immer noch verärgert. »Himmel, das glaube ich immer noch nicht! Sie lebt seit fast zwei Jahrzehnten im Zeugenschutzprogramm, also wüsste ich nicht, wie Hirst sie finden sollte. Aber Sie wollen alles wissen, und das ist alles!«

Levy blickte Michael weiterhin scharf in die Augen. Keiner der beiden schien bereit zu sein, bei dieser Konfrontation nachzugeben. Typisch für Alpha-Persönlichkeiten.

»Wie zum Teufel soll das irgendjemandem helfen?«

Sarahs Stimme durchdrang das angespannte Schweigen. »Hört sofort mit diesem Scheiß auf! Beide!«

Michael antwortete nicht. Levys Anspielung und ihr Tonfall hatten ihn provoziert. An jedem normalen Tag wäre er einfach darüber hinweggegangen. Aber der heutige Tag war so ziemlich das Gegenteil von normal.

Levys Emotionen, so schien es, waren jedoch nicht so hochgekocht.

»Sie hat recht«, lenkte sie mürrisch ein. »Ich will nur einfach nicht noch jemanden an diesen perversen Dreckskerl verlieren. Und wenn wir das verhindern wollen, dann muss ich genau wissen, womit wir es zu tun haben.«

Sie setzte sich wieder auf ihren Hocker und trank einen Schluck Whisky.

»Also sagen Sie mir einfach, was ich wissen muss.«

Michael beugte sich vor und legte beide Unterarme auf den Tresen. Dann sammelte er sich. Diesmal rührte er den Drink nicht an. Er wusste, dass er jetzt seinen Teil der Geschichte erzählen musste, und holte tief Luft.

»Tina Barker war elf Jahre alt, als Hirst sie entführt hat. Ihr Bruder Tommy war acht. Ihr Vater war Manager einer Großbank in Guildford, Surrey. Es war die größte Bank in der ganzen Gegend, aber letztlich nur eine Filialbank. Dadurch war er ein perfektes Ziel. Es gab keine besonders großen Sicherheitsvorkehrungen, aber trotzdem fette Beute, wenn jemand bereit war, die Bank an einem Freitag zu überfallen. Und Karl Hirst war ganz sicher bereit.

Er entführte die Kinder in der Donnerstagnacht, und zwar auf die unverschämteste Art und Weise, die man sich vorstellen kann. Er brach in das Haus ein, nachdem die Familie schlafen gegangen war. Er fesselte und knebelte alle in ihren

Betten, beide Kinder, Mum und Dad. Dann schleppte er die Kinder eins nach dem anderen in einen Lieferwagen, den er auf der Auffahrt geparkt hatte, und fuhr sie zu einem leer stehenden Lagerhaus, fünf Meilen entfernt. Als er dort ankam, fesselte er sie wieder und fuhr dann zu ihren Eltern zurück.« Michael sortierte kurz seine Erinnerungen.

»Er ließ die Eltern gefesselt und gab ihnen seine Anweisungen. Der Vater sollte dafür sorgen, dass er am Freitagabend der letzte Mensch in der Bank war. Dann würde Hirst mit seinem Van auf der Rückseite der Bank parken, wo der Vater ihm Zugang zum Safe sowie genug Zeit geben würde, ihn zu leeren. Dann würde Hirst verschwinden, zu den Kindern zurückfahren und sie an einem Ort freilassen, den er den Eltern telefonisch mitteilen wollte. Nachdem er diese Befehle gegeben hatte, sagte er ihnen, dass die Kinder sterben würden, wenn die Polizei eingeschaltet würde. Und nur um ihnen zu zeigen, dass er es ernst meinte, hatte er ihnen zwei Finger von Tinas linker Hand mitgebracht. Was seinen Zweck erfüllte. Der Vater gehorchte, und Hirst fuhr mit einem Lieferwagen und siebenhunderttausend Pfund davon. Eine ziemlich fette Beute für eine Nacht Arbeit.«

Michael trank einen kleinen Schluck.

»Damit hätte die Sache eigentlich erledigt sein können. Er hätte die Kinder freilassen und mit jeder Menge Bargeld entkommen können. Aber aus irgendeinem Grund, den nur dieser perverse Mistkerl kennt, hat er sie nicht wie versprochen gehen lassen. Und nachdem sie *nicht* freigelassen wurden, haben ihre Eltern die ganze Sache der Polizei gemeldet, die sofort eine Fahndung einleitete.

Es dauerte nicht allzu lange. Hirst hatte den zweiten Teil seines Jobs längst nicht so gut geplant wie den ersten.

Nach dem Raubzug rührte er sich nicht von der Stelle und blieb in dem Lagerhaus, in dem er die Kinder festhielt. Er hatte nicht vor, irgendwo anders hinzufahren, und das war sein Verhängnis. Das und der Zeitrahmen der ersten Nacht.

Es war Adam Blunt, der ihn schließlich aufspürte. Blunt hatte die möglichen Fahrstrecken in der Nacht der Entführung berechnet. Wie weit Hirst hatte fahren können, bevor er wieder zu den Eltern zurückgekommen war, um ihnen seine Instruktionen zu geben. Durch diesen Zeitrahmen konnte Blunt die weiteste Entfernung bestimmen, die er erreichen konnte, und dann die wahrscheinlichsten Verstecke innerhalb dieses Radius. Sein Instinkt führte ihn zu einem alten Industriegelände. Und genau dort fanden sie die Kinder. Der kleine Tommy war bereits tot. Laut Autopsiebericht war er erstickt. Aber Tina lebte noch. Sie war schlimm zugerichtet, doch sie lebte. Abgesehen von den beiden fehlenden Fingern hatte sie auch noch andere Verletzungen, körperliche und psychische. Nicht zuletzt deswegen, weil sie zusehen musste, wie ihr kleiner Bruder ermordet worden war.«

»Wie wurde er schließlich erwischt?«, fragte Sarah. Als Michael sie ansah, um zu antworten, sah er die Tränen in ihren Augen. Das überraschte ihn. Bei ihrer Arbeit hatte sie gewiss schon viel Schlimmeres gehört. Es gab also andere Gründe für ihre emotionale Reaktion.

Dereks Tod, sagte er sich. Er wusste nicht, dass Sarah von Schuldgefühlen gepeinigt wurde. Sie fühlte sich schuldig, weil sie Levy Hirsts Namen nicht gleich verraten hatte.

Michael konnte es kaum ertragen, Sarah weinen zu sehen. Aber dies war nicht der richtige Moment, um sie zu trösten.

Er musste die Sache zu Ende bringen, und das Wichtigste kam erst noch.

Also beantwortete er Sarahs Frage.

»Das war wieder Blunt. Mithilfe eines Polizeihubschraubers. Sie spürten in einiger Entfernung vom Lagerhaus eine Person auf. Hirst hatte die Polizei kommen hören. Und in diesem Moment bewies er, jedenfalls für mich, dass er vielleicht ein Psychopath ist, aber ganz sicher nicht verrückt. Ein Verrückter hätte seine Zeit damit verschwendet, die Kinder zu ermorden, um die letzten Zeugen zu beseitigen. Oder aus Vergnügen. Nicht aber Hirst. Er hielt sich nicht lange mit Tina auf, sondern flüchtete, ohne auch nur einen Moment zu überlegen. Der Mann war eiskalt und wusste genau, dass jede Verzögerung dazu führen könnte, dass er erwischt wurde. Also rannte er.«

»Aber er wurde trotzdem erwischt?«

»Ja. Er hatte letztlich keine Chance. Ein Polizeihubschrauber registriert aus der Luft die Körperwärme jeder Person in der Nähe. Und in dieser Nacht fand er nur die einer einzigen Person. Sobald die Cops ihn so aufs Korn genommen hatten, konnte Hirst nicht mehr entkommen. Sie führten Blunt zu ihm, und er trieb Hirst an einem Fluss in die Enge. Blunt war bewaffnet, Hirst nicht. Eine solche Situation endet nur auf eine Weise.«

Michael hörte auf zu sprechen. Er hatte das Ende von Teil eins erreicht, dem Teil, der allgemein bekannt und unbestritten war.

Er warf einen Blick auf sein Glas. Weniger als die Hälfte. *Vielleicht hilft es mir ja,* dachte er. *Finden wir es heraus.*

Das Glas war leer, als er es wieder absetzte.

»Derek war angewiesen worden, Hirst von Anfang an zu

verteidigen. Es war der Sommer, bevor ich meine Pupillage antrat. Also waren alle Vorbereitungen für den Fall abgeschlossen, bevor ich auftauchte. Das Verfahren selbst sollte drei Wochen, nachdem ich mein halbes Jahr bei Derek angetreten hatte, beginnen. Dadurch hatte ich Zeit, mich in den Fall einzulesen und Derek etwas kennenzulernen. Das war aber auch schon alles.

Trotz meiner relativen Unerfahrenheit war mir klar, dass Hirst gute Chancen hatte davonzukommen. Denn die Anklage gegen ihn war keineswegs hieb- und stichfest. Sicher, sein Aufenthaltsort bei der Verhaftung war ein Problem für ihn. Außerdem hatte er kein Alibi für die sechsunddreißig Stunden, um die es hier ging, und er passte auch auf die allgemeine Beschreibung, was Größe und Statur anging. Aber der Entführer hatte in der ganzen Zeit eine Maske und Handschuhe getragen. Also bedeutete diese allgemeine Beschreibung nicht allzu viel. Zudem gab es keinerlei forensische Indizien, die Hirst mit dem Haus, der Bank oder dem Van hätten in Verbindung bringen können. Nicht einmal mit Tinas abgeschnittenen Fingern. Und es gab auch keine Mobilfunkdaten. Damals steckte die Auswertung der Funkzellenabfrage noch in den Kinderschuhen, aber trotzdem war sie nützlich. Das musste Hirst gewusst haben, weil man kein Telefon bei ihm fand, als er verhaftet wurde. Und mit keinem Gerät, das man ihm zuordnen konnte, waren irgendwelche Anrufe getätigt worden. Wie ich schon sagte, sein einziger Fehler war, dass er sein Versteck nicht früher verlassen hatte. Aber man hatte ihn ja nicht einmal dort aufgegriffen. Es war folglich ein Albtraum für die Anklage, eine Verurteilung zu erreichen.

Was aber gut für uns war, denn wir sollten ihn ja verteidigen.

Am ersten Tag des Prozesses betrat ich Old Bailey sehr beschwingt. Ich wusste, wie Derek vorgehen wollte. Und ich wusste auch, dass wir einiges in der Hand hatten. Ich war Teil eines großen Mordfalles, der im Zentrum des öffentlichen Interesses stehen würde, und wir würden gewinnen. Ich würde meine Karriere mit einem großen Knall beginnen. Und dann traf ich Karl Hirst zum ersten Mal.«

Michael machte eine Pause, als er an diese erste Begegnung zurückdachte. An diese hellen, starren Augen. Ihm fiel alles wieder ein. All das Entsetzen, das er aus seinem Kopf verbannt hatte, wie nach jedem Prozess, der mit so viel Bösartigkeit aufgeladen war. Nur so schaffte er es, seinen Job zu überleben und nachts ruhig zu schlafen. Und jetzt, als die Erinnerung an Hirsts Fall wiederkam, kreiste ein Gedanke durch Michaels Verstand.

Ich hätte früher wissen müssen, dass es Hirst war. Ich hätte herausfinden müssen, dass er nicht mehr im Gefängnis sitzt, und ich hätte mich Levy anvertrauen sollen.

Das schlechte Gewissen drohte ihn zu zerbrechen, aber das durfte er nicht zulassen. Hirst zu fassen hatte oberste Priorität. Und dafür musste Michael seine Geschichte beenden. Er zwang sich fortzufahren.

»Derek und ich waren um 9.30 Uhr im Zellentrakt von Old Bailey. Man brauchte etwa fünf Minuten, um Hirst zu uns zu bringen. Und Hirst brauchte nicht viel länger, um mich davon zu überzeugen, dass er so schuldig war, wie man nur sein konnte. Und dass er den Rest seines Lebens im Gefängnis verbringen musste.«

»Fünf Minuten?« Levy stellte die Frage, mit der er gerechnet hatte. »Was zur Hölle hat er in diesen fünf Minuten gemacht?«

»Alles, was nötig war.« Michael machte eine kleine Pause, gerade lange genug, um die richtigen Worte zu finden. »Ich wurde nicht als Barrister geboren, Joelle. Ich bin unter völlig anderen Menschen aufgewachsen. Viele von ihnen waren anständige Leute. Aber nicht alle. Ich war vielleicht noch jung, aber ich hatte bereits genug Schurken und Psychopathen gesehen, um es zu wissen, wenn ich einen vor mir hatte. Als ich Hirst kennenlernte, habe ich sofort erkannt, dass er alle anderen Perversen in den Schatten stellte.«

»Aber warum? Er muss doch irgendetwas Besonderes gesagt oder getan haben?«

»Dafür war er viel zu gerissen. Und er hat uns gar nichts gesagt. Sie wissen ja, wie so etwas läuft, Joelle. Hätte Hirst uns erklärt, dass er schuldig ist, hätten wir ihn nicht richtig verteidigen können. Wir hätten nicht vor Gericht gehen und eine Version der Ereignisse schildern können, von der man uns gesagt hatte, dass sie nicht stimmte. Das widerspricht allen Regeln.«

»Was war es dann?«

»Das ist unmöglich zu erklären. Es war einfach *alles.* Alles an ihm war einfach falsch. Verstehen Sie mich nicht falsch, Hirst ist bei seiner Geschichte geblieben. Er behauptete, er hätte nichts mit der Entführung zu tun gehabt, genauso wenig wie mit Tommys Tod. Oder mit dem Bankraub. Er wiederholte immer nur, dass er zum falschen Zeitpunkt am falschen Ort gewesen sei. Er habe nach seinem weggelaufenen Hund gesucht, als plötzlich ein Polizeihubschrauber über ihm schwebte und er mit vorgehaltener Waffe verhaftet wurde. Hätte mir das irgendjemand anders erzählt, dann hätte ich ihm das vielleicht sogar glauben können. Aber so, wie er die Geschichte erzählte? Wie er dabei die ganze Zeit lächelte? Ein selbstgefälliges, überhebliches Lächeln, das keine Sekunde von seinem Gesicht wich, ganz gleich, wie grausig die Einzelheiten waren.

Wenn ich jetzt zurückblicke, wird mir klar, dass er sich nicht die geringste Mühe gegeben hat, damit wir ihm glauben. Es kümmerte ihn nicht. Er wusste genau, dass die Beweislage schwach war. Und er war der Meinung, dass er davonkommen würde, wenn wir unsere Arbeit auch nur mittelmäßig erledigten. Außerdem kannte er Dereks Ruf. ›Mittelmäßig‹ war für ihn keine Option. Dafür war Derek einfach zu gut. Ich habe den Besprechungsraum also in dem Wissen verlassen, dass Hirst schuldig war. Und in dem Wissen, dass dieses Stück Dreck in wenigen Wochen wieder frei herumlaufen würde.«

Michael hörte auf zu sprechen. Er hatte jetzt den Teil der Geschichte erreicht, vor dem er sich fürchtete. Den Teil, den zu »vergessen« Reid und er sich vor einigen Jahren gezwungen hatten. Es war der Grund, warum sie nie wieder über den Fall Karl Hirst gesprochen hatten.

»Und was hat sich dann geändert?«, wollte Levy wissen. »Wieso musste Hirst vierzehn Jahre lang sitzen, wenn es so todsicher war, dass er einen Freispruch erreichen würde?«

Michael blickte zu Boden und wusste, dass er keine andere Wahl hatte, als zu antworten.

»Das war ich. Ich bin der Grund, warum Hirst verurteilt wurde.«

»Was willst du damit sagen?«, fragte Sarah. »Was hast du gemacht?«

Michael sah hoch. Er spürte, wie Tränen in seinen Augen brannten.

»Ich durfte ihn nicht davonkommen lassen. Nicht nach allem, was er den Kindern angetan hatte. Ich durfte nicht zulassen, dass er das noch einmal tun würde, Sarah. Und ich wusste ganz genau, dass dieser Mistkerl es wieder tun würde, wenn er freigelassen wurde. Also wartete ich. Ich wartete ab, wie der Fall lief. Ob die Anklage irgendetwas aus dem Hut zaubern könnte. Als mir klar wurde, dass das nicht der Fall war – als ich begriff, dass er ganz klar davonkommen würde –, traf ich eine Entscheidung. Ich setzte mich mit Adam Blunt in Verbindung, bevor Tina Barker ihre Zeugenaussage machen sollte.

Ich sagte, ich müsste ihn unbedingt treffen. Wir verabredeten uns in einem Pub auf der Mile End Road. Ich sagte ihm, dass er den Fall verlieren würde. Das war natürlich nichts Neues für Blunt, aber er erwiderte, dass er daran nicht viel ändern könne. Dann machte ich ihm einen Vorschlag. Ich bat ihn, mir am nächsten Morgen fünf Minuten Zeit mit Tina Barker zu geben, und zwar bevor sie aussagen sollte. Damit ich mit ihr reden und ihr eine Art Anleitung für ihre Aussage geben könnte. Zuerst weigerte sich Blunt. Er drohte sogar damit, mich auf der Stelle zu verhaften; wahrscheinlich wäre es sogar besser gewesen, wenn er das getan hätte. Aber ich redete und redete, und am Ende brach er ein. Blunt wollte genauso sehr wie ich, dass Hirst verurteilt wurde. Wahrscheinlich sogar mehr als ich. Als wir fertig waren, hatte er eingewilligt, das zu tun, was getan werden musste.«

Michael holte tief Luft. »Also traf ich mich am nächsten Morgen mit Tina Barker. Blunt hatte dafür gesorgt, dass sie schon um acht Uhr morgens am Gericht war, lange bevor Derek oder der Ankläger dort sein würden. Ich konnte zehn Minuten lang ungestört mit ihr reden. Und in diesen zehn

Minuten schärfte ich ihr jede kleine Einzelheit der kleinen Tätowierung ein, die Hirst auf seiner rechten Hand hatte. Jeden einzelnen Millimeter. Und ich erklärte ihr auch, *wann genau* sie aussagen sollte, dass sie das tätowierte Rotkehlchen gesehen hätte. Dass sie einen Blick darauf hatte werfen können, als er sie fesselte, bevor er ihre Finger abschnitt. Und einen genaueren Blick, als er ihren Bruder erdrosselte. Ich gab ihr alle Einzelheiten, die sie brauchte, um eine gerichtsverwertbare Identifikation eines Merkmals zu schildern, das nur Hirst hatte. Eine Identifizierung, die genügen würde, um ihn zu verurteilen.«

»Sie haben eine Hauptbelastungszeugin in einem Mordprozess manipuliert?« Levy sprach langsam und sah Michael ungläubig an. »Sie haben dafür gesorgt, dass Tina Barker einen Meineid leistete, um eine Verurteilung und eine lebenslange Freiheitsstrafe zu erreichen?«

»Ja.« Michael antwortete vollkommen emotionslos. Er war bereit, die Konsequenzen zu tragen.

»Dann muss ich ... Ich denke, ich muss Sie verhaften.« Levy klang unsicher. Als wäre sie zu einem Schluss gekommen, der ihren natürlichen Instinkten widersprach. Langsam schob sie das Whiskyglas von sich. Ein Zeichen für Michael, dass sich in diesem Moment ihre Beziehung verändert hatte. »Ich glaube nicht, dass Sie mir da eine Wahl lassen.«

»Das weiß ich«, antwortete Michael. »Ich wusste es in dem Moment, als ich angefangen habe zu reden. Und ich werde auch nichts von dem, was ich Ihnen eben erzählt habe, abstreiten. Aber bitte tun Sie mir einen Gefallen. Wir müssen uns zuerst um Hirst kümmern. Sie sollten Ihre Ressourcen nicht mit einem anderen Fall strapazieren, solange dieser Mistkerl noch da draußen ist. Kümmern Sie sich um Hirst – fangen Sie ihn –, und dann können Sie mit mir machen, was Sie wollen. Aber erst *danach*. Bitte.«

Levy schwieg einen Moment, und Michael sah, dass sie wegen der Entscheidung, die sie jetzt treffen musste, mit sich rang. Er hatte ihr ein schweres Verbrechen gestanden. Es war ihre Pflicht, ihn zu verhaften, und zwar sofort. Aber sie begriff auch die Logik seiner Worte. Hirst musste oberste Priorität bleiben. Michaels siebzehn Jahre altes Verbrechen war eine Ablenkung, auf die das ohnehin schon überlastete MIT One im Moment gut verzichten konnte.

»Also gut, danach«, willigte Levy schließlich ein. Ihre Stimme verriet, dass sie am liebsten »niemals« gesagt hätte. »Aber glauben Sie nicht, dass wir die Sache vergessen werden, Michael.«

»Das tue ich nicht.«

»Und das sollten Sie auch nicht. Aber nun erzählen Sie die Geschichte zu Ende. Denn bis jetzt begreife ich zwar, warum *Sie* ein Ziel sind. Und Blunt. Oder sogar Tina Barker. Aber weder Derek Reid noch Phillip Longman.«

Michael nickte und sprach weiter.

»Tina hat ihre Aussage perfekt gemacht. Ehrlich gesagt glaube ich, dass es mir am Ende unseres Gesprächs gelungen ist, sie davon zu überzeugen, dass das, was sie sagen sollte, der Wahrheit entsprach. Sie glaubte vermutlich, dass sie das Tattoo tatsächlich gesehen hatte. Aber Derek und Longman? Die beiden wussten es besser. Denn Tina hatte die Tätowierung in ihrer ursprünglichen Aussage nicht erwähnt. Und auch zu keinem anderen Zeitpunkt. Sonst hätte ich nicht einschreiten müssen. Als sie es dann bei ihrer Zeugenaussage sagte, waren fast alle schockiert. Derek. Longman.

Und ganz besonders Hirst. Ich dagegen blickte auf den Boden und versuchte, nicht zu reagieren. Wie sich herausstellte, etwas zu sehr. Denn genau das registrierte man.« Michael schüttelte den Kopf.

»Sobald Tina ihre Aussage beendet hatte, bat Derek um eine kurze Unterbrechung. Longman gewährte sie ihm. Als wir aufstanden, um den Gerichtssaal zu verlassen – nachdem die Jury hinausgeführt worden war –, drehte Hirst hinter der verglasten Anklagebank völlig durch. Er brüllte, wir sollten sofort zu ihm in die Zelle kommen, um zu besprechen, was da gerade passiert war. Er kreischte und schrie auch Blunt an. Beschuldigte ihn, die Zeugin geimpft zu haben, wie er es nannte. Um ihn reinzulegen. Aber Derek ignorierte ihn, packte stattdessen meinen Arm und zerrte mich förmlich aus dem Gerichtssaal.

Wir gingen in ein Besprechungszimmer auf der anderen Seite des Gangs. Nur wir beide. Und dort sagte mir Derek, dass er wusste, was ich getan hatte. Er sagte, er hätte mich während des Prozesses beobachtet. Er hätte gesehen, wie sich mein Gefühl für Hirst von Ekel erst in Abscheu und dann in Hass verwandelt hätte. Derek wusste, dass ich unbedingt eine Verurteilung erreichen wollte. Und doch hatte ich überhaupt nicht reagiert, als plötzlich Beweise auftauchten, die genau das bewirken konnten, was ich so dringend wollte. Beweise, die Hirst hinter Gitter bringen konnten. In dem Moment begriff ich zum ersten Mal, wie viel klüger Derek in Wirklichkeit war als ich. Er war mir eine Million Meilen voraus. Und er wusste genau, dass ich etwas mit diesen neuen Beweisen zu tun hatte.«

»Was hat er gemacht?«, fragte Sarah.

»Er hat mich natürlich zusammengestaucht. Er nannte

mich einen der unprofessionellsten, dümmsten Hundesöhne unter der Sonne. Und er hatte vollkommen recht.«

Michaels Stimme zitterte, als er sich an Dereks Wut erinnerte. Sein schlechtes Gewissen und sein Bedauern drohten ihn zu überwältigen.

»Es ist okay, Michael.« Sarah legte ihre Hand auf seine.

Michael stand auf und zog sie zurück. Er konnte sich nicht von Sarah berühren lassen, von niemandem. Nicht, während er ständig an Derek Reid dachte.

Er ging zu der Whiskyflasche, die in den letzten dreißig Minuten deutlich leerer geworden war, füllte sein Glas zur Hälfte und setzte sich wieder hin.

»Derek hat mich zusammengefaltet«, nahm Michael den Faden wieder auf, »aber als er damit fertig war, hat er mir den Arsch gerettet. Er hätte das nicht für mich tun müssen, denn er kannte mich damals kaum. Aber er hat es getan.«

»Wie denn?«, fragte Levy. »Was hat er gemacht?«

»Es war eher das, was er *nicht* gemacht hat«, antwortete Michael. »Er hat Tina wegen der Tätowierung nicht ins Kreuzverhör genommen. Er hat die Sache nicht einmal erwähnt. Er hat einfach nur so getan, als hätte sie es niemals gesagt.«

»Warum?« Sarah verstand das nicht. »Er hätte gerade dieses Detail doch infrage stellen müssen?«

»Ich nehme an, dass er das Gefühl hatte, es nicht riskieren zu dürfen. Tina war noch ein Kind, also bestand durchaus die Chance, dass sie unsere Unterhaltung im Kreuzverhör verraten hätte. Das hätte mich meine Karriere kosten und ins Gefängnis bringen können. Derek beschloss, mich zu schützen. Also sagte er nichts.«

»Wie hat Hirst das aufgenommen?«, wollte Levy wissen.

»Die einzige Zeugin gegen ihn zieht plötzlich ein erstklassiges Beweisstück aus dem Hut, und sein Barrister winkt das einfach durch? Hirst war ja kein Idiot. Wie hat er reagiert?«

»Er war vollkommen außer sich vor Wut. Als wir am Ende des Tages wieder mit ihm sprechen wollten, war er bereits in seine Zelle gebracht worden. Die Sicherheitsleute wollten nicht zulassen, dass wir ihn in einem Besprechungszimmer trafen, weil sieben Gefängniswärter nötig gewesen waren, um ihn überhaupt in seine Zelle zu bekommen. Sie wollten ihn auf keinen Fall wieder rauslassen. Also mussten wir durch das Gitterfenster seiner Zellentür mit ihm reden.«

»Und was hat er gesagt?«

»Er hat Derek beschuldigt, genau das getan zu haben, was *ich* getan hatte. Er warf ihm vor, mit der Polizei, der Staatsanwaltschaft und dem Richter unter einer Decke zu stecken. Im Prinzip mit allen. Und er bedrohte ihn, sagte, sie alle würden eines Tages dafür zahlen.«

Michael verstummte wieder, als ihm ein neuer Gedanke kam.

»Er hat im Grunde damals gedroht, *genau das* zu tun, was er jetzt getan hat. Und zwar mit allen außer mir. Dem Kerl, der ihm tatsächlich Schaden zugefügt hat.« Michael konnte seine Tränen nicht mehr zurückhalten, als die Realität ihn überwältigte. »Sie sind alle für das gestorben, was ich getan habe. Longman und Derek hatten nicht mal irgendetwas damit zu tun! Himmel, es ist alles nur meine Schuld. Derek ist tot, und dabei hat er nichts anderes gemacht, als mich zu decken. Er hat mich nur vor meiner eigenen Dummheit beschützt.«

Michael hörte auf zu reden, weil er nicht mehr konnte. Sarah stand auf und ging auf ihn zu, aber er hob die Hand und hielt sie auf.

»Ich muss das zu Ende bringen«, stieß er schluchzend hervor.

»Ja.« Levys Tonfall war immer noch professionell. »Ja, das müssen Sie. Denn mir ist immer noch nicht klar, wie Longman zu der ganzen Sache passt.«

Michael nickte und holte tief Luft, um sich zu sammeln. Er trank einen Schluck Whisky und sprach mit stockender Stimme weiter.

»Das war das Letzte, was wir von Hirst hörten. Er hat uns sofort gefeuert. Er wollte, dass das Verfahren abgebrochen und ein neues Anwaltsteam ernannt wurde. Er wollte von vorn anfangen. Aber das ließ Longman nicht zu. Longman glaubte nicht, dass Derek oder ich irgendetwas mit diesem neuen Beweis zu tun hatten. Ich meine, Longman kannte Derek; er war Dereks Pupil-Master gewesen und wusste ganz sicher, dass Derek niemals irgendwelche Beweise fälschen würde. Ganz gleich, was Hirst behauptete. Und ich nehme an, ihm ist einfach nicht in den Sinn gekommen, dass ein Pupil zu dem fähig wäre, was ich getan hatte. Also ließ Longman nicht zu, dass Hirsts Entscheidung, uns zu feuern – eine Entscheidung, die er für falsch hielt –, den Prozess verzögerte. Stattdessen ordnete er an, dass Hirst entweder mit uns weitermachte oder sich selbst verteidigte. Hirst entschied sich für die zweite Option.«

»Also hielt Longman diesen neuen Beweis nicht für verdächtig?«, wollte Levy wissen.

»Oh doch, er wusste, dass da irgendwas im Busch war«, antwortete Michael. »Er hat nur die falsche Person dafür verantwortlich gemacht. Derek hatte mich beobachtet, während ich versuchte, nicht auf Tinas Aussage zu reagieren. Und wie sich später herausstellte, hatte Longman währenddessen die ganze Zeit Blunt im Auge. Er sah dasselbe, was Derek sah. Nur bei jemand anderem. Deshalb war er davon überzeugt, dass Blunt dahintersteckte.«

»Und er hat den Prozess nicht unterbrochen?« Levy war irritiert. »Warum nicht?«

»Da kann ich nur spekulieren. Vielleicht weil Longman *ebenfalls* glaubte, Hirst wäre viel zu gefährlich, um frei herumzulaufen. Longman war ein sehr kluger Mann. Ein sehr, sehr kluger Mann. Er durchschaute Hirst und wollte ihn nicht davonkommen lassen, wenn er es verhindern konnte. Also tat Longman einfach gar nichts. Er ließ die Aussage gelten und akzeptierte den Beweis. Dadurch feuerte er Hirsts Paranoia noch an. Seine Überzeugung, dass wir alle zusammen dahintersteckten. Dass wir uns verschworen hätten, um ihn hinter Gitter zu bringen.«

»Wieso glaubst du das?«, erkundigte sich Sarah. »Wieso bist du dir so sicher, dass Longman etwas wusste?«

»Longmans Belehrung der Geschworenen war ein Fingerzeig«, antwortete Michael. »Und auch das Strafmaß. Beide waren so formuliert, dass eine Berufung nicht infrage kam. Also musste er wissen, dass es da etwas gab, weswegen man Berufung hätte einlegen können.«

»Und wie lautete seine Belehrung?«, wollte Sarah wissen.

»Es ging um die Anklagepunkte. Hirst stand wegen des Mordes an Tommy Barker vor Gericht, wurde aber nur wegen Totschlags verurteilt. Das war Longmans Werk. Er legte den Geschworenen nahe, dass sie aus Tinas Aussage auch den Schluss ziehen könnten, Tommy sei ohne Absicht getötet worden, als Hirst versuchte, ihn zu beruhigen. Und dass sie durchaus zu der Meinung gelangen könnten, aufgrund der Beweislage sei ein Versehen wahrscheinlicher als eine vorsätzliche Tötung. Das war natürlich Blödsinn. Hirst hatte den Jungen absichtlich ermordet. Das weiß ich. Aber Tinas Aussage konnte man auch anders verstehen, also gab Longman dieser Schlussfolgerung etwas mehr Gewicht. So etwas kann eine Jury sehr stark beeinflussen, vor allem, wenn es von einem so hohen Richter kommt. Also würde es keine Verurteilung wegen Mordes geben. Aber auch Totschlag kann eine lebenslängliche Strafe nach sich ziehen. Hätte Hirst gegen die Verurteilung Berufung eingelegt, dann hätte das Berufungsgericht höchstwahrscheinlich eingewendet, dass Longman bereits alle Fakten zu Hirsts Gunsten interpretiert hatte. Und dass daraus eine Verurteilung für ein weniger schweres Verbrechen hervorgegangen war. Und genau das ist passiert.«

»Clever«, bemerkte Levy.

»Das war es. Aber so war Longman eben. Und auf ganz ähnliche Weise hat er das Strafmaß beeinflusst. Eine lebenslängliche Strafe wäre für Totschlag zu hart gewesen. Aber durch die Verhängung einer vierzehnjährigen Mindeststrafe wurde es angemessener. In Wirklichkeit wussten wir aber alle, dass ein Gestörter wie Hirst sich im Gefängnis so aufführen würde, dass er wahrscheinlich für immer einsitzen würde. Doch was eine mögliche Berufung anging, war das erneut sehr clever. Und dann war da noch das, was mit Blunt passierte.«

»Was denn?«, erkundigte sich Levy. »Was ist mit Blunt passiert?«

»Es gibt einen Grund dafür, dass dies sein letzter Fall bei der Polizei war. Longman rief Blunt am Ende des Prozesses in sein Richterzimmer. Er erzählte ihm von seinem Verdacht und sagte ihm, dass er erwartete, noch diese Woche von

Blunts Kündigung zu hören. Ansonsten würde er sich direkt mit dem Commissioner in Verbindung setzen und ihm alles erzählen. Blunt traf die einzig vernünftige Entscheidung.«

»Das hat Blunt Ihnen erzählt?«

»Das hat er, Joelle. Gleichzeitig hat er mir gesagt, dass er meinen Namen herausgehalten hatte, wofür ich ihm unglaublich dankbar war. Er glaubte, dass wir das Richtige getan hätten, und hatte keinen Grund gesehen, warum wir beide darunter leiden sollten. Im Lauf der Jahre schien sich diese Haltung jedoch zu verändern. Er wurde immer verbitterter wegen dem, was er verloren hatte. Und das machte unsere Arbeitsbeziehung sehr anstrengend. In seinen letzten Jahren war er ein echter Mistkerl, jemand, dessen Nähe ich kaum ertragen konnte. Aber damals? Ja, er hat für das, was wir gemeinsam getan hatten, die Kugel eingefangen.«

Es herrschte Schweigen, als Michaels Bericht zu Ende war. Er wusste, dass Sarah und Levy diesen Berg von Informationen erst einmal verarbeiten mussten.

»Es gibt aber immer noch ein paar Dinge, die nicht zusammenpassen.« Levy sprach zuerst. »Longmans Strafmaß. Lebenslänglich, aber mit einem relativ kurzen Minimum. Sie sagten, Longman hielt das für einen sicheren Weg, weil ein so brutaler Kerl wie Hirst sich im Gefängnis wahrscheinlich so übel aufführen würde, dass er nie wieder herauskommen würde.«

»Das stimmt.«

»Aber er wurde entlassen, richtig? Was einer der Gründe war, warum er nicht so weit oben auf unserer Liste der potenziellen Verdächtigen stand. Hirst wurde bei seiner ersten Anhörung auf Bewährung freigelassen, weil er ein vorbildlicher Gefangener war. Er hatte nicht einen einzigen Eintrag wegen Ungehorsam in seiner Gefängnisakte. Nicht eine einzige Gewalttat. Er war ein Musterbeispiel für gelungene Rehabilitation. Wie passt das zu dem, was wir jetzt sehen?«

»Das kann ich nicht beantworten«, erwiderte Michael. »Weil ich es überhaupt nicht logisch finde. Diese ganze Bewährungsgeschichte ist vollkommen verkorkst. Ich hatte Maßnahmen getroffen, um sofort benachrichtigt zu werden, wenn Hirst auf Bewährung freikäme. Deshalb dachte ich, er wäre noch im Gefängnis. Und trotzdem ist er schon seit drei Jahren wieder auf freiem Fuß.«

Levy wollte etwas sagen, aber Sarah kam ihr zuvor.

»Genau genommen steckt noch viel mehr dahinter.«

Sowohl Michael als auch Levy sahen sie überrascht an.

»Ich konnte mir heute Hirsts ganze Gefängnisakte ansehen«, erklärte Sarah. »Ich hatte eine Quelle. Und kurz bevor Michael mich wegen Derek anrief, habe ich auch den Bericht des Bewährungsausschusses über ihn bekommen.«

»Die Berichte der Bewährungsausschüsse sind absolut vertraulich«, warf Levy ein. »Aus welcher Quelle haben Sie das?«

»Spielt das jetzt wirklich eine Rolle?« Sarah schien über diese Unterbrechung verärgert zu sein. Levy lenkte ein und signalisierte Sarah fortzufahren. »Meine Quelle erwähnte, dass Hirst im Wandsworth Gefängnis misshandelt wurde. Das taucht nirgendwo in seinen Unterlagen auf, aber der Bericht des Berufungsausschusses hat diese Lücken gefüllt.«

»Was für Misshandlungen?«

»Die Misshandlungen, die von der Gefängnisverwaltung gern als nicht existent behandelt werden. Hirst war einige Jahre lang das Opfer einer bestimmten Gruppe. Genau genommen eines ganz bestimmten Kerls. Es ist alles passiert, was man erwarten kann. Prügel. Missbrauch. Manchmal auch sexuell.«

»Blödsinn!« Michael hatte genug gehört. »Karl Hirst hat sich in seinem ganzen Leben von niemandem quälen oder verprügeln lassen. Es ist völlig ausgeschlossen, dass er im Knast zum Opfer geworden ist.«

»Ist es nicht, Michael. Dieser Bericht war ziemlich explizit. Es wurde nichts unternommen, weil Hirst sich niemals beschwert hat. Aber es gab auch den Verdacht, dass niemand eingeschritten ist, weil der verantwortliche Gefangene die meisten Wächter im Wandsworth Gefängnis geschmiert hatte. Das war einer der Gründe, warum Hirst schon beim ersten Versuch auf Bewährung freigelassen wurde. Um irgendwelche Untersuchungen zu vermeiden, die diese Korruption innerhalb des Gefängnisses ans Licht gezerrt hätten.«

»Dann ist der Bericht falsch«, widersprach Michael. »Dieser Mann würde bis zum Tod kämpfen, bevor er zuließe, dass jemand ihn dominiert. So ist er einfach gestrickt. Sie hätten Hirst schon umbringen müssen, um ihm so etwas antun zu können.«

»Es sei denn, etwas anderes hätte ihn angetrieben.«

»Was willst du damit sagen?«

»Ich will damit sagen, dass ich nachgedacht habe«, erwiderte Sarah. »Und es gibt eine Erklärung, warum Hirst sich das einfach gefallen ließ. Vielleicht war er so besessen davon, rechtzeitig freizukommen, um seine Rache zu üben, und so darauf fokussiert, sich an Longman, Derek und dir zu rächen, dass er es einfach ertragen hat.«

Wieder Michael noch Levy antworteten sofort. Die Theorie kam Michael einleuchtend vor. Hirst war genau die Art Psychopath, der so eiskalt kalkulieren würde.

»Das klingt realistisch«, sagte er zögernd. »Bis auf eine Sache. Hirst wurde vor drei Jahren freigelassen. Warum hätte er so lange warten sollen? Longman war schon so alt, dass er jeden Tag sterben könnte, und Blunt war praktisch schon kurz davor. Wenn Hirst so verzweifelt darauf versessen war, sich an uns zu rächen, warum sollte er dann warten und riskieren, dass die beiden starben, bevor er sie umbringen konnte? Zum Teufel, Derek war schon durch sein Gewicht ein Kandidat für einen Herzinfarkt.«

»Darauf haben wir leider keine Antwort gefunden«, gab Sarah zu.

»Scheiße.« Levy fluchte, schien aber mehr zu sich selbst zu sprechen. Das änderte sich, als sie weiterredete. »Ich glaube, ich kenne vielleicht den Grund.«

Sowohl Michael als auch Sarah sahen sie an. Dieser Einwurf schien aus dem Nichts gekommen zu sein. Levy fuhr fort.

»Sarah, kennen Sie den Namen des Gefangenen in Wandsworth? Des Kerls, der die Wächter auf seinem Schmierzettel hat?«

Sarah brauchte nicht nachzudenken. Der Name hatte in dem Berufungsbescheid gestanden, den sie nur wenige Minuten vor Michaels Anruf gelesen hatte.

»Er heißt Leon Ferris.«

»Scheiße!«, fluchte Levy erneut.

»Was ist los?«, erkundigte sich Michael.

Levy sah ihn an, als sie antwortete.

»Karl Hirst hat erheblich mehr Menschen umgebracht, als wir dachten.«

58

»Zeigen Sie Mr. Hale die Akte, Nathan.«

Sarah deutete mit einem kurzen Nicken auf Detective Inspector Steven Hale. Nathan Benson folgte ihr mit seinem Blick. Sie hatte ihn mit einem speziellen Auftrag aus den ITV-Nachrichtenbüros auf der nahe gelegenen Graye Inn Road zum Lonsdale Square gerufen. Er sollte ihr den vertraulichen Bericht des Berufungsausschusses über Karl Hirst bringen.

Benson ging mit der dünnen Aktenmappe durch die inzwischen deutlich vollere Küche und reichte sie Hale.

Hale blätterte die Seiten durch. Viel zu schnell. Er las nicht darin, sondern prüfte nur, ob die Akte echt war.

»Wo zum Teufel haben Sie das her?« Hale richtete seine Frage in scharfem Ton an Sarah.

Die Akte hatte den Test bestanden.

Sarah sah zu Levy.

»Wir haben beschlossen, dass das im Moment nicht wichtig ist, Steve«, sagte Levy. »Das kann warten.«

Hale erwiderte den Blick seiner DCI lange genug, um sicherzustellen, dass seine Missbilligung angekommen war. Dann sah er wieder in die Akte. Diesmal studierte er den Inhalt.

»Es steht alles da«, erklärte er schließlich. In dem Zimmer hatte erwartungsvolles Schweigen geherrscht. »Wie es scheint, hat Ferris Karl Hirst das Leben auf jede nur denkbare Weise zur Hölle gemacht, als sie zusammen in Wandsworth gesessen haben. Und die Gefängnisleitung hat nichts dagegen unternommen. Unglaublich!«

Er starrte schweigend auf die Unterlagen, während er

darüber nachdachte. Er schien noch nicht ganz überzeugt zu sein.

»Und Sie glauben, das hier spricht dafür, dass Hirst Ferris und seine Handlanger ermordet hat?« Er machte nicht einmal den Versuch, seine Zweifel zu verbergen. »Sie glauben, dass Hirst so lange Ferris' Hure war, und dann plötzlich in der Lage ist, vier Leute auszulöschen, als wäre es gar nichts?«

»Ich halte das für denkbar«, antwortete Levy. »Das Timing passt. Und nach dem, was Mr. Devlin uns über Hirst erzählen konnte, ist es ziemlich klar, dass er für den Mord an Longman, Blunt und Derek Reid verantwortlich ist. Der einzige Zweifel, der noch bestehen kann, ist die dreijährige Lücke zwischen seiner Freilassung und dem ersten Mord. Aber was ist, wenn Hirst auch für den Mord an Ferris verantwortlich ist? Wenn er nur darauf gewartet hat, den erlittenen Missbrauch ebenfalls zu rächen? Dann ist diese Lücke plötzlich durchaus nachvollziehbar.«

»Warum?«

»Nehmen wir einen Moment lang an, Hirst hat zugelassen, dass Leon Ferris ihn in Wandsworth missbrauchte. Gehen wir weiter davon aus, dass Hirst dem hätte ein Ende machen können, dass er Ferris jederzeit hätte umbringen können. Aber dass er auch wusste, dass dieser Mord ihm eine lebenslange Haftstrafe einbringen würde. Hirst muss Ferris' Strafmaß gekannt haben. Vielleicht ertrug er die Misshandlungen, weil er wusste, dass er sich an Longman, Blunt, Reid *und* Ferris gleichzeitig rächen könnte, wenn er nur drei Jahre wartete.«

Hale antwortete nicht, schüttelte jedoch den Kopf. Er konnte es immer noch nicht glauben.

»Das erklärt zumindest die Zeitlücke«, fuhr Levy fort. »Es erklärt, warum Ferris nur vierundzwanzig Stunden nach seiner Entlassung ermordet wurde. Und es erklärt auch, warum ein so gefährlicher Mann wie Hirst überhaupt zum Opfer werden konnte. Es war die beste Garantie für seine frühe Entlassung und erlaubte ihm, jede einzelne Person zu erledigen, die ihm seiner Meinung nach Unrecht getan hatte.«

»Okay, ich verstehe«, räumte Hale schließlich ein. »Und es erklärt auch, warum wir seit der Razzia bei Ed Burrell keinen einzigen Verdächtigen identifizieren konnten. Aber was ist mit der Art und Weise, wie Ferris und seine Männer umgebracht wurden, Ma'am? Wäre Hirst zu so etwas fähig?«

»Ich bin mir vollkommen sicher, dass er dazu fähig ist.« Diesmal antwortete Michael. »Joelle hat uns gesagt, wie Ferris und seine Männer ermordet wurden. Hirst war dazu ohne Weiteres in der Lage.«

Hale drehte sich um und sah Michael zum ersten Mal an, seit er die Küche betreten hatte.

»Tut mir leid, Mr. Devlin, aber ich wüsste nicht, wie wir eine derartig wichtige Ermittlung auf Ihre Meinung zu diesem Thema stützen sollten. Es sei denn, es gäbe da etwas, wovon wir nichts wissen.«

»Ich verstehe vollkommen, warum Sie Ihre Zweifel haben, Mr. Hale«, begann Michael. »Aber ...«

»Ich kann in dieser Sache für Mr. Devlin bürgen, Steve«, unterbrach Levy ihn.

Hale war von Levys Einschreiten überrascht. »Entschuldigung, Ma'am, ich kann Ihnen da nicht folgen.«

»Das brauchen Sie auch nicht. Jedenfalls noch nicht. Vertrauen Sie mir einfach. Ich weiß alles über Mr. Devlin, was ich wissen muss, und basierend auf diesen Informationen ...« – Levy sah Michael in die Augen, als sie weitersprach – »... auf *allen* Informationen ...« – ihr Blick glitt wieder zu Hale – »... reicht es mir vollkommen, wenn er sagt, Hirst wäre fähig zu dem, was Ferris angetan wurde. Okay?«

»Ja, Ma'am.« Hale kannte diesen Ton. Er hatte ihn schon oft gehört. Weitere Diskussionen waren unerwünscht. »In dem Fall stimme ich zu. Ich kann mir vorstellen, dass Hirst für den Mord an Ferris und seinen Leuten verantwortlich war.«

»Gut.« Levy klang grimmig. »Wir werden die Ermittlungen also zusammenlegen. Das ist jetzt ein Fall mit *einem* Verdächtigen – Karl Hirst. Und ich will, dass wir diesen Mistkerl mit allen zur Verfügung stehenden Mitteln jagen.«

Hale war gleichzeitig enttäuscht und erleichtert. Diese Wendung der Ereignisse hatte ihn zwar seine Führungsposition im Ferris-Fall gekostet, was beruflich ein Rückschritt war. Aber er wusste, dass es die richtige Entscheidung war.

»Worauf soll ich mich konzentrieren?«, fragte er Levy. »Soll ich mich mit der Pressestelle in Verbindung setzen und eine Stellungnahme zu Hirst vorbereiten?«

»Nein«, antwortete die DCI. »Darauf habe ich schon Tom Chadwick angesetzt. Für Sie habe ich eine andere Aufgabe.«

◆

»Hat denn schon jemand versucht, Kontakt zu ihr herzustellen?«, fragte Hale.

Hale und Levy standen immer noch in Derek Reids Küche, aber sie waren jetzt allein. Nathan Benson war gegangen, Thomas Chadwick war nach Scotland Yard zurückgekehrt, und Michael wusch sich in einem der Badezimmer im Obergeschoss die Spuren der letzten paar Stunden von der Haut. Sarah war in Reids Garten und telefonierte mit Anne Flaherty.

Es war wichtig, dass sie sich unter vier Augen unterhielten, weil das Thema sehr heikel war.

»Man hat mit ihr geredet«, antwortete Levy. »Und ich habe veranlasst, dass zwei Beamte von der Greater Manchester Police sie von ihrer Arbeitsstelle abholen und sie zu ihrer Heimatadresse bringen.«

»Das ist doch sicher genug Personenschutz? Ich meine, halten wir Tina Barker denn wirklich für ein wahrscheinliches Ziel?«

»Ich glaube, sie ist das einzige Ziel, das außer Michael Devlin noch übrig ist. Hirst wird zwar ein Wunder brauchen, um ihre neue Identität herauszufinden, die sie nach dem Prozess bekommen hat, aber ganz unmöglich ist das nicht.«

»Verstehe. Und sie wird von der Polizei von Manchester bewacht? Die Kollegen sind sicher ausgezeichnet, aber sie sind nicht *wir*. Und so wie das bisher gelaufen ist, vertraue ich niemandem, der nicht zu uns gehört. Scheiße, nach dem Fehler bei der Recherche zu Burrells Vergangenheit bin ich mir nicht einmal sicher, ob ich *uns* noch traue.«

»Deshalb schicke ich Sie dahin, Steve. Ich kann nicht riskieren, dass jemand die Sache vermasselt. Weder jemand aus Manchester noch aus unserem Team. Und ich bin erst zufrieden, wenn Tina Barker in einem Sicheren Haus unserer Polizei sitzt, wo selbst eine verdammte Armee nicht an sie rankommt. Haben Sie das verstanden?«

»Ja, ich hab's kapiert.« Diesmal beugte sich Hale nicht

einfach nur dem Unvermeidlichen. Er konnte Levys Argumentation nachvollziehen. Es waren schon genug Menschen gestorben.

»Also was soll ich tun?«

»Ich will, dass Sie selbst dort hinfahren, noch heute Abend. Setzen Sie sich mit dem Manchester-Team in Verbindung, nehmen Sie Tina Barker in Ihre Obhut, und bringen Sie sie nach London zurück. Ich will, dass wir alle sicher bei uns haben. Und sobald das der Fall ist, werden wir uns mit voller Kraft auf diesen Scheißkerl stürzen.«

59

»Wissen Sie schon, wo Sie uns unterbringen?«

Sarah saß auf einem von sechs schmiedeeisernen Stühlen, die sich auf Derek Reids Terrasse um einen Tisch gruppierten. Der Garten dahinter ähnelte dem von Sarah, was keine Überraschung war, da Michael beide entworfen hatte.

»So funktionieren Sichere Häuser nicht«, antwortete Levy. Sie saß Sarah gegenüber. Die beiden Frauen waren allein. Hale befand sich bereits auf dem Weg nach Manchester, und Michael war immer noch im Haus. »Wir nehmen Sie erst einmal mit zurück nach Scotland Yard. Dort setzen wir uns mit der Personenschutzeinheit Close Protection in Verbindung. Tom Chadwick hat sie bereits informiert, und sie haben sich bereits um Anne Flaherty gekümmert. Close Protection wird auch Sie und Michael zum Sicheren Haus bringen. Niemand aus meinem Team wird erfahren, wo das ist. Nicht einmal ich.«

»Warum nicht?«

»Es ist einfach sicherer so. Niemand, der mit Ihrem Fall in Verbindung gebracht werden könnte, kann Sie finden. So verhindern wir Erpressung und Korruption.«

Sarah nickte. Diese Vorsichtsmaßnahmen klangen sinnvoll. Sie wusste jedoch nicht, ob sie wirklich notwendig waren.

Die beiden Frauen saßen schweigend da, beide in ihre Gedanken vertieft. Sarah spielte mit dem Glas, in das sie noch einen Schuss Bushmills gefüllt hatte. Levy war zu Wasser übergegangen. So angenehm ihr Umgang miteinander auch gewesen sein mochte, Michaels Geständnis hatte alles verändert. Das war Sarah klar. Ihre aufkeimende Freundschaft musste auf Eis gelegt werden.

»Glauben Sie wirklich, dass Hirst es auf uns abgesehen hat, Joelle?« Sarah stellte diese Frage nur zögernd, weil sie nicht wusste, ob sie eine ehrliche Antwort hören wollte. »Immerhin ist sein Name jetzt allgemein bekannt, und eine ganze Polizeibehörde ist auf der Jagd nach ihm. Glauben Sie wirklich, dass er ein solches Risiko eingehen würde?«

Levy blickte Sarah schweigend an, und Sarah sah, dass sie sie gern beruhigt hätte. Dass sie Nein sagen wollte. Aber in solchen Situationen halfen Lügen nicht weiter.

Levy legte ihre Hand auf die von Sarah.

»Ich glaube ganz sicher, dass er es riskieren würde, ja.« Levys Tonfall war mitfühlend und gleichzeitig überzeugt. »Er wird sich Michael vornehmen. Und zwar aus demselben Grund, aus dem er sich an Tina Barker rächen will.«

Sarah nickte. Sie hatte diese Antwort erwartet, aber auf eine andere gehofft. Jetzt gab es nicht mehr viel dazu zu sagen.

»Sind Sie sicher, dass Sie keine wollen?«

Sarah deutete auf die Zigarettenschachtel, die sie vom Tisch genommen hatte. Ein freundlicher Versuch, das Schweigen zu brechen.

»Ich bin sicher«, antwortete Levy, als Sarah sich eine anzündete. »Ich habe letztes Mal zu lange gebraucht, um wieder aufzuhören.«

»Das verstehe ich gut.«

Sarah inhalierte tief. Das Nikotin genügte nicht, um sie vollkommen zu beruhigen, aber es half. Sie stieß eine blaue Rauchwolke aus, bevor sie weitersprach.

»Sagen Sie mir ehrlich: Glauben Sie wirklich, dass Sie uns beschützen können?«

»Ich war eben hundertprozentig ehrlich zu Ihnen, Sarah. Ich wusste, dass Sie gern etwas anderes gehört hätten, aber ich habe Ihnen die Wahrheit gesagt. Also glauben Sie mir bitte auch, dass ich Ihnen jetzt die Wahrheit sagen werde, jedenfalls so gut ich kann.«

»Das tue ich.«

»Gut. Denn die Antwort lautet Ja Ich glaube tatsächlich, dass wir Sie und Ihre Familie beschützen können. Es ist nur eine Frage der Zeit, bis wir Hirst schnappen. Er kann jetzt nirgendwo mehr hin. Morgen früh ist sein Gesicht auf sämtlichen Titelseiten aller landesweiten Zeitungen. Auf jeder Nachrichten-Website in ganz Europa. Es wird nicht lange dauern, bis wir ihn erwischt haben, und dann ist es für Sie vorbei. In der Zwischenzeit stehen Sie unter dem Schutz eines der besten Teams auf dem Planeten. Noch dazu an einem Ort, den Hirst unmöglich finden kann. Sie sind in Sicherheit. Sie, Michael und Anne.«

Sarah hörte genau zu. Levy kam ihr sehr zuversichtlich

vor, und Sarah wusste bereits, dass die Frau mehr als nur kompetent war. Bei ihren Recherchen über den Fall hatte sie auch Levy überprüft. Das hatte ihr sehr viel über die kometenhafte Karriere der DCI bei Scotland Yard verraten. Allerdings weit weniger über Levys acht Jahre in Israel. Das Fehlen von Akteneinträgen nach den ersten zwei Jahren bei der Israeli Defense Force konnte nur zwei Dinge bedeuten.

Mossad oder Shin Bet.

Auf jeden Fall ein stärkerer Gegner für Hirst als greise Ex-Anwälte oder der arme Derek Reid, dachte Sarah.

Levy hatte recht. Hirst würde ganz sicher versuchen, sich an ihnen zu rächen. Aber seine Chance, an Levy vorbeizukommen – ganz zu schweigen von ihrem ganzen Team –, war gleich null.

Sarah war ein wenig beruhigt.

»Und was ist mit Michael?« Sie schnippte die Asche von ihrer Zigarette. »Werden Sie ihn wirklich verhaften, wenn das hier alles vorbei ist?«

»Ich wüsste nicht, welche Alternative ich hätte.« Levys Stimme war ruhiger, klang fast entschuldigend. »Michael hat ein sehr ernstes Verbrechen zugegeben. Das kann ich nicht einfach ignorieren.«

»Ein Verbrechen, das einen Psychopathen vierzehn Jahre lang hinter Gitter gebracht hat«, widersprach Sarah. Sie konnte einfach nicht akzeptieren, dass auch nach Hirsts Verhaftung kein Friede einkehren sollte. »Und zwar für etwas, was dieser Mistkerl *wirklich* getan hat. Okay, natürlich bedeutet das technisch gesehen, dass er das Recht gebeugt hat. Aber doch nicht die Gerechtigkeit?«

»Das tut nichts zur Sache. Michael hat das System missbraucht. Wenn wir das durchgehen lassen, dann könnten jede Menge unschuldige Leute am Ende im Gefängnis enden.«

»Aber wenn er es nicht getan hätte? Wer weiß, wie viele Menschen Hirst dann noch ermordet hätte?«

»Darum geht es nicht, Sarah.« Levy war unerbittlich. »Ein Verbrechen ist ein Verbrechen, und das weiß Michael. Er hat es akzeptiert. Und sobald das hier alles vorbei ist, muss er dafür bezahlen. So ist es eben.«

Sarah wollte erneut widersprechen, aber das Geräusch der Küchentür brachte sie zum Schweigen. Sie blickte hoch und sah, wie Michael in den Garten trat.

Sarah zog ein letztes Mal an ihrer Zigarette und drückte sie aus, als er sich auf den schweren Stuhl am Kopfende des Tisches setzte.

»Störe ich?« Michael sah zwischen Sarah und Levy hin und her. Keine der beiden Frauen hatte ein Wort gesagt, seit er in den Garten gekommen war.

»Nein, gar nicht.« Sarah merkte selbst, dass sie zu schnell geantwortet hatte.

»Ernsthaft«, wiederholte Michael. »Was ist los?«

»Wirklich, Michael, gar nichts.«

Michael sah Levy, die auf seine Frage geantwortet hatte, skeptisch an. Aber er hakte nicht nach, als er weiterredete.

»Also gut, ich vermute, es geht mich nichts an.« Michael wandte sich an Levy. »Wie sieht es mit dem Sicheren Haus aus?«

»Es ist alles erledigt, Michael. Das Haus ist vorbereitet. Close Protection ist mit Anne Flaherty bei Scotland Yard. Sobald Sie und Sarah ebenfalls dort sind, bringt man Sie alle zusammen dorthin.«

»Mich nicht.« Michael antwortete vollkommen ruhig. Es

war einfach eine sachliche Feststellung. »Ich möchte, dass Sie Sarah und Anne dorthin bringen. Aber ich werde sie nicht begleiten.«

»Was?« Sarah konnte nicht glauben, was sie hörte. Panik und Wut stiegen in ihr auf. »Was meinst du damit, dass du uns nicht begleitest?«

Michael sah sie an, und zum ersten Mal, seit sie Derek Reids Leiche gefunden hatten, legte er seine Hand auf ihre.

»Ich möchte, dass du und Anne in Sicherheit seid. Und es gibt keinen besseren Ort als bei Joelles Leuten. Jedenfalls so lange, bis Hirst geschnappt wird. Aber ich kann nicht mit euch kommen. Ich muss hierbleiben.«

»Wovon zum Teufel redest du?« Sarah riss ihre Hand weg. Ihr Stuhl polterte auf die Steine der Terrasse, als sie vor Entsetzen aufsprang.

»Ist es wegen Derek? Weil ich Joelle Hirsts Namen nicht verraten habe? Michael, bitte, du kannst … Du kannst mir für alles, was du willst, die Schuld geben. Gott weiß, dass ich es selbst auch tue. Verlass mich, wenn du mir nicht verzeihen kannst. Aber du darfst dein Leben deshalb nicht in Gefahr bringen! Das darfst du einfach nicht!«

Wenn Michael ihr tatsächlich nicht verzeihen könnte, würde es ihr das Herz brechen. Aber sie würde es ertragen, sie würde alles ertragen, solange Michael nur lebte. Sie hatte jedes ihrer schmerzlichen Worte ernst gemeint.

Michael stand auf, und seine Stimme klang sanft, als er antwortete.

»Sarah, glaub mir, es hat nichts damit zu tun, dass du Joelle Hirsts Namen nicht genannt hast. Himmel, welchen Unterschied hätte das gemacht? Derek war schon tot, bevor ich Hirst dir gegenüber erwähnt habe. Wenn überhaupt, trifft mich die Schuld daran, nicht dich. Ich war einfach zu selbstsicher, was seinen Aufenthalt im Gefängnis anging. Nicht du.

Und ich habe nicht die geringste Absicht, dich zu verlassen. Ich liebe dich, Sarah. Ganz gleich, was passiert ist und was noch passieren wird. Nichts wird das jemals ändern. Aber trotzdem kann ich nicht mitkommen. Ich kann nicht in einem Sicheren Haus herumsitzen, wo ich nutzlos bin. Du bist dort in Sicherheit, ob ich nun da bin oder nicht. Wahrscheinlich sogar sicherer ohne mich. Immerhin ist er hinter mir her, nicht hinter dir. Wenn ich auch dort bin, bringt das euch beide nur in größere Gefahr. Aber wenn ich gehe, wenn ich jetzt verschwinde, dann wird Simon Kashs Prozess zusammenbrechen. Sie werden die Jury entlassen und von vorn anfangen. Noch ein zweites Mal wird es für ihn nicht so gut laufen. Das kann ich Simon nicht antun. Ich kann die Chance eines unschuldigen Jungen auf Gerechtigkeit nicht einfach wegwerfen.«

»Du ziehst diesen Jungen deiner eigenen Familie vor?« Sarah schrie. Bei dem Gedanken, Michael zu verlieren, wurde ihr schwindelig. »Er kann sich doch einen anderen Anwalt suchen, verflucht! Immerhin bist du nicht der Einzige, der ihn retten könnte!«

»Du weißt genau, dass ich das nicht gesagt habe, Sarah. Und du weißt auch, dass ich das niemals tun würde. Ich …«

»Wie zum Teufel soll ich das dann verstehen?« Sie schrie schon wieder.

»Verdammt, Sarah!« Jetzt erhob auch Michael seine Stimme. »Wirst du endlich aufhören, nur das zu hören, was du hören willst?«

Sarah war sprachlos. In ihren fast zwei gemeinsamen Jahren war sie nur selten laut geworden. Aber Michael hatte es noch nie getan, deshalb drangen seine Worte jetzt durch ihre Wut. Und sie dachte zum ersten Mal daran, wie schwer ihm diese Entscheidung fallen musste.

»Ich bin alles, was dieser Junge noch hat«, fuhr er sanfter fort. »Alles, was zwischen ihm und einer lebenslangen Haftstrafe für einen Mord steht, den er nicht begangen hat. Ich kann nichts tun, damit du sicherer bist, gar nichts. Aber wenn ich Simon Kash jetzt verlasse, dann wird sein Prozess auseinanderbrechen. Und alle Fortschritte, die wir bei den Zeugenaussagen gemacht haben, sind Geschichte. Wie kann ich da weglaufen, Sarah? Wie kann ich weglaufen und mich verstecken, wenn ich genau weiß, was der Preis dafür ist?«

Sarah hasste das, was sie da hörte. Weil sie wusste, dass sie keine Chance hatte, Michaels Meinung zu ändern. Was sie an diesem Mann besonders liebte, war die Tatsache, dass er starke Überzeugungen hatte. Und diese Überzeugungen würden ihn jetzt von ihr wegreißen.

Sie setzte sich wieder hin, während Michaels Widerspruch ihr durch den Kopf ging. Sie wägte ihn ab, klopfte ihn auf Schwachstellen ab, griff nach einer neuen Zigarette. Um sich zu beruhigen, bevor sie schließlich antwortete.

»Okay«, sagte sie schließlich, nachdem sie sich genug Zeit genommen hatte, um ihren Widerspruch zu formulieren. »Ich verstehe, dass du glaubst, das tun zu müssen. Und dass du denkst, Anne und ich wären Sicherheit. Aber er könnte an dich herankommen. Sie können dich nicht beschützen, wenn du darauf bestehst, draußen zu bleiben.«

Michael lächelte traurig.

»Trotzdem darf mich das nicht davon abhalten zu tun, was ich tun muss. Glaub mir, Sweetheart, wenn du durch meine Entscheidung in Gefahr kommen würdest, würde ich alles stehen und liegen lassen und mit dir fliehen. Aber dem ist nicht so. Du bist in Sicherheit. Ihr seid beide in Sicherheit. Bleibe nur noch ich. Und wenn ich der Einzige bin, der in Gefahr ist, dann kann ich Simon Kash nicht im Stich lassen. Derek hätte das auch nicht getan. Derek wäre geblieben und hätte für den Jungen gekämpft. Aber der Junge hat Derek nicht mehr. Er hat nur noch mich. Und wenn ich weniger tun würde, als Derek getan hätte – wenn ich weglaufen würde, während er geblieben wäre –, dann wäre ich nicht der Mann, den du in mir siehst.«

»Ach, scheiß auf den Mann, den ich in dir sehe, Mikey!« Sarah begriff, dass seine Entscheidung endgültig war. Tränen liefen ihr über die Wangen, als sie sich trotzdem gegen das Unvermeidliche stemmte. »Ich hätte lieber einen Mann, der sich versteckt und lebt, als einen, der bleibt und stirbt. Scheiß auf Prinzipien!«

»Das meinst du nicht ernst, Sarah. Du könntest damit ebenso wenig leben wie ich.«

»Sollte ich nicht wenigstens die Chance bekommen, es zu versuchen? Herauszufinden, ob ich damit leben könnte? Denn das ist weit weniger endgültig als die Alternative.«

Michael lächelte wieder, streckte die Hand aus und legte sie sanft auf Sarahs tränenüberströmte Wange.

»Sarah, ich habe mich entschieden. Das alles ist wegen mir passiert. Longman und Derek sind beide für das gestorben, was ich getan habe. Und auch Blunt. Der Preis, den andere für etwas gezahlt haben, was *ich* getan habe, ist doch wohl hoch genug, oder? Wir können nicht auch noch erwarten, dass Simon Kash dafür zahlt. Wir dürfen nicht zulassen, dass ein unschuldiges Kind wegen Mordes verurteilt wird, nur damit ich in Sicherheit bin. Oder doch?«

Sarah schwieg.

Sie wusste, dass Michael tun würde, was er für richtig hielt. Es spielte keine Rolle, ob sie damit einverstanden war oder nicht. Sie lehnte sich auf dem Stuhl zurück und ließ Michaels Worte einfach an sich abprallen. Dann, zum ersten Mal, seit Michael den Garten betreten hatte, sah sie zu Levy.

»Was glauben Sie, Joelle?«

Levy erwiderte Sarahs Blick, sah einmal kurz zu Michael und dann wieder zu ihr zurück.

»Was ich glaube?« Levy machte eine kleine Pause. »Ich glaube, ich hätte die Zigarette nehmen sollen.«

◆

Michael ging in Derek Reids Küche, öffnete den großen, Kühlschrank und nahm eine kalte Flasche Italian Peroni Lager heraus. Er öffnete sie und trank einen Schluck. Das kalte Bier war erfrischend und nicht so stark wie der Whisky.

Aber nachdem er sich jetzt entschieden hatte, brauchte er den zusätzlichen Kick des stärkeren Alkohols nicht. Er wusste, was er tun musste.

Die Erklärung, die Michael Sarah gegeben hatte, war ehrlich gewesen, aber nicht vollständig. Er hatte immer noch Schuldgefühle wegen Derek Reids Tod, wegen des Todes aller drei Männer. Und auch wenn es zu spät war, noch irgendetwas für sie zu tun, war es für Simon nicht zu spät. Michael durfte ihn nicht seinem Schicksal überlassen. Dieser Junge war sein Rettungsring, eine Chance, etwas Positives zu tun. Ein Akt der Sühne, ganz gleich, wie klein er auch sein mochte.

Er würde bleiben. Er würde kämpfen. Und er würde gewinnen.

Weil Derek genau das getan hätte.

All das war die Wahrheit. Aber es gab noch etwas anderes. Etwas, das er weder Sarah und erst recht nicht Levy gegenüber erwähnen konnte. Es war eine düstere Entscheidung, die ihn zwang, in der Schusslinie zu bleiben.

Denn nur dann wird Hirst mich finden, dachte er. *Und wenn er mich findet, wird dieser Dreckskerl für alles bezahlen, was er verbrochen hat.*

60

Steven Hale fuhr seinen BMW X5 rückwärts in die Parklücke, die der Hausnummer 18 am nächsten war. Sie war sehr eng und lag nicht genau dort, wo es ihm lieb gewesen wäre. Aber es war der letzte freie Parkplatz.

Er stieg aus seinem Wagen, verschloss die Türen und sah sich um. Er musterte die Gehwege vor den zwölf Häusern rechts und links der Straße, dann die Fahrzeuge an den Bürgersteigen und überprüfte, ob jemand in einem der Wagen saß.

Alle schienen leer zu sein, bis auf einen. Der Wagen parkte vier Fahrzeuge vor seinem eigenen.

Er holte seinen Ausweis aus der Tasche, als er darauf zuging. Dann bückte er sich, um durch das offene Fenster mit dem Fahrer zu sprechen.

»Ist sie zu Hause?« Hale klappte seinen Ausweis auf, damit der andere Mann ihn sich ansehen konnte.

»Ist sie.«

»Allein?«

»Nein, Sir.«

»Wie viele Zimmer?«

Hale betrachtete ein kleines Reihenhaus, während er die Frage stellte. Es war eins der schmalen Häuser auf dieser Seite der Straße. Keins von ihnen hatte einen Vorgarten, und alle Haustüren lagen nur wenige Schritte vom Bürgersteig entfernt.

»Drei, Sir.«

Der Mann im Auto war Sergeant Jim Durham von der Greater Manchester Police. Durham saß auf dem Beifahrersitz eines Streifenwagens. Neben ihm ein zweiter Beamter. Ein bewährtes Element im Personenschutz; Durham und sein Kollege sollten gerade *nicht* unauffällig sein. In neunundneunzig Prozent aller Fälle war ihre sichtbare Präsenz abschreckend genug.

Durham sprach weiter.

»Zwei Zimmer sind oben, dazwischen liegt ein kleines Bad. Am oberen Ende der Treppe ist ein kleiner Absatz. Im Erdgeschoss liegen Wohnzimmer, Küche und eine kleine Toilette.«

»Und hinten?«

»Dasselbe wie bei allen Straßen hier. Hinter dem Haus führt eine öffentliche Gasse entlang, und von allen Gärten führt ein kleines Tor darauf hinaus.«

»Haben wir dort Leute?«

»Der Hintereingang ist gesichert, Sir.«

»Von wie vielen?«

»Von einem, Sir.« Durhams Stimme klang amüsiert. »Außerdem sind zwei weitere Beamte drinnen und wir beide hier draußen. Bei allem nötigen Respekt, Sir, aber ich glaube, das ist genug.«

Hale richtete sich auf und trat ein Stück von dem Wagen zurück. Dann sah er sich erneut um, betrachtete den Verlauf der Straße. Es war eine ruhige Wohnstraße in Salford, nicht weit von Manchester entfernt. Hale hatte für die Fahrt von Derek Reids Adresse in Islington über vier Stunden hierher gebraucht. Durhams Personenschützer waren schon erheblich länger hier. Sie hatten das Haus gesichert, bevor Hale London verlassen hatte. Das war alles schön und gut, aber immer wieder drängte sich ein Bild in Hales Gedanken.

Vier tote Männer, abgeschlachtet in einem Büroraum in Brixton.

Er traf eine Entscheidung.

»Ich fürchte, ich sehe das anders, Sergeant.« Hale hatte seinen Kopf wieder zu dem offenen Fenster heruntergebeugt. »Ich will noch einen Mann im Haus und einen weiteren auf der Rückseite. Und zwar innerhalb einer Stunde. Sorgen Sie dafür.«

Fünf Minuten später hatte sich Hale das Haus kurz angesehen und setzte sich an den winzigen Küchentisch. Wie alles andere in dem Haus war auch die Küche klein und eng. Hale war zwar ziemlich groß, aber kein Hüne. Doch hier kam er sich wie einer vor. Vor allem im Vergleich zu der anderen Person in der Küche. Die Frau, die ihm am Tisch gegenübersaß, war deutlich kleiner als er. Und sie war sichtlich verängstigt.

Hale lächelte sie beruhigend an. Jessica Boon – diese Identität hatte man Tina Barker nach dem Prozess gegen Hirst gegeben – war von Durham und seinem Kollegen von der Arbeit abgeholt worden. Sie hatten sie in dem Polizeiwagen nach Hause gebracht, der jetzt draußen parkte. Dann hatten sie sie mit den drei anderen Beamten ihres Teams ins Haus geführt.

Zwei von ihnen saßen nun im Wohnzimmer, nur ein paar

Schritte und eine Schiebetür von der Küche entfernt. Der dritte hielt sich in ihrem Garten auf. Keiner von ihnen hatte ihr eine vernünftige Erklärung für all das gegeben, sondern nur vage von einer Bedrohung ihrer Sicherheit geredet. Hale konnte sich gut vorstellen, wie sehr einen so etwas ängstigen musste.

»Jessica«, sagte er freundlich. »Hat man Ihnen erzählt, warum die Polizisten und ich heute Abend hier sind?«

Sie schüttelte ihren Kopf.

»Wir sind wegen eines Mannes hier, gegen den Sie ausgesagt haben, als Sie noch ein Kind waren, Jessica. Erinnern Sie sich an den Namen Karl Hirst?«

Es spielte keine Rolle, wie behutsam Hale ihr diese Informationen beibrachte. Oder wie viele Jahre verstrichen waren. Der Name schien sie wie ein elektrischer Schlag zu treffen. Jessica blickte sofort hoch, und ihre Augen bohrten sich förmlich in die von Hale. Sie waren weit aufgerissen und voller Furcht. Aber sie erwiderte nichts.

»Ich nehme an, das ist ein Ja, Jessica.« Natürlich hatte Hale keinen Zweifel, was ihr Schweigen bedeutete. »Also muss ich Ihnen nicht sagen, wie ernst wir jede Drohung nehmen, die mit diesem Mann zu tun hat.«

Jessica öffnete den Mund, um zu antworten. Dabei bemerkte Hale, wie sie mit der rechten Hand instinktiv ihre linke bedeckte. Sie versteckte ihre zwei fehlenden Finger, eine unbewusste Reaktion.

»Ich ... Ich verstehe das nicht.« Jessicas Stimme war kaum zu hören. »Karl Hirst wurde lebenslänglich ins Gefängnis gesteckt.«

»Das ist nicht ganz richtig«, erklärte Hale. »Er wurde vor drei Jahren freigelassen.«

Jessicas Augen weiteten sich bei Hales Worten noch mehr. Jetzt liefen ihr außerdem Tränen über die Wangen.

»Aber ... Aber das kann nicht sein, das kann nicht stimmen.« Die leise Stimme schien jetzt zu brechen. »Mr. Blunt sagte, dass er nie wieder freikommen würde. Und Mr. Devlin auch. Sie haben beide ... Beide haben gesagt ...«

Jessica verstummte.

Hale sah zu, wie die Frau ihre Ellbogen auf den niedrigen Tisch stützte und ihren Kopf in die offenen Hände sinken ließ. Ihre dünnen bleichen Unterarme schienen das Gewicht ihres Kopfes kaum tragen zu können.

Hales Blick glitt unwillkürlich zu ihrer linken Hand. Jessicas glattes schwarzes Haar war genau im richtigen Winkel nach vorn gefallen und verdeckte den Blick auf ihre abgeschnittenen Finger. Das konnte kein Zufall sein. Trotz ihrer Verzweiflung verdeckte sie immer noch ihre Narben.

Es verriet Hale die vernichtende Wahrheit über ihr Leben: Ob sie nun Tina Barker hieß oder Jessica Boon, dieses arme Mädchen würde immer Karl Hirsts Opfer sein.

Jessicas zierlicher Körper schüttelte sich bei jedem Schluchzen. Ihre körperliche genau wie ihre emotionale Schwäche waren fast schmerzhaft deutlich. Hale spürte ein Brennen in seinem Magen, eine Mischung aus Wut und Mitgefühl.

Etliche Minuten lang kamen die einzigen Geräusche in der winzigen Küche von Jessica, und alle waren wortlos. Trotzdem sagten sie genug.

Hale wollte sie nicht stören, wollte Jessica die Zeit geben, die sie brauchte. Aber er wusste, dass sie diese Zeit nicht hatten.

»Jessica?« Als Hale erneut sprach, klang seine Stimme noch sanfter als vorher. »Jessica, mir ist klar, dass dies ein

Schock für Sie sein muss. Aber wir sind hier, um Sie zu beschützen. Wir werden dafür sorgen, dass Hirst nicht einmal in Ihre Nähe kommt. Ich werde Sie nach London zurückbringen. Nach Scotland Yard. Dort sind Sie so sicher, wie man nur sein kann. So lange, bis wir ihn gefunden haben.«

Jessica nahm die Hände von ihrem Gesicht und legte erneut ihre rechte Hand über ihre linke. Sie richtete sich auf und machte nicht einmal den Versuch, sich die Tränen oder das Mascara abzuwischen, das jetzt ihre Wangen verschmierte.

»Dann glauben Sie wirklich, dass er es auf mich abgesehen hat?« Ihre Stimme klang nun kräftiger, als würde sie sich langsam mit der Situation abfinden.

»Eigentlich nicht.« Hale legte seine Hand auf Jessicas rechte und achtete darauf, dass er ihre linke nicht berührte. »Wir haben keinen Grund zu der Annahme, dass er überhaupt weiß, wo Sie sind. Wir glauben nicht einmal, dass er Ihren neuen Namen kennt, Jessica. Wir wollen nur einfach kein Risiko eingehen.«

Jessica lehnte sich zurück, zog ihre Hände weg, legte die linke in ihren Schoß und wischte sich mit der rechten die Augen. Eine Weile schien sie in Gedanken versunken zu sein, während Hale sie beobachtete. Er sah, dass sie sich für das wappnete, was noch auf sie zukam. Schließlich brach sie das Schweigen.

»Was hat er gemacht?« Ihre Stimme klang wieder schwach, als hätte es sie alle Kraft gekostet, allein diese Frage zu stellen. »Hirst, meine ich.«

»Das sage ich ihnen, Jessica. Aber bitte vergessen Sie nicht, dass er keine Möglichkeit hat, Sie zu finden.«

»Das … Das weiß ich.«

»Okay. Er scheint alle aufspüren zu wollen, die etwas mit seinem Prozess zu tun gehabt haben. Alle, denen er die Schuld daran gibt, dass man ihn für den Mord an Ihrem Bruder ins Gefängnis gesteckt hat. Bei einigen hat er das auch geschafft.«

»Mein Gott!« Jessica schlug die Hand vor den Mund. Wieder liefen ihr Tränen über die Wangen. »Wen ... Wen hat er denn gefunden?«

»Alle außer Ihnen und Michael Devlin.«

»Und was hat er mit ihnen gemacht?«

»Ich ...« Er räusperte sich. »Ich glaube nicht, dass Sie die Details wissen müssen, aber leider sind sie alle tot. Hirst hat sie alle getötet.«

»Nein!«

Jessica sprang von ihrem Stuhl auf. Zum ersten Mal machte sie sich nicht die Mühe, ihre linke Hand zu verstecken. Das Entsetzen war ihr anzusehen, und ihr zarter Körper zitterte, als sie mühsam Luft holte. Sie trat zurück und stolperte. Hale schob den Küchentisch zur Seite und packte Jessica, bevor sie auf dem Boden aufschlagen konnte. In einem Film wäre das eine wunderbar romantische Geste gewesen. Aber nicht im wirklichen Leben. Jessica war immer noch panisch und wehrte sich gegen Hales Griff.

»Jessica, bitte, Sie müssen ruhig ...«

Hales Worte wurden von einem Geräusch unterbrochen, das wie zwei Stöße eines Presslufthammers klang. Ein Geräusch, das er schon einmal gehört hatte.

Er verschwendete keine Zeit, drückte Jessica auf den Küchenboden und befahl ihr, liegen zu bleiben. Dann eilte er in das kleine Wohnzimmer auf der Vorderseite des Hauses.

Die beiden Beamten waren bereits aufgesprungen, als Hale die Schiebetür öffnete, die die Küche vom Wohnzimmer trennte. Beide wirkten verwirrt.

»Was war das für ein Geräusch?«, fragte der erste, der Kleinere der beiden.

»Gedämpfte Pistolenschüsse.« Hale hatte keinen Zweifel, während er durch das Zimmer ging und darauf achtete, keine freie Schusslinie zwischen sich und dem großen Fenster zur Straße hin zu bieten. Der Netzvorhang, der davor hing, half ihm dabei, weil er den Blick von der einen Seite des Fensters zur anderen verdeckte.

Die beiden Beamten waren nicht ganz so sicher. Sie blieben wie angewurzelt stehen, mitten im Wohnzimmer. Wenn jemand von draußen hätte schießen wollen, wären sie bereits tot gewesen. Dass sie noch lebten, beruhigte Hale etwas.

»Gedämpfte Pistolenschüsse?«, fragte der ältere Beamte.

»Schalldämpfer«, antwortete Hale. Er wusste nicht genau, ob die Bemerkung wirklich eine Frage gewesen war. Er hatte das Fenster erreicht, schob sich mit dem Rücken an der Wand entlang dorthin und blickte durch einen schmalen Spalt zwischen Fenster und Vorhang.

»Scheiße. Von hier aus kann ich nichts sehen.«

»Ein Schalldämpfer? Wieso haben wir ihn dann gehört?« Diese Frage kam von dem jüngeren Beamten. Seine Stimme klang ängstlich, und Hale hatte bis jetzt nicht bemerkt, wie unerfahren dieser Kerl offensichtlich war.

»Verflucht, was soll das hier werden? Eine Lektion in Ballistik?«, fuhr Hale ihn ungeduldig an. »Sie haben die Schüsse gehört, weil Schalldämpfer scheiße sind. Sie funktionieren nicht. Und jetzt vergessen Sie das und konzentrieren sich wieder auf Ihren Job, kapiert?«

»Ja, Sir«, antwortete der ältere und offensichtlich etwas erfahrenere Beamte. »Was brauchen Sie?«

»Gehen Sie in die Küche, bewachen Sie das Mädchen und melden Sie den Vorfall der Zentrale. Wir brauchen Verstärkung, und zwar bewaffnete Verstärkung. Sofort!«

»Sir.«

»Behalten Sie die Haustür und die Hintertür jederzeit im Auge. Meiden Sie Türen und Fenster. Wir müssen davon ausgehen, dass Hirst hier ist, also halten Sie sich von jeder Stelle fern, an der er freies Schussfeld von draußen auf Sie haben könnte.«

»Scheiße.«

»Ganz genau.«

Hale ging zur Treppe, die nur ein paar Meter von der Haustür entfernt war, und legte die Hand auf das niedrige Geländer.

»Ich muss einen Blick auf den Polizeiwagen vor dem Haus werfen. Diese beiden Geräusche waren Schüsse, was bedeutet, dass wir wahrscheinlich bereits zwei Männer verloren haben. Ich muss mich davon überzeugen. Also gehe ich hoch, weil ich von dort einen besseren Blick habe.«

Hale nahm mehrere Stufen auf einmal und war nach wenigen Momenten im ersten Stock.

Der Grundriss des kleinen Hauses war einfach. Am Ende der Treppe lag an der hinteren Seite des Hauses ein Schlafzimmer. Daneben ein Badezimmer. Ein zweites Schlafzimmer befand sich an der Vorderseite. Dorthin ging Hale.

Er trat durch die Tür und ging um das kleine Einzelbett herum zum Fenster. Es war dunkel in dem Raum, aber von draußen fiel genug Licht herein, damit er sich orientieren konnte.

Die Entfernung des Fensters im Obergeschoss zur Straße gab Hale etwas mehr Sicherheit, aber nicht viel. Sie wäre für einen halbwegs anständigen Schützen kein Problem. Und Hale musste annehmen, dass Hirst besser als nur halbwegs anständig schießen konnte.

Er schob hastig den Kopf vor die Scheibe, nur für eine Sekunde. Lange genug, um sich zu orientieren, und kurz genug, um einen sauberen Schuss unwahrscheinlich zu machen. Was er sah, sagte ihm nur wenig, aber es reichte. Er wusste jetzt genau, wo sich der Streifenwagen in Relation zu seiner Position befand.

Hale legte sich auf den Boden und spürte den dünnen Teppich unter den Fingern. Sauber, aber alt. Erneut spürte er Mitleid wegen des Lebens, zu dem Hirst Jessica gezwungen hatte. Tina.

Es war nicht einmal ein Leben. Es war bloße Existenz.

Aber solche Gedanken waren jetzt nicht hilfreich, also schüttelte er sie ab und konzentrierte sich stattdessen auf seine Aufgabe. Er kroch zum anderen Ende des Fensters. Dort hob er langsam den Kopf, bis er sich knapp unterhalb des Fensterbretts befand. Dann positionierte er sich so, dass er den Polizeiwagen direkt vor sich hatte, sobald er seine Deckung verließ. Er wusste, dass er nur wenige Blicke riskieren durfte. Und er verschwendete keinen einzigen davon.

Hale hatte sich perfekt in Stellung gebracht. Sein Blick fiel sofort auf die Windschutzscheibe des Polizeiwagens, als er den Kopf hob. Millisekunden später hatte er gesehen, was er wissen musste. Die Leiche von Jim Durham, die nach links auf die bewegungslose Gestalt seines Kollegen gesackt war.

»Fuck!« Hale hatte das Wort kaum ausgesprochen, als er erneut die Schüsse der schallgedämpften Pistole hörte, zweimal schnell hintereinander.

Beim ersten Schuss ging Hale in Deckung, der zweite sagte ihm, dass er noch am Leben war. Instinktiv tastete er sich nach einer Verletzung ab, und er brauchte einen Moment, bis er wusste, dass er unverletzt geblieben war.

Hale atmete erleichtert auf und hätte fast gelächelt. Doch zwei Gedanken verhinderten das. Der erste hatte etwas mit dem Schlafzimmerfenster zu tun.

Zwei Schüsse, dachte Hale. *Zwei Schüsse, und das Fenster ist noch ganz. Wie zum Teufel konnte er vorbeischießen?*

Dieser erste Gedanke hatte Hales Adrenalinschub ein wenig gedämpft und stattdessen Verwirrung gesät. Der zweite Gedanke ließ das Adrenalin schlagartig zurückströmen.

Die Schüsse waren lauter als die vorigen.

Er hatte sich schon seit Jahren nicht mehr so schnell bewegt. Die beiden letzten Schüsse waren innerhalb des Hauses gefallen, das war ihm jetzt klar. Zwei Schüsse, das hieß, zwei tote Beamte. Der dritte, draußen an der Hintertür, war wahrscheinlich lautlos erledigt worden.

Damit war Jessica allein und der Willkür von Karl Hirst ausgeliefert. Der Gedanke trieb Hale zu einer fast übermenschlichen körperlichen Anstrengung an. Gleichzeitig trübte er sein Urteilsvermögen.

Hale musste nicht überprüfen, ob der nächste Schuss, noch dichter und viel lauter als die anderen, getroffen hatte. Die Antwort gab ihm sein Knie, das in einer Wolke aus Blut, Knochen und Sehnen explodierte.

Die Kugel hatte Hale mitten auf der Treppe erwischt, sodass er die restlichen Stufen herunterpolterte. Der Schmerz, mit dem er abrupt an der harten Vordertür landete, hätte ihn eigentlich lähmen sollen. Aber das menschliche Gehirn kann Schmerz ausblenden, wenn es nötig ist. Wenn es ums Überleben geht.

Hale drehte sich auf den Rücken, ohne sein zerstörtes rechtes Bein zu beachten. Dass er es nicht mehr bewegen konnte, sagte ihm genug. Stattdessen blickte er nach vorn. Er sah die beiden anderen Beamten, die regungslos auf dem Boden lagen. Ihr Leben war von jeweils einer Kugel in die Stirn beendet worden.

Verzweifelt blickte er durch den Flur zum Garten. Die Tür stand offen, und zwischen den Pfosten lag der leblose Körper des fünften und letzten Mitglieds von Jessicas Schutztruppe.

Er konnte nicht sehen, wie der Mann gestorben war, aber das spielte auch keine Rolle.

Karl Hirst stand kaum zwei Schritte von der Stelle entfernt, wo Hale gelandet war. Jessica lag regungslos zu seinen Füßen.

Tot? Hale konnte es nicht erkennen.

Sein Blick fiel auf die Pistole mit dem Schalldämpfer, die Hirst in der Hand hielt.

»Diesmal keine Messer?«, fragte Hale mit schmerzverzerrter Stimme. Er brachte die Worte nur mühsam heraus, denn der Blutverlust machte ihm bereits zu schaffen.

»Glauben Sie, ich falle darauf rein, Steve? Sie plaudern ein bisschen mit mir, bis die Verstärkung eintrudelt?«

Hales schwächer werdender Verstand konzentrierte sich auf ein einzelnes Wort.

»Woher kennen Sie meinen Namen?«

»Ich kenne ihn, weil Levy Sie so nennt«, antwortete Hirst.

Er grinste, während er sprach. Ein seelenloses Reptiliengrinsen. »Und ich weiß auch, dass sie Sie hergeschickt hat, um Tina Barker in Sicherheitsgewahrsam zu nehmen. Um sie zu beschützen.«

Hirst schob einen Fuß unter Tinas Körper und drehte sie auf den Rücken. Ihr Stöhnen verriet Hale, dass sie noch lebte.

»Der Job ist wohl nicht so gut gelaufen?« Hirst grinste immer noch.

»Woher konnten Sie das wissen?«, fragte Hale noch einmal. Es war kein Bluff, kein Versuch, Zeit zu gewinnen. Es war gar keine Verstärkung unterwegs. Hale konnte einfach nicht verstehen, wie dieser Mann so viel wissen konnte.

»Was glauben Sie wohl?«, antwortete Hirst. »Moderne Technologie, Steve. Ich wünschte, ich hätte das Zeug schon letztes Mal gehabt. Überwachungsausrüstung. Wanzen, die so klein und so diskret sind, dass Ihre Leute niemals auf die Idee kämen, danach zu suchen.«

»Wanzen?« Hale wurde immer schwächer. Jeder Herzschlag presste mehr Blut aus der Wunde an seinem Knie. Aber Hirsts Worte schmerzten noch mehr. Sie hatten eine so simple Sache einfach übersehen. »Sie … Sie haben uns verwanzt?«

»Es ist verblüffend, was man im Internet alles bekommen kann, oder?« Hirst hatte seinen Spaß. »Nur ein paar Wanzen in den Glühbirnen an jedem Tatort. Glühbirnen sind einfach perfekt dafür. Das sind genau die Dinge, die eure Jungs von der Spurensicherung niemals überprüfen, aber sie sind gut genug, um euch zu belauschen und stets ein paar Schritte voraus zu sein. Jedenfalls war das der Plan. *Das hier* hätte ich allerdings nicht erwartet.«

Hale spürte, wie er langsam das Bewusstsein verlor. Er holte tief Luft, zweimal, um einen klaren Kopf zu behalten. Ein Blick auf Tina hatte den gewünschten Effekt. Er war das Einzige, was sie am Leben hielt, und solange Hirst nur redete, würde sie weiter atmen.

»Was haben Sie nicht erwartet?« Hale versuchte verzweifelt, wach zu bleiben.

»Ich hätte nicht gedacht, dass ihr mich zu Tina führt. Ich hatte sie schon aufgegeben und mich mit den anderen begnügt. Longman, Blunt, Reid. Sie hätten mir gereicht. Aber dann habe ich gehört, wie ihr in Reids Küche über Tina geredet habt. Und wie Levy Sie hierhergeschickt hat. Ich musste Ihnen nur folgen. Sie haben mich direkt zu ihr geführt.«

»Du … Du …!« Hale spürte, wie der Rest seines Adrenalins ziellos durch seinen Körper strömte. Der Gedanke, dass er Hirst zu Tina geführt hatte, war einfach zu viel. »Du … mieser …«

Hirst legte die Pistole auf die Lehne des Sofas im Wohnzimmer, während Hale zu sprechen versuchte. Dann griff er hinten an seinen Gürtel.

»Deshalb habe ich diesmal eine Pistole benutzt. Ich musste möglichst einfach vorgehen, weil ich keine Zeit hatte, die Sache zu planen.« Hirst zog die Hand wieder nach vorn. Sie war nicht leer. »Aber Sie bekommen trotzdem Ihr Messer, Steve. Sie haben es verdient, dass ich das hier richtig mache. Sie haben es verdient, wie ein Mann zu sterben, weil Sie mir Tina ausgeliefert haben.«

Hirst trat einen Schritt vor, langsam und überlegt.

»Haben Sie nichts mehr zu sagen?«

Hale öffnete seinen Mund, während er gegen die Dunkelheit kämpfte. Aber kein Laut drang über seine Lippen.

»Schade«, sagte Hirst. »Mir hat unser Gespräch gefallen.«

Hirst ging langsam auf ein Knie, als er Hale erreicht hatte. Dann legte er seine linke Hand auf Hales Brust. In seiner rechten hielt er ein Messer mit einer zwanzig Zentimeter langen Klinge. Seine hellen Augen bohrten sich in die seines Opfers.

»Ich weiß nicht, wohin wir gehen, wenn alles vorbei ist, Steve. Aber wohin auch immer Sie gehen, genießen Sie die Reise.«

Hirst sagte diesen letzten Satz mit einem breiten leblosen Grinsen, während er die Klinge mit aller Kraft in Hales Brust rammte.

61

Michael Devlin trat aus der Dusche und griff nach einem Handtuch. Während er ins Schlafzimmer ging, hinterließ er bei jedem Schritt nasse Flecken auf dem dunkelblauen Teppich. Aber das spielte keine Rolle. Eine der wenigen positiven Seiten des Lebens im Hotel.

Michael achtete nicht auf den immer feuchter werdenden Teppichboden. Wie in jedem wachen Moment während der letzten vierzehn Stunden dachte er nur an zwei Dinge: Derek Reid und Karl Hirst. Das Einzige, was diesen Kreislauf durchbrach, war sein Kopfschmerz. Ergebnis einer Kombination aus Trauer, Stress und Alkohol.

Michael konnte sich diesen Zustand jedoch nicht leisten. Schon gar nicht heute. Mit einem Kopfschütteln versuchte er, seinen Verstand wieder in Gang zu bringen. Er warf einen Blick auf die Uhr am unteren Ende seiner iPod-Dockingstation, wie er es so oft in dieser fast schlaflosen Nacht getan hatte. Es war 6.23 Uhr morgens.

Der Tag hatte angefangen. Es wurde Zeit, ihn auch wirklich zu beginnen.

Er brauchte nur eine Minute, um sich abzutrocknen. Dann warf er das Handtuch in die Zimmerecke, auf einen Kleiderhaufen, den er in der Nacht zuvor dort abgelegt hatte. Normalerweise war Michael ein sehr ordentlicher Mensch, fast schon penibel. Aber nicht heute Morgen. Und ganz sicher nicht gestern Nacht.

Er hatte gegen 21 Uhr abends im Malmaison Hotel am Londoner Smithfield Market eingecheckt. Allein. Joelle Levy hatte sich auf Sarahs Seite geschlagen und ihre Forderung unterstützt, dass Michael sich mit seiner Familie unter Polizeischutz in das Sichere Haus begeben sollte. Aber diese Auseinandersetzung hatte keine der beiden Frauen gewinnen können. Letzten Endes hatte die Polizei nicht die Macht, ihren Schutz irgendjemandem aufzudrängen, der bei klarem Verstand war. Also war Michaels Wort endgültig.

Aber wenigstens hatte Levy ihn zu einem letzten Zugeständnis gebracht. Sie hatte Michael überzeugt, dass es zu gefährlich wäre, wenn er allein in seinem Haus blieb. Stattdessen sollte er in einem Hotel übernachten.

Was keinen Unterschied machen wird, hatte Michael gedacht, als er Levys Forderung schließlich akzeptierte. *Er wird mich hier trotzdem finden. Und dann erlebt er den Kampf seines Lebens.*

Das Malmaison war nur einen kurzen Fußweg vom Old Bailey entfernt. Die Lobby war groß, belebt und gut erleuchtet. Es war ein öffentlicher Raum, den jeder Besucher nach seiner Ankunft passieren musste. Levy hatte das als die beste Verteidigung gegen Karl Hirst betrachtet, weil dessen Gesicht schon bald genauso bekannt sein würde wie das jeder anderen Berühmtheit.

Dass das Hotel ausgebucht war, war ein weiterer Pluspunkt in Bezug auf Michaels Sicherheit. Da ständig irgendwelche Hotelgäste in Hörweite waren, hatte Hirst nicht die Zeit, die er in den leeren Häusern seiner anderen Opfer hatte genießen können. Es war zwar trotzdem alles andere als ideal, aber Levy hatte keine andere Wahl, als Michaels Entscheidung zu akzeptieren. Mehr konnte sie nicht bei einem Mann erreichen, der gefunden werden wollte. Wovon sie allerdings nichts wusste.

Michael sah sich um und versuchte sich daran zu erinnern, wo er seine Habseligkeiten am Abend hingelegt hatte. Im Schlafzimmer fand er nichts, also ging er in das Wohnzimmer der Suite, während er versuchte, sich an seine Schritte zu erinnern. Das war nicht einfach. Michael hatte mehr als eine halbe Flasche Whisky getrunken, bevor Levy ihm erlaubte, Derek Reids Haus zu verlassen. Und er hatte auch danach nicht aufgehört. Zahlreiche kleine Schnaps- und Bierflaschen aus der Minibar, die auf dem Tisch des Wohnzimmers standen, bezeugten das.

Michael war um zwei Uhr morgens auf dem Sofa neben dem Tisch aufgewacht. Er war unsicher aufgestanden, ins Schlafzimmer gewankt und auf dem großen Doppelbett zusammengebrochen. Dort hatte er die nächsten vier Stunden gedöst, unterbrochen von vielen Wachphasen. Das hatte nicht gereicht, um den Whisky und den Schnaps aus seinem System zu filtern. Die heiße Dusche zeigte jedoch Wirkung.

Sein Gepäck lag auf dem kleineren der beiden Sofas. Er presste eine Hand auf seine pochende Schläfe, öffnete mit der anderen die große Reisetasche und nahm den ledernen Kulturbeutel heraus. Normalerweise hätte er Koffer und Tasche ausgepackt, sobald er sein Zimmer betreten hatte. Diesbezüglich war er ein Gewohnheitsstier. So sehr, dass er sich das Etikett »ein bisschen zwanghaft« eingehandelt hatte, obwohl er das absurd fand. Wie konnte man *ein bisschen* zwanghaft sein? Trotzdem war es ungewöhnlich, dass Michael am Morgen nach seiner Ankunft immer noch nicht ausgepackt hatte.

Das zeigt nur, wie fertig ich gewesen bin, dachte er.

Plötzlich überkam ihn erneut die Trauer, die er schon am Vortag empfunden hatte. Sie beschwor Bilder, die Michael nicht noch einmal ertragen wollte. Er hatte genug von Derek Reids gekreuzigtem Körper gesehen. Hatte genug über den schrecklichen Tod seines Freundes nachgedacht. Und er hatte sich immer und immer wieder wegen all dem gequält, was *er* vor all den Jahren getan hatte. Was all dies verursacht hatte.

Trotzdem konnte er die Bilder einfach nicht aus seinem Verstand verbannen.

Michael stellte den Kulturbeutel ins Badezimmer, atmete tief ein und versuchte, seine wirren Gedanken zu beruhigen.

Plötzlich dröhnte die Musik der Black Eyed Peas durch das Zimmer. Sie wirkte irgendwie deplatziert, sowohl wegen der frühen Stunde als auch wegen Michaels Stimmung. Einen Moment lang registrierte er nicht, warum er diese Musik hörte. Eine Nachwirkung seines allmählich nachlassenden Katers. Dann fiel der Groschen.

Sarah. Michael geriet in Panik. *Warum ruft sie so früh an?*

Er sah sich in dem Zimmer nach seinem Smartphone um. Normalerweise konnte er dem Geräusch eines Klingeltons folgen, aber sein Orientierungssinn litt noch unter dem vielen Alkohol. Und die ergebnislose Suche verstärkte seine Panik, was wiederum seinen Kater verschlimmerte.

Sarahs Lieblingssong näherte sich dem Refrain, als Michael das leuchtende Display sah, das unter einem Kissen hervorlugte.

»Ist alles okay?« Michaels Stimme klang furchtsam. »Geht es euch beiden gut?«

»Uns geht es gut.« Sarahs Worte beruhigten ihn. Er hörte, wie sie tief Luft holte, bevor sie weitersprach. »Mir geht es gut und Anne auch. Ich … Ich wollte nur, dass du noch einmal darüber nachdenkst. Ich möchte nicht, dass du dieses Risiko eingehst. Nicht jetzt. Nicht nach dem, was gestern Nacht passiert ist.«

Michael wurde allmählich immer klarer im Kopf. Aber letztendlich war es Sarahs letzter Satz, der den Nebel durchdrang.

»Was meinst du mit ›gestern Nacht‹? Was ist passiert?« Instinktiv nahm er die TV-Fernbedienung und schaltete den Fernseher damit ein, während Sarah noch antwortete.

»Hirst hat es schon wieder getan. Er hat erneut gemordet.«

»Wen hat er ermordet?« Michael war verwirrt.

Wer konnte denn noch auf Hirsts Liste stehen?

»Himmel, nein, Sarah! Nicht Tina Barker. Bitte sag mir, dass er nicht …«

»Nicht Tina, nein.« Sarah klang, als wäre sie den Tränen nahe. »Aber er hat sie in seiner Gewalt. Vielleicht hat er sie auch schon getötet, das weiß niemand.«

»Oh nein, oh Gott nein!« Dass Hirst Tina Barker erneut

in seine Gewalt entführt hatte, traf Michael wie ein Tritt in den Unterleib. Damit musste ihr schlimmster Albtraum wahr geworden sein. »Wen hat er denn getötet?«

»Detective Inspector Hale.« Sarah schluchzte. »Den Beamten, den Joelle gestern nach Manchester geschickt hat. Er sollte Tina nach London bringen.«

»Scheiße!«

»Und noch fünf andere, Michael. Er hat fünf weitere Polizisten getötet. Die gesamte Personenschutzeinheit von Tina.«

»Herr im Himmel!« Jede Spur eines Katers war verflogen. Michaels Verstand arbeitete wieder und gelangte sehr schnell zu der einzig logischen Schlussfolgerung. »Das kann kein Zufall sein. Es kann kein Zufall sein, dass Hirst Tina zur selben Zeit erreicht hat wie Hale. Er muss ihm gefolgt sein. Er muss sie gefunden haben, indem er Hale verfolgt hat.«

»Aber welche Rolle spielt das jetzt noch?« In Sarahs Stimme schwang eine Mischung aus Trauer und Verwirrung mit. »Warum denkst du überhaupt darüber nach? Du solltest lieber über die fünf toten Polizisten nachdenken und darüber, was das bedeutet. Denn es bedeutet, dass du dich nicht allein gegen diesen Kerl schützen kannst. So lange du da draußen in der Öffentlichkeit bist, kann er an dich herankommen. Du musst zu uns kommen. Hier bist du in Sicherheit.«

»Das kann ich nicht, Sarah. Und wir werden das auch nicht noch einmal diskutieren. Ich habe meine Entscheidung getroffen.«

Michael hätte keine weitere Debatte ertragen. Nicht jetzt. Die Tatsache, dass Hirst Tina Barker in seiner Gewalt hatte, dass dieser perverse Hundesohn ihr Gott weiß was antun konnte, war niederschmetternd genug. Sich dann auch noch vorzustellen, wie Hirst ein ganzes Haus voller Cops massakriert hatte, überstieg einfach Michaels Fähigkeiten.

Sein Blick zuckte unwillkürlich zu dem Bildschirm im Schlafzimmer. Der Anblick von Joelle Levy, die sich der versammelten britischen Presse stellte, überraschte ihn.

Er griff nach der Fernbedienung, um den Ton aufzudrehen.

»Sarah? Ich rufe dich gleich zurück.«

62

»Joelle? Haben Sie gehört, was ich gesagt habe?«

Levy fuhr bei dem Geräusch zusammen. Sie hatte nicht zugehört, sondern nur auf die beiden leeren Gläser gestarrt, die nebeneinander auf ihrem Schreibtisch standen. Aus ihrer Träumerei herausgerissen, hob sie jetzt den Blick. Bevor sie antwortete, wischte sie sich mit den Fingerspitzen über die Augen.

»Sir?« Sie bemerkte, wie piepsig ihre Stimme klang, und korrigierte das mit einem Räuspern. »Entschuldigen Sie, Sir. Ich war vollkommen woanders. Kann ich etwas für Sie tun?«

»Hier geht es nicht um *mich*. Ich mache mir Sorgen um *Sie*. Die Pressekonferenz fängt in fünf Minuten an. Sind Sie sicher, dass Sie das durchstehen?«

»Ja, Sir.« Levys Stimme zitterte. »Ich werde … Mir geht es gut.«

»Es muss Ihnen nicht gut gehen.« Chief Superintendent David Rogers klang so freundlich, wie Levy ihn noch nie zuvor erlebt hatte. »Das erwartet niemand von Ihnen. Sie haben gerade ein wichtiges Teammitglied verloren. Kein einziger Polizist würde es Ihnen vorwerfen, wenn Sie auf diese Pressekonferenz verzichten. Sie sind schließlich auch nur ein Mensch.«

»Nein, Sir.« Levys Stimme klang plötzlich wieder sicherer. »Ich muss das tun. Karl Hirst muss gefunden werden, und ich will diejenige sein, die ihn findet. Ich werde nicht davor kneifen. Nicht, nach dem, was er ... Nicht nach Steve.«

Sie holte tief Luft und sammelte sich.

»Ich muss die Öffentlichkeit über diesen Dreckskerl informieren. Damit wir ihn zur Strecke bringen können, bevor er noch jemandem etwas antut. Ich werde dafür sorgen, dass er für Hale bezahlt. Und bei allem gebotenen Respekt und mit aufrichtiger Dankbarkeit für Ihr Mitgefühl – aber das ist alles, was ich wirklich brauche.« Rogers antwortete nicht sofort, sondern sah Levy starr in die Augen.

»Okay«, sagte er schließlich. »Okay. Ich nehme an, Sie haben schon Schlimmeres erlebt, stimmt's?«

»Schlimmeres, als Steve zu verlieren?« Levy erwiderte Rogers' Blick, als sie antwortete. Sie wusste, worauf er anspielte – auf ihre Vergangenheit in Israel. »Nein, Sir. Die Leute, die ich früher verloren habe, habe ich in einem Kriegsgebiet verloren. An einem Ort, wo jeder von uns täglich hätte getötet werden können. Wenn man an so einem Ort jemanden verliert, tut es weh, aber es ist etwas ... Man könnte sagen, es ist etwas, das man erwartet. Das hier erwartet man nicht. Nicht die Art und Weise, wie Steve umgekommen ist. Ich habe noch nie etwas annähernd Ähnliches erlebt. Und Karl Hirst wird sich wünschen, dass ich es auch nie erlebt hätte.«

◆

Ein paar Minuten später betrat Levy den Konferenzraum vier im zweiten Stock von New Scotland Yard.

Das unausweichliche Blitzlichtgewitter der Kameras begleitete ihre Ankunft. Es ging weiter, als sie Rogers zu dem langen Tisch folgte, der vor einer blauen Trennwand stand.

Levy saß in der Mitte, flankiert von Rogers und Chadwick. Sie warf einen Blick auf ihre Notizen und war sich sehr deutlich bewusst, dass Kameras und Diktiergeräte liefen. Einen Moment lang wurde sie von ihren Jackenärmeln abgelenkt. Von den verzierten silbernen Knöpfen auf dem blauen Stoff. Es kam nur selten vor, dass Levy ihre formelle Uniform trug. Im Grunde nur bei Pressekonferenzen, und die meisten davon hatte sie zusammen mit Steven Hale abgehalten.

Noch eine Erinnerung an das, was sie verloren hatte.

Eine unauffällige Berührung von Rogers' Hand riss sie aus ihren Gedanken. Levy hob den Blick und begann.

»Gestern Abend um 22 Uhr wurden fünf Angehörige der Greater Manchester Constabulary in und vor einem Wohnhaus in Salford ermordet. Normalerweise wäre die Greater Manchester Police für dieses tragische Ereignis zuständig. Aber ich darf Sie darüber informieren, dass diese Beamten tatsächlich für Scotland Yards Hauptuntersuchungsteam vor Ort und im Dienst gewesen sind. Sie haben eine Person geschützt, die wir für das eigentliche Ziel dieses Angriffs halten: Miss Jessica Boon.

Die Person, die wir als Bedrohung für Miss Boon ansahen, war der verurteilte Mörder Karl Hirst. Wir werden im Anschluss an diese Pressekonferenz einige Fotos von Karl Hirst verteilen und ersuchen Sie dringend, diese Fotos in allen verfügbaren Medien und Internet-Nachrichtensendungen zu verbreiten. Auch bei den TV-Sendern, die Sie beschäftigen. Vorab zeige ich Ihnen dieses Foto, das kurz vor Karl Hirsts Entlassung vor drei Jahren gemacht wurde, nachdem er vierzehn Jahre einer lebenslangen Haftstrafe abgesessen hatte.«

Levy hielt eine Kopie des Fotos hoch. Nichts an dem Mann, der darauf abgebildet war, wirkte ungewöhnlich. Er war nicht sehr groß, laut Levys Unterlagen etwa eins fünfundsiebzig, schlank, hatte dichtes dunkelblondes Haar und einen Mund voller schiefer Zähne, die zu groß für seinen Kiefer zu sein schienen. Aber selbst auf die Entfernung fielen seine eiskalten, hellen Augen auf. Ihr beunruhigender Effekt wurde noch von den Kameras verstärkt, die das Foto heranzoomten.

Allein bei den Augen dieses Mannes lief es einem kalt über den Rücken.

»Es ist sehr wichtig, dass wir Karl Hirst so schnell wie möglich finden. Wir wollen ihn wegen des Mordes an den fünf Beamten der Greater Manchester Police befragen, von denen ich bereits gesprochen habe. Weiterhin suchen wir ihn im Zusammenhang mit der Entführung von Jessica Boon sowie wegen des Mordes … Wegen des Mordes an Detective Inspector Steven Hale von Scotland Yard. Er war zur Zeit dieser Tat im Haus, weil er Jessica Boon zurück nach London bringen sollte. Dort sollte sie unter besonderen Polizeischutz gestellt werden. Weiterhin wollen wir Karl Hirst wegen der jüngsten Morde an dem ehemaligen Lord Oberrichter von England und Wales, Phillip Longman, befragen, wegen des Mordes an den Mitgliedern des organisierten Verbrechens Leon Ferris, Kevin Tennant, Harvey Ellis und Ty Leach, an dem pensionierten Anwalt Adam Blunt sowie des gestrigen Mordes an dem Strafverteidiger Derek Reid.«

Bei dieser langen Liste von Namen erhob sich ein Murmeln im Raum, das rasch zu einem Grollen anwuchs und sich schließlich zu einem Aufruhr steigerte. Ein wahrer Tsunami von Fragen prasselte auf die Polizisten hinter dem Tisch herab.

Levy machte gar nicht erst den Versuch zu antworten. Sie ließ die versammelten Reporter weiter durcheinanderrufen, bis sie merkten, dass ihre Fragen fruchtlos bleiben würden. Schließlich verstummten die meisten. Die Übrigen brachte Levy mit einer mäßigenden Handbewegung zum Schweigen.

Schließlich fuhr sie fort.

»Wir werden auf dieser Pressekonferenz keine Fragen über Karl Hirst beantworten. Also bitte stellen Sie auch keine. Wir sind heute nicht hier, um Ihnen eine Story zu geben. Das wird zweifellos in Bälde folgen. Der Zweck der heutigen Pressekonferenz besteht darin zu gewährleisten, dass die Öffentlichkeit vor einer Person geschützt wird, die wir für außerordentlich gefährlich halten. Aus diesem Grund bitten wir Sie, die Informationen und Fotos, die wir Ihnen hier gegeben haben, so weit und flächendeckend wie möglich zu verbreiten, bis wir Karl Hirst gefunden haben. Wir bitten jeden, der möglicherweise Informationen über ihn hat, sich bei uns zu melden. Es spielt keine Rolle, was das für Informationen sind, oder wie trivial oder unbedeutend sie erscheinen mögen. Wir wollen alles wissen, und wir wollen es *sofort* wissen. Bitte setzen Sie sich unter der Telefonnummer oder der E-Mail-Adresse, die Sie hier vorne auf diesem Tisch sehen, mit uns in Verbindung. Zum Abschluss möchte ich sagen – und ich glaube, das versteht sich wirklich von selbst –, dass wir Karl Hirst für eine sehr große Gefahr für jeden halten, der in Kontakt mit ihm kommt. Also bitten wir unsere Bürgerinnen und Bürger, auf keinen Fall zu versuchen, sich mit ihm einzulassen. Halten Sie sich von ihm fern, und setzen Sie sich mit der Polizei in Verbindung. Zu Ihrer eigenen Sicherheit und der Ihrer Familien und Freunde, bitten wir Sie, sich diesem Mann auf keinen Fall zu nähern. Halten Sie Abstand, und informieren Sie sofort die Polizei. Danke.«

Levy stand ohne ein weiteres Wort auf. Dann wandte sie sich nach rechts, ignorierte die Fragen, die ihr die Reporter zuschrien, und folgte Chadwick aus dem Zimmer.

63

Michael Devlins Beine waren schwer, als er die ersten knarrenden Stufen von den Umkleideräumen in Old Bailey zur Bar Mess hinaufstieg. Normalerweise wäre er hinaufgestürmt, hätte zwei Stufen auf einmal genommen oder sogar drei, wenn er besonders viel Energie hatte. Heute nahm er jede Stufe einzeln, und zwar sehr langsam.

Der Speisesaal von Old Bailey rief besondere Erinnerungen in Michael wach. Wie die meisten erfolgreichen Strafverteidiger assoziierte er den Raum mit einigen seiner größten Erfolge vor Gericht. Michael hatte all seine Klienten in diesem Gebäude verteidigt, und jeder Morgen jedes einzelnen Tages jedes einzelnen Prozesses hatte in dem höhlenartigen Raum begonnen, dem er sich jetzt näherte. Hier begannen die Barrister ihre Diskussionen, lange bevor irgendein Richter sich einschalten konnte. Intellektuelle Rangeleien, die häufig bereits entschieden, wer den Prozess gewinnen würde, bevor die Anhörung selbst überhaupt begann. In diesem Raum hatte Michael oft über Derek Reids Meisterschaft in dieser Kunst gestaunt.

Und das wird nie wieder passieren, dachte er, als er die letzte Stufe nahm. *Ich werde ihn hier nie wieder sehen.*

Die Atmosphäre im Speisesaal war ungewöhnlich gedämpft. Derek Reid war sehr beliebt gewesen. Und es war daher keine Überraschung, dass alle Michael ansahen, als er von der Treppe in den Saal trat. Zunächst nur diejenigen, die seine Ankunft bemerkt hatten, aber nach wenigen Augenblicken waren es alle. Dreißig, vielleicht vierzig Barrister. Sie alle sahen den Mann mitfühlend an, der, wie sie wussten, Derek Reids engster Freund gewesen war.

Und genau dieses Mitgefühl wollte Michael nicht. Er glaubte, dass er es nicht verdiente.

Ihr würdet mich anders ansehen, wenn ihr wüsstet, was ich getan habe, dachte Michael. Die Schuldgefühle, die ihn gequält hatten, meldeten sich erneut. *Wenn ihr wüsstet, was ich ausgelöst habe!*

»Michael.«

Jenny Draper hatte ihn von ihrem Platz aus gesehen und eilte jetzt auf ihn zu. Sie war nur ein paar Schritte von ihm entfernt, als sie seinen Namen aussprach. Michael drehte sich um, und im nächsten Moment umarmte Draper ihn.

»Es tut mir so leid, wirklich.«

Draper hatte ihren Mund dicht an Michaels Ohr gelegt, als sie ihn umarmte. Dadurch klang ihre Stimme sehr laut, und Michael argwöhnte kurz, dass ihre Sympathie nur gespielt sein könnte. Ein Versuch, die Aufmerksamkeit, die ihm galt, auf sich zu ziehen.

Er verdrängte diesen Gedanken. Es war sehr gut möglich, dass Drapers Anteilnahme aufrichtig war. Er wollte sich nicht von seiner Trauer und seinem Zynismus leiten lassen.

»Danke, Jenny.« Michael löste sich aus Drapers Umarmung. »Ich … Ich weiß das zu schätzen, wirklich.«

»Sie hätten heute nicht kommen müssen.« Draper legte ihre Hand auf Michaels Oberarm. »Ich hätte Levitt ersucht, den Fall wegen Ihrer Abwesenheit auf nächste Woche zu vertagen. Niemand hätte Einspruch erhoben. Nicht unter diesen Umständen.«

Michael nickte und lächelte schwach. Draper erzählte ihm nichts Neues; sie hatte ihm dasselbe schon in den vier Nachrichten mitgeteilt, die sie seit acht Uhr morgens auf seinem Handy hinterlassen hatte.

»Ich weiß. Aber wir werden den Fall nicht vertagen. Terry Colliver wird heute aussagen, und ich nehme ihn ins Kreuzverhör.«

Der Ausdruck von Mitgefühl verschwand aus Drapers Miene. Und wurde von blanker Ungläubigkeit ersetzt.

»Michael, das können Sie nicht machen. Sie können Colliver unmöglich so kurz nach dem Mord an Derek ins Kreuzverhör nehmen. Das schaffen Sie nicht. Sie …«

»Ich kenne meine Grenzen«, unterbrach Michael sie entschieden. »Und ich weiß auch, wie ich mit so etwas am besten umgehe. Wir haben gerade einen Lauf in diesem Fall. Und die Anklage hängt in den Seilen. Wir werden jetzt auf keinen Fall nachgeben.«

»Aber Michael …«

»Da gibt es kein Aber. Es passiert, und es passiert heute. Das Einzige, was ich nicht machen werde, ist, mit Simon zu reden. Das schaffe ich im Moment nicht. Also müssen Sie zu ihm in den Zellentrakt gehen und ihn darüber informieren, dass ich einige private Probleme hatte und deshalb nicht zu ihm herunterkomme. Aber sagen Sie ihm auf keinen Fall, worum es sich handelt. Versichern Sie ihm, dass wir bereit sind und es kaum erwarten können loszulegen.«

Draper antwortete nicht. Sie wirkte etwas verstimmt, weil sie so barsch zurechtgewiesen worden war. Colliver war der wichtigste Zeuge in diesem Fall, also musste Michael voll konzentriert sein. Er konnte sehr gut verstehen, warum Draper das angesichts dieser Umstände für unmöglich hielt.

Aber was sie denkt, ist irrelevant, sagte sich Michael. *Heute wird sie einfach nur zusehen und lernen.*

»Und Jenny?«, rief er ihr nach, als Draper sich auf den Weg machte.

Sie drehte sich um, als sie ihren Namen hörte.

»Ja?«

»Besorgen Sie uns unbedingt seine schriftliche Erlaubnis, Colliver *und* O'Driscoll anzugreifen. Genau so, wie wir es besprochen haben.«

64

»Was ich sagen will, Mr. Colliver, ist Folgendes: Als die Polizei Sie wegen des Mordes an den Galloway-Brüdern verhaftete, hatte sie den richtigen Mann erwischt, stimmt's?«

Matthew Coles Kreuzverhör von Terry Colliver näherte sich dem Ende. Kronanwalt Cole hatte den Zeugen fast zwei Stunden lang befragt. Weitgehend erfolglos. Er hatte einen Ansatz gewählt, den Michael nicht nachvollziehen konnte. Er versuchte überhaupt nicht, Simon Kash für das Verbrechen verantwortlich zu machen.

Das ist unerwartet, dachte Michael. *Und naiv.*

»Und was soll ich wohl dazu sagen, hm?«

»Mr. Cole möchte, dass Sie seiner Behauptung entweder zustimmen oder sie verneinen, Mr. Colliver.«

Die Intervention eines Richters war für gewöhnlich nicht nötig, wenn Matthew Cole ein Kreuzverhör durchführte. Heute jedoch war sie mehr als gerechtfertigt.

Matt ist nicht bei der Sache, dachte Michael. *Vielleicht ist ihm der Mord an Derek doch nähergegangen, als ich erwartet habe.*

»Also gut, dann verneine ich das. Sie hatten *nicht* den richtigen Kerl, bis sie Darren O'Driscoll und Simon Kash erwischt haben. Wie ich es schon Mr. Epstein gesagt habe.«

Cole konnte diese Antwort nur ignorieren. »Und ich behaupte weiterhin, dass Sie, um mit diesem Mord davonzukommen, meinen Klienten, Darren O'Driscoll, bezichtigt haben, weil Sie wussten, dass die Polizei weit entschiedener hinter ihm und seinem Bruder her war als hinter Ihnen. Stimmt das nicht?«

»Nein, das ist verdammt noch mal nicht richtig. Denn wenn ich gedacht hätte, dass die Polizei Darren O'Driscoll *und* Patrick O'Driscoll auf dem Kieker hatte, warum hätte ich dann nur Darren erwähnen sollen? Warum sollte ich dann Darren und Simon Kash beschuldigen, statt Darren und Pat? Das ergibt doch überhaupt keinen Sinn, was Sie da sagen, stimmt's? Gar keinen.«

»Mr. Colliver, ich unterstelle Ihnen …«

»Was denn? Sie wollen meine Frage nicht beantworten? Was ist los, Kumpel? Sind Sie mit Ihrem Latein am Ende?«

»Mr. Colliver, ich bin nicht hier, um Ihre Fragen zu beantworten.« Cole griff zu der altbewährten Antwort eines Anwalts. »Sondern Sie sind hier, um meine zu beantworten. Also versuchen wir doch, uns daran zu halten.«

»Wie Sie wollen«, antwortete Colliver. »Ich weiß jedenfalls, was ich davon halten würde, wenn ich auf der Geschworenenbank säße.«

Michael sah zu, wie Colliver die Arme verschränkte und sich auf dem Stuhl des Zeugenstandes zurücklehnte.

Er hat im Moment eindeutig die Oberhand, dachte er.

Coles Antwort und seine Reaktion bewirkten genau das, was Colliver angedeutet hatte. Es schwächte Darren O'Driscoll in den Augen der Geschworenen. Nicht zuletzt deshalb, weil Collivers Argument stichhaltig war. Und es schadete nicht nur O'Driscoll, sondern auch Simon Kash.

Dennoch war Cole nicht richtig darauf eingegangen, bevor er einfach weitermachte.

Worauf zum Teufel willst du hinaus, Matt?

◆

Nach weiteren zehn Minuten war Coles Kreuzverhör schließlich zu Ende. Es war nicht schlimmer geworden, aber auch nicht besser. Cole hatte überhaupt keine Fortschritte gemacht. Nichts, was die Geschworenen davon überzeugen könnte, dass Colliver etwas mit dem Mord an den Galloway-Brüdern zu tun hatte.

Jetzt war Michael an der Reihe.

Er stand auf und sah Colliver im Zeugenstand direkt an. Einen Mann, der vor Selbstbewusstsein wegen Coles Scheitern förmlich platzte. Einen Mann, dessen Arroganz bei jedem kleinen Erfolg weiter gewachsen war, und der sich nicht die Mühe machte, das zu verbergen.

Michael drehte sich nachdrücklich von dem Zeugen weg, fast schon theatralisch. Es war eine bewährte Methode, um zu erreichen, dass die Geschworenen dasselbe taten.

Dann drehte er sich zur Anklagebank hin, nach links. Rechts von der Jury. Zu Simon Kash. Michael wusste, dass alle Geschworenen das Gesicht eines Kindes sahen. Eines Jungen, der überhaupt keine Spur von Arroganz zeigte. Oder von Großspurigkeit.

Nur ein ängstlicher Junge.

Michael wusste, dass die Geschworenen die beiden Männer miteinander vergleichen würden, und dass Colliver den Kürzeren ziehen würde. Aber der Anblick beeinflusste auch Michael. Er erinnerte ihn daran, warum er hier war. Warum er dieses Risiko einging. Nicht mehr für Liam, sondern weil Derek an Kash geglaubt hatte. Ebenso wie Michael.

Er würde keinen von ihnen enttäuschen.

Als Michael sich wieder zum Zeugenstand umdrehte, streifte sein Blick Jenny Draper. Sie blickte auf die alte Anwaltsbank herab, auf der sie saß. Es sah aus, als würde sie sich auf das Desaster vorbereiten, dass ihrer Meinung nach unausweichlich war.

Aber Michael kümmerte das nicht. Denn jetzt ging es nur um Terry Colliver und ihn.

»Mr. Colliver, ich habe ein paar Fragen zu Simon Kash.« Michaels Stimme klang kräftig und verriet nichts von seinem emotionalen Aufruhr. »Sind Sie einverstanden, wenn wir jetzt sofort damit beginnen, oder möchten Sie vielleicht eine Pause?«

»Sehe ich aus, als bräuchte ich eine Pause?«

»Nein, Mr. Colliver, so sehen Sie nicht aus. Also lassen wir es krachen, einverstanden?«

»Schießen Sie los.«

»Mit Vergnügen.«

Michael lächelte über Collivers Selbstvertrauen. Eigentlich gab es nichts Amüsantes an dem heutigen Tag. Aber Colliver schien prädestiniert dafür zu sein, Michael von seinen Gedanken an Derek Reid und Karl Hirst abzulenken. Zumindest für eine Weile.

Michael fuhr fort.

»Ich glaube, wir fangen am besten mit einer kurzen Rekapitulation an. Um sicherzugehen, dass wir alle Ihre Aussage präsent haben.«

»Wie Sie wollen.«

»Sehr großzügig von Ihnen.«

Michael legte eine Hand auf das hölzerne Pult und richtete sich zu seiner vollen Größe auf. Selbst von der anderen Seite des Gerichtssaals aus bot er einen beeindruckenden Anblick. Diese Geste entging Colliver nicht, und er verlagerte sein Gewicht auf dem Stuhl.

»Wir haben eben alle gehört, dass Sie ursprünglich wegen

des Mordes an den Galloway-Brüdern verhaftet, verhört und angeklagt wurden. Ist das korrekt?«

»Man hat mich das bereits gefragt, also wissen Sie, dass es stimmt.«

»Ja, Mr. Colliver. Das wissen wir. Und deshalb nennt man so etwas auch eine Rekapitulation. Also, wollen wir jetzt weitermachen?«

»Machen Sie hier einen auf Witzbold, Mann?«

»Nicht im Geringsten, Mr. Colliver. Mord ist nicht witzig.« Michael warf einen kurzen Blick zu den Geschworenen. Um eine Verbindung herzustellen. Dann sah er Colliver wieder an. »Als Sie von der Polizei befragt wurden – verhört wurden –, da sagten Sie nichts über Darren O'Driscolls Beteiligung an dem Mord.«

»Nein.«

»Sie haben ihn überhaupt nicht erwähnt.«

»Das wissen Sie genau.«

»Und ganz sicher haben Sie auch meinen Klienten, Simon Kash, nicht erwähnt. Oder doch?«

»Ich habe nichts über niemanden gesagt.« In Collivers Arroganz mischte sich jetzt ein Anflug von Feindseligkeit. Michaels Fragen fingen an, ihn zu nerven. »Ich habe gesagt ›kein Kommentar‹, schon vergessen?«

»Das haben Sie allerdings getan, Mr. Colliver. Als man Sie zum ersten Mal über diesen Mord befragt hat, als man Sie wegen dieses Mordes verhaftet hatte, haben Sie also im Wesentlichen nichts gesagt.«

»Ja.«

»Und doch – nach allem, was Sie heute den Geschworenen erzählt haben, hätten Sie der Polizei eine ganze Menge mitteilen können.«

»Was soll das denn heißen?«

»Ich meine damit, dass Sie heute den Geschworenen erzählt haben, dass Sie sehr kurz nach dem Mord am Tatort gewesen sind.«

»Das stimmt.«

»Sie sagten, Darren O'Driscoll hätte Sie angerufen und Ihnen befohlen, ihn und Simon Kash vom Tatort abzuholen. Um ihnen bei ihrer Flucht zu helfen.«

»Stimmt, ja.«

»Und das hätten Sie auch der Polizei sagen können, als man Sie verhört hat.«

»Nehme ich an, ja.«

»Haben Sie aber nicht.«

»Nein.«

Michael dachte einen Moment lang nach. Er hatte das Kreuzverhör in seinem Kopf genau vorausgeplant. Um Collivers Lügen langsam eine nach der anderen ans Licht zu bringen. Aber Colliver war gereizt. Dafür sprachen seine knappen Antworten. Und sein Tonfall. Vielleicht war ein langsames, stetiges Vorgehen bei diesem Mann nicht das Richtige.

Es ist fast so, als würde man einen frechen Schuljungen befragen, dachte Michael. *Also spielen wir es auf diese Weise.*

»Es ist aber richtig, dass Sie am Ende der Polizei genau das erzählt haben, was Sie jetzt diesen Geschworenen berichten?«

»Ja.«

»Es stimmt also, dass Sie der Polizei dieselbe Geschichte erzählt haben wie heute, und dass Sie die Namen von Darren O'Driscoll und Simon Kash genannt haben?«

»Ja.«

»Und damit zugegeben haben, dass Sie diese Männer vom Tatort weggeschafft haben?«

»Tja, genau das habe ich getan, nicht wahr?«

»Was dazu führte, dass man Sie der Beihilfe an einem Verbrechen angeklagt hat. Sie haben sich schuldig bekannt. Und wurden zu achtzehn Monaten Gefängnis verurteilt, mit zweijähriger Bewährungszeit.«

»Hören Sie, Mann, das habe ich alles schon erzählt. Führt das auch irgendwohin, oder was?«

»Rekapitulation, Mr. Colliver. Rekapitulation.«

»Hören Sie, Mann …«

Der Ärger in Collivers Stimme war unüberhörbar. Ärger über Michaels monotonen, sarkastischen Tonfall. Michael ignorierte das einfach.

»Nur damit die Geschworenen das richtig verstehen: Es bedeutet, dass Sie eine Gefängnisstrafe bekommen haben, sie aber nicht wirklich absitzen müssen. Vorausgesetzt, dass Sie innerhalb eines bestimmten Zeitraums nicht mehr straffällig werden. In Ihrem Fall waren das zwei Jahre. Verstehen Sie das auch so?«

»Sie sind der Anwalt, oder?«

»Ja, aber Sie sind derjenige, der hier eine Zeugenaussage macht. Und Sie haben meiner Erklärung nicht widersprochen, Mr. Colliver. Also, ist das Ihrer Meinung nach so richtig?«

Colliver funkelte ihn nur schweigend an.

»Okay. Gehen wir davon aus, dass ich recht habe. Also, rekapitulieren wir jetzt ein Stück von der Rekapitulation, einverstanden? Man hat Sie ursprünglich des Mordes angeklagt. Wofür Sie in Untersuchungshaft gekommen sind, richtig?«

»Ja.«

Die Feindseligkeit wuchs. Michaels neuer Ansatz war eine gute Entscheidung gewesen.

»Und wären Sie wegen dieses Mordes verurteilt worden, dann hätten Sie eine lebenslange Freiheitsstrafe verbüßen müssen, das wussten Sie.«

»Ja.«

»Eine Strafe, die *nicht* zur Bewährung ausgesetzt worden wäre, richtig?«

»Was?«

»Sie hätten diese Strafe tatsächlich absitzen müssen, oder nicht? Zumindest aber ein Minimum von etlichen Jahren.«

»Was hat das mit alldem hier zu tun?«

»Genau genommen sehr viel, Mr. Colliver.«

Michael freute sich immer über eine gut platzierte Frage von einem Zeugen. Eine solche Gelegenheit ließ er sich nicht entgehen.

»Denn erstens ist das Leben im Gefängnis erheblich schlimmer als eine Strafe, die besagt: ›Halte dich eine kleine Weile aus allem Ärger heraus, dann sitzt du keinen einzigen Tag ab.‹ Oder etwa nicht?«

»Was?«

»Ich will es für Sie einfacher ausdrücken.« Michael verfiel in einen herablassenden Tonfall, der Colliver noch mehr aufstacheln sollte. »Was wäre Ihnen lieber, Mr. Colliver? Ihr Leben im Gefängnis zu verbringen oder eine Strafe auf Bewährung, durch die Sie gar nicht bestraft werden – vorausgesetzt, dass Sie sauber bleiben?«

»Das ist eine verdammt dumme Frage.«

»Ja, das nehme ich auch an.« Michael drehte sich zu den Geschworenen um und lächelte verschwörerisch. »Weil ich glaube, dass wir alle die Antwort kennen. Aber machen wir weiter.«

Michael wandte sich wieder an Colliver.

»Laut Ihrer Aussage wussten Sie zur Zeit Ihrer Verhaftung, als Sie sich einer Anklage gegenübersahen – die Ihnen eine lebenslange Freiheitsstrafe hätte einbringen können –, bereits alle Einzelheiten über die Leute, die das Verbrechen tatsächlich begangen hatten. Informationen, die diese drohende lebenslange Strafe in eine kurze, zur Bewährung ausgesetzte Strafe hätten verwandeln können. Und doch haben Sie sich entschieden, absolut gar nichts zu sagen?«

»Ich bin kein Denunziant, Mann.«

Michael lächelte. Er hätte sich keine bessere, impulsivere Antwort erhoffen können. Sie sagte ihm, dass Colliver nicht mehr überlegt vorging. Er reagierte nur noch. Die Schrauben waren platziert.

Jetzt wurde es Zeit, sie anzuziehen.

»Mr. Colliver, Sie sind Hauptbelastungszeuge der Anklage in einem Mordprozess gegen Leute, die, wie Sie behaupten, Ihre Freunde waren. Wenn das, was Sie sagen, stimmt – und nur um das klarzustellen, ich behaupte, dass es nicht der Wahrheit entspricht –, dann sind Sie sozusagen das Paradebeispiel für einen Denunzianten.«

Peter Epstein QC war sofort auf den Beinen.

»My Lord, es ist ein absolut unangemessenes Verhalten für einen Advokaten Ihrer Majestät, einen Zeugen in einem derartig schwerwiegenden Fall einen ›Denunzianten‹ zu nennen!«

»Ich stimme Ihnen zu, Mr. Epstein.« Richter Levitt wandte sich an Michael. »Ich nehme an, Sie wollen sich entschuldigen, Mr. Devlin?«

»Selbstverständlich, My Lord.« Michael hatte seinen Blick keine Sekunde von Colliver genommen. »Ich entschuldige mich dafür, dass ich angedeutet habe, Ihr Verhalten würde Sie zu einem Denunzianten machen, Mr. Colliver. Denn was Sie sind und was Sie nicht sind, entscheiden selbstverständlich die Geschworenen.«

»Mr. Devlin! Mr. Colliver ist hier *nicht* der Angeklagte.«

Diesmal schrie Richter Levitt beinahe. Michael ignorierte seinen Einwurf und redete weiter.

»Mr. Colliver, obwohl Sie dieser Jury erzählt haben, dass Sie genau wussten, wer die Galloway-Brüder ermordet hat, und obwohl Sie die Mörder vom Tatort weggefahren haben, haben Sie nichts davon erwähnt, als man Sie für eben dieses Verbrechen verhaftet und verhört hat.«

»Nein. Nein, das habe ich nicht.«

»Und Sie sagen auch, Sie hätten geschwiegen, weil Sie kein Denunziant sind.«

»Das stimmt.«

»Aber eigentlich stimmt das gar nicht, oder?«

Michael beugte sich auf seinem Holzpult vor und stützte sein Gewicht mit den Armen ab. Er sprach fast im Plauderton und sah die Verwirrung in Collivers Blick, die er dadurch verursachte.

»Ich habe keine Ahnung, wovon Sie da reden, Mann.«

»Dann lassen Sie es mich Ihnen erklären, Mr. Colliver. Sie sind wegen Mordes verhaftet worden. Also steckten Sie in schrecklichen Schwierigkeiten und sahen sich einer möglicherweise lebenslangen Haftstrafe gegenüber. Trotzdem wollten Sie nichts sagen. Aber dann, viele Monate später, haben Sie der Polizei doch erzählt, was Sie wussten. Oder nicht?«

»Ja.«

»Dabei hatte sich an Ihrer Lage gar nichts geändert, richtig? Als Sie sich entschlossen haben, mit der Polizei zu reden, als Sie den Entschluss fassten, Darren O'Driscoll und Simon Kash als Mörder zu benennen, waren Sie immer noch in genau derselben Position. Sie wurden immer noch des Mordes angeklagt und hatten dieselbe lebenslange Strafe zu erwarten.«

»Und?«

»Und? Und, Mr. Colliver? Sicher können Sie mir folgen. Sie behaupten, Sie hätten nicht ausgesagt, weil Sie kein Denunziant sind. Aber später, obwohl sich nichts geändert hatte, haben Sie Ihre Freunde trotzdem verraten. Also kann Ihr anfängliches Schweigen nicht durch die Tatsache erklärt werden, dass Sie, wie Sie behaupten, kein Denunziant sind. Richtig? Denn am Ende haben Sie die beiden doch denunziert. Alles, was sich geändert hatte, war der Termin Ihres Prozesses, der näher gerückt war.«

»Was wollen Sie eigentlich von mir wissen?« Colliver schien wirklich verwirrt zu sein.

»Ich will, dass Sie meine ursprüngliche Frage beantworten. Sie hätten der Polizei bei Ihrem Verhör alles erzählen können. Vorausgesetzt natürlich, dass all das, was Sie dieser Jury erzählt haben, die Wahrheit ist. Und doch haben Sie mit ›kein Kommentar‹ geantwortet. Warum, Mr. Colliver? Und sagen Sie nicht, weil Sie kein Denunziant sind, denn wir haben bereits klargestellt, dass dem nicht so ist.«

Colliver zögerte. Das leichte Spiel, das er mit Cole gehabt hatte, war lange vorbei. Zum ersten Mal dachte er sorgfältig nach, bevor er antwortete.

»Ich … Ich nehme an, als ich verhört wurde, habe ich nicht damit gerechnet, angeklagt zu werden, stimmt's?«

Michael sah das Lächeln in Collivers Augen. Es strafte das ansonsten perfekte Pokerface Lügen. Michael verstand seine Bedeutung. Colliver hatte mit seiner Antwort einen Home Run geschafft.

Jedenfalls glaubte er das.

»Entschuldigen Sie.« Michael verbarg sorgfältig seine eigene Belustigung. »Könnten Sie bitte erklären, was das bedeutet?«

»Ich will damit sagen, dass es einen Unterschied zwischen meinem Verhör gab – als ich ›kein Kommentar‹ sagte – und dem Moment, als ich meine Aussage bei der Polizei machte. Der Unterschied war der, dass ich die Namen von O'Driscoll und Kash erst preisgegeben habe, als ich angeklagt worden war. Davor war ich nur *verhaftet*. Für etwas, was ich nicht getan hatte. Deshalb brauchte ich die beiden ja nicht zu verpfeifen, stimmt's? Ich meine, als ich verhört wurde. Ich musste sie damals nicht denunzieren. Aber als ich angeklagt wurde? Als ich wegen Mordes vor Gericht gestellt werden sollte? Das ist eine ganz andere Sache, Mann.«

Collivers Arroganz war wieder da. Er war zuversichtlich, dass er ein unschlagbares Argument vorgebracht hatte. Michael hätte nicht mehr verlangen können.

»Das ist tatsächlich sehr interessant, Mr. Colliver. Also war der große Unterschied allein die Tatsache, dass man Sie wegen Mordes angeklagt hatte und Sie jetzt mit einem Prozess rechnen mussten.«

»Das ist richtig, ja.«

Colliver klang plötzlich nicht mehr so selbstsicher. Michaels unerschütterliche Zuversicht hatte sein Selbstbewusstsein schwinden lassen.

»Mr. Colliver, wissen Sie, was eine Voruntersuchung ist?«

»Was?«

»Sie haben mich verstanden, Mr. Colliver. Eine vorbereitende Voruntersuchung, PTPH. Sie wissen, was das ist, stimmt's?«

»Warum helfen Sie mir nicht auf die Sprünge?«

»Sehr gerne, Mr. Colliver. Eine vorbereitende Voruntersuchung ist eine Anhörung, bei der man Sie fragt, ob Sie sich schuldig oder nicht schuldig bekennen. Danach wird der Termin Ihres Prozesses festgelegt, und sehr viele andere Termine werden ebenfalls geregelt. Zu diesem festgelegten Zeitpunkt müssen gewisse Teile der Fall-Vorbereitung abgeschlossen sein. Klingelt es da bei Ihnen?«

Keine Antwort. Michael war sicher, dass Colliver keine Ahnung hatte, worauf er hinauswollte.

»Okay. Also, gehen wir davon aus, dass ich recht habe und dass Sie eine solche Anhörung vor diesem Gericht im Januar dieses Jahres hatten. Dort haben Sie auf ›nicht schuldig‹ des Mordes plädiert, und folglich wurde bei dieser Anhörung der Termin des Prozesses im Juni festgelegt. Richtig?«

Michael warf einen Blick zu den Geschworenen, als Colliver erneut nicht antwortete. Nur für einen kurzen Moment. Aber lange genug, um sich zu überzeugen, dass sie verstanden hatten, worauf er hinauswollte.

»Erneut werde ich nicht korrigiert. Also hat sich im Januar dieses Jahres alles geändert, wie Sie gesagt haben. Sie wurden angeklagt. Sie haben den Termin für Ihren Prozess bekommen. Und doch haben Sie nach wie vor weder Darren O'Driscoll noch Simon Kash erwähnt. Warum?«

»Weil ich nicht noch einmal verhört worden bin, richtig? Wann hätte ich es sagen sollen?«

Diesmal versuchte Michael erst gar nicht, sein Lächeln zu verbergen.

»Haben Sie jemals den Begriff Verteidigungsschrift gehört, Mr. Colliver?«

»Nein.« Collivers gereizte Antwort ließ darauf schließen, dass der Mann am Ende seiner Beherrschung war.

»Das ist interessant, denn zufällig habe ich hier eine Verteidigungsschrift in der Hand, auf der Ihr Name und Ihre Unterschrift stehen. Möchten Sie gerne einmal hineinschauen?«

Colliver warf ihm einen wütenden Blick zu, blieb aber stumm.

»Nicht? Leider müssen wir es trotzdem tun.«

Michael wandte sich an die Gerichtsdienerin.

»Madam Gerichtsdienerin, können Sie dieses Dokument dem Zeugen zeigen? Es gibt auch eine Kopie für Seine Lordschaft, eine für das Gerichtsprotokoll und sechs Kopien, die sich die Geschworenen teilen können. Ich habe noch weitere Kopien für meine verehrten Kollegen. Aber die kann ich ihnen selbst geben.«

Er reichte der Gerichtsdienerin die Dokumente, bevor er sich wieder an Colliver wandte.

»Bitte werfen Sie einen Blick auf das Dokument, das man Ihnen gleich aushändigt, Mr. Colliver, und bestätigen Sie mir, dass Sie es erkennen.«

Die Gerichtsdienerin gab Colliver das Dokument. Er ließ sich zwei Minuten Zeit, es durchzulesen. Die Geschworenen, der Richter und die Barristers taten dasselbe. Schließlich nickte Colliver.

»Es tut mir leid, Mr. Colliver, aber wir müssen Ihre Antwort hören. Für die Aufnahme, verstehen Sie?«

»Ja.« Colliver Stimme klang angespannt. Er konnte seine Wut kaum noch bändigen. »Ich erkenne es.«

»Dann bestätigen Sie mir bitte, dass das eine Verteidigungsschrift ist, die aufgrund Ihrer Instruktionen an Ihre Anwälte erstellt und von Ihnen am 1. Februar dieses Jahres unterzeichnet wurde.«

»Ja, das ist es.«

»Und bitte bestätigen Sie ebenfalls, dass Sie von Ihren Anwälten informiert wurden, dass dieses Dokument Ihre Verteidigung gegen die Mordanklage widerspiegeln sollte.«

»Ja.«

»Die Verteidigung, die Sie vor Gericht vorbringen würden.«

»Ja.«

»Und das alles, was Sie in diesem Dokument nicht erwähnten – oder das irgendwelche Widersprüche zu Ihrer endgültigen Verteidigung darstellte – von den Geschworenen benutzt werden könnte, um Ihre Schuld zu beweisen.«

»So in der Art, ja.«

»Entspricht das also ungefähr der Belehrung, die man Ihnen gegeben hat, bevor Sie verhört wurden?«

»Ja.«

»Und Sie haben das damals verstanden?«

»Ich bin nicht blöd, Mann!«

»Oh, das weiß ich, Mr. Colliver. Sie sind alles andere als blöd. Und doch findet sich trotz Ihrer Intelligenz in diesem Dokument keine Erwähnung von Darren O'Driscoll, richtig?«

Colliver schien seine letzte Antwort bereits zu bereuen. Jetzt endlich begriff er, worauf Michael hinauswollte. Er blieb stumm.

»Den Geschworenen liegt diese Verteidigungsschrift vor«,

fuhr Michael fort. »Sie können sie selbst überprüfen, ob Sie mir nun antworten oder nicht. Also kommen wir jetzt zu dem, was mir Kopfzerbrechen bereitet, Mr. Colliver. Und zwar wird in diesem Dokument auch Simon Kash nicht erwähnt, richtig?«

Michael machte eine kleine Pause, aber Colliver antwortete immer noch nicht.

»Und ebenso wenig findet sich hier eine Erwähnung Ihrer angeblichen Anwesenheit am Tatort, nur wenige Minuten, nachdem die Galloway-Brüder ermordet worden waren.«

Keine Antwort.

»Stattdessen, Mr. Colliver, sagen Sie darin eigentlich nur, dass Sie absolut nichts mit den Morden zu tun hatten. Dass Sie nichts darüber wussten. Und dass Sie woanders waren, als diese Morde begangen wurden. Oder trifft das nicht zu?«

Collivers gehetzte Miene verriet Michael, dass nicht mehr viel fehlte, bevor er die Beherrschung verlor.

»Ist das nicht genau das, was Ihre Verteidigungsschrift sagt, Mr. Colliver?«

»Die Geschworenen haben das verfluchte Ding vor der Nase, stimmt's?« Colliver explodierte. »Sie können es doch selbst lesen!«

»Mäßigen Sie sich!« Richter Levitt zögerte nicht einzugreifen. »Ich habe das schon einmal in diesem Prozess gesagt, und ich sage es noch einmal, Mr. Colliver: Noch ein Ausbruch, und man bringt Sie nach unten in eine Zelle. Haben Sie das verstanden?«

Colliver erwiderte Levitts scharfen Blick. Einen Moment lang machte es den Anschein, als wollte er widersprechen. Mit sichtlicher Mühe riss er sich zusammen und nickte mürrisch. Dann sah er wieder Michael an, der keine Sekunde zögerte.

»Würden Sie das bitte erklären?«

»Was soll ich erklären?«

»Das Problem mit Ihrer Aussage, Mr. Colliver. Sie haben uns erzählt, dass Sie mit ›kein Kommentar‹ geantwortet haben, weil Sie nicht glaubten, dass man Sie anklagen würde. Aber dass Sie, nachdem Sie angeklagt wurden, begriffen haben, dass Sie in ernsten Schwierigkeiten steckten. Und dass Sie deshalb die Namen von Darren O'Driscoll und Simon Kash genannt haben. Nur stimmt das nicht, habe ich recht?«

»Und ob das verdammt noch mal stimmt! Ich habe einen Eid darauf geleistet!«

»Wir haben gerade eben das Dokument gesehen, das Ihre Verteidigung beinhaltet und von Ihnen über einen Monat *nach* Ihrer Anklage mit Ihrer Unterschrift autorisiert wurde. Fast einen Monat, *nachdem* Sie auf ›nicht schuldig‹ plädiert haben. *Nachdem* das Datum Ihres Prozesses festgelegt worden war.«

»Und?«

»Ach, kommen Sie, Mr. Colliver. Wir haben uns doch schon darauf geeinigt, dass Sie ein kluger Mann sind. Sie wissen ganz genau, was ich sagen will. Das Problem ist, dass Sie lange nach der Anklage, die angeblich alles verändert hat, immer noch eine andere Geschichte erzählten. Sie haben nach wie vor weder Simon Kash noch Darren O'Driscoll als Täter beschuldigt. Warum, Mr. Colliver?«

Colliver verlegte sich aufs Schweigen.

»Kommen Sie, Mr. Colliver. Das war eine wichtige Frage. Wenn Sie sie nicht beantworten, werden die Geschworenen zweifellos ihre eigenen Schlüsse ziehen.«

Michael ließ zu, dass sich die Pause dehnte. Als warte er auf eine Antwort, obwohl er genau wusste, dass keine kommen würde.

»Mr. Colliver?«

Schließlich sprach er die Jury an.

»Dann eben nicht.« Er schüttelte den Kopf, als wäre er enttäuscht. »Machen wir weiter. Erinnern Sie sich an das Datum, an dem Sie Ihre Kopie der Beweise erhalten haben, auf die die Anklage sich in dem Mordprozess gegen Sie stützen wollte?«

Colliver starrte Michael an. Seine Arroganz war zwar verpufft, aber er konnte seine Wut kaum noch beherrschen.

»16. Februar.« Er knurrte die Antwort fast.

»Und diese Kopie schloss auch eine ausführliche Zusammenfassung des Falles ein, stimmt's?«

»Das wissen Sie genau.«

»Ausgezeichnetes Gedächtnis, Mr. Colliver. Sie mussten nicht mal eine Sekunde lang über diese Antwort nachdenken.«

»Na und?«

»Ich frage mich einfach nur, ob es dafür einen Grund gibt. Ob etwas in dieser Zusammenfassung dafür gesorgt hat, dass sie sich Ihnen eingeprägt hat. Weil Sie so sicher sind, dass sie Ihnen zusammen mit den Aussagen und den Beweisen ausgehändigt wurde.«

Keine Antwort.

»Fangen wir nicht wieder mit diesem Schweigen an, Mr. Colliver. Das wird allmählich langweilig.«

Michael blickte nach unten, während er sprach. Sein Tonfall war verächtlich. Diesmal wartete er erst gar nicht auf eine Antwort, sondern nahm eine Handvoll Unterlagen von der Bank und hob sie hoch, damit alle sie sehen konnten.

»Zum Glück habe ich eine Kopie dieser Zusammenfassung hier. Ich werde Ihnen Seite 17 aushändigen. Werfen Sie einen Blick darauf, und sagen Sie mir dann, ob sie Ihrer Erinnerung auf die Sprünge hilft.«

Michael drehte sich zu der Gerichtsdienerin, gab ihr Kopien für den Zeugen, den Richter und die Geschworenen, bevor er die übrigen Papiere an die anderen Barrister verteilte.

Er wartete, bis alle die Seite hatten lesen können, bevor er weitersprach.

»Die Zusammenfassung der Polizei besagt, dass Sie verdächtigt wurden, die Galloway-Brüder gemeinsam mit Darren O'Driscoll ermordet zu haben. Und dass die Polizei nicht glaubte, dass diese Morde nur von einer Person begangen worden sein könnten. Aber dass es zu diesem Zeitpunkt nicht genügend Beweise gab, um Mr. O'Driscoll anzuklagen. Stimmen Sie dem zu?«

»Ja, das steht da. Und wenn schon! Das ist nur das, was die Polizei dachte. Das sind keine Beweise.«

»Das stimmt allerdings, Mr. Colliver. Aber dafür ist es das erste Mal, dass jemand – einschließlich Ihrer Person – schriftlich oder mündlich seine Überzeugung zu Protokoll gegeben hat, dass Darren O'Driscoll an diesen Morden beteiligt war.«

»Na und?«

»Na und? Sie wissen genau, was das bedeutet, Mr. Colliver. Es bedeutet, dass Sie – bevor Sie mit dem Finger auf Darren O'Driscoll gezeigt haben – bereits ein Anklagedokument in Ihrem Besitz hatten, aus dem ziemlich klar hervorging, dass die Polizei direkte Beweise gegen ihn sehr begrüßen würde. Mit anderen Worten: Sie wussten, dass die Polizei ihn verdächtigte, bevor Sie jemals auch nur seinen Namen erwähnt haben.«

»Also, ich habe langsam genug von all dem hier, Mann. Sie reden einen Haufen Mist!«

»Was ich sage, ist die Wahrheit, und das wissen Sie«, erwiderte Michael streng. »Sie wissen das sehr gut. Und das ist noch nicht alles. Denn zu diesem Zeitpunkt – in diesem Dokument, in dem von Darren O'Driscoll die Rede ist – wird Simon Kash immer noch nicht erwähnt. Weder von Ihnen noch von der Polizei noch von irgendjemandem sonst. Warum wohl?«

»Ich bin nicht sicher, ob dieser Zeuge erklären kann, warum sich in einem Polizeidokument keine Erwähnung Ihres Klienten findet, Mr. Devlin.«

Michael sah nicht einmal in Richter Levitts Richtung, sondern beantwortete nur seinen Einwurf.

»Das kann er, My Lord, wenn er weiß, dass Simon Kash unschuldig und nur wegen all der Lügen hier ist, die der Zeuge erzählt hat. Aber ich akzeptiere den Hinweis Eurer Lordschaft.«

Michael richtete seine Aufmerksamkeit erneut auf Colliver.

»Trotzdem denke ich, dass Sie nicht mehr wirklich ein Denunziant gewesen wären, wenn Sie Darren O'Driscolls Namen zu diesem Zeitpunkt erwähnt hätten. Denn die Polizei hatte ihn ja bereits in Verdacht. Richtig?«

Collivers Augen leuchteten auf, als Michael das sagte. Da ließ jemand einen Rettungsring vor einem Ertrinkenden baumeln.

»Das ist richtig. Deshalb konnte ich damals meine Aussage

machen. Darren hing bereits am Haken. Warum sollte ich also untergehen?«

»Sie sagen es.« Michael machte eine ausladende Handbewegung in Richtung der Geschworenen. »Und ich bin sicher, dass keiner der Geschworenen deshalb schlechter von Ihnen denken wird. Bis auf eine kleine Tatsache.«

»Was?«

»Das Datum Ihrer schriftlichen Aussage, Mr. Colliver.«

»Was ist damit?«

»Ihre Zeugenaussage vor der Polizei trägt das Datum vom 7. März dieses Jahres.«

»Und?«

»Das sind fast drei Wochen, nachdem Sie die Beweise erhalten haben. Nachdem Sie zuerst die Zusammenfassung des Polizeiberichts bekommen haben, in dem Darren O'Driscoll genannt wird, und der Ihnen folglich erlaubt hat, endlich die Wahrheit zu sagen.«

»Was?« Collivers Wut schien verraucht zu sein. Er war von Michaels gnadenloser Argumentation erschöpft.

»Ich will wissen, warum Sie so lange gebraucht haben. Sobald Sie wussten, dass Sie begründeterweise in Ihrer Aussage Darren O'Driscoll als Täter benennen konnten. Weil die Polizei ihn bereits verdächtigte. Also warum? Warum haben Sie drei Wochen dafür gebraucht?«

Colliver sah Epstein hilflos an. Der Ankläger hatte den Blick gesenkt. Von ihm war keine Hilfe zu erwarten.

»Würden Sie bitte die Frage beantworten, Mr. Colliver?«

Colliver sah Michael mit unverhülltem Hass an.

»Ich habe es eben einfach so gemacht, okay? Ich habe es einfach gemacht.«

»Wirklich? Etwas Besseres fällt Ihnen dazu nicht ein?«

Epstein machte Anstalten, sich zu erheben. Langsam. Der Ankläger hatte ganz offensichtlich nicht mehr allzu viel Enthusiasmus. Michael signalisierte Epstein mit einem Winken, sich wieder hinzusetzen, noch bevor er ganz aufgestanden war.

»Ich fahre fort«, versprach Michael und richtete seine Aufmerksamkeit erneut auf Colliver. »Tatsache ist, dass Sie Darren O'Driscoll nicht sofort die Schuld geben konnten, weil Darren O'Driscoll wirklich nicht allein gehandelt hat, habe ich recht?«

»Wovon reden Sie da?«

»Darren O'Driscoll hat den Mord gemeinsam mit *Ihnen* begangen. Und zwar genauso, wie die Polizei es in ihrem Bericht vermutet hat. Und ganz genau so, wie sie es nicht beweisen konnte.«

»Darren O'Driscoll hat die Morde zusammen mit Simon Kash begangen.« Collivers Worte waren wegen seines aggressiven Tonfalls nur schwer zu verstehen.

»Aber Sie wussten auch, wie dringend die Polizei Darren überführen wollte, habe ich recht?«

»Darren *war* es.«

»Sie wussten, dass man ihn so dringend haben wollte, dass er Ihr Ticket in die Freiheit sein könnte, wenn Sie ihn ans Messer lieferten.«

»Das stimmt nicht. Das ist eine Lüge.«

»Aber die Polizei wusste, dass es sich um zwei Männer gehandelt hatte, richtig? Also wenn Sie selbst vom Haken wollten, musste jemand anders dieser zweite Mann sein. Sie brauchten einen Sündenbock.«

»Ich habe nur die Wahrheit erzählt.«

»Also haben Sie sich drei Wochen Zeit gelassen und in

dieser Zeit die Beweise genau studiert. Sie haben alles betrachtet, was die Polizei hatte. Alles, was man Ihnen in den Fallunterlagen präsentiert hatte. Und Sie haben es benutzt, um jemand anderen zu finden, den Sie an Ihre Stelle setzen konnten.«

»Das stimmt nicht. Ich habe die Wahrheit gesagt.« Colliver klang immer verzweifelter.

»Und da sind Sie auf Simon Kash gekommen. Der gepeinigte Junge, der genau das getan hat, was *Sie* später für sich reklamiert haben.«

»Kash? Gepeinigt? Wollen Sie mich verarschen?«

»Sie haben herausgefunden, dass die Telefondaten so interpretiert werden konnten, dass Simon Kash in der Nähe war. Und Sie haben diese Daten benutzt, um ihn an Ihre Stelle zu setzen.«

»Das hab ich nicht. Er ist ein verdammter Wahnsinniger. Ich ...«

»Und dafür haben Sie sich selbst an Simon Kashs Stelle gesetzt.«

»Nein. Kash war es. Kash und Darren. Aber wenn überhaupt, dann war Kash ...«

»Sie und Darren O'Driscoll haben die Galloway-Brüder ermordet, ist es nicht so?«

»Sind Sie völlig wahnsinnig geworden? Warum hören Sie mir nicht zu?«

»Weil Sie lügen, Mr. Colliver!«, antwortete Michael. Er war wirklich überrascht, dass Colliver sich jetzt so viel Mühe gab, bei diesem Mord Simon Kash zum Partner von O'Driscoll zu machen. Es kam ihm irgendwie verzweifelt vor. »Denn es waren in Wirklichkeit Sie beide. Große, brutale junge Männer. Und als es vorbei war, rief Darren

O'Driscoll Simon Kash an, einen Jungen, der es gewohnt war, von Ihnen allen herumgeschubst zu werden, und hat ihm befohlen, Sie beide vom Tatort abzuholen. Ist es nicht genauso gewesen?«

»Sie könnten nicht weiter danebenliegen, selbst wenn Sie es versuchten.« Aus irgendeinem Grund schüttelte Colliver den Kopf und lachte. »Sie halten Kash für unschuldig? Sie glauben, Kash wurde herumgeschubst? Wenn überhaupt, war er der Grund, warum ich nicht früher mit der Wahrheit herausgerückt bin, und nicht Darren. Und wenn überhaupt jemand sein Leben im Gefängnis verbringen sollte, dann ...«

»Oh, spielen Sie jetzt nicht Simon Kashs Rolle hoch, Mr. Colliver. Nicht schon wieder. Denn das haben Sie schon einmal gemacht, stimmt's? Um Ihre eigene Haut zu retten, haben Sie die Beweise studiert und sie dazu benutzt, Ihre Rolle mit der von Simon Kash zu tauschen: Darren O'Driscoll zu helfen, die Galloways zu ermorden. Dabei hat er nichts anderes gemacht, als Sie beide vom Tatort wegzubringen!«

»Nein!«

Collivers Antwort war ein einziger Schrei. Und sie sagte Michael, dass die Zeit reif war.

»Sie haben sich auf die verzweifelten Versuche der Polizei gestützt, Darren O'Driscoll zu überführen, um dafür zu sorgen, dass man Ihnen glaubte, habe ich recht? Sie wussten genau, dass sie jeden einkassieren würden, der auch nur im Entferntesten damit in Verbindung stand. Vorausgesetzt, sie bekämen dafür auch O'Driscoll.«

»Das ist nicht wahr. Nichts davon ist wahr! Ich ... Ich weiß nicht, woher Sie diesen Blödsinn haben. Sie wissen nicht, worüber wir hier reden. Ihr Klient ist … Simon ist …«

Colliver schien kurz davor zu sein, aus der Zeugenbox zu stürmen. Aber plötzlich brach er ein. Er beendete nicht einmal seinen Satz. Stattdessen lehnte er sich nur auf dem Stuhl zurück. Diese Reaktion wirkte sonderbar, aber Michael hielt sich nicht lange damit auf. Er hatte gerade einen entscheidenden Punkt erreicht.

»Verraten Sie mir etwas, Mr. Colliver. Wer ist Jane Gorr?«

»Was?« Colliver wurde von diesem plötzlichen Themenwechsel vollkommen überrumpelt.

»Jane Gorr. Sie hat Sie im Gefängnis besucht, als Sie dort wegen des Mordes in Untersuchungshaft saßen. Sechsmal, glaube ich. Wer ist sie?«

»Sie ist die Freundin meines Kumpels.« Colliver konnte seine Verwirrung nicht verbergen.

»Welches Kumpels? Jay Price?«

»Ja.«

»Haben Sie hinter Jay Prices Rücken mit ihr geschlafen?«

»Was? Nein!«

»Warum nicht? Er ist doch kein enger Freund, oder doch?«

»Und ob er das ist. Er ist der beste Kumpel, den ich habe.«

»Tatsächlich? Wenn Mr. Price also vor dieses Gericht tritt, sich vor diese Geschworenen stellt und ihnen weismacht, dass Sie und er sich kaum kennen, dann wäre das eine Lüge, stimmt's?«

Colliver erstarrte. Michaels abrupter Themenwechsel zu Jane Gorr und Jay Price hatte ihn aus der Bahn geworfen. So sehr, dass Colliver den Inhalt von Prices Aussage vergessen hatte. Jetzt fiel sie ihm wieder ein. Und in diesem Moment musste er begreifen, dass er verloren war.

»Ich … Ich …« Colliver fehlten die Worte.

»Wenn Price diesen Geschworenen zum Beispiel erzählt hätte, dass Jane Gorr Sie *nicht* sechsmal besucht hat, damit Sie ihr detaillierte Informationen für Price mitgeben konnten, um sie in seine Aussage gegen Darren O'Driscoll und Simon Kash einzubauen, wäre auch das eine Lüge, richtig?«

»Ich … Ich kann nicht wissen, was in seiner Aussage steht oder nicht, stimmt's?« Colliver bemühte sich, weiterhin feindselig zu bleiben, aber er hatte keine Energie mehr für einen Kampf. »Ich habe sie schließlich nicht verfasst.«

»Jedenfalls nicht eigenhändig, das stimmt.« Michael lächelte ein letztes Mal. »Aber Sie haben ihm gesagt, was er hineinschreiben sollte. Richtig, Mr. Colliver?«

Colliver sah resigniert zu Boden.

»Und das haben Sie getan, weil Sie noch mehr Beweise brauchten, um Simon Kash an Ihre Stelle zu setzen, direkt neben Darren O'Driscoll.«

Keine Antwort.

»Damit Simon Kash des Verbrechens beschuldigt werden konnte, das *Sie* zusammen mit Darren O'Driscoll begangen haben.«

Ein Gefühl des Triumphs durchströmte Michael. Er erwartete keine Antwort.

»Ihr Schweigen sagt alles, Mr. Colliver. Ich habe keine weiteren Fragen.«

Michael setzte sich wieder hin und warf einen Blick auf Epstein, der langsam aufstand, um den Zeugen erneut zu vernehmen. Aber zu dieser Vernehmung kam es nicht.

Lärm aus dem hinteren Teil des Saales veranlasste alle, dorthin zu sehen.

Darren O'Driscoll war auf der Anklagebank aufgesprungen. Er war von Simon Kash weggerückt und wirkte ganz ruhig, als er laut durch den ganzen Gerichtssaal rief.

»Richter. Ich will meinen Anwalt sprechen. Sofort!«

65

»Michael, es tut mir sehr leid. Ich hätte nicht an Ihnen zweifeln dürfen.«

Draper klang aufrichtig und etwas nervös. Sie redete wie jemand, der nachdrücklich eines Besseren belehrt worden war.

Michael hatte mit niemandem mehr geredet, seit er mit Colliver gesprochen hatte. Seine Entschlossenheit, Simon Kash zu retten, hatte ihn – zusammen mit dem üblichen Adrenalinschub – durch das Kreuzverhör geführt. Auf diese Weise war er in der Lage gewesen, seinen Job so effektiv wie immer zu erledigen. Vielleicht sogar noch etwas effektiver.

Aber nachdem es jetzt vorbei war, fühlte er sich vollkommen ausgelaugt. Er wusste kaum, wo sie sich befanden. Den Weg in den Zellenblock von Old Bailey hatte er stumm und fast automatisch zurückgelegt. Eine gedankenlose Routine. Bis zu diesem Augenblick war Michael mit seinem Verstand ganz woanders gewesen.

Als Drapers Stimme zu ihm durchdrang, sah er sie an.

»Was …? Sorry, aber wofür entschuldigen Sie sich?«

Michael musste sich zwingen, in die Gegenwart zurückzukehren.

»Dafür, dass ich an Ihnen gezweifelt habe.« Draper war ebenfalls verwirrt. »Ich dachte, ich hätte Sie verärgert, als ich vorschlug, dass Sie heute kein Kreuzverhör machen sollten. Nach … Na ja, nach dem, was mit Derek passiert ist.«

»Warum sollte mich das verärgern? Es ist Ihre Aufgabe, mich zu kritisieren. Es wäre falsch, wenn Sie diese Frage nicht gestellt hätten.«

»Tatsächlich?« Drapers Tonfall wechselte von Nervosität zu einer Mischung aus Hoffnung und Erleichterung. Ein seltenes Anzeichen von Verletzlichkeit hinter ihrer glatt polierten, selbstbewussten Fassade. Aber sie war noch nicht fertig. »Ich dachte, deshalb würden Sie nicht mit mir reden. Weil Sie richtig angepisst waren.«

»Dann bin *ich* wohl derjenige, der sich entschuldigen sollte. Sie haben Ihren Job gemacht und das getan, was ich unter diesen Umständen wahrscheinlich ebenfalls getan hätte. Dafür dürfen Sie sich *niemals* entschuldigen. Es macht Sie zu dem außergewöhnlich guten Barrister, der Sie sind.«

»Ich …« Sie räusperte sich. »Ich …« Draper war verlegen. Und errötete. Noch zwei Premieren.

»Also, es tut mir leid, dass ich so schweigsam war. Und falls ich heute Morgen etwas barsch zu Ihnen gewesen bin, dann liegt das daran … Es passiert im Moment einfach sehr viel.«

»Sie meinen Derek?«

»Ja. Derek. Und andere Dinge, über die ich aber nicht sprechen kann.« Michael wollte nicht zu lange über Reid nachdenken. Er wechselte das Thema. »Das war vorhin ein sehr interessanter Ausbruch im Gerichtssaal!«

»Sie meinen, was er über Simon gesagt hat? Ja, das war vollkommen lächerlich. Es klang sehr verzweifelt. Die Geschworenen haben ganz bestimmt nicht darauf geachtet.«

Michael legte seine Hände auf den Tisch, lehnte sich auf seinem Stuhl zurück und stieß zischend den Atem aus.

»Ja. Ja, wahrscheinlich haben Sie recht. Nur ganz am Ende … Sie wissen schon. Er schien noch etwas sagen zu wollen, hat es sich dann aber anders überlegt. Er hatte eigentlich nichts mehr zu verlieren. Also warum hat er es nicht gesagt? Ganz gleich, was es war?«

»Ich glaube, Sie interpretieren da zu viel hinein.« Draper legte ihre Hand auf die von Michael. »Sie haben gerade den Boden mit ihm gewischt. Es war allen klar, dass alles, was er über Simon gesagt hat, gelogen war. Um sich selbst zu retten. Das war ein Home Run, Michael. Da gibt es nichts zu diskutieren.«

»Wahrscheinlich haben Sie recht«, erwiderte Michael. »Es … Es liegt vermutlich daran, dass ich gerade mit meinen Gedanken woanders bin. Ich denke nicht klar. Nicht angesichts all dessen … Sie wissen schon.«

Draper drückte Michaels Hand fester.

»Ich weiß, Sie haben gesagt, Sie können nicht darüber reden. Aber falls Sie das doch tun wollen, wenn es Ihnen hilft? Ich bin da. Und ich kann gut zuhören.«

Michael warf einen Blick auf seine Hand unter der von Draper. Er zögerte kurz und zog sie dann weg.

Geräusche vom Gang vor dem Zimmer erregten die Aufmerksamkeit der beiden Barrister. Sie blickten zur Tür, als Simon Kash in den Raum geführt wurde. Diesmal wirkte er nicht wie ein Zwerg neben seinem Wächter. Der übliche hünenhafte Wachposten war durch eine untersetzte Frau ersetzt worden, die durchschnittlich groß war. Nicht größer als Kash selbst.

»Das war unglaublich, Mr. Devlin! Einfach unglaublich!«

Kash grinste breit und glücklich. Michael hatte nicht erwartet, dieses Lächeln jemals zu sehen. Und er war auch erheblich redseliger als je zuvor. Er begann mit seinem aufgeregten Lob, noch bevor die neue Wärterin sein Handgelenk von ihrem gelöst hatte.

»Das war es jetzt, stimmt's?« Er sprach schnell, und seine Worte überschlugen sich fast, als sie über seine Lippen sprudelten. »Sie haben allen gezeigt, dass Terry gelogen hat. Alle haben es mitbekommen.«

»Setzen Sie sich, Simon.« Michael deutete auf die beiden Metallstühle vor ihm. »Bitte.«

Kash kletterte rasch über den ersten Stuhl und setzte sich auf den zweiten. Seine Aufregung war unverändert. An jedem anderen Tag hätte das Michael ein Lächeln entlockt.

»Sie glauben also, das war es?« Kash sprach sofort weiter, als er saß. »Ich meine, sie haben doch jetzt nichts mehr, stimmt's? Es gibt keine weiteren Aussagen gegen mich?«

»Das ist richtig.« Michael presste die Fingerspitzen seiner rechten Hand an seine rechte Schläfe. Es war ein langer Tag gewesen. »Und ja, es lief sehr, sehr gut für uns. Aber vorbei ist es noch nicht. Wir müssen noch den Prozess durchstehen.«

»Aber was ist mit einem Antrag auf Einstellung des Verfahrens wegen Mangels an Beweisen?«

Als Michael diese Worte hörte, kamen sie ihm merkwürdig vor. Sie überraschten ihn. Er hatte nicht erwartet, dass Simon Kash eine solche Terminologie jemals benutzen würde.

»Wo haben Sie diesen Ausdruck gehört, Simon?«

»Na ja … Im Gefängnis. Von irgendwelchen anderen Insassen.« Kash sah von Michael zu Draper und dann wieder zurück. Plötzlich wirkte er nervös. »Warum?«

»Weil wir bisher noch gar nicht darüber gesprochen haben, das ist alles.« Michael gab sich Mühe, ruhig weiterzusprechen, damit Kash sich entspannte. »Aber da Sie schon fragen – wir haben nicht die Möglichkeit, einen Antrag auf Einstellung des Verfahrens zu stellen. So etwas macht man, wenn es *keinerlei* Beweise gegen jemanden gibt, die eine Jury zu einem Urteil verwenden könnte. Oder wenn die existierenden Beweise so unglaubwürdig geworden sind, dass man ihnen keinen Glauben schenken kann. Aber in Ihrem Fall sind wir noch nicht an diesem Punkt.

Es gibt Beweise. Zum Beispiel die Telefondaten und die Funkzellenunterlagen. Zugegeben, eine Auslegung hilft Ihnen. Aber die andere nicht. Ebenso verhält es sich mit Colliver. Er ist bei seiner Darstellung geblieben. Er sagt immer noch, dass Sie es getan haben, zusammen mit O'Driscoll. Jetzt ist er vielleicht ein schlechter Zeuge, und wir könnten möglicherweise die Geschworenen davon überzeugen, dass er wahrscheinlich lügt. Ich würde behaupten, dass wir das bereits geschafft haben. Und ich würde sehr viel Geld darauf setzen, dass Sie am Ende dieses Prozesses den Gerichtssaal als freier Mann verlassen. Aber das ist nicht dasselbe wie die Einstellung eines Verfahrens aus Mangel an Beweisen. Denn es gibt immer noch Beweise, mit denen die Geschworenen arbeiten können. Und obwohl sie sie vermutlich in diesem Fall zu Ihren Gunsten auslegen werden, kann der Richter nicht einfach davon ausgehen, dass sie das tun. Also nein, wir haben nicht die Möglichkeit, eine Einstellung des Verfahrens zu beantragen.«

Kash blieb einen Moment lang schweigend sitzen, nachdem Michael alles zu Ende erklärt hatte. Als er wieder sprach, klang seine Stimme ruhig. Überlegt.

»Das bedeutet also, es besteht immer noch die Chance, dass die Geschworenen mich verurteilen *könnten*. Wenn es so weit kommt.«

»Das ist richtig.«

Michael betrachtete Kash erneut überrascht, weil der junge Mann so engagiert war. Er schien reifer geworden zu sein, besser zu begreifen, was man ihm sagte. *Wahrscheinlich ist das nur natürlich*, dachte Michael. Nur wenige Dinge lassen einen Menschen schneller altern als die Aussicht, in Old Bailey wegen Mordes angeklagt zu werden.

»Sie müssen daran denken, dass die Dinge jetzt gut für uns aussehen«, fuhr Michael fort. »Sehr gut sogar. Und dass die Anklage keine weiteren Beweise vorgelegt hat. Aber Darren O'Driscoll hat noch nicht ausgesagt, und was er sagt, könnte Ihnen immer noch schaden. Es könnte sogar die ganze Sache verändern. Das verstehen Sie doch, oder?«

»Darren wird nicht aussagen«, erklärte Kash.

»Was?«

»Ich meine, ich *glaube* nicht, dass Darren als Zeuge aussagen wird. Es ist sein Jähzorn. Er verliert schnell die Beherrschung, und nachdem er jetzt gesehen hat, wohin Terry das gebracht hat? Ich glaube einfach nicht, dass er es riskieren wird, Mr. Devlin.«

»Wissen Sie das sicher?« Diesmal stellte Draper die Frage.

»Nein. Ich weiß gar nichts sicher.« Kash klang plötzlich weniger selbstbewusst, nachdem man ihn kritisiert hatte. Michael bedauerte, dass Draper diese Frage so rasch gestellt hatte. Der neue, engagierte Kash war eindeutig eine

Verbesserung gewesen. »Wissen Sie, ich glaube einfach nicht, dass er es riskiert. Wenn er bei Mr. Devlin die Beherrschung verliert, wird er am Ende selbst aussehen wie ein Killer.«

Michael nickte. Er war zwar nicht ganz sicher, ob Kash wirklich recht hatte, aber er war mittlerweile auch zu müde, um noch darüber nachzudenken. Genug war genug. Michael stand unvermittelt auf.

»Es ist spät. Wir haben heute Freitag, was bedeutet, dass wir uns erst in zwei Tagen wiedersehen. Denken Sie einfach daran, dass die ganze Sache besser gelaufen ist, als wir uns erhofft haben, okay? Und dass Sie jetzt weit besser dastehen, als wir dachten. Wir sind noch nicht am Ende der Straße angekommen, und es gibt keine Garantien, aber ich möchte, dass Sie heute Abend zufrieden ins Gefängnis zurückfahren. Okay?«

Michael hielt ihm die Hand hin. Kash stand auf und schüttelte sie. Sein Griff war fester als gewöhnlich, kräftiger.

»Ja, Sir. Das mache ich.«

»Guter Junge. Jetzt setzen Sie sich wieder, und dann schicken wir Ihnen einen Wärter, der Sie abholt.«

»Danke.«

Michael ging hinaus, bog nach rechts ab und nahm Kurs auf das Metalltor, welche die erste von drei aufeinanderfolgenden Sicherheitsschleusen bildete. Draper folgte einen Schritt hinter ihm und beeilte sich, ihn einzuholen.

Sie war neben ihm, als sie das Tor erreichten.

»Geht es Ihnen gut, Michael?«

»Ich bin … Mir geht es gut.« Michael presste die Finger gegen seine Schläfen, während er sprach. Als könnte er seine zunehmenden Kopfschmerzen einfach wegdrücken.

»Ich frage nur, weil es da drin etwas angespannt war. Sie schienen beide … nicht Sie selbst zu sein.«

»Das hat nichts zu sagen«, antwortete Michael. »Wahrscheinlich liegt das an all dem Mist, der mir durch den Kopf geht. Ignorieren Sie es, Jenny. Ignorieren Sie mich einfach.«

Es ist wirklich nichts, sagte sich Michael. *Ich bin nur einfach völlig durcheinander, und im Moment gibt es dagegen nur ein einziges Mittel. Ich brauche einen Drink.*

66

Der Weg vom Old Bailey zum Smithfield Market war nicht besonders weit, nicht einmal zu Fuß. Da Michael seine Taschen und seine Gerichtskleidung im Gebäude gelassen hatte, brauchte er kaum fünf Minuten, um das lange Lagerhaus zu erreichen, das mitten auf dem Marktplatz stand. Es war nicht weit genug, um sich richtig die Beine vertreten zu können; und ganz sicher war die Strecke zu kurz, um Draper abzuschütteln, die darauf bestanden hatte, ihm bei seinem dringend benötigten Drink Gesellschaft zu leisten.

In Smithfield war einmal der Londoner Fleischhandel ansässig gewesen. Doch mittlerweile war der Bezirk schon seit Langem eines der exklusivsten Viertel der City. In dem Lagerhaus waren die letzten Metzgerläden untergebracht, während die Straßen, die es umgaben, sich jetzt durch etwas weit Lukrativeres auszeichneten: erstklassige Lage und Lizenzen für den nächtlichen Alkoholausschank. Fast in jedem Gebäude gab es eine Bar oder ein Restaurant, und alle quollen vor zahlungskräftigen Gästen förmlich über. In erster Linie Frauen und Männer aus der nahe gelegenen City und dem Aktienmarkt. Sie ließen abends Dampf ab, nachdem sie tagsüber mit den Milliarden der Welt herumgespielt hatten.

»Also, wohin geht's?«, fragte Draper.

Michael ging voraus, über die kurze Straße, die durch das zentrale Lagerhaus führte, und dann in die geschäftigere der beiden Straßen von Smithfield dahinter.

»Ins Malmaison am Charterhouse Square«, antwortete Michael. »Ich bin dort abgestiegen.«

»Sie wohnen da?« Draper war verwirrt. »Warum? Ist etwas mit Ihrem Haus nicht in Ordnung?«

»Es ist kompliziert.« Michael sah sie nicht an, als er antwortete. »Machen Sie sie sich deshalb keine Sorgen. Ich muss dortbleiben, und ich würde dort auch trinken. Wenn das für Sie okay ist?«

»He, Sie bezahlen.« Drapers Tonfall war unbekümmert, und von ihrer Verwirrung war nichts mehr zu erkennen. »Das bedeutet auch, dass Sie entscheiden, wo Sie bestellen.«

Michael lächelte aus reiner Höflichkeit. Seine Kopfschmerzen wurden stärker. Trauer, Stress und Besorgnis manifestierten sich als körperliches Symptom. Das Gespräch, das Draper ihm aufdrängen wollte, war ihm alles andere als recht. Jedenfalls solange Michael es nicht mit ein bisschen Whisky verbinden konnte.

Sie bogen nach rechts ab, als sie aus dem Lagerhaus heraustraten, und kamen an einer Reihe von exklusiven Bars und Restaurants vorbei. Michael hatte die meisten von ihnen regelmäßig besucht, als er zwischen zwanzig und dreißig sowie außerdem Single gewesen war. Wahrscheinlich hatten die Besitzer im Lauf der Zeit immer wieder gewechselt.

Neue Namen. Neue Marken. Aber im Grunde dieselben Speisen und Getränke.

»Es ist nur noch ein kleines Stück geradeaus«, sagte Michael, als sie die Kreuzung von St. John's Street überquerten. »Im Souterrain gibt es eine gute Bar, und ein …«

Michael brach mitten im Satz ab. Das Restaurant nördlich der Straßenkreuzung war neu. Es hatte ein teures modernes Design, unter anderem zog sich eine Glasscheibe mit einer eingebauten Tür über die gesamte Front. Die beeindruckende Verglasung war ein beeindruckendes Statement der Beliebtheit des Restaurants. Außerdem war sie ein Spiegel.

»Alles okay?«, fragte Draper.

Michael antwortete nicht. Stattdessen nahm er ohne weitere Erklärung Drapers Hand und beschleunigte seine Schritte. Michael spürte Jennys Verwirrung; zuerst reagierte sie nicht, dann wurde der Griff fester, als sie enthusiastisch zustimmte.

Hand in Hand mit Michael hatte Draper keine Wahl, als sich seiner Geschwindigkeit anzupassen. Zuerst ohne sich zu beschweren. Dann ging Michael noch schneller.

»Michael, langsam. Wir haben es nicht eilig.«

Draper zog ihre Hand weg, während sie das sagte. Sie waren im Eiltempo nach links abgebogen, auf eine Straße, die zum Charterhouse Square und dem Hotel führte. Hier gab es keine Restaurants oder Bars und auch nicht so viel Betrieb wie auf der Hauptstraße.

Sie waren praktisch allein.

Michael drehte sich zu Draper herum, als sie stehen blieben. Die Leidenschaft in ihrem Blick hätte nicht deutlicher sein können. Das überraschte Michael nicht. In dem Moment, in dem er ihre Hand gepackt hatte, hatte er gewusst, dass Draper sein Verhalten falsch deuten würde. Aber er hatte keine Wahl gehabt, und keine Chance, es zu erklären. Selbst jetzt blieben ihnen nur wenige Augenblicke.

»Jenny, stellen Sie sich in diesen Türeingang!« Michaels Stimme klang entschlossen und autoritär. Es war ganz eindeutig nicht das, was Draper erwartet hatte, und ihre Verwirrung ließ sie zögern.

»Dafür haben wir keine Zeit.« Michael packte Draper an den Oberarmen und schob sie in den nächsten Türeingang. »Sie müssen sich aus der Sache heraushalten.«

Während Michael das sagte, bemerkte er im Augenwinkel eine Bewegung. Er fuhr herum und stand den drei Männern gegenüber, deren Spiegelbilder er in der großen Glasfront des Restaurants gesehen hatte. Sie waren ihnen gefolgt. Es waren Patrick O'Driscoll und zwei andere Männer, die Michael nicht kannte. Sie blieben etwa zwei Schritte vor ihm stehen.

»Hab ich dich nicht gewarnt, gegen meinen Bruder vorzugehen?« O'Driscoll wollte kämpfen; er öffnete und schloss seine Fäuste, während er Michael musterte.

Die beiden Männer neben ihm waren größer als er. Und auch größer als Michael, zumindest was ihre reine Körpermasse anging. Außerdem schienen sie ruhiger zu sein und zeigten keine Nerven wie O'Driscoll. Für sie war das eine rein professionelle Angelegenheit.

Das sind also Schläger, dachte Michael. *Weniger gefährlich. Sie können einem sicher üblen Schaden zufügen. Aber dieser aufgeblähte Mistkerl ist hier, um zu töten.*

»Was habe ich dir gesagt, hm?«

Michael sah von einem Mann zum anderen. Drei gegen einen. Kein gutes Verhältnis. Damals in Belfast nicht, und heute ganz sicher ebenfalls nicht.

Aber es ist, wie es ist.

»Hört zu, Jungs. Wenn wir das schon machen müssen, dann bringen wir es doch gleich hinter uns, was?«

Michael trat zwei Schritte zurück, als er das sagte. Er zog sich seine Anzugjacke über die Schultern herunter. Als wollte er sie ganz ausziehen.

»Aber ich warne euch. Ich hatte eine Scheißwoche. Ihr habt euch wirklich den verflucht falschen Tag ausgesucht.«

Der Kerl rechts von ihm bewegte sich als Erster, genau wie Michael erwartet hatte. Einer musste es tun, und er stand ihm am nächsten. Er war schnell, überwand die zwei Schritte zu Michael in weniger als einer Sekunde. Er zögerte nicht. Genau darauf hatte Michael gesetzt.

Und dass er sein Jackett von den Schultern streifte, hatte genau die Wirkung hervorgerufen, die er beabsichtigt hatte. Die Aufmerksamkeit der drei Männer richtete sich auf sein Jackett. Sie glaubten, er würde es abstreifen, wodurch er seine Armfreiheit kurz verlieren würde.

Das war für sie der perfekte Moment zuzuschlagen.

Jedenfalls wäre er das gewesen, wenn ihr Eindruck richtig gewesen wäre. Gleichzeitig hatte Michaels Bewegung ihre Blicke von seinen Beinen abgelenkt, sodass keiner von ihnen bemerkte, wie er seine Füße spreizte und auf den Boden pflanzte, um so viel Wucht wie möglich in den ersten Schlag zu legen.

Michaels zweihundert Pfund und die zweihundertzwanzig seines Angreifers prallten aufeinander. Das genügte, um den Kiefer des größeren Mannes mit erschreckender Leichtigkeit zu zertrümmern. Der Mann fiel Michael vor die Füße und bildete eine Stolperfalle.

O'Driscoll war weniger als einen Schritt hinter dem Mann

gewesen, als der Schlag erfolgte. Er war so scharf darauf, Michael zu erwischen, dass er es nicht mehr schaffte, seinem am Boden liegenden Freund auszuweichen. Und er stolperte, genau wie Michael es beabsichtigt hatte. O'Driscolls Nervosität machte ihn zwar gefährlich, aber auch berechenbar.

Michael trat zur Seite und setzte O'Driscolls Schwung gegen ihn selbst ein. Er packte sein Jackett, als er an ihm vorbeitaumelte, riss ihn in einem Halbkreis herum, gab ihm neuen Schwung und schleuderte ihn dann mit dem Kopf voran dem dritten Mann vor die Beine.

O'Driscoll prallte mit dem Kopf gegen das Knie seines Kumpans, wurde zu Boden geschleudert und blieb dort liegen. Fürs Erste jedenfalls.

Für den dritten Mann war dieser Zusammenprall höchstens etwas lästig. Er hatte ihn nur einen Moment lang aus dem Gleichgewicht gebracht. Aber mehr als einen Moment brauchte Michael auch nicht.

Seine Kindheit auf den Straßen von Belfast hatte Michael sehr viel gelehrt. Sie hatte ihn hungrig gemacht, ehrgeizig. Und sie hatte seinen Geist geschärft. Er konnte einen Betrug oder eine Bedrohung auf eine Meile Entfernung wittern. Aber jetzt in diesem Moment zählte nur eine Lektion: Lass nie einen Vorteil ungenutzt. Ganz gleich, wie flüchtig der Moment auch sein mag.

Michael Devlin hatte diese Lektion vor über dreißig Jahren gelernt, und er hatte sie verinnerlicht.

Die Ablenkung durch O'Driscoll hatte kaum länger als einen Herzschlag gedauert. Doch als dieser Herzschlag vorbei war und der dritte Angreifer seine Aufmerksamkeit wieder auf Michael richtete, war dessen blonder Kopf nur noch wenige Zentimeter von seinem Gesicht entfernt. Der Aufprall kam Nanosekunden später, und Michael legte erneut jedes einzelne Gramm seines Körpergewichts in den Stoß. Diesmal jedoch stieß er mit der Stirn zu statt mit der Faust.

Es machte keinen Unterschied, denn das Resultat war dasselbe.

Michael hörte das schlimme Knacken, als Knochen und Knorpel in der Nase des Mannes zerschmettert wurden. Aber das war noch nicht alles. Michaels Stoß brach dem größeren Mann auch den Wangenknochen. Der Schwung riss sie beide zu Boden.

Michael war sofort wieder auf den Beinen, angetrieben von dem Adrenalin, das seit einigen Sekunden durch seinen Körper strömte. Der andere Mann blieb liegen, ebenso regungslos wie der Kerl, der als Erster zu Boden gegangen war. Es war schon eine Weile her, seit Michael zum letzten Mal gekämpft hatte, fast zwei Jahre. Und obwohl er es sich eigentlich nicht eingestehen wollte, konnte Michael die Wahrheit nicht leugnen.

Das fühlt sich verdammt gut an.

O'Driscoll hatte nicht dieselbe Erfahrung. Er war immer noch leicht benommen von Zusammenstoß mit dem Knie seines Kumpels und kam nicht wieder so schnell auf die Füße wie Michael. Er stand noch halb gebeugt da, und sein Kopf klärte sich gerade erst wieder, als ein zweiter, diesmal erheblich genauer gezielter Stoß eines Knies ihn erwischte.

Der Schwung, den Michael geholt hatte, zertrümmerte O'Driscolls Vorderzähne. Der Aufprall schleuderte ihn zurück in den Türeingang, in dem Draper stand. Er verfehlte sie nur um Zentimeter. Sein Kopf krachte jedoch mit voller Wucht gegen die Zementstufe vor der Tür. Das Geräusch war ekelhaft.

Michael näherte sich ihm langsam, während sein Herz wie wild hämmerte. Etwas in ihm, etwas Primitives, hoffte, dass O'Driscoll noch kämpfen konnte. Aber ein Blick genügte, um ihn vom Gegenteil zu überzeugen.

Wie seine beiden Freunde war auch O'Driscoll erledigt.

Und Michaels Kampf war vorbei.

◆

Trotz aller exklusiven Bars und Restaurants am Smithfield Market gibt es dort immer noch viele Metzgereien. Und wo es Metzger gibt, stehen Lieferwagen vor den Türen. Sie parken, sie fahren herum, sie laden ein und aus.

Karl Hirsts Lieferwagen stand kaum hundert Meter von der Stelle entfernt, wo Michael Devlin gerade in wenigen Sekunden seine drei Angreifer erledigt hatte. Und zum ersten Mal seit langer Zeit war Hirst wirklich beeindruckt.

Er hatte nicht gewusst, dass Michael Devlin so gut war. Ganz sicher war er ein ganzes Stück besser als die anderen. Möglicherweise musste Hirst sogar ein paar kleinere Einzelheiten von dem, was zwischen ihnen passieren sollte, neu überdenken. Glücklicherweise wusste er genau, wie er dieses Problem lösen würde. Die Frau, mit der Michael Hand in Hand über die Straße gegangen war. Die Frau, die nicht Sarah Truman war.

Devlin, du kleiner Bastard, dachte Hirst. *Du kleiner, unglücklicher Bastard.*

Sie war das perfekte Mittel, um ihn unter Kontrolle zu halten. Dessen war Hirst sich sicher.

67

»Was nehmen Sie?«

Jenny Draper drehte sich zu Michael herum und hob bei der Frage die Hände. In ihnen hielt sie sechs kleine Fläschchen. Das volle Angebot der Minibar in der Suite.

Ihr strahlendes Lächeln verriet Michael, dass zumindest Draper Spaß hatte, während sie mit den Flaschen in seine Richtung winkte.

»Den Whisky, der den besten Eindruck macht.«

Michael konnte sich an die Marke der vorigen Nacht nicht mehr erinnern. Nach dem, was gerade passiert war, kümmerte ihn das auch nicht mehr. Hauptsache hochprozentig.

»Nehmen wir den.«

Sie lächelte immer noch, war immer noch aufgedreht. Michael wusste, dass der Kampf sie zutiefst verängstigt hatte. Aber als er nun vorbei war, schienen es im Rückblick die erregendsten zehn Sekunden ihres Lebens gewesen zu sein.

Michael kannte diesen Effekt.

Für ihn war es jedoch genau umgekehrt. Ein intensives Hochgefühl während des Kampfes und ein unangenehmer Absturz, sobald die Sache erledigt war.

Der Kampf hatte so aufgehört, wie die meisten Schlägereien endeten – er war vorbei, bevor er richtig angefangen hatte. Nachdem Michael sich vergewissert hatte, dass sich keiner der drei Männer mehr bewegte, hatte er die panische Draper gepackt und zum Hotel gezerrt. Dort hatte er Levy angerufen, um dafür zu sorgen, dass keiner der Schläger in Freiheit aufwachen würde.

Eigentlich hatte Michael in die Bar im Souterrain des Hotels gehen wollen, aber dann bemerkte er das Blut, das von seinen Knöcheln tropfte. Solche Verletzungen würden sofort Aufmerksamkeit erregen, das wusste er aus Erfahrung. Michael hatte keine Alternative gehabt, als Draper in ihrem Schockzustand mit auf sein Zimmer zu nehmen.

Ihm hatte diese Idee schon in jenem Moment nicht besonders gefallen. Jetzt bedauerte er sie zutiefst.

Das leise Klirren von Glas unterbrach Michaels Gedanken. Er blickte hoch. Draper hatte die Drinks zubereitet und hielt sie in den Händen. Sie kam zu ihm und stellte ein Glas mit bernsteinfarbener Flüssigkeit auf den Tisch. Ihr eigenes Glas stellte sie daneben. Anschließend setzte sie sich in den Sessel, der neben seinem stand.

»Leider gibt es kein Eis.« Draper griff nach ihrem Drink. »Aber schließlich …«

Sie deutete auf den Eiskübel neben Michaels Glas. Seine rechte Hand steckte darin. Das älteste Heilmittel gegen eine geschwollene Faust.

»Whisky braucht kein Eis«, erwiderte Michael wenig begeistert. Er griff mit seiner unversehrten Hand nach dem Glas. »Nur ein Heide verdünnt Whisky.«

Draper nippte an ihrem eigenen Drink. Das Glas war mit einer klaren Flüssigkeit gefüllt. Sie verzog das Gesicht.

»Vielleicht ist das so.« Draper stellte das Getränk wieder auf den Tisch. »Aber ein Gin Tonic braucht eindeutig Eis.«

Sie griff mit ihrer Hand in den Kübel und nahm drei Eiswürfel heraus. Dabei berührte sie die Hand von Michael. Absichtlich, das wussten sie beide.

»Wie geht es Ihrer Hand?«

Draper ließ die Eiswürfel in ihr Glas fallen und schwenkte es, ohne dabei die Augen von Michael zu nehmen.

»Sie wird es überleben«, antwortete Michael und sah den Eiskübel an. Er war zu einer Art Handschelle geworden, die ihn an seinen Platz fesselte.

»Ich habe noch nie gesehen, wie jemand so hart getroffen wurde«, erklärte Draper. Ihre Bewunderung bereitete Michael zunehmend Unbehagen. »Er ist zu Boden gegangen wie ein Sack Zement.«

»Dann können Sie sich glücklich schätzen, Jenny. So etwas muss man auch nicht unbedingt gesehen haben. Es ist nicht … Es ist nicht besonders attraktiv.«

»Ich bin nicht sicher, ob ich da Ihrer Meinung bin.« Drapers Stimme war tief und heiser. »Wo haben Sie gelernt, so zu kämpfen?«

»Das ist nichts, worauf man stolz sein kann.«

Michael trank einen Schluck Whisky.

Mir gefällt das hier ganz und gar nicht.

»Also dieser Meinung bin ich absolut nicht!« Draper lachte und schlug ihm spielerisch auf den Arm. »Sie haben diesen Kampf ganz klar dominiert. Alles, was passiert ist. Sie haben ihn nach Ihren Bedingungen geführt.«

»Nein, das stimmt nicht. Das war kein Film, Jenny. Das war kein choreografierter Blödsinn, wo die Schläger den Helden schön einer nach dem anderen angreifen. Zum größten Teil war es pures Glück.«

Draper sagte nichts, sondern starrte Michael nur mit einem leichten Lächeln auf den Lippen an. Sie spulte in ihrem Kopf den Kampf noch einmal ab. Das konnte Michael sehen.

Nur ist es nicht dieser Kampf, dachte er. *Nicht der wirkliche. In ihrem Kopf hat er sich bereits verändert; sie hat ihn bereits umgeschrieben.*

»Wie dem auch sei, wir wollen nicht mehr davon reden«,

fuhr Michael fort. »Es ist passiert und vorbei. Machen wir weiter.«

»Womit?«

Draper stellte die Frage langsam und bedächtig. Diesen Tonfall hatte Michael von ihr noch nie vorher gehört, aber er erkannte ihn.

»Jenny …«

Draper wollte nicht, dass Michael weitersprach, nahm seine verletzte Hand aus dem Eiskübel und hob sie an ihre Lippen.

Michael zog seine Hand sofort weg und stieß dabei mit dem verletzten Knöchel gegen Drapers Hand. Schmerz zuckte durch seinen Unterarm.

»Was machen Sie da?«

»Was wir beide wollen.«

Draper rückte näher an ihn heran.

»Jenny, aufhören!«, befahl Michael entschlossen, aber Draper schien nicht auf seine Worte zu achten.

»Ich sagte: Aufhören!«

Diesmal schrie Michael fast, sprang auf und stieß sie dabei so heftig zurück, dass sie taumelte.

Draper reagierte auf diese Zurückweisung geschockt und verwirrt. Sie fand ihr Gleichgewicht wieder, als sie von ihm wegtrat. Michael hatte dasselbe getan, also standen sie jetzt fast an gegenüberliegenden Enden des Zimmers, als Draper wieder sprach.

»Michael, ich … War es nicht das, was Sie wollten?«

»Nein, das war es nicht.«

»Aber Sie haben mich auf einen Drink eingeladen? Und mich mit auf Ihr Zimmer genommen?«

»Jesus, ich habe Sie nicht auf einen Drink eingeladen,

ich wollte allein trinken. Sie haben einfach nur darauf bestanden, mir Gesellschaft zu leisten. Und welche andere Wahl hatte ich denn, als Sie mit auf mein Zimmer zu nehmen? Glauben Sie wirklich, dass ich Sie nach dem, was da passiert war, einfach draußen auf der Straße hätte stehen lassen?«

»Aber warum sonst ...« Entsetzen flammte in Drapers Augen auf. »Oh Gott, Michael. Ich wollte nicht ... Wirklich nicht ...«

»Hören Sie, das ist einfach nur ein Missverständnis.« Er empfand plötzlich Mitleid für Draper, als sie begriff, was sie gerade getan hatte. »Vergessen wir das alles einfach.«

»Aber ich dachte, das wollten Sie.« Draper ließ sich schwer in ihren Sessel fallen. »Ich dachte, Sie wollten mich!«

Michael blieb stehen.

»Es gibt nur eine Frau, die ich will«, antwortete er in einem Tonfall, der keine Missverständnisse zuließ. »Und das ist Sarah.«

Peinliches Schweigen machte sich in dem Zimmer breit. Als Draper es schließlich brach, klang ihre Stimme schwächer, irgendwie jünger.

»Hab ich es vermasselt?«

»Was vermasselt?«

»Uns? Ich meine, habe ich uns *als Team* gesprengt?«

»Nein, ganz und gar nicht.« Michael griff nach Drapers Hand. Dabei ignorierte er den Schmerz seiner Verletzung. »Sie haben nichts weiter getan, als endlich für klare Verhältnisse zu sorgen. Ich hätte es schon vor einer Woche selbst tun sollen, aber ich hatte gehofft, es würde einfach vorbeigehen. Jetzt ist es erledigt, wir können es einfach vergessen und weitermachen. Als Freunde.«

»Immer noch?«

»Immer noch, ja. Aber eben nur Freunde. Und ich glaube, die Art von Freunden, die eine Weile nicht zusammen in einer Hotelsuite einen Drink nehmen.«

Draper lächelte verlegen und wischte ein paar Tränen weg, die von ihrer Wange heruntergetropft waren.

»Dann ist es wohl Zeit für mich, nach Hause zu gehen?«

»Ich denke schon.«

»Haben Sie etwas dagegen, wenn ich mich zuerst etwas frisch mache?«

»Gar nicht. Aber ich gehe in der Zwischenzeit runter in die Bar. Sie müssen einfach nur die Tür hinter sich zuziehen, okay?«

Michael drehte sich um, nahm die Schlüsselkarte vom Tisch und ging zur Tür.

»Wir sehen uns Montag.«

Draper erwiderte sein freundliches Lächeln und nickte.

»Bis Montag.«

68

Jenny Draper brauchte fast zwanzig Minuten, bis sie Michaels Suite wieder verließ. Um sich zu sammeln, sowohl körperlich als auch emotional.

Der körperliche Teil hatte nicht lange gedauert. Sie wusch einfach nur die Tränenspuren ab und frischte ihr Make-up auf. Das ging schnell.

Doch die emotionalen Nebenwirkungen hielten sie länger auf. Sie war es nicht gewohnt, abgewiesen zu werden. Es war schwer zu verdauen. Und mehr als nur ein bisschen verwirrend.

Wie zum Teufel konnte ich seine Zeichen so falsch deuten?, dachte sie.

Als sich die Aufzugtüren öffneten und sie in die Lobby des Hotels trat, hatte sie die Lektion begriffen. Sie war demütigend, aber wertvoll gewesen. Draper hoffte nur, dass Michaels Reaktion aufrichtig war. Dass keine Verstimmungen zurückblieben.

Sie ging an der Rezeption vorbei und dann auf die ruhige Straße hinaus. Sie hatte bei ihrer Ankunft nicht auf ihre Umgebung geachtet, dafür war sie zu aufgeputscht gewesen. Jetzt jedoch sah sie sich um, um sich zu orientieren. Charterhouse Square und die lange, etwas antiquierte Straße, die zum Barbican und der nächstgelegenen U-Bahn-Station führte.

Sie brauchte dringend einen Drink und etwas Gesellschaft. Also nahm sie ihr Handy aus der Tasche, scrollte durch die Namensliste und fand schließlich die Person, die höchstwahrscheinlich hier in der Nähe in irgendeiner Bar saß und etwas trank.

Alyssa Johnson.

Der Anruf wurde sofort angenommen.

»Wo seid ihr denn heute so?«

»Du kommst zu uns?« Alyssa klang überrascht, was man selbst bei dem Lärm um sie herum hören konnte. »Was ist mit deinem Drink mit Michael?«

»Na ja. Das ist nicht so gelaufen, wie ich erwartet hatte. Und du wirst nicht glauben, was vorher passiert ist. Ich erzähle es dir, wenn wir uns sehen.«

»Was denn?«

»Ich sagte doch, ich erzähle es dir, wenn wir uns sehen! Geduld, Lysh!«

»Okay, ich kann es kaum erwarten. Ich liebe dich.«

»Ja, ich dich auch. Bis gleich.«

Nachdem Draper das Gespräch beendet hatte, leuchtete ihr Startbildschirm wieder auf. Eine SMS von Michael war eingegangen, während sie telefoniert hatte. *Bitte denken Sie nicht mehr an das, was in dem Hotel passiert ist. Es ändert nicht das Geringste, keine Sorge. Wir sind immer noch Partner.*

Draper lächelte, tippte »Danke« ein und verschickte die Nachricht. Dann schob sie das Telefon wieder in ihre Tasche und setzte sich in Bewegung.

Vielleicht geht ja wirklich alles gut aus.

Noch im selben Moment wurde ihre Hoffnung erschüttert.

Draper hatte nicht einmal Zeit, das Geräusch der Schiebetür eines Lieferwagens zu registrieren, als sie schon von jemandem gepackt wurde. Brutaler, als sie es je erlebt hatte, wurde sie zurückgerissen und mit dem Kopf voran in den dunklen Laderaum geschleudert.

69

Das Display von Michaels iPhone flammte auf. *Danke.* Das war alles, was in der SMS stand.

Kurz und bündig. Michael lächelte, als er es las und hoffte, dass damit die letzte halbe Stunde endgültig Geschichte war.

In der kleinen Bar im Souterrain des Hotels war es dunkel. Michael hatte sich auf einen der sechs Barhocker gesetzt, die am Tresen standen. Vier der anderen fünf waren besetzt. Zwei Pärchen, wie es aussah. Der Stuhl neben ihm war leer.

Ansonsten war es ruhig in der Bar. Es gab zu viele Orte in der Nähe, welche für die laue Sommernacht besser geeignet waren.

Michael sah von seinem leeren Glas hoch, was der Barkeeper sofort bemerkte.

»Noch mal dasselbe?«

»Bitte.«

Nach einer Minute war Michaels Glas wieder voll. Yamazaki Sherry Cask 2013. Kein Eis und nur ein einziger Tropfen Wasser. Der Barkeeper wusste genau, was er tat. Ein Getränk für Genießer, perfekt serviert.

Nicht dass es Michael heute Abend etwas bedeutete. Heute war nur der Alkoholgehalt entscheidend.

Mit dem ersten Schluck leerte er das halbe Glas. So wie er es schon bei dem Glas davor gemacht hatte.

Die Menschen trinken aus einer Vielzahl von Gründen. Viele genießen es einfach. Andere müssen es tun. Für Michael war es etwas anderes. Jedenfalls im Moment.

Michael trank, um zu vergessen.

Er warf einen Blick auf seine rechte Hand, während er das Glas wieder auf den Bartresen stellte. Die Schwellung an seinen Knöcheln wurde schlimmer, aber der Schmerz war verschwunden. Jedenfalls vorläufig.

»Ich bin froh, dass ich *Sie* nicht von der Straße aufsammeln musste.«

Die Stimme hinter ihm hatte einen Akzent, den er jetzt nicht mehr überhören konnte.

Er drehte sich um. Joelle Levy stand hinter ihm. Michael erhob sich und deutete auf den Hocker neben seinem.

»Die Kerle waren also noch da, als Ihre Leute kamen?«, erkundigte sich Michael.

Levy setzte sich auf den angebotenen Hocker, bevor Michael seinen Platz wieder einnahm.

»Na ja, so schnell wären die nicht wieder aufgestanden«, antwortete Levy. »Sie haben diesen Kerlen einen beeindruckenden Schaden zugefügt, Michael.«

»Ich hatte keine Wahl. Es war Selbstverteidigung. Drei gegen einen. Alles, was ich gemacht habe, war völlig angemessen.«

»Sie müssen sich nicht vor mir rechtfertigen, Herr Anwalt.« Levy winkte den Barkeeper zu sich. »Niemand wollte andeuten, dass Ihr Handeln etwas anderes als vollkommen legal war.«

Levy deutete auf Michaels Glas und wollte wissen, was er trank. Michael sagte es ihr. Sie drehte sich zum Barkeeper herum.

»Noch zwei davon, bitte.«

Dann sah sie Michael wieder an.

»Ich meinte nur, dass Sie verdammtes Glück hatten. Denn es waren bloß O'Driscoll und seine dummen Freunde. Diese Leute sieht man wenigstens kommen. Aber was, wenn es Hirst gewesen wäre?«

»Hirst wird sich nicht in die Öffentlichkeit trauen«, antwortete Michael. »Nicht, nachdem Sie sein Gesicht über alle Nachrichten verteilt haben. Er könnte neben dem Papst stehen, und trotzdem wäre er der Erste, der erkannt würde.«

Michael wusste nicht genau, ob Levy ihm seine Lässigkeit abkaufte. Er jedenfalls hätte es nicht getan. Was die Brutalität dieses Nachmittags anging, bedauerte er nur, dass sie *nicht* gegen Hirst gerichtet war.

»Das bedeutet aber nicht, dass Sie sicher sind«, antwortete Levy. »Er ist ein absolut rücksichtsloser Mistkerl. Und er wird immer noch nach einer Möglichkeit suchen, Sie zu erwischen. Das wissen Sie genau.«

Michael leerte mit einem großen Schluck sein Glas. Gerade rechtzeitig, weil in diesem Moment der Barkeeper mit zwei frischen Drinks zurückkam. Michael wandte sich wieder an Levy.

»Ich habe das mit Detective Inspector Hale gehört«, sagte er. »Es tut mir sehr leid. Sie standen sich offensichtlich sehr nahe.«

»Ja, das stimmt. Steve war ein guter Mann. Und ein großartiger Freund.« Levy hob ihr Glas und hielt es in Michaels Richtung. »Was sagt man in Irland? Slainte, richtig?«

»Das passt schon.« Michael hob sein eigenes Glas und stieß damit leicht gegen das von Levy. »L'Chaim. Auf Steven Hale.«

»Danke.«

Levy nippte an ihrem Getränk. Dann nahm sie noch einen Schluck, bevor sie das Glas auf den Tresen stellte. Sie schien sich zu sammeln, um etwas zu sagen. Als sie schließlich sprach, war sie offenbar erleichtert.

»Michael, ich werde Sie nicht für das, was bei dem Prozess von Hirst passiert ist, verhaften.«

»Was?« Damit hatte Michael nicht gerechnet. »Warum nicht?«

»Weil niemand anders es weiß. Niemand außer Ihnen, Sarah und mir. Und ehrlich gesagt, hatte dieser Drecksack es verdient. Also machen Sie sich keine Sorgen. Sobald das hier vorbei ist, ist es vorbei.«

»Sie sind sehr gütig. Das weiß ich zu schätzen.«

»Das brauchen Sie nicht. Aber erwähnen Sie es nie wieder, okay? Nie wieder.«

»Sind Sie hierhergekommen, um mir das zu sagen?«

»Ja, und um mich zu überzeugen, dass Sie auf sich aufpassen. Damit ich es Sarah erzählen kann. Sie macht sich Sorgen um Sie, aber Sie sagt, dass Sie ihre Anrufe nicht entgegennehmen.«

Michael verspürte Gewissensbisse bei Levys Worten.

»Es fällt mir schwer«, begann er eine Erklärung. »Aber ich kann ihr nicht unter die Augen treten. Hätte ich Hirst früher überprüft, wäre ich nicht so selbstgefällig davon überzeugt gewesen, dass er noch im Gefängnis saß, dann würde Derek noch leben. Das kann ich selbst schon kaum akzeptieren, also wie soll ich es von Sarah verlangen? Derek war auch ihr Freund.«

»Das ist Blödsinn«, erklärte Levy. »Wir hatten zwei Beamte vor Dereks Haus, bis die Wisdom-Penfold-Theorie ins Klo gespült wurde. Wir hätten auch nicht mehr Leute für Hirst abgestellt, wenn wir von ihm gewusst hätten. Und nach der Sache in Manchester glauben Sie doch nicht wirklich, dass zwei Männer genügt hätten? Hirst wäre einfach durchmarschiert und hätte Derek trotzdem ermordet. Also haben Sie gewissermaßen sogar zwei Beamten das Leben gerettet.«

Michael versuchte, Trost aus ihren Worten zu ziehen. Was sie sagte, war sicherlich wahr. Hirst hätte Derek so oder so erwischt, denn er hätte mit den beiden Polizisten vor dessen Haus kurzen Prozess gemacht. Aber trotzdem blieben die Schuldgefühle, und es würde eine Weile dauern, bis sie nachließen.

»Rufen Sie Sarah an, Michael«, fuhr Levy fort. »Sagen Sie ihr, dass es Ihnen gut geht.«

Levy betrachtete Michael von Kopf bis Fuß.

»Es ist doch alles okay mit Ihnen, oder?«

Michael schüttelte den Kopf, bevor er antwortete.

»Ich kann in der schwersten Zeit unseres Lebens nicht bei meiner Familie sein. Alles, woran ich denken kann, ist ihre Sicherheit. Und die verstümmelte Leiche meines besten Freundes. Ist also alles okay mit mir? Nein, sicher nicht. Aber ich kann trotzdem auf mich aufpassen. Ich kann mich immer noch selbst schützen.«

Levy nickte und trank noch einen Schluck.

»Ich weiß, dass Sie auf sich aufpassen können, Michael. Das ist Ihnen klar, oder?«

»Was meinen Sie damit?«

»Ich meine, dass ich weiß, wer Sie sind. Woher Sie kommen. Also weiß ich auch, dass Hirst es nicht mit einem hilflosen Schwächling zu tun bekommt.«

»Wie viel genau wissen Sie?«

»Ich habe die höchstmögliche Sicherheitsfreigabe bei Scotland Yard. Und wenn sie mir trotzdem etwas nicht erzählen wollen … Glauben Sie wirklich, dass ich so viele Jahre beim Shin Bet verbracht habe, ohne ein paar Tricks mitzukriegen? Ich weiß Bescheid. Über Jo Dempsey. Joshua. Und über Liam.«

Michael lehnte sich auf seinem Sitz zurück.

Sicherheitsfreigabe oder nicht, du weißt trotzdem nicht alles, dachte er. *Sonst hättest du Anthony Haversume ganz oben auf die Liste gesetzt.*

»Wenn Sie das alles wissen, warum machen Sie sich dann immer noch so viele Sorgen um mich?«

»Weil Sie diesmal ganz allein auf sich gestellt sind. Ich weiß, wie viel Sie bewältigen können, aber diesmal haben

Sie Ihren Bruder nicht bei sich. Oder Joe Dempsey, der Ihnen den Rücken freihält. Hirst ist gefährlich. Tödlich. Denken Sie an das, was er Hale angetan hat.«

»Das wussten wir auch schon vorher«, antwortete Michael. »Aber ich habe meine Entscheidung getroffen. Also sagen Sie Sarah bitte, dass es mir gut geht. Und bitte, erwähnen Sie ihr gegenüber nicht, was heute mit O'Driscoll passiert ist.«

»Das versteht sich beides von selbst. Aber Sie sollten es ihr selbst sagen.«

»Ich weiß. Das werde ich auch tun.«

Michael trank sein Glas aus, stand auf und gab dem Barkeeper ein Zeichen.

»Setzen Sie das bitte alles auf meine Zimmerrechnung.«

»Gern, Sir.«

»Danke.«

Dann drehte er sich zu Levy um.

»Ich gehe jetzt auf mein Zimmer, Joelle. Ich muss etwas essen. Warum fahren Sie nicht nach Hause zu Ihrem Sohn? Schlagen Sie sich das doch alles für eine Nacht aus dem Kopf, und genießen Sie ein bisschen Zeit mit Ihrer Familie.«

»Das kann ich nicht.« Levy stand ebenfalls auf. »Ich wünschte, ich könnte es.«

»Tun Sie es einfach. Das Leben ist viel zu kurz.«

Levy nickte, als Michael seinen Fuß auf die erste Stufe der Treppe setzte.

»Und Joelle?« Michaels Stimme unterbrach ihre Gedanken. »Danke. Ich meine, wegen dem, was ich beim Prozess gegen Hirst gemacht habe. Ich weiß das wirklich zu schätzen.«

»Schon gut. Wir hätten Sie ohnehin nicht ohne Hirst vor Gericht stellen können, und dieser Drecksack wird niemals wieder in einen Zeugenstand treten.« Levys Stimme klang grimmig, aber überzeugt. »Schon gar nicht nach dem, was er Hale angetan hat.«

70

Michael wurde um zwei Uhr morgens wach. Erheblich früher, als er geplant hatte. Sein Unterbewusstsein wehrte sich nach Kräften, während er versuchte, die Augen zu öffnen. Ein paar Sekunden lang wirkte die Welt um ihn herum irreal. Nur das hartnäckige Klingeln seines Handys holte ihn schließlich aus diesem Zustand heraus.

Sein Freitagabend war anders gewesen als der am Donnerstag. Nachdem er sich von Levy verabschiedet hatte, war er auf sein Zimmer zurückgekehrt, wo er sich ausgezogen und eine Mahlzeit bestellt hatte. Ein Blick auf die Speisekarte hatte ihn daran erinnert, wann er das letzte Mal gegessen hatte. Am Donnerstagmittag. Das war schon viel zu lange her.

Michael beendete dieses unabsichtliche Fasten mit einem Festmahl. Die Vorspeise waren Tempura-Garnelen. Gefolgt von einem dreihundertfünfzig Gramm schweren Hereford Rib-Eye-Steak mit Pommes frites, gegrillten Tomaten, Pilzen und Erbsen. Dazu Käse-Makkaroni und Barbecue-Rippchen. Das Essen eines Mannes, der sechsunddreißig Stunden auf sein Dinner gewartet hatte.

Eine Flasche argentinischer Malbec hatte die Mahlzeit ergänzen sollen. Sie stand auf dem Wohnzimmertisch, geöffnet, aber noch nicht geleert. Michael war von dem üppigen

Mahl einfach zu erschöpft gewesen. Neben der Flasche stand ein kleiner Stapel mit leeren Tellern.

Und dort lag das Handy, das Michael aus seinem so dringend benötigten Schlaf gerissen hatte.

Er richtete sich auf und versuchte, die Erschöpfung abzuschütteln. Dann dachte er darüber nach, wer ihn mitten in der Nacht anrufen könnte, und plötzlich fokussierte sich sein Verstand.

Sarah.

Er schlug das dünne Laken zurück und sprang aus dem Bett. Mit wenigen Schritten war er im Wohnzimmer, nur noch zwei Meter von seinem Telefon entfernt. Aber er kam trotzdem zu spät.

Der Klingelton brach ab, bevor er das Handy erreicht hatte. Aber das Display blieb weiterhin erleuchtet. Michael nahm das Handy hoch und warf einen Blick darauf. Vier verpasste Anrufe. Alle von derselben Nummer.

Jenny?

Diesen Namen hatte Michael nicht erwartet. Er warf einen verwirrten Blick auf seine Uhr. Wieso um alles in der Welt hatte sie ihn morgens um zwei Uhr viermal hintereinander angerufen?

Nicht wegen Sarah. Das wusste Michael. Aber trotzdem stimmte da irgendetwas nicht.

Er drückte die Taste, um zurückzurufen. Der Anruf wurde sofort angenommen.

Michael wartete darauf, dass Draper etwas sagte, aber er hörte nichts.

»Jenny?«

Michael spürte, wie sein Herz schneller schlug, als sie nicht antwortete.

»Jenny? Geht es Ihnen gut?«

Michaels Sorge wuchs, und zwar schnell.

»Hören Sie, Jenny, was auch immer …«

»Wie ich höre, haben Sie Ihren Akzent nicht abgelegt, Michael.«

Er hätte bis vor einem Tag nicht erwartet, diese Stimme jemals wieder zu hören. Emotionslos, nahezu steril. Michael erkannte sie augenblicklich und wusste sofort, dass das nur eins bedeuten konnte.

»Sie Hurensohn«, fluchte Michael. »Wenn Sie ihr etwas antun …«

»Wenn ich ihr etwas antue, dann ist das allein Ihre Schuld, Michael. Genau wie bei allen anderen.« Die Stimme klang weder besonders laut noch irgendwie drängend. Es war einfach nur eine sachliche Aussage. »Und wenn Sie das nicht wollen, dann tun Sie ganz genau das, was ich sage. Kapiert?«

Michael zögerte. Lange genug, um seine Alternativen abzuwägen. Und herauszufinden, dass er keine hatte.

Als er antwortete, klang seine Stimme tonlos. Besiegt.

»Spucken Sie's aus.«

71

3.45 Uhr.

Es waren zwei lange Stunden gewesen.

Michael saß hinter dem Steuer eines Audi A3. Der Wagen war kleiner, als er gewohnt war. Eins von zahlreichen Car-Club-Fahrzeugen, die überall in ganz London abgestellt waren. Dieser hier parkte für gewöhnlich auf der St. John's

Street, einen Steinwurf von Michaels Hotel. Jetzt jedoch war er vierzig Meilen von seiner Basis entfernt.

Es war stockfinster. Denn es war tiefste Nacht, und Michael befand sich mitten im Nirgendwo.

Das Dorf Brookwood war über eine Meile entfernt. Die nächstgrößere Stadt, Guildford, sogar noch sechs Meilen weiter. Michael war so weit von jeder elektrischen Beleuchtung entfernt, wie es im England des 21. Jahrhunderts nur möglich war. Und wegen der ausladenden Bäume in Surrey gab es auch kaum natürliches Licht.

Michael warf einen Blick auf die Digitaluhr im Armaturenbrett des Audi. Es war die einzige sichtbare Beleuchtung, da er die Batterie des Wagens ausgestellt hatte.

Es war immer noch 3.45 Uhr.

Die Zeit entsprach genau der auf Michaels Armbanduhr. Und beide sagten ihm dasselbe.

Er war eine Viertelstunde zu früh.

Das Adrenalin, das ihn noch in der Hotelsuite durchströmt hatte, war verschwunden. Aber Michael war sicher, dass es zurückkehren würde. Angesichts dessen, was ihn erwartete, war das unvermeidlich. Jetzt jedoch hatte er nur seine nervöse Energie, seine Erwartung. Seine Furcht.

Der Friedhof Brookwood war etwa eine halbe Meile entfernt. Etwa drei Minuten mit dem Auto. Damit blieben Michael zwölf Minuten, um das zu tun, was er tun musste. Um die notwendigen Vorbereitungen zu treffen. Doch noch war es zu früh. Das Timing musste perfekt stimmen.

Michael richtete seinen Blick auf seine Omega Seamaster und beobachtete, wie der leuchtende Sekundenzeiger langsam um das Zifferblatt lief. Einmal, zweimal. Dreimal.

Neun Minuten, dachte Michael. *Das reicht.*

Michaels iPhone war über Bluetooth mit der Freisprecheinrichtung des Audi verbunden. Im Moment war das Telefon auf Stand-by, verband sich aber sofort mit dem elektronischen Gehirn des Autos, als Michael den Zündschlüssel drehte. Eine kurze Drehung aktivierte nur die Batterie des Fahrzeugs, ohne den Motor anzulassen.

Die Mittelkonsole erwachte zum Leben, und auf dem Display tauchte eine Reihe von Optionen auf. Michael wählte das Adressbuch und fand dann den Eintrag, den er suchte.

Joe Dempsey.

Er tippte auf den Namen und wartete.

Die Verbindung brauchte eine Weile. Das lag nicht nur an Michaels Aufenthaltsort, sondern auch daran, dass es ein Ferngespräch war. Michael wusste nur selten, wo er seinen Freund erreichte. Aber eins war klar: Er war mit Sicherheit nicht in der Nähe. Dempsey lebte in New York, aber er konnte überall auf der Welt sein.

Schließlich hörte er den unverwechselbaren Klingelton, der ihm anzeigte, dass Dempsey sich in Übersee befand.

Scheiße. Komm schon, Joe. Geh ans Telefon, flehte Michael lautlos, während es weiter klingelte.

Scheiße. Scheiße. Scheiße.

Michael hielt den Atem an, als der siebte Klingelton abgebrochen wurde. Er wusste nicht genau, ob die Mailbox angesprungen war oder jemand abgenommen hatte.

»Mike.« Joe Dempseys Stimme klang besorgt. Er hatte sicher bemerkt, wie spät es in England gerade war. »Was ist los? Geht es dir gut?«

»Joe, ich brauche deine Hilfe.« Michael versuchte, ruhig zu bleiben und beherrscht zu sprechen. Das war nicht gerade einfach. »Ich stecke in Schwierigkeiten.«

»Wo bist du?«

»Dazu komme ich noch. Aber zuerst musst du etwas für mich tun.«

»Was, Mike?«

»Du musst mir versprechen, dass du dich um Sarah und Anne kümmerst, wenn mir etwas passiert. Dass du sie beschützt.«

Jetzt konnte Michael doch das Zittern in seiner Stimme nicht unterdrücken.

»Wovon zum Teufel redest du? Was ist da los?«

»Versprich es mir, Joe. Bitte.«

»Du weißt genau, dass du mich nicht darum bitten musst. Sie gehören zur Familie. Ihr alle gehört dazu.« Die Sorge in Dempseys Stimme war unüberhörbar. »Und jetzt sagst du mir gefälligst, was da zum Teufel los ist, damit ich dir helfen kann.«

»Bei dieser Sache kannst du mir nicht helfen, Joe. Das muss ich allein durchziehen.«

»Was redest du da?« Dempsey klang nicht besonders beeindruckt. »Was musst du allein durchziehen?«

Michael holte tief Luft.

»Es gibt da einen Kerl, den ich vor langer Zeit verteidigt habe. Er heißt Karl Hirst. Er wurde mittlerweile freigelassen und will sich jetzt an mir rächen. Er hat sich bisher an allen gerächt, die mit diesem Fall zu tun gehabt haben.«

»Was meinst du damit, dass er sich an dir rächen will? Wie?«

»Er bringt Menschen um. Er hat den Richter getötet, der das Urteil gesprochen hat. Den Polizisten. Und Derek. Er hat auch Derek umgebracht.«

»Du meinst diesen massigen Burschen? Deinen Barrister-Freund?«

»Ja«, bestätigte Michael. »Dieser Dreckskerl hat ihn ermordet. Er hat ihn gekreuzigt.«

»Gekreuzigt? Wie diesen Richter, der ermordet wurde? Der aus den Nachrichten? Er hieß Longman, stimmt's? Das war der Richter in deinem Prozess?«

»Ja. Hirst hat ihn erledigt. Und den Cop, der ihn verhaftet hat.«

Dempsey zögerte, aber als er dann antwortete, war seine Reaktion vollkommen emotionslos und professionell. Genauso, wie Michael es von ihm erwartete.

»Was ist mit der Polizei?«, fragte Dempsey. »Was haben sie unternommen?«

»Alles, was in ihrer Macht steht«, erwiderte Michael. »Außerdem haben sie Sarah und Anne in Schutzhaft genommen. Aber er gibt trotzdem nicht auf. Und jetzt hat er zwei Leute in seiner Gewalt, zwei Frauen, und er wird sie umbringen, wenn ich ihn nicht heute Abend treffe. Allein.«

»Ist das dein Ernst?« Michael hörte die Veränderung in Dempseys Tonfall. Nervosität. Etwas, was er noch nie bei ihm gehört hatte. »Sag mir, dass du dich nicht mit ihm triffst, Michael. Und wenn doch, dass du nicht allein dorthin gehst.«

»Ich habe keine Wahl. Entweder mache ich das, oder sie sterben beide. Und selbst dann würde er auch noch versuchen, mich umzubringen.«

»Ruf die Polizei an, oder wen auch immer. Aber geh nicht dahin und …«

»Ich habe keine Wahl.« Michael sprach lauter, um seinen Freund zu unterbrechen. »Dieser Mistkerl sieht alles, was ich tue. Ich weiß nicht, wie er das macht. Aber wenn ich das Risiko eingehe, jemanden mitzubringen … Ich kann das nicht riskieren, denn er bekommt es möglicherweise mit.«

»Michael, ich …«

»Ich kann es nicht riskieren, Joe.« Michael unterbrach Dempsey. »Menschen sind gestorben. Viele Menschen. Und zwar meinetwegen. Denn der Grund ist etwas, das *ich* getan habe. Und ich muss dem ein Ende machen.«

Als Dempsey wieder sprach, klang er erneut so ruhig wie vorher.

»Sag mir, wo du bist und warte dort. Ich schicke dir Hilfe. Richtige Hilfe. Meine Art von Hilfe. Dieser Hirst wird nicht mitkriegen, dass sie überhaupt da sind, das verspreche ich dir.«

»Ich kann nicht warten. Dafür habe ich nicht genug Zeit.«

»Was meinst du damit?«

Michael warf erneut einen Blick auf die Uhr im Armaturenbrett. Noch drei Minuten, dann musste er losfahren. Genau so hatte er es geplant. Michael hatte gewusst, dass Dempsey versuchen würde, sich einzumischen, und ein Nein als Antwort nicht akzeptierte. Aber das Risiko konnte er nicht eingehen. Deshalb hatte er mit dem Anruf so lange gewartet.

Noch zwei Minuten.

Das genügt.

»Ich meine damit, dass ich ihn jetzt gleich treffen muss. In fünf Minuten.«

»Michael, bist du sicher …«

»Hör mir jetzt einfach zu«, fiel Michael ihm ins Wort. »Bitte, hör einfach zu. Ich treffe Hirst auf dem Friedhof Brookwood in Surrey. Präg es dir ein: Friedhof Brookwood. Ich muss um vier Uhr unserer Zeit dort sein. Und ich werde das durchziehen. Es wird niemand mehr meinetwegen sterben.«

»Aber …«

Michael ignorierte die Unterbrechung.

»Du musst dich mit Detective Chief Inspector Joelle Levy vom Scotland Yard Major Investigation Team in Verbindung setzen. Sag ihr, wo ich bin, und sag ihr auch, dass sie ihre Leute so schnell wie möglich hierherschaffen soll. Wenn sie noch früh genug hier auftaucht, findet sie vielleicht Hirst.«

»Aber du willst nicht warten.«

»Nein. Wenn ich mit der Polizei dort auftauche, wird er die Mädchen töten. Wenn ich allein komme, haben sie eine Chance. Weil er dann zuerst mich umbringen muss.«

»Wie groß sind deine Chancen?« Dempsey war genauso direkt, wie Michael es erwartet hatte. »Kannst du diesen Kerl erledigen?«

»Das weiß niemand«, antwortete Michael. »Deshalb rufe ich dich ja an. Denn wenn ich es nicht schaffe und Hirst entkommt, dann musst du Sarah beschützen.«

»Mike …«

»Versprich es mir, Joe. Bitte.«

Dempsey zögerte erneut, bevor er schließlich antwortete.

»Ich verspreche es. Und ich verspreche dir noch etwas anderes.«

»Was denn?«

»Falls du diesen Hurensohn heute Nacht nicht umlegst, dann verspreche ich dir, ihn für dich zu töten.«

Michael lächelte.

»Das weiß ich«, gab er zurück. »Ich weiß, dass du genau das tun wirst.«

»Und Mike?«

»Ja?«

»Du musst mir auch einen Gefallen tun, okay?«

»Welchen?«

»Erspar mir gefälligst diese Mühe.«

72

Es war nicht üblich, dass Joelle Levy um vier Uhr morgens an ihrem Schreibtisch saß. Aber es war durchaus schon vorgekommen. Selbst bei Ermittlungen, die keine so persönliche Wendung genommen hatten wie diese.

Levy hatte Michaels Rat befolgt und war vom Smithfield Market zu ihrem Haus in Highgate gefahren. Es kam ihr fast so vor, als hätte sie das letzte Mal vor Wochen Zeit mit ihrem Sohn verbracht. Wer wusste schon, wann sie diese Chance noch einmal haben würden? Also war Claire Gordon ein paar Stunden von ihren Babysitterpflichten befreit worden und war nach oben gegangen, um zu schlafen. Joelle und Richard hatten den Abend zusammen verbracht. Mit einer Pizza, einer Schachtel Eiscreme und einem Film auf Amazon Prime.

Es war ein emotionaler Boxenstopp, der Levy belebt hatte.

Kurz nach Mitternacht war Richard auf dem Sofa eingeschlafen. Levy hatte ihn behutsam in sein Schlafzimmer getragen und ihn ins Bett neben seine friedlich schlummernde Babysitterin gelegt.

Erfrischt durch die wenigen Stunden Ruhe und die Zeit mit ihrem Sohn, hatte sich Levy gewaschen, angezogen und war morgens um zwei Uhr zurück nach Scotland Yard gefahren.

Seitdem waren zwei Stunden vergangen. Und Levy hatte sie nicht vergeudet.

Steven Hale hatte auf seiner langen Fahrt nach Manchester die schnellste Route genommen. Dabei hatte er einige Autobahnen benutzt. Also fiel Levy das Automatische Kennzeichenerkennungssystem ein. Dieses in der Öffentlichkeit kaum bekannte Kameranetzwerk konnte jedes Fahrzeug aufspüren, das durch das Vereinigte Königreich fuhr.

Sie hatte bereits am Nachmittag die Anfrage gestellt. Und zwar für alle Einträge des Systems, die Hales Kennzeichen betrafen. Dann hatte sie auch nach den Treffern aller anderen Fahrzeuge gefragt, und zwar jeweils innerhalb von zwanzig Sekunden, nachdem Hales Wagen die Kameras passiert hatte.

Es war ein riesiger Berg von Informationen. Die einzige echte Spur, die Levy jetzt hatte.

Das Material war auf ihrem Schreibtisch gelandet, als sie noch zu Hause gewesen war: sechshundertachtundvierzig Treffer für Hales BMW auf seiner Fahrt von London nach Salford. Neben diesen Treffern gab es noch Zehntausende weitere, für all die Fahrzeuge, welche einige dieser Kameras innerhalb von zwanzig Sekunden nach Hale passiert hatten.

Aber Levy suchte nach dem Fahrzeug, das *alle* Kameras passiert hatte, von denen auch Hale registriert worden war.

Die Sichtung hatte bereits fast zwei Stunden gedauert.

Es war ein riesiger Datenberg, den sie durcharbeiten musste. Levy hatte lückenlos alle Kennzeichen der ersten Kamera aufgelistet, von der Hale registriert worden war. Dann war sie zur zweiten übergegangen und hatte sämtliche Fahrzeuge auf der Liste von Kamera eins gelöscht, die

Kamera zwei nicht passiert hatten. Dann wiederholte sie den Vorgang bei der dritten Kamera und bei der vierten.

Als Levys Telefon um vier Uhr morgens klingelte, war sie kurz vor Kamera 500. Und die Liste mit Fahrzeugen war nur noch sechs Kennzeichen lang.

Levy warf einen Blick auf ihre Uhr. Ziemlich früh für einen Anruf.

Sie nahm den Hörer ab und hielt ihn ans Ohr.

»Hallo?«

»Sind Sie Joelle Levy?«

Die Stimme klang autoritär.

»Am Apparat.«

»Mein Name ist Joe Dempsey. Ich arbeite beim International Security Bureau der Vereinten Nationen, und ich muss mit Ihnen über Michael Devlin sprechen.«

73

Michael warf einen Blick auf seine Armbanduhr.

Vier Uhr fünfzehn.

Er hatte den Friedhof genau um vier Uhr erreicht. Sowohl seine Armbanduhr als auch die Uhr des Audi stimmten überein. Wenn beide falsch gingen, dann höchstens um eine Minute. Eine Abweichung, die Karl Hirst akzeptieren musste.

Hirsts Instruktionen reichten nur bis zu Michaels Ankunft. Um vier Uhr am Friedhof. Das war alles. Michael hatte sich strikt daran gehalten und zehn Minuten am schmiedeeisernen Tor des Eingangs gewartet.

Wie ein Lamm, das zur Schlachtbank geführt wurde.

Aber das Beil war nicht gefallen. Es war gar nichts passiert. Also hatte Michael keine Wahl gehabt, als seinen Instinkten zu vertrauen und die Anlage zu betreten.

Der Friedhof Brookwood war riesig. Mit einer Fläche von zweihundert Hektar war er der größte in Großbritannien und einer der größten in ganz Europa. Michael wusste das mittlerweile dank einer schnellen Internetsuche.

Es war ein Ort, an dem man sich schnell verirren konnte. Selbst bei Tageslicht.

Und ein Ort, an dem man leicht umgebracht werden kann.

Michael war etwa fünf Minuten lang gelaufen, auch wenn er keine Ahnung hatte, wohin. Er war einfach dem Weg gefolgt.

Auf dem Friedhof war die Dunkelheit nicht ganz so undurchdringlich. Hier gab es weniger Bäume, also erreichte das Licht von Mond und Sternen den Boden. Michael musste sich zwar immer noch sehr darauf konzentrieren, auf dem Kiesweg zu bleiben, aber wenigstens war er einigermaßen zu erkennen.

Er bewegte sich immer weiter auf das Gelände des Friedhofs. Und immer weiter weg von der Straße.

Michael konnte nicht verhindern, dass seine Gedanken sich überschlugen. Jeder Schritt brachte neue Möglichkeiten, weckte neue Ängste.

Hirst konnte überall sein. Hinter einem der Grabsteine, die Michael in der Dunkelheit erkennen konnte. Oder versteckt hinter einem der größeren Mausoleen, die sich in der Ferne als dunkle Silhouetten zeigten. Wo auch immer Hirst war, er war in Sicherheit. Versteckt.

Michael dagegen nicht.

Er wusste, dass er auf dem Weg vollkommen schutzlos war. Es war der einzige Teil des Friedhofs, der keine Deckung bot. Dadurch hatte Hirst alle Vorteile auf seiner Seite. Er hätte Michael ausschalten können, und zwar aus der Ferne, wann immer er wollte. Ohne sich auch nur die Hände schmutzig machen zu müssen. Das wusste Michael. Ebenso wie ihm klar war, dass er nur noch aus einem einzigen Grund atmete.

Hirst genoss dieses Spielchen.

Michael warf erneut einen Blick auf seine Uhr. Mittlerweile waren zehn Minuten verstrichen, in denen er ziellos herumgewandert war. Zehn Minuten gequälter Erwartung. Zehn Minuten Vergnügen für Hirst.

Das reicht jetzt. Michael war nicht länger bereit, für Hirsts Vergnügen zu sorgen. *Bringen wir es hinter uns.*

Er blieb stehen. Ohne das Geräusch seiner Schritte klang sein Herzschlag plötzlich lauter in seinen Ohren. Michael spürte, wie das Adrenalin durch seinen Körper strömte.

»Hirst!« Seine Stimme drang wie eine Sirene durch die Stille. »Hören Sie auf, sich zu verstecken, Hirst! Sie wollen mich. Also, ich bin hier!«

Michael verstummte. Lauschte.

Er wusste nicht, was er erwartete. Eine Antwort vielleicht? Das Geräusch von Schritten im Gras? Eine Kugel, die in eine Kammer geladen wurde? Michael wusste es nicht. Er wusste nur, was er *nicht* erwartet hatte.

»Hilfe! Helft uns!«

Die Worte waren leise, aber klar. Wer auch immer da schrie, war ziemlich weit entfernt. Zu weit, um der Stimme ein Geschlecht zuzuordnen. Aber das spielte keine Rolle. Denn es bedeutete, dass irgendjemand am Leben war.

Es bedeutete, dass es Hoffnung gab.

Michael schloss die Augen, um sich zu orientieren. Wieder schrie die Stimme. Es hörte sich an, als käme sie von rechts.

Michael zögerte keine Sekunde und rannte los.

Er verließ den Pfad und sprintete über unebenen Boden an einem dunklen Grab nach dem anderen vorbei. Dabei stolperte er immer wieder, stieß gegen Grabsteine und kleine Statuen. Trotzdem lief er weiter, ignorierte seine brennende Lunge und sein hämmerndes Herz. Er konzentrierte sich nur auf die Schreie.

Bis diese Schreie plötzlich aufhörten.

Michael wurde langsamer und blieb schließlich stehen.

Er wusste, dass er jetzt ganz in der Nähe sein musste. So nah, dass er glaubte, Jenny Drapers Stimme erkannt zu haben. Vielleicht war das aber auch nur ein frommer Wunsch.

Michael sank auf ein Knie und nutzte die Deckung der Grabsteine. Er holte tief Luft und bereitete sich auf das vor, was als Nächstes passieren würde.

Immer noch schwer atmend, warf er erneut einen Blick auf seine Uhr. Wieder waren zehn Minuten vergangen. Er musste schnell neue Kraft tanken.

Wenn sie in der Nähe sind, dann ist auch Hirst in der Nähe, sagte er sich. *Ich muss bereit sein.*

Etliche Sekunden verstrichen. Michael zählte sie. Verglich sie mit seinem Puls. Er wurde langsamer. Seine Atmung beruhigte sich ebenfalls.

Er gab sich noch eine Minute. Als er endlich so weit war, stand er auf.

»Hirst!« Michaels Stimme hallte über das Gelände und wurde von dem riesigen Mausoleum zurückgeworfen, dessen

Umrisse er vor sich sah. »Ich bin hier, Sie Mistkerl! Kommen Sie raus, und stellen Sie sich mir!«

Michael drehte sich dabei auf dem Absatz herum. Der Angriff konnte von überall kommen, aus jeder Richtung. Er wollte wenigstens *versuchen*, bereit zu sein.

Aber erneut passierte nichts. Kein Ton störte die unheimliche Friedhofsruhe.

»Hirst!«

Michael wartete darauf, dass das Echo seiner Stimme verklang. Dann öffnete er den Mund, um erneut zu schreien.

Ein vertrautes Geräusch hinderte ihn daran. Ein Geräusch, das er schon oft gehört hatte. Es war unverkennbar.

Das Geräusch, mit dem eine Pistole durchgeladen wurde.

Michael drehte sich zu dem Klang um und sah eine Gestalt, die aus der Dunkelheit auftauchte. Eine Gestalt aus seiner Vergangenheit, deren blasse Augen er überall wiedererkennen würde.

74

»Sie sind allein gekommen.«

Michael und Hirst hatten während des Prozesses viele Stunden miteinander verbracht. In der ganzen Zeit hatte Michael nie auch nur einen Anflug von Humor in Hirsts Stimme gehört.

Jetzt hörte er es. Kalten, rachsüchtigen Spott.

»Ich weiß nicht, ob ich beeindruckt oder enttäuscht sein soll.«

»Wo sind sie, Karl?« Michael warf einen Blick auf die

Halbautomatik in Hirsts rechter Hand. »Jenny und Tina. Wo sind sie?«

Hirsts Blick zuckte zu dem großen Mausoleum. Es war nur ein winziger Moment, und Michael konnte nicht erkennen, ob es eine unbewusste Reaktion war oder Absicht. Jedenfalls beantwortete es seine Frage.

»Leben die beiden noch?«

Hirst lächelte.

»Das möchten Sie sicher gern wissen.«

»Ich habe das Recht, es zu erfahren«, gab Michael zurück. »Ich im Austausch gegen sie. Gegen sie beide. Das war die Abmachung.«

»Aber Sie haben doch wohl nicht wirklich erwartet, dass ich mich daran halte, oder etwa doch?« Hirst grinste höhnisch. Eine Grimasse, die sein Gesicht verzerrte. »So naiv können Sie nicht sein.«

»Nein, bin ich nicht.«

»Und doch haben Sie gemacht, was ich Ihnen gesagt habe. Sie sind allein gekommen.«

»Ich hatte keine Wahl.«

»Sie hätten sie einfach verrecken lassen können«, erwiderte Hirst gleichgültig.

»Nein, das konnte ich nicht. Aber ich nehme nicht an, dass Sie so etwas begreifen können.«

»Ach ja, die berühmte Devlin-Moral.« Hirst lächelte. Erneut verzerrte sich sein ohnehin schon hässliches Gesicht. Und das Lächeln erreichte seine Augen nicht. Sie blieben ebenso fahl und emotionslos wie zuvor. »Wie war das noch mal? ›Sie sind alle für das gestorben, was ich getan habe. Es ist alles nur meine Schuld.‹«

Hirst ahmte mehr schlecht als recht den Belfaster Akzent

nach, als er die Worte wiederholte, die Michael in Reids Küche gesagt hatte.

Michael starrte ihn an, als er begriff.

»Sie haben die Tatorte verwanzt. Sie haben Dereks Haus verwanzt.«

Hirsts Lächeln verwandelte sich in ein bösartiges Grinsen. Es passte besser zu seinem Gesicht.

»Und das war auch gut so, stimmt's? Denn hätte ich das nicht gemacht, hätte ich nie etwas von *Ihnen* erfahren.«

Hirst kam näher, während er sprach. Er war immer noch außer Reichweite, aber nah genug, dass Michael ihn deutlich sehen konnte. Er hob die Pistole, als er vortrat und damit auf Michael zielte.

»Und das ist die Ironie an der ganzen Sache, Michael. Denn bis ich Ihren fetten Freund umgebracht habe, habe ich angenommen, dass Sie gar nichts mit allem zu tun hatten, was damals passiert ist. Sie waren ja nur ein junger Bursche. Ich habe nicht einmal damit gerechnet, dass Sie überhaupt davon wussten.«

»Was?«

»Ich dachte, es wären nur Reid, Blunt und Longman gewesen. Und das Mädchen. Das Mädchen natürlich auch. Aber ich hatte bereits akzeptiert, dass ich die Kleine nicht finden würde. Also war ich der Meinung, dass die Sache vorbei wäre, sobald ich Reid erledigt hätte. Und dann sind Sie in Reids Haus gestolpert und haben alles gebeichtet.«

Michael spürte eine kalte Wut in sich aufsteigen.

»Sie verfluchter …«

»Wenn Sie doch einfach nur den Mund gehalten hätten«, fuhr Hirst fort und ignorierte die kurze Unterbrechung. »Ich hätte niemals erfahren, dass ich den Job nicht zu Ende gebracht hatte. Dass es noch einen Mistkerl gab, der umgebracht werden wollte. Und zwar den kleinen Bastard, der *wirklich* hinter der ganzen Sache steckte.«

»Und Tina.« Es klang fast, als redete Michael mit sich selbst, als er den Namen aussprach. Sein Zorn wuchs, während sich die Puzzleteile allmählich zusammenfügten. »Ich habe Ihnen auch verraten, wie Sie an Tina herankommen können.«

»Ja, das haben Sie.« Wieder dieses dreckige Grinsen. »Sie haben nicht nur Ihr eigenes Todesurteil unterschrieben, sondern auch das von Tina. Und jetzt haben Sie dasselbe mit Ihrer kleinen Barrister-Freundin gemacht. Und nur damit Sie es wissen – da hört es noch lange nicht auf.«

Hirst deutete auf das Mausoleum.

»Ich will, dass Sie noch eine Sache wissen, bevor Sie sterben. Sie sollen wissen, dass Ihre Hure Sarah Truman als Nächste dran sein wird. Betrachten Sie es als Spezialbonus. Weil Sie das Arschloch waren, das mich hinter Gitter gebracht hat.«

Die Worte trafen Michael härter als ein Faustschlag. Bilder zuckten durch seinen Kopf. Dereks Leichnam, brutal verstümmelt. Die elfjährige Tina Barker, vollkommen traumatisiert. Jenny, mit ihrer selbstbewussten Haltung. Und Sarah. Die wichtigste Person in Michaels Leben. Der Grund, warum er überhaupt existierte. Und ihr Leben wurde von der Verkörperung des Bösen bedroht, die hier vor ihm stand.

Das war mehr, als Michael ertragen konnte.

»Sie werden nicht mal in die Nähe meiner Familie kommen, Sie perverses Schwein.« Michaels Stimme klang tief, leise, fast wie ein Grollen. Das Geräusch eines in die Ecke getriebenen Tieres.

»Ah, da ist sie ja.« Der Spott war verschwunden. Genau wie das Lächeln. Nur die Grausamkeit war geblieben. »Da ist die Kreatur, die ich gestern Nacht in der Gasse gesehen habe.«

Hirst ging langsam um Michael herum, der sich ebenfalls im Kreis bewegte. Eine Kobra und ein Mungo. Beide bereit anzugreifen. Nur hatte in diesem Kampf die Kobra eine Pistole.

»Ich war wirklich überrascht, Michael«, fuhr Hirst fort.

Michael hörte die Worte kaum. Ebenso wie Hirst war er nur auf den Mann vor sich konzentriert. Deshalb bemerkte keiner von ihnen ein entferntes Geräusch, das die Stille des Friedhofs störte.

»Es hat mich überrascht zu sehen, wozu Sie fähig sind. Zu meinem Glück, denn eigentlich wollte ich nur *das hier* benutzen.«

Hirst zog ein Jagdmesser mit einer zwanzig Zentimeter langen Klinge hinter seinem Rücken hervor und schwenkte es in der linken Hand.

»Aber als ich gesehen habe, wie Sie diese drei Kerle so einfach erledigt haben, dachte ich, ich sollte vielleicht noch eine kleine Rückversicherung mitnehmen.« Er deutete auf die Pistole in seiner rechten Hand, mit der er immer noch auf Michael zielte.

»Und Sie wollen nicht herausfinden, ob Sie auch ohne Pistole gut genug sind?« Michael war vollkommen fokussiert und näherte sich Hirst langsam, während er die Frage stellte.

»Ich kann nicht behaupten, dass ich nicht neugierig wäre.« Hirsts Blick war fest auf Michael gerichtet, und er achtete auf jede Bewegung, die dieser machte. »Aber ich glaube, ich halte es möglichst einfach.«

Hirsts Worte waren das Signal. Sie sagten Michael, dass er gleich schießen würde. Auf diese kurze Distanz konnte er ihn nicht verfehlen. Und Michael konnte nichts tun, um ihn aufzuhalten.

Aber zumindest würde er es versuchen.

Hirst musste die Bewegung bereits erwartet haben; die verräterische Anspannung seiner Muskeln konnte Michael unmöglich verbergen. Und dennoch war ein heranstürmender Körper immer noch viel langsamer als eine Pistolenkugel.

Für Hirst lief alles nach Plan.

Bis zu dem Moment, in dem der Plan scheiterte.

75

Die Reise von Joelle Levys Schreibtisch zum Gebäude des MI6 in Vauxhall hatte sieben Minuten gedauert. Dempsey hatte bereits dort angerufen und seine Befugnisse ausgespielt. Er hatte dafür gesorgt, dass Levy alle Sicherheitskontrollen umgehen durfte, wodurch sie den Hubschrauberlandeplatz ohne Verzögerung erreichte und sofort in den wartenden Helikopter des International Security Bureau steigen konnte.

Zwischen Dempseys Anruf und Levys Start waren genau zwölf Minuten verstrichen.

So etwas wie diesen Hubschrauber hatte Levy noch nie gesehen. Das war auch wenig überraschend, weil der RAH-66 Comanche offiziell niemals über das Stadium eines Prototyps hinausgekommen war. Der Comanche war der fortschrittlichste Stealth-Hubschrauber der Welt, aber die Kosten von sieben Milliarden Dollar pro Stück waren selbst für das US-Militär zu hoch gewesen. Also war das Projekt gestrichen worden. Aber nicht die sechs Prototypen. Drei von ihnen waren in speziellen Luftfahrtmuseen zu besichtigen. Die drei anderen waren jetzt im Besitz des ISB.

Die Reise nach Brookwood würde nur dreiundzwanzig Minuten dauern. Erheblich schneller, als es Michael mit dem Wagen geschafft hatte. Aber lange genug, damit Levy sich vorbereiten konnte.

Der Comanche war sehr gut ausgestattet. Mit allen Waffen, die Levy sich nur hätte wünschen können. Und ganz sicher mehr, als sie bei Scotland Yard bekommen hätte.

Levy warf einen Blick in das Arsenal und entschied sich für das L129A1 7.62mm, ein halb automatisches Sturmgewehr. Es war die übliche Scharfschützenwaffe der Fronteinheiten in der britischen Armee und entsprach am meisten den Waffen, die Levy sowohl bei der Israeli Defense Force als auch später beim Shin Bet benutzt hatte.

Dann wählte Levy das Zielfernrohr. Das Trijicon ACOG 6x48 Teleskop. Wieder Standardausführung. Sie ließ das Zielfernrohr einrasten, bevor sie sich dem letzten wichtigen Ausrüstungsstück zuwandte: dem MilSight S135 Magnum Universal Nachtsichtgerät. Es war unabdingbar, wenn die Waffe in der nächtlichen Dunkelheit irgendetwas bewirken sollte.

Levy baute die Einzelteile in weniger als einer Minute zusammen. Das war ziemlich beeindruckend bei einer nicht vertrauten Waffe. Noch dazu in der Dunkelheit eines fliegenden Helikopters. Die nächsten fünf Minuten des Fluges verbrachte sie damit, die Mechanik zu überprüfen. Um sich zu vergewissern, dass nichts schiefgehen konnte, wenn die Schießerei losging.

Zufrieden schob Levy schließlich das Magazin mit den zwanzig Patronen in den Schlitz und lehnte sich dann auf ihrem Sitz zurück.

◆

»Noch zwei Kilometer bis zum Ziel, Ma'am.«

Levy öffnete die Augen und warf einen Blick auf ihre Uhr. Seitdem sie das Gewehr vorbereitet hatte, waren fünfzehn Minuten vergangen. Sie hatte diese Zeit darauf verwendet, sich genauso vorzubereiten wie ihre Waffe. Levy hatte die Atemübungen, mit denen man seinen Herzschlag verlangsamte, in Israel gelernt. Diese Fähigkeit war für einen Scharfschützen von größter Bedeutung, auch wenn sie nicht erwartet hatte, sie noch einmal anwenden zu müssen.

»Können sie uns schon hören?«

»Nein, Ma'am«, antwortete der Pilot. »Wir sind so lautlos, wie eine Maschine nur sein kann. Jetzt, mitten der Nacht, werden sie vielleicht aus etwa einem Kilometer Entfernung etwas hören. Aber erst, wenn wir nur noch sechshundert Meter entfernt sind, werden sie uns nicht mehr überhören können.«

»Okay«, antwortete Levy. »In dem Fall fliegen Sie bis auf einen Kilometer heran und halten uns dann dort in der Luft.«

Levy widmete sich wieder ihrer Waffe und inspizierte sie ein letztes Mal. Nur für alle Fälle.

Dann steckte sie zufrieden die Hand aus und schob die Schiebetür des Comanche auf. Sie löste ihren Sicherheitsgurt und legte die Sicherheitsleine an. Ein System, das ihr erlaubte, sich gefahrlos aus dem fliegenden Hubschrauber zu lehnen.

»Ein Kilometer, Ma'am.«

Die Stimme des Piloten drang durch Levys Headset.

»Okay«, antwortete sie. »Ich kann den Friedhof sehen.«

Levy setzte das Zielfernrohr ans Auge. Mit fünf Zentimeter Abstand, wegen des Rückstoßes. Dann kniff sie ihr linkes Auge zu, um den vollen Effekt des Nachtsichtgeräts zu nutzen.

Levy hatte solche Geräte in Israel bereits benutzt. Damals waren sie das Beste gewesen, was Shin Bet seinen Leuten zur Verfügung stellen konnte. Aber die Technologie hatte sich weiterentwickelt. So etwas wie das MilSight S135 hatte Levy noch nie gesehen. Seine Effektivität war fast schon bestürzend, als wäre die Nacht plötzlich zum Tag geworden.

Levy stellte sich rasch darauf ein und erblickte unmittelbar zwei Gestalten auf dem Friedhof vor ihnen. Sie waren vielleicht anderthalb Kilometer von dem Hubschrauber entfernt, lagen aber nicht auf dem Kurs des Comanche.

»Auf zwei Uhr.«

Der Pilot verstand und änderte sofort seinen Kurs, wobei er dafür sorgte, dass er Levys Blickfeld nicht blockierte.

Sie sah wieder durch das Zielfernrohr. Sie waren jetzt näher. Dadurch hatte sie einen besseren Blick. Aber immer noch einen Kilometer entfernt. Vielleicht sogar mehr.

Und vielleicht sind wir auch zu spät, dachte Levy.

Durch die Kursänderung hatte der Hubschrauber Levys Blickwinkel verändert. Jetzt konnte sie die Pistole in Karl Hirsts Hand sehen. Eine Pistole, die er auf Michael Devlin richtete.

Scheiße.

Hirst war ein rücksichtsloser Killer. Er würde nicht zögern, Michael eine Kugel in den Leib zu jagen. Das wusste Levy. Und sie wusste auch, dass es jeden Moment passieren konnte.

Das L129A1 hatte eine Reichweite von etwa achthundert Metern. Vielleicht etwas mehr, wenn man den Schuss unter perfekten Umständen platzieren konnte. Also hatte Levy zwei Probleme: Sie war noch etwas mehr als einen Kilometer von den beiden Männern entfernt. Und die Wahrscheinlichkeit eines Treffers aus einem derart weit entfernten Hubschrauber ging gegen null.

Das mochten durchaus ernste Probleme sein, aber Levy hatte keine anderen Möglichkeit mehr. Entweder schoss sie, oder sie musste zusehen, wie Michael Devlin starb.

Sie schoss.

76

Michael hörte zwei Schüsse, kurz bevor er spürte, wie eine Kugel in seinem Oberarm einschlug. Während er stürzte, sah er, wie Hirst sich um seine eigene Achse drehte. Eine zweite Kugel von irgendwo anders hatte offenbar ebenfalls ihr Ziel getroffen. Und das war der einzige Grund, warum Hirsts Kugel nicht in Michaels Brust gelandet war.

Michael musste die Wunde nicht sehen, um zu wissen, dass er getroffen worden war. Das Gefühl war einzigartig, und außerdem war es nicht das erste Mal, dass Michael es erlebte.

Die beiden Männer wurden gleichzeitig zu Boden geschleudert. Aber keiner von ihnen blieb liegen.

Hirst war zuerst wieder auf den Beinen. Michael, der durch seinen jetzt nutzlosen rechten Arm eingeschränkt wurde, brauchte nur einen Moment länger.

Das Erste, was Michael wahrnahm, sobald er wieder auf den Füßen stand, war, dass Hirst seine Pistole nicht mehr in der Hand hatte. Das Zweite war, dass Hirst genau wusste, wo sie gelandet war.

Michael folgte dem Blick seiner hellen Augen, der sich auf die tödliche Waffe richtete. Michael durfte auf keinen Fall zulassen, dass er die Pistole wieder in die Finger bekam.

Hirst stürzte auf die Waffe zu. Doch die Kugel in seiner Schulter schränkte seine Beweglichkeit ein. Und sie machte ihn langsamer.

Eine alte Schusswunde stellt nur selten einen Vorteil dar. Doch diesmal war das der Fall.

Hirst schien davon überrascht zu sein, wie sehr die Verletzung ihn behinderte. Michael dagegen war nicht überrascht. Denn auf ihn war bereits geschossen worden.

Er brüllte, während er auf Hirst zustürmte. Er schrie vor Schmerz. Vor Wut. Und vor Verzweiflung. Der Schrei lenkte Hirst nur einen Moment lang ab, aber dieser kurze Augenblick war genug.

Als Michael mit der linken Schulter Hirsts Oberkörper rammte, war das für beide Männer extrem schmerzhaft. Die Wucht war so stark, dass Hirst zurückgeschleudert wurde und gegen einen Grabstein prallte. Michael segelte in dieselbe Richtung.

Er blieb einen Moment lang regungslos liegen. Der Schmerz sowie die Kraft des Angriffs hatten seine Energiereserven stark beansprucht. Er hatte nur noch wenig davon übrig und konnte nur hoffen, dass Hirst mehr gelitten hatte.

Aber um sicherzugehen, musste Michael aufstehen.

Ein Blick auf Hirst genügte, und die Frage war beantwortet. Der Mann rappelte sich genauso langsam auf wie Michael.

Sie waren nur wenige Schritte voneinander entfernt und konnten sich vor Erschöpfung kaum noch bewegen. Die Kugeln, die sie eingefangen hatten, hatten das Spiel verändert. Aber Michaels Rammstoß hatte dafür gesorgt, dass es sehr bald zu Ende sein würde.

Blieb nur noch eine Frage: Wer wollte es dringender?

Hirst bewegte sich als Erster. Er griff Michael ungestüm an. Aber trotzdem zu langsam. Und zu schwach.

Michael sah die Bewegung und reagierte. Der Rest seines Adrenalins schoss durch seine Adern und gab ihm Energie.

Michael dachte nicht an seine eigene Verletzung, als er Hirsts Schlag abblockte, indem er dicht an ihn herantrat und seine rechte Schulter gegen Hirsts Nase rammte. Hirst war bereits wacklig auf den Beinen und weich in den Knien. Die Wucht des Aufpralls schleuderte ihn zurück. Gegen denselben Grabstein, gegen den er unmittelbar zuvor geprallt war.

Bei dem Stoß liefen Schockwellen durch Michaels rechten Arm. Sie verletzten seinen Oberarm noch mehr, und er verlor zunehmend Blut. Doch das hielt ihn nicht auf. Angetrieben von dem Wissen, was Hirst getan hatte und was er noch tun wollte, griff Michael an.

Von der Balance und Koordination, die Michael bei seinem Kampf mit Patrick O'Driscoll gezeigt hatte, war nichts mehr zu spüren. Seine Verletzung machte beides unmöglich. Doch das kümmerte Michael nicht.

Dies war keine Straßenschlägerei. Es war ein Kampf auf Leben und Tod.

Er dachte nur noch daran, seinen Gegner möglichst schwer zu verletzen, als er seinen Kopf gegen Hirsts Gesicht rammte. Die klaffende Wunde, die dabei an seinem Kopf entstand, war bedeutungslos. Nur Hirst zählte, dessen Gesicht jetzt eine zerschmetterte, blutige Maske war.

Der Grabstein an seinem Rückgrat war jetzt das Einzige, was den Killer noch aufrecht hielt. Doch das wusste Michael nicht, und es wäre ihm auch egal gewesen. Er handelte nur noch aus archaischer Wut. Und die richtete sich auf den Mann, der sein Leben bedroht hatte. Den Mann, der seinen besten Freund ermordet hatte. Den Mann, der eine Gefahr für Sarah sein würde, solange er noch lebte.

Diese Gedanken trieben Michael an. Sie gaben ihm Kraft, als er mit seiner linken Faust immer wieder zuschlug. Viermal. Fünfmal, sechsmal. Siebenmal. Michael hämmerte die Faust gegen Hirsts ungeschützten Kopf. Er traf sein Gesicht, seinen Hals, seinen Schädel. Er traf ihn überall.

Beim fünften Schlag brach er sich die Hand. Er merkte es nicht einmal.

Erst der achte Schlag erledigte Hirst. Die Faust krachte gegen seine Schläfe und schleuderte ihn zur Seite. Die Wucht riss ihn von dem Grabstein, der ihn bis jetzt gestützt hatte. Schließlich brach er auf dem Boden zusammen.

Und Michael konnte endlich aufhören.

Hirst war geschlagen.

Er war keine Bedrohung mehr.

Nicht für Michael.

Nicht für Sarah.

Für niemanden.

Michael taumelte zurück. Sein Blick war auf Hirsts zusammengesunkenen, zerschlagenen Körper gerichtet. Plötzlich spürte er, was diese Anstrengung ihn gekostet hatte. Jetzt, da der Kampf zu Ende war, fühlte sich jeder Schritt plötzlich schwerer an als der davor.

Michael hatte bei dem Kampf gegen Hirst seine letzten Energiereserven verbraucht. Er hatte das Blut ignoriert, das aus der Schussverletzung in seinem rechten Oberarm strömte. Er hatte sich weiter gepeitscht, als er es für möglich gehalten hätte. Nur Furcht, Instinkt und Adrenalin hatten Michael auf den Beinen gehalten. Ihn bei Bewusstsein gehalten.

Doch das war jetzt vorbei.

Noch ein Schritt rückwärts. Zwei Schritte. Drei.

Beim vierten Schritt konnte Michael sich nicht länger konzentrieren. Er konnte sich nicht mehr auf den Beinen halten. Sein Adrenalin war aufgebraucht. Er war erledigt.

Michael stolperte einen letzten Schritt zur Seite, und die Welt wurde schwarz, als er fiel.

77

Joelle Levy sprang bereits aus dem Hubschrauber, bevor der Comanche den Boden berührt hatte.

Der nächste zur Landung geeignete Platz war mindestens dreihundert Meter von Michael und Hirst entfernt. Das bedeutete fast eine Minute zu Fuß, im Dunkeln, auf unebenem Boden, der mit Grabsteinen und anderen Hindernissen übersät war.

Levy bewegte sich hastig aus der Reichweite der Rotoren. Zwanzig Meter, weit genug. Sie setzte das Gewehr an die Schulter, sah mit dem rechten Auge durch das Zielfernrohr und schloss ihr linkes. Sofort war die Welt wieder sichtbar.

Es war unmöglich gewesen, einen zweiten Schuss aus dem Hubschrauber abzugeben. Der erste war schon riskant genug gewesen. Und alles, was danach passiert war, war zu schnell gegangen. Die Auseinandersetzung zwischen Michael und Hirst hatte es unmöglich gemacht, einen sicheren Treffer zu platzieren.

Levy sah sich um. Sie überprüfte den Ort des Kampfes und das Gebiet in der Nähe. Während der Comanche langsam zur Landung angesetzt hatte, war der Kampf weitergegangen. Durch die Landung war Levys Blick behindert worden. Seit diesem Moment hatte sie keinen der beiden Männer mehr mit ihrem Zielfernrohr erfassen können.

Levy legte die Entfernung sehr schnell zurück, angetrieben von ihrer Ungewissheit. Von der Furcht davor, was Hirst Michael antun könnte. Doch diese Furcht legte sich, als sie den Grabstein erreichte, hinter dem Hirst lag. Er war übel zugerichtet.

Levy war ihr ganzes Leben lang von Gewalt umgeben gewesen. Und sie kannte deren Auswirkungen. Ein kurzer Blick auf Hirst sagte ihr, dass der Mann außer Gefecht gesetzt worden war. Vielleicht sogar für immer. Doch das kümmerte Levy nicht. Sie sorgte sich um etwas anderes.

»Michael!« Sie kam neben Michaels regungslosem Körper zum Stehen. »Michael, hören Sie mich?«

Er war zwar bewusstlos, aber aus der Nähe betrachtet schien er in einem erheblich besseren Zustand zu sein als

Hirst. Levy legte zwei Finger auf seine Halsschlagader und spürte, wie das Blut durch seine Arterie lief.

Er hatte einen starken Puls; wahrscheinlich würde er überleben.

»Michael?« Diesmal sagte sie es sanfter. »Können Sie mich hören, Michael?«

Levy untersuchte ihn, während sie sprach. Wegen des Blutes auf seiner Stirn schaute sie nach einer Kopfverletzung. Sie fand sie schnell. Das Blut quoll aus einer schmalen Platzwunde dicht am Haaransatz. Sie war leicht zu finden. Dafür sorgten schon die beiden Schneidezähne von Hirst, die offenbar bei dem Zusammenstoß mit Michaels Schädel aus seinem Mund gerissen worden waren und jetzt in der Wunde steckten.

Michaels andere Verletzungen waren genauso leicht zu finden. Seine linke Hand war geschwollen und blutig. Die Knöchel waren aufgeschlagen. Das erklärte, womit er Hirst so zugerichtet hatte. Die Wunde an seinem rechten Oberarm war schwerer. Michaels Ärmel war vollkommen von Blut durchtränkt.

Levy suchte nach der Verletzung, fand sie und kam zu dem Schluss, dass sie nicht lebensbedrohlich war.

Sie drehte sich um, als sie Schritte hörte. Es war der Pilot.

»Wie sieht es aus?«

»Er wird es überleben«, antwortete Levy. »Aber man hat auf ihn geschossen. Wir brauchen die medizinische Ausrüstung, die Sie an Bord haben.«

»Und der andere Kerl?« Der Pilot deutete auf Hirst.

»Ich sehe nach ihm, während Sie das Zeug holen. Gehen Sie!«

Der Pilot drehte sich um und lief zu dem Comanche zurück.

Sechshundert Meter, dachte Levy. *Hin und zurück. Zusätzlich die Zeit, um die Ausrüstung einzusammeln. Maximal zwei Minuten.*

Sie stand auf, ging zu Hirst und ließ sich neben ihm auf die Knie fallen.

Michael hatte ihn übel zugerichtet. Aber es waren keine tödlichen Verletzungen. Jedenfalls hatten sie ihn nicht augenblicklich getötet. Während er atmete, bildeten sich blutige Blasen unter seinem rechten Nasenloch.

Levy sah zu dem Comanche. Der Pilot hatte die Hälfte der Strecke zurückgelegt.

Sie griff in die Innentasche ihrer Jacke, zog ihr Taschentuch heraus und öffnete es, sodass es ihre komplette rechte Hand bedeckte.

Sie sah wieder hoch. Der Pilot hatte den Hubschrauber fast erreicht.

Levy blickte erneut auf Hirst. Einen Moment lang spielte sie mit dem Gedanken, ihn aus seiner Bewusstlosigkeit zu wecken. In der Hoffnung, dass er merkte, was jetzt kam.

Das wäre nur gerecht, dachte sie. Aber Levy brauchte diese Perfektion nicht.

Stattdessen legte sie das Taschentuch auf Hirsts blutiges Gesicht, bedeckte Nase und Mund.

Und drückte zu.

78

Michael Devlin stand mit freiem Oberkörper im Bad und wischte mit der Hand über den beschlagenen Spiegel. Eine Ansammlung von Narben überzog seine Haut.

Einige waren alt. Andere neu. Und wieder andere – wie die Schussverletzung in seinem rechten Oberarm – waren vollkommen von Bandagen bedeckt.

»Soll ich den Verband jetzt wechseln?«

Michael drehte sich um, als er Sarahs Stimme hörte. Er lächelte und streckte seinen linken Arm aus. Dabei achtete er darauf, dass er sie nicht mit dem Gips an dessen Ende erwischte.

»Das ist das beste Angebot, das ich in diesem Monat bekommen habe.«

Nur mit seinem Unterarm zog er Sarah an sich heran, drückte sie fest an seinen Körper. Das Duschwasser durchtränkte ihre Kleidung und machte ihre weiße Bluse durchsichtig.

»Lass mich los, du großer, verwundeter Bär.«

Sarah lachte, während sie zurückwich. Sie stieß Michael von sich, indem sie die Hand auf seinen Bauch legte. So ziemlich die einzige Stelle an seinem Oberkörper, die nicht von Bandagen oder Prellungen bedeckt war.

Michael trat zurück, bis sein Rücken die feuchte Badezimmerwand berührte. Dann setzte er eine enttäuschte Miene auf.

»Oh, verstehe. Ein paar Kratzer und ein paar gebrochene

Knochen, und schon bin ich nicht mehr männlich genug für dich. Ist das so?«

»Dafür braucht es schon noch ein bisschen mehr, Michael Devlin.« Sarah musterte ihn von Kopf bis Fuß. Betrachtete den Gips an Michaels linkem Arm und den feuchten Verband an seinem rechten. »Aber was nützt du mir, wenn deine Hände nicht mehr richtig funktionieren?«

Michael lachte schallend. Es war ein wahrhaftiges Lachen, aus purer Erleichterung.

Die Trennung von Sarah war kurz gewesen. Nur etwas mehr als vierundzwanzig Stunden. Und doch war es die schwerste Zeit in Michaels Leben gewesen. Er hatte jemanden verloren. Er hatte gelitten. Und bald würde er trauern. Aber jetzt, da Sarah wieder bei ihm war, war Michael glücklich.

Als könnte sie seine Gedanken lesen, legte Sarah ihre Hand auf Michaels Wange, stellte sich auf die Zehenspitzen und küsste sanft seine Lippen.

»Und jetzt komm«, sagte sie, während sie sich wieder zurücksinken ließ. »Werfen wir einen Blick auf den Verband.«

79

»Sie hätten heute nicht zum Gericht kommen müssen, Jenny. Ehrlich nicht. Ich hätte es gut verstanden.«

Es war neun Uhr am Montagmorgen. Zwei Stunden, seit Sarah geschickt den Verband an Michaels Schulter gewechselt hatte. Zweiundfünfzig Stunden, seit Michael Hirst zusammengeschlagen hatte.

Und sechzig Stunden, seit Draper gekidnappt worden war.

Levy hatte Draper und Tina Barker kurz nach Hirsts Tod gefunden. Sie war zwar gefesselt, aber ansonsten unversehrt. Trotzdem grenzte es an ein Wunder, dass sie es am zweiten Montag von Simon Kashs Verfahren in den Speisesaal von Old Bailey geschafft hatte. Und dass Michael dort war, um sie zu begrüßen.

Draper schüttelte den Kopf und trank einen Schluck Kaffee, bevor sie antwortete.

»Er hat mich nicht verletzt. Ich habe nur eine dicke Beule an meinem Kopf. Und die wird von meiner Perücke verdeckt.«

»Es gibt nicht nur körperliche Verletzungen. Sie haben etwas Traumatisches erlebt. Nach so einem Erlebnis darf man nichts überstürzen. Jedenfalls *müssen* Sie das nicht tun.«

Draper warf einen nachdrücklichen Blick von Michaels linker Hand zu seiner rechten Schulter und dann zu seinem verbundenen Kopf.

»Sie sagen *mir*, ich soll nichts überstürzen? Was ist mit Ihnen? Sie haben Derek Reid verloren. Ihre Familie musste sich verstecken. Dann haben Sie sich Hirst gestellt, um Tina und mich zu retten. Und zwar allein. Mit dem Ergebnis, dass man Sie zusammengeschlagen und auf Sie geschossen hat. Und jetzt bin ich diejenige, die hier etwas überstürzt?«

»Für mich ist das etwas anders. Ich muss mit dem Fall weitermachen. Wenn ich das nicht tue, ist er zu Ende, und das ganze Verfahren fängt wieder von vorne an. Ich darf nicht gehen. Aber Sie können es. Bitte. Nehmen Sie sich die Zeit, und kümmern Sie sich um sich selbst.«

Draper lächelte und schüttelte erneut den Kopf. Dann griff sie nach der Wasserflasche neben ihrer Kaffeetasse. Sie öffnete sie und hielt sie Michael hin.

»Wollen Sie einen Schluck?«

»Ja«, antwortete Michael. »Bitte.«

Draper setzte Michael die Flasche an den Mund und kippte sie, bis das kalte Wasser über seine Lippen lief. Er nahm zwei große Schlucke, dann setzte sie die Flasche wieder ab.

»Und jetzt verraten Sie mir, Kronanwalt Michael Devlin – wie wollen Sie etwas trinken, wenn ich nach Hause gehe, um mich zu erholen?«

Michael antwortete nicht.

»Genau. Sie haben eine gebrochene linke Hand und können Ihren rechten Arm nicht bewegen. Also brauchen Sie mich hier, Michael. Selbst wenn ich Sie nur bediene. Und nach allem, was Sie getan haben? Für mich? Was wäre ich für eine Freundin, wenn ich Sie jetzt sich selbst überlassen würde?«

Michael wollte etwas erwidern, aber kein Wort kam aus seinem Mund. Draper hatte ihn geschlagen. Er lächelte. Die Diskussion war vorbei.

»Also, was gibt es Neues über Hirst?«, fragte Draper.

»Ich bin vom Haken«, antwortete Michael. Er warf einen Blick auf seine gebrochene Hand. »Joelle Levy hat es gestern bestätigt. Er ist nach dem Kampf gestorben, und meine Handlungen wurden als angemessen angesehen.«

Draper antwortete nicht sofort.

»Es ist besser so«, sagte sie dann schließlich. »Können Sie sich vorstellen, was wir alle hätten durchmachen müssen, wenn es zum Prozess gegen ihn gekommen wäre?«

»Einen Prozess hätte ich ertragen. Aber trotzdem hatte er den Tod verdient.«

»Dann hat er bekommen, was er verdient hat.« Draper

machte eine kleine Pause. »Ich möchte Ihnen danken, Michael. Dass Sie mir zu Hilfe gekommen sind. Ich kenne wirklich keinen anderen Mann, der das getan hätte. Oder der auch nur dazu in der Lage gewesen wäre.«

»Sie müssen Levy danken«, antwortete Michael. »Wäre sie nicht aufgetaucht, dann hätte Hirst mich getötet. Daran besteht kein Zweifel.«

»Ich habe ihr bereits gedankt. Und jetzt danke ich Ihnen.«

»Aber dann sprechen wir nicht mehr darüber. Bitte.«

Draper nickte zustimmend. Michael hatte sich klar und deutlich ausgedrückt. Das Gespräch war zu Ende.

Gerade rechtzeitig.

»Was zum Teufel ist Ihnen denn zugestoßen?«

Die Frage kam von Peter Epstein QC. Er rief sie quer durch den Raum, als er sich Michael und Draper vom anderen Ende der Bar Mess näherte.

Beide blickten hoch, um festzustellen, an wen die Frage gerichtet war. Michael stand auf, als Epstein näher kam.

»Eine viel zu lange Geschichte, Pete.« Michaels Tonfall machte deutlich, dass das Thema damit erledigt war. »Also, sind wir bereit weiterzumachen?«

»Nicht direkt, Michael. Nein.«

Epstein blieb stehen, als er sie erreicht hatte, und musterte Michael von Kopf bis Fuß.

»Was meinen Sie damit?«, erkundigte sich Michael. »Was ist das Problem?«

»Oh, es ist alles andere als ein Problem, alter Junge«, erwiderte Epstein. »Jedenfalls nicht für Ihren Mandanten. Wir lassen die Anklage gegen Simon Kash fallen. Er ist in ein paar Stunden wieder ein freier Mann.«

Michael brauchte einen kleinen Moment, um diese Information zu verarbeiten. Sicher, der Prozess war gut gelaufen. Sehr gut sogar. Aber trotzdem kam das unerwartet.

»Warum?« Mehr fiel Michael einfach nicht ein.

»Der Fall wurde jedes Mal dünner, sobald Sie aufgestanden sind. Am Ende von Collivers Aussage hätten wir schon ein Wunder gebraucht, um noch eine Verurteilung gegen Ihren Burschen zu erreichen.«

»Trotzdem, Pete. Ich habe nicht annähernd genug für einen Antrag auf Einstellung des Verfahrens. Sie hätten Darren O'Driscoll gegen uns verwenden können.«

»Ich war noch nicht fertig, Michael. O'Driscoll hat seine Haltung geändert. Er bekennt sich jetzt schuldig, und zwar auf der Basis, dass es Colliver gewesen ist, und *nicht* Simon Kash, der die Morde mit ihm gemeinsam begangen hat.«

»Und Sie wollen das akzeptieren?« Michael war verwirrt.

»Ich wüsste nicht, warum nicht. O'Driscoll will sich nur schuldig bekennen, wenn wir Kash unbehelligt gehen lassen und unsere Ermittlungen gegen Colliver neu eröffnen. Und nach Ihrem Kreuzverhör ist Colliver als Verdächtiger so gut wie jeder andere auch. Warum zum Teufel sollte ich also nicht darauf eingehen?«

Michael suchte nach den richtigen Worten. Aber es war schwierig. Verblüffend.

Er hätte zufrieden sein sollen. Sie hatten gewonnen. Simon Kash war ein freier Mann. Aber irgendetwas daran kam ihm merkwürdig vor.

Epstein dagegen schien weniger Bedenken zu haben.

»Levitt ist außerdem bereits informiert«, erklärte er. »Er will uns um 9.45 Uhr im Gerichtssaal sehen. Um die Sache zu klären, bevor die Geschworenen hereingebeten werden. Wir sehen uns da.«

Er drehte sich um und verschwand ohne ein weiteres Wort.

Michael sah Draper an. Er war immer noch von dieser Wendung der Ereignisse schockiert. Und Draper wirkte genauso überrascht.

»Also«, sagte sie. »Das ist … Also wirklich. Eigentlich weiß ich nicht, was das ist.«

»Ich auch nicht«, erwiderte Michael. »Ich muss das erst einmal sortieren. Würden Sie hinuntergehen und Simon diese Neuigkeit überbringen? Sagen Sie ihm, dass ich später ebenfalls mit ihm sprechen werde.«

»Und was machen Sie in der Zwischenzeit?«

»Ich? Ich muss mich mit Matt Cole unterhalten.«

80

»Mr. Devlin, Jenny. Ich kann Ihnen ehrlich gar nicht genug danken. Ich … Ich … Ich kann einfach nicht glauben, was da passiert ist. Ich kann nicht glauben, dass ich nach Hause gehen darf.«

Simon Kash saß auf seinem üblichen Stuhl gegenüber von Michael und Draper auf der anderen Seite des Tisches. Mit dem Rücken zur Tür des Besprechungszimmers.

Draper lächelte. Sie schien wirklich froh darüber zu sein, dass die Gerechtigkeit gesiegt hatte.

Sie streckte die Hand aus und ergriff die von Kash.

»Es ist die richtige Entscheidung, Simon. Die absolut richtige Entscheidung. Sie hätten eigentlich überhaupt nicht hier landen dürfen.«

Kash erwiderte das Lächeln, bevor er sich an Michael wandte.

»Mr. Devlin, Sie waren wirklich erstaunlich. Das alles wäre ohne Sie niemals passiert. Wirklich. Ich bin nicht sicher, ob ich das jemals wiedergutmachen kann.«

Michael erwiderte Kashs Blick. Er sah ihm tief in die Augen, als sähe er ihn zum ersten Mal.

»Sie könnten ein paar Lücken für mich füllen, Simon.«

Michaels Stimme klang keineswegs so gut gelaunt wie die von Draper. Kash schien überrascht zu sein.

»Okay.« Er räusperte sich. »Das verstehe ich zwar nicht, Mr. Devlin, aber ich werde es versuchen. Was wollen Sie denn wissen?«

Michael lehnte sich auf seinem Stuhl zurück.

»Ich möchte wissen, Simon, was zum Teufel hier gelaufen ist. Denn all das ist für mich nicht logisch. Es ergibt nicht den geringsten Sinn.«

»Was ist nicht logisch?« Kash klang verwirrt. Und nervös.

»O'Driscolls Entscheidung. Jedenfalls in Bezug auf Sie.«

»Ich verstehe leider immer noch nicht.«

»Ich spreche von den Bedingungen seines Schuldbekenntnisses, Simon. Ich kann durchaus verstehen, warum er sich schuldig bekennt. Die Beweise gegen ihn sind ziemlich zwingend. Und ich kann auch verstehen, warum er unbedingt Terry Colliver mitnehmen will, nach der Aussage, die Colliver gemacht hat. Aber ich verstehe nicht, warum er darauf beharrt, dass man die Anklage gegen *Sie* fallen lässt. Dass man Sie auf freien Fuß setzt. Nur unter dieser Bedingung wollte er sich schuldig bekennen. Warum, Simon? Warum sollte er das tun?«

»Weil ich unschuldig bin, Mr. Devlin.«

Kashs Stimme klang überzeugend. Sie hatte eine Kraft, die zuvor nicht darin gewesen war.

»Und wenn schon!« Michael wollte diese Antwort nicht akzeptieren. »Er ist ein eiskalter Killer. Ein rücksichtsloser Mistkerl. Das haben Sie uns selbst gesagt.«

»Ja.«

»Und er hat Sie während dieser ganzen Sache unter Druck gesetzt und manipuliert, stimmt's? Bis zu dem Zeitpunkt, an dem ich Sie von ihm getrennt habe. Bis Sie in ein anderes Gefängnis verlegt wurden.«

»Ja.«

»Warum also sollte jemand wie er Ihnen plötzlich einen Gefallen tun? Warum sollte er sich Ihnen gegenüber plötzlich korrekt verhalten, nachdem Sie mich von der Leine gelassen haben? Nachdem Sie mir erlaubt haben, ihn vor den Geschworenen anzugreifen?«

»Was heißt das?«

»Das heißt, dass ich noch härter gegen ihn vorgegangen bin, als Peter Epstein das jemals getan hat. Es war *mein* Kreuzverhör, das O'Driscoll keine andere Möglichkeit ließ, als sich schuldig zu bekennen. Ein Kreuzverhör, das ich zu *Ihren* Gunsten geführt habe und das folglich *Sie* zu der Person macht, die ihn letzten Endes verurteilt hat. Und dann tut er Ihnen plötzlich einen Gefallen? Das ergibt keinen Sinn.«

»Ich … Ich kann es erst recht nicht erklären, Mr. Devlin. Sie sind der Kluge von uns beiden. Wenn Sie das nicht verstehen, dann …«

»Hören Sie auf, Simon!«, befahl Michael scharf. Es war eine Aufforderung, die Gehorsam verlangte. Er hatte genug. »Hören Sie endlich mit dem Theater auf!«

»Was meinen Sie damit?«

»Das wissen Sie genau. Sie wissen sogar ganz genau, was ich meine. Ich habe mit Darren O'Driscolls Barrister gesprochen. Deshalb weiß ich, warum Darren sein Schuldbekenntnis plötzlich geändert hat. Ich weiß, warum Matt Cole am Freitag Colliver so wirkungslos ins Kreuzverhör genommen hat. Warum er nicht behauptet hat, dass Colliver gemeinsam mit *Ihnen* die Galloways getötet hat. Und ich weiß auch, warum Sie hier heute als freier Mann hinausgehen.«

Kash wirkte schockiert. Schockiert und verängstigt.

Draper mischte sich ein.

»Michael, ich weiß nicht genau, worum es hier geht, aber bitte ... Sie sollten sich nicht so dem ...«

»Dem kleinen Simon gegenüber verhalten?« Als Michael sie unterbrach, klang seine Stimme verächtlich. Er wandte sich wieder an Kash. »Kommen Sie, Simon. Es ist vorbei. Was auch immer passiert, Sie sind frei. Also hören Sie mit dem Mist auf!«

»Mr. Devlin, ich weiß nicht ... Ich ...«

Kash beendete den Satz nicht, sondern unterbrach sich. Einen Moment blieb er stumm, schien in Gedanken versunken zu sein. Und dann tat er etwas, was nur Michael erwartet hatte.

Er lächelte breit und arrogant.

Michael und Draper sahen zu, wie Kash sich auf seinem Stuhl aufrichtete, seine Haltung veränderte. Es waren subtile Bewegungen, die ihn größer wirken ließen. Älter.

Kash würdigte Draper keines Blickes, sondern sah nur Michael an.

»Wann ist es passiert?« Die Stimme klang tiefer, und der

Akzent war deutlicher. »Wann haben Sie aufgehört, mir das abzukaufen?«

Draper sah zwischen Michael und Kash hin und her. Es war klar, dass sie nicht verstand, was sie da sah.

»Viel später, als ich es hätte tun müssen«, erwiderte Michael. »Aber ich hatte viel um die Ohren.«

»Sieht so aus.« Kash deutete mit einem Nicken auf Michaels Verletzungen. »Also, was hat Darrens Rechtsbeistand Ihnen gesagt?«

»Alles. Es gab auch keinen Grund, das nicht zu tun, nachdem Darren sich schuldig bekannt hat und Sie draußen sind. Er hat mir gesagt, dass Sie die ganze Zeit die Fäden gezogen haben.«

Kash grinste.

»Er hat mir auch gesagt, dass O'Driscoll schreckliche Angst vor Ihnen hat. Dass er die ganze Zeit überhaupt nur bereit war, den Prozess zu führen, solange es *Ihre* Chancen nicht schmälerte. Dass er alles getan hat, um *Ihnen* zu helfen, ganz gleich, was Sie über O'Driscoll sagten oder wie die Aussagen sich auf ihn auswirken würden.«

Kash zuckte mit den Schultern. Als wäre das, was Michael da schilderte, einfach nur die Wahrheit. Er strahlte aus jeder Pore reine Arroganz aus.

Michael redete weiter.

»Und dass O'Driscoll – sobald er wusste, dass er keine Chance hatte – seine Anwälte beauftragte, alles zu tun, um Sie freizubekommen.«

Kash lachte leise, während Michael sprach. Dann lachte er laut auf und nickte.

»Ja. Das klingt ziemlich zutreffend.«

»Simon, Sie können doch nicht …« Draper fehlten die Worte. »Michael …«

»Zerbrechen Sie sich deswegen nicht den Kopf, Kleines. Auf diese Nummer sind schon klügere Leute reingefallen als Sie.«

Dann richtete er seine Aufmerksamkeit wieder auf Michael.

»Ehrlich gesagt, hatte ich gedacht, dass Sie schon am Freitag den Braten gerochen hätten.«

»Ich hatte einen Verdacht«, antwortete Michael. »Aber wie ich schon sagte, ich war abgelenkt. Also habe ich es erst heute Morgen wirklich begriffen. Warum O'Driscoll Ihnen einen Freifahrtschein besorgen wollte. Warum Matt Cole Colliver nicht richtig ins Kreuzverhör genommen hat – denn das hätte bedeutet, dass er Sie hätte angreifen müssen. Und warum Colliver so reagiert hat, als ich behauptete, dass man Sie peinigen würde. Warum er am Freitag zum ersten Mal sagte, dass er Angst vor Ihnen hatte und dann aber plötzlich verstummte, gerade als er offenbar noch mehr sagen wollte. Und zwar, weil er Ihren Blick gesehen hat, richtig? Sie haben Ihre Aufführung für einen Moment unterbrochen und ihn mit einem Blick zum Schweigen gebracht, stimmt's? Nur hat keiner von uns das bemerkt.«

Kash klatschte langsam in die Hände.

»Gut geraten, Mr. Devlin.« Die beiden letzten Worte sprach Kash zutiefst verächtlich aus. »Ja, die paar Monate im Knast haben Colliver Mut gemacht, die Wahrheit zu sagen, um seine eigene Haut zu retten. Aber ich wusste schon immer, dass er weit weniger mutig sein würde, wenn er mich auf der anderen Seite des Gerichtssaals sehen würde. Dass er dann weit weniger bereit sein würde, alles zu erzählen. Doch dann haben Sie ihn provoziert, und er hat angefangen, die Beherrschung zu verlieren. Da musste der kleine Simon seinen Blick mal kurz vom Boden hochnehmen. Da alle nur Augen für Colliver hatten, hat keiner von euch das bemerkt.«

»Also haben Sie sich am Freitag so merkwürdig verhalten, stimmt's? Als wir wieder im Zellentrakt waren? Hatten Sie Schwierigkeiten, wieder in Ihre Rolle zu schlüpfen?«

»So in der Art, ja.« Kash feixte immer noch. »Aber offenbar war es nicht auffällig genug. Tolles forensisches Gespür, meine Fresse! Ich sage Ihnen, im umgekehrten Fall hätte ich es spätestens in dem Moment gemerkt.«

»Darauf würde ich wetten«, antwortete Michael. »Also hat Colliver die Wahrheit gesagt. Was ist mit Jay Price? Er hat einfach nur gelogen. Haben Sie das auch veranlasst?«

»Ich? Nein, das war nur ein kleines Geschenk von Terry. Er hat wohl gedacht, niemand würde ihm einfach so seine Geschichte abkaufen, also hat er seinen Kumpel Price dazu gebracht, sich eine völlig haarsträubende Aussage auszudenken, um seine Aussage zu untermauern. Zum Glück hat er das gemacht. Denn hätte Price dem Gericht nicht so viele Lügen aufgetischt, hätten Sie weit weniger gegen Colliver in der Hand gehabt.«

»Und die Telefondaten?«

»Es ist genau so, wie Sie es an diesem Tag selbst gesagt haben, stimmt's?« Wieder feixte er, und diesmal sah es noch unangenehmer aus als vorher. »Nur weil mein Telefon nicht dort war, heißt es noch lange nicht, dass ich nicht dort war.«

»Aber … Aber warum?« Draper nahm jetzt ebenfalls an

dem Gespräch teil. Ihr Schock und ihre Fassungslosigkeit ließen sie jedoch stocken. »Die Galloways … Sie haben Ihnen doch gar nichts getan.«

»Sie haben nur einem bestimmten Zweck gedient«, antwortete Kash. »So wie Sie beide. Die Galloways hatten in dieser Welt einen gewissen Ruf. Sie genossen Ansehen. Und das habe ich jetzt geerbt. Es war ein großer Sprung die Leiter hinauf, und das alles nur dank ein paar Stunden Arbeit.«

»Aber O'Driscoll hat doch die Morde gestanden!«

»Die Leute sind nicht dumm, Kleine. Sie glauben die Geschichte vielleicht eine Weile. Aber dann wird es sich herumsprechen. Ich kriege die Anerkennung schon, machen Sie sich nur keine Sorgen.«

Michael nickte. Jetzt passte alles zusammen.

Der kleine Simon Kash hatte niemals existiert. Der Junge, für den er so viel riskiert hatte, war ein Mythos. Alles, was davon übrig blieb, war ein grinsender Soziopath auf der anderen Seite des Tisches.

Michael hatte nur noch eine Frage.

»Wenn das alles stimmt, warum hat mich O'Driscolls Bruder dann angegriffen?«

Kash lachte wieder. Er schien sich prächtig zu amüsieren, genoss seine erfolgreiche Täuschung, sonnte sich in seiner Gerissenheit.

»Ja.« Er lachte. »Der hätte uns fast einen Knüppel zwischen die Beine geworfen. Pat hat nur versucht, Sie daran zu hindern, Darren ins Kreuzverhör zu nehmen. Sie wussten, dass ich Ihnen erlauben würde, ihn anzugreifen. Dass ich nur so tat, als wollte ich das nicht. Aber dass ich am Ende so tun würde, als würde ich einbrechen. Sie konnten mich nicht daran hindern und hätten das auch nicht gewagt, also dachten sie, Sie wären das schwächste Glied der Kette. Sie könnten Sie ausschalten und ich würde nicht erfahren, wer dahintersteckte. Diese bescheuerten Idioten. Jedenfalls ist es nicht besonders gut für sie gelaufen, habe ich recht? Jedenfalls nicht nach dem, was ich gehört habe.«

Kash hob die Hände vor sein Gesicht und klatschte erneut. Ein bedächtiger, genüsslicher Applaus.

»Bravo, Mr. Devlin. Sie waren die perfekte Wahl. Meine perfekte kleine Marionette.«

Dann hörte Kash auf zu klatschen, legte die Hände auf den Tisch, stieß sich ab und stand plötzlich auf.

»Und mit diesen Worten kehre ich wieder in meine Zelle zurück. Ich möchte noch ein bisschen schlafen, während ich auf meine Entlassungspapiere warte.«

Er ging zur Tür und schob seinen Kopf hinaus.

»Wache! Ich bin hier fertig!«, brüllte er.

Dann zog er den Kopf zurück und drehte sich um.

»Schade nur, dass ich ein paar Sachen geplant habe. Und dabei hätte ich jemanden wie Sie gut gebrauchen können. Falls etwas schiefgeht. Aber ich nehme an, das kommt jetzt wohl kaum noch in Frage, sehe ich das richtig?«

Das Klirren von Schlüsseln sagte Michael, dass jeden Moment ein Wärter auftauchen würde.

Kash ließ sich davon nicht irritieren.

»Trotzdem, ich sehe Sie beide bestimmt wieder. So oder so.«

Kash sah Draper in die Augen, während er seine letzten Worte sprach. Draper erwiderte den Blick und war völlig entsetzt. Mit einem beiläufigen Nicken ging Kash schließlich hinaus.

Michael und Draper sahen ihm stumm nach. Sie sagten nichts und bewegten sich auch nicht, während sie beide einem Gedanken nachhingen.

Demselben Gedanken.

Was zum Teufel haben wir da nur getan?

Wenn Ihnen dieses Buch gefallen hat, folgen Sie Tony:
@TonyKent_Writes

DANKSAGUNGEN

Seit der Veröffentlichung von *3 2 1 – Im Kreis der Verschwörer* hat man mir viele Fragen gestellt, aber eine kam besonders häufig vor: »Wie fühlt es sich an, ein erfolgreicher Autor zu sein?«

Diese Frage hat mich beschäftigt, weil ich mich nicht als ein erfolgreicher Autor betrachte, noch nicht. Der Begriff »erfolgreicher Autor« kann leicht irreführen, weil er impliziert, der Verfasser eines Buchs wäre allein für seine Schöpfung verantwortlich. Nichts könnte weiter von der Wahrheit entfernt sein. Ein Buch ist, wie ich zu meinem Erstaunen feststellte, nicht allein das Werk seines Autors, sondern das Produkt eines erfahrenen Teams. Eines Unterstützernetzwerks von Experten, die die Schwächen eines Schreibers identifizieren und sich ihrer annehmen. Sowie Freunden und engagierten Lesern, die mutig genug sind, dem Autor beizubringen, dass sein »Baby« längst nicht so perfekt ist, wie er glaubt. Die Beiträge dieses Teams sind von wirklich unschätzbarem Wert, deshalb ist es mir ein Vergnügen, ihnen hiermit zu danken.

Zum zweiten Mal in ebenso vielen Büchern möchte ich mit den beiden Frauen beginnen, denen ich verdanke, dass ich überhaupt Schriftsteller bin.

Meine eigene Sarah Truman, meiner erstaunlichen Frau Victoria. Ohne deine Ermutigung und deine entschlossenen Bemühungen, meine Aufschieberitis und meine Ablenkungsversuche zu ersticken, wäre dieses Buch niemals geschrieben worden. Deine Geduld, während ich schreibe, und deine sorgfältige Lektüre nach Fertigstellung, sowie deine Fähigkeit, unser Leben um den ganzen Wahnsinn darin herum zu organisieren, ist unermesslich. Ich kann mir mein Leben ohne dich nicht vorstellen, du bedeutest alles, und es gibt keine Worte, die dir gerecht würden.

Und Mum, du hast mir erneut zur Seite gestanden, seit dieses Buch aus dem Nichts entstand und zu *Der Rächer* wurde. Auch dieses Mal hast du meine endlosen, umschweifigen Telefonate erduldet, in denen ich dir die Kernpunkte der Geschichte und die Einzelheiten über die Personen schilderte, die nur in meinem Kopf existierten. Du hättest sagen können: »Es reicht«, als ich diese imaginäre Welt über Monate ausgesponnen habe. Stattdessen hast du mitgemacht, hast mich ermutigt und gelegentlich auch besonders abseitige Ideen eingedämmt. Du warst immer meine größte Unterstützerin bei allem, was ich tue (abgesehen vom Boxen …), und absolut nichts von alldem würde ohne dich existieren. Jeder Sohn schuldet seiner Mutter sein Leben. Ich schulde dir irgendwie noch mehr. Aber das ist »geschenkt«, stimmt's?

Als Nächstes muss ich mein erstaunliches Team bei Elliot and Thompson erwähnen. Wo wäre ich ohne euch? Allein bei dem Gedanken schüttelt es mich! Jennie Condell, Pippa Crane, Angela McMahon, Anthony Keates, Rob Cox und Marianne Thorndall – ihr alle habt bis heute eure verschiedenen Rollen in meiner Karriere, in diesem Buch und in meinem Leben gespielt. Ihr seid zu einer zweiten Familie geworden, und jeder Erfolg, den wir mit *Der Rächer* haben, gehört sowohl euch als auch mir. Dieses Buch existiert euretwegen, und ich hoffe, es wird euren bemerkenswerten Bemühungen gerecht.

In meiner Namensliste von Elliott & Thompson fehlt Lorne Forsyth. Der Boss. Der Mann, dem ich den meisten Dank schulde. Lorne ist das enorme Risiko eingegangen, einen unerprobten Strafverteidiger mit dem Ehrgeiz zu schreiben zu verlegen, und er hat es voll und ganz durchgezogen. Lorne, ich habe es schon einmal gesagt und wiederhole es gern, abgesehen von meinem Dad schulde ich Ihnen mehr als jedem anderen Mann. Danke.

Kommen wir zu Neil Speight, meinem Freund. Neil verdanke ich die Entdeckung meines Schreibstils, er hat die rauen Kanten geschliffen und dass noch welche übrig sind, liegt nicht an ihm. Niemand hat größeren Einfluss auf das gehabt, was ich tue, und ein einfaches »Danke« reicht da nicht aus. Neil ist mehr für *Der Rächer* verantwortlich als irgendjemand sonst. Er hat mir geraten, Michael Devlin noch einmal aufzusuchen, wo ich doch am liebsten Joe Dempsey nach New York folgen wollte (für alle, die weiter mit mir gehen wollen: Das tun wir in Buch drei). Und es war auch Neil, der mir die Zuversicht einflößte, dass dieses Buch zumindest die Qualität von *3 2 1 – Im Kreis der Verschwörer* hätte, nachdem er es gelesen hat. Neil, du weißt, wie viel ich dir schulde und was du für mich und meine Familie bedeutest. Danke von uns allen.

Daniel Gedeon, David Headley, Pawla Safratowa und dem Team von Goldsboro danke ich für ihre Unterstützung und ihre unermüdlichen Bemühungen bei der Veröffentlichung dieses Buchs. Es ist ein absolutes Privileg für einen Schriftsteller an diesem Punkt seiner Karriere, einen Platz in eurem erstaunlichen Geschäft zu finden. Ich hoffe, all diese harte Arbeit wird sich am Ende gelohnt haben.

Ich danke meinem Bruder Derek, der – wie Mum – die

Entwicklung von *Der Rächer* gelebt und geatmet und der mich unaufhörlich ermuntert hat, während die Geschichte zu dem Buch wurde, dass ihr jetzt in der Hand haltet. Er sieht vielleicht nicht aus wie ein Cheerleader, aber er hat es großartig gemacht!

Meinem Dad danke ich für seine stumme Ermunterung und schweigende Unterstützung. Obwohl er ein sehr zurückhaltender Mensch ist, zweifle ich nicht daran, dass er alles tut, was nötig ist, damit ich das Beste aus meinem neuen Beruf machen kann. Ich könnte mir kein solideres Fundament für mein Leben und für meine Familie wünschen.

Meine Schwester Kate ist zwar ein bisschen später eingestiegen, aber nachdem sie beide Bücher gelesen hatte, wurde sie meine begeisterte und lauteste Unterstützerin. Die, davon bin ich felsenfest überzeugt, heimlich für meinen Herausgeber arbeitet. Niemand treibt mich so sehr an, Buch drei endlich zu beenden wie sie. Fast fertig, Kate.

Wenden wir uns als Nächstes den Männern zu, die einen Teil der Geschichte inspiriert haben. Zwei meiner engsten Freunde, einer ist Senior Barrister (und gewissermaßen Vorlage für Derek Reid) und der andere ein Senior Crown Council Judge. Beide waren an dem realen Fall beteiligt, aus dem diese Geschichte erwachsen ist. Aus nahe liegenden Gründen unterschlage ich eure Namen, aber ihr wisst, wer gemeint ist, und ich hoffe, ihr wisst auch, wie viel ihr mir bedeutet, sowohl als Verfasser dieses Buchs als auch als Freunde.

Und Grant Benjamin, mein nervigster Freund. Weil du den ersten Entwurf gelesen hast und so brutal ehrlich bei deinem Feedback warst. Dass dir neunzig Prozent gefallen haben, war ein unglaublicher Antrieb für mich, weil wir beide genau wissen, wie gerne du deinen Finger in weitere Schwachstellen gelegt hättest.

James Walker ist ein großartiger Barrister und ein echter Kumpel, der mich beruflich gedeckt hat (ich gehe nicht ins Detail), als die Zeit knapp wurde. Dadurch erlaubte er mir, dieses ganze »Schriftsteller« – Ding anzuschieben. Ich schulde dir was, Jimmy!

Allen bei Ewing Law und dort besonders meinem wahren Freund Scott Ewing danke ich für die Unterstützung und ihr Verständnis für meinen Antrieb zu schreiben. Und dafür, dass sie sich mächtig ins Zeug gelegt haben, damit es ein Erfolg wurde. Es ist billig zu sagen, dass ich es nicht ohne euch geschafft hätte, doch es stimmt, ich hätte es nicht geschafft. Man kann sich glücklich schätzen, wenn man mit Freunden zusammenarbeiten kann, doch nur ein wahrer Glückspilz findet eine Anwaltskanzlei, die so freundlich, verständnisvoll und unterstützend ist wie meine Kollegen bei Ewing Law.

Ich danke den Autoren, die mich im Verlauf des letzten Jahres in ihrer Krimiautorengemeinschaft willkommen geheißen haben. Sie haben mir Unterstützung, Ratschläge und Freundschaft geboten und dafür gesorgt, dass mir mein neuer Beruf so viel Vergnügen bereitet: Ian Rankin, Mason Cross, Imran Mahmood, Angela Clarke, Neil White, Steve Moseby, Mark Lawson und viele, viele mehr.

Ich danke auch den vielen Buchläden, den großen und den kleinen, die *3 2 1 – Im Kreise der Verschwörer* unterstützt haben. Es verblüfft mich immer noch, wenn ich ein Exemplar auf einem Regal sehe. Ich glaube nicht, dass es dort alt wird.

Schließlich muss ich noch Zoe Ball, Amanda Ross, dem

Team von Cactus TV und allen bei »Zoe Ball on Sunday« danken. Sie haben *3 2 1 – Im Kreise der Verschwörer* für den Zoe Ball Book Club ausgesucht und mir einen Start geschenkt, den man mit Geld nicht kaufen kann. Ich bin euch unendlich dankbar.

Womit wir zu euch kommen, den Lesern. Letztendlich seid ihr es, die einen »erfolgreichen Autor« machen. Die Leser, denen das Buch gefällt. Die vielleicht Rezensionen schreiben. Und die das nächste Buch der Reihe kaufen. Ich danke allen, die *3 2 1 – Im Kreise der Verschwörer* und jetzt auch *Der Rächer* gelesen haben. Eure Freude an diesen Büchern ist letztlich alles, was zählt, und ich danke euch aufrichtig für eure fortgesetzte Unterstützung.

P.S. Ich danke auch für meinen wundervollen Sohn Joseph, der letztes Jahr angekommen ist. Unsere zweite große Veröffentlichung im Jahr 2018! Du weißt es noch nicht, mein Sohn, aber von dem Moment an, als dem du geboren wurdest, warst du der Grund für alles. Und wer braucht schon Schlaf?